清词之美

贺新辉 ／ 主编

中国华侨出版社

图书在版编目（CIP）数据

清词之美／贺新辉主编. －北京：中国华侨出版社，2010.1

ISBN 978－7－5113－0179－6

Ⅰ.① 清…　Ⅱ.① 贺…　Ⅲ. ①词（文学）－文学鉴赏
－中国－清代　　Ⅳ.① I207.23

中国版本图书馆CIP数据核字（2009）第233520号

● **清词之美**

主　　编／	贺新辉
出 版 人／	方　鸣
责任编辑／	齐敬霞
版式设计／	张涛工作室
责任校对／	胡首一
经　　销／	新华书店
开　　本／	710毫米×1000毫米　1/16　印张／29.5　字数／447千字
印　　刷／	北京佳信达欣艺术印刷有限公司
版　　次／	2010年1月第1版　2010年1月第1次印刷
书　　号／	ISBN 978－7－5113－0179－6
定　　价／	58.00元

中国华侨出版社　北京市安定路20号院3号楼305室　邮编：100029

法律顾问：陈鹰律师事务所

编辑部：(010) 64443056　64443979

发行部：(010) 64443051　传真：(010) 64439708

网　　址：www.oveaschin.com

E-mail:oveaschin@sina.com

编 委 会

主　编：贺新辉

撰稿人：(以书中先后为序)

序

贺新辉

词，作为我国古典文学园地里的一株奇葩异卉，千百年来显示了它旺盛的生命力。它滥觞于隋唐，发展至两宋到登峰造极的地步，在人们心目中有与前代的唐诗、后代的元曲平列并峙的地位。元、明两代，散曲、杂剧、小说盛行，词学则稍抑其锋。及至清代，又复中兴，呈现出一派词人辈出、灿若繁星、流派纷呈的生动局面。因此，词学家将清词与宋词并列为我国词创作史上的两座高峰。其词人之众多、词作数量之浩繁，为历代所未有。据编纂《全清词》时汇辑的情况，有清一代清词总量将超出二十万首以上，词人数也多至一万之数，大大超过了宋词的总规模。

清词创作流派的发展，大致经历了这样一个过程。

清词发展的初期，大致为顺治时期的十几年间，以陈子龙为首的"云间词派"的词风嬗变，开创了清初词坛的新风气。陈子龙是明代末期复古派的一个重要诗人，为挽救明词颓风，他与松江（别称云间）华亭的李雯、宋徵璧、宋徵舆等建立了云间词派。他们推尊南唐二主和宋代的周邦彦、李清照，标举"妍婉"之旨，以雅正纠正了明词的俗陋。但是他们的词题材比较狭窄，所咏多为春花秋月和风云雨露。清兵南下，历史将人们再一次置于沧桑变革、民族矛盾尖锐的境地，词人一变已往秾纤婉丽的词风为绵邈凄恻，题材也与社会现实紧密结合，从而使他们的词作饱含亡国之痛、故国之思。当时活跃于词坛的夏完淳，以及后来阳羡词派的首领陈维崧，都出于他的门下。因此，正如龙榆生在《近三百年名家词选·陈子龙小传》中所说："词学衰于明代，至子龙出，宗风大振，遂开三百年来词学中兴之盛。"这时

词坛的代表人物，还有吴伟业、曹溶、宋婉、屈大均、王夫之、吴绮、毛奇龄等。

清词发展的中期，即清词的极盛时期，大致经历了由康熙到嘉庆年间这一漫长的历史时期。这一期间，词坛流派纷呈，风格竞出，有以陈维崧为首的阳羡词派、以朱彝尊为首的浙西词派、以纳兰性德为代表的不受流派范围的一批词人和较晚出现的以张惠言、周济为首的常州词派等。

阳羡词派，是继云间词派之后出现的一个较早的词派。其主要成员是阳羡(今江苏宜兴)地区的一批词人，除陈维崧外，还有陈维岳、陈维嵋、蒋景初、万树等。他们的词学主张，诚如陈维崧在《今词选序》中所说的："选词所以存词，其即所以存经存史也夫。"这就是说，他们是将词与经史等同的。他们认为词就是经，就是史。陈廷焯《白雨斋词话》对其词评价甚高，云："迦陵(陈维崧)气魄极大，骨力绝道。填词之富，古今无两。""词家，断以迦陵为巨擘。"一般地说，迦陵词能兼擅苏辛、周秦之长而一之。卢前咏陈维崧云："中原走，黄叶走西风。小令已参青兕意，慢词千首尽能雄。哀乐不言中。"陈维崧《西江月》亦云："神仙将相讵难为，万事取之以气。"迦陵长调，应以气论；小令则咫尺千里，用短如长，令人玩索不尽。他们的词，题材广阔，能反映社会现实，在风格上则是多种多样的。陈维崧词作之多也是前无古人的。其词今存1 600余首，为历代词人之冠。

同阳羡词派一争高下的是浙西词派。浙西词派是以转变词风、别开一派的朱彝尊为首，他词宗南宋，主张用姜夔、张元千的雅正矫苏轼、辛弃疾的显露，推崇和提倡南宋风雅派温柔敦厚的创作宗旨。他又选唐宋至金元的词为《词综》，共二十卷，作为一个范本，标举醇雅，力斥犷俗，对于转变明人浮泛的词风起了积极的作用。朱彝尊写了一首《解佩令》自道其词派的基本特色："不师秦七，不师黄九，倚新声玉田差延。落拓江湖，且分付歌筵红粉。料封侯白头无分。"(《自题词集》下片)又有《卖花声·雨花台》云："哀柳白门湾，潮打城还。小长干接大长干，歌板酒旗零落尽，剩有渔竿。秋草六朝还，花雨空坛。更无人处一凭栏。燕子斜阳来又去，如此江山。"他的词苍茫吊古，寓吟咏于怀古之中，寄抒情于写景之内，笔淡情浓，低徊无限。与他持同样观点的有李良年、李符、沈皞日、沈岸登、龚翔麟等, 号称浙西六家, 合作刊刻有《浙西六家词》行世。其他如徐釚、严绳孙、钱芳标、丁澎、汪森等, 又从而羽翼之。其后, 厉鹗、郭麐续起, 相继主持坛坫。数十年间, 浙西一派, 声势几遍天下。

活动在康熙时期词坛的一批不为词派所左右的著名词人有纳兰性德、彭孙遹、曹贞吉、王士禛、顾贞观等。彭氏的词含蓄委婉, 曹贞吉的词雄浑苍茫, 王士禛的词重神韵, 顾贞观的词则以情韵胜。纳兰性德是有清一代最杰出的词人, 是有史以来少数民族(满族)最杰出的的词人之一, 也是第一个学李后主的词人。他的词自然真切, 缠绵婉丽, 内容多写个人的哀愁和感伤。王国维在《人间词话》中对于纳兰性德及其词作给予了很高的评价, 他说:"纳兰容若以自然之眼观物, 以自然之舌言情。此由初入中原, 未染汉人风气, 故能真切如此。北宋以来, 一人而已。"

嘉庆以后, 张惠言、周济继起, 他们不满于阳羡派的粗犷叫嚣和浙西派的委靡堆砌之弊, 强调比兴寄托。张氏辑《词选》、周氏选《宋四家词》, 主张倡导国风、离骚旨趣, 力宗北宋词风, 这对尊崇词体, 开拓词域, 起了积极作用, 被誉之为词的中兴和光大的功臣。于是, 常州词派应运而生。同调者有张琦、董士锡、恽敬、左辅、钱季重、李兆洛、丁履恒、陆继辂、黄仲则、金应珪、金式玉等。由于他们过分强调寄托, 有时流于晦涩, 并犯有拟古的毛病。

清词发展的后期, 也就是从嘉庆历道光、咸丰直至清朝结束的时期。这一时期, 常州词派依然左右词坛, 但是有几点很值得注意。一是涌现出一批不为词派所范围的词人。郑文焯、王鹏运、朱孝臧、况周颐, 号称"清季四大家"。郑词隐逸萧散; 王词风云爽健, 朱词书卷气而见深苍, 况词呈名士气, 隽秀而不乏清狂。比较有名的还有邓廷桢、林则徐、蒋春霖等; 二是词籍校刊的兴盛。其中王鹏运用汉学家治经、治史的方法治词, 用三十年时间精校而成《四印斋所刻词》、《四印斋汇刻宋元三十一家词》。被誉为"集清季词学之大成"的朱孝臧继而收集、精校唐、宋、金、元词家专集里163家而成《彊村丛书》。这些都为词的研究开了一条新路, 对词籍的保存、流传起了积极作用。三是在词的评论上, 出现了王国维的《人间词话》。这是他吸取西方哲学、美学观点, 结合中国传统文化论词的专著, 在浙西、常州词派之外, 独树一帜, 为词学研究开辟了新路; 是这位词学大师力抉精髓、推陈出新，以黯淡倦世的心情，为一代清词论编织出的结篇。

　　词在清代的确是空前兴盛的。为什么词在清代会这么繁荣兴盛呢？主要的原因是，清中叶之前社会安定，经济繁荣，统治者奖掖。据董含的《东皋杂钞》载，康熙己未(1679)同举博学鸿词科的五十人都能填词。陈维崧、朱彝尊是最著名的。首举彭孙遹的《延露词》也极负盛名。其次，有杰出词人领袖词坛，区域影响，亲姻联吟，因而使词派繁衍，词学兴盛，这些都对词创作的繁荣，产生了推动作用。再次，清词的"中兴"，其实质则是词这一诗体，发扬诗歌现实主义的传统，使它的抒情功能得到充分发挥的结果，它广阔而丰富地展现了清朝二百六十余年间的社会现实。

　　词是古代文学园地里的一朵美轮美奂的艺术之花。宋词为我们提供了异常广阔生动的宋代社会矛盾和社会生活的画卷。小至一颦一笑的儿女私情，大到千军万马的沙场冲突，都有十分出色的描绘，自由活泼地展示出人们的生活愿望、爱情与友谊，甚或是心头的隐情，是名副其实的抒情文学。而清词之美，比宋词则更上层楼。

　　首先，清词承袭和发扬了宋词现实主义的传统，更加广阔而深邃地表现了时代的风云变幻。举凡明清易代地覆天翻般的变化，"科场案"、"通海案"、"奏销案"等等诡不可测的政坛风云，"三藩"乱定后的康乾盛世与"十全王朝"，嘉、道以还频仍的外侮、遍地的烽火，以及在这些社会现实面前的人世间的百态，人们的生活愿望、爱情、友谊，都有着生动的、多侧面多层次的反映。特别值得一提的是鸦片战争以后，词注入了时代精神的新内容，它的爱国主义特色，同在此前历朝历代主要表现国内民族矛盾的旧时代爱国主义作品，包括清初期的词作，均有所不同。从而决定了这一时期的清词与宋词的截然不同。在这里，词不再是所谓"诗庄词媚"的"别体"，充分展示了它亦庄亦媚、可庄可媚、绚丽多样的描绘，尤其是抒情功能。可以说，一部全清词就是全清史和世态人情的艺术画卷！

　　其次，词的繁荣与复兴推动了词学研究的繁荣，论词之作较之宋词更是层出不穷。其中著名的有，属于律调方面的，如万树的《词律》、王奕清等的《钦定词谱》、仲恒的《词韵》、戈载的《词林正韵》；属于词论的，如沈雄的《柳塘词话》、毛奇龄的《西河词话》、郭麐的《灵芬馆词话》、周济的《介存斋论词杂著》、刘体仁的《七颂堂词译》、彭孙遹的《金粟词话》、徐釚的《词苑丛谈》、方成培的《香研居词尘》、吴衡照的《莲子居词话》、宋翔凤的《乐府余论》、张宗橚的《词林记事》、陈延焯的《白雨斋词话》、况周颐的《惠风词话》、刘熙载的《艺概》、蒋敦复的《芬陀利室词话》、江顺诒的《词学集成》、王国维的《人间词话》等；属于选本方面的，如朱彝尊的《词综》、张惠言的《词选》、周济的《宋四家词》、谭献的《箧中词》等；在丛刻方面有王鹏运的《四印斋所刻词》、江标的《灵鹣阁汇刻宋元名家词》、吴昌绶的《双照楼刊影宋元本词》、朱孝臧的《彊村丛书》等等，后者尤以精博著称。这些词评、选刻类著作，或对历代、当代词人及其作品议论品评，或就填词常识、技巧独抒己见。大到流派得失，小至一字一韵，都有精辟的见解。反过来这些评论又对词的创作起到引导或推波助澜的作用。

最后，要特别提到的是，在清代词这块园地上，也培育出不少女词人和少数民族词人。其女词人数量之浩瀚，名家之众多，真是盛况空前，史所未有。她们用词抒情写怀，也不为流派所左右。其中著名的有徐灿、顾贞立、熊琏、吴藻、贺双卿、顾春、秋瑾、李因、叶小纨、王朗、顾媚、贺洁、吴文媖、沈宛、叶慧光、陆山、庄盘珠、汪韫玉、王清霞、沈蕊、李佩全、于晓霞、沈善宝等等。她们的词作亦庄亦媚，豪放、婉约兼备，具有极高的美学价值，怡悦性志，陶冶情操，给人以美的艺术享受。清代少数民族(满族)的词人之多，也为历朝历代所未有。他们以满人特有的强悍彪猂的风格、情感，用汉语填写词作，摆脱了元明时代汉人纤仄雕琢之风气，格调清新俊逸，其词作以纳兰性德然词始，而由顾春词殿其终，二人为满族词人魁首，他们的词作可以同宋代的苏(轼)、辛(弃疾)词、李清照词相媲美。而有清一代词史临终结时，站出来一位巾帼英雄，这就是秋瑾！她弹起远较苏、辛激烈的铁琵铜琶，高奏出一曲"身不得，男儿列；心却比，男儿烈"的时代凯歌！

应中国华侨出版社之邀，本次特从本人主编的《全清词鉴赏辞典》中遴选出其中传诵较广，语言优美的精品佳作，为读者展现一幅清词之美的艺术画卷。

序

2009年3月于北京

目 录

清词之美

·2·

目
录

清词之美

· 6 ·

清词之美

· 8 ·

目 录

鹧 鸪 天

行不得也哥哥。我也图兰不作坡。无山无水不风波。是非颠倒似飞梭。飞不起，可奈何。行不得也哥哥。

这首词作于明亡之后，乃感念故国之作。此调乃依南宋邓光荐《鹧鸪调》而作。首句"行不得也哥哥"乃鹧鸪鸟的鸣叫声。据《本草纲目》云："鹧鸪性畏霜露，早晚稀出，夜栖以木叶蔽身，多对啼。今俗谓其鸣曰'行不得也哥哥'。"首句词人借鹧鸪鸟凄哀悲凉的鸣叫声为全词定下了感伤悲凉的基调。第二句紧承首句，词人借南宋郑思肖的典故，慨叹明亡、抒发故国之思。南宋郑思肖，字所南，工画墨兰。宋亡之后，他画兰不画土。有人问他缘故，他感叹地说，土地已经被元朝蒙古人夺去，你难道还不知晓么？词人陈洪绶善画山水人物，亦工花鸟草虫。他借郑所南的典故，表现自己内心的骚动和凄苦，为下文写故国之恨创造了氛围。

"无山无水不风波。是非颠倒似飞梭"二句，紧承上句进一步写故国之恨。正因为"图兰不作坡"，所以才说"无山无水不风波"。本来兰花生长在土壤之中，有沃土扶持，有绿水浇灌，才能根深叶茂，花繁枝壮，灿烂芬芳，争奇斗艳。而如今孤零零的一丛兰草，没有土壤水分供给营养，岂不要凋零枯干！想当今，故国的大好河山，在满族铁骑的蹂躏之下，山河破碎，满目疮痍，怎能不令人黯然神伤，潸然泪下呢！真是"感时花溅泪，恨别鸟惊心"啊！"是非颠倒似飞梭"一句，感慨故国之情尤深。这是带血的哭泣，是含泪的

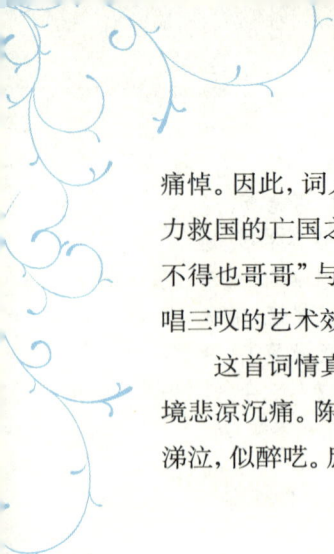

痛悼。因此，词人无限感慨地写道："飞不起，可奈何。"有心回天无力救国的亡国之恨呈现于毫端，蕴含着作者的满腔悲愤。末句"行不得也哥哥"与开头照应，使得词作前后呼应，首尾完整，收到了一唱三叹的艺术效果。

这首词情真意切，遗民之恨，哀感无端。全词音节奇诡高亢，意境悲凉沉痛。陈去病《五石脂》曾评曰："此词似歌似谣，似乐府，似涕泣，似醉呓。庶几所南《心史》之文云。"陈氏的评说是恰当的。

（万　兴）

傅　山 (1607—1684) 思想家、学者、文学家。初名鼎臣，字青竹，改字青主，阳曲(金属山西省太原市)人。明末诸生。明崇祯十三年 (1640)，山西提学袁继咸为阉党诬陷下狱，傅山约集通省诸生赴京营救。明亡后，穿朱衣，居土穴，养母，号朱衣道人，又有石道人、真山、浊翁等别称，或自称居士。清廷开博学鸿词，称疾拒荐。后旨授内阁中书。博通经史、诸子、佛道、金石、音韵、医药之学，擅书画，工诗、文、词。学崇老庄，提倡"经子不分"，开清代子学研究之先风。所作《墨子大取篇释》，为清代最早注解墨子的文章。著有《霜红龛集》、《荀子评注》等。另有《傅青主女科》、《傅青主男科》等医著，流传颇广，一说为后人托名之作。

失题

旅梦初回，寒声竞度，剩有虚檐明月。看看流光，空过也，又是新春时节。白发飘零，梅花影里，关山愁绝。　　灶君此日朝金阙。土羝肥驷连卷碧，彤庭玉砌须说，下土凡臣，草茅贱士，一腔热血。

这首词大约写于1644年清兵入关之后，诗人离家避乱期间。其时春节将至，诗人思昔抚今，感慨万千，于是，在他乡异地，借送灶之日，抒发心中积喟，有如一吐块垒！

本词上片抒写诗人在异地漂泊流离的情绪：在行旅途中，在寂寞的客馆，窗外是寒冷的风声劲吹，旅梦中惊醒的诗人愁伤地望着瓦檐上的惨淡的月光，想起一年光阴又空虚地抛掷，眼看新春又降临人寰。头上的白发又平添了几许，梅花雪影引不起诗人半点诗情，大好河山被异族统治者铁骑蹂躏，怎能不令人愁肠欲裂……诗人把情景的描写与此时此地的情绪交融为一体。"境"是"情"的外现和物化，"情"是"境"的投射与映照，在"情"与"境"交互描写中诗人的忧国忧民思想得到了形象的、诗意的表现。

下片借送灶日的传说，抒发自己坚持民族气节，不与清统治者妥协的思想情感。"灶君"，亦称"灶神"或"灶王"，旧时千家万户供奉于灶头，认为灶君掌管一家祸福。《抱朴子·微旨》云："月晦之夜，灶

失题『旅梦初回』

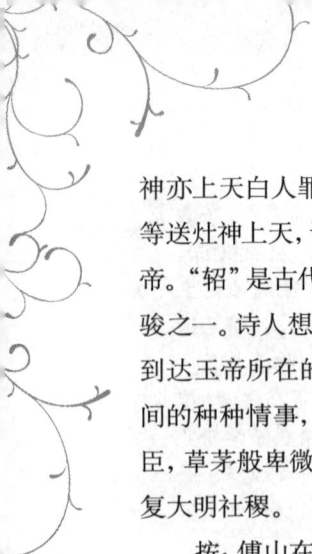

神亦上天白人罪状。"旧俗夏历腊月二十三日或二十四日用纸与饴糖等送灶神上天,谓之送灶。诗人借用旧俗,抒写此日灶君上天,朝见玉帝。"轺"是古代轻小便捷的马车;"骐","騄駬",相传为周穆王八骏之一。诗人想象灶君乘着轺车,驾着騄駬,驰骋游弋于苍穹,当其到达玉帝所在的金阙,于画栋雕梁的朱庭玉砌之前将向玉帝禀报人间的种种情事,至时他一定会说:在人间下土,有一位耿介正直的凡臣,草茅般卑微的贱士(诗人自况),正准备以一腔热血报国尽忠,恢复大明社稷。

　　按:傅山在1644年清兵入关后曾与其子傅眉辗转流离于晋中、吕梁一带,与各地反清志士联络,进行秘密反清活动,还曾一度入狱,出狱后还两度南下拟与郑成功、张煌言等反清起义军接应,他反清的思想是非常坚决的。这里所表露的正是他这种思想的写照,他通过送灶的民俗传说艺术地表现出来,既符合诗的形象性特质,又反映了诗人独特巧妙的构思。

(张厚余)

陈子龙 (1608—1647) 著名文学家。字卧子,一字人中,号轶符,晚号大樽。松江华亭 (今上海松江) 人。明崇祯初,入复社,后又与夏允彝等共组几社,与复社相呼应。崇祯十年 (1637) 进士。选绍兴推官。清兵入关后,事南明福王,任兵科给事中,屡次进谏不被采纳,辞职归里。清兵破南京后,在松江起兵抗清,事败后避匿山中。又结太湖义军,事泄,在苏州被捕,解送途中,乘隙投水死。工于诗词、骈文。诗多反映现实,长于状物,妙于托意,格高气逸,韵远思深。于词仍坚持"诗庄词媚"的传统观念,或描绘男女之间的离愁别恨,或抒写明亡后怀念故国的情绪,语言清丽,寓寄含蓄,词风婉约,有《幽兰草》、《湘真阁词》。著有《陈忠裕公全集》,编纂有《皇明经世文编》等。

画堂春

雨中杏花

轻阴池馆水平桥,一番弄雨花梢。微寒著处不胜娇,此际魂销。　　忆昔青门堤外,粉香零乱朝朝。玉颜寂寞淡红飘,无那今宵!

在咏物的词诗中,以杏花为题材者不乏其例,但大多在花的繁盛、花的艳美方面作文章。这首词却别开生面,专写杏花在雨中的风采。

"轻阴池馆水平桥",这一句写杏花开放的环境。亭台馆榭,池水溪桥,好一处幽雅恬静之所在。"轻阴"二字,既照应"雨中",又暗示这雨绝非淋漓滂沱,而是像牛毛,像花针,像细丝,是"润物细无声"的春日甘霖。次句写杏花的英姿:"一番弄雨花梢"。词人信笔拈来一个"弄"字,就把一树杏花变成了一群顽童,读之似见他们在雨中追逐、雀跃、欢呼、嬉笑——真正是"红杏枝头春意闹"啊!接着写香花的神韵:"微寒著处不胜娇"。"微寒"承"雨"而来,为花的娇美提供了条件。"不胜娇"意如无限娇,即说不出有多娇美。经过雨水的洗涤,花瓣纤尘不染,花色浓妍欲滴,加之花朵上滚动着晶莹透亮的水珠,这雨中杏花真是如璧如玉,妩媚至极矣!呼吸着微微润湿的空气,欣赏着醲醲娇羞的红颜,该是何等惬意,何等爽身!"此际魂

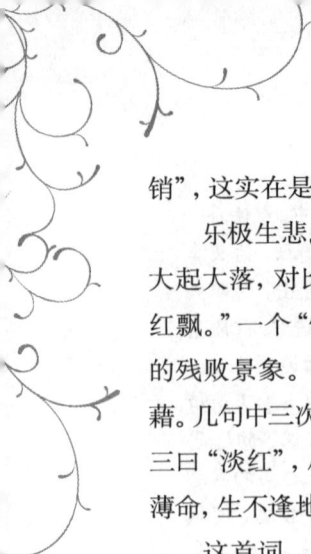

销"，这实在是词人欣极喜极、情不自禁之语也。

乐极生悲。这个哲理被词人活用于其作品结构，形成上下片间的大起大落，对比反差。"忆昔青门堤外，粉香零乱朝朝。玉颜寂寞淡红飘。"一个"忆"字，引出城门外长堤边这一派红颜憔悴、玉蕊凋零的残败景象。"朝朝"二字谓繁多杂乱，读之似见满目落花，一片狼藉。几句中三次写花，三次写法各不同：一曰"粉香"，二曰"玉颜"，三曰"淡红"，从"味"、"形"、"色"描绘之，美的确美矣！只可惜红颜薄命，生不逢地，只能用"寂寞"打发日子。

这首词，上下片的氛围极不谐调，真不知作者为何面对良辰美景，偏要去想花落春残？再加上结句一声"无那今宵"的叹息，就更意味深长，耐人寻味。个中奥秘，怕是须用"寄托"二字，方能说得清楚吧！

（许建辉）

醉桃源

题 画

朱栏清影下帘时，泠泠修竹低。满园空翠拂人衣，流莺无限啼。　　莲叶小，荇花齐，雨余双燕归。红泉一带过桥西，香销午梦回。

这首词是有声的画。

苏东坡说："味摩诘（王维）之诗，诗中有画；观摩诘之画，画中有诗。"（《苏东坡题跋·书摩诘（蓝田烟雨图）》）这是论释诗画关系的最权威的评论。陈子龙这首词所题之画为何人手笔，不得而知。但根据词意可以断定，这是一幅出色的园林山水画。

从可见光光谱来说，红色波长最长，因而最引人注目。于是这首题画词便从红色起拍："朱栏清影下帘时，泠泠修竹低。"由"莲叶小，荇花齐"、"雨余"、"午梦回"可知，这幅画所表现的时间是南国初夏的午后。首韵极准确地描绘了这个时间特色。请看，楼阁外面的红色栏杆的倒影映在水池里，主人放下了帘子。想必是午睡之初，阳光正晒，入睡之后，泠泠的风带来了一阵雨，所以池边修竹的翠叶润雨低垂。画家观察之精微，表现之细腻，令人激赏。而陈子龙对于这幅园林山水入微的体味，也没有辜负画家的匠心。

第二韵"满园空翠拂人衣，流莺无限啼"，极生动地再现了初夏阵雨过后画面的意境。句中"空翠"妙极："空"极写雨后空气的澄净；"翠"极写树叶经雨的润绿。这翠生生的环境引逗得枝头的"流莺"情不自禁地欢快地鸣叫不止。"流莺"，即莺，因其鸣声婉转故谓之。这园里还有一两个人呢，是呼吸雨后清新的空气，还是欣赏悦耳的莺啼？权且带过。值得注目的是，这人儿的衣裙被风吹起，要不怎会"拂人衣"呢。这两句实在太美了，还得说说。水墨丹青能画出流莺的形态，却画不出流莺鸣叫的声音。陈子龙所谓"流莺无限啼"，是他读画感受的体现，对于画家来说，无疑是知音妙笔。"无限"若换为"自在"，于词律无悖，但无法照应"满园"。从这里也可以体会陈子龙制词的苦情和匠心。

换头处写"莲叶"，画"荇花"，还翩翩飞舞着一对可爱的精灵："雨余双燕归"。画里的双燕即使极栩栩然，毕竟是静止在画面上的。但到陈子龙笔下，居然飞舞起来，使诗和画顿时生出勃勃的活气来。结韵"红泉一带过桥西，香销午梦回"，一方面补足图画的背景：映照朱栏的池水来自一带"红泉"，这红泉潺潺地向小桥的西边流去；一方面点明朱栏边，竹帘内，阵雨过后初夏午梦方醒的主人。

这首词声象兼备，动静结合，色彩协调，既源自画家生花妙笔，更归功于陈子龙妙笔生花。

（王成纲）

虞美人

枝头残雪余寒透，人影花阴瘦。红妆悄立暗消魂，镇日相看无语又黄昏。　　香云黯淡疏更软，惯伴纤纤月。冰心寂寞恐难禁，早被晓风零乱又春深。

这首《虞美人》没有词题，但从起句"枝头残雪余寒透"来看，

这是一首咏梅词。唐杜审言《大酺乐》有"梅花落处疑残雪"之句。梅花迎风斗雪，傲然不群。在这冬日将尽之时，"余寒"不仅没有消逝，反而更加剧烈。一个"透"字，点出了天气的严寒，就在这样严寒的初春时刻，一个长长的人影，倒映于花阴之下。"人影花阴瘦"，拉开了全词的第二道帷幕。等到第三道幕拉开，我们才看到花树下那影子的本人："红妆悄立暗消魂"。原来这是一位亭亭玉立的红妆少女，站在那里黯然神伤。对于寒冷，她似乎没有知觉，只是默默地"镇日相看无语又黄昏"。"镇日"，即整日，是说整天在那里无语相看，看着看着，又到了黄昏时分。一个"又"字，表露了少女多少深重难言的忧伤啊！这里不说"看花"而说"相看"，相看一词，意为二人对看，这就如同李白诗"相看两不厌，只有敬亭山"把山拟人化一样，赋予梅花以鲜活的生命了。又如李白《月下独酌》一诗中"举杯邀明月，对影成三人"之句，也与此相映成趣。只是花下的红妆女不像李白那样浪漫潇洒罢了。我们在诗里看到的依然是"茕茕独立、形影相吊"的孤独形象。整个上片，既写花又写人，亦花亦人，花人相映。以花衬人，衬出了人的孤傲，增添了花的俏丽！

　　下片兼写花月，以月夜梅花比词中少女。"香云"，本指女子鬓发，这里用以比喻似雪如花的大片梅花（江南称之为香雪梅）。此刻，时间逐渐由黄昏推移到夜里，梅花于是黯淡了下来。"疏更歇"的"更"字，应解为"岂"。辛弃疾《鹊桥仙》词："啼鸦衰柳自无聊，更管得离人肠断"，用紫芝《玉楼春》词："眼前不忍对西风，梦里更堪追往事"更字皆作岂字解。"疏更歇"，意为：虽然入夜后梅花变得黯淡下来，然而，它岂能就此安歇休止？它已经"惯伴纤纤月"了。这里写月下梅花，疏影暗香，清幽而淡逸。目的在于借喻愁绪万端的红妆美人，在"悄立"花阴下"镇日"伤感之后，已无限疲惫、无比黯然了，然而，她仍不能安然入睡，她已经习惯于经常陪伴与她同样孤寂而凄清的冷月，度过一个又一个的不眠之夜了。"冰心寂寞恐难禁"，梅花，那纯洁透明的冰心啊，恐怕再也难以忍受了，然而，无情的晓风，却绝不体谅它的哀伤，趁它凄寂难禁之时，将它的点点残蕊，扫落一空了。事实上，春已深、花应残。人，又能奈何呢？

　　梅花，优雅而高洁，被喻为花中君子，这里所喻少女，究竟为谁忧伤为谁怨，词中没有点明。只把花、月、人三者融合在一起，虚虚实实，亦花亦人，给人以绵邈凄恻、素淡朦胧、清幽雅洁的美的感受。

（王　冰）

江城子

病起春尽

一帘病枕五更钟。晓云空，卷残红。无情春色，去矣几时逢？添我几行清泪也，留不住，苦匆匆。　　楚宫吴苑草茸茸。恋芳丛，绕游蜂。料得来年，相见画屏中。入自伤心花自笑，凭燕子，骂东风。

这是一首借惜春悼念故国的词作，就词的内容探索，大约作于南明福王朝灭亡后一年。题目"春尽"，即意味着亡国。

上片用传统的比兴手法，抓住"病"字，化用李商隐《无题》"来是空言去绝踪，月斜楼上五更钟"句开头："一帘病枕五更钟"。暗用宋亡国的故事比拟明亡。宋初有"寒在五更头"之谣，预兆宋朝国祚终止在第五个庚申以后（见《宋史》卷六十六《五行卷》十九）。于是，词人接着写"晓云空，卷残红"。红，即是朱，指朱明王朝；古称汉族建立的国家为炎汉，炎为南方之火，也是红色。"残红"即指南明王朝。春色无情地抛却人间而长逝，福王亡，唐王逃，病中的词人，平添"几行清泪"，也留不住！一个"苦"字，形象地道出了词人心中的无限酸楚。无可奈何春去也，词人只得问道："去矣几时逢？"将无限的亡国之恨，隐含于春尽之恨中。

下片作者则直赋其事。吴楚，即江浙福建一带，词人紧紧点出"楚宫吴苑"，指的便是福王、唐王的宫苑。作者设想来年春至之时，楚宫吴苑尽管长满了丰茸的芳草，百花盛开着，招惹得游蜂如痴如醉，在花草丛中盘绕。可是，"年年岁岁花相似，岁岁年年人不同"，这里早已是物是人非了。于是，词人只得让春天的使者——"燕子"，去"骂"春天的象征——"东风"了。这首词之妙，则在于一个"骂"字。作者惜春、伤春、怨春尽的无限感伤的心情，尽蕴含于这一字之中！

陈廷焯在《白雨斋词话》中评这首词："绵邈凄恻"。在《云韶

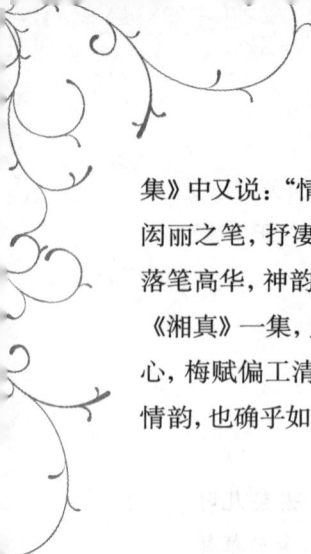

集》中又说："情深一往，情韵凄清，自是作手。"陈子龙以婉丽之风、闳丽之笔，抒凄婉之情，实乃大家风范，不同凡响。其词化刚为柔，落笔高华，神韵独具！沈雄称赞他的词："苍劲之色与义节相符者。乃《湘真》一集，风流婉丽如此！传称河南亮节，作字不胜绮罗；广平铁心，梅赋偏工清艳，吾于大樽益信。"（《古今词话》）这首词的风格情韵，也确乎如此。

（蒲　仁）

蝶恋花
春　日

雨外黄昏花外晓，催得流年，有恨何时了。燕子乍来春渐老，乱红相对愁眉扫。　　午梦阑珊归路杳，醒后思量，踏遍闲庭草。几度东风人意恼，深深院落芳心小。

陈子龙在明清之交的文学领域，是一位很有成就的作者，特别是他的词作，上接唐宋（主要是北宋），下揭清代词学复兴的序幕，谈清词时，不能不从陈词说起。他的一生是坎坷的，他往往用柔笔来写内心的苦闷与激情，这首《蝶恋花》即是一例。

词的开篇，即提出"雨外黄昏花外晓，催得流年，有恨何时了"的问题。陈子龙明崇祯十年（1637）进士。明亡，曾追随南明福王，以图恢复。由于朝政腐败，无法施展，遂辞归乡里。后举兵抗清，屡遭失败，直至被俘殉难。所以陈子龙的一生是极其坎坷的。这里所说的"有恨何时了"，就是在这样大背景之下所发的感叹。"雨外黄昏花外晓"，就是说：风雨阴晴，花开花落，从黄昏到清晨，春去冬来，年复一年地过了，可是事业（指反清复明）却毫无进展，不由感叹地说："催得流年，有恨何时了！"此处"催"字，指催促。"流年"，指流水逝去的年华。他说这样虚度年华，心头之恨何时才能消除？何时才能了结？

"燕子乍来春渐老，乱红相对愁眉扫。"这两句紧扣主题"春日"，进而说明时光流逝之快。"乍来"，指刚来。"春老"，指春已老去，即晚春，暮春。欧阳修《仙意》诗："沧海风高愁燕远，扶桑春老记蚕眠。"就是说春天刚到，霎时间又到了春末，在这暮春时节，面对百花飞舞，乱红满地，不由得愁上眉头，百感交加。此处以"暮春愁思"，来作前边"流年有恨"的补充。

下阕，"午梦阑珊归路杳，醒后思量，踏遍闲庭草。"此处"阑珊"，有将尽、衰落之意。"闲庭"，指萧条清静的庭院。陈子龙的这段处境很不顺利，从而引起他归思之念。但归路渺茫，苦苦不能实现，连午间的梦都是凄凉可悲而无法实现其愿望的。醒来之后，心绪不佳，在院子里独自踱来踱去，边走边想，走了许久许久，踏遍了萧索庭院的每个角落，也思索不出一个头绪来。从这里所写的情节来看，这首词可能写于跟随福王、有志难展的苦闷时期。当时由于马士英、阮大铖等佞人专政，排斥贤能，使他闲居庭院，一筹莫展，故而产生辞归乡里之念。

接着以"几度东风人意恼，深深院落芳心小"来结束此词。此处"几度东风"不能作几度春风解，而是指几场风波而言。"芳心小"，指小心翼翼、谨慎从事而言。就是说，朝中的多少次风波引起我无限烦恼与愤恨；但是，在这些奸党面前还得小心从事，不能有丝毫疏忽大意，避居深院，免遭不测之祸。

陈子龙的这首词里，用了一些"愁"、"恼"、"恨"字眼，而这些愁、恼、恨又何而来？主要来自：由好景不长，乍来即逝，而引起的年华虚度，壮志难酬，反清复明的爱国抱负迟迟不能实现。他的忠贞亮节，由此可见。

（张　璋）

山花子
春　恨

杨柳迷离晓雾中，杏花零落五更钟。寂寂景阳宫外月，照残红。　　蝶化彩衣金缕尽，虫衔画粉玉楼空。惟有无情双燕子，舞东风！

这是一首悲怀故国的血泪词作。作者生逢明末清初的动乱年

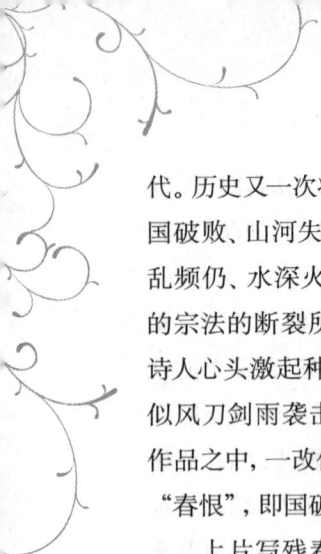

代。历史又一次将人们置于天翻地覆、陵谷变迁的悲壮境地。面对家国破败、山河失色的现实，目击悲壮殉难、凄厉案狱的血泪，身临战乱频仍、水深火热的境地，特别是仕途经济幻梦的破灭、传统相承的宗法的断裂所导致的归巢已倾、新枝难栖的进退失据的际遇，在诗人心头激起种种苦涩心酸，悲慨、郁怒、凄怆、哀怨、迷茫，一股股似风刀剑雨袭击着他的心灵。作者将这些满腔的激情，倾泻于诗词作品之中，一改他国变前婉妍柔绵的格调，开清一代新的词风。词题"春恨"，即国破家亡之恨！

上片写残春之景：雾柳"迷离"，杏花"零落"，钟响"五更"。三样景物绘塑出悲凉衰败、冷清孤寂的艺术氛围。在这样的氛围之中，一轮冷清的明月，笼罩着"寂寂景阳宫"，映照遍地落花残红。景阳宫为陈朝的宫殿，在今南京市玄武湖畔，有井名景阳井，又叫胭脂井。当年隋灭陈时，陈后主与二妃子匿于井中而被俘。作者以景阳宫残景，喻明亡的惨痛，以景喻事，寓痛于景，令人痛恨至极！

下片以曲笔直书人事。"蝶化彩衣金缕尽，虫衔画粉玉楼空"，以形象化的笔墨写亡国的惨痛现实。前句用《罗浮山志》葛仙遗衣化为彩蝶的典故，比喻明朝的龙子龙孙，遗衣已化蝶、金缕丝已尽，灭亡殆尽了；后句则以雕梁画栋的残破比喻明王朝悲凉的残局。其词悲凉至极，一个"空"字，将作者心中的悲恨，写得入木三分。末二句以无情双燕依然翩翩在东风吹拂中飞舞，讽刺投奔新贵门下的原明室官员，无情无义，极力钻营。语淡而情深，痛恨之情，力透纸背。

作者以"春恨"为题的三首词中，以这首最为人们所称道。本词以杨柳、晓雾、杏花、更钟托黍离麦秀之悲，彩蝶、金缕、玉楼、双燕寄家国身世之痛。言物寄意，含蓄蕴藉，悲愤已极，哀感无穷。陈廷焯认为这首词"凄丽近南唐二主，词意亦哀以思矣。"（《白雨斋词话》卷三）足见本词思想、艺术均具极高成就。谭献在《复堂日记》中写道："词学衰于明代，至子龙出，崇风大振，遂开三百年来词学中兴之盛。"这一论定几乎已成为近现代词学界的圭臬，足见作者与其作为京师的云间词派对于清初词风转变的巨大影响。

（贺新辉）

李 雯 (1608—1647) 文学家。字舒辛，号蓼斋，松江华亭 (今上海松江) 人。少与陈子龙、宋征舆齐名，称"云间三子"。明崇祯十五年 (1642) 举人。清顺治初，荐授弘文院撰文、中书舍人。后充顺天 (今北京) 乡试同考官。顺治三年 (1464) 以父丧归葬，事竣还朝而卒。李雯博学多才，诗拟三唐，文摹六朝，其词深具哀婉清丽之致，晚年之作情调尤凄厉。有《蓼斋集》，其词初名《仿佛楼草》，后收入《蓼斋集》附编为一卷。

月中行

采 莲

新丝轻染石榴红。虹挂小窗东。淡烟深柳晚来风，结伴采芙蓉。　　縠纹细浪牵花桨，双鹭下，绿水摇空。藕花裙湿鬓云松，人在落霞中。

这是一首描写采莲景观的词。词人以生花的笔，为我们展示了色彩纷呈的自然美景，并将人融于景物之中，使全篇洋溢着青春活力和水乡气息。

开篇首句"新丝轻染石榴红"，是写采莲女子的装束，她们都身着新丝薄纱石榴红的衣裙。词人虽未直接描写采莲姑娘的姿容体态，但色彩艳丽的服饰颇能衬托出少女轻盈、活泼的身姿，给人美的联想。第二句写"虹挂小窗东"，是傍晚雨后初霁彩虹映照小窗的景象。虹是阳光返照水汽 (许多微粒水珠) 而形成的折射现象。虹在东，日必在西，故知为傍晚。这句既暗示采莲时间，又以彩虹来增添画面斑斓的色调。接着"淡烟深柳晚来风"一句，写莲塘周围的景色。淡淡的暮霭笼罩四周，塘边遍植垂柳，由荷花开，到莲子收，已是夏秋季节了，又值黄昏，柳阴浓而柳色转深。"晚来风"三字仿佛使人体味到凉风习习的惬意。并以"晚"字明确点出时间。在描绘了背景之后，才归结到"采莲"正题："结伴采芙蓉"。此句虽未写细节，只作下半首着重写采莲情景的过渡，但由于已有环境气氛的渲染，能使人由此句生发出许多想象，仿佛能窥见结伴采莲的少女们的活泼身影，听见她们叽叽喳喳的欢声笑语。

月中行『新丝轻染石榴红』

下阕具体描摹水上采莲景象，十分注重细节。"縠纹细浪牵花桨"，"縠"，是一种绉纱，纹细如微波。这是写水波的轻柔平缓，随花桨的划动而摇曳的样子。造句清丽，意境也十分美妙。"牵"能传达出桨拂水流时略受阻力的感觉。"花桨"之"花"是饰词，是说船桨上有花纹图案为饰，词人遣词造句，有意从侧面烘染泛舟的姑娘之美。接下来一句，还是在描写荷塘美景："双鹭下，绿水摇空"，白鹭双双飞降水面，一池绿水摇映着天空。这又使莲塘的黄昏增添了不尽的活力和生机，在色调上也得以进一步丰富。在这一幅幅景物充分展示之后，最后才来正面写人，但用墨十分省俭，重在写意。"藕花裙湿鬟云松，人在落霞中"，大概在晚风中采莲久了，衣裙湿了，乌云般的发髻也显得蓬蓬松松，俯仰水面和天空上下，都是被落日染红了的晚霞，水天与人面、荷花、榴裙相映成趣，绚丽夺目。

整首词的语言通俗流畅，不借典故，风格清新自然，尤其注重色彩的运用。从写"石榴红"的衣裙、七彩的虹、乳白色烟霭、深绿色的柳荫、娇艳的芙蓉到澄清的碧波、白色的双鹭、黑色的鬓发、红色的晚霞，都有着词人独特的绘画意境追求，呈现了一幅绚烂多彩的水乡画卷。

（蔡宛若）

浪淘沙
杨 花

金缕晓风残，素雪晴翻，为谁飞上玉雕阑？可惜章台新雨后，踏入沙间！　　沾惹忒无端，青鸟空衔。一春幽梦绿萍间。暗处销魂罗袖薄，与泪轻弹。

中国古典诗词中咏杨花柳絮的作品极多。以词而言，苏东坡及章质夫的《水龙吟·咏杨花》，已专美于前，陈子龙的《浣溪沙》及《忆秦娥·杨花》，又以才情绮丽风流，著称于后。后来作者在这一传统题材上，似难再出胜境。然而，清初词人咏此题者仍多。作者此首《浪淘沙·杨花》，更以俊丽贴切，为时人誉为佳制，可见一代有一代的作手。即使传统题材，只要推陈出新，仍然可以推出佳作，在词坛上占有一席之地。

上片首韵三句，写残春之景，点画入微。以金缕晓风、杨花飞舞、玉栏花翻，营造了一片衰败、悲凉、清冷孤寂的气氛。在这一背景上，只见一场春雨之后，章台街上，遍地落花。雪白的杨花，被踏入污泥之中。这里作者选用章台这一环境，是寓有深意的。章台原为战国时秦王的朝会之所。到汉代，章台便为长安街名。在唐宋诗词中，章台却成了秦楼楚馆的代称。唐朝韩翃有妾柳氏，本为长安歌伎。安史乱起，两人失散，柳氏为蕃将沙吒利所得。韩翃寄给柳氏一首词："章台柳，章台柳，昔日青春今在否！纵使长条似旧垂，亦应攀折他人手。"后来韩翃得到虞侯许俊的帮助，始得与柳氏团圆。"章台"指柳于是乎始，且有"冶游场所"这一重语意。所以作者以章台新雨后被踏入沙间的杨花喻飘零身世和被践踏、被蹂躏的遭际。"素雪晴翻"反用谢道韫咏雪"未若柳絮因风起"语意，而以"翻"字传神，以"晴"字陪衬，写杨花飘零的身世，极为细致传神。"为谁飞上玉雕阑"深示感叹，表明杨花在辞树之时，已经不能掌握自己的命运。"为谁飞上玉雕阑"连她自己也说不清楚。她是不由自主地被东风吹舞，受人摆布。陈子龙词吟杨花云："怜他漂泊奈他飞"，又云"轻狂无奈东风恶"，深怜杨花飘零无主。作者于词句中虽未明示东风之无情，然而笔意含蓄，盖纵无东风狂吹，杨花仍将漂泊无主，作者巧妙地在下文二句补足此意：章台雨后，踏入沙间。"可惜"一词示叹惋之情，深得诗人之旨。

下片深入一层，转而从人情方面着笔。"沾惹忒无端，青鸟空衔。一春幽梦绿萍间。""沾惹"一句即承"为谁飞上玉雕阑"而来，由杨花的飞舞无主联想到这离情别恨也像这柳絮一般漂泊不定，不知缘由便生离愁。"青鸟空衔"中的"青鸟"，即传信的使者。李商隐《无题》："蓬山此去无多路，青鸟殷勤为探看。"杨花飞舞的时候，眼看春天就要过去了。所以在情人眼里，好像春天会随杨花飞絮一起飞走似的。然而，在情人们看来，杨花也似乎留恋春天，它飞向空中，飞上雕栏，飞入绿萍间。人们设想要是央求青鸟衔住杨花，也许春天还可以留住。然而春天毕竟难以留住，因而才有"一春幽梦绿萍间"之叹。末尾二句"暗处销魂罗袖薄，与泪轻弹"。因无限思念而黯然神

浪淘沙『金缕晓风残』

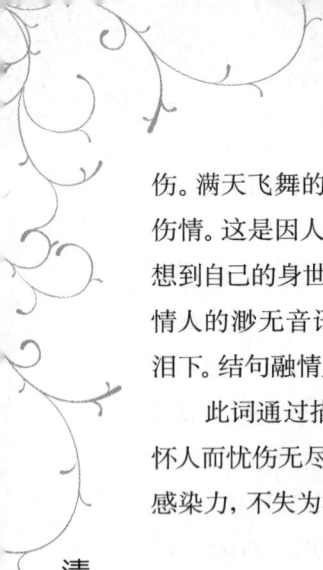

伤。满天飞舞的杨花，遍地郁郁葱葱的绿萍，能使人愉悦，也能使人伤情。这是因人的情绪而异的，便是所谓移情。由飘舞不定的杨花联想到自己的身世，由一春绿萍联想到春天的将逝，由青鸟空衔联想到情人的渺无音讯和时光的难以挽留，不免使主人公黯然神伤，潸然泪下。结句融情入景，凄苦自在言外。

此词通过描写暮春景色，抒发了一种伤春愁绪，渲染出浓厚的因怀人而忧伤无尽的情调。通体凄怆悲凉，哀婉欲绝，具有很强的艺术感染力，不失为清人令词中的一篇上乘之作。

（万　兴）

吴伟业 (1609—1671) 著名文学家。字骏公, 晚号梅村, 太仓
(今属江苏) 人。明崇祯四年 (1631) 进士, 授翰林院编修。后任东
宫讲读官、南京国子监司业等职。南明福王时, 拜少詹事, 因与马士
英等不合, 辞官归里。清顺治十年 (1653), 被迫赴京出仕。初授秘
书院侍讲, 升国子监祭酒。后辞官归里。少时曾师事复社领袖张溥。
诗负盛名, 与钱谦益、龚鼎孳并称"江左三大家"。吴伟业学识渊博,
经史疑义、朝章典故无不谙通。所著《绥寇纪略》为研究明末农民
战争史之重要资料。又熟谙音律, 工词曲。其早期诗词作品风格绮
丽, 后遭逢丧乱, 阅历兴亡, 多哀时伤事之作, 格调清丽哀婉。赵翼
称他为诗词"大家"。另著有《梅村家藏稿》, 附《梅村诗余》, 杂剧
传奇有《通天台》、《临春阁》、《秣陵春》。

江城子

风 鸢

柳花风急赛清明。小儿擎, 走倾城。一纸身躯, 便欲上天
行。千丈游丝收不住, 才跌地, 倏无声。 凭谁牵弄再飞
鸣。御风轻, 几人惊。江南二月听呼鹰, 赵瑟秦筝天外响, 弹
不尽, 海东青。

这是一首咏物词。所咏虽是纸鸢 (yuān) (风筝), 但寓意颇
深。靳荣藩在《吴诗集览》中指出:

此词似为阮大铖所作。大铖依附魏阉, 身罹逆案, 所谓"上天"、
"跌地"也; 南渡伪立, 为马士英所援, 蟒玉巡江, 所谓"牵弄"、"飞
鸣"也; 至"呼鹰"、"海青", 固为衬贴"鸢"字, 然"风鸢"即"风
筝", 故用"筝""瑟"字, 而又以"筝瑟"暗衬"阮"字也。又, 大铖字
圆海, 故用"海东青"字。敢以质之论世者。

这段文字说明这首词通篇是暗寓讽刺明代奸臣阮大铖的。阮于
天启时依附宦官魏忠贤, 出入宫禁, 不可一世, 如风鸢"上天"; 崇祯
时魏忠贤垮台, 阮大铖亦被斥, 匿居南京, 如风鸢"跌地"; 崇祯亡,
福王建南明, 马士英专权, 阮大铖又为马士英援引, 任兵部尚书, 蟒
玉巡江, 即如风鸢之再次被"牵弄"而"飞鸣"。作者是复社中的中坚

人物，马士英、阮大铖当权时对复社诸人任意打击迫害，肆无忌惮。本词以暗寓手法对阮大铖的丑行恶态进行了揭露。词中的"赵瑟秦筝天外响"中的"瑟""筝"二字暗衬"阮"字。"阮"是"阮咸"的简称，与"瑟""筝"同是古乐器也。"天外响"、"弹不尽"是形象地比喻其肆意弄权，无法无天之状。"海东青"是雕之一种，又名"海青"，与"鸢"相合，"海"字又暗寓"大铖"，因其字"圆海"。在靳氏以前，尤悔庵、孙豹人等亦曾指出这是一首通篇暗寓讽刺的词作。词语中讽刺意味极为鲜明，"一纸身躯，便欲上天行"勾出阮本无大才，却要居高位，天马行空的丑态；"游""丝"二字，写其所凭借的势力，并非坚韧不拔；"才跌地，倏无声"讽刺其色厉内荏的本质；"再飞鸣"暗寓其东山再起，"便""才""再"几个虚词更增强了讽刺色彩。

　　本词突出特点是"工于赋物"，虽全首皆讽刺，处处有寄托，用了一系列贴切的暗示，但同时又处处抓住风鸢的特点，绘出了一幅"春日放筝图"——清明时节，春暖花开，小儿拿着纸做的风筝，在城内外尽情施放。风筝凭"千丈游丝"上天飞行，悠然得意；忽然游丝挣断，猝然跌地，倏然无声。后又借人手再次飞鸣，翱翔天外，不可一世，翼中的瑟筝之响，响彻云霄。词中写出放风筝的时间、地点、人物，风筝的形状、质地，描绘细致入微，丝丝入扣，神韵宛然。其手法之工妙，令人叹绝。本词在结构上是过片不变，一气呵成，但又有起伏波澜。上片写风筝从"天行"到"跌地"，下片写其"再飞鸣""天外响"，这起伏的变化，恰表现阮大铖的飞黄腾达到一败涂地，又东山再起的仕途经历，这巧妙的暗寓，自然天成。

（赵慧文）

菩萨蛮

野　景

江天漠漠寒云白，长桥客醉闲吹笛。沙嘴荻花秋，垂萝拂钓舟。　　危峰欹半倚，仄径苍苔展。欲上最高亭，远山无数横。

这是一首写景词，全词虽没有一句抒情的词句，却寄托着作者凄苦悲凉的心境，是他进退失据后自怨自艾心态的深沉写照。

全词八句，前六句一连描写了六种景物，把江天白云、长桥醉客、沙嘴荻花、水上钓舟、斜耸的山峰和苍苔上的人迹有机地组合起来，绘制出一幅江南秋色图，画面错落有致，多而不乱，形散而神合。而且作者善于点画，白云用"寒"，吹笛则是"闲"，荻花则是"秋"，垂萝"拂"钓舟，危峰"欹"半倚，苍苔则有"屐"等，既鲜活了这些景物，使之有了生气，又寓作者的思想感情于所描绘的景物之中，是作者心态的写照。于是他"欲上最高亭"，要登上最高处极目远眺。作者看到了什么呢？"远山无数横"，这当是作者预料所及的，是他心绪的宣泄。诗人以前朝旧臣，甲申国变之后，于顺治十年（1653）被迫应召出为秘书院侍讲，迁国子监祭酒，一年后辞官乞归，从此自觉失节而痛苦后半生。康熙十年夏，作者旧疾大作，预感不久于人世，留遗言曰："吾一生遭际，万事忧危；无一刻不历艰险，无一境不尝艰辛，实为天下大苦人。吾死后，欲以僧装，葬吾于邓尉灵岩相近，墓前立一圆石曰：'诗人吴梅村之墓。'"咸丰年间上元（今南京市）诗人宗源瀚写道："苦被人呼吴祭酒，自题圆石作诗人。"（《题吴梅村先生写照》）这十四字诗句很能概括诗人后半生的心境。这首词，也正是作者欲全节不得的身世之感、怨愤之情的慨然而深沉的流露。正如陈廷焯所说："吴梅村词，虽非专长，然其高处，有令人不可捉摸者，此亦身世之感使然。"正是这种身世之感，造就了作者词作的"高处"位置，使之在相当程度上开创了清初词特定的风气，诚为不幸之幸事。

（贺新辉）

贺新郎

病中有感

万事催华发。论龚生、天年竟夭，高名难没。吾病难将医药治，耿耿胸中热血。待洒向、西风残月。剖却心肝今置地，问华佗、解我肠千结。追往恨，倍凄咽。　　故人慷慨多奇节。为当年、沉吟不断，草间偷活。艾灸眉头瓜喷鼻，今日须

难诀绝。早患苦、重来千叠。脱屣妻孥非易事，竟一钱、不值何须说！人世事，几完缺？

作者是清初词风胚变时期声望最高的精神领袖式的大家，这首词也是清初最为有名的词作之一。作品概括了诗人后半生自艾自怨、凄凉悲苦的心境，不失为一首直抒胸臆、哀感凄恻的佳作。陈廷焯称其为"梅村绝笔也"（《白雨斋词话》）。

诗人才华艳发，明崇祯四年以第二名及第，名著一时。甲申（1644）国变曾与侯朝宗相约不出仕新朝，誓以隐逸终老。后因"当路诸人，多疑其独著高节，全名于世，于是，强起荐之"（《娄东耆旧传》本传），本人亦因"保全宗绪"一念之差，恐遭不测之祸，乃致出山。虽任国子监祭酒（相当于清末京师大学堂的校长）仅有一年，而在内心深处留下创伤，遗恨后半生。作者在丙申（1656）南归经商邱，在《怀古兼吊侯朝宗》诗中写道："死生总负侯嬴诺，欲滴椒浆泪满樽。"这首词亦当填于此时前后，淋漓尽致地表现了作者悲苦的心境。

上片缠绵凄恻，不惜洒血破肝，表达了往事不堪回首的沉痛心情。发端"万事催华发"，意为遭逢国变，哀悲无端，万事皆催人头发变白，含蓄而深沉。绥下二句："论龚生、天年竟夭，高名难没。"以西汉末年的光禄大夫龚胜自比。龚胜因"高名"拒绝出仕王莽新朝，绝食而死，虽夭却天年，却高名"难没"；而自己亦因"高名"，欲做逸民而不得，以至失节，比龚胜更惨。语意更深一层。以下五句以感"病"为中心，分层诉说，一说我所患病症乃为心病，"难将医药治"；二说我胸中虽耿耿热血，而内心苦痛又能向谁人诉说？三说，我待要将这一腔热血洒向象征故国的"西风"、"残月"；四说，毋宁此，倒不如"剖却"心、肝置于地上，请问神医华佗，可能解开我的"千结"愁肠？最后，只得以"追往恨，倍凄咽"作结，足见其悲慨之深！

下片则悲痛深沉，自愧草间偷活，诉说出追悔莫及的哀怨。头三句念及当年以节义相期的故友，进一步慨叹自己的失节；接着三句，叙说使用"艾灸头"、"瓜喷鼻"等医术对自己都无济于事了；"脱屣"两句，进一步阐发感慨：丢弃"妻孥"如脱鞋之易，而自己却辱身出仕，失节弃义，遂成一钱不值之人，还有何话可说？"脱屣妻孥"一语，典出《汉书·郊祀志》："嗟呼！吾诚得如黄帝，吾视去妻子如脱屣耳。""屣"（xǐ）鞋。结句"人世事，几完缺"。归结全篇，慨叹人世之事，变幻莫测，由于当断未断，而致身败名裂，遗恨终生！

综观全词，描绘出作家由于进退失据而致后半生自艾自怨、凄苦悲凉的心态，慨然家国之变的怨愤之情充溢于字里行间，融身世之感与时事之慨于一体，交织着痛苦与悔恨，感慨沉挚，悲叹激扬，不失为反映这一特定历史条件下的一批作家心态的代表作品。从这方面理解吴伟业被誉为"本朝词家之领袖"（张德瀛《词证》卷六），并不算过分。

（贺新辉）

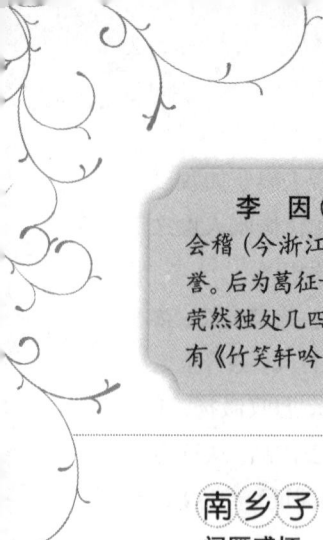

南乡子

闻雁感怀

嘹呖过南楼，字字横空引起愁。欲作家书何处寄，谁投。目送孤鸿泪暗流。　　忆昔共追游，荻岸渔汀系小舟。又是那年时候也，休休。开到黄花知几秋。

顺治二年 (1645)，李因之夫葛征奇抗清殉身。这是作者悼念其亡夫的词作。

以归鸿写思乡、思人之情几乎成了唐宋词中的一条规律，鸿雁成为一个内涵丰富的象征符号。一则，大雁南飞，寓示秋日的来临，成为萧瑟、悲凉的象征；二则，鸿雁往来传书，最能引起人们对远方亲人的思念；三则，大雁忠贞痴情，爱侣间生则行止相随，死则可为对方殉情，是人间至亲至爱的象征。李因这首词，就是将鸿雁的三种象征意义相融合，来抒发自己的内心情感。

上片以听觉、视觉的不同角度描写鸿雁高飞。在词人耳中，南飞大雁的鸣叫声是如此的响亮凄清；在词人眼里，大雁飞行的队阵也充满愁怨。"南楼"，古楼名，泛指登楼远望吟咏之所，见刘义庆《世说新语·容止》中之典。李白有诗"清景南楼夜，风流在武昌"（《陪宋中丞武昌夜饮怀古》）。耳中愁、眼中愁，只因心中有愁。紧接两句点明主旨，"欲作家书何处寄，谁投"。想托鸿雁给久无音信的亲人传书，可是，相濡以沫的亲人早已逝去，生死两茫茫，亲情无处诉，怎能不愁因之起，悲从中来。眼望着凄凉徘徊的刁孤雁，泪水奔涌而出。

"孤鸿"，明是写雁，实是写人。失去爱侣、孤独前行的鸿雁，正像词人自己在人生的旅途挣扎、苟活，再没有人关怀体贴，再没有人扶持激励，种种的苦痛、辛酸又向谁诉说。"暗流"的"暗"，深沉、含蓄、准确微妙地刻画出特定环境中人物的感情。试想，江山已成为大清天下，曾朝夕相伴的志士已长眠地下，纵有亡国之痛、亡夫之悲，也只能暗想、暗悲，心中血、眼中泪也只能暗洒、暗流，还有比这更令人悲痛欲绝、凄苦悲凉吗？此一句，已将悼亡之旨尽情表露。

"忆昔共追游"一句，是述说，也是幸福的回味。"追游"，将一对爱侣相伴相随、紧紧依恋的情景重现；紧接着，往事的细节变得越来越清楚具体起来，对，就在这里，岸边芦荻、水州之上，我们停船上岸；对，对，还有，正是这样的天气，这样的季节……于是乎，早已被岁月淹没的一切的一切，不断地浮现出来，一时之间，万端感慨，往事历历激起思绪波涛起伏奔腾，汹涌澎湃涌向高潮之巅。然而就在此时，作者笔锋一转，连用"休休"二字，戛然而止，情绪突然顿入低谷。她此刻的痛苦、此刻的悲哀，此刻对亲人断肠般的呼唤怀想，即使是捶胸顿足、放声嚎啕也无以平息；然而却只用"休休"二字，一个吞咽悲苦、外柔内刚的奇女子形象跃然纸上，满腔遥深不尽的哀思，在"休休"这一声感喟声中尽见，这实在是泪尽继之以血的一声唉天叹地。此外，"休休"二字更有妙处，言休则未休，想忘却难忘，休字之后是刻骨铭心的与她生命相始终的记忆，是忘不掉的爱与悲愁。结尾收煞一句极妙。词人将目光转向秋日盛开着的菊花，对自己说，不再想了，菊花又一次开放，那已是许多年前的事了，其一，用秋菊与鸿雁相呼应，首尾之景完整统一；其二，岁月流逝，往事一去再不复返，可是自己的心一如既往；其三，菊花正与过去一样开放，我又焉能不忆起旧日之人。真是情不自禁、欲说还休，思念之苦、无奈之叹，虽再三云"休"，然却永远难以去怀，读来格外地凄恻哀怨。

（姚奠中 董　宁）

南乡子〔嘹呖过南楼〕

方以智 (1611—1671) 著名科学家、思想家、文学家。字密之，号曼公，又号龙眠愚者，桐城 (今属安徽) 人。明崇祯十三年 (1640) 进士。官翰林院检讨。曾与陈贞慧、吴应箕、侯方域等主盟复社，为"明末四公子"之一。南明弘光间，为阮大铖所陷，流离岭南。后在南明永历政权任詹事府左中允，旋被免职，隐居山中。清兵入粤西，于青厚山出家为僧，改名大智，字无可，别号弘智、药地、愚者大师、浮雪山愚者、浮山智者等。博学识广，对天文、地理、历史、物理、生物、医药、文学、音韵均有研究。学风尚实，开清代考据学之先河。其词作笔力雄健，创意清新，格调慷慨苍郁而超尘脱俗，为清初遗民词之精华。有《浮山词》已佚。科学著作有《物理小识》、《通雅》、《药地炮庄》、《博依集》、《东西均》等，文学作品有《浮山全集》。

忆秦娥

花似雪，东风夜扫苏堤月。苏堤月，香销南国，几回圆缺。　　钱塘江上潮声歇，江边杨柳谁攀折。谁攀折，西陵渡口，古今离别。

这是一首情景交融、寄托遥深的词坛佳作。

作者方以智，为"明末四公子"之一，在明末清初易代之际，曾两次被大顺军、清兵所俘，后变服为僧，曾变更法号数十个。虽断发披缁，身入空门，仍时时不忘家国之痛。对于故国赤诚挚爱之心，常常密裹于他的诗词作品之中。这首词便是这样一首以景抒情的词作。

上片"花似雪，东风夜扫苏堤月"。从花、月着笔，写苏堤的月夜，东风吹打得落花如雪，惜春、伤春之情开门见山。"苏堤月"，迭唱三字，勾连上下文，"几回圆缺"，感叹月儿不能长圆，总是圆了又缺。由花落到月缺，伤感之情又深入一层。作者以生花妙笔绘出清丽景色，巧妙地抒发出好景不常的感慨，家国之痛、伤世之情尽在不言之中。

下片，从苏轼《八声甘州·寄参寥子》"问钱塘江上，西兴浦口，几度斜晖？不用思量今古，俯仰昔人非"脱胎，并反用其意，遂变清旷而为悲凉。"潮声歇"、"谁攀折"六字，先倾诉，后发问，声情毕现，动人心魄。"西陵渡口，古今离别"，物是人非，时销世换之感又加深一层。家国之痛，身世之哀如此，欲之不悲，又何可得？

总之，这首词语言看似平淡，却创意独到，戛戛生新，在对于花落、月缺的伤感之中，透示着作者对于故国的耿耿丹心。

（贺大龙）

行香子
三叠峡

划碎虚空，堕落珠宫，漫夸张、鬼斧神工。半间茅屋，八面玲珑，有一条溪，千丈石，万株松。　　急雨斜风，电卷雷轰，是谁来、掷杖成龙？千年古意，分付诗翁，在两崖间，三弄外，一声中。

清顺治九年（1652）九月初，方以智与施闰章同游庐山。三叠峡为庐山著名景区之一，深隐于五老峰东面的茂林中，被誉为"庐山第一奇观"。

"划碎虚空，堕落珠宫，漫夸张、鬼斧神工。"起调运用想象和夸张的笔法，写出了三叠峡的雄伟奇绝。"珠宫"，盖蕊珠宫之省，道教神仙所居之处，后世用以指仙境。三叠峡奇峰对峙，直插云霄，虽鬼斧神工，不足夸也。三句词笔力雄健，气势不凡。接着"半间茅屋"以下五句，进一步描绘三叠峡的优美景致。"八面玲珑"，形容周围山峰奇秀，林壑幽美。三叠峡中绝壁倚空，古木参天，溪流潺湲，茅舍幽然，置身其间，定会令人心舒意畅、胸次顿开。五句话中连用五个数词，使词意一气贯通，如庐山飞瀑直泻而下。

过片"急雨斜风"等三句高潮再起，描绘出峡中瀑布的恢宏气势。三叠泉挟风带雨，崩云裂石，"初疑雪崩涌天谷，翻若雷奔下岩宿"（宋刘过《三叠泉歌》），轰鸣之声，远震数里。"掷杖成龙"用费长房事，形容泉水跌落而下势如腾龙。《后汉书·费长房传》载：长房为市掾，睹一卖药老翁悬壶于肆头，市罢辄跳入壶中，遂欲求道，随

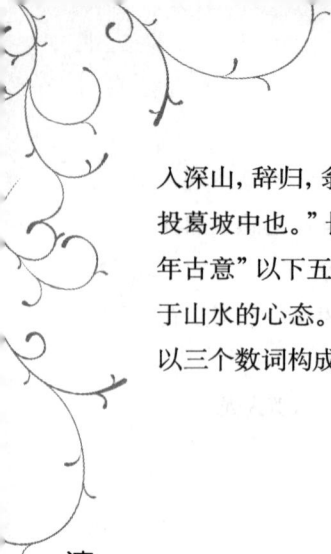

入深山，辞归，翁与一竹杖，曰："骑此往所之则自至矣，既至，可以杖投葛坡中也。"长房乘杖须臾归来，即以杖投坡，顾视则龙也。""千年古意"以下五句由景及人，物我谐一，表达词人置身于幽谷而寄情于山水的心态。结束"在两崖间，三弄外，一声中"三句照应上片，仍以三个数词构成铺排之势，余情荡漾，余韵悠长，令人回味无穷。

（李汉超　刘耀业）

李　渔（1611—约1679）著名戏曲作家、戏曲理论家、诗人。字笠鸿、谪凡，号觉世稗官、湖上笠翁等，兰溪（今属浙江）人，生于雉皋（今江苏如皋）。少时补博士弟子员，后屡试不第。入清无意仕进，家设戏班，常于达官贵人门下演出。与吴伟业、尤侗等友善。著有《比目鱼》、《蜃中楼》、《奈何天》、《风筝误》等传奇，合称《笠翁十种曲》，均为风情剧或滑稽剧，风趣新巧。所著《闲情偶记》，提出了全面、系统的戏剧理论，从剧本创作到演出，均有精湛深刻的见解。另著有诗、文等，合刻为《笠翁一家言全集》，有短篇小说集《十二楼》，词集有《耐歌词》四卷。

如梦令

祝子山居

远望山卑屋小，行到林深水渺。幽径少人行，黄叶多年未扫。
休恼，休恼，今日苍苔破了。

李渔生活的时间，正值明末清初、政局巨大变革的年代，入山隐居者颇多。李渔一生未能中举入仕，但交游甚广，其亲友熟人中有去山林筑屋隐居者，亦属平常。就题材来说，这首小令并不新鲜，但小令以寥寥数语，写出深山密林景物特征，用语平易，遣词得当，笠翁才华，由此可略见一斑。

首二句写此人“山居”的地理位置和自然环境。观景的距离有差异，摄取的“镜头”也就不同，作者只用了八个字，概括写出“远景”和“近景”。“山卑屋小”是“远望”所见景物轮廓，山是矮的，屋是小的；“林深水渺”是“行到”之后看见的“山居”地方周围的环境，屋子筑在树林深处，附近有细微的溪流。卑、小、深、渺四个字，抓住远望和近观所见山、屋、林、水的特征，用白描的手法，勾勒出两幅清幽淡雅的画面，极见功力。

“幽径少人行，黄叶多年未扫。”这两句写“山居”环境的幽静与荒凉，小路因为行人不多，干枯的败叶日积月累，“多年”无人打扫，不免透露出几分凄清、苍凉。看到这些景象，作者很自然地想到，住在这荒芜的地方，难免会感到寂寞、悲凉，所以结尾三句便是作者对

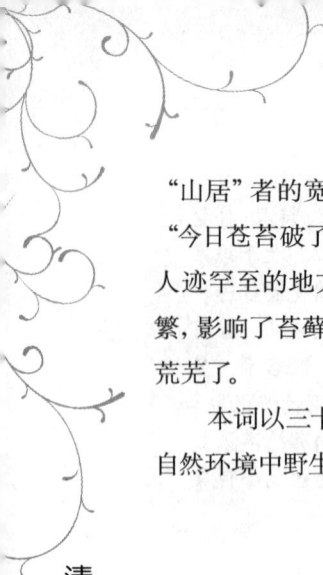

"山居"者的宽慰。他劝慰住在这儿的人"休恼，休恼"，因为他发现"今日苍苔破了"。"苍苔"泛指苔藓类野生植物，多生在荒凉阴暗、人迹罕至的地方。"苍苔"破败，说明住上人之后，随着人的活动频繁，影响了苔藓植物的滋生繁衍，也就渐渐有了生活气息，不再这样荒芜了。

本词以三十三字的短小篇幅描绘山林景物，生动逼真，又能抓住自然环境中野生植物的细微变化，抒情写意，可谓妙笔传神。

（王方俊）

冒　襄（1611—1693）著名文学家。字辟疆，号巢民，又号朴巢，如皋（今属江苏）人。明崇祯十五年（1642）副贡，授台州推官，不赴。以泣血上书为其父吏部郎冒起宗辩诬而孝闻天下。与方以智、陈贞慧、侯方域友善，矜名节，持正论，时称“四公子”。入清，屡拒荐举，隐居不出。居水绘园，交会四方文士，读书酬唱以终。擅书法，工诗文。其诗古朴苍凉，晓畅流利，冒襄虽不以词名于世，但偶有所作，感慨深沉，情溢于辞。著有《影梅庵忆语》、《巢民诗集》、《巢民文集》等，辑有《同人集》。

鹊桥仙

重九日登望江楼，演阳羡万红友《空青石》新剧，老怀怅触，倚声待和

朴巢已覆，苔岑遥隔，剩有丹枫堪玩。今朝重上望江楼，怅南北、烟林全换。　　尊前新谱，曲终雅奏，一字一声低按。纵然海水远连天，抵不得、闲愁一半。

冒襄是明末“四公子”之一，才高气盛，名擅当时。冒襄虽不以词名世，现存的词作也不过仅有十四首，但在清初词坛上却处于不可忽视的地位。他的水绘园聚集了当时如皋一县的一批词人，如石沪、许嗣隆、张圯授、薛斑及同父异母弟冒褒、冒裔等，还收留了当年在南京一起痛斥阮大铖的诸盟友之子，如戴重之子戴本孝兄弟，方以智之子方中德、中通兄弟等，这些“世盟诸子”多为诗词传家子弟，常于水绘园中慷慨悲歌。以冒襄为核心的水绘园词人群体，是广陵词坛重要的一翼。冒襄志在复明，老而弥笃。这首《鹊桥仙》词触景伤情，于朴茂无华的语言中凝聚了明亡后难以尽诉的深悲大恸，颇具撼人心魄的力量。词题中所言万红友即清代著名戏剧作家万树。其《空青石》剧题作“送不清《洛神赋》，糊突东善武能文的钟在心；丢不下《鹊桥词》，烦恼煞真名假姓的陆珊然”，叙钟青家藏，“空青石”医眼良药，由此演成种种纠葛。冒襄盖因剧中《鹊桥词》有感而作，所谓“老怀怅触”者，感明之亡也。

“朴巢已覆，苔岑遥隔，剩有丹枫堪玩。”词的起首三句，表面上

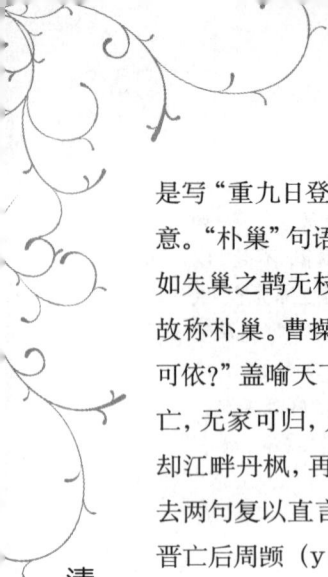

是写"重九日登望江楼"所见之景，实则暗含无国无家、今非昔比之意。"朴巢"句语意双关，既哀明王朝如朴栋之巢已遭颠覆，复伤自身如失巢之鹊无枝可依（词人号朴巢）。朴栋，小木也，鹊以小木筑巢，故称朴巢。曹操《短歌行》："月明星稀，乌鹊南飞。绕树三匝，何枝可依？"盖喻天下大乱，流民失所。冒词同样以"朴巢已覆"喻故国已亡，无家可归，只能苟活人间。"剩有"犹惟有、仅有，言外之意为除却江畔丹枫，再无可赏心悦目者，其怆怀故国之情已隐含其中。接下去两句复以直言点明："今朝重上望江楼，怅南北、烟林全换。"当年晋亡后周颛（yǐ）于新亭上曾有"风景不殊，正自有山河之异"的哀叹（见《世说新语·言语》），现在词人于望江楼上更生出"烟林全换"的悲感，两相比较，冒氏的亡国之恸更有甚于前人。

过片"尊前新谱"等三句，描述于望江楼上演出《空青石》新剧的情形。"一字一声低按"，表明当时演出气氛的沉闷，同时也衬托出楼中人抑郁寡欢的心态。正是那迂回婉转的曲调，那低沉纤柔的吟唱，使得词人"老怀惆怅"，勾起故国之思、身世之感。接下去两句笔锋一顿，用"愁"字有力地一结："纵然海水远连天，抵不得、闲愁一半。"这"闲愁"正是怆怀故国的深悲大恸。歇拍急促，戛然而止。

这首词立意揭橥鲜明，决无粉饰。词人借助"朴巢已覆"、"烟林全换"所表达出的苦与悲、哀与恸，代表了清初遗民词思想内容的一个重要方面。

（李汉超　刘耀业）

虞美人

白榆关外吹芦叶，千里长安月。新妆马上内家人，犹抱胡琴学唱汉官春。　　飞花又逐江南路，日晚桑干渡。天津河水接天流，回首十三陵上暮云愁。

这是一首表现作者身处特定时代的悲苦心态的作品。

蒋平阶，原名雯阶，身处明清易代之际，1645年即南明福王弘光元年，清兵南下，福王政权倾覆，遂流亡至福州，投唐王，授兵部司务，晋升御史。1646年即唐王隆武二年，清兵入闽，唐王败亡，乃改名平阶，易道士服，漫游四方，以堪舆谋生。数年之后暮春的一天，他来到北京，写下了这首《虞美人》。

北京原是故国的京城，又是明十三位皇帝陵墓的所在地。而今山河变色，国易其主。词人作为遗民来到此地心中怎能不感慨万千呢？

词人来到北京正是"飞花"时节，无心欣赏这京城的春色，而是直叙所见、所闻、所感。

上片写所见所闻。"白榆关外吹芦叶，千里长安月。"榆关，即山海关，也作渝关，在今河北省秦皇岛市，是万里长城的起点，北依角山，南临渤海，形势险要。隋时建，唐于志宁《崔敦礼碑》："建节榆关，尘清柳室。"明修后改名为山海关。长安，代指京城，即北京。这是两句倒装句，意思是说，千里明月，笼罩着京城，关外的笛声阵阵传来。"吹芦叶"，民间常以芦叶含于口中吹奏发出悦耳的声音，这里用以代指笛子。"新妆马上内家人，犹抱胡琴学唱汉官春。"胡琴是由少数民族地区传入内地的一种乐器；汉宫春，调名，双调，九十四字或九十六字、九十七字。这是说，那些骑马乘轿、官服着身的达官贵人，用清人的乐器演奏着汉族的曲调。作者写眼中所见，抒心中所感，江山依旧，人事皆非的易代之感不言自明。

下片抒写所感，却又寓景于情。桑干，即桑干河，相传因每年桑葚成熟时河水干涸而得名。发源于山西省宁武县的管涔山，流经山西、河北两省注入永定河后，由天津入海。唐诗人贾岛《渡桑干》诗："无端更渡桑干水，却望并州是故乡。"所以，作者写："日晚桑干渡"，"天津河水接天流"。但是，江山易主，因此，"回首十三陵上暮云愁"。一个"愁"字将眼前的所见所闻与心中所感的黍离之悲统一起来了！

这首词写得含蓄委婉，蕴藉深幽，他一不写故宫黍离，二不写城垣残破，而是用月夜"关外吹芦叶"，"抱胡琴学唱汉宫春"，写京城的人事已非。上片写景寓情，下片以情衬景，全词无一句言亡国之恨，亡国之恨却浸透于字里行间。成功地表达了一种深沉的故国之思。"景无情不发，情无景不生。"（范晞文《对床夜语》卷二）作者正是用这种情景交融、相互生发的手法，深挚地表现出他在那个特定时代的悲楚心态。

（蒲　仁）

曹　溶 (1613—1685) 著名词人。字洁躬，一字鉴躬，号秋岳，又号倦圃，秀水 (今浙江嘉兴) 人。明崇祯十年 (1637) 进士，考选御史。清顺治初，起任河南道御史，督学顺天，累迁户部侍郎，后任广东右布政使。降山西阳和道，补山西按察副使，备兵大同。康熙十七年 (1678) 荐举博学鸿词试，以疾辞。又荐修《明史》，亦不赴。家富藏书，朱孝臧曾从其游，所编《词综》多从其家藏宋人遗集中录出。擅作诗，有《静惕堂集》。尤工于词，早期多写香奁恋情；中年以后多描述边塞荒凉及咏史怀古之作，笔致明爽，格调深沉高亢；晚年词风渐趋于轻柔清淡。有《静惕堂词》一卷。另著有《粤游草》、《倦圃诗集》等。

满江红

钱塘观潮

浪涌蓬莱，高飞撼、宋家官阙。谁荡激、灵胥一怒，惹冠冲发。点点征帆都卸了，海门急鼓声初发。似万群、风马骤银鞍，争超越。　　江妃笑，堆成雪。鲛人舞，圆如月。正危楼湍转，晚来愁绝。城上吴山遮不住，乱涛穿到严滩歇。是英雄、未死报仇心，秋时节。

这是一首别具特色的描写钱塘江海潮的词作。海潮是由于月亮、太阳对地球各处引力不同所造成的海水周期涨落现象。杭州南面的钱塘江口，因呈喇叭形状，海潮涌入时受地形约束，所以最为壮观，以每年农历八月十八的潮最大，高度可达七尺，蔚为壮观。历来描写钱江潮的诗词，从汉枚乘的《七发》到清吴梅村的《沁园春·海潮》，无不形象地描绘出海潮的汹涌和瑰丽壮观的景象。这首词却一反传统的写法，以传说中钱江潮为伍子胥的怒发为线索，运用比拟、夸张、铺排、设问、比喻一系列的修辞手法，形象地描绘出钱塘潮的宏伟气势。

据《水经注·浙江水》引《吴越春秋》记钱塘潮说："昔子胥死于吴而浮尸于江，吴人怜之，立祠于江上，名目胥山。"又引《吴录》说："潮水之前扬波者伍子胥。"全词就是从这个民间传说立意，借

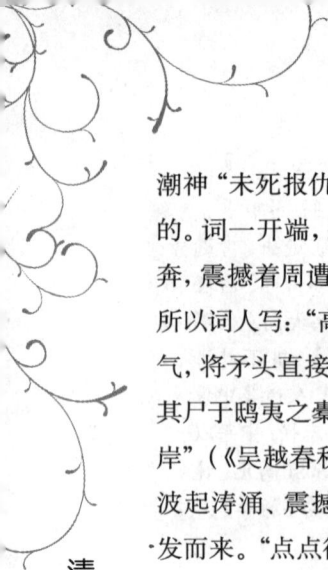

潮神"未死报仇心"发怒而激荡大潮,引发词人内心的"晚来愁绝"的。词一开端,作者便描绘出一幅浪卷雪堆的雄伟奇景。它突怒横奔,震撼着周遭高大的建筑群。由于南宋曾偏处临安,即今杭州市,所以词人写:"高飞撼、宋家宫阙。"接着"谁荡激",词人以诘问的语气,将矛头直接指向杀害伍子胥的吴王夫差。吴王夫差杀了子胥,盛其尸于鸱夷之橐,投入江中。子胥死后"随流扬波,依潮往来,荡激崩岸"(《吴越春秋·夫差内传》)。因此,"灵胥一怒,惹冠冲发"。这是波起涛涌、震撼杭城的起因,是本词的"词眼",以下词意皆由此生发而来。"点点征帆"四句,紧承"灵胥一怒"的意脉,对海潮的声势作了进一步的铺排。枚乘《七发》描绘观潮说:"江水逆流,海水上潮……沌沌浑浑,状如奔马,混混庉庉,声如雷鼓。"作者化用其意,传神而又夸张地描画出海潮的声音、颜色和气势,有如蒙尘明珠,一经拂拭,则光彩十倍。

下片开头四句:"江妃笑,堆成雪。鲛人舞,圆如月。"是对涨潮声势的夸张描写。仙女欢笑,鲛人起舞,仿佛在举行水上庆典,为潮神喝彩助威。江妃、鲛人系两个典故。据《列仙传》载,江妃二女,游于江汉之滨,遇郑交甫,解佩珠相赠,郑行数十步,二女不见,珠亦不见。《博物志》载,鲛人居于南海水中,其眼可泣珠。这四句其实是词人面对潮水击岸,卷起千朵浪花,似堆白雪,如溅明珠的壮丽景观所引起的丰富想象。"正危楼湍转"四句写退潮时的情景。"湍转"言奔腾的狂潮退了下去;严滩,指钱塘江下游富春江畔东汉严子陵垂钓的地方。退潮的势头,连蜿蜒起伏的吴山也挡不住,一直退到严滩才停了下来。结末二句:"是英雄、未死报仇心;秋时节。"是以情结景,也是对上片"谁荡激、灵胥一怒"的呼应。

在这首词中,作者笔下的钱塘潮是人格化的。"是英雄,未死报仇心"与"谁荡激、灵胥一怒"前后呼应,将伍子胥愤怒的性格特征赋予自然景观,作者用"怒"写起潮,以"笑"状涨潮,用"愁"绘退潮,更赋予潮水以人的性格。这里既有对自然景观的惊叹,又有对古人坚强不屈精神的赞颂。全词不是为写景而写景,作者所陶醉的是一个在感觉上非常具体,在心理上又模糊抽象的感情,透示了作者难以言说的意趣,抒发了激荡壮烈的情怀。

(贺新辉)

叶小纨 (1613—1655以后) 女诗人。字蕙绸，吴江 (今属江苏) 人。诸生沈永祯之妻。父叶绍袁、母沈宜修均善诗词。幼端慧，工诗词，与姊纨纨、妹小鸾常以诗词唱和。后姊妹皆夭殁，小纨伤之，乃作杂剧《鸳鸯梦》以寄意。另有诗集《存余草》，词集《鸳鸯梦词》。

临江仙

经东园故居

旧日园林残梦里，空庭闲步徘徊。雨干新绿遍苍苔。落花惊鸟去，飞絮滚愁来。　　探得春回春已暮，枝头累累青梅。年光一瞬最堪哀。浮云随逝水，残照上荒台。

这首《临江仙》小令，以柔婉的笔调，抒述了女词人重返故居时触景而生的感伤之情，足以反映女性缠绵缱绻的性格特征。

起笔扣题，忠实地再现了女词人经过旧日园林时流连徘徊、依依难舍的情形。昔日曾朝夕相伴的一草一木、一砖一瓦，是那样令词人魂萦梦牵，今日重睹，一切尚依稀可辨。然而，"空庭闲步"，满目苍苔，一切毕竟是今非昔比了。一个"空"字，一个"遍"字，都暗示出故园久已人迹罕至，十分荒芜了。此时此地，女词人虽然也是"小园香径独徘徊"（宋晏殊《浣溪沙》），但是比起晏同叔的伤春闲情，却更充满着复杂的情愫，在这里度过的那段时光，不管是幸福快乐，还是痛苦忧伤，都是生命中值得缅怀的一页。如今来此追寻逝去的岁月，怎不令人思绪万端，愁从中来！"落花惊鸟去，飞絮滚愁来"两句景情交融，借"一团团、逐队成球"（见《红楼梦》）的飞絮状写无形之愁，用笔精妙，颇具功力。

词的下片紧承"愁"字展开，兴发了无限年光有限身的慨叹。自然之春纵可挽留，然而年华之春却无法唤回。"探得春回春已暮"一句，与宋张先《天仙子》词中"送青春去几时回"之句有异曲同工之妙，两句中后一"春"字俱与"青春"相关。就在这"浮云随逝水，残照上荒台"之后，词人似乎不忍再旧梦重温，搁下了她那支沉重的笔。

临江仙『旧日园林残梦里』

整首小令情真意浓，由故地重游、人世变迁而触发出的感慨尤显深切，读来不乏感人的魅力。

（李汉超　刘耀业）

蝶恋花

旅月怀人

月去疏帘才数尺,乌鹊惊飞,一片伤心白。万里故人关塞隔,南楼谁弄梅花笛。　　　　蟋蟀灯前欺病客,清影徘徊,欲睡何由得。墙角芭蕉风瑟瑟,亏伊遮掩窗儿黑。

正如词题所示,这首词描绘了一位在月白风清的夜晚思念远方朋友的旅人的心情。全词将眼前景物用视觉、听觉和感觉巧妙地交织在一起,构成一种凄清、冷落的气氛,意绪缠绵,不绝如缕。

上片三句写旅夜月色清冷之景。"月去疏帘"句写明月匠心独运,既不同于李白的"明月出天山,苍茫云海间"(《关山月》),写明月之高,也不同于张九龄"海上生明月,天涯共此时"(《望月怀远》)写明月之远,而是极状其近,近到"才数尺"。这是由于作者独处异地,举目无亲,只有明月为伴,所以感到特别亲近。"乌鹊惊飞"句化用曹操《短歌行》"月明星稀,乌鹊南飞,绕树三匝,何枝可依"和周邦彦《蝶恋花》"月皎惊乌栖不定"句而来,情景均不相同,而是透过"一片伤心白",独见境界。这三句景为情设,景中寓情,为月光涂上一层感伤的色彩,显示出作者心灵深处无枝可依的凄恻。后二句抒情,借用向秀《思旧赋》中旧友山中故居闻笛思友与李白《与史郎中饮听黄鹤楼上吹笛》"黄鹤楼中吹玉笛,汉城五月落梅花"诗意,运用听觉渲染出远隔关塞思友与怀念故乡的郁闷心情。词人怀生友而用亡典,情真意痛，感人至深。

过片以"蟋蟀灯前欺病客"承"乌鹊惊飞"句，再点"旅"字。句中的"病客"就是词人自己。作者用一个"欺"字将蟋蟀拟人化了。病居异地他乡，连蟋蟀也来欺人，搅人心绪，使人难以成眠。"清影徘徊，欲睡何由得"承"万里故人关塞隔"句，再点"怀人"。"清影"句化用苏轼"起舞弄清影，何似在人间"（《水调歌头》）句。"徘徊"句则化用李白"我歌月徘徊，我舞影凌乱"（《月下独酌》）句而来，前者高旷，后者豪迈，而本词作者却令人感到孤凄。末二句，"墙角芭蕉"句化用吴文英《唐多令》"何处合成愁，离人心上秋，纵芭蕉不雨也飕飕"的词句，抒写离愁别绪；"亏伊遮掩窗儿黑"巧用李清照《声声慢》中"守着窗儿，独自怎生得黑"句意，暗示了自己百无聊赖的心绪。"亏伊"将芭蕉拟人化。"亏"字与上句"欺"字成对照；"窗儿黑"的"黑"，恰对上片"一片伤心白"的"白"字，用字遣词，工巧细密；意连语绵，却戛然而止。以不结为结，别具一格。

综观全词以明月为线索，以羁旅思友为意绪，全篇化用前人诗词成句却不露饾饤之迹，隐微曲折地表现词人幽咽凄婉的心绪。曹尔堪评云："感得芭蕉遮掩，为'一片伤心白'故也，细不可言。"（《二乡亭词》评语）董俞评宋琬词风格为"秋飙拂林，哀泉动壑"（《二乡亭词·序》），本词可为代表。

（贺新辉）

水调歌头
忆螺岩霁色

好雨正重九，不上海山门。螺岩却忆绝顶，霁色满乾坤。少得白衣一个，赢得翠鬟千叠，罗立似儿孙。独坐可忘老，何用更称尊。　　龙山会，南徐戏，共谁论。古今画里，且道还有几人存。便拂六铢石尽，重见四空天堕，此处不交痕。远水吞碧落，斜月吐黄昏。

　　这是一首咏重九的词作。词人因重阳有雨，不能登高眺远，僧舍孤坐，浮想联翩，因回忆昔日登丹霞山绝顶螺岩的情景。

　　"好雨正重九，不上海山门。螺岩却忆绝顶，霁色满乾坤。"这里"海山门"、"螺岩"均在丹霞山上。丹霞山在广东仁化县南十七里，重岩绝巘，踞锦石岩之巅，绕山有海山门、长老峰、紫玉台、海螺岩、天然岩、天柱山诸胜。词题《忆螺岩霁色》之螺岩，即丹霞山之海螺岩。康熙三十八年廖燕所作《游丹霞山记》，对丹霞山形势有详细描述："……正气阁后峭壁插天，右望隐隐见海山门如在天半。予顾同游曰：'明日从此登海螺岩'，众颇有惧色……二十四日晨起，复由松岭数折至绝壁下，攀铁练面壁而上，路益高而陡，至海山门神稍定。扶筇右行至海螺岩，谵师塔在焉。师为开山第一祖，予从之游，今别一十八年矣……左转为舍利塔，为丹霞绝顶。"廖燕亲游所记，可见海山门、海螺岩皆为丹霞山顶部景区。这四句，词人因雨孤坐，既为久旱遇雨而欣喜，又为因雨不能登高而遗憾。试想，词人已习惯于登螺岩远眺，然而今日因雨不能登岩只好神游螺岩。"少得白衣一个"三句，是词人在山巅下仰望群峰的景色。"白衣"并非典故，而是写仁化江畔的观音岩。词人因是从海螺岩俯瞰，看不到观音岩，只能见碧翠青绿的群峦相互环绕，好似"翠鬟千叠"，依次罗立，好像众儿孙垂手拱立一样。郑绍曾就曾有诗描写丹霞山云："锦石耸云端，岗峦势郁盘。"李永茂也有诗云："孤留一柱撑天地，俯视群山尽儿孙。"杜甫也曾写道："西岳嶙峋处尊，诸峰罗列如儿孙。"词人化用杜甫诗句，十分自然，既合此地山川形势，又抒发了作者的清情逸致："独坐可忘老，何用更称尊。"这是作者的自慰自叹，也是词人的自我陶醉。

下片，"龙山会，南徐戏，共谁论"用桓温（晋）九月九日燕僚佐于龙山和宋公在彭城九月九日登项羽戏马台两个典故，回忆昔日与友人重阳聚会的情景。而今朋友四散，无人相携登高，更无志同道合者吟诗赏文，其孤栖寂寞、孤独冷落之感自然难以排遣。"古今画里，且道还有几人存"便是进一步慨叹人事沧桑之感。词人的同年、诗朋、战友，至今散的散，隐的隐，死的死；而他自己一生更是"难挽天河洗是非，铁衣着尽着僧衣，百年如梦须全入，一物俱无只半提"。两袖清风，茕茕孑立，只有青山绿水为伴。

"便拂六铢石尽，重见四空天堕，此处不交痕。"这三句借用佛典写海螺岩位居群峰之巅的情景，又抒发了作者超脱凡尘之情致。据《菩萨璎珞本业经》下云：劈如一里二里乃至十里石，以天衣重三铢，人中日月岁数三年一拂，此石乃尽，名一小劫。"劫"为佛家表示不能以通常年月日计算的长时节。"便拂六铢石尽"就是借用"盘石劫"之典说明历时之长久。"四空天堕"一句，表示"境界"之高。因为佛家认为，凡夫生死往来之世界分为三：一欲界，二色界，三无色界。无色界最上有"四天"，即空无边天；识无边天；无所有处天；非想非非想天。此四天居三界之顶，又名为四空处，为修四空处定所得之正报。这三句合起来是说，不论历时数千万之劫，即使四空天堕，此地仍超然屹立，不涉尘世。此外，这三句也是写实景，丹霞山有十二景之一即为"舵石朝曦"。词人生前极爱此景，常独坐此石观赏四空山色，并以"舵石"为号吟诗作画。词人由"盘石"进而联想到佛家之"盘石劫"也是情理之中事。

"远水吞碧落，斜月吐黄昏"写海螺岩暮景。这里"碧落"代指天。《度人经》注云："东方第一天，有碧霞遍满，是云碧落。"薄暮从海螺岩远远望去，水天相接，茫茫一色，只有眉月一钩高挂天边。这美丽的景致如诗如画，由不得词人不由衷地予以赞美。

（万　兴）

王　朗　　女词人。字仲英，江南金坛（今属江苏）人。王彦泓之女，无锡词人秦松龄之母。工于词，与顾贞立频相唱酬。著有《古香亭词钞》。

浪淘沙

几日病淹煎，昨夜迟眠。强移心绪镜台前，双鬟淡烟低髻滑，自也生怜。　　不贴翠花钿，懒易衣鲜，碧油衫子褪红边。为怯游人如蚁拥，故拣阴天。

作者王朗，是清词史上一位优秀的女作家。她和当时著名女词人顾贞立唱酬频密。尤其在她经历明末动乱、饱受亡国之灾后，国家的命运与个人的命运紧紧交织在一起，词作中往往将个人身世、愁苦与国事沧桑相互联系，这两首《浪淘沙》都突破了单纯描写个人的闺情、春愁。

《诗经·伯兮》有句："自伯之东，首如飞蓬。岂无膏沐，谁适为容？"自此以后，借梳妆来描写人物（尤指女子）心境意绪便成为诗词中闺愁、别怨的常用手法。王朗此词亦采用了这一手法。起首两句铺叙，把一个久病饱受折磨、憔悴不堪的闺中女子形象烘托了出来。身体不适、睡眠不足，必然神情倦怠，心情悒郁沉重。"强移"一句，活现出人物强打精神、软弱无力、蹒跚移步、勉强坐在镜台前的情景，"强"字，十分传神、生动，包含着鼓足勇气、下定决心，又实在艰难万分的丰富含义。"移心绪"，之"移"也用得妙，突出体现了心情的沉重、悲苦更胜于体力的衰弱不支，初步展示了人物内心情感。镜子里照出了人物的形容：看两鬟灰白、发髻蓬乱、形容惨淡、憔悴不堪，女主人不由得"自也生怜"，发出悲哀的叹息，更加重了愁苦的心情。李清照《摊破浣溪沙》中"病起萧萧两鬟华"正合此意，暗中包含了人物经历了磨难，变得心境萧瑟、凄凉。身心的慵懒，表现了情绪的恶劣，心情的悲愁。

下片意有所转，女主人公决定装扮、修饰自己，开始梳妆。然而，行动虽有所变，情感却一脉承前。"翠花钿"，华美而漂亮，可女主人公偏偏不贴、不戴；新鲜、美丽的衣服，女主人偏偏懒得更换，何故？词人没有明言，留下一个悬念。女主人坚持穿着旧时已经褪色的衣裳。为何只穿旧时衣呢？悬念再出。李清照有句："旧时天气旧时衣，只是情怀不似旧家时"，其中暗含国已破家已亡，物是人非之意。而此句之意与李词不尽相同，女主人公执意穿旧衣，恰恰是因为难忘旧时事、难易旧时情。一个"懒"字，即点出了女主人公寂寞悲凉、几近漠然的心绪，同时又写出了她明知已非旧时，人事皆非，偏只要穿旧衣，似乎身着旧衣，便心长怀旧情。这几句，既是无可奈何的长叹，又是执著倔强的誓言，词人心事至此明了，悬念也豁然解开，主人公心情抑郁、懒于妆扮，不是因身病，更是因心病。经历了战火惊扰，流离迁徙，岁月蹉跎，希望破灭，身心憔悴，只剩一腔忧愤之情，一颗孤寂之心，一股骨子里的悲凉之气。哀莫大于心死，心已死，衣旧又何足论，也正因如此，才会怕见繁华而思故国、才会躲避人多只拣阴天，"蚁拥"一词，形象生动，寓于词人情感色彩，寄托自己思念故国伤时伤事的情怀。这不正是李清照词"如今憔悴"、风鬟霜鬓、怕见夜间出去，不如向"帘儿底下、听人笑语"表现的情思吗？两个不同时代的女词人，发出了同样动人心魂的哀音，这正是两个时代共同的悲剧，"为怯游人如蚁拥，故拣阴天。"全词至此，戛然而止，却把震动心灵的颤音留在读者心头。

　　此词作者借描摹人物的外部动作、神态、衣着来写人物的内心情感，细腻深邃，形象具体；在情感抒发上采用了层层递进之法，随着人物的行动步步开掘，愈来愈深刻，最后汇成一股激流直达峰巅。结尾一句概括性极强，含蓄深沉，颇耐人寻味。无怪乎前人读了题写在扇子之上的王朗《浪淘沙·闺情》三首之后，大呼"却扇一顾倾城无色矣"（《清代闺阁诗人征略》），为它们拍案叫绝。

（董　宁）

浪淘沙「几日病淹煎」

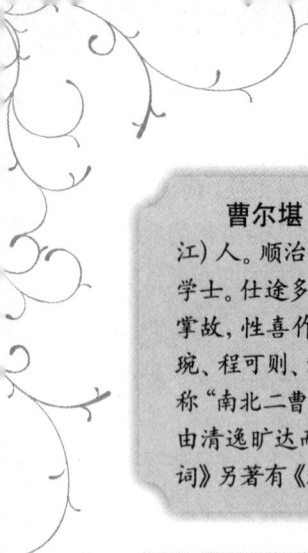

满江红

题柳村渔乐图

碧树清溪，孤亭外、汀沙纡曲。闲家具、笔床茶灶、渔舟刀如屋。湖上纶竿惟钓月，盘中鲈脍全堆玉。晓烟深，杨柳蘸清波，村村绿。　　朝露泣，连畦菊。细雨洒，垂檐竹。有青蓑可著，短衣非辱。缩项鳊肥春水活，长腰米白江村足。醉香醪、船系夕阳斜，眼方熟。

曹尔堪，顺治九年 (1652) 进士，历官翰林院编修，升侍讲学士。其仕途多艰，中遭牵累曾下狱，事白，罢归，优游田园以卒。他词就其主要作品看，风格以"清"为主。随着其境遇的迁移，由清逸转向清雄。这首《满江红》也体现出他的清逸的词风。

这是一首题画词。《词苑萃编》对这首词有如下记载："柳村在恒山之南，梁冶湄使君读书其中，属金陵樊圻画柳村渔乐图。"后来曹尔堪为此画题词，"和者数十家，于是赵郡自雕桥柏棠村而外，无弗知有柳村矣。"从此，柳村这个地名就因为这些词而传开了。

原画为渔乐图，词也从渔乐着笔，从各个方面描绘渔家之乐。你看：一座孤亭之外，有青青树木，弯弯清溪，曲曲汀沙。江上渔舠（如刀的小船），如排排小屋。船上渔家，笔床茶灶，家具闲置。湖上垂钓，盘中有鲈脍。朝来柳烟深锁，晓时杨柳蘸波，村村碧绿。秋日黄菊连畦，朝露似泣，翠竹垂檐，细雨微洒。渔人穿着青蓑短衣，不以为辱。春水有缩项鳊肥而活，江村因长腰米白而足。渔人船系夕阳，醉酒熟眠……

　　《词苑萃编》还记载了编者冯金伯的《题柳村渔乐图》绝句："鸦啼屋角柳藏烟，一带人家住水边，最爱春晴三月暮，夕阳斜系钓鱼船。"由此可知，这幅渔乐图析画当是暮春三月的风景。曹尔堪这首题同一幅画的词，没有局限于画面，而是兴之所至，信笔挥写，不仅将渔村的春景与秋景连迭在一起，而且把渔村的朝与夕、晴与雨等不同时间、不同特点的景致都写在一起了。这就成了一首全面而完整的"渔乐词"，而不只是一首就画作词的题画词了。

　　词中写了大量渔村之景，其实都是为了写人，写那位垂钓的渔夫。词中"鲈脍"用了晋人张翰的典故。据《晋书·张翰传》，"翰有清才，善属文，而纵任不拘时。"他在京做官，"因见秋风起，乃思吴中菰菜、莼羹、鲈鱼脍，曰：'人生贵得适志，何能羁宦数千里以要名爵乎？'遂命驾而归。"曹尔堪笔下的这位垂钓者，身为渔夫而"笔床茶灶"，盘中所堆，"鲈脍"如玉，可见非同寻常渔夫，而是一位具有恬淡胸襟、淡泊名利的隐士。作者身居高位，却能赞美那位不受名利羁绊的渔夫隐者，这正是封建时代许多知识分子复杂心态的表现。

　　这首词通篇写景，景中含情，情景交融，清新自然，以景托人，具有很高的艺术性。

（郭振有　周庆义）

满江红『碧树清溪』

梦江南

怀人二十首（选四）

人去也，人去鹭鸶洲。菡萏结为翡翠恨，柳丝飞上钿筝愁。
罗幕早惊秋。

人去也，人去梦偏多。忆昔见时多不语，而今偷悔更生疏。
梦里自欢娱。

人何在，人在月明中。半夜夺他金扼臂，殢人还复看芙蓉。
心事好朦胧。

人何在，人在枕函边。只有被头无限泪，一时偷拭又须牵。
好否要他怜。

柳如是《梦江南》组词，共二十首。前十首均以"人去也"起头，后十首均以"人何在"起头，都是怀念陈子龙的作品。陈寅恪先生曾撰巨著《柳如是别传》，对于柳如是考核甚详，称其为"女侠，名姝，文宗，国士"。陈子龙在为她的《戊寅草》写的序中称她"灵娇绝世之人"。

中国文学史上，颇有几位光耀千秋的女性星辰，如蔡琰、鱼玄机、薛涛、李清照等，柳如是可以毫不逊色地与她们同行并序。

据陈寅恪先生考订，柳如是做陈子龙外妇时在"崇祯八年 (1635)春季，离去在是年夏季"。此时，柳十七岁，陈二十七岁。地点并非松江普照寺西之陈子龙故居平露堂，而是在松江南门内的生生庵别墅小楼，即陈子龙所命名的南楼。柳陈志同道合，情深意笃，可惜相聚仅百许日，便被陈子龙之妻张孺人奉陈之祖母、继母之命率领家嫔至南楼强行拆散。

柳陈都写了大量诗词，回忆他们在南楼同居的美好时光。柳的作品如这里所录，陈的作品仅举其《双调望江南·感旧》作为柳词的参证：

> 思往事，花月正朦胧。玉燕风斜云鬓上，金猊香尽绣屏中。
> 半醉倚、年轻红。
>
> 何限恨，消息更悠悠。弱柳之眼春梦香，远山一角晓眉愁。无计
> 问东流。

陈词上片描画柳陈同居的般般缱绻，种种温柔，下片抒写如是去后的般般愁苦、种种忧愁。

行文至此，不妨转过笔来分析这里选录的柳如是词四首《梦江南》。

第一首（即其二）。"人去也，人去鹭鸶洲。"《梦江南》组词十首均以粘连格。"人去也，人去……"起拍，给人以十分强烈的印象而且耐人思索：这离去的人是谁？作者为什么对他（她）如此牵怀，念念不忘？陈柳同居绝非浪合野配，而是基于共同的思想、共同的兴趣。陈子龙在为柳如是词集《戊寅草序》中称"柳子遂一起青琐（代妓院）之中，不谋而与我辈之诗竟深有合哉！是岂非难哉！"

作为当时文坛泰斗，几社领袖的陈子龙，爱上了柳如是，并聘为外妇。这对于沦落青楼的柳如是来说，确是从未享受过的幸福。可恨张孺人拆散姻缘，把如是赶出南楼，致使柳如是无可奈何，陈子龙无可奈何。尽管柳陈二人劳燕分飞，但情笃如初。所以，细读《梦江南》十二首，很难断定"人去也"和"人何在"所指的人是陈子龙，还是柳如是。

首韵里头的"鹭鸶洲"，意象甚为朦胧，此王国维所谓"造境"。柳如是造："鹭鸶洲"之境，皆在为第二韵"菡萏结为翡翠恨，柳丝飞上钿筝愁"，设下必须的氛围。柳陈南楼同居，自草长莺飞之春季起，至荷香清远之夏季止。故引用李后主《山花子》"菡萏香销翠叶残，西风愁起绿波间"句，勾画往日那段令人断魂断肠的爱情悲剧。句中"结"字不无交欢之意，然着上"翡翠（指荷叶）恨"，便突现了

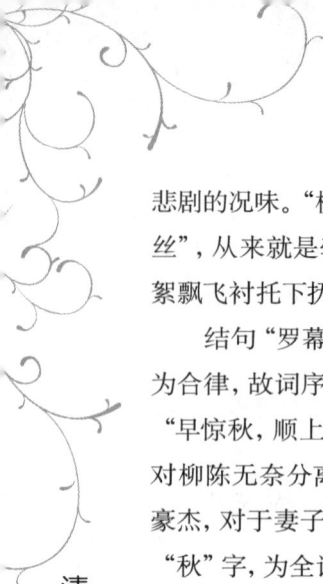

悲剧的况味。"柳（如是原名杨爱，易姓为柳，此处意合乎？偶合乎？）丝"，从来就是牵愁引恨的象征，述以"飞上钿筝愁"，便浮现出在柳絮飘飞衬托下抚筝抒愁的女子形象。

结句"罗幕早惊秋"，接句意应为"罗幕惊秋早"，为突出早字且为合律，故词序如是。"罗幕"，即帏帐，用来代指柳陈同居的住房。"早惊秋"，顺上韵意脉直下，由"恨"、"愁"到"惊"，显示出柳如是对柳陈无奈分离的大惑不解。在柳如是的心目中，陈子龙是铮铮的豪杰，对于妻子的雌威居然一筹莫展，这不可能不使她吃惊！尾韵的"秋"字，为全词轻巧地设下了萧疏的氛围，强化了"人去也"的悲剧色彩。

第二首（其九）。陈寅恪先生认为是"二十首中最佳者"（《柳如是别传》），惜哉语焉不详，试简析之。"人去也，人去梦偏多"。离去的人儿虽不在眼前，不在身边；但亲爱的人儿却仍在心中，仍在梦中。句中着一"偏"字，点示出柳陈二人非比寻常的关系。"忆昔见时多不语，而今偷悔更生疏"，陈寅恪先生所谓"河东君之才华，于此可见一斑"（同上），大约便指此韵而言。首句里的"多不语"，颇与一般情爱男女所为迥殊。然"卧子（即陈子龙）以才子而兼神童，何东君以才女而兼神女。其因缘遇合，殊非偶然者矣。"（陈寅恪先生语，同上），这就不难理解，柳陈聚首同居之时为什么不像一般的痴男怨女那样卿卿我我。柳如是虽侧身青楼，但所交皆为文人志士，更常仗剑男装，绝不似一般柔弱女子。故"见时多不语"里头蕴蓄着柳如是脱群拔俗的自家作风。然而，柳如是毕竟是女子，一旦与所爱分离，人各一方，连"见时多不语"也一去不复返了，所以有"而今偷悔更生疏"的吟叹。句中的"偷"字极精辟，把柳如是离开陈子龙——失去知音从而极度苦闷忧愁的心态刻画得淋漓尽致。柳擅诗文，善谐谑，能豪饮，可谓不似须眉，胜似须眉，如今竟独自"偷悔"起来，可见其心中巨大的创痛。煞尾"梦里自欢娱"，乍读之，令人觉得几乎有些强颜欢笑了。但仔细品味，不难体察其中哀哀的苦楚和绵绵的凄伤。想当初，他们耳鬓厮磨，或研讨国是，或猜韵作诗，或挥剑起舞，或举杯豪饮，何等幸福，何等快乐，何等欢娱。如今棒打鸳鸯天各一方，往日多彩的生活已灰飞烟灭、雾散云消，只有在梦境里独自回味了。

这首词梦起梦收，当中穿插进去回忆和对比，抒尽了无绝期的愁情，令人酸心涌泪。这首词在用韵上似乎有些微疵：第一韵为"多"，属上平五虞，第二、三韵为"疏"和"娱"，属下平五歌。以柳如是之大手笔，该不会出现离韵的情况。这现象如何解释，陈寅恪先生所论阙如，笔者也不敢妄言。立此存照，俟高明者指教。

第三首（其十三）。"人何在，人在月明中"，从第十一首起，起韵变为"人何在，人在……"样式。"其所在之处，虽未指确指，然应是与卧子有关者"（陈寅恪先生语，同上）。准此，这首词"当是杨（即柳如是，原名杨爱）陈两人同居南楼之本事"（同上）。这首词的第二韵"半夜夺他金扼臂，殢人还复看芙蓉"，以白描手法，把二人同居时的欢快勾勒出来。"扼臂"，即手镯，向为女人饰物。"半夜夺"者必陈子龙无疑，为什么"夺"？不得而知，但可断定当属假嗔的范畴。陈子龙长柳如是十岁，温存惟恐不及，绝不会强力的：前句写陈子龙，"殢（ti）人"，就是"泥他沽酒拔金钗"（元稹《遣悲怀》）里头"泥他"的意思。"殢"、"泥"串连起来，可解作软求、缠磨。"芙蓉"，即荷花。这一句话画出依偎在丈夫身边的少妇嗔娇的情态；后句写柳如是，第二韵把两个人欢快生活的片断描画得真真切切、活灵活现，但到尾韵"心事好朦胧"又使词趣跌进了虚无缥缈之中。是柳如是不能回忆、不忍回忆，还是不敢回忆？都是，又都不是。但朦胧心事里头蕴含的偌多悲苦却是不难体味的。

第四首（其二十）。这是《梦江南》组词二十首最后一首。陈寅恪先生云："可视为《梦江南》全部词中'警策'之作。"（同上）所谓"警策"，指文中精练切要、辞义深妙之处。具体到这首词，全词都应在"警策"的界域之内。试作逐韵分析。

"人何在，人在枕函边"。"枕函"是里头能藏物的枕头，也是柳陈同床共枕之所用。柳如是所吟"人在枕函边"分明是往日鱼水欢谐的生活图景的描绘。曾几何时，柳陈二人意笃情深，如今劳燕分飞，人各一方，破镜难以再圆，断线难复结网。思虑及此，于是便忍不住"只有被头无限泪，一时偷拭又须牵"。这一韵语言极平易，如同口出；蕴藉却极深沉，发自心底。若不是心中积郁甚重，积悲甚多，泪断不会"无限"的。句中着一"被头"，把一位离情别恨难以自已的少妇独卧空床含悲涌泪的情态，活生生地描画出来。下句里头的"偷"和"牵"，极妙！"偷"字，极写其苦悲欲忍而不能忍的心态；"牵"

· 49 ·

梦江南『人去也，人去鹭鸶洲』

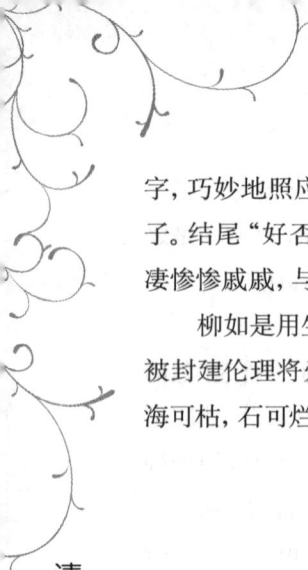

字，巧妙地照应了首句里头的"无限"，形象地描写出泪水如注的样子。结尾"好否要他怜"，这个他，无疑指陈子龙而言。这一句写得凄凄惨惨戚戚，与开头遥相呼应，从而完成了悲情的倾诉。

柳如是用生花妙笔，饱蘸泪水和心血，塑造了一位矢志爱情却又被封建伦理将爱情扼杀从而痛极悲极的才女形象，倾诉了对陈子龙海可枯，石可烂，其情不变的忠贞不渝的深情。

（王成纲）

玉楼春

燕

雕梁画栋原无数，不问主人随意住。红襟惹尽百花香，翠尾扫开三月雨。　　半年别我归何处？相见如将离恨诉。海棠枝上立多时，飞向小桥西畔去。

这首词塑造了一个凄苦朦胧的精灵——燕子的形象。

燕子是候鸟，自古以来就同人类结下了不解之缘，成为古代典籍中的常客。《诗经》中有"燕燕于飞，差池其羽"（《邶风·燕燕》）的描写，有"天命玄鸟，降而生商"（《商颂·玄鸟》）的记载；《礼记》中有"是月 (仲春) 也，玄鸟至"（《礼记·月令》）的记录；《广雅》曰："玄鸟，燕也。"至于诗词作品中，更见燕子频频来去，时听燕子细语呢喃。燕子春夏遍布江南江北，冬日北燕南迁，它们低飞浅唱，逐蝶衔花，既为人类消除害虫，又为人类点缀环境，使生活增添许多情趣。

但是，这首词中的燕子并不会给人什么欢愉，而是给人留下了朦胧的惆怅。

上片写自由自在的燕子。"雕梁画栋原无数，不问主人随意住"，燕子此番归来，不寻旧窠，却随意择居，个中缘委如何？"物是人非事事休"（李清照语）矣。然而，燕子毕竟只是燕子，不是人，没有人那么丰富的感情。它一见花香春雨，便情不自禁地"红襟惹尽百花香，翠尾扫开三月雨"了。多自由，多闲在，多潇洒，多痛快！

下片写离恨怏怏的燕子。燕子不识旧窠，但故主却识旧燕，于是便向眼前这似曾相识的燕子发问："半年别我归何处？"这问语中

玉楼春『雕梁画栋原无数』

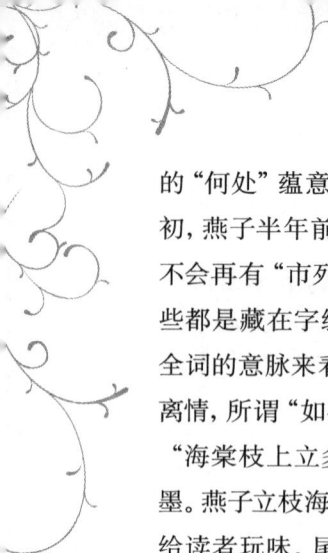

的"何处"蕴意极大。"何处"必是江南。宋征舆在世时正值明末清初，燕子半年前别我所归之处，即便仍然"千里莺啼绿映红"，但也不会再有"市列珠玑，户盈罗绮"（柳永《望海潮》）的往日繁华。这些都是藏在字缝里的意思。"相见如将离恨诉"，赋人格与燕子，从全词的意脉来看，此韵处于低潮。句中"如将"准确地点出燕子不解离情，所谓"如将离恨诉"只是宋征舆移情与燕子的缘故而已。结拍"海棠枝上立多时，飞向小桥西畔去"，是全词最精彩、最传神的笔墨。燕子立枝海棠竟至多时，若有所思，必有所思，然思者为何，却留给读者玩味。尾句似闲笔描述，却能把读者的遐思引到更深更远的地方。为比较计，这里转录杜甫的《燕子来舟中作》（《杜诗镜诠·卷二十》）：

> 湖南为家动经春，燕子衔泥两度新。
> 旧入故国尝识主，如今社日远看人。
> 可怜处处巢居室，何异飘飘托此身。
> 暂语船樯还起去，穿花贴水益沾巾。

宋词"海棠"句是写燕子的情态，杜诗颔联是写燕子的心态。从思想深度来说，宋词虽没有达到使人"但觉满纸是泪"（清人卢世㴶语，见《杜诗镜诠》）的地步，但其"比类连物"，反映词人身世之感，却也趋步老杜后尘。

无论如何，这首《玉楼春·燕》的词品并不明豁，欲言又止，朦胧缥缈。

（王成纲）

小重山

春流半绕凤凰台。十年花月夜，泛金杯。玉箫呜咽画船开。清风起，移棹上秦淮。　　客梦五更回。清砧迎塞雁，渡江来。景阳官井断苍苔。无人处，秋雨落官槐。

宋征舆，与同乡陈子龙、李雯称"云间三子"。宋于陈子龙去世

那年 (1647)，即顺治四年，进士及第。宋之事清与陈之殉明，大相径庭，但并不妨碍他对朱明故国的缅怀和伤悼。

　　这首词记录了在南京的见闻，浸润着宋征舆对故国衰亡的无限凄伤。"春流半绕凤凰台"，起韵点明地点。"凤凰台"，在南京秦淮河附近的凤凰山上，相传南朝刘宋永嘉年间有凤凰集于此山，乃筑台。在古代，凤凰被视为祥瑞之物。李白曾有名作《登金陵凤凰台》，慨叹六朝繁华一去不返。宋征舆透支了李诗的一部分诗趣。"十年花月夜，泛金杯"，写往日的情景。朱元璋建立大明帝国，定都南京。朱元璋死，以皇太孙朱允炆即位，年号建文。建文元年 (1399)，朱允炆四叔燕王朱棣自北平 (今北京) 起兵，自称"靖难"，四年破京师，夺取帝位，年号永乐。永乐十九年 (1421) 迁都北京，以南京为留都，设有职无权的六部。至明末崇祯年间，北京成为起义军和后金攻击的目标，许多大官显宦南迁留都，于是南京又显现出短暂的病态的繁华。第二韵写的就是这个史实。句中的"泛"字，出语轻微，却勾勒出享乐于金陵的人们的醉生梦死的情态。

　　"玉箫呜咽画船开"，写现时的情景。古诗词里常用"吟"来描写玉箫的乐音，此处却用"呜咽"。未必是箫声如此凄伤，实在是因为宋征舆心绪凄伤的缘故。"清风起，移棹上秦淮。"一接触到"秦淮"，立即使人联想到杜牧的名作《泊秦淮》："烟笼寒水月笼沙，夜泊秦淮近酒家。商女不知亡国恨，隔江犹唱《后庭花》。"杜牧是夜泊秦淮，宋征舆也是夜泊秦淮。杜牧辛辣地讽刺了南朝陈后主的荒淫误国，宋征舆却在词句中寄寓着故国衰亡的凄伤，当然，其中不无对不念国亡仍然享乐者的愤慨。

　　"客梦五更回"，宋征舆梦中思索些什么呢？"清砧迎塞雁，渡江来。"这句交待了此作的时令：秋风萧瑟，塞雁南迁。由此可以推算，这首词是宋征舆由京外放福建布政使，途经南京时所作。

　　"景阳宫井断苍苔"，这一韵分明是造境。上片暂歇处分明是在秦淮，"客梦"之后怎会出现"景阳宫井"呢？借梦造境无疑。"景阳宫井"又名胭脂井，故址在今南京玄武湖西侧。据《陈书·后主纪》，祯明三年 (589) 隋兵攻占台城 (今南京)，后主闻兵至，与张妃丽华投此井。至夜，为隋兵所执。宋征舆引用"景阳宫井"的典故，分明是为了抒写故国衰亡的哀思。

"无人处，秋雨落宫槐。"景阳宫井已不见苍苔，景阳宫中也不见人迹，满目萧疏，一派荒凉，只有淅淅沥沥的秋雨淋润着寂寞的宫槐。在这充满凄伤的景象里，依稀可见宋征舆凄伤的形象。

（王成纲）

西江月

新结临溪水栈，旧支架壁山楼。何须门外去寻秋，几日霜林染就。　　影乱夕阳楚舞，声翻夜月吴讴。山中布褐傲王侯，自举一觞称寿。

龚贤，于清凉山筑半亩园，自号半亩，长期过着绝市井、远侯门的隐逸生活。词中叙写了他那种闲适自得，无拘无束的生活情趣，更表现出一种遗世独立、笑傲王侯的反抗情绪。

上片，写其依山傍水，筑楼修栈，尽情享受大自然美景之快乐。

"新结"两句是说：在旧日依山支架起的山楼前，新近又修筑了一条木石相连的临溪栈道。"山楼"，即指扫叶楼，在今南京市清凉山公园内，因其依山而筑，故名山楼。"溪"，指山下之溪流。

"何须"两句是说：在清秋时节，无须像他人那般到野外去探寻秋色，只要稍等几日，便可在园内饱览那风霜染林一片秋景。这种不出园门便可登山临水，尽享大自然美景的自得之乐，是何等地惬意，又是何等地便捷！他人又何及也。

下片，重写其无拘无束，笑傲王侯，清高狂放之快乐。

"影乱"两句，用对偶句法，抒写其不拘形迹，且歌且舞之态：傍晚时分，面对金色夕阳沐浴下的山水，诗人神心爽快，不禁跳起了楚地之舞，余晖中舞姿翩翩，身影散乱，意态自如；月至中天，望着银色月光笼罩下的美景，诗人兴致大发，不禁吟唱起吴地的民歌，寂静中吟诗作歌，自在自得，何等欢乐。

西江月『新结临溪水栈』

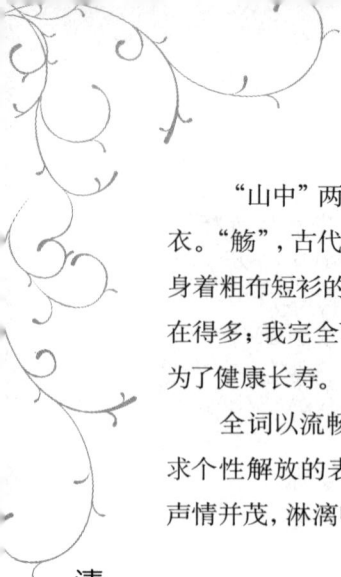

"山中"两句，用对比之法，直抒隐居之极乐。"布褐"，粗布短衣。"觞"，古代喝酒用的器物，犹今之酒杯。这两句是说，虽然我是身着粗布短衫的山中隐民，却比官场中那些峨冠博带的权贵们自由自在得多；我完全可以真实自在地生活，笑傲王侯，让我自举杯自祝福，为了健康长寿。

　　全词以流畅自然的语言，歌唱自由自在的生活，是蔑视权贵、追求个性解放的表述，又是对黑暗社会和凶险官场的鞭挞。读来颇觉声情并茂，淋漓畅达。

（赵江虹）

尤 侗(1618-1704) 著名文学家、戏曲家。字同人,又字展成,号悔庵,亦号良斋,晚年自称西堂老人。长洲(今江苏苏州)人。明末诸生。入清,为顺治三年(1646)副榜贡生,授永平府推官,吏治精敏,不畏强暴,终被罢职。康熙十八年(1679)举博学鸿词,授翰林院检讨,参与修《明史》。居三年,告归。以诗文著名,所作多新警之思,杂以谐谑,笔调酣畅,格调多样。擅长词曲,著有传奇《钧天乐》和杂剧《读离骚》、《吊琵琶》等,表现对现实不满,合编为《画堂曲腋》。其词语言天然工妙,风格流转清丽,有《百末词》六卷。作品多收入《西堂全集》和《余集》。

行香子

紫陌金车,绿蒲兰槎,共追寻大地芳华。看三分春色,分与谁家?有一分山、一分水、一分花!　　雨打檐牙,月落窗纱。恨韶光,转盼天涯。小庭寂寞,底事争哗?是一声莺、一声燕、一声鸦。

　　春天孕育着宇宙的万千生机,春天激励着人们的勃勃生气。因此,写春、颂春、惜春,是进步文学的永恒主题。但是,前人写得多了,后来者要能进升到美学的高品位,要能唤起人们的审美愉悦,就很不容易。尤侗这首词,正以其高超的技艺,创造出深隽的艺术魅力,从而赢得了词史上的不朽地位。

　　词作伊始,首先渲染出一派豪华、开阔的欢腾境界:春天来了,人们纷纷地驾"金车"奔驰在"紫陌"(红尘飞扬的道路)之上,浮"兰槎"(香兰之木的船只)流荡于长满"绿蒲"的水面,为的是"共追寻大地芳华"。——何等矫健,何其清新!是啊,大地桃红柳绿,争妍斗艳;山媚水秀,赏心悦目。遍地"芳华"引逗着人们焕发出欢乐的生命意识,鼓涌起强劲的生活活力,要和芳华大地共享人生的青春之美。于是,人们一时间都忘却了忧思劳碌的种种况味,而称心如意地共赏着满眼"春色"。这就让词人很自然地紧接着来了个故作的设问:"看三分春色,分与谁家?"从而巧笔天成地把读者的审美观照引发、集中到特定的对象上:看吧!那"一分山、一分水、一分花!"有此

行香子『紫陌金车』

一番传神的点示，使得居于平原的读者立即在脑海中映现出青山耸立的壮观；使得处于陆地的读者立即在心灵上回荡着潺潺流水的声响，使得伏案静思的读者立即闻到了盈盈鲜花的芬芳。

夜幕降临，赏春人归，则是另一番情状：滴滴春雨敲打着屋檐楼角，朦胧月影映掩于小窗纱帘。这一晦暗的境界，不由人不产生怅惘心情。因为，"夜来风雨声，花落知多少！"因为，月影徘徊，正标志着美好时光的流逝。所以，词人直抒"恨韶光，转盼天涯"的情怀。词人顾盼遥远的天边，显示着他不甘冷寂，依然凭窗远眺，翘望云天；遐思万里，诗绪翩翩……这就进一步凸现着这位写春、颂春、惜春者的执著性情和倔强形象。有如此词人，则春光永在。果然，正当"小庭寂寞"时，蓦然间，"底事（何事、什么）争哗"？又一个悬念横亘在人们面前。啊，原来是莺呀、燕呀、鸦们在"争哗"。美丽的黄莺、轻巧的紫燕，以至老诚的乌鸦们，都不甘岑寂，纷纷"争哗"。它们各各要以自己或清脆、或柔和、或粗豪的哗声笑语，继续为这春天而增色而助威。

词史家以此词为范例而赞赏道："作为才子之词，尤侗能巧而不见生涩斧凿，给人以清新流转的圆隽美的感受。以《行香子》一调而言，各片末三叠三字句难于妥帖自然而又不断脉络于上面紧相启承之句，尤氏则写得极佳"（严迪昌：《清词史》）。言之有理，启人心智。但又不仅如此。我们以为，它们之所以"极佳"，还有一层原因：前者以静衬动，后者以动显静。而无论是静态的"山"、"水"、"花"的春色美，还是动态的莺歌、燕啼、鸦鸣的春声美，都隐隐反衬着、折射着一个又一个美感形象——多情的赏春人。是这多情的词人在观照着它们。这多情的词人鄙弃了时俗的争功邀宠和尔虞我诈，全身心地融进了美好的春色、春声之中，所以，全词所赞之春才更具美学的情韵。

（朱　捷）

千秋岁

送远山李夫人南归

几般离索，只有今番恶。塞柳凄，宫槐落。月明芳草路，人去真珠阁。问何日，衣香钗影同绡幕？　　曾寻寒食约，每共花前酌。事已休，情如昨。半船红烛冷，一棹青山泊。凭任取，长安裘马争轻薄。

这是明末清初秦淮八艳之一的女才子顾媚的一首颇有情致的送别词。

顾媚，工书善画，尤精小楷、画兰，并诗词俱佳。俞陛云《清代闺秀诗话》谓其"丽质清才，名与河东君（按：即柳如是）埒。"其词今仅存三首，收于《众香词》中。《千秋岁》是其中韵致深沉的一首。

词为送别自己闺中密友远山李夫人而作。李夫人即吉水兵部侍郎李元鼎之妻朱中楣，远山系朱氏的字，朱为明宗室之女，俞陛云《清代闺秀诗话》谓其"恒有故国之思"。从这首词的内容看大约是顾媚于京城送朱氏南归故乡江西而作。

词上片主要写惜别时的所见所感。首起二句"几般离索，只有今番恶"，言人生或许有多次离别的愁苦凄怨，然而只有这一次最厉害。一个"恶"字，不但以低抑的情调笼罩全篇，而且交待了词人与被送别者极不寻常的关系，同时也点明了只此一别，恐怕重聚匪易，道出了词人异常沉重的心情。接着以"塞柳凄，宫槐落。月月芳草路，人去真珠阁"四句从客观上点明送别李夫人的环境和时间是在芳草萋萋、柳絮翻飞、槐花殒谢的暮春明月之夜。而"凄"、"落"二字又从主观上渲染了惜别时的悲凉氛围。"真珠阁"，即珍珠阁，泛指华丽的闺阁，这里特指词人与李夫人经常相处同聚的居室。"问何日，衣香

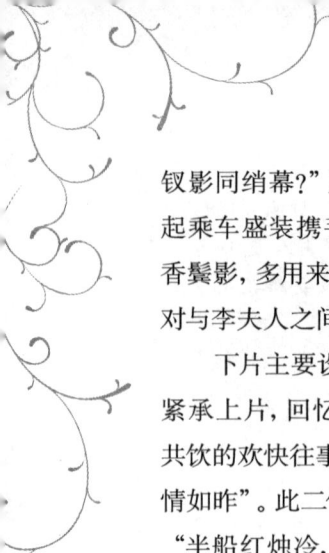

钗影同绡幕?"照应开头，叹息这次离别分手之后，不知何日再得一起乘车盛装携手同游。一个问号，表明相会之难。"衣香钗影"即衣香鬓影，多用来形容女子盛装出游。上片结二句通过具体事件表达对与李夫人之间昔日相处的美好生活的眷念，显得情感真挚。

　　下片主要设想别后情景。换头"曾寻寒食约，每共花前酌"二句紧承上片，回忆当年曾经相约寒食节踏青寻芳，每每花前举杯开怀共饮的欢快往事，这里袭用"以喜衬悲"的手法。接着哀叹"事已休，情如昨"。此二句在作一大的顿折中流连昔日美好交往的无限深情。"半船红烛冷，一棹青山泊。"是词人设想此一别后，友人将解舟南下的情景：孤伴清冷的烛光，泊舟在异地青山之下。虽是词人推想之辞，但是一个"冷"字却合情合理地刻画出别后闺友的凄凉境况，表现了对友人的关切。歇拍"凭任取，长安裘马争轻薄"二句仍是设想之辞，不过前两句是设想友人别后，这两句是设想自己，在友人离去之后凭任京城中那些豪华显贵者争着恣意游玩去吧，未尽之意是，友人一走，无知音相伴，我将再也无心去参加了。秦淮八艳活动于明末，时与一些民族志士交往。入清后，常怀民族故国之情，加之朱中楣本为明宗室朱民后裔。所以煞尾二句不仅是词人对友人挚情的流露，而且未尝不含弦外之音，颇值玩味。

　　这首词拾取琐事，追怀友情，以作临别赠言，情感细腻，真切动人。同时通篇押入声字韵，诵读起来更增加低抑哀回的情味。

（沈立东）

王夫之 (1619—1692) 杰出思想家、文学家、学者。字而农，号姜斋，别号夕堂，梼杌外史等，晚年隐居衡阳石船山，人称船山先生。衡阳 (今属湖南) 人。明崇祯十五年 (1642) 举人。明亡曾于衡阳起兵反清。兵败后退居肇庆，任南明桂王政权行人司行人。后从瞿式耜抗清，瞿式耜殉难，王夫之辗转于湘西、广东一带，隐居著述。于天文、历法、数学、地理均有研究，尤精于经学、史学、哲学及佛学。在哲学上总结和发展了中国传统的唯物主义，与顾炎武、黄宗羲并称明清之际三大思想家。诗、文、词、曲皆工。其词多抒写故国之思，身世之感，多用比兴手法，寄托深远，风格遒上，如嗣响《离骚》。词集有《潇湘怨词》、《船山鼓棹初集》、《二集》等，史学著作有《读通鉴论》等，哲学著作有《周易外传》、《尚书引义》、《噩梦》等，杂剧有《龙舟会》，另有《姜斋诗文集》等，著述一百多种，合编为《船山遗书》。

菩萨蛮
述 怀

　　万心抛付孤心冷，镜花开落原无影。只有一丝牵，齐州万点烟。　　苍烟飞不起，花落随流水。石烂海还枯，孤心一点孤。

　　这是作者一首明志词作。词人身处明清易代之际，明亡后归衡阳之石船山，筑土室曰"观生居"，居深山四十余年，故国之戚，终老不忘。临终前曾自题墓碣："明遗民王夫之墓"，表现了民族气节。这首词是他矢志不屈的宣言。全词感情真挚，回环往复，有强烈的感染力。

　　上片写事，写当时的国内情势。"万心抛付孤心冷，镜花开落原无影"。万般情思都抛却，复国已成空；如同镜中之花开落无影无踪。"只有一丝牵"，难忘的万里江山。"齐州万点烟"化用李贺《梦天》诗中"遥望齐州九点烟"句，借指全中国。作者以情入事，写得凄婉悱恻，字里行间，浸透着作者的故国之思。

　　下片明志，明咏怀故国之志。"苍烟飞不起，花落随流水"，复国的风烟已聚不成烈焰，已是"无可奈何花落去"的形势。前两句紧

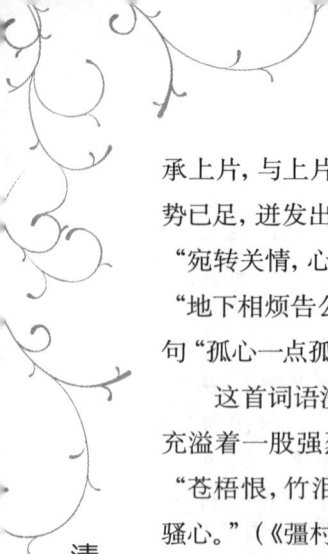

承上片，与上片照应，继续充实复明无望的嗟叹。这样反复咏叹，蓄势已足，迸发出他"石烂海还枯，孤心一点孤"的不屈的宣言，正所谓"宛转关情，心灰肠断"（叶恭绰《广箧中词》），与顾炎武《悼亡》诗"地下相烦告公姥，遗民犹有一人存"句，含义相同，异曲而同工。尾句"孤心一点孤"与首句"孤心冷"遥相呼应，有一唱三叹之妙。

这首词语淡意深，情真意切，气势沉静，充溢着一股浩然正气，充溢着一股强烈的爱国主义、民族主义深情。朱孝臧题船山词云："苍梧恨，竹泪已平沉。万古湘灵闻乐地，云山韶濩入凄音，字字楚骚心。"（《彊村语业》卷三）龙榆生亦云："所谓伤心人别有怀抱，真屈子《离骚》之嗣响也！"这首词也当得这番评语。

（贺新辉）

醉花间

春　闺

　　思时候，忆时候，时与春相凑。把酒祝东风，种出双红豆。　　鸦啼门外柳，逐渐教人瘦。花影暗窗纱，最怕黄昏又。

　　这是吴绮的成名之作。此词一出吴便享誉了"红豆词人"的美称。陈廷焯评其"调和音雅，情态亦浓"。代表他早期词的风格。

　　这首词描写闺情，新颖而隽永。起首以"时候"二字重叠复沓，不仅使音调"调和"，而且富有民歌的自然与纯朴。"思"与"忆"，本是一种思维活动的不同形式。思，侧重现时对离人的思念；忆，偏重于对往昔生活的追念，两种情绪交织在一起，使思人的力度与内涵更加强烈而丰盈。诗人不仅以"思"与"忆"的两个"时候"相重叠，又以一个"时"字与之相连接。这样就突出了春闺思春的意蕴，而"相凑"则更加强了春与"思"、"忆"的联系，"思"与"忆"因"春"而更加强烈。

　　"把酒祝东风，种出双红豆"二句写得十分蕴藉。"把酒祝东风"当是女主人公"忆"中的画面，想起当年曾与意中人在一起饮宴的欢欣、幸福时光，那时他们共同把酒祝愿东风长临，春光常在……这刻骨的相思就从"种下"那时开始。红豆，俗称相思子。唐代诗人王维有诗云："红豆生南国，春来发几枝。愿君多采撷，此物最相思。"这里的"红豆"就是"相思"的代称，而一个"双"字暗示出双方彼此的相思……

　　下片通过"鸦啼门外柳"和"花影暗窗纱"两组极有意境的意象群，写出闺中人的相思之苦。这两组意象非常具体形象地描写出人物生活的环境氛围：鸦雀在门外的柳梢上啼鸣，花影在窗前移动，既与"春"景相扣，又烘托出闺中的幽静与寂寞。鸦啼在晨，花影在暮，朝朝暮暮的孤独与寂寞使闺中人渐渐消瘦憔悴，而黄昏时分的孤寂更令人难耐、无奈。特别是结尾那个"又"字，不仅写出这种孤独生活的日复一日的漫长，而且点出女主人公对这种生活的无法忍受，它比宋代女词人李清照《声声慢》中："……守着窗儿，独自怎生得黑。梧桐更兼细雨，到黄昏，点点滴滴。这次第，怎一个愁字了得"还要入木三分！这"又"字不仅是一个非常妥帖的韵脚，而且在意蕴上又是那样准确、丰富，为任何其他字眼所不能代替，比之"红杏枝头春意闹"句中的那个"闹"字也不差上下。于此，可见诗人练字、觅韵的匠心和功力！

（张厚余）

贺新郎
过天寿山

白满天山路。试冲寒、马蹄朝发，冰花飞舞。望里千峰多似簇，一带红墙深护。多应是、一抔陵土。古殿虚无人不到，有苔痕绣满椒香柱。荆棘里，断碑仆。　　当时守卫多军伍。到今来，悲风辇道，寒烟凄楚。只恐夜台无晓日，烧尽漆灯仍暮。又谁把、玉鱼偷取。石兽如云成对立，看般般牙爪犹威武。荒坎内，野狐语。

天寿山，位于北京市昌平县东北，明永乐七年在此修山陵，故改名为天寿山。自明成祖以后，明代诸帝皆葬于此，通称十三陵。历代封建帝王都将陵墓视为权势、帝业永固永昌的象征，历代百姓又将其视为寄托故国情思之所在。张丹写明陵是写对明朝江山的怀念，是写故国沦丧的深沉悲痛，是写历史无情而人心难平的绝望哀叹！

　　一个白雪皑皑、寒冷凄清的早晨，作者骑马来拜谒明陵。"白满天山路"，纯写冬景，然首句已定全篇之基调，寒冷之气已罩全篇。天山，即天寿山简称。"冲寒"，有不畏严寒、欲与寒冷相竞之意。"马蹄朝发，冰花飞舞"，写马快，更写骑马之人焦急、迫切想要见到明陵的心情。上片起首几句，先将时间、地点、事件交待清楚，接着开始了对明陵的具体描写。先由外向内远望"望里千峰多似簇，一带红墙深护"，明陵尚威严、体面；待近观时，那壮观的"千峰"不过是"一抔陵土"。荒凉、萧瑟，更兼"古殿虚无人不到"，空虚荒凉，人迹罕至，冷清得令人心寒。欲待祭奠，却见燃香柱上已是锈迹斑斑，苔痕满是，

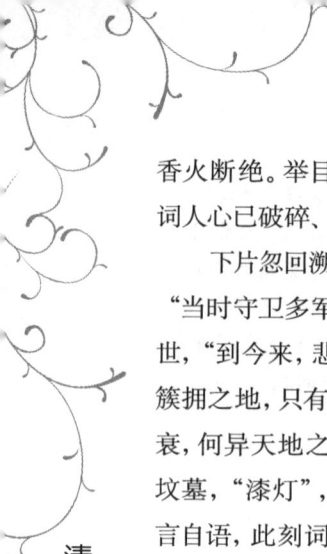

香火断绝。举目望去，遍地荒芜、荆棘满地，碑石残断，远道而来的词人心已破碎、寒冷透骨。

下片忽回溯过去，以今昔相比，再写明陵的破败荒凉。回想过去，"当时守卫多军伍"，多么威武、气派，那正是明朝天下，明陵不可一世，"到今来，悲风辇道，寒烟凄楚"，江山不再，帝王已去，曾经军伍簇拥之地，只有无情的寒风、无情的烟雾才肯光顾其间，今昔一盛一衰，何异天地之别！"只恐夜台无晓日，烧尽漆灯仍暮"，"夜台"，指坟墓，"漆灯"，漆点亮的灯，如果说下片开始还只是呜咽、抽泣、自言自语，此刻词人则是忍禁不住的哀号、数落了。墓中之人，撒手而去，竟再也不管不顾，死者万事皆休，生者又何能忍！悲痛满腹、伤心刻骨，此怨愤、此哀痛向谁倾诉！"又谁把、玉鱼偷取"，一代帝王的死后藏身之地也被开掘，宝物被盗、尸骨难全！"玉鱼"，古时殉葬品代称。"石兽如云成对立"，石兽相对而立，众多如云，且"看般般牙爪犹威武"。然而，石兽所护卫着的陵墓却早已成了被盗掘一空的一片荒坟野冢。石兽本为守陵之用，然陵毁至此，石兽依然，能不令人愤慨顿生。这其中饱含了词人多少无以言说的愤恨与不平。回应词人的，却只有荒坎之内野狐的嚎叫。这所见、所闻，使满腹家国之恨，不甘为亡国奴的词人悲恨交集、涕泪纵横。

词人选择了明陵中最具典型意义的景物抒发自己亡国臣子之悲情，再现实景，情真语朴，怨愤悲哭毫不掩饰，深挚之情溢于言表。同那些吟风弄月之词作相比，格调高出许多。

（董　宁）

满江红
怀岳武穆

屈指兴亡,恨南北、黄图消歇。便几个、孤忠大义,冰清玉烈。赵信城边羌笛雨,李陵台畔胡笳月。惨模糊、吹出玉关情,声凄切。　　汉宫露,梁园雪。双龙逝,一鸿灭。剩遗臣怒击,唾壶皆缺。豪杰气吞白凤髓,高怀皆饮黄羊血。试排云、待把捧日心,诉金阙。

这首《满江红》与岳飞的名作同牌同韵,且同样慷慨激昂。在张煌言的心目中,岳飞是英雄,是老师。张煌言1664年七月为清军俘获,离别家乡鄞县 (今浙江宁波) 解往杭州时写下《甲辰八月辞故里》,诗云:

国破家亡欲何之?西子湖头有我师。
日月双悬于氏墓,乾坤半壁岳家祠。
惭将赤手分三席,敢为丹青借一枝。
他日素车东浙路,怒涛岂必属鸱夷。

张诗与张词均申明孤忠大义、玉洁冰清,感情沉郁悲壮。
这首词上片宣泄国破家亡之痛。头两句纵历三百余年,横截大江南北，包容大明王朝自太祖朱元璋兴国，至崇祯朱由检以至江南隆武帝朱聿键、永历帝朱由榔被杀这一大段史实。"黄图"，即版图。第一韵里头的"恨"字，一字千钧，这是岳飞臣子恨的"恨"，是恨奸党害国，是恨清兵亡明，更有对自己无力回天的恨！以下三韵，从三个角度抒写亡国之痛。先写忠节之士少："便几个、孤忠大义，冰清玉烈。""便"，只，出语极沉痛，不无舍我其谁之意。再以两个著名的降臣对举，激励不忘故国的降清明将："赵信城边羌笛雨，李陵台畔胡笳月。"赵信曾降汉，后战匈奴败降，匈奴筑城居之，曰"赵信城"；李陵降匈奴后，筑二丈高台登而望汉。张煌言在《有所思（其二）》诗中更明确地对降臣发出呼唤："寄语居夷诸将帅，秋风万里待归航。"且不说他这种"重整山河待降将"的动机是否现实，就这份用心而言，可谓良苦！然后，又用感情饱满的词句，逗引降将们的归思："惨模糊、吹出玉关情，声凄切。"或谓代归心不泯的降将宣泄凄苦的愁怀。

　　下片抒写矢志回天之慨。"汉宫露，梁园雪。""汉宫"，汉的宫殿；"梁园"，西汉梁孝王所筑的园苑。以汉喻明，是说昔日宫殿，今日露雪，沧桑之喟自在其中。"双龙逝，一鸿灭"。"双龙"，指1646年在长汀被杀的唐王朱聿键（隆武帝）和1662年在昆明死难的桂王朱由榔（永历帝）；"一鸿"，指1662年死于金门的鲁王朱以海。这两句遥呼开头且为下文作势。"剩遗臣怒击，唾壶皆缺。""遗臣"，君主死后逃亡的臣子，当包括词人自己在内。"唾壶"用王敦典，据南朝宋代刘义庆《世说新语·豪爽》："王处仲（敦）每酒后辄咏'老骥伏枥，志在千里。烈士暮年，壮心不已'。以如意击唾壶，壶口尽缺。"细咏此韵，可见词人矢志回天而慷慨激昂的形象。"豪杰气吞白凤髓，高怀皆饮黄羊血"，"白凤"和"黄羊"均喻指清军。煞尾"试排云、待把捧日心，诉金阙"，表露忠于皇帝的赤诚之心。苍水制此词时自身已陷清兵之手。以俘虏身份作如此豪言，其不屈之志和拳拳之心是很令人感动的。清人陈廷焯云："千载后读之，凛凛有生气焉"（《白雨斋词话》），确为真知灼见。

（王成纲）

东风无力

南楼春望

翠密红疏,节候乍过寒食,燕冲帘、莺睨树,东风无力。正斜阳,楼上独凭阑,万里春愁直。　　情思恹恹,纵写遍新诗,难寄归鸿双翼。玉簪恩、金钿约,竟无消息。但蒙天卷地是杨花,不辨江南北。

《东风无力·南楼春望》是一首游子思妇之作。沈谦被称为"南楼三子"之一,因他"日与知己者余与张祖望登南楼抒啸高吟"(毛先舒《沈去矜墓志铭》)而得名。"南楼",典出南朝宋刘义庆《世说新语·容止》中庾亮与属僚登南楼歌咏嬉戏,后以南楼代指吟咏欢娱的场所。"东风无力"则取范成大《眼儿媚》词:"溶溶泄泄、东风无力、欲皱还休"之意,故词调名为"东风无力"。

上片写登楼远望,春风拂面,故春愁萦怀。"翠密红疏",从高处远望,翠绿的叶子已生机勃勃,而红色的花朵尚未满园开放,这正是初春时节的景色,恰合"寒食刚过"的节令。"翠密红疏",刻意仿照李清照之名句"绿肥红瘦"而来,不同在于一个近观,得出具体的感受,一个远望,得出总体的印象,都很形象而准确。词人选取了初春时节的典型景物来写春天:燕子扑向筑着旧巢之家的帘子,重归旧居,黄莺斜窥着绿叶满枝的树干寻求窝巢栖身之所;春风柔柔,春意盎然,搅动人的心,于是,黄昏时刻,词人孤独一人登上南楼。凭栏远望的游子,不禁春愁满怀,愈加思念远在万里之外的亲人。"春愁直",一个"直"字,专意凝练,颇费心机,一则将无形之愁,以

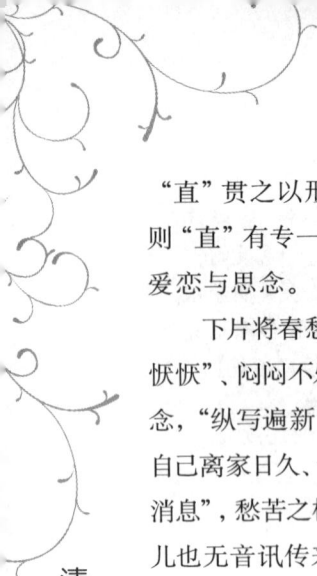

"直"贯之以形，似乎看得出游子与思妇之间紧紧相连的愁丝；二则"直"有专一、纯情之意，足见游子对闺阁中人投入全部身心的爱恋与思念。

下片将春愁展开描写，极写游子对远方闺中之人的思念。"情思恹恹"、闷闷不乐、愁眉难展，只因为无法传递自己对心上人的无穷思念，"纵写遍新诗，难寄归鸿双翼"，此处，运用鸿雁传书之典，表达自己离家日久、音讯隔绝、思亲情切的愁苦。"玉簪恩、金钿约，竟无消息"，愁苦之极，不由得心里暗自猜测，为什么自己时刻牵挂着的人儿也无音讯传来？"玉簪"、"金钿"，以妇女饰物代指所念的闺中之人，"恩"与"约"指两人之间曾经有过的海誓山盟与亲情恩爱。用一个"竟"字，感情色彩极浓，表达出更加难忍、难耐的忧虑与深深的愁思。想到此，游子心情愈加沉重，回首遥望故乡，闺中之人所在之地，却只见杨花满天飞舞，隔阻、模糊了视野，以至于南北都无法辨认，春更深则愁更浓，以无边的春景来象征无尽的春愁，既与首句描写的春景相照应，又含蓄、婉转地表达了无可排遣、积聚心底的无边愁思苦绪。读来余味悠然。

词人注重炼字炼句，活用名词中佳句。此词也确用了不少妙词语，如"冲"、"睨"、"直"、"竟"等，将主观情感置于客观的景物之中，景语皆情语，字字皆传情。此外，词人在细节之处往往精心留意，生动而细腻。朱彝尊评论沈谦之词时有句："西泠十子以格调自高，去矜采组六朝，故特温丽。"很是中肯之论。由此词亦可见其一斑。

（董　宁）

徐石麒　文学家，画家。一名石麟，字又陵，号坦庵，祖籍湖北，流寓江都（今江苏扬州）。顺治二年（1645），清兵破扬州城，徐石麒冒死入取所著书残本。后隐居不应试。博学多才，通名理之学，精于制曲，擅画花卉，工诗词。词集有《瓮吟》、《且谣》、《美人词》各一卷，总称《坦庵诗余》，另著有杂剧《买花钱》、《大转轮》、《浮西施》、《拈花笑》，传奇《珊瑚鞭》、《九奇缘》、《胭脂虎》，一生著作数十种，达二百余卷，多已散佚。

临江仙

次陈简斋韵

正是看花花好处，重来落尽残英。一樽聊与听波声。半江秋雨歇，十里晚霞明。　　往事在心徒记省，浑如好梦初惊。鹁鸪犹说旧阴晴。酒清人去后，山寂夜无更。

徐石麒是本籍湖北而自明季即流寓扬州的著名词曲家，有《瓮吟》、《且谣》、《美人词》各一卷，总称《坦庵诗余》。其词善以浅语写深情，多抒述一种抚今思昔、物是人非的哀感。这首《临江仙》小令写劫后凄清心情，平淡之中不乏深婉之意。

"正是看花花好处，重来落尽残英。"词的起首两句，即表现出词人内心的落寞与惆怅。昔日美景良辰，春花如锦，岂料今日重来却是西风斜阳，残英落尽，两句之中暗含转折，由希望归于失望。在古典诗词中，景物的描写总是与抒情密切相关，这里同样是借今昔景物的不同，表现词人心情的变化。春去秋来，花开复落，好景已逝，无可奈何，于是只能"一樽聊与听波声"，以樽酒消烦忧。接下去"半江秋雨歇，十里晚霞明"两句，复以景语代情语，衬托出词人凄清空茫的内心世界。江上秋雨初霁，斜阳复照；天际晚霞如火，一片通明。面对"夕阳无限好，只是近黄昏"（唐李商隐《乐游原》）的景象，词人不禁心有所思。

"往事在心徒记省，浑如好梦初惊。"过片两句直诉因追念往事而生的无限伤感。逝去的一切是那样令人难忘，一桩桩、一件件都还记忆犹新。然而这一切却如春梦一场空，已于事无补了。两句之中，饱

临江仙 『正是看花花好处』

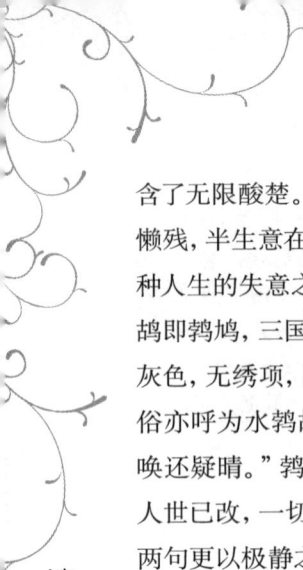

含了无限酸楚。词人在其《浣溪沙·述怀》词中曾写道："莫把身名叩懒残，半生意在有无间。拾得新诗浑未省，几人看。"表现的同样是这种人生的失意之情。下面"䳇鸪犹说旧阴晴"一句，寄意犹为深刻。䳇鸪即鹁鸪，三国吴陆玑《毛诗草木鸟兽虫鱼疏·宛彼鸣鸠》："鹁鸠，灰色，无绣项，阴则屏逐其匹，晴则呼之。"因其将雨时鸣声甚急，故俗亦呼为水鹁鸪。宋陆游《东园晚兴》："竹鸡群号似知雨，鹁鸪相唤还疑晴。"鹁鸪依然诉说着旧日的阴晴，它们哪里知道江山虽故，人世已改，一切都今非昔比！词人凄清悲凉之心由此清晰可鉴。结尾两句更以极静之境写凄凉心情。酒醒人散，万籁无声，分不清夜已几更，到处是死一般的沉静。辛弃疾《菩萨蛮·书江西造口壁》词尾写道："江晚正愁余，山深闻鹧鸪。"这里词人转以"山寂夜无更"作结，读来更令人倍觉凄然。

（李汉超　刘耀业）

清词之美

鹊桥仙

七　夕

云疏月淡，乌慵鹊倦，望里双星缥缈。人间夜夜共罗帏。只可惜，年华易老。　　　　经秋别恨，霎时欢会，应怯金鸡催晓。算来若不隔银河，怎见得，相逢更好。

这是一首历来为人们传诵的咏《七夕》名篇。牛郎与织女遥隔银河，只有每年农历的七月七日即七夕才得相会，乌鹊为之搭桥引渡。这个古老而美丽的神话历来作为离别的象征，出现于文人的笔下，汉代古诗十九首中的《迢迢牵牛星》，唐代杜牧的《秋夕》诗，都是传诵的名篇。北宋秦观的《鹊桥仙》词却独出新意，全词是："纤云弄巧，飞星传恨，银汉迢迢暗度。金风玉露一相逢，便胜却人间无数。柔情似水，佳期如梦，忍顾鹊桥归路！两情若是久长时，又岂在朝朝暮暮？"写悲哀中有欢乐，欢乐中有悲哀，刹那中见永恒，平易中见曲折，赋于这个传说以新的意义。许缵曾的这首词，则进一步延展、扩充了秦词的内涵，与前词成为词坛脍炙人口的咏《七夕》姊妹篇。

这首词与秦词上下片都是前三句叙事，后两句议论；叙述的内容，上片描写牛女相聚，下片写双星相别，二词也基本相同。但同中有异，在差异中体现了这首词的新的开拓。

上片开门扣题，头三句写牛女相聚，"云疏月淡"，写七夕的环境氛围，"乌慵鹊倦"是"乌鹊填河成桥而渡织女"（《淮南子》）的神话的缩写，"双星缥缈"叙述其高远境界，三句用"望里"贯穿编织出一幅双星相聚的美妙画卷。"慵"、"倦"两个拟人化的形容词下得奇特巧妙，使画面更加形象生动，栩栩如生。接着转入议论："人间夜夜共罗帏。只可惜，年华易老。"二句从秦词"金风玉露一

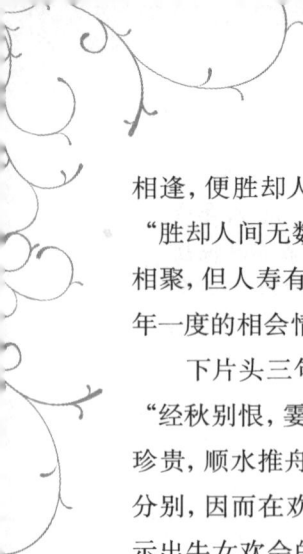

相逢，便胜却人间无数"脱化而来，却又有进一步拓展。秦词只说"胜却人间无数"，为什么?本词为之作了回答：尽管人间夫妇夜夜相聚，但人寿有限，人情易变，难免有乖违离异之事，何如双星这一年一度的相会情高意真，地久天长!

下片头三句描绘刻画牛女欢会时的心理，细致入微。前两句"经秋别恨，霎时欢会"，从时间、感情上的强烈反差，突出欢会的珍贵，顺水推舟出第三句："应怯金鸡催晓。"金鸡一报晓牛女便得分别，因而在欢会中他们心中仍是惴惴不安，惧怕鸡啼。从而更显示出牛女欢会的珍贵。末二句"算来若不隔银河，怎见得，相逢更好"，是对秦词"两情若是长久时，又岂在朝朝暮暮"的出新与开拓。秦词"两情"二句是秦词的核心，是誓言，是期望，是强作排遣与无可奈何的安慰，又是对未能长聚即分离而忠贞不渝爱情的讴歌与赞美。而本词"算来"二句则别开生面，一反历来以银河相隔、牛女分离为憾的普遍意识，为之称好，给"七夕"诗词注入了崭新的含义，从而获得了超越前人意境的艺术生命力。

词作者抓住"七夕"这一历来为文人咏诵的题材，别出新意，用白描的手法描绘出人类感情纤细的一个侧面，刻画得细腻深刻，精警清新。

（贺新辉）

清平乐
村　居

三间茅屋，屋后萧萧竹。更喜柴门临水曲，隔岸柳丝垂绿。　　午余一枕匡床，醒来窗外斜阳。犊子驱过短堰，鹅落浴起方塘。

　　这首词题目为"村居"，作者摄取了村居中极普遍，而又是极典型的富有诗情画意的镜头，客观摹状，却饱蘸作者的"喜悦"之墨，洋溢着难以抑制的欣喜之情，是一首格调清新的田园词。

　　词作的上片，侧重描写自己的村居及周围幽美的环境。"三间茅屋"本无什么值得夸耀之处，然而关键在于屋主人对自己村居的热爱，以及周围幽美的环境。首先这屋后种植了"萧萧竹"。何以这村居主人如此看重这竹呢？原来竹乃高人雅士"一日不可无此君"之物。苏轼更把其中奥妙一语道尽："居无竹，使人俗。"然而作者的村居之美犹不止于此，更可喜的是，柴门面临着弯曲的清流，小河对岸柳树成行，绿丝摇曳，正所谓临清流而生清爽之气，睹柳绿而起闲适之意。可见，上片虽是侧重描写村居的幽美环境，而言语之中，欣喜之情难以抑止，跃然纸上。

　　下片写自己午后醒来所目睹的乡村所特有的景致。所选取的画面充满了动感，与上片的静态描写，相映成趣，有一种满足、悠然自得其乐的情态。午后一觉醒来，已是太阳西斜，那梦里乾坤的乐趣只有自己知道了。正所谓"草堂春睡足，窗外日迟迟"。抬眼往窗外望去，但见牧童正驱赶着牛犊儿，迈着不紧不慢的步子，越过短堰；一群鹅儿刚从池塘中爬上岸，一副悠闲自在的神态。虽说下片描写的是动态的画面，但无论人或是禽畜，都显得从容不迫，安详、宁静。

　　作者描绘的这些静穆、舒适、悠哉游哉的村居生活，既无整日的案牍之劳形，也无城市生活中的喧嚣、快节奏，更无官场的尔虞我诈、宦海沉浮的忧愁。作者虽然只是选择了几幅典型的乡村生活画面，但已经很明显地表现了他的人生观和审美观。

（文潜　少鸣）

踏莎行

　　芳草才芽，梨花未雨，春魂已作天涯絮。晶帘宛转为谁垂？金衣飞上樱桃树。　　　故国茫茫，扁舟何许？夕阳一片江流去。碧云犹叠旧河山，月痕休到深深处。

　　这是一首伤春怀旧词，作者在"芳草才芽，梨花未雨"的早春季节，触景生情，忆旧伤怀，抒发了她的故国之思和兴亡之感。

　　作者生逢明清易代之际，"芳草才芽，梨花未雨"，本来是一年中"绝胜烟柳满皇都"（韩愈《早春呈水部张十八员外》）的美好季节，她的愁思春恨却如风絮飞飘天涯，即"春魂已作天涯絮"。过片两句则更深入一层："晶帘宛转为谁垂？金衣飞上樱桃树。"精美的水晶帘寂然空垂，谁去掀动？黄莺早已飞到樱桃树上去了，因为没有人欣赏它的歌声。"金衣"，即黄莺，《天宝遗事》："明皇于禁苑中见黄莺，呼为金衣公子。"

　　上片触景生情，下片则因情生景。过片三句明白点破春愁缘由："故国茫茫，扁舟何许？夕阳一片江流去。"故国不见，无有归舟，只有一片夕阳随江流逝去，一去不返，令人惆怅无限。结句"碧云犹叠旧河山，月痕休到深深处"。故国山河之上碧云重叠，连天边的月亮也要隐入云层，令山河更加失色。这末二句向为人们所称道，正如陈廷焯所说："'碧云犹叠旧河山，月痕休到深深处。'既超逸，又和雅，笔意在五代北宋之间。"

这首词的艺术特色，是写景抒情结合得相当巧妙，在情与景的交融中，在由近及远的景物描写与由早到晚的时间进程中，通过一连串的形象含蓄地表达出作者内心的沉思，将其缅怀故国的隐衷深刻细腻地表现了出来。谭献评她的词："兴亡之感，相国（指其丈夫陈之遴）愧之。"（《箧中词》）周铭评她的词"不独在当代第一"，"即李易安亦当避席"。（《林下词选》）陈维崧则称赞她的词"才锋遒丽"，"盖南宋来闺房之秀"。（《妇人集》）

（贺新辉）

清词之美

· 78 ·

唐多令

感 怀

玉笛抦清秋，红蕉露未收。晚香残、莫倚高楼。寒月多情怜远客，长伴我，滞幽州。　　小苑入边愁，金戈满旧游。问五湖、那有扁舟？梦里江声和泪咽，频洒向、故园流。

徐灿的词享誉甚高，被陈维崧赞为："才锋遒丽，生平著小词绝佳，盖南宋来闺房之秀，一人而已。"（《妇人集》）周铭也说："其冠冕处，即李易安亦当避席，不独在当代第一也。"（《林下词选》）这些话说得未免过头，如果把这些誉词来一番筛糠去水的加工，也能得见徐灿词作的动人的亮色。

这首词题为"感怀"，应该是为怀念她的丈夫陈之遴而写的。

上片写怀人。"玉笛抦清秋，红蕉露未收。"起拍先叙事，后画景，出语清爽简洁。"抦"，摁捺也。吹奏玉笛，本该摁音孔才是，而词人偏说成"抦清秋"。本来"秋"就是蓄悲铸愁的季节，而把"秋"作为抦笛的时令背景，就使词趣挂上了凄冷的色彩。"红蕉"，指美人，亦词人自喻。白居易诗有"绿桂为佳客，红蕉当美人"（《东亭闲望》）。述以"露未收"，更透着绵绵的哀怨。这"露"，该是秋晨之露——词人抦笛抒闷竟致彻夜无眠！"晚香残、莫倚高楼"，又夜以继日地整整一个白天。这一天是否仍在抦笛，不得而知，但可敲定，其寂苦、愁闷、怨恨、悲哀的心境是夜日如一的。"莫倚高楼"，读来令人心酸。词人所以怯于倚楼,怕也是担心望不见伊人归来徒然肠断吧?"寒月多情怜远客,长伴我,滞幽州",这一韵极精彩。用移情手法使"寒月"生怜,而且"怜远客",这要比"万缕柔情怜远客"深沉得多,含蓄得多。词脉里同时还融入了老杜"今夜鄜州月,闺中只独看"(《月夜》)的神髓,且有东坡"但愿人长久,千里共婵娟"(《水调歌头》)的风韵。以寒月为媒,把"远客"和"我"绾在一处。句中"滞"字极富神韵,这里头藏着"我"对"远客"的小怒和轻恨,与"怜"字义相悖而情韵相谐,意趣颇为绵长。

下片写感时。

"小苑入边愁,金戈满旧游。"前句裁用老杜"芙蓉小苑入边愁"(《秋兴》),如妙手自得。"金戈"代指战事。"旧游"谓往日游玩所在。这一韵把明末清初烽火连天、硝烟遍地的频仍的战事,含蓄地描画了出来,从而使近于无谓的闺怨,涂上了一层鲜明的时代色彩。"问五湖、那有扁舟"用春秋范蠡之典。范蠡佐勾践灭吴后,携西施扁舟漫游五湖。词人籍贯江苏吴县,谙熟吴越史事,故此典出手自然、活泛,以披露欲随"远客"浮游江湖的怀抱,但不难察觉其中蕴蓄的愿也难遂的怅惘,这是反问语气带出来的。

词脉顺着"五湖"流淌:"梦里江声和泪咽,频洒向,故园流。"词人终于入睡了,有"梦"为据。但梦境更为凄伤和痛苦,有"泪"为据。词人在梦里,由江声想到江南,由江南想到故园,再加上"多情怜远客"和"小苑入边愁",怎能不泪落难禁呢?

一位情系亲人、心系国是、翘盼家园以至终日哀愁、粉泪如流的词人形象清晰地浮现在我们面前。

(王成纲)

唐多令『玉笛拆清秋』

南歌子
銮江舟中

扬子涛声近，又河塔影浮。日斜犹带木兰舟，何处白沙烟树古真州？　　战马嘶芦渚，军旗闪驿楼。宋家丞相庙仍留，不道又吹残角荻花秋。

黄云，字仙裳，词受稼轩词影响颇深，于豪壮之中渗透着苍凉之意，自称"广陵五宗"之一的宗元鼎认为，稼轩词"有沉淡古雅一种，又有豪爽凄清一种，仙裳学稼轩，是得其豪爽凄清而带风韵者"。这首《南歌子》便很能体现这一风格。词的上片以写景为主，由"扬子涛声"、"白沙烟树"勾起对宋家丞相文天祥事迹的追忆。扬子即扬子江，长江之一段。古代扬州离江边较近，其南面的渡口叫扬子津，西南的仪征古时曾设扬子县，故称这一段的长江为扬子江 (近世又把扬子江作为整个长江的代称)。词人乘舟行进在銮江之上，听到扬子江那奔腾咆哮的涛声已经越来越近，日暮时分，举目远眺，不禁触景生情，联想起曾经在望中这片土地上所发生的史实，于是引发出对"白沙烟树古真州"的追寻。真州，古地名，今为江苏仪征县，唐称扬子县白沙地，宋大中祥符六年以铸真宗像成，更名真州。真州及扬州、江都一带，是宋朝抗金斗争时文天祥曾经活动过的地方。德祐初元兵入寇，天祥奉诏起兵万人勤王，拜右丞相，使入元军请和，被拘，至镇江，夜亡入真州，后泛海至温州。因此，词人由身处扬子江畔想起了文天祥，又由文天祥想起了真州，发出了"何处古真州"的询问。四句词情景相生，工于造境。

过片"战马嘶芦渚，军旗闪驿楼"两句驰骋想像，高度概括出文天祥当年率兵英勇抗敌的赫赫功业。作为一名抗金将领，天祥曾多次率兵与敌作战。端宗即位于福建后，他还募集将士进兵江西，收州县多处，终因弱不敌强，兵败被俘，从容就义。战马嘶鸣，军旗闪动，形象化的描写生动地再现了当年紧张激烈的战斗场面，笔意跳荡，富于动感，不乏雄豪之气。结尾"宋家丞相庙仍留，不道又吹残角荻花秋"两句，由想像回到现实，兴发吊古之情。江都县南有文丞相祠祀天祥，又仪征县东门外有大忠节祠，亦祀天祥。"公之事业在天地间，炳如日星，自不容泯。"（元许有壬《文丞相传序》）当年旗闪马嘶的芦渚之中、驿楼之侧，今日依旧荻花萧瑟，残角悲咽，然而遗迹空存，斯人长逝，凄凉和忧伤暗暗袭上词人心头。

文天祥作为抵御外族入侵、被俘后视死如归的民族英雄，历来受到人们的钦重和景仰。仙裳以一清人统治下的词人追怀天祥，不能不说是有其特别寓意的，尤其词结尾两句悲慨凄凉，情韵深长，值得读者细细玩味。

（李汉超　刘耀业）

南歌子『扬子涛声近』

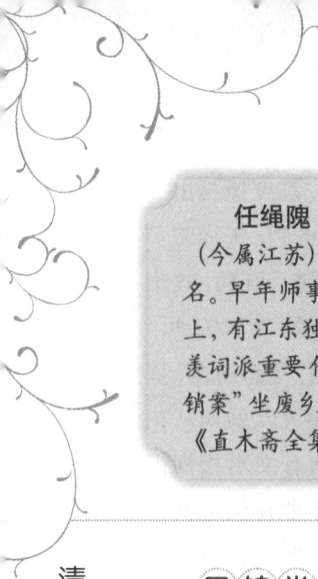

尽锦堂

述 怀

少小才华，平生志气，竟欲摧倒江东。可叹一钱遗累，身世飘蓬。金鸡孤悬云日里，玉环双串梦魂中。从今后，一片热肠，都交酒政诗筒。　　疏慵。半窗月，三径草，香清茶熟帘栊。那管求田向舍，是处冬烘。摊书昼卧黄梅雨，围棋坐隐落花风。吾心乐，常是侧身怀古，醉里称翁。

"少小才华，平生志气，竟欲摧倒江东"，词一开头，凌云壮志，势拔五岳。江东，指现在的江南地区。作者从小就才华出众，志向远大，欲成就功业，名震江南。"可叹一钱遗累，身世飘蓬。"突接陡转一句，造成强烈的情感落差。这句说，只可怜一文钱潦倒英雄汉，由于家贫，流离顿踣，身世浮沉。"金鸡孤悬云日里，玉环双串梦魂中。""金鸡"，古时传圣旨需从堂上吊下一金鸡，鸡口叼圣旨，这里借指圣旨。"玉环"，古时被贬到外地的官员回京复职的调令标志。写金鸡高高在上，如在云雾中，正是作者用以象征自己不能见爱于皇室，就连调归京城的希望也仿佛南柯一梦，虚无缥缈。遣词平缓，含而不露，然而表现的却是一种沉重的失落感。"从今后，一片热肠，都交酒政诗筒。"此接上句，作者进一步表达自己的失意之情。面对绝望的现实，惟有将"平生志气"一概置之度外，寄情于杯酒之间、诗文之中。这是无力回天者的喟叹，也是对朝政黑暗的揭露。

"疏慵"，懒散之意，慵，原指礼法。在两千多年的封建社会里，知书达礼是为人准则，而作者已对现实不抱希望，哪里又顾得许多。

"半窗月，三径草，香清茶熟帘栊"，"三径"，谓隐士所居，本《三辅决录》："蒋诩隐于杜陵，舍中竹下三径。"陶潜文中有"三径犹荒，松菊犹存"之句。"香清"，燃着的香散发出阵阵清芬之香气。"栊"，挂起来。这句写月亮高悬在半扇打开的窗外的天上，香气袭人，茶泡得正好，帘子已挂起，外面小路因久无人走长满了野草。这里，三个主谓结构的词组，绝去虚字相结，却点染了环境和气氛，表现了隐士生活的宁静、自适。"那管求田问舍，是处冬烘"，求田问舍，源自《三国志·魏书·陈登传》："备曰：……而言求田问舍，言无可采。"此典原意指营求田地，购置房产，后形容人无远大志向。"冬烘"，谓不明事理。这句写作者忘去世上一切烦恼，无心功名，就连求田问舍的匹夫志也几丧尽，成为在世人眼里难以理解的怪人。"摊书昼卧黄梅雨，围棋坐隐落花风。""坐隐"，古人谓下棋叫坐隐；"落花风"，任落花随风飘荡，指不管人间事。这两句写作者大白天摊开书卷，但听户外不绝之黄梅雨声，或与朋友下着围棋，与世无争，静神养气。此写作者逃避现实，有意麻木自己而一任岁月同窗外的风雨声，飞逝。"吾心乐，常是侧身怀古，醉里称翁。"在此种情形之下，作者仍然处在内心世界与外部世界的矛盾之中。作者虽借转移注意力来分散自己的苦楚，但那是不可能的。所以虽然表面上乐，一侧身，却又在那里忆念古人，感慨今世，最后只好一醉方休。此又从一个侧面反映出当时深刻的社会矛盾，写得很有力量。

（董冰竹）

尽锦堂『少小才华』

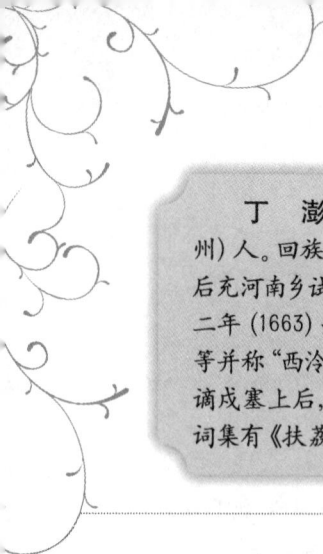

丁　澎（1622—1685）文学家。字飞涛，号药园，仁和（今浙江杭州）人。回族。顺治十二年（1655）进士。官刑部主事，迁礼部郎中。后充河南乡试主考官，以科场案流徙尚阳堡（今辽宁开原东）。康熙二年（1663）始放归。晚年生活穷困潦倒。少负诗名，与张丹、毛先舒等并称"西泠十子"。工于词，存词二百四十四首，多流丽纤艳之作，谪戍塞上后，词风转为慷慨腾越。著有《扶荔堂集》、《词变》等，词集有《扶荔词》。

长相思

采 花

郎采花、妾采花。郎指阶前姊妹花，道侬强似他。　　红薇花、白薇花。一树开来两样花，劝郎莫似他。

这是一首描写爱情生活的即兴小品。《长相思》，唐教坊曲名，后用为词牌，词为双调三十六字，前后片各三平韵又一迭韵。词人巧妙地利用了这一形式，选择出日常生活中一个平常而又美好的场景，表现了一对爱侣相亲相爱、浓情蜜意，想得真妙。

"郎采花、妾采花"。起首两句就描画出一幅动人的画面，花一般年轻美丽的人儿在采花，既是实写，又有比兴，而且引出了下面画中人的言语、行动，甚至于从中可以见出人物的性格。这对采花的人儿，或许是新婚燕尔的小两口，两人相伴采花，举手投足无不流露出绵绵爱意。活泼而又幽默的丈夫，调皮地指着一朵姊妹花戏逗新娘，说她就像此花一样。"姊妹花"，可以指新娘如花儿般的美丽，又可指小两口儿像花儿一样亲密无间、不分不离。"道侬强似他"，纯口语，亲昵、活泼，将情人之间无限的爱意表露无遗。

情郎的话儿动听，情意也浓，可聪明的新娘却没被这甜言蜜语哄住。"红薇花、白薇花"，下片一开始，就避开了情郎以花的外形论人的角度，转以花的颜色来论人的内心。她指着一树之上开出的两种颜色的花儿，对情郎提出警告，不能像一棵树上开出两样花那样存有二心（或变心），不全心全意地爱我，"劝郎莫似他"，委婉而又大胆，巧妙而又含蓄，这看似随意实则严肃的回答，实在是比情郎更高了一着，新娘的形象更加生动起来。

这首小词极具民歌的情调与风格，活用了民歌的表现手法，其中暗示的利用巧妙得很，用花的美丽暗示女子的美丽；用花的样子暗示情人间的亲密、相依相恋；用花的不同颜色来暗示情不专一。短短几句，含而不露，却将两个人的心理活动、性格特点展示了出来。此外，语言通俗生动、生活气息颇浓，清新俏丽、质朴自然，在活泼、戏谑的语言形式下，包含着严肃的思想内容，表现出了女主人公开朗、大胆的个性以及追求平等、真挚的爱情生活的愿望，语言浅显而思想深刻。

（董　宁）

贺新凉

塞　上

苦寒霜威冽。正穷秋，金风万里，宝刀吹折。古戍黄沙迷断碛，醉卧海天空阔。况罴幕、又添明月。榆历历兮云械械。只今宵，便老沙场客。搔首处，鬓如结。　　羊裘坐冷千山雪。射雕儿，红翎欲堕，马蹄初热。斜剸紫貂双纤手，挢罢银筝凄绝。弹不尽、英雄泪血。莽莽晴天方过雁，漫掀髯、又见冰花裂。浑河水，助悲咽。

这是一首边塞词。

上片描绘作者所见到的塞上凄寒风光。"寒霜"、"金风"的凛冽，"古戍黄沙"的残破，"明月"照"罴幕"的清寒，交织组成一幅《穷秋苦塞图》。寄寓着老客沙场的悲凉感慨。

下片从苦寒凄绝的边塞风光引发出对边地"英雄泪血"的慷慨悲歌，赞颂了英雄献身沙场的卫国行为。末句"浑河水，助悲咽"，以景语作结，借河水奔腾，烘托出英雄报效国家的悲歌呜咽。

全词景象壮阔，情感沉郁。有悲凉慷慨之气、豪爽雄壮之美。

（蒲　仁）

宝鼎现

甲寅中秋

冰轮东岭乍涌，光浸轩墀如水。集童冠，当轩促坐，酒政宽严藏妙理。看柏竹、影横斜入席，芳桂森森交翠。须趁此，良宵纵饮，莫负嫦娥娟丽。　　坐闻画角城头起。叹无复，当年歌吹。况楚越、干戈格斗，料只有、风声鹤泪。这明月，历古今无异，总照流亡罗绮。更几处，空闺怅望，十二朱阑遍倚。　　洗盏重斟，念秋半，西风将厉，怕胧胧庭树，做出秋声动地。便对月、早图沉醉、方是高人计。任玉露、寒透罗衣，还鼓南楼兴味。

历代歌咏月之佳作数不胜数，尤其是中秋之月，歌咏者欲在苏东坡《水调歌头·明月几时有》之后，再写出点巧妙来，着实需费一番工夫。

此词以景语开篇，"冰轮"二字，写足了月的皎洁圆满，为静态描写。而"乍"字则细致入微地暗示出观者翘首待月的心灵波动，为动态模拟。"浸"字写出了视觉形象外的质感，"轩墀"二字则巧妙地点出了观者的地点。至此，时空背景已设置完毕，人物便开始登场了。"集童冠，当轩促坐，酒政宽严藏妙理"。没了苏东坡"明月几时有，把酒问青天"的孤寂凄清，多了一层热闹气氛。所谓的妙理，在酒政的制约下，哪有半星儿沉着之感？不过是妙语清谈，以助酒兴而已。以下的泛背景描写，从空间角度，使物、人、月三者互相交融。"影横斜入席"，写柏竹在人的深情之中，不甘寂寞，悄然入席，似有李白"举杯邀明月，对影成三人"的意趣。而柏竹、桂树之清高峻洁，正是作者品性的象征。至此，景已写足，自然引出下句"须趁此，良宵纵饮，莫负嫦娥娟丽"。

"坐闻"句，画角作为引子，填充进了一些历史的内容。格调上与前边的欢乐相对照，并升华出一种宇宙意识，即世事如水，明月永恒，与张若虚之《春江花月夜》同调。在这里，月跨越了巨大的时空，把过去和现在融在了一起，变成了历史的见证。但失落者不只士宦，十二朱楼的佳丽们，不也在对月感伤吗？

悲剧是不可避免的了，但对悲剧的超脱选择，苏东坡显出了哲人的旷达："人有悲欢离合，月有阴晴圆缺，此事古难全。"这是澄彻明净的积极超脱。而此词之"高人计"，却有一种今宵有酒今宵醉，明日愁来明日忧的意味。希图靠酒一醉解千忧，则是十足的精神上的麻醉，却全然淡漠了客观环境，管它"西风将厉"、"秋声动地"，我早已"沉醉"不醒了。弃绝了自然，也弃绝了人事，所谓的南楼兴味，意在体现出一种魏晋风流，也是在重复着"清景南楼夜，风流在武昌"的美梦。

（董冰竹）

满江红
楚黄署中闻警

仆本恨人,那禁得、悲哉秋气。恰又是、将归送别,登山临水。一派角声烟霭外,数行雁字波光里。试凭高、觅取旧妆楼,谁同倚?　　乡梦远,书迢递;人半载,辞家矣。叹吴头楚尾,倏然孤寄。江上空怜商女曲,闺中漫洒神州泪。算缟綦、何必让男儿,天应忌。

这是一首志压男儿的词作,抒写流离之思和家国之恨。郭麟评这首词:"语带风云,气含骚雅,殊不似巾帼中人作者。亦奇女子也。"(《灵芬馆词话》)

作者系江苏无锡人,著名词人顾贞观之姊,同邑侯晋之妻,著有《栖香阁词》二卷,其中无论长调还是小令,都宕伏着一脉激动的情绪,心波起伏跌荡的频率急促而强烈。这首《满江红》便是一篇风云气十足的佳作。

词的上片写家恨,下片写国殇。"仆本恨人",词的开头化用江淹《恨赋》"仆本恨人,心惊不已"句成句入词,引人警惊。汉末丧乱,疫疾流行,人齿凋亡,"试望平原,蔓草萦骨,拱木敛魂。人生到此,天道宁论"。因此,恨人一词由以流传后世。作者用此句开其词端,即透视着国恨家难的气息。而文时值悲秋,所以作者接写:"那禁得、悲哉秋气。"语出宋玉的《九辩》:"悲哉,秋之为气也。"而且,又正值令人感伤的时刻即登临送别:"恰又是、将归送别,登山临水。"就这样,"恨人"在"悲秋"之际"送别",使感情的浓度层层加深,下面两句则写"登临"所见:"一派角声烟霭外,数行雁字波光里。"烟霭之外，一派角声，排雁奋飞，影映江波。这两句已成为千古写景名句。面对如此多娇的江山，作者不禁试着凭高远望旧日的妆楼，问："谁同倚"呢?这是家恨。

下片，过片四句："乡梦远，书迢递；人半载，辞家矣。"前两句说离家很远，后两句说离家半年之久，是前片的补充，又是向下片的过渡。下面四句写家国之悲慨："叹吴头楚尾，倏然孤寄。"江西省北部，为春秋时吴、楚交界之地，称"吴头楚尾"，《方舆胜揽》："豫章之地为楚尾吴头。"这是作者羁旅之所。"江上空怜商女曲，闺中漫洒福州泪"。"商女曲"本自杜牧《泊秦淮》诗："烟笼寒水月笼沙，夜泊秦淮近酒家。商女不知亡国恨，隔江犹唱后庭花。""神州泪"，痛国之泪。这两句是说，身为官宦的那些男人们尚在纵情声色，倒是一个闺阁女子在忧国洒泪。四句前面由一"叹"字领起，意味尤深。由这后两句的强烈对比，引出了词的结尾三句："算缟綦、何必让男儿，天应忌。"妻子何必让丈夫呢?缟，白色；綦，苍艾色。缟衣綦巾为周代贫女之服，这里用以谦称妻室。词作透发出女词人欲与须眉一争高下的心声!

这首词的艺术特色是，以议论入词，行文雄健，语带风云，情韵劲爽，当是这位"奇女子"的一首佳作，是她以一种特殊形态所进行的抗争。

（贺梅龙）

忆秦娥 （二首）

残冬逼，回肠百结愁难说。愁难说，有谁来问，冻云寒雪。　惊心岁月空相惜，关心姊妹犹相忆，犹相忆，笙歌影里，簸钱时节。

怜凄切，芳茗甜香时不绝。时不绝，殷勤鱼雁，妆台只赤。　深愁梦与秦娥说，梅花影里凭肩立。凭肩立，闺房林下，清神秀色。

《忆秦娥》二首出自《栖香阁词》，当是顾贞立晚年之作。词前

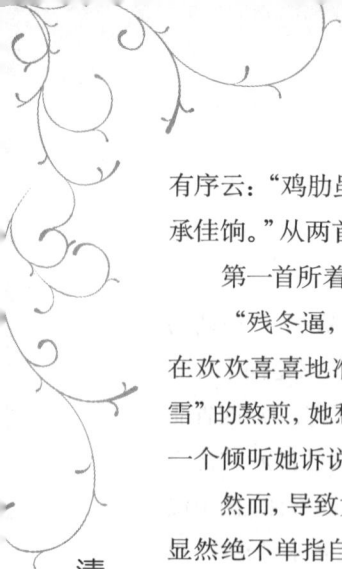

有序云："鸡肋虽存，懒从人热，索居寂寂，惟王妹时令青衣顾问，兼承佳饷。"从两首词和序来看，顾贞立晚境颇为凄凉。

第一首所着重描绘的就是词人晚年孤苦凄凉的景况。

"残冬逼，回肠百结愁难说。"这是一个岁暮的冬天，别人家都在欢欢喜喜地准备过年，惟独女词人一人孤苦伶仃地忍受"冻云寒雪"的熬煎，她愁肠百结，欲哭无泪，欲诉无人，身边连一个知己，连一个倾听她诉说愁肠的人都没有，这是何等地凄惨和悲凉！

然而，导致女词人"回肠百结"之愁的是什么呢? 作者没有明说。显然绝不单指自然界"冻云寒雪"对一个单薄老人的肆虐和凌逼。饥寒之苦，并非难言之隐。可以说，女词人之愁且深且广，集国仇、家恨、离乱之苦于一身。顾贞立出身于明末世宦之家。明亡后，一门忠烈，其祖其父均为国殉节，其叔死难于乙酉起义，剩下的兄弟姐妹摒弃一切隐逸乡间，发誓不与新朝合作。顾贞立从小受家庭影响，有强烈的抗清复明志向，同情、支持抗清复明的义举。随着抗清复明事业的逐步失败，清朝统治的逐步巩固，顾贞立的故国之思也愈发强烈，她的家国之愁也愈转愈深。她在词中常说自己"仆本恨人"（《满江红》）、"暗伤亡国偷弹泪，此夜如何睡?"（《虞美人》）如此深仇大恨化作"百结愁肠"时时吞噬着女词人之心，在清初文网严密的环境中，此愁何能公开诉说，又有谁来关心询问呢? 女词人将满腔的愤懑一泄为词，在凄凉悲愤中有股怒气溢出纸外。

就在"回肠百结愁难说"的境况下，却有一位好友始终关心着她。这位被词人呼为"关心姊妹"的名叫王朗，也是一位女词人，是顾贞立闺阁中的密友，俩人性情才气互通，互相诗词唱酬，一直到老，友情弥笃。词的下半阕就着重表现她们的友谊。"惊心岁月空相惜"，当指王朗经常写信给顾贞立（也就是第二首中"殷勤鱼雁"），在来往信中，她们共同回忆往事，所谓"惊心岁月"，也就是明亡后那一段不平常的岁月，壮烈的反清复明斗争可歌可泣，令人回首惊心。作者着一"空"字，表明岁月毕竟东流而去，她们所期望的大业也终于烟飞云散，其中包含着无可奈何的悲哀和叹息。尽管如此，"惊心岁月"的往事仍使她们得到激励和慰藉。接下来，词人笔锋轻轻一宕，说起"关心姊妹犹相忆"的少女时代的乐事："笙歌影里，簸钱时节"。

"簸钱"是指掷钱赌博的游戏。王建的《宫词》有："暂向玉花阶上坐，簸钱赢得两三筹"，生动地描绘了宫女玩簸钱游戏时的情景。顾贞立的少女时代正是明朝未亡之时，当时她们一起在灯火院落笙歌影里无忧无虑地玩耍，哪里会料到不久后等待她们的是国破家亡的悲惨酷烈命运呢？"犹相忆"的"犹"字，表明词人对友人还记得儿时的欢乐感到无限宽慰，但这种宽慰又不无苦涩之处。同时，以往日的"乐境"来衬托今日的"哀境"，更令人倍感凄凉和哀绝。

第二首上半阕紧承第一首继续叙述了好友对她的关心。正如词前序中所说："惟王妹时令青衣顾问，兼承佳饷。"看来顾贞立晚年不仅孤独，而且生活贫困。词中才特别点出"芳茗甜香时不绝"。王朗除了在精神上给她无限安慰，还在日常生活中时时给以周济照料。也许正因为王朗的悉心照顾，顾贞立落寞的晚年才有一丝温暖的阳光，驱散残冬的"冻云寒雪"。对于这位异姓姐妹，顾贞立自然感激不尽。"殷勤鱼雁，妆台只赤"，顾贞立将王朗引为知己，她们虽然相居异地，但心是相通的。随着书信的往来，她们的妆台仿佛联在一起，近在咫尺（"只赤"通"咫尺"）。

如果说前面所写的表现了顾王之间深笃的友情，下半阕却揭示了这种友情的基础，实现了她们不屈于清朝统治者的淫威，不屈于习俗势力的顽强精神。顾贞立晚年，清初的统治已趋于稳定，镇压了各地的反清斗争。为了笼络知识分子和人心，康熙十八年（1679）清廷重新开科取士，一大批汉族知识分子为了博取功名，早已忘却宗庙坠毁的耻辱，纷纷移节改志，投身新朝。这种改节易志的潮流，本是不以人意志为转移的历史规律，但在明之遗民如顾贞立的心头却激荡起种种苦涩辛酸。这也是词中所说的"深愁"。这种"深愁"只能在梦中与知己诉说。在梦中，她与王朗并肩立在梅花影下，抗击着世俗寒流的袭击，脸上洋溢着蔑视世俗的清秀神色，颇有林下风致。这幅优美的梦中图画是顾贞立现实生活中的精神写照，她的孤独是不愿同世俗同流合污的孤高自许，是"懒从人热"的刚毅自强精神的体现。

这两首《忆秦娥》，写作者晚年的凄凉孤寂，婉转凄恻；写对友人的情谊，则感情真挚，但都能以个人的遭遇和时代的风云气息结合起来，脉动着一种与世俗、与命运抗争的情怀，令人感到哀而不伤，亲而不俗，孤而不寂的格调。

（马学鸿）

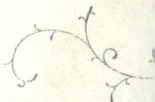

严绳孙 (1623—1702) 书画家、文学家。字荪友，号藕渔，又作藕荡渔人，江南无锡 (今属江苏) 人。初与朱彝尊、姜宸英并称"江南三布衣"。康熙十八年 (1679) 荐应博学鸿词试，以目疾仅赋《省耕诗》一首而退场。康熙帝以"素重其名"特擢置二等末，授翰林院检讨，预修《明史》，撰写《隐逸传》。后出为江西乡试正考官，官至中允。擅长诗词、古文，尤精书画，以画凤知名。词工小令，所作出语平和雅净，格调清丽凄婉，而冷峻流宕。著有《秋水集》，词有《秋水词》二卷。

双调望江南

歌宛转，风日渡江多。柳结带烟留浅黛，桃花如梦送横波。
一觉懒云窝。　　曾几日，轻扇掩纤罗。白发黄金双计拙，
绿阴青子一春过。归去意如何？

这首词借写江南春日景色和春光将逝，抒发作者对人生的慨叹。前调写江南春色兼喻美人。"歌宛转，风日渡江多"，江南风和日丽自是比北地来得早而且浓郁。美人歌声宛转，更增添了几分春意。"歌宛转"，点出人。"柳结带烟留浅黛，桃花如梦送横波"，既状景，又写人，江南春日，柳丝垂碧，远远望去，如阵阵绿烟，不由人联想起窈窕淑女柳眉锁愁；桃花盛开，红色娇艳，不由人联想起美貌佳人，粉面若花，眼波横流。这两句写得似景似人，说是以景之美喻人之美，很恰当；如果说以人之美喻景之美，亦很巧妙。历来状柳，惯用"柳眉"、"柳眼"、"柳叶"、"柳枝"、"柳条"等等，词人在句中用"柳结"，新鲜而又准确，既描绘出柳之浓密，更突出女子愁眉之态。用"如梦"状桃花，亦佳，红艳艳的桃花（人面），溢光泛彩，令人如痴如醉，仿佛进入梦境。总之，这两句写得虚虚实实，似状物似写人，亦景亦情，景物人情浑融一体，把江南大好春光，描绘得明媚鲜丽、令人沉醉。末句"一觉懒云窝"，勾画出主人公此时春意懒散的情状。下片转到春事已过，由惜春之情引发出对人生的慨叹。"曾几日，轻扇掩纤罗"，与前调"歌宛转，风日渡江多"相呼应，已暗示出春日将尽，夏日来临。"白发黄金双计拙，绿阴青子一春过"，隐约含蓄地流

露出词人的情绪。世上俗人一生追求的无非福禄寿之类，自己不善此道，似乎都无所成，而光阴荏苒，时不再来，才多少天，桃红柳绿的春天转瞬间就归去了，眼前所见，已是"绿叶成阴子满枝"的夏日景象了。

"绿叶成阴子满枝"是晚唐诗人杜牧的诗句。据《唐诗纪事》载，杜牧游湖州曾见一少女；十四年后，杜牧又至湖州，此女已嫁人生子。杜牧作诗云："自是寻春去较迟，不须惆怅怨芳时。狂风落尽深红色，绿叶成阴子满枝。"感叹时光易逝，以春去夏来，喻少女已成少妇。此词上片作者写春日已是美女景物两写。下片写春已过，化用杜牧诗句"绿叶成阴子满枝"，自是妥帖、凝练、准确，并且引人遐想与深思。结句"归去意如何"，很自然地由上两句"白发黄金双计拙，绿阴青子一春过"引发出来，且语意双关，既指春日已去，令人惆怅，大有"无可奈何花落去"之意；又表露作者于"双计拙"感慨之余，而萌生出"归去来兮"的思想感情。

（唐永德）

御街行

中 秋

算来不似萧萧雨，有个安愁处。而今把酒问姮娥，是甚广寒心绪？只轮飞上，天街似水，不管人羁旅。　　霓裳罢按当时谱，一片青砧路。西风白骑几人归，肠断绿窗儿女。数声残角，催他来雁，远向潇湘去。

这首词以中秋为题，抒发离人之情。上片紧扣中秋月来写，"算来不似萧萧雨，有个安愁处。而今把酒问姮娥，是甚广寒心绪？"嫦娥奔月是和月亮关系最密切的故事，中秋佳节，词人望月而想到月里嫦娥。当年嫦娥偷吃其夫后羿之药，升天登月，好像超凡脱俗、无忧无虑，实质上独处广寒宫（月宫），孤清难耐。"而今把酒问姮娥，是甚广寒心绪"，这一问，隐隐表达出对嫦娥孤守生涯的同情和感叹。"广寒心绪"四字，含而不露，委婉曲折，以问话语气道出，仔细玩味，有一股伤感惋惜甚至不平的情绪。"只轮飞上，天街似水，不管人

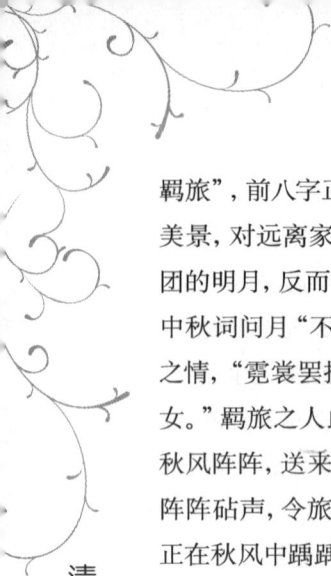

羁旅"，前八字正面咏中秋之夜，明月当空，碧天如水，然而如此良辰美景，对远离家园的羁旅之人，则更易引起怀乡的伤感，因而对着团团的明月，反而愤愤不平了。"不管人羁旅"，与苏东坡《水调歌头》中秋词问月"不应有恨，何事长向别时圆"意思相似。下片抒发离人之情，"霓裳罢按当时谱，一片青砧路。西风白骑几人归，肠断绿窗儿女。"羁旅之人此时耳中所听到的不是在家里的乐曲声，一路之上，秋风阵阵，送来的是一片捣衣之声。中秋了，该是准备冬衣的时候了，阵阵砧声，令旅者伤心，"西风白骑几人归"，实即无人归。他们大概正在秋风中踽踽独行。同样，在家怀远的绿窗儿女此时当然也肠断欲绝了。"白骑"、"绿窗"虽非对偶，然一在外、一在家，一动、一静，一白、一绿，吟诵之间，更添几分伤感。最后"数声残角，催他来雁，远向潇湘去"，更进一层渲染出离情之苦。秋空中回荡着断断续续的凄厉的号角声，似乎催促着大雁，向遥远的潇湘飞去。大雁能传书，亦最能撩起离人的情绪。这结尾与整首词所抒写的气氛融洽，也可以说，是以景来点情，而且还不忘扣住词题《中秋》的"秋"字。

这首词借中秋以抒情，既不死扣中秋，亦不忘中秋，中秋与离情，若即若离，不即不离，写得潇洒流畅，颇具韵味。

（唐永德）

南柯子

淮西客舍接得陈敬止书，有寄

　　驿馆吹芦叶，都亭舞柘枝。相逢风雪满淮西。记得去年残烛、照更衣。　　曲水东流浅，盘山北望迷。长安书远寄来稀，又是一年秋色、到天涯。

　　这是一首羁旅中怀念友人的词。淮西，约今安徽凤阳、和县以西，湖北黄陂以东的江北淮南地区，宋曾于此设淮南西路。《元史·地理志》："庐州路，宋为淮西路。"陈敬止，作者友人，余不详。从小引和词的内容看，前一年冬天，作者和陈曾在淮西相遇，剪烛夜话。后来陈到京师，毛仍滞留淮西，音信渐杳。如今收到陈从京师寄来的书信，勾起作者心头思乡念友之情，于是作了这首《南柯子》答寄友人。

　　上片从去年的相会写起。"驿馆吹芦叶，都亭舞柘枝。"驿馆，驿站所设供行人休息的客舍。芦叶，即芦笳，以芦叶为管，管口安哨簧。清代兵营巡哨多用之。都亭，人所停集之处。《史记·司马相如列传》索隐："郭下之亭也。""柘枝"，舞名，《乐史》引《乐苑》云："羽调有柘枝曲，商调有掘柘枝，此舞因曲为名。"《梦溪笔谈》载，"寇莱公（准）好柘枝舞，会客必舞柘枝。"驿馆卧听戍笛，旅人凄凉孤寂的心情可想；相逢观舞柘枝，他乡遇故知的欣慰尽在不言中。两句对仗工稳，含蕴丰富，似信手拈来，浑然天成。前人每称西河"小令学花间"，正指此处。"相逢风雪满淮西"，点出时间、地点。"最难风雨故

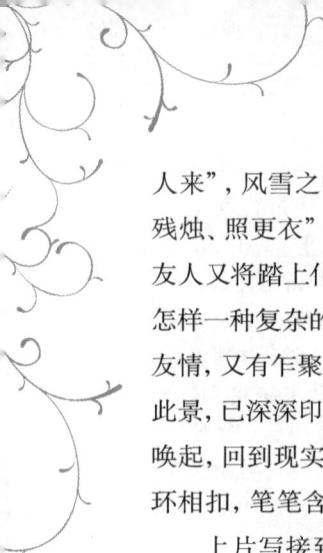

人来"，风雪之中于异地他乡邂逅好友，尤为难得。结句"记得去年残烛、照更衣"在最富情感的画面上"定格"：烛已残，夜已深，明天友人又将踏上仆仆征尘，两人又将天各一方了。此刻烛前相对，会是怎样一种复杂的心情呢？"残烛照更衣"，寥寥五字，既有久别重逢的友情，又有乍聚还别的离情，更有一种飘泊天涯的游子乡情在。此情此景，已深深印在词人的心底，至今记忆犹新。"记得"二字从回忆中唤起，回到现实，引出下半阕。上阕采用倒叙的手法，层层递进，环环相扣，笔笔含情，耐人寻味。

上片写接到友人书信后对往事的回想，下片自然从回忆引出对友人的思念和对羁旅生活的愁怨。"曲水东流浅，盘山北望迷"，曲水，王羲之《兰亭集序》："引以为流觞曲水。"王羲之等人雅集的兰亭在今浙江绍兴西南，离奇龄的家乡萧山不远。盘山，亦名东五台，在今河北蓟县。二句一句思乡，一句怀友，皆由目前所见蜿蜒曲折的河水和连绵起伏的群山生发而出。"长安书远寄来稀，又是一年秋色、到天涯。"长安，代指京城。此句有两层意思。相隔遥远，音信难通，分别已近一年方收到友人来鸿，更觉友情的珍贵，是一层意思；寒来暑往，又是一年过去，自己依然客居他乡，有家难归，又是一层意思。下阕妙在以景写情，触景生情、余韵绵绵。

清人谭献《箧中词》评本篇云："北宋句法。"毛词深受五代、北宋词风影响，为历来词家所公认。这首小令于平中出奇，淡语有致，运思多巧而不失醇正，作法变幻且寄兴深远，可谓善学北宋者。

（苗　洪）

相见欢

花前顾影粼粼，水中人。水面残花片片，绕人身。　　私自整，红斜领，茜儿巾。却讶领间巾底，刺花新。

这首婀娜柔曼与清超倜傥兼而有之的小令，为读者活画出一幅少女临水图。

在明媚的春光里，一位天真活泼的少女在清澈的水边照影，花枝人影相伴投向波光"粼粼"的水面,她的化身——"水中人"与落入水中的片片鲜花交相辉映,飞花环绕人影,令"水中人"映眉生姿,平添无限风采。这是词的上片。

下片开始呈现人的动作与心态。少女俯视水中的身影,不禁顾影自怜,羞涩地偷偷将偏斜的巾领暗整,忽然发现,自己的巾领间多出了几瓣新花,这,是什么时候绣上去的呢?这一"整"、一"讶",使人物平添了几分风韵,大大活泼了词风,显示出作者丰富的想像力。

古典诗词中描绘人、花相映的画面不少。如,北朝乐府民歌《捉搦歌》:"华阴山头百丈井,下有流水彻骨冷。可怜女子能照影,不见其余见斜领。"描写少女在井面上的照影。唐代诗人李贺《绿章封事》诗:"石榴花发满溪津,溪女洗花染白云。"写溪女浣纱,纱衣、榴花、白云交相辉映的图景。温庭筠《菩萨蛮》:"照花前后镜,花面交相映。"则咏的是照镜。这首词,描绘的是临水,为少女花前顾影、私整斜领茜巾写照,与上述诗词的描绘,有着意脉传承、旧曲翻新的关系,而添补了少女羞顾倩影和曼妙天真的惊讶神态,从而使词风显得活泼风趣,显得更有韵致。

缠绵绮丽,运思工巧,生面独开,语浅情深,是这首小令的艺术特色。全词纯用白描,宛如一幅清新的画图,静中有动,虚实相成。作者虽系清初的经学大家,但并非终日板着面孔作文章,有时不妨在词中一吐内心的柔情,即所谓"词人者,不失其赤子之心者也"(王国维《人间词话》)。

(贺新辉)

相见欢『花前顾影粼粼』

纱窗恨
答冠月韵

笛声阵阵因风送，老天涯。一声入破偏凄切，落梅花。　雕盘处、千山黑雪，马嘶外、万里黄沙。算春宵归梦、好还家。

田茂遇这首酬和之作，颇有盛唐边塞诗的风格与气韵。

上片写景，其实主要只是写了引人乡思的笛声。《梅花落》原出塞北，汉乐府横吹曲名，本笛中曲。南朝鲍照、吴均、陈后主、徐陵，隋朝江总等所作乐府，都有此篇。到了唐代，《梅花落》更为人们所吟咏传诵。正如唐白居易《杨柳枝》云："《六么》《水调》家家唱，《白雪》《梅花》处处吹。"唐代文人墨客不但写《梅花落》乐府古题，而且在其他篇什中也常咏及"梅花落"。如李白诗云："黄鹤楼中吹玉笛，江城五月落梅花。"（《与史郎中钦听黄鹤楼上吹笛》）高适诗云："借问梅花何处落，风吹一夜满关山。"（《塞上听吹笛》）在这些诗句里，诗人由笛声想到梅花，把听觉诉诸视觉，我们不仅听到笛声，而且仿佛看到风吹梅花，飞飞落落，飘飘洒洒。在这里"梅花落"有了更丰富的内涵，有了更活泼的生命力。田茂遇这首《纱窗恨》也继承了唐人这一传统。风送笛声阵阵，溢满天涯，一声"落梅花"，写声成象，撩拨起人内心深处的凄凉。

如果说上片结处还透露着"凄切"，那么过片开头气势转壮。"雕盘处、千山黑雪，马嘶外、万里黄沙。""雕"与"马"都是边塞特有的威风凛凛的物象，它们是雄壮的、威武的；"千山""万里"写出了地域的辽阔无垠；"黑雪""黄沙"让人感到了风雪狂沙的肆虐。下片开首两句，不仅再现着边塞的壮阔景致，而且使词句中流走着的感伤情绪也忽为壮阔。这里感伤而不堕纤弱，不亚唐人气象。结句"算春宵归梦、好还家"，点破了乡思离愁的主旨。在这里感情的格调又产生了一次跌宕，由豪放而转入婉转。

这首词语言质朴自然，感情起伏跌宕。篇中"雕盘处、千山黑雪，马嘶外、万里黄沙"之句，实乃天籁，让人难以忘怀。

（赵木兰）

纱窗恨『笛声阵阵因风送』

黄　永　文学家,字云孙,号艾庵,江南武进(今属江苏)人。顺治十二年(1655)进士。官至刑部员外郎。顺治末因"奏销案"黜罢。早年善诗文,与陈维崧、邹祗谟、董以宁合称"毗陵四子"。工于词,其早年词作雅逸倩丽,中年以后词风清峭劲拔,透郁勃之气。著有《艾庵存稿》,词集有《溪南词》(一名《淑水词》)二卷。

沁园春

悲　秋

宋玉言之,春女多思,秋士多悲。况零风细雨,乍停还续;蛩声雁影,到处相随。四壁萧萧,孤灯落落,纵有高怀那处开?除非是,且登山涉水,打马飞杯。　　　　醉时屡舞回回,看云气,漫空白日颓。似江魂销罢,黯然欲别;潘愁尽处,如送将归。人事萧条,天公做作,长笑微吟泪暗垂。还自问,黄花红叶,干汝谁来。

这是一首借秋景而抒悒怀的遣兴词,全词写得淋漓酣畅,有一气呵成之气,虽少蕴藉含蓄,但自有一种明快的坦露美。

上阕以秋景的描绘烘托为主,创造出一派悲凉凄楚的环境氛围,而这正是诗人悒郁情怀的物化和外现:"蛩声"、"雁影"、"孤灯",伴随着"零风细雨",这些典型的景象正是暮秋最鲜明的征候,也是诗人落寞情绪的最贴切的对象化。而首三句以引叙的议笔出之,也显出诗人突破一般为词的陈套,表现出一种奔放自由、挥洒自如的创作心态。

上阕虽以景物的描绘和氛围的渲染为主,但也不乏诗人情绪的直接流泻:"纵有高怀那处开"以下三句就是诗人心绪的直接表露。由于直抒的一般化,似缺乏深层的意味。

下阕偏重悒郁情怀的倾吐与展现。较妙的是"醉时屡舞回回"三句,我们不仅看到诗人带醉起舞的狂放情态,而且从"看云气,漫空白日颓"的情境中,感同身受地体察到诗人醉眼朦胧中所看到的外在世界,那"云气"既是客观的存在,也是诗人醉眼中迷离恍惚的主观感觉，因而产生了"漫空"的茫茫印象，在此情境中白日的沉落就不仅表现一个时间状态，而且包含着诗人对这个现实世界的失意和贬抑。"似江魂销罢"以下四句，分别用南朝梁文学家江淹与西晋文学家潘岳自况：江淹《别赋》中有"黯然魂销"之句，写友朋亲眷之离愁别恨；潘岳亦以辞赋见长，善写愁怀离情。诗人借用古人抒写自己"多情自古伤离别，更那堪冷落清秋节"的襟怀，言约而意丰。接着诗人又吟叹"人事萧条"、"天公做作"。"天公做作"，这实在是一句石破天惊的犯语。贵为皇帝才是天子，"天"一向是公正、神圣的代表，这里作者指斥其"做作"、矫饰，乃是对这个虚伪、乖谬的社会的抨击。"长笑微吟泪暗垂"，道尽了诗人强颜欢笑，内心苦涩、悲痛的情愫，他微吟辞章不过是排遣心灵苦痛的自慰。结句"还自问，这黄花红叶，于汝谁来"意味深长，诗人借自己所喜爱的"黄花红叶"作为自身的代表，黄花自黄，红叶自红，它们不干预谁人，侵犯谁人，然而人们为什么要干预、侵犯它呢？这实在是诗人对这个不能自由自在地生活的、扼杀人性的社会的质问和抗争！

（张厚余）

沁园春『宋玉言之』

弘 伦 词人。俗姓徐，字孝均，改字叙彝，无锡（今属江苏）人。顺治后期，流寓宜兴南岳寺反哺庵，自署"荆溪僧"。康熙二十五年（1686），迁去梁溪采山，三十三年（1694）驻长寿寺，时年已七旬左右。与万树最为亲密，又与侯杲、侯文灿父子结方外交。万树去世后，曾协助侯文灿编就《亦园词选》等。工于词，为阳羡词派重要词人。其词今存七十七首，毫无禅门说教语。写景情纯自然，抒情盘转深婉，尤以表述生离死别之哀痛最为真切深沉。著有《泥絮词》。

沁园春

赋得乡村四月闲人少

郭外山明，绿柳红桥，水绕人家。早登场麦捆，初闻布谷；分畦茄串，末了桑麻。夜火原蚕，朝阳牧牪，十里僧厨午焙茶。芳洲暖，候鱼苗风起，雪片渔槎。　　青烟白鸟晴沙。有溪女盈盈出浣纱。见秧马初修，樱桃罢市；缲车才响，蜂子分衙。细雨输凉，栖乌噪晚，归垄犁盘落楝花。佣书饭，笑予仍计拙，潦倒生涯。

　　"乡村四月闲人少，了了蚕桑又插田。"本是宋人翁卷的诗句。作者即以之为题，描写乡村生活。上片开头三句是概括描写，将一幅农村春景图展示在读者眼前。但又并非完全写山水花鸟等自然风光，而是将农业生产劳动与自然风景结合在一起描写。在山明水绕、绿柳红桥之间，在布谷声中，忙碌的农业生产劳动正在紧张地进行着：登场麦捆，分畦茄串，夜火原蚕，朝阳牧牪，鱼苗风起，雪片渔槎。麦收、蚕桑、种蔬、放牧、茶业、渔业，都一一收入这幅画图里了，使人看了感到农村里是热气腾腾的。

　　下片过片，以青烟白鸟晴沙为背景，在这一片鲜明美丽的风光中，"有溪女盈盈出浣纱"。"盈盈"二字不但刻画了溪女体态的轻盈，而且也暗示出她心情的愉快。"秧马初修"，指麦收后即将准备插秧，秧马是插秧农具。"樱桃罢市"，写市场贸易，缲车（疑为缫车之误）才响，蜂子分衙，写蚕丝、养蜂两项副业生产。等到"栖乌噪晚"的时候，农民才拉着犁回家，"犁盘落楝花"，洋溢着一种劳动生产的乐趣和美感。

这首词的容量很大，人物、山水、农业、副业等各个方面几乎都写到了。列举的项目虽多，但并不显得堆砌臃肿，而是一路叙来，自然畅达。整个农村洋溢着一种既紧张忙碌，又轻松愉快的气氛。绿柳、红桥、青烟、白鸟，画面色彩鲜明，格调朴实自然，生活气息和泥土气息颇浓。不像唐代某些诗僧笔下那种空山流水的幽寂境界，这说明弘伦虽身在空门，而心系现实，对农村生活有深厚感情和亲身感受。

结句词意转向自嘲，谋生计拙，"潦倒生涯"，流露出自己处境的艰难和对现实的不满，这在《泥絮词》其他篇中亦可看到。

（王俨思）

沁园春『郭外山明』

好事近

夏日，史蘧庵先生招饮，即用先生喜余归自吴阊过访原韵

分手柳花天，雪向晴窗飘落。转眼葵肌初绣，又红敧栏角。　　别来世事一番新，只吾徒犹昨。话到英雄失路，忽凉风索索。

王夫之《姜齐诗话》云："以乐景写哀，以哀景写乐，一倍增其哀乐。"这首小令，正是以乐景写悲哀的一例。

史蘧庵，名可程，史可法之弟，当时流寓宜兴，与陈维崧唱和甚多。吴阊，即今苏州，春秋时为吴国都会，有阊门。作者从苏州归家后，应史可程之邀，与之相聚，二人交谈甚欢，有感于英雄失路，写下了这首悲怆的词作。

上片描写作者和史可程的分别与重逢，用景物的变换写出了分别与重逢的时间。二人分别正值春天，相逢已是入夏。头二句"分手柳花天，雪向晴窗飘落"，写分别。雪，指柳絮。这起首二句，既是描写春天柳絮飞舞的自然风光，又是借咏柳花抒发离别之情。后二句描写夏景："转眼葵肌初绣，又红敧栏角。"转眼之间初开的向日葵花，犹如绣出的一朵朵美丽的鲜花绽开了花朵，而庭院栏干转角处的红花正在盛开。别后重逢的欢愉之情溢于言表。

面对这一片姹紫嫣红、一派生机的景色,作者忽然勾起怀才不遇、半生沦落的感慨:"别来世事一番新,只吾徒犹昨。""吾徒犹昨",指作者与史可程辈依然如故。他们二人都经历了由明至清翻天覆地的变化,有着共同的际遇。尤其陈维崧入清后,长期不得志。一直到五十五岁才得出仕。这"吾徒犹昨"蕴含着怀才不遇的怨忿。最后,以"话到英雄失路,忽凉风索索"二句作结,于平叙中波澜自生,大大增强了词的艺术感染力。"凉风索索"是作者的心理感觉,是作者坎坷命运在心中引起的惆怅与悲凉,是因情生景的写法。这种写法与作者另一首《贺新郎》词中"话到英才失志,老鹘飞来杰杰"的写法极为相似。下片的失意与上片的美景形成强烈对比,反衬出作者失意已极的心情。整首词在艺术表现上,较为空灵而含蓄,余意不尽,发人深思!

(贺新辉)

沁园春

题徐渭文《钟山梅花图》同云臣南耕、京少赋

十万琼枝,矫若银虬,翩如玉鲸。正困不胜烟,香浮南内,娇偏怯雨,影落西清。夹岸亭台,接天歌板,十四楼中乐太平。谁争赏?有珠铛贵戚,玉佩公卿。　　如今潮打空城,只商女船头月自明。叹一夜落花,落花有恨,五陵石马,流水无声。寻去疑无,看来似梦,一幅生绡泪写成。携此卷,伴水天闲话,江海余生。

这首词上片写"夹岸亭台,接天歌板"的升平景象,下片换头、陡转,写今日南京(即明代古都)的荒凉冷落,与画面对比,寄托作者的明亡之痛。下片换头"落花有恨"、"流水无声"、故国繁华,只余一梦。唯有一幅渗透眼泪的图画借供词人江海余生,水天闲话而已。结尾三句,余音袅袅,可绕梁三日,令人寻味不尽。

词的上片写昔日梅花之盛,下片换头陡转,写今日之衰。"一幅生绡泪写成"是一篇之骨,徐渭文《钟山梅花图》当是借画昔日钟山梅

花盛况以寄托国家之恨的作品。咏古即所以慨今，而今明室既灭，南明亦亡，梅花的盛衰寄寓着明清的改朝换代。这首题画词的主题与徐渭文画《钟山梅花图》的主旨大体相同。词上片就画面着笔，写昔日南京钟山梅花的盛况。这里引用《桃花扇》、《余韵》中的[秣陵秋]与[哀江南]作一比较。

《桃花扇》《余韵·秣陵秋》："……龙钟阁部啼梅岭，跋扈将军噪武昌，九曲河流晴唤渡，千寻江岸夜移防。琼花劫到雕栏损，玉树歌终画殿凉；沧海迷家龙寂寞，风尘失伴凤彷徨。青衣衔璧何年返，碧血溅沙此地亡，南内汤池仍蔓草，东陵辇路又斜阳……"

两相比较，便可以看出，二者在感时恨别的情调上是颇为一致的。

（万云骏）

清平乐
夜饮友人别馆，听年少弹三弦限韵三首（其二）

檐前雨罢，一阵凄凉话。城上老乌啼哑哑，街鼓已经三打。　　漫劳醉墨纱笼，且娱别院歌钟。怪底烛花怒裂，小楼吼起霜风。

这是一首抒写凄凉情怀的词作。作者五十五岁之前一直郁郁不得志，与唐代王拰未做官之前的境况相似。

上片叙述一个雨夜作者在朋友别墅饮酒闲谈的心境，有一种百无聊赖的氛围。"檐前雨罢，一阵凄凉话。"前句写屋外，后句写屋内；前句写景，后句写人。面对屋外淅淅沥沥的"檐前雨"，作者国破家亡的悲楚，人生前程的坎坷，壮志难酬的凄苦心绪，全都凝聚在这屋内的一席"凄凉话"里，如泣如诉，酸楚凄绝。这"凄凉"二字，是"词眼"，一气贯连，统摄全篇。接着，"城上老乌啼哑哑，街鼓已经三打。"进一步写足了凄凉的气氛，大大加强了"凄凉"主题的分量。

下片抒情。前二句"漫劳醉墨纱笼，且娱别院歌钟"，以王拰自况。据《唐摭言》载，王播出任前曾客居扬州木兰院，随僧斋食。和尚讨厌他，故意在饭后敲钟（寺庙中和尚鸣钟进餐），耽误了吃饭，王播当即在寺院墙壁上题诗一首，诗中有"渐愧阇黎（和尚）饭后钟"的句子。后来王播入仕出镇扬州，访寺院，见他当年题的诗已经用碧纱笼罩了起来。他见景生情，又题诗一首，其中有两句是："三十年来尘扑面，而今始得碧纱笼。"道破人世间世态炎凉的情态。这两句作者由王播受辱联想自己的处境，深深地浸透着"凄凉"的情味。结末两句："怪底烛花怒裂，小楼吼起霜风。"与题目前后呼应，既是写实，又是抒情，与作者另一首《唐多令》所写"听得关山刚入破，重惹起半生愁"句，为同一感慨，正是三弦的声音唤起他亟欲振作、鹏程万里的雄心壮志。用"吼"字摹写三弦弹奏的声音，雄健奇伟，去陈出新，炼字奇特，用高昂的旋律抵拒阴沉的环境与凄凉的情境，给人以悲壮苍凉的艺术感受。这首词的结句，景与情水乳交融，含蓄地描写出作者情绪的变化。

这首词凄婉苍凉，但激昂奔扬，如啸如吼，其势雄肆。曹寅在《贺新郎·读（迦陵词）用刘后村韵》中叹道："何物灵均招便去，向词坛直夺将军鼓。"是的，这首词便是高架于词坛之上的一面"将军鼓"！

（贺新辉）

虞美人
无聊

无聊笑拈花枝说，处处鹃啼血。好花须映好楼台，休傍秦关蜀栈、战场开。　　倚楼极目添愁绪，更对东风语：好风休簸战旗红，早送鲥鱼如雪、过江东。

吴三桂于康熙十二年（1673）十一月起兵。次年，云南、贵州、广西、福建、湖南、四川克复。因陕西王辅臣起事，川陕便形成一条抗清战线，给清廷构成巨大的威胁。清廷急忙派兵镇压。至康熙十五年，辅臣投降，战线瓦解。本篇以清兵镇压川陕反抗力量这一历史事件为

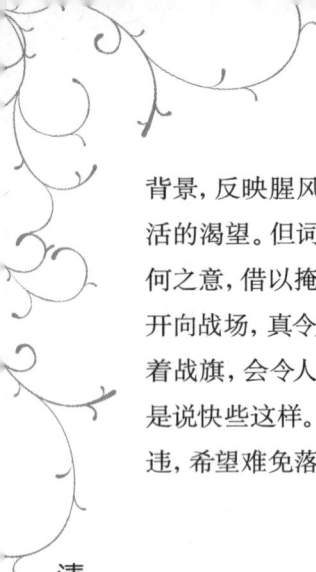

背景，反映腥风血雨的历史年代，作者对抗清将士的同情，对和平生活的渴望。但词以"无聊"为题，意似写好事多磨，百无聊赖，无可奈何之意，借以掩饰直写时事的内容。好花应与妆台美人相辉映，而今开向战场，真令人感到大煞风景。好风应送鲥鱼过江，如今江上漂簌着战旗，会令人感到恨别。"休簌"、"休倚"是说不要这样；"早送"是说快些这样。这些都表现了词人盼望和平的急切心情。然而事与愿违，希望难免落空，词中云云，不过表现了无可奈何的想法而已。

（万云骏）

贺新郎

秋夜呈芝麓先生二首（其一）

掷帽悲歌发。正倚帻、孤秋独眺，凤城双阙。一片玉河桥下水，宛转玲珑如雪。其上有、秦时明月。我在京华沦落久，恨吴盐、只点愁人发。家何在，在天末。　　　　凭高对景心俱折。关情处、燕昭乐毅，一时人物。白雁横天如箭叫，叫尽古今豪杰。都只被、江山磨灭。明到无终山下去，拓弓弦、渴饮黄獐血。《长杨赋》，竟何益？

　　陈维崧少负才名，早年从陈子龙学诗词，颇受奖誉。步入壮年后却落魄不得志，曾辗转奔波于江浙各地。康熙七年（1668）陈维崧来到当时首都北京，寻求施展抱负的机会。当时有"江左三大家"之称的文坛领袖、尚书龚鼎孳（字孝升，号芝麓）对他大加称许，因而名动京师。但他仍不过是诸生身份，过着穷困潦倒的生活。这首呈送龚鼎孳的词即表达了他那种怀才不遇的悲愤心情。

　　"掷帽悲歌发"，开篇就以一个"悲"字定下了全词的基调。"掷帽"语出陆游诗句"起立掷吾帽"，一个动作细节表现了作者内心郁闷不得发散的痛苦。为了排遣愁苦作者于深秋夜晚，独自登高远眺。"孤秋独眺"，"孤"字"独"字叠用，一种凄清沦落，形单影只，前途渺茫的愁苦气氛便充分地渲染出来了。"凤城双阙"指朝廷所在的禁城。古代帝王所居之城叫"凤城"，宫殿前的建筑物通常左右各一，两者中间有空缺，故名双阙。词人本身的孤独处境与眼中都城建筑的宏丽于此形成鲜明对照。下面由远眺禁城引出对京师古今变迁的感慨："一片玉河桥下水，宛转玲珑如雪。其上有、秦时明月。""玉河"，亦称御河，源出玉泉山，经禁城出都城东。在秋月的映照下，河水潺潺流经白石桥下，粼粼波光宛如皑皑白雪。唐朝诗人王昌龄《出塞》之二："秦时明月汉时关，万里长征人未还"。自然永恒，历史变迁；时光飞逝，生命有限。这里抚今怀古更引起身世之感，功业何时成就？还家何日？数句颇有沉郁顿挫之妙。陈廷焯《词则》评云："插入吊古，极见精神。雄劲之气，横扫古人。"（《放歌集》卷五）现实是严酷的，被誉为"江东人杰"（龚鼎孳称赞陈维崧语）的作者壮志难伸，不觉鬓发花白："我在京华沦落久，恨吴盐，只点愁人发。"吴盐即淮盐，质优而洁白。周邦彦《少年游》有"吴盐胜雪"之说，这里形容斑斑白发。此时作者仅四十四岁，而发如盐点，那是长期沦落京华，憔悴所致。遥望家乡，渺不可见。"家何在，在天末"，歇拍二句犹如柳永《八声甘州》所云："不忍登高临远，望故乡渺邈，归思难收。叹年来踪迹，何事苦淹留？"无限乡思，涌上了游子的心头。然而本词的感慨更比柳词深沉而广邈了。过片"凭高对景心俱折"词情又翻转一层，登高临远本为遣愁，然而却更触动愁绪，倍增伤心。作者的思绪追溯到千载历史人物："关情处，燕昭乐毅，一时人物。"战国时，燕昭王筑黄金台以招纳贤士，乐毅自魏至燕，受到重用，拜为上将军，屡建战功。作者京都眺望，即景生情，想象当年燕昭、乐毅的遇合，发出感慨。然而燕昭乐毅的风云际会于一时，如今已了无遗迹。"白雁横天如箭叫，叫尽古今豪杰。都只被、江山磨灭。"春来秋往，白雁依旧掠过长天，而古今多少英雄豪杰都在它的不断叫声中消逝了，被这万古屹立和奔流的江山所磨灭。这里的意境颇似苏轼《念奴娇》开头的"大江东去，浪淘尽、千古风流人物"。然而本词的下文却似又比苏词来得高亢。苏词于"故国神游，多情应笑我，早生华发"之后，发"人生如梦，一尊还酹江月"的深沉喟叹，而本词则期想自己持弓驰猎，一试健儿好身手，不再无聊地舞文弄墨了。"明到无终山下去，拓弓弦、渴饮黄獐血。《长扬赋》，竟何益！"无终山一名翁同山，位于河北蓟县北，饥餐兽肉，渴饮兽血，极力形容一种豪放之态。西汉文学家扬雄才华横溢，曾写下《长扬赋》等名作，名满朝野，任为郎，历三朝而

贺新郎『掷帽悲歌发』

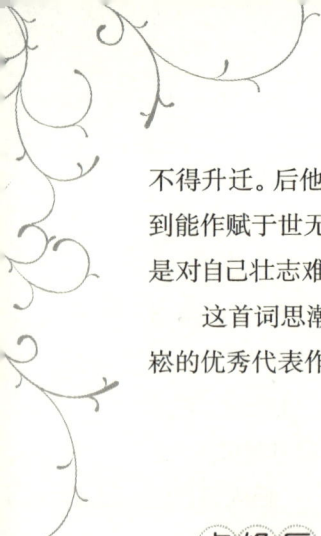

不得升迁。后他因曾作赋歌颂王莽而受牵连，险丢性命。晚年扬雄感到能作赋于世无益，有"雕虫小技，壮夫不为"之叹。这里借用此典，是对自己壮志难伸，才华无用的愤激之辞。

这首词思潮起伏，感慨横生，沉郁顿挫中颇有跌宕之妙，是陈维崧的优秀代表作。

（顾易生　孙克强）

点绛唇
夜宿临洺驿

晴髻离离，太行山势如蝌蚪。稗花盈亩，一寸霜皮厚。　　赵魏燕韩，历历堪回首？悲风吼，临洺驿口，黄叶中原走。

这首小令是作者旅京不得志，于康熙七年（1668）南游汴、洛途中所作。临洺，即今河北省永年县，临近洺水，地处要冲。全词以波澜壮阔的豪放风格，表现了北国粗犷雄浑的自然景物，气势磅礴，给人以一泻千里之感。

词的前二句写山："晴髻离离，太行山势如蝌蚪。"境界阔大，气势不凡。前一句写山形，形如发髻，历历在目；后一句写山势，势如蝌蚪，蜿蜒曲折。这是诗人遥望远山所见。三四句则是近看，眼前的平原，一大片稗草，秋霜落下，已经枯萎，结成一层厚皮。在诗人眼里，临洺的景色，既雄伟，又萧瑟。

"赵魏燕韩，历历堪回首。"换头二句由景及情，抒发怀古的意绪。太行、大河，历代兵家征战之地，赵魏燕韩，战国诸雄，先后都被秦国灭亡。历史风云，犹如一幕幕历史的悲喜剧，历历在目。"悲风吼"，三字提唱，末尾二句接应。在这历史的古战场，中华民族的发祥地，如今却是悲风怒吼，遍地黄叶败落，飞沙走石。在作者笔下，这中原大地秋风萧瑟，破败不堪。

这首小令的表现手法，颇为奇特。一般慢词长调因其容量较大，易于盘转起伏，运气蓄势，而小令则难以壮其气、雄肆其势。而陈维崧则一反常规定格，以其腾越飞扬的才情和劲挺的笔力，写下了大量犹如"干将出匣，寒光逼，"（陈廷焯语）的小令词。这首《点绛唇》则最称卓绝，其表现手法颇出人意料。作者将大山写得如蝌蚪般细小，而将细小的稗草却写得很大；远在千年的往事，他却历历在目，近在眼前的风物却觉得一片模糊。这种表现手法的异常正是作者思想感情异常的流露，上片对景物的奇特描写显示了诗人想象力的奇谲，下片则是作者悲凉慷慨心境的写照，末句以黄叶自喻，表现诗人辛苦奔波而不得志的情愫，心事浩茫，意味无穷。真乃是"波澜壮阔，气象万千"（陈廷焯《白雨斋词话》）！

（贺新辉）

南乡子

邢州道上作

秋色冷并刀，一派酸风卷怒涛。并马三河年少客，粗豪，皂栎林中醉射雕。　　残酒忆荆高，燕赵悲歌事未消。忆昨车声寒易水，今朝，慷慨迈过豫让桥。

这是一首意气风发、气魄极大的豪迈词作。邢州，今为河北省邢台市。作者于康熙七年（1668）一个寒风凄厉的秋日，自北京南游开封、洛阳。这首词当作于这次南游途中。

上片描写邢州道上的自然风貌和所见人物气概。"秋色冷并刀，一派酸风卷怒涛"是自然意象。"并刀"，并州（今山西省太原市一带）的剪刀，以锋利著称。"焉得并州快剪刀，剪取吴淞半江水。"（杜甫《戏题画水图歌》）用以赞赏山水画的逼真；"算空有并刀，难剪万愁千缕。"（姜夔《长亭怨慢》）用并刀来剪离愁别绪。这里用并刀形容秋风，并且着一"冷"字，显示北国的寒冷，秋风刺骨。"酸风"，语出李贺《金铜仙人辞汉歌》，形容冷风刺目，令人落泪。令人酸目的冷风，其气势犹如怒涛狂卷。面对这样恶劣的自然景色，进入词人眼帘的是"三河年少客"并马驰骋皂栎林岗，醉后射雕的豪迈气概。"三河"，即河东、河南、河内，这里指以邢州为代表的北中国一带。"栎"，柞树，"皂栎林中"句化用杜甫《北游》"呼鹰皂栎林，逐兽云

雪岗"句而来。词人何以舍弃邢州一带的其他事物,而独取少年醉后射雕的景物加以描绘呢?"粗豪"二字便是答案:他十分欣赏北国人民粗犷豪迈的民风。

"燕赵多慷慨悲歌之士。"(韩愈《送董邵南序》)作者的想象由眼前的自然风土民情,转入历史的回忆,时空跳跃虽大,但意脉相连似断还续。"残酒忆荆高,燕赵悲歌事未消。""荆高",指荆轲、高渐离。荆轲是燕太子丹的门下士。高渐离为荆轲好友,善击筑。荆轲谋刺秦王,燕太子丹同高渐离送至易水,高击筑,荆慷慨悲歌:"风萧萧兮易水寒,壮士一去兮不复还。"荆刺秦王未成被杀,高为替荆报仇怀筑入秦,也事败被杀。荆、高二人悲壮事迹载入史册,世世代代被人传颂、讴歌,所以说"事未消"。在作者心目中,"事未消"者还有一位"三河"地区的豪杰,于是词人又写道:"忆昨车声寒易水,今朝,慷慨迈过豫让桥。"豫让,春秋末战国初智伯的家臣,智伯为赵襄子所杀,豫让一心想为智伯报仇,他漆身变容,伏于赵襄子出行必经之桥下,当赵行至桥上时,坐马受惊,豫让谋刺未遂被捉,后伏剑自杀。作者缅怀三位壮士是借古人的悲壮事迹,抒写自己心中的感慨,抒发壮怀激烈的雄心。尽管词中对历史人物没有丝毫评论,但慷慨豪气,力透纸背。正如陈廷焯所云:"迦陵词沉雄俊爽,论其气魄,古今无敌手。"(《白雨斋词话》)可谓一语中的。

(贺新辉)

醉落魄

咏 鹰

寒山几堵,风低削碎中原路。秋空一碧无今古,醉袒貂裘,略记寻呼处。　　男儿身手和谁赌?老来猛气还轩举。人间多少闲狐兔?月黑沙黄,此际偏思汝!

这首小令名为"咏鹰",其实是借物抒怀,抒发自己欲人赏识以一展宏图的壮志,是一首咏怀述志的抒情词。

鹰,在古代文人笔下常是勇猛顽强、疾恶如仇的化身。杜甫便是咏鹰的高手，如"何当击凡鸟，毛血洒平芜"（《画鹰》），"安得尔辈开其群，驱出六合枭鸾分"（《五兵马使二角鹰》）等句，就是将向往政治清明，扫除奸佞的理想寄托在鹰的身上。作者也很喜欢写鹰，往往以鹰自比，如《赠吴默岩先生》："我生逼侧不称意，角鹰失势鸣饥肠。"《地震行》："欲归未归不称意，攫翅学作饥鹰呼。"这首词则名为"咏鹰"，托物寄意，借鹰抒怀。

上片直接写鹰。开头三句看似写景，叙述环境，实在还是借景、借环境写所咏之鹰。前句"寒山如堵"，写鹰所栖息的场所，以"堵"写山则显示山势陡峭，壁立千仞；后一句则写鹰所飞驰的环境："秋空一碧无今古。"晴空万里，一碧如洗，古今从来如此。中间一句"风低削碎中原路"直写雄鹰的动态，绾住前后二句，将鹰从高处乘风直下俯冲中原的气势笔酣墨畅地描绘了出来。"削碎"二字夸张有力，将雄鹰展翅高翔的情态描写得形象传神。下面二句："醉袒貂裘，略记寻呼处。"作者回忆当年他乘醉跨马，袒开貂裘，露出臂膀，向空中呼寻猎鹰的情形。"略记"二字既将眼前所见鹰击长空的景象与当年鹰猎之事联系起来，同时又起着过片作用，十分自然地过渡到下片，写如今"老来"情怀。

"男儿身手和谁赌？老来猛气还轩举。"语带双关，直抒胸襟，明写雄鹰，实写自己。诗人虽壮心不已，却空对大好时机，无从施展抱负。"人间"二字以下，本词词旨豁然顿开。"人间多少闲狐兔"，即许许多多衣冠禽兽，等待着"麾则应机，招则易呼"（孙楚《鹰赋》）的雄鹰去猎擒，所以"月黑沙黄，此际偏思汝！"此时此地，即面对黑暗、险恶的社会现实，我想到的偏是你啊，雄鹰！

这首词写得雄劲苍茫，老辣霸悍，全词咏鹰却不着一"鹰"字，采用"取形不如取神，用事不如用意"（邹祗谟《远志斋词衷》）的手法，摄其神而不绘其形，句句切题，字字中的，画面生动，情绪激昂，如紧鼓怒擂，如急钲猛击。陈廷焯说它"声色俱厉"。真如吴梅村先生《词学通论》所说："即苏、辛复生，犹将视为畏友也。"充分显示出作者疾恶如仇的处世态度。

（贺新辉）

· 113 ·

醉落魄『寒山几堵』

月华清

读《芙蓉斋集》，有怀宗子梅岑，并忆广陵旧游

漠漠闲悲，蒙蒙往事，胜似柳丝盈把。记解春衣，曾宿扬州城下。粉墙畔、谢女红衫，菱塘上、萧郎白马。月夜。正游船争取，绿纱窗挂。　　如今光景难寻，似晴丝偏脆，水烟终化。碧浪朱栏，愁杀隔江如画。将半帙南国香词，做一夕西窗闲话。吟写。被泪痕沾满，银笺桃帕。

"宗子梅岑"，指宗元鼎，字定九，号梅岑，有《芙蓉集》，其年与梅岑为知心好友。"广陵"即扬州。

这是一首抒写纯真深厚友情的精作。

上片写难忘的扬州旧事，下片写难堪的今日愁怀。

"漠漠闲愁，蒙蒙往事，胜似柳丝盈把"，起拍就脱尽俗趣：以两处叠字，写无限的愁怀和繁多的往事，这些愁和这些事，比一把至细至微的柳丝还要多。这比喻比人们烂熟的"白发三千丈"（李白《秋浦歌》），"一江春水向东流"（李煜《虞美人》），"一川烟草，满城风絮，梅子黄时雨"（贺铸《青玉案》）要清鲜得多，而且诸作专喻写愁怀，而"柳丝盈把"却兼容愁和事，可谓小手段见大功夫。以下四韵（"月夜"是一韵）六句，均由"记"字带起，故"记"字在此词中至为要紧，上承往事，下启思情。"记"就是回忆，其年回忆起什么呢？

先点时间（"解春衣"即春末夏初）、地点（扬州）；然后用色彩鲜明且极为工稳的联句"粉墙畔、谢女红衫；菱塘上、萧郎白马"，叙写和梅岑及"广陵旧游"的风流韵事。"谢女"泛指女郎，"萧郎"，此处泛指女子所恋之男人，即其年等人。这一韵写得极委婉、极含蓄，只是对举了女方的衣着和男方的坐骑，却蕴育几许风流。煞尾处"月夜。正游船争取，绿纱窗挂"。几许风流更增添了令人销魂的风情。对于风流偶傥如其年者，与梅岑和"广陵旧游"在扬州那段寻香觅翠的际遇，自然会留下深刻的印象，从而为下片追怀写愁蓄足了气力。

词脉折回到眼前："如今光景难寻，似晴丝偏脆，水烟终化。""光景"指上片所写扬州销魂的情形。"晴丝"，虫类所吐的在空中飘荡的游丝，极柔脆。"水烟"，水上的烟霭。用"晴丝"和"水烟"喻写往日的霎那欢愉，充分点示出这种欢愉的不稳定性和暂时性。"碧浪朱栏"与"游船争取"相呼应，"隔江如画"同"绿纱窗挂"相敲打，彼时彼地，虽良辰美景，但恨如露水须臾，只能像如画的梦幻一样留在心中，故曰"愁煞"。底下又用一对仗工稳的联语"将半帙南国香词，做一夕西窗闲话"，遥扣词题，所记所忆，至此带住。"南国香词"，指宗梅岑的《芙蓉集》。

煞尾以情语尽泄心中的"漠漠闲愁"，"吟写。被泪痕沾满，银笺桃帕。""银笺"，沾银屑的纸；"桃帕"，桃红的手巾。银笺、桃帕，俱为香艳用品，用于这首艳词倒也珠椟合宜。

就思想性来说，这首《月华清》实在不足道；但就艺术性来说，则"深情旧事，一片凄感，往事不堪重记省，血泪模糊"（陈廷焯《云韶集》）。然于此可见这位清初词坛射鹏手思想、生活的一个侧面。

（王成纲）

木兰花慢
送陆义山请假归里

秋风生乍浦,香稻熟,紫螯肥。任嫩擘黄芽,甜分红柰,不换莼丝。柘西,旧时鸥鹭,白蘋边、几度怨归迟。昨日陈情天上,宵来梦到渔矶。　　霏霏,薄雪一些儿,为尔洗尘缁。想贺监风流,烟波诗景,未许人知。漫疑,终南捷径,只山云、堪与说心期。高卧不闻朝请,随他月落乌啼。

陆义山,名陆菜,平湖词人,康熙六年进士。孙旸,字赤崖,号蔗庵,江苏常熟人。顺治十四年举人。正值"科场案",遂罹难,谪戍尚阳堡。康熙七年 (1668),被"恩准"提前放还。康熙东巡,献颂万余言,召至帷前,赋东巡诗。又试以书法。康熙虽惜其才,但当有人疏荐时,终于不用。久之,不得已而归里。从他的一生来看,首先是无辜遭厄,远谪遐荒,历经磨折。后来虽提前放归,积极献颂,仍不见用,怀才不遇,终身不偶。一肚皮牢骚怨愤转化而为消沉退隐。这种心态在这首词中就比较明显地流露出来,送陆义山只是借题发挥。

当秋风乍起,稻熟螯肥的时候,词人"任嫩擘黄芽,甜分红柰,不换莼丝"。红柰即苹果,莼丝即丝莼,夏末秋初叶稍舒长的莼菜。暗用东汉张翰因秋风起而思莼鲈,命驾归里的故事,点明自己对于干禄求仕已经心灰意冷,决计隐退归里。下文借"旧时鸥鹭""几度怨归迟",表白自己的心态,大有不愿心为形役,"识今是而昨非"之感。"昨日陈情天上,宵来梦到渔矶",本指陆义山请假归里,如果联系作者自己的情况来说,则"昨日陈情天上",可能指向康熙献颂赋诗之事。终不见用,则早知今日,悔不当初,这也是"几度怨归迟"的原因。"宵来梦到渔矶"。此时的孙旸,正"兴切归分,悲歌弹剑……且鼓柵……向碧荇香蒢，钓丝重展。"（孙旸·《解连环》）流露出一种摆脱羁绊，获得自由的精神快感。

下片的薄雪洗尘缁，语意双关。一方面是洗衣服上的尘缁，另一方面也是借此洗去官场世俗的尘缁，还他以素净洁白的本质，回到干净的大自然中去。词笔随即由陆义山的归里，联想到贺知章的回乡。贺知章在唐玄宗时授秘书监，故称贺监。他晚年放诞风流，自号"四明狂客"。归里，诏赐镜湖剡川一曲，流连烟波，赋诗饮酒。这种放荡不羁、无所拘束的生活方式，作者颇为向往，但作者提醒读者：他的隐退并非"终南捷径"式的隐退。所谓"终南捷径"，据《唐书·卢藏用传》记载："司马承祯尝召至阙下，将还山，藏用指终南山曰：'此中大有佳处。'承祯徐曰：'以仆观之，仕宦之捷径耳'。"在唐代，科举与隐居，同是进入仕宦的两条道路，是殊途同归的。有些知识分子先隐居以博取高士之名，然后经人荐举进入仕途。实际上是以退为进。终南山近在京郊，隐士们易与朝中显宦来往，互通声气，以隐求仕，尤较他处为便，故为"仕宦之捷径"。但孙旸此时对仕宦已由希望到失望，由失望到绝望，心在山云，志求高卧。这位饱经风雨的词人已看透了清廷对付知识分子的软硬两套把戏。他不吃这两套，他面对残酷现实，对统治者已不再抱任何幻想。所以他"高卧不闻朝请，随他月落乌啼"，把功名利禄彻底看淡了。

此词以淡笔写深情，外见旷远，而内藏隐痛。

（王俨思）

木兰花慢「秋风生乍浦」

　　邹祗谟 (1627后—1670) 文学家。字讦士,号程村、丽农山人,
江南武进 (今属江苏) 人。顺治十五年 (1658) 进士。以"奏销案"坐
废乡里。早孚文名,其古文辞与陈维崧、董以宁、黄永并称"毗陵四
子"。工于词,与王士禛、彭孙遹、董以宁等朝夕唱和,为广陵词坛
重要词人。早年即以艳词小令闻名,一些词作寓身世之感,意气纵
横,格调郁勃。与王士禛合编有《倚声初集》,选词一千九百余首,
录词家四百七十余人之姓名、字号、籍贯、仕履及词集名,编录时人
词话、论词杂文、韵辨等,是研究清词的重要文献。另著有《远志
斋集》、《远志斋词衷》,词集有《雨农词》三卷。

满江红
己丑感述

　　滚滚红尘,哭秋风,斜阳宫刹。方悟得,夜半深池,人盲马
瞎。山鬼狐威帝以虎,小人猿化妻于獭。待陈情,细诉与天
公,凄凉煞。　　三里雾,何时刮;三月雨,何时撒。用不着
慈悲,告伊菩萨。老猾钱刀方作横,少年姜桂何能辣。醉狂
时,击柱亦徒然,冲冠发。

　　词人在这首写于顺治六年己丑 (1649) 的慢词中,描述了社会黑
暗、奸猾横行、人民困危、良善受欺的图景,抒发了无力回天、徒然愤
激的情怀。频频用典,辞气慷慨,用语质直,音韵紧促,是词人《丽农
词》中少见的愤世之作。

　　词人下笔,就勾勒出面对人世宫刹放声悲哭的画面。"滚滚红
尘",形象描写急速翻动的飞扬尘土,喻写喧嚣不息的繁华人世 (佛
道者流谓人世为红尘);"宫刹 (chà)",犹言庙宇,为下文诉天公、
告菩萨预作铺垫。"秋风"、"斜阳",既点季节和时刻,又着意渲染
悲凉没落的气氛。而冠一"哭"字,则将词人此时此境下悲哀莫名的
神态和心境和盘托出,叹世之旨已隐然而现。紧承"斜阳宫刹",自然
引出"方悟得"所发的感慨。"盲人骑瞎马,夜半临深池"(见《世说
新语·排调》)这一"咄咄逼人"的俗语,被词人压缩为"夜半深池,
人盲马瞎"八个字,用来形容极危之境。这也正是词人方才醒悟到而

不能不"哭"的原因。表面写的是词人面临此境的感受，实际写的是人民困境的概括，象外有象，意在言外。因此再进层描写"悟得"的情景，就乘势而发。"山鬼"，指山精，即夔，乃古代传说中一种独角的怪兽；"狐威帝以虎"，是《战国策·楚策》中"狐假虎威"故事的概述，狐狸妄称"天帝使我长兽，今子食我，是逆天帝命也"，极写狐狸的狡猾。"小人猿化"，活用《抱朴子》"周穆王南征，一军尽化，君子为猿为鹤，小人为虫为沙"之典，描述死于战乱的人民化为异物的惨象；"妻于獭"，借用晋人束皙《发蒙记》所载水獭以雌猿为妇，称为獭妇的传说（见宋人陆佃《埤雅》四《释兽·猨》所引），描述人民重重不幸的命运。词人用这两个对仗句，鲜明写出恶物得势、好人倒霉的对立画面，暗喻鬼怪逞凶、狐假虎威的社会现实和人民遭难、愈卑愈下的悲惨图景，字里行间充满了对人妖颠倒、社会不公的悲愤之情。于是词人欲待陈述心中愤愤不平的感情，要将"红尘"中一切以强凌弱、危难不公事详细地向天帝诉说，这些事说起来真是凄惨悲凉已极啊！"煞"，极。"宫刹"既是神灵的所在，人间不平事当然要向"天公"倾诉；"凄凉"又与"哭"字呼应，将人世的惨境和心中的哀痛交织起来，词人一腔的悲愤简直已溢于言表了。

下片开头四个前后对仗的三字句，紧承上片结句而来，表明"待陈情"的内容，却又带有明显的怀疑。两个"三"字，都表多数。弥漫多里的大雾，什么时候才能一风吹尽；连绵多月的淫雨，什么时候才能一扫而光。很明显，这里的"雾"和"雨"都是暗无天日的象征。两个"何时"，则表明雾遮雨淋的阴暗景象一直不停，看不出"刮"、"撤"的迹象，语气之间充满了疑问，显露出"待陈情"的"待"字所表达的欲诉而犹豫的心态。这一迟疑自问的结果，竟然是"用不着慈悲，告伊菩萨"！"伊"犹"此"。但是词人为什么要说"用不着"告诉这菩萨以发慈善怜悯之心呢？接着两句就尖锐点明犹豫不决的原因，只在于老奸巨猾之人钱可通神，正在干横行不法之事，像我这样阅历不多之人，怎能猛烈扭转呢！"老猾"，谓深历世情习于奸猾之人，《宋史·食货志》谓"老奸巨猾，匿身州县，舞法扰民"。"钱刀"，即钱币，《史记·平准书》索隐谓："钱形如刀，故曰刀，以其利于人也。""姜桂"，喻特殊之性质不容改变。"何能辣"，则活用《宋史·晏敦复传》所云"况复姜桂之性，到老愈辣"之典，"辣"者，厉也。这两句正反

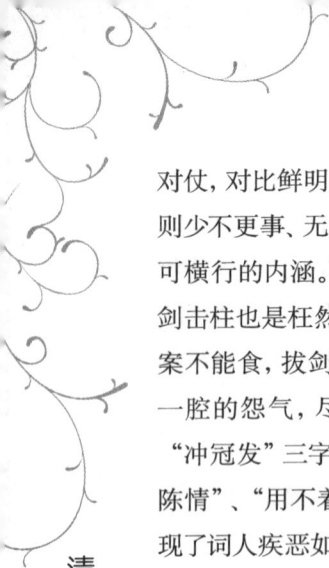

对仗，对比鲜明，道出有钱有势者可以买通神灵、任其无法无天，自己则少不更事、无力抗衡的实质，从而借菩萨不管人间罪恶表达坏人自可横行的内涵。正因如此，词人感到即使饮酒泄愤、醉得发狂时，拔剑击柱也是枉然无用，只有怒发冲冠而已。鲍照《拟行路难》有"对案不能食，拔剑击柱长叹息"之句，词人也用"击柱"之举表达宣泄一腔的怨气，尽管"徒然"，但其不能按抑的愤恨和不平，却透过"冲冠发"三字喷发而出。以此作结，不仅完成了由"哭秋风"、"待陈情"、"用不着"直至"醉狂时"种种情绪变化的"感述"，而且突现了词人疾恶如仇的形象，表达了不满现实、批判现实的意旨。

（李德身）

> **徐元琭**　画家。字谓文，宜兴（今属江苏）人。徐喈凤之从兄弟。本名家子弟，其高祖、曾祖以来，皆世积勋业。入清，无意仕进。与陈维崧相友善。能诗文，擅书画，曾游金陵，访龚贤，归来后绘成《钟山梅花图》，有名于时。亦能诗词，《荆溪词初集》存其词三首。

望江南
梅花书屋

寒山峭，疏影自萧萧。半坞白云泉石冷，一窗清韵梦魂飘。明月上花梢。

这首《望江南·梅花书屋》词颇能表现出词人隐逸高洁的心态。"寒山峭"三字为梅花烘托出冷峻幽峭的环境，读之似乎感到满纸寒意。在这一背景上，加上几笔淡淡的疏影，一幅清淡素洁的梅花图便勾勒出来了。下面不从正面直接实写梅花的形、色、香，而是用虚笔传神，侧面烘托。"半坞白云泉石冷，一窗清韵梦魂飘。"并无一字涉及梅花，而梅花自在其中。白云、泉石，而用一"冷"字形容之，已衬托出梅花之骨，梅花之品。清韵、梦魂，而用一"飘"字刻画，暗传出梅花之神，梅花之魂。前句是实物虚写，后句是虚处藏神，妙在不露痕迹。几可与"疏影横斜水清浅，暗香浮动月黄昏"（林逋《山园小梅》）媲美，结句"明月上花梢"对全词的意境创造具有重要作用。明月一上，则疏影萧萧，白云飘荡，泉石清冷，清韵高洁，整个画面顿时生色，而梅花意境全出矣。

细玩作者所创造的"梅花书屋"的境界，于冷峻、清幽、高洁、素淡中，隐隐约约透露出一丝悠长的愁思。这不在画面的外表，而是要读者透过画面去领悟其中的情韵。着墨不多，而韵味隽永。

（王俨思）

佟国器　词人。字汇白，满族，隶汉军正蓝旗。贡生。顺治间，累官浙江巡抚。康熙年间在世。

醉相思

石头城怀古

百尺高台临鹤渚，凭吊悲今古。看滚滚长江无晓暮，前代也，东流去；后代也，东流去。　　朱雀桥边芳草路，几遍风和雨。问佳丽，六朝遗恨处。莺语也，如相诉；燕语也，如相诉。

这是一首怀古咏史词。石头城，即金陵，故址在今南京市清凉山，为东吴、东晋、南朝宋、齐、梁、陈六朝故都。词的主旨是感叹历史的兴亡，寻究王朝更迭、兴衰成败的根由。

上片怀古。"百尺高台临鹤渚"，登上有鹤止息的水中小洲；"凭吊悲今古"，石头城的沧桑变化，昔日那蔽日的旌旗，连云的樯舻，和那些不可一世的豪杰，统统都成了过眼烟云，所以"悲今古"。唯有那滚滚长江，世世代代无晓无暮，东流而去，前代如此，后代亦复如此。作者用叠句加深了语气，悲慨之叹，自寓其中！

下片咏史。"朱雀桥边芳草路，几遍风和雨。"朱雀桥，在石头城乌衣巷附近，是六朝时代都城正南门即朱雀门外的大桥，是当时车马填咽的交通要道。晋代权贵王、谢等人的第宅皆在乌衣巷。刘禹锡《乌衣巷》诗："朱雀桥边野草花，乌衣巷口夕阳斜。旧时王谢堂前燕，飞入寻常百姓家。"风和雨，即风吹雨打，意谓朱雀桥经历了多少人世沧桑。"问佳丽，六朝遗恨处。"佳丽，即佳丽地，繁华的地方，这里指金陵，谢朓《入朝曲》："江南佳丽地，金陵帝王州。"遗恨：余恨，遗憾。东吴、东晋、宋、齐、梁、陈皆以这里为都城，又都亡国于此，所以说是"六朝遗恨处"。结语"莺语也，如相诉；燕语也，如相诉"。同上片一样，都以景语作结，让读者于不语中去寻找答案，深沉蕴藉，耐人寻味。

（蒲　仁）

满江红（二首其二）

丁酉仲夏读陈素庵夫人词感和

乍雨还晴，怨只怨，天无分别。更难堪、淮流泾水，共人悲咽。佳节每从愁里过，清光又向云中没。怪啼痕、欲续调难成，柔肠绝。　　花弄影，红残缬；冰荷覆、瑶琴歇。问梁间燕子，共谁凄切。举目关河空拭泪，伤心杯酒空邀月。叹人生、如梦许多般，皆虚掷。

这是为著名女词人徐灿写的一首和词，原词共二首，这是其中的第二首。

陈素庵夫人，即陈之遴 (号素庵) 之妻、著名女词人徐灿。陈氏于明崇祯十年 (1637) 进士时，徐即与其结为伉俪，时春风得意，夫妇间情怀欢畅。次年陈父陈祖苞被崇祯下狱药死，下令斥陈"永不叙用"。入清后，陈官至尚书，顺治九年 (1652) 授弘文院大学士。三年后 (1655) 坐结党罪遭戍，顺治十五年 (1658) 复以事免死革职，籍没家产，全家徙盛京 (今沈阳市)。康熙五年 (1666) 病逝于辽东。徐灿过了十二年得"扶榇以还"江南。著有《拙政园诗余》三卷。谭献《箧中词》评其词"兴亡之感，相国愧之"。丁酉年是顺治十四年 (1657)，也就是其夫陈氏遭戍与革职徙家盛京二次受打击之间的时候。词作间接地反映了徐灿的悲苦情怀。

这是"感和"徐灿词的和作，可惜徐氏原词已无从查找，从"怪啼恨、欲续调难成"句的心绪中，完全可以想见徐词的"悲咽"状况。词的上片，叙写徐灿的"悲咽"，一连用了天气"乍雨还晴"；淮流、泾水"共人悲咽"；佳节"愁里过"，清光"云中没"等词句，极写了徐灿的悲苦，最后，用"柔肠结"三字，归结上片，过渡到下片。

下片，作者又连用花"残"、冰"覆"、琴"歇"、燕子"凄切"、关

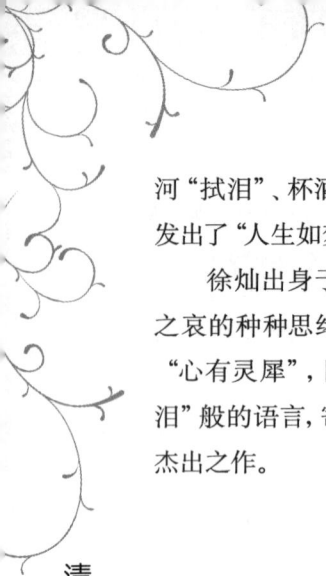

河"拭泪"、杯酒"空邀月",抒发了对女词人徐灿遭际不幸的同情,发出了"人生如梦"、"皆虚掷"的慨叹!

徐灿出身于前明重臣之家,其词多悲凉之作,世事变幻、家国之哀的种种思绪紧裹了她的一颗心。作者为朱明后裔,二人正可谓"心有灵犀",因此,她的这首"感和"之作写得深婉凄切,用"血泪"般的语言,寄寓了她对于徐氏的同情,置之当时词坛,也无愧为杰出之作。

(贺梅龙)

贺　洁　女词人。字靓君，江南丹阳（今属江苏）人。贺裳之女，溧阳（今属江苏）史左臣之妻。后出家为尼。工于词，有《漱水词》。

烛影摇红

绿鬓慵梳，昼长不放香帘锁。罗衫香褪兽烟消，脉脉愁无那。谁摆花枝袅娜，悄窥人、黄鹂一个。玉阶苔遍，寂寂花茵，愁人独坐。　　燕子多情，衔泥故向帘前过。年年多病似伤春，料亦春怜我。兰梦因风搅破，盼枝头、累累熟果。鹊饥偷啄，戏拽金铃，含桃惊堕。

这是一首闺怨词。可能由于作者是女性，能将一个熟烂的题材写得细致入微，不落俗套。

词作上片叙写春来相思之情。开首二句写女主人公的懒散情态："绿鬓慵梳，昼长不放香帘锁。"没有心思去梳妆打扮，这是"岂无膏沐，谁适为容"（《诗经·卫风·伯兮》）的心态表现。"绿鬓"，乌亮的鬓发。春来白日变长，窗上的帘幕却依然垂着。可能她怕见外面的春光，那会触动她的心情。接着，直抒相思之情："罗衫香褪兽烟消，脉脉愁无那。"由于情绪不好，无心薰衣，也无心为金兽炉添香。"香褪"、"烟消"，写出了"那人"不在时的冷寂环境。面对如此冷寂的情境，女主人公内心充满了无可奈何、剪不断的愁苦。这时的她，极盼望有人来。突然，"谁摆花枝袅娜，悄窥人、黄鹂一个"，她发觉窗外有人摇动花枝，这给她带来点希望。结果，走出去一看，却使她大失所望，原来是只黄鹂鸟在那里偷看她。也许黄鹂鸟对她产生怀疑：外面的春光如此美好，她为何却闷在房里呢？这里对女主人公由期待到失望的心情，刻画得细致入微。在户外她见到的是："玉阶苔遍，寂寂花茵"，可见已经好久没有人来走动，所以青苔长满台阶；花坛也静悄悄的，无人赏花。总之，四周静静的，没有人迹，只有她"愁人独坐"在那儿。这与美好的春光是多么不协调！

词作下片叙写春末夏初之际，女主人公的情感活动。开首二句：

"燕子多情，衔泥故向帘前过。"燕子年年来此衔泥筑巢，从帘前飞过，未必是多情。但燕来人未来，从女主人公寂寞的心情来体会，就认为燕子是特地从帘前飞过，对她是多情的。言外之意，"那人"是无情的。虽未明言，而怨恨之情可见。接下直接抒情："年年多病似伤春，料亦春怜我。"从"年年"来看，"那人"似已多年未归；从"伤春"来看，时令已到春末。她因年年相思而致病，乍看似为了伤春，因而她料想春天也会怜惜她。这是她的想象之词。言外之意：无人怜惜她、关心她，她只有以无凭的想象来安慰自己孤寂无望的心。现实中失望，只好于梦中寻求，然而"兰梦因风搅破"，风不作美，连梦也做不成。这正像苏轼在《贺新郎》中所写："帘外谁来推绣户，枉教人、梦断瑶台曲，又却是，风敲竹。""兰梦"，《左传·宣公》三年："初，郑文公有贱妾燕姞，梦天使与己合……生穆公……"后遂以"兰梦"喻生子之吉兆。这里用"兰梦"典，表明女主人公有着过美满家庭生活的良好愿望。在现实希望落空，梦也做不成的情况下，女主人公并没有消沉下去，而是"盼枝头、累累熟果"，这与她寻求"兰梦"一样，表现了她热爱生活的乐观态度。这样写，开拓了词意，振起了词境，大有"山重水复疑无路，柳暗花明又一村"（陆游《游山西村》）意味。结末紧承"盼枝头"句展开想象："鹊饥偷啄，戏拽金铃，含桃惊堕。"多么生动的细节描写，透露了女主人公的美好心灵和生活情趣，也表现了她活泼天真的性格。"金铃"，《开元天宝遗事》："天宝初，宁王……于后园中纫红丝为绳，密缀金铃，系于花梢之上。每有鸟鹊翔集，则令园吏掣铃索以惊之。盖惜花之故也。"

　　这首词作与一般闺怨词的不同之处：不仅写女主人公的相思之苦，而且写了她对美好生活的追求；不是写她被相思折磨而感到生活无望，而是表现了她对生活的乐观态度。写法上，通过动作细节和内心活动的直接描绘，将女主人公的感情世界表露得细致入微，使人物显得有血有肉，凸现纸上。词作的画面，也一扫一般闺怨词的凄清单一，而显得丰富多彩，摇曳多姿。

（文潜　少鸣）

朱彝尊 (1629—1709) 著名词人、学者。字锡鬯,号竹垞,又号金风亭长,晚号小长芦钓鱼师,秀水 (今浙江嘉兴) 人。清世祖顺治二年 (1645),清兵入江南,避乱出走,曾结交江南志士共图复明,未举。后游历南北,考察古迹。康熙十八年 (1679) 举博学鸿词,以布衣授翰林院检讨,预修《明史》。曾出典江南乡试,入值南书房。三十一年 (1692) 归里,专事著述。博学多才,擅长考据、作文,工诗词。诗与王士祯齐名,时称“南朱北王”。词为浙西派创始者,与以陈维崧为代表的阳羡派并峙称雄。其词今存六百五十余首,多吊古、宴游、送别、咏物之作,以姜夔、张炎为宗,崇尚醇雅,追求技巧,讲究声律,词风清丽疏宕。辑有《词综》三十六卷,为研究词学之重要资料。著有《曝书亭集》八十卷,其中有词集《江湖载酒集》、《蕃锦集》等四种。另著有《经义考》、《明诗综》等。

一叶落

泪眼注,临当去,此时欲住已难住。下楼复上楼,楼头风吹雨。风吹雨,草草离人语。

这首词为作者早期游山西时所作,当时他与同乡前辈曹溶“酒阑灯灺,往往以小令、慢词更迭唱和”,此间词作结为第一个词集《静志居琴趣》,所收大抵为艳情之作。这首小令是描写一对夫妻相别的情景。词中对男女主人公的神态、心理活动勾画得惟妙惟肖。开头三句主要写女子。丈夫要离去了,看来不是寻常短暂的分别。在丈夫临行时,妻子再也无法控制自己的悲伤,泪水倾泻不止。“此时欲住已难住”七个字,既有心理刻画,又有神态描写,表现了妻子的复杂心情。在临别之际,不想让丈夫伤心,因此不愿当着丈夫的面流泪,这写出了妻子对丈夫十分关怀体贴;但是丈夫要远行了,对那羁旅艰辛的牵念、分别的相思之苦,一齐涌上心头,化为热泪,如雨般地倾注下来,再也难于忍住。这里又表现了妻子对丈夫的多情,恋恋不舍。妻子恋恋不舍的热泪牵动着丈夫的心,使已经动身的丈夫,又不忍心,也不放心地“下楼复上楼”,折回到妻子身边。一个“复”字,生动逼真地刻画了丈夫对妻子依恋不舍的心理活动。这一去而复返的动作,细

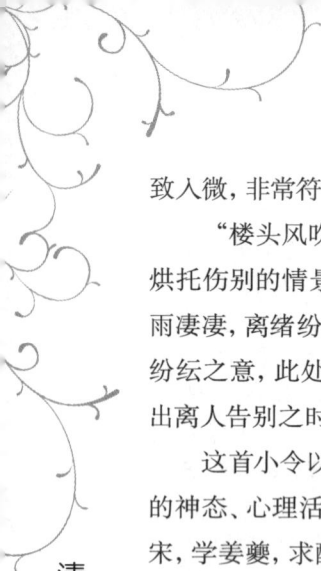

致入微，非常符合生活的真实。

"楼头风吹雨"写气候、景色，用风雨交加来渲染凄凉的气氛，烘托伤别的情景。歇拍"风吹雨，草草离人语"，作者进一步描绘风雨凄凄，离绪纷纭，告别的话儿，说不完，道不尽。"草草"是杂乱、纷纭之意，此处形容离绪纷纭，离言不尽。"草草离人语"几个字勾出离人告别之时说话的情态。

这首小令以极其精练自然的语言，勾出了一个告别的场面，人物的神态、心理活动通过一些细节描写勾画得惟妙惟肖。朱彝尊崇南宋，学姜夔，求醇雅，也就是汪森序所说"句琢字炼，归于醇雅"。本词以洗练的语言，创造了清雅的意境，表达了缠绵、婉约的感情，富有诗的韵味，似有南唐北宋之风。

（赵慧文）

高阳台

吴江叶元礼，少日过流虹桥。有女子在楼上，见而慕之，竟至病死。气方绝，适元礼复过其门。女之母以女临终之言告叶。叶入哭，女目始瞑。友人为作传，余记以词。

桥影流虹，湖光映雪，翠帘不卷春深。一寸横波，断肠人在楼阴。游丝不系羊车住，倩何人传语青禽？最难禁，倚遍雕阑，梦遍罗衾。　　重来已是朝云散，怅明珠佩冷，紫玉烟沉。前度桃花，依然开满江浔。钟情怕到相思路，盼长堤草尽红心。动愁吟，碧落黄泉，两处谁寻。

《高阳台》又名《庆春泽慢》。这是一首读之令人含悲忍泪的艳词，写的是有情人未成眷属的悲剧故事。陈廷焯评朱彝尊的艳词说："艳词至竹垞（朱方），仙骨珊珊，正如姑射神人，无一点人间烟火气。"（《白雨斋词话》）考之此作，诚为知言。词的小序概述了这个爱情故事的大略，于是又以清丽婉约的韵语重现了这个故事。

上片写少女怀春。起拍写境："桥影流虹，湖光映雪，翠帘不卷春深"，为多情少女的出场安排了如诗如画的背景。拱桥的倒影彩虹般地在水上浮动，闪光的湖面映着飞扬的柳絮，绣楼垂着华美的帷帘，时令已是暮春了。这一派明丽景色里面，似乎蕴蓄着少女爱情悲剧的先兆。"女子在楼上，见而慕之"，朱彝尊抓住了"见"的施事器官——眼睛来描摹这少女怀春思人的情态："一寸横波，断肠人在楼阴。""一寸横波"形容少女水淋淋的秀目，源于李白的《长相思》："昔日横波目，今作流泪泉。"同时也借代了《长相思》的意趣，《长相思》不也是女子怀人之作吗？"断肠"，形容极度思念或悲伤。"断肠"句分明化用马致远的名句"断肠人在天涯"，但更深沉，更绝望。何为哉？"游丝不系羊车住，倩何人传语青禽？""游丝"，指飘动的珠丝，与唐代皎然的《效古诗》"万丈游丝是妾心，惹蝶萦花乱相续"不无关系。这里的"游丝"分明喻写少女的柔情。游丝系不住的"羊车"喻指叶元礼，用的是晋代卫玠之典。《晋书·卫玠传》："总角（未成年时束发两结，形状如角，故谓之）乘羊车入市，见者皆以为玉人，观之者倾都。"可见少女楼上所见乃翩翩美少年也。这乍映横波的玉人，转瞬消逝在满目春色中，他姓甚名甚？何方人氏？……这必是少女耿耿于怀的疑问。如此，顺势牵出青禽之典。"青禽"，即青鸟，是神话中西王母的信使（见汉代班固《汉武故事》），后多指传情的使者。李商隐"蓬山此去无多路，青鸟殷勤为探看"（《无题》）即是。少女满怀柔情蜜意，芳心相许，却找不到传情的人。这惆怅、这悲伤、这苦闷，"最难禁"，折磨得她"倚遍雕阑，梦遍罗衾"。暂歇韵中两"遍"重现，极写少女单相思的痛苦情状。读至此处，不能不为少女的痴情，为朱彝尊的同情所感动，为魂系无着的少女的命运捏一把汗！

至此，这可怜、可悯的少女，玉殒香销……

下片写叶元礼还情。换头"重来正是朝云散，怅明珠佩冷，紫玉烟沉"，写叶元礼复见少女之时，少女已玉体冰凉，香魂风散。"朝云"，女神名。战国时楚怀王尝游高唐，梦一妇人云："妾在巫山之阳，高丘之阴，旦为朝云，暮为行雨。"（见宋玉《高唐赋》）"明珠"：汉代《列仙传》："郑交甫至汉皋台下，见二女佩两珠，不见，佩珠亦失。"又晋代干宝《搜神记》："吴王夫差小女名紫玉，说（悦）童子韩重，私许为妻。王不与，玉结气死。重游学归……欲抱之，玉如烟而没。"这里的"朝云"、"明珠"、"紫玉"，均为极富传奇色彩的形象，用来比喻殉情的少女，十分贴切，同时也为叶元礼抒写了对少女深切

高阳台『桥影流虹』

的悼念之情。下一韵"前度桃花，依然开满江浔"，取唐代崔护《题都城南庄》诗意。崔诗曰："去年今日此门中，人面桃花相映红。人面不知何处去，桃花依旧笑春风。"崔护艳遇的故事见唐代孟棨的《本事诗》，桃花两度，崔护喜结良缘；而叶元礼"复过其门"，见到的却是死不瞑目的少女。个中的巨大苦痛，实在震撼人心。"钟情怕到相思路，盼长堤草尽红心"，一"怕"一"盼"，用笔极尽曲致之妙，写尽叶元礼对少女的一片深情。此处"草见红心"用唐代《异闻录》典："王出梦侍吴王，闻葬西施，生应教为诗曰：满地红心草，三层碧玉阶。春风无处所，凄恨不胜怀。"叶元礼希望长堤附近凡触目处都是红心草，以寄托他对少女难已的哀思。这"草尽红心"的愿望能否变为现实不得而知，故尔只能愁苦地吟唱"上穷碧落下黄泉，两处茫茫皆不见"（白居易《长恨歌》）。白居易这刻画明皇贵妃生死恋情的名句被朱彝尊化为"碧落黄泉，两处谁寻"，而且词句与白诗原句的情思也完全一致。

　　这首词用典圆熟，其中许多典故被融在词句之中，非明指不见痕迹。正如吴衡照所说，朱彝尊"有名士气，清雅深隐，字句密致"（《莲子居词话》）。

（王成纲）

卖花声
雨花台

　　衰柳白门湾，潮打城还。小长干接大长干。歌板酒旗零落尽，剩有渔竿。　　秋草六朝寒，花雨空坛。更无人处一凭阑。燕子斜阳来又去，如此江山。

　　朱彝尊祖辈曾是明朝的钟鸣鼎食的相府人家，虽至父辈家道中落，然于明季情感颇深。十七岁时，南京失守，南明亡，清兵直下江南，各地人民纷纷奋起抵抗，朱彝尊从祖大定，即在家乡"首倡起兵，据守嘉兴"，兵败被俘，"执送杭州，不屈死"（温睿临《南疆逸史》卷三六）。他二十七岁时，客游广东，往返两载，结识了许多矢志抗清的节义之士，如张家珍、屈大均等人。后又与浙东的一个秘密反清团体相联系，所写诗歌暗寓抗清思想。四十岁时客游山东，所填之词多凭吊古迹，抒写羁旅愁思，以及描绘山川风物，大都慷慨沉雄，本词是作者游览雨花台的吊古伤今之作，情感深沉，笔力遒劲，是一首名篇。察其情调当写于此时。

这首词通过南京萧条的景象，侧面反映出清兵南下时对这座名城的破坏。词中表现出一种零落凄凉的感受，写出了江山依旧，人事已非，追怀往事，不胜感慨的吊古伤今之情。上片，主要描写南京衰败凋零的景象。开头两句写城西北方面的景观：白门外，江湾畔，一片衰柳，潮水拍打着石头城。此处化用刘禹锡《石头城》"潮打空城寂寞回"诗意，把读者带进一个空寂、萧条的意境中去。"小长干接大长干"三句，又是写城南的景象。"小长干"、"大长干"古里巷名，从前这里大街连小巷，热闹非凡，一片繁华，如今呢，却是"歌板酒旗零落尽，剩有渔竿"，到处是一片凄凉冷落了。横贯南京城中的秦淮河，是著名的游览胜地，昔日到处彩楫画舫，歌舞笙管，酒旗招展。"歌板"指奏乐时用以按节拍的鼓板，"酒旗"是酒馆招揽生意的幌子，古人诗词中多用此表达昔日繁华。王安石《桂枝香·金陵怀古》："酒旗斜矗"，周邦彦《西河·金陵怀古》也谈："酒旗戏鼓甚处市？"抓住"酒旗"这富有特征性的事物来引起人们对秦淮河畔昔日"繁华竞逐"的联想。但如今歌板也好，酒旗也好，都已零落殆尽。"零落尽""剩有"等词句突转现实，对比鲜明，勾出了一幅荒芜、冷落的画面，有力地揭示了清兵南下破坏名城的这一主题。

下片吊古伤今，感情更加沉郁。"秋草六朝寒，花雨空坛"写六朝建都的南京，如今一片衰败荒寒，从前天花降落的地方，而今只留下空荡荡的坛台。"雨花台"在南京聚宝门外聚宝山上。相传梁代云光法师在这里讲经，感天雨花，故称雨花台。"秋""寒""空"等字，极力渲染了衰败、空寂的气氛，为抒发感情起了很好的铺垫作用。"更无人处一凭阑"写独自一人在此千古名城，凭阑远眺，古往今来无数史实自然涌上心头，正如王安石在《金陵怀古》一词中所写的"千古凭高对此，漫嗟荣辱"。不过这种兴亡之感，词人表达得比王安石更为含蓄罢了！结句引周邦彦"燕子不知何世，向寻常巷陌人家，相对如说兴亡，斜阳里"词意，写燕子不知人间的兴亡盛衰，在斜阳里翩翩飞舞，呢喃作

卖花声『衰柳白门湾』

语，用燕子的无心反衬词人的万千思绪。最后结出江山依旧，人事已非。字字饱蕴兴亡之慨。歇拍二句是全词的警句。

古来，"金陵怀古"这一题目，笔者无数，或高亢，或低沉；或怀古伤今，或借古讽今。这首词咏古而抒兴亡之叹，风格沉郁，语言清丽自然，流畅可诵。

（赵慧文）

满江红
吴大帝庙

玉座苔衣，拜遗像、紫髯如乍。想当日、周郎陆弟，一时声价。乞食肯从张子布？举杯但属甘兴霸。看寻常、说笑敌曹刘，分区夏。　　南北限，长江跨；楼橹动，降旗诈。叹六朝割据，后来谁亚？原庙尚存龙虎地，春秋未辍鸡豚社。剩山围，衰草女墙空，寒潮打。

这是一首咏史诗，是朱彝尊谒南京孙权庙所作。吴大帝即孙权，死后谥大皇帝，其庙在今南京清凉寺西。

这首词写得龙腾虎跃，气势磅礴，虽结拍处声凄韵楚，却不减全词的威武之风。

"玉座苔衣，拜遗像、紫髯如乍"，起拍描绘吴大帝庙的尊严和悠久，并再现了吴大帝的遗容。"玉座"，即皇帝的御座，示孙权之尊；"苔衣"，建庙之久。一个"拜"字，尽写出对吴大帝的谦恭敬仰之情。孙权以紫髯名世，故"紫髯如乍"，顿使"遗像"生动传神，呼之欲出。第二韵起，笔锋回溯，颂扬吴大帝雄据江东的功业。写孙权，却从东吴二将入手："想当日，周郎陆弟，一时声价。""周郎"即周瑜，少时吴中呼为周郎，与孙权之兄孙策同庚，长权七岁。"陆弟"即陆逊，小权三岁，故称之为"陆弟"。周瑜敌曹于赤壁，是在建安十三年（218），瑜年三十四岁；陆逊败刘备于夷陵是在黄武元年（222），逊二十七岁。周陆的少年功名成就了东吴的鼎盛。表面上是写周陆，实际上是写孙权知人善任的胆略和决策有方的才识。"乞食肯从张子布？举杯但属甘兴霸"，这里又记录了两个有关孙权名垂青史的故事。曹操屯兵赤壁，大有荡平江南之势。孙权聚群臣而谋之，张昭（子布）力主迎降，鲁肃、周瑜力主抗战。赤壁获胜之后，孙权谓张昭曰："如张公计，今已乞食矣。"（见《三国志·吴·张昭传》）。甘兴霸，即甘宁，原为黄祖旧部，祖"以凡人离之"，遂投东吴。孙权与黄祖有杀兄之仇，时黄祖据夏口，甘宁谏权讨黄祖取夏口。孙权"举酒属宁曰：'兴霸，今年行讨，如此酒矣，决心付乡。'"这两桩史实，又生动地表现了孙权的决策有力和知人善任。歇拍"看寻常"，绝不寻常，旨在重现孙权从容不迫的风度；"谈笑"并非谈笑，旨在再现孙权处变不惊的气概，词句中还饱蕴着曹操对孙权"生子当如孙仲谋"的评价。"分区夏"，犹言"三分天下"。"区夏"，指诸夏之地，即华夏、中国。

至此，按创作意脉来说，颂扬吴大帝功业满可以告一段落，接下去或抒情，或写景，终了就是。但换头处却又继"南北限，长江跨"之后，又轻勒出赤壁大战中的那个脍炙人口的故事："楼橹动，降旗诈。"为破曹保国，周瑜、黄盖合谋苦肉计，黄盖诈降，为火烧赤壁大破曹军立下了不朽的功勋。这表明孙权既有风华正茂如周、陆的少年将才，也有忠心耿耿如黄盖的老将，从而突出了孙权的雄才大略。此所谓效命者英雄，效于命者亦英雄者也。下一韵又递流而下："叹六朝割据，后来谁亚？"一个"叹"饱蕴着对六朝递次衰微的感慨和对孙权功业的赞叹。底下一联由咏史回到祠庙所建之地和后人的祭祀："原庙尚存龙虎地，春秋未辍鸡豚社。"出句中的"龙虎地"指南京，即建业。诸葛亮曾谓孙权曰："秣陵（即南京）地形，钟山龙蟠，石城虎踞，此帝王之宅。"对句是说孙权死后春秋祭祀不绝，死而犹荣。到此处止，孙权若有在天之灵，对朱彝尊这番满怀敬仰的肃拜、缅怀，该会感到欣慰的。

唐代刘禹锡曾有《石头城》诗："山围故国周遭在，潮打空城寂寞回，淮水东边旧时月，夜深还过女墙来。"是咏石头城（即南京）的名作。朱彝尊从刘诗中取其所需："剩山围、衰草女墙空，寒潮打。"巧妙地把唐代作为由三国至清代中间的过渡，抒写了盛衰兴亡的深沉感慨，令人回味不已。

（王成纲）

· 133 ·

满江红『玉座苔衣』

解佩令
自题词集

十年磨剑，五陵结客，把平生、涕泪都飘尽。老去填词，一半是空中传恨。几曾围、燕钗蝉鬓？　　不师秦七，不师黄九，倚新声、玉田差近。落拓江湖，且分付、歌筵红粉。料封侯、白头无分！

这是晚年所作总结平生寄托慷慨故国之思的名篇。

朱彝尊为明代名臣朱国祚的曾孙，壮岁欲立名节，抗清复明，非仅书生徒作空言。此词开首"十年磨剑，五陵结客"盘空硬语，乃当年反清实有行动之生动写照。朱早年曾与山阴祁氏兄弟及慈溪魏耕等抗清志士举事共图恢复。"五陵"指汉皇陵，寓民族意识。魏事败被执不屈死，朱彝尊几及于难，乃赋远游。"把平生、涕泪都飘尽"，烈士暮年，壮志未酬，何等凄怆！

朱彝尊以诗文负重名为清廷羁縻，试鸿博，授检讨，修明史，日讲起居注，入值南书房，赐紫禁城骑马。康熙南巡，迎驾无锡，御赐"研经博物"匾额。荣宠殊极。朱也只得讲些"东林不皆君子，异乎东林者，亦不皆小人"之类模棱两可的话来搪塞。其内心深处的苦闷，诗词吟咏有时就不由自主地喷涌出来。此《解佩令》即一例，词末"料封侯、白头无分"！此"侯"非清朝之侯，乃是明朝之侯。看官仔细了。朱清季官场经历和"封侯"根本不沾边。

《解佩令》之作为"自题词集"，再来看看关于词创作的夫子自道。词别是一家，乃幽忧怨悱的艳科，竹垞认为自己老去填词半是空话，自作多情，"几曾围、燕钗蝉鬓？"不过无酒醉颜红耳。秦观的婉约和黄庭坚的生涩他都无意师法，"倚新声、玉田差近"，倒是张炎的《山中自云词》先得我心，和自己的词风相近。浙西词派"家白石户玉田"，论者多从幽新空灵的风格上来理解这种继承关系，就朱彝尊而言，有没有特殊性？

张炎和朱彝尊身世相近，张出身世家，南宋名将张俊系其六世祖。张炎青年时期，经历了宋元易代的大变化，如朱一样，内心山飞海立。张北游燕蓟，正要做新王朝的官，忽然思江南菰米羹莼丝，变

清
词
之
美

卦慨然而归。类竹垞坐私挟仆人入内抄书被劾，后虽复官，仍乞归田。玉田词天涯沦落的孤独哀愁中，多隐藏故国之思。如，"断肠不恨江南老，恨落叶，飘零最久。""短梦依然江表，老泪洒西州，一字无题处，落叶都愁。"自比落叶无根，清空中自有一段质实。著名的《解连环》，写"自顾影欲下寒塘"的孤雁，处境和心情是"楚江空晚，怅离群万里，恍然惊散"，有如苏武"残毡拥雪，故人心眼"。"三秋桂子，十里荷花"的钱塘沦陷后在玉田眼中已是"更凄然，万绿西泠，一抹荒烟。"零落秋露，撼人心弦。

遭遇、人格和风格的这些耦合，就是竹垞"玉田差近"之所指吧？但这首《解佩令》，已颇有几分剑拔弩张了。

（李文钟）

洞仙歌
吴江晓发

澄湖淡月，响渔榔无数。一霎通波拨柔橹。过垂虹亭畔，语鸭桥边，篱根绽、点点牵牛花吐。　　红楼思此际，谢女檀郎，几处残灯在窗户。随分且欹眠，枕上吴歌，声未了、梦轻重作。也尽胜、鞭丝乱山中，听风铎郎当，马头冲雾。

此词乃词人壮年游吴时所作。内容正如词题所云，只是描述他清晨乘船从太湖向吴江县行进途中的见闻和情怀。不过，就其写景清空、格调醇雅来看，确实显示了开创浙西词派的作者宗尚姜白石、张玉田的词风。

上片描写"吴江晓发"的情景，下片生发"吴江晓发"的遐思。

词从"吴江晓发"的背景下笔。"澄湖"，谓澄清闪光的太湖，点明出发之地；"淡月"，谓轻淡朦胧的晨月，点明出发之时；"响渔榔无数"，则描画许多渔民已经敲响渔榔进行捕鱼的情景，烘托"晓发"的环境气氛。"榔"，渔人驱鱼的用具。柳永《夜半乐》云："残日下，渔人鸣榔归去。"作者却从"淡月"着眼，写出渔人鸣榔开始到"澄湖"中捕鱼的热闹景象。湖光月色是如此静谧雅丽，渔榔声声却

又如此喧响动荡，词人就在这静动交织、有色有声的太湖晨渔图的背景中，向位于太湖东岸的吴江县"晓发"，他那陶醉于美好景色的心态自然是不言而喻了。

"一霎通波拨柔橹"，紧扣开头两句，描绘就在此时此地此境下词人乘船出发的画面：划船的长桨刚刚轻柔地拨动，一刹那间湖面通通波动了起来。以"柔"写"橹"之轻拨，以"通"写"波"之远荡，湖面的澄清平静和词人的不忍打破，全在"一霎"发生的变化里表露了出来。有了这样细腻密致的铺垫，就使下面"过垂虹亭畔，语鸭桥边"两句显得特别的粗疏豪快。词人沿着吴江县的吴淞江航行，风之顺、船之轻，景物之饱览，心情之愉快，全由领起两句的"过"字传达无遗；何况垂虹亭和语鸭桥都是吴江县的名胜，用它们相对，更概括描述了沿江所见的胜景。更令人惊异的是，紧接这大笔勾勒之后，竟然出现了"篱根绽、点点牵牛花吐"的工笔特写，让人在眼目一新之余，不能不赞叹词人疏中有密、疏密相间的生花妙笔。试想在水急船快、一览十里的大背景上，突然推出一朵朵牵牛花从篱根绽开的镜头，怎不唤起读者由点及面、巨细相映的联想；而且从"垂虹亭畔"到"语鸭桥边"，不知有多少赏心悦目的胜景，词人却只突出"点点牵牛花"来写，正可显露出词人醉心自然的野趣。特别是一个"吐"字，不仅协韵和谐而奇巧，而且把牵牛花喇叭开口、朵朵绽放的形态描摹入画，真堪令人叫绝。

下片开头，紧扣上片"吴江晓发"的所见，进层抒发"此际"的所思。"红楼"，泛指华丽的楼房；"谢女"，泛指女郎；"檀郎"，美男子的代称。李贺《牡丹种曲》："檀郎谢女眠何处，楼台月明燕夜语。"作者在此暗用李贺的诗意，遐思此际江畔所见的红楼中，正不知有多少对恩爱男女经过一夜的宴饮笑语正拥枕而眠，如今已临拂晓，只有几处将熄的灯光在窗户里闪亮。这里的"残灯"，与开头为"淡月"遥相呼应。很明显，写作的角度，已由快意吴江的自然景色，转移到倾想吴江的人境欢乐，字里行间流露出对于"谢女檀郎"美好生活的想象和羡慕。这在词意发展上，不仅较前深化了一层，而且乘势开启了下文。

"随分且欹眠"是空自羡慕、莫可奈何的表现。既然是浪游他乡，只好随遇而安，姑且歪着睡睡吧。此句紧承"思"字而来，暗含被"谢女檀郎"勾起的相思之情无法排除、只好"欹眠"聊以自遣的意思。"枕上吴歌，声未了、梦轻重作。"则是"欹眠"状态的细腻描写。词人在睡枕上情不自禁地做起了相思的好梦，又被江面上传来的"吴歌"声搅醒，这种柔美缠绵的吴地情歌正好撩到了词人的痒处，使其相思之情更加浓烈了，他在迷迷糊糊的轻柔睡态中又重新续起好梦来。这里的"作"字，同"做"，读去声，是合乎韵律的。整个三句话，几层曲折，写尽了思而且眠、眠而又醒、醒而又梦的离情幽思，曲尽词人一时之间无可如何的心境。

看来词人已被吴江人境的欢乐搅扰得心绪不宁了，但是他用"也尽胜"三字一转，立即将甘于此境、乐在吴江的主旨突出表达了出来。"尽胜"，总是胜过。"风铎"，悬于檐下的铃，因风而响，故名。"郎当"，这里是紊乱的意思。是呀，尽管同是浪游异乡，然而难陶醉于吴江的胜景乐境，也总比挥鞭荒山、听风铃乱响、冲雾而行要惬意多多啊。以此作结，不仅概述出过去荒凉孤寂的游踪，而且与眼下吴江的景象形成强烈的对比，从而不着痕迹地流露出喜爱吴江、赞美吴江的衷情。

上片写景，下片抒情，层层推进，句句关联，构成一首充满诗情画意的吴江赞美歌。尽管意旨流于表面，余味不足，却自有形象动人、结构精巧的妙趣。陈廷焯《白雨斋词话》评曰："竹垞词疏中有密，独出冠时，微少沉厚之意。"就此词看来，的确说得不错。

（李德身）

蝶恋花
重游晋祠题壁

十里浮岚山近远。小雨初收，最喜春沙软。又是天涯芳草遍，年年汾水看归雁。　　系马青松犹在眼。胜地重来，暗记韶华变。依旧纷纷凉月满，照人独上溪桥畔。

晋祠在山西太原市西南的悬瓮山麓，为周初唐叔虞始封地。原有祠，祀叔虞，正殿之右有泉，为晋水发源处。康熙四年（1665）秋，作者度雁门关至太原而游晋祠，翌年春旧地重游而写此词。

上片描写渐近晋祠时所见的景象，笔触粗疏，境界阔大，字里行间流露出旧地重游、美景如初的欢情。

词从远望悬瓮山起笔，描绘山间雾气弥漫，飘浮十里，看来很近，其实还远的画面。这里面既有"十里浮岚"云烟氤氲的实景写照，又有"山近远"这种看在眼前、走却很远的具体感受。接以"小雨初收，最喜春沙软"，进而层抒写雨后踏沙而行的惬意心境。上句补明"十里浮岚"的原因，又为下句铺垫，渲染出雨后乍晴、轻柔温暖的气氛；下句直道踏沙而行无比松软的愉快感觉，"春"字正面点明季节，"最喜"则强调喜悦情绪。词人"重游"的时间、地点、环境气氛和兴奋心情，至此已全部得到简洁而又生动的表现。

"又是天涯芳草遍"紧承"春沙软"而来，在描写芳草连天的实景同时，开始唤起对初游景象的回忆。此句虽是化用苏轼"天涯何处无芳草"的句意，写出通向晋祠的路上春草连绵不断的实景，但用"又是"二字领起，就自然融入词人曾经有过的美好印象。这时，那环绕太原的汾水正穿过绵绵草地向南流去，那列阵成行的大雁正掠过绵绵草地向北飞回，词人沿着汾水行，望着雁群飞，又不禁发出"年年汾水看归雁"的赞叹。"年年"二字与"又是"二字紧密相扣，前后照应，撩起词人远如芳草、长如汾河的思绪，水到渠成地开启了下片。

下片描写重游晋祠时所见的景象，笔触细密，境界清幽，字里行间流露出旧地得游、韶华已变的感慨。

"系马青松犹在眼"，是刚到晋祠的特写。"青松"之所以成为词人瞩目的对象，不仅由于初游晋祠时曾经拴马于树上，而且暗示这次重游仍然乘马而来，将寻青松而拴马。这既不着痕迹地表露人已到晋祠，又补写上片乘马踏沙之未写。"犹在眼"，突出描写词人看到"系马青松"的情景，其中"犹"字着重刻画了词人看到青松如见故人的心态。但是在惊喜青松如旧的同时，却又不禁撩起时光流逝的感慨。"胜地重来，暗记韶华变"，就是这一瞬间心理活动的写照。"胜地重来"，正面点题，写明"重游晋祠"这个著名的风景优美的地方，似乎一切都像初游晋祠时那样美好。"暗记韶华变"，则轻轻一转，抒发出风景不殊、年华流逝的清愁。"韶华"，本指春光，又可引申为美好的年华。词人在此，既以"韶华变"表明这次重游的春光已与上次初游的秋光有了明显的不同，又深入一层地透露初游时美好的青春如今已在悄悄地变化。这种极其微妙的心理动态，与上句的"犹"字脉连意反，在表示从内心深处想起的"暗记"二字中，得到了细腻的表达。词人带着这种由"最喜"暗暗演变为清愁的心境，重新游览晋祠的胜景，可想而知该有多少景观触动词人的情怀。但他全部舍弃不写，只用"依旧纷纷凉月满，照人独上溪桥畔"作结，让人从他独赏的晋祠景色中，体味他此时此地清凉孤寂的心境。"纷纷"，盛多貌，概括晋祠众多的景色；"溪桥"，是指晋祠泉水流经的小桥。词人以初游时所见的凉月满照晋祠之景作陪衬，突出描绘他踏着月色独上溪桥的画面，使得幽人独有怀抱的寓意尽在不言中。"凉月"之"照人独上"，不仅表明由白昼而至黄昏的时间变化，而且渲染出凄清孤寂的淡淡哀愁，这正体现出词人重游晋祠的特有心境和清空醇雅的独特词风。五代词人冯延巳的《鹊踏枝》（即《蝶恋花》），曾用"独立小桥风满袖，平林新月人归后"两个结句来写"新愁"，显得风神萧散，意味悠悠；作者的这两句词，似乎受到冯词的潜移默化，但就其描写重游晋祠勾起的愁绪来看，却是情寓于景，不可移易的佳句。

（李德身）

蝶恋花『十里浮岚山近远』

长亭怨
与李天生冬夜宿雁门关作

记烧烛、雁门高处。积雪封城，冻云迷路。添尽香煤，紫貂相拥夜深语。苦寒如许！难和尔、凄凉句。一片望乡愁，饮不醉、垆头驼乳。　　无处，问长城旧主，但见武灵遗墓。沙飞似箭，乱穿向、草中孤兔。那能使、口北关南，更重作、并州门户。且莫吊沙场，收拾秦弓归去。

康熙元年 (1662)，明永历帝在昆明被吴三桂杀死，明祚终结。但屈大均取永历铜钱一枚，穿以黄线，置于黄锦囊中，藏在肘腋之间，以志不忘永历正朔。四年后，屈大均北游山西，与李天生、朱彝尊、王士祯、毛奇龄等会于太原。而后，出雁门关，会晤正在雁北誓不事清的遗民顾炎武等。这首词当与此行有关。

词头里的"雁门关"，为长城险隘，在山西北部，唐代设关于恒山西脉雁门山顶，向为戍守重地。

上片写眼前事。

"记烧烛、雁门高处。"起头的"记"字，点明此词为追忆所作。"烧烛"拍响词题里头的"夜宿"。"高"极写雁门的地势，为以下描写冬夜高原奇寒作势。"积雪封城，冻云迷路"，极写高原奇寒：近处堆集的积雪封锁了古城；远处寒冬的云影弥漫了路途，从而为全词设下了严酷的氛围。"添尽香煤，紫貂相拥夜深语"，描画与李天生围炉火拥紫貂冬夜长谈的情事，其中蕴蓄着二人志趣相投的情谊。"苦寒如许！"此韵一石二鸟：既似夜语的对话，又结括了上述的种种寒况。"寒"饰以"苦"，极富感情色彩，委婉地传达出屈大均悼念故明的悲哀。"难和尔凄凉句"，使"苦寒"更深一层。"一片望乡愁，饮不醉、垆头驼乳"，即"举杯消愁愁更愁"的意思。屈大均，广东番禺人，晋粤相去数千里，粤地温热，终年无雪，晋地酷冷，两地冷热大异，夜宿雁门而生乡愁是十分自然的。但须指出，此处的"乡愁"分明兼有国恨，否则"饮不醉"便有过重之嫌。"垆"，古时酒肆中置瓮的土台，此处代指酒店。"驼乳"，疑为酒名，待考。

下片写心中事。

雁门关本是长城一关，宿雁门而怀古适情顺理："无处，问长城旧主，但见武灵遗墓。"怀古伤今，感慨殊深！"长城旧主"，即旧日长城之主人，指华夏之主。如今，国人易服，江山易主，像赵武灵王那样的代代英杰早已化为泥土，复国无望的愁恨溢于言表。赵武灵王在位之时，令国人改着胡服，学骑射，遂拔胡林，克楼烦，国势大增。如今清人入主，竟令汉民着胡服，作顺民。历史与现实构成极大的反差，包育着极为沉痛的喟叹。这一层意思是藏在字缝里的，非深挖不得见也。晋北多沙，冬季北风呼啸之时沙粒扬空，故有"沙飞似箭，乱穿向、草中孤兔"之韵。这一韵极形象、极巧妙。使人如见风起沙飞之状，这自无须赘语。"孤兔"却暗用南宋张元干"聚万落千村孤兔"（《贺新郎》之典，张词以"孤兔"喻指金兵，屈词以"孤兔"喻指清兵。屈大均作法，令"沙飞""似箭"、"射向""孤兔"，可见其仇恨之深。而且更用"乱"来描画箭飞如雨的状况，这仇恨便是咬牙切齿、食肉寝皮也难形容得了的。"那能使、口北关南，更重作、并州门户。"这一韵隐蔽地表示不甘亡国、图谋恢复的心机。"口北关南"，泛指晋北长城内外一带。"并州"，治所本在太原，此地泛指清人统治的内地。是时，顾炎武在雁北置地五十亩，以作恢复之资，虽属书生见识，但屈顾哀国之情却是同宗共脉、十分感人的。煞尾"且莫吊沙场，收拾秦弓归去"，不要凭吊战死的英灵了，收拾他们遗留的秦弓另图良谋吧。"秦

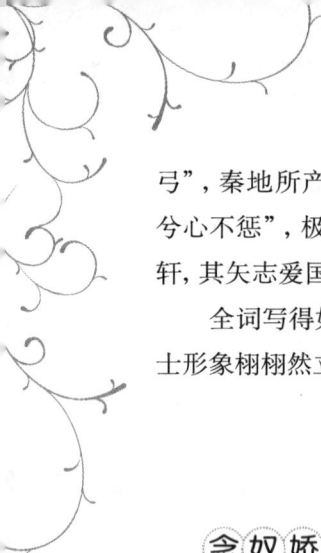

弓"，秦地所产的良弓。屈原《国殇》有"带长剑兮挟秦弓，身首离兮心不惩"，极写国士捐躯之伟烈。屈大均此韵远袭屈原，近承稼轩，其矢志爱国之情是一脉相承的。

全词写得如怒涛澎湃、烈马奔腾，一位矢志祖祎、不甘屈辱的志士形象栩栩然立在读者面前。

（王成纲　许建辉）

念奴娇
秣陵吊古

萧条如此，更何须、苦忆江南佳丽。花柳何曾迷六代，只为春光能醉。玉笛风朝，金笳霜夕，吹得天憔悴。秦淮波浅，忍含如许清泪。　　任尔燕子无情，飞归旧国，又怎忘兴替。虎踞龙蟠那得久，莫又苍苍王气。灵谷梅花，蒋山松树，未识何年岁。石人犹在，问君多少能记？

屈大均于三十岁时仍未返服，以圆顶僧人的身份访问过金陵，住灵谷寺。他谒过明孝陵，写有《孝陵恭谒记》，并有《秣陵》二首、《灵谷寺》三首、《吉祥寺古梅》五首、《五人墓作》等诗篇。这首《秣陵吊古》词，亦当作于此时。

金陵这个地方的名称，历史上是多变的，叫法甚多，如白下、石城、建业、建康、江宁、秣陵以至南京，都是指这个地方，不过地域建制，管辖范围，有时有所差异。战国时楚置金陵邑，秦改秣陵，三国时吴称建业，晋改建康，明为南京，清为江宁府治，民国间设南京市。它是我国古都之一，三国时的东吴，后来的东晋，南朝的宋、齐、梁、陈，五代时的南唐，均在此地建都。明太祖朱元璋也奠都于此，死后并葬于此。明成祖朱棣夺位后，迁都北京，但金陵仍作为南都，并设有一套内阁班子，一直保持到明亡之前。所以金陵有它兴衰荣枯的历史。每当盛时，真是冠盖往来，觥筹交错，轻歌曼舞，管弦不绝，王谢堂燕，穿帘入幕，秦淮画舫，隔江唱和；而当一个王朝没落的时候，则风流云散，梧院深锁，金钿委地，人去楼空。明末虽未见到许多如此名句的描绘，但一部《桃花扇》的演出，也就够回味了。正可以和这首《秣陵吊古》相对照，以加深对该词的理解。

词以"萧条如此，更何须、苦忆江南佳丽"开篇，第一句即为全词定了基调。屈大均写此词时，已是清顺治十六年（1659），至此仍是一片荒疏景象，足见清初对金陵破坏之严重。所以他接着说，何必再去苦苦回忆金陵当年的佳丽呢！下面再承接两句："花柳何曾迷六代，只为春光能醉。"即是说，不必去怨花恨柳了，他们并不能使人迷恋沉醉，而是酒不醉人人自醉，六朝的灭亡，主要来自它内在的原因。继而又接叙二句："玉笛风朝，金笳霜夕，吹得天憔悴。"当政者的腐朽，摧毁了自己的政权。朝为玉笛，暮有金笳，把天的颜色都吹变了，这就是二者的因果关系。元代如此，明末自不例外。末两句："秦淮波浅，忍含如许清泪。"正是说，金陵经历了那么多次的兴亡，每当一代衰亡之际，不免有许多人洒下亡国之泪，而秦淮河又不大，恐怕容纳不了那么多的泪水吧！这里以极其沉痛的语言来结束上片。

下片，再借用典故和自然景色，作深层次的描述。"任尔燕子无情，飞归旧国，又怎忘兴替。"这里首先用刘禹锡《乌衣巷》"旧时王谢堂前燕，飞入寻常百姓家"的诗句，来拓开词的意境。王谢为六朝时的豪门望族，住金陵繁华地区的乌衣巷，衰落后，宅第换了人家，燕子不得已而飞去。后人常借此来比喻兴衰之变。这里在说：任凭你燕子怎么无情，当飞回故宅时，怎能忘记原主人家的兴衰更替呢！接着"虎踞龙蟠那得久，莫又苍苍王气。"上边刚对燕子发了怨言，这里又对金陵地形发表议论。"虎踞龙蟠"，是说金陵地势的险要。诸葛亮论金陵地势云："钟阜龙蟠，石城虎踞，真帝王之宅"；李白也有"龙蟠虎踞帝王州"之句，"王气"，指帝王之气。刘禹锡《西塞山怀古》有"金陵王气黯然收"之句，意指吴国的国运已告终结。古人迷信有望气之术，认为帝王所在之地有王气，国亡则气竭。作者是怎样看待这个问题呢？他认为龙蟠虎踞的地势虽好，但也不能恃之无恐；倘若不能善自为政，也难得保持长治久安，如今不是王朝又更迭了吗？他的这一论断，还是比较客观的。下边作者转到对当前景物的描述："灵谷梅花，蒋山松树，未识何年岁。"他说：灵谷寺的梅花，蒋山上的松柏，连他们自己也不知经历了多少岁月，但至今仍在。此处"灵

谷",指灵谷寺,它的前身为开善寺,在钟山南麓的独龙阜,朱元璋要在这里建孝陵,将其东迁,现址改为灵谷寺,有无梁殿、梅花坞等景点。"蒋山",即钟山,吴时为蒋子文立庙于此,故名。由于孝陵等处有石人石马,作者最后以"石人犹在,问君多少能记"作结束。世事沧桑,变幻无常,问问这些石人石马,你们对这些历史经历的变迁还能记得多少?此结意味深长,语言隽永,耐人寻思。

历代词人,有不少怀古好词,如苏轼的《念奴娇·赤壁怀古》,辛弃疾的《永遇乐·京口北固亭怀古》,陈亮的《念奴娇·登多景楼》,张孝祥的《水调歌头·闻采石战胜》等,都是感奋人心的绝妙好词。屈大均的这首怀古词,虽是后起之作,应当说也是写得不错的。

(张 璋)

梦江南 (四首)

悲落叶,叶落落当春。岁岁叶飞还有叶,年年人去更无人。红带泪痕新。

悲落叶,叶落绝归期。纵使归来花满树,新枝不是旧时枝。且逐水流迟。

清泪好,点点似珠匀。蛱蝶情多元凤子,鸳鸯恩重是花神。怎得不相亲。

红茉莉,穿作一花梳。金缕抽残蝴蝶茧,钗头立尽凤凰雏。肯忆故人姝。

这是一组饱含着血和泪的悼亡之作,并且蕴蓄着深沉的故国之思。

作者一生数次丧偶并丧女,三十五岁前丧原配妻,取继室王华姜;四十一岁时王氏与女儿雁先后丧亡;后娶黎氏,生一子一女,五年后女与黎氏于同一年先后殁。1644年明清易代之际,作者仅十五岁,却始终以明遗民自居,坚决不投靠清朝统治集团。家室之哀,家国之痛,深切的伤感和怀念之情,缠绵排恻,都蕴蓄于词作之中。

从"鸳鸯恩重是花神。怎得不相亲"句和整组词情分析,悼念的可能是夫人王华姜。在《骚屑词》中，还有悼王夫人的另一首《望江南·望月》：

> 天边月，今夕为谁圆。镜好不将心事照，何如一片尽含烟。光没东海边。　　相思泪，露湿素华寒。化作蟾蜍栖玉殿，嫦娥人哭汝孤眠。寂寂桂枝前。

显然词意词风、情思格调，都与这一组《梦江南》很相似。

这一组词都是运用"比兴结合"由物及人的手法，寄托了对亲人的怀念和故国之思的惨痛心情。第一首中"岁岁叶飞还有叶，年年人去更无人"，是对逝去的心爱的人和抗清志士的悲叹，化用了唐人刘希夷的名句："年年岁岁花相似，岁岁年年人不同。""红带泪痕新"一句与杜甫《春望》诗"感时花溅泪"用意相同，都是无声的哽咽。第二首"新枝不是旧时枝"，语意双关，是作者依恋故人和故国心情的流露。"且逐水流迟"一句是作者灵魂的震颤，况周颐评这五字说："含有无限凄婉，令人不忍寻味，却又不容已于寻味。"（《蕙风词话》卷五）

还是况周颐在《蕙风词话》中所说的话："第三、四首哀感顽艳，亦复可泣可歌。"这二首以蝴蝶、鸳鸯、凤凰双双对对作比，如今一个故去了，所以说"恁得不相亲"，"肯忆故人姝"。恁，怎么；肯忆，想到吗？都是问句，足见作者悲痛之深。凤子，蝴蝶。崔豹《古今注》："蝶一名凤子，一名凤车。"韩偓《深院》诗："凤子轻盈腻粉腰。"末一首"穿作一花梳"、"钗头立凤凰"二句，都是回忆爱妻的妆饰。用茉莉花穿贯成串插在头上，或将钗头做成小凤凰式样。如，姜夔《好事近·赋茉莉》："朝来碧缕放长穿，钗头罩层玉。"于濆《古宴曲》："凤凰钗一只。"姝，形容女人之美，如《古乐府》："新人虽云好，未若故人姝。"

从艺术上讲，这一组词比拟恰当，含蕴厚重，寓家室、家国之悲为一体，真乃是"一字一泪"（叶恭绰《广箧中词》），感人至深！朱孝臧题其词曰："断代殿朱明。不信明珠生海峤，江南哀怨总难平，愁绝庾兰成！"（《彊村语业》卷三）确非溢美之誉。

（贺新辉）

梦江南『悲落叶，叶落落当春』

虞美人

无风亦向朱栏舞，情为君王苦。乌江不渡为红颜，忍使香魂
无主独东还。　　春含古血看犹暖，巧作红深浅。花前休
唱楚人歌，恐惹英雄又唤奈虞何。

《虞美人》，原为唐教坊曲，后用作词牌，取名于项羽宠姬虞美
人。又有一种花名曰丽春花、锦被花者，因其形态美丽、颜色鲜艳，亦
被发思古之幽情者称作"虞美人"，以示此花乃虞姬所化。这首词，
就是用词牌本意来歌咏虞美人花的。虞姬是西楚霸王项羽的爱姬，
常随霸王出征。秦亡之后，楚汉相争。公元前202年冬，项羽被刘邦大
军包围于垓下，兵少食尽。项羽夜闻四面楚歌，大惊，以为汉已得楚，
感到大势已去，饮酒帐中，赋《垓下歌》："力拔山兮气盖世，时不利
兮骓不逝，骓不逝兮可奈何，虞兮虞兮奈若何。"虞姬舞剑佐酒，并作
《和垓下歌》："汉兵已掠地，四方楚歌声，大王意气尽，贱妾何聊
生。"歌罢自刎，以绝后虑。项羽连夜冲出垓下，但汉军紧追不舍。退
至乌江，项羽自觉无颜以见江东父老，便谢绝乌江亭长欲渡其过江的
厚意，亦拔剑自刎了。下面，就结合这一故事来读词。

"无风亦向朱栏舞"，开篇即写虞美人花无风亦舞。为何它能
"无风"亦舞呢?因为它是虞美人花，乃是虞姬的化身。虞姬是善舞
的，并于舞剑之后自刎身死，故而"舞"便是此花与生俱来的特性。
"情为君王苦"，则更进一层，由花及人，说明无风亦舞的原因：此
花既为虞姬所化，那么，它的"舞"便像虞姬那样，是满含深情，为了
替君王解脱愁苦。这是何等忠贞不渝的感情啊!"乌江不渡为红颜，
忍使香魂无主独东还。"这两句从对面着笔，写项羽亦不负深情。本
来，项羽自刎乌江是因为无颜以见江东父老，而这里却说：项羽不渡
乌江独自东还，是不忍心叫虞姬这个红颜美女的香魂孤独无伴。这
样，就把项羽也写成了一个不负所爱的殉情者。如此写，虽属诗人的
想象之词，却也颇合项羽的侠义性格，更能反衬出虞姬死得其偿，精
神感人。

下片，"春含古血看犹暖，巧作红深浅"两句，又写春日虞美人花
之美。春日到来，虞美人花朱红、紫红、深紫，深浅巧杂，十分鲜艳，

就像蕴含着昔日虞姬的鲜血,让人看了犹觉温暖。诗人仍不离虞姬故事,歌咏虞美人花的风韵秀美,自含着对虞姬的褒扬和同情。因而,他劝人们:"花前休唱楚人歌,恐惹英雄又唤奈虞何"——千万不要在花前唱那楚地歌,否则,恐怕又要惹得项羽呼唤:"虞兮虞兮奈若何"了。

　　这首小词写得婉转跌宕,凄楚动人。它既是写花,又是写人;既贴合词牌本意,又抒写出一种千古幽情。读罢给人一种凄苦壮烈之美,不禁使人神情震动,有感于心。

(赵　明)

虞美人『无风亦向朱栏舞』

陆　菜 (1630—1699) 文学家。原名世枋，字义山，一字次友，号雅坪，平湖 (今属浙江) 人。朱彝尊之表弟。康熙六年 (1667) 进士。官内秘书院典籍。康熙十八年 (1679) 召试博学鸿词，取为一等，授翰林院编修，分纂《明史》。后奉命直南书房。三十三年 (1694) 擢内阁学士兼礼部侍郎衔，总裁诸书局。次年告归。擅诗文，工于词，为浙西派重要词人之一，词风凄清慷慨。著名《雅坪词谱》三卷，另有《雅坪文稿》、《雅坪诗稿》。

留客住
鹧鸪

夕阳暮。占山头、冷风如剪，钩辀格磔，又向南云飞去。啼声枉是凄楚，渺渺江上孤帆留不住。蛮烟蜑雨，最销魂此际，乱峰无数。　　隔残雨。野水黄昏，漫天芦絮。旅夜难闻，更带几枝鹃语。多少桂阳行客，吟罢沾衣，泪添湘竹苦。任教斑点，似生香熟结，拥炉愁炷。

就漫长的历史而言，一场民族、国家劫难的发生有时虽仅止几年或十几年的短暂一瞬，但是它留给人们的创痛却是那么深刻，那么久长！尤其是身临其境的人们，更是永难忘怀，刻骨铭心。摆在我们面前的这首凄清慨抑的别离词，就是词人陆菜痛定思痛、情不自禁地搜索起那些时刻萦绕、深烙在心灵深处的幼年罹陷兵难、漂流殊方的沉痛记忆。

据记载，陆菜年幼时，清兵南下，父被执，菜奔赴军营，求代父北徙，许久方得归返。这首词即忆少年时的这次不幸流离的感受。上片写主人公行舟中见闻。开篇"夕阳暮"交待了时间。"一日之愁，黄昏为切"。（《唐诗解》）词人选择这一特定时间为情造景，点染氛围，全词的悲凉格调先声夺人。以下"占山头、冷风如剪，钩辀格磔，又向南云飞去"四句擒捉"鹧鸪"之题，状鹧鸪孤独地栖留在山头枝上，面对刺面如刀的凉风"钩辀格磔"地哀叫着。然后又向南高飞而去。"钩辀格磔"，即鹧鸪鸟的叫声。一个"占"字有孤栖独留之意。一个

"又"字道出这只孤鸟无处宿止的不安情景，"南云飞去"注满主人公思念南方故园的情愫。这里描绘的是一个流离失所、无家可归的少年游子眼中的特定物象。至此，全词凄清之味点题触景即见。"啼声枉是凄楚，渺渺江上孤帆留不住。"此二句由景及人，言任是鹧鸪声声啼叫，凄楚动人，然而亦是枉然，它无法遏止那浩渺无际的江上孤舟的远行。古人拟鹧鸪之鸣为"行不得也哥哥"，这里的一个"枉"字则道出了无论鹧鸪怎样哀叫"行不得"，但是游子之舟却仍然漂零不止的悲凉情感。上片结尾三句"蛮烟蜑霭，最销魂此际，乱峰无数"写主人公漂泊到了西南方荒远的蛮蜑地区。这地方山岭起伏，烟瘴弥漫，面对此景，是最令游子魂销肠断的时候。"蜑"，亦作蜑户，是西南方以船为家的水上少数民族。词的上片情景交融，极浓重地渲染出游子扁舟、流离转徙时无良凄苦哀怨的氛围。

词的下片写旅宿所见所闻。过片"隔残雨"应是所闻之声，即隔着窗儿静听着点点滴滴残雨零落之声。"野水黄昏，漫天芦絮"是其所见之景，舟宿在一条不知名的荒野之外芦花漫飞的小溪边。"旅夜难闻，更带几枝鹃语"。鹧鸪哀叫本已令游子不堪，更加远处又传来几声杜鹃的啼泣。杜鹃泣血亦是古典诗词中状哀写愁的典型事物，词涉及此鸟之意也是显而易见的。"多少桂阳行客，吟罢沾衣，泪添湘竹苦"三句是说不知有多少他乡客子至此一边吟唱一边流下凄苦的泪水。这里用"桂阳行客"、"湘竹"二典状游子之情。桂阳即郴州，在今湖南省，项羽曾放逐义帝到此，这里用以代指一般游子，也指主人公自己。湘竹，即湘妃竹，或称斑竹、泪竹。传说舜死，其二妃泪下，染竹即斑，二妃死后为湘水之神，故称湘竹。这里借以形容游子伤心落泪之态。歇拍"任教斑点，似生香熟结，拥炉愁炷"三句言那点点斑痕的泪竹且由它去吧，但是眼前又飘来了那好像忧愁郁结似的绕着香炉袅袅盘旋、久久不散的香烟。这真是"离人眼中景，无处不是愁"了。缩结三句再度把浓得化不开的愁情以景传出，并作一渲染。

综览全词，格调苍凉凄情，写尽战争中辗转流徙的况味。

（沈立东　沈　剑）

· 149 ·

留客住「夕阳暮」

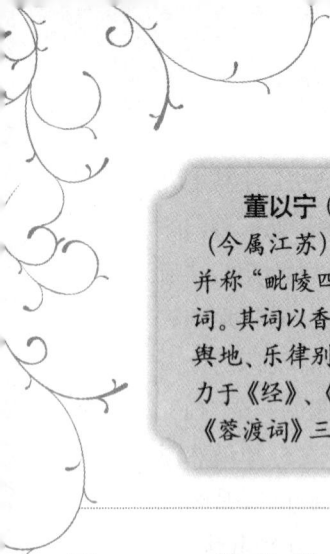

满江红
乙巳中秋述哀

记得当初,向膝下、时时欢笑。到此际,剖菱剥茨,团圆偏好。正待月华犹未冷,高堂已虑金风悄。命小鬟、传语早添衣,频频道。　　今夜月,依然皎。今夜冷,凭谁告。念缌帷寂寞,乌鸦飞噪。欲问冰轮回地底,可能还向慈颜照?奈夜台螭、一去半年余?无消耗。

根据词题,乙巳即清康熙四年 (1665),这首词作于这一年的中秋。作者写了两个中秋,上片与老母在世时的中秋,下片写老母去世后的中秋,两相对比,捕捉不为常人留意的生活琐事,表达对母亲的怀念,写得婉约媚思,曲传微至,所以感人至深,一往痛绝。

唐代著名诗人孟郊有一首《游子吟》,千百年来脍炙人口:"慈母手中线,游子身上衣。临行密密缝,意恐迟迟归。"本词上片采用了这一表现手法,回忆早年中秋节,全家人剥食菱角、鸡头米(茨),如天上的满月,团圆欢喜,母亲总是频频劝儿添衣。写出了合家团圆的天伦之乐。慈母对儿子的无微不至的关怀,跃然纸上。母亲的言谈、欢笑,历历在目;口声姿态,栩栩如生。一个儿子对慈母的拳拳之心,一往情深。

下片则是对现实生活的描写。同样是中秋佳节,月亮同样皎洁清丽,秋风同样生凉,但是有谁再催我添衣呢?风光依旧,人事已非,充满了怀念感伤的气氛。写到幽冥相隔,音讯已绝,一片哀悼的真情,

"想落天外，然思路正自凄绝"（陈廷焯语）。缛帷，设在灵堂的幕帐。这里代指母亲灵魂。夜台，地府。

作者才思敏锐，少与陈维崧、邹祗谟、黄永有"毗陵四才子"之誉，一生著书满家，天下称之。通常在人们实际生活中，对习以为常的事物往往熟视无睹，而一旦失去，反而倍觉珍惜。作者在这首词中的描绘，符合人们的普遍心理，因而，读来令人哀婉凄切，回味无穷。陈廷焯在《词则·别调集》卷四中评价说："句句是家常话，写来十分真至"，"无一字不从血性中流出，斯谓情真语至"。

（蒲　仁）

满江红〔记得当初〕

陈维嵋 (1630—1672) 文学家。字半雪,一字文鹭,宜兴 (今属江苏) 人。陈维崧二弟。诸生。家素贫困,好饮酒赋诗,以诗自娱。其诗不谐于俗,一时名士多与之游。亦擅词曲。著有《亦山草堂诗》、《亦山草堂南曲》等,词有《亦山草堂诗余》二卷。

浣溪沙

绿剪堤边杨柳丝,红堆门外小桃枝。一春人在谢家池。　　事去已荒前日梦,情多犹忆少年时。江南红豆最相思。

这是一首爱情回忆录。朝花夕拾,往事最堪回忆,何况少小时的爱情。写得层次清晰,感情深沉。

上片写旧事,少年时的恋情萌发在春日的良辰美景中:"绿剪堤边杨柳丝,红堆门外小桃枝。"前句化自唐代贺知章"不知细叶谁裁出,二月春风似剪刀"。(《咏柳》)不仅画出春柳细叶、春柳如烟的美景,而且渲染出生机蓬勃的氛围。时序由初春滑向仲春,从而出现了后句。桃花向为惊蛰的第一番花信,以"红"状写桃花的颜色,以"堆"描摹桃花的繁盛。经过作者的一番浓墨重彩的描画,绚烂的春色满目皆是,盎然的春意扑面而来。于是涌动了令人销魂的真情:"一春人在谢家池。"是说整个春天都在谢家的池馆里度过。"谢家",谢娘家。谢娘,这里指谢秋娘,唐代名妓,此处代指同作者共陷情网的青楼少女。

下片写今情。"事去已荒前日梦,情多犹胜少年时",工稳的对仗,结束了甜蜜的往事回忆。从结构来说,旧事和今情层次甚为分明,从词脉来说,则"犹忆"把旧事和今情绾结在一起,似藕断而丝连。"犹忆"到煞尾处化为"江南红豆最相思"。"红豆",红豆树、红豆及相思木等植物果实的统称。朱红色,或一端黑色,或有黑色斑点。古人常用以象征爱情或相思,多有题咏,其最著者为唐代王维的《相思》,诗云:"红豆生南国,春来发几枝。愿君多采撷,此物最相思。"作者少年时与所爱在春柳春花中,在谢家池馆里所铸就的不尽情丝,尽管因为时光的流逝已化为梦幻,但却旧情难已,情丝难断,而且变化成爱情和相思的象征——江南红豆。这个结尾虽嫌空灵而朦胧,却与全词的意趣十分协调,何况更能逗引读者的许多联想呢。

（王成纲）

浣溪沙「绿剪堤边杨柳丝」

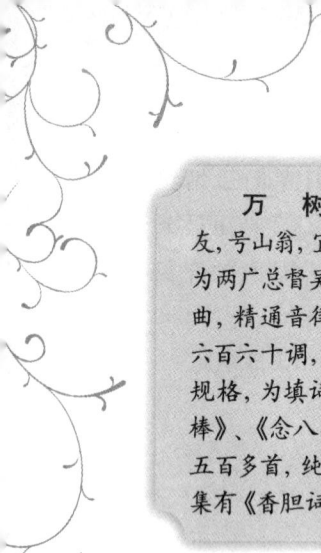

万　树 (约1630—1689) 著名戏曲家、文学家。字花农，一字红友，号山翁，宜兴 (今属江苏) 人。国子监生。康熙二十四年 (1685)，为两广总督吴兴祚幕僚。一生怀才不遇，郁郁以终。擅诗文，工词曲，精通音律。所著《词律》二十卷、全书共收唐、宋、金、元词六百六十调，一千一百八十余体。校余订平仄音韵、句法异同，确定规格，为填词者所推重。写有杂剧、传奇二十余种，今仅存《风流棒》、《念八番》和《空青石》，合称《拥双艳三种曲》。其词今存五百多首，纯情自然，格调清疏放逸，小令颇多近于乐府民歌。词集有《香胆词选》六卷，诗文集有《堆絮园集》。

生查子
家　书

三载住京华，百度家书寄。为念孟光愁，不尽丁宁意。　　　今日离乡关，回首无牵系。索兴没家书，省得书中泪。

　　虽说小令贵蕴藉含蓄，但民间作品或受其影响的文人作品，大抵字面浅近通俗，畅晓易懂。不过总以内涵丰实，唱叹有情为佳。万树这首题为《家书》的词，便有这种韵致。

　　居京三载，寄书百封，已见夫妻感情的深厚。三句一个"为"字，似在说明缘由：一因妻子思念丈夫而生愁，二因妻子曾经再三地叮嘱过自己。《后汉书》卷83《逸民传》载：有女孟光"状肥丑而黑，力举石臼，择对不嫁，至年三十"。因慕梁鸿高义，求而嫁之，"乃共入霸陵山中，以耕织为业。"后移居吴门，梁"为人赁春。每归，妻为具食，不敢于鸿前仰视，举案 (有脚托盘) 齐眉。"旧以为夫妻相敬的模范。丁宁一作叮咛，本义为再三嘱咐。陆游《和张功父见寄》："叮咛一语宜深听，信笔题诗勿太工。"词于此前又加"不尽"二字，足见对丈夫关心之甚。上片四句二十个字，似直白叙述，但细细咀嚼，实句句含情，字字见义："三载"而"百度"，夫对妻之关怀，诚挚可见；后二句用典，本含有敬之如宾意，再加"不尽丁宁"，则妻子的体贴之情绝非一般。这四句写彼此的恩爱。

本词上下片并不绾连：上言"三载居京华"时，下言"今日离乡关"时。显然这中间词人回过一次家，故"离"者再离、又离也。上片已表现出夫妇无比恩情，今反说"回首无牵系"，为什么?尾二句作出回答。他想不寄书回家，妻子便不会因见书不见人而流泪。此是情痴语，愈显出夫妻恩爱之深。本来"家书抵万金"，"没家书"，岂不更引起思念?不过此即所谓"无理而妙"(贺裳语) 也。

　　这首词虽貌似平淡，但仍平而有趣，淡而有味，它用平易朴素而又深刻的语言，表现出丰富而又凝练的内容，创造一种澹远深邃的意境，是在当时以至今日都有积极意义的主题。"作诗无古今，惟造平淡难"(梅圣俞语)。难在先有生活上的"浓"，然后才能达到艺术上的"淡"。葛立方云："大抵欲平淡，当自组丽中来，落其华芬，然后可造平淡之境"(《韵语阳秋》)。正因为有这种"豪华落尽""一语天然"的美趣，在具有汉乐府和南北朝民歌气味的词中，本阕应说是一首上乘之作。

(艾治平)

生查子『三载住京华』

采桑子

片风丝雨笼烟絮,玉点香球。玉点香球,尽日东风不满楼。　　暗将亡国伤心事,诉与东流。诉与东流,万里长江一带愁。

在古今中外有成就的诗人中,爱国者似乎为数甚多,其中还有为数不少的战士乃至将军。如我国宋代的陆游,一生戎马倥偬,而诗作却多达九千多首,成为南宋的诗家领袖。另外,也有身为将领而有着为数不多却气贯长虹的不朽之作的,如岳飞的《满江红》和文天祥的《正气歌》。是英雄之气使他们成了名垂青史的诗人,还是诗人的激情成就了他们的英雄业绩,令人颇费揣摩。

夏完淳,以他过人的聪颖、超卓的才华,以及少有的政治胆识,在其父夏允彝和其师陈子龙的熏陶下,像一颗耀眼的流星划过辽阔的天宇。以他十七岁短暂的生命,留下了既使英雄扼腕,又使诗人叹服的光辉的足迹。他和他的教师陈子龙一道,成为清初词坛上开一代新风的优秀词人。

明亡之后,夏完淳跟随父亲夏允彝和老师陈子龙,起兵抗清。失败后父亲自沉殉国,完淳又再度兴起,几经挫败,仍为抗清事业奔走,后终于被执,不屈而死。此首《采桑子》当作于兵败后飘泊之际。

上片写景,景中寓情。

阵阵东风，丝丝细雨，笼罩着如烟似雾的杨花柳絮。晋才女谢道蕴曾用"柳絮因风起"形容大雪纷飞。这如雪的柳絮在东风的吹送下翻飞着。玉点，即雨点。雨打飞絮，落在地上滚成小球。小球随风流动，零落无依，不正像此时的词人，被无情的政治风暴，吹打得天涯飘零吗？末句"尽日东风不满楼"，虽未点人，但那"有人楼上愁"（李白《菩萨蛮》）的意念，已自然渗入读者脑际。这凄惨愁楚的暮春景象，也只有如此满腹愁肠的词人，才会尽收眼底。这"尽日东风不满楼"句，恰与晚唐李商隐《重过圣女祠》一诗的"一春梦雨常飘瓦，尽日灵风不满旗"的句式、情调与境界接近。"不满旗"与"不满楼"，都是"东风无力"的表现，若用唐许浑"山雨欲来风满楼"之句反衬，这"不满楼"的哀叹，不正是年轻的词人期待大风暴的到来，冀盼明王朝东山再起而不得的失望和哀痛吗？

　　下片点出愁结所在，正是"亡国伤心事"。此时，清廷的鹰爪正在到处搜捕他，这亡国的伤心之事，又能向谁诉说呢？四顾无人，江水滔滔，顺理成章，也只有"诉与东流"了。此中"暗将"二字，道出了词人多少苦闷与辛酸！结句"诉与东流，万里长江一带愁"，与南唐后主的"问君能有几多愁，恰似一江春水向东流"同一意境，只是比后主词更多了一层"草木为之含悲、风云因而变色"的客观景物的回声。似乎连万里长江，也在和无限感伤的词人同愁苦，共鸣咽了。这种艺术手法，明显看出师承陈子龙的痕迹，陈的《天仙子》有："强将此恨问花枝，嫣红积，莺如织……"之句。师生同为烈士，同为杰出的时代歌手，当然会弹奏出同样的时代最强音，一直绵延熏陶着无数后来的中华儿女。

（王　冰）

鱼游春水
春暮

　　离愁心上住，卷尽重帘推不去。帘前青草，又送一番愁绪。凤楼人远箫如梦，鸳锦诗成机不语。两地相思，半林烟树。　　犹忆那回去路，暗浴双鸥催晚渡。天涯几度书回，

又逢春暮。流莺已为啼鹃妒,蝴蝶更禁丝雨误。十二时中,情
怀无数。

夏完淳是一位早期成熟的有为青年,生不逢时,处于国破家亡、
清兵入关的战乱时代。他十五岁随父亲和老师起兵抗清,十七岁从容
就义,成为历史上有名的民族英雄。同时他又是一位著名的文学家,
他的诗词慷慨凄厉,充满强烈的民族意识;但在写作风格上,则善于
运用委婉寄托的笔法,通过写景、写情,来抒发积压在内心深处的苦
闷与悲愤。他的这首词,从表面上看,是在写暮春时节,男女两地相
思之情;但从"流莺"二句看,却透露出家国沦亡、盛时难再的时代
悲局。

开头四句:"离愁心上住,卷尽重帘推不去。帘前青草,又送一番
愁绪。"他一上来单刀直入,从"离愁"破题,而且很形象地说:这种
离愁简直像住在心上一样,屡次卷起重帘,怎么推都推不出去。当举
目看到帘外一片青草后,又觉增加了一番愁绪。两句两用"愁"字,两
句两用"帘"字,愁起愁落,帘里帘外,往返转折,情趣横生,围绕着
一个"愁"字做文章。语言通俗易懂,辞藻工巧雅致,真是妙不可言!
高超的艺术手法,一上来就把读者吸引住了。

接着两句:"凤楼人远箫如梦,鸳锦诗成机不语。"连用两个历
史故事来描绘他们之间的真挚爱情。前一句用箫史、弄玉事。汉刘向
《列仙传》云:"箫史者,秦穆公时人也。善吹箫,能致孔雀、白鹤于
庭。穆公有女,字弄玉,好之。公遂以女妻焉。公为作凤台,夫妇止其
上不下数年,一旦皆随凤凰飞去。"句中"凤楼",即指凤台。这里暗
示,女主人公同她的丈夫相处得很好,曾有一段美好幸福的家庭生
活;如今丈夫离家远去,使留在家中的这位多情女子,回忆往事,犹
如梦幻。下句,运用苏蕙织回文锦事。《晋书·列女传》云:"窦滔妻苏
氏,始平人也。名蕙,字若兰。善属文。滔,苻坚时为秦州刺史,被徙
流沙。苏氏思之,织锦为回文旋图诗以赠滔。"此处借用这一故事,表
明这位少妇感情的真挚。接下去"两地相思,半林烟树"。这里挑明
了一对相亲相爱的夫妻,天隔一方,在烟树迷茫中彼此思念,从而引
起了开篇所讲的一片离愁别绪之情。整个上阕,运用了倒装笔法,进
行反叙。

下阕，再进行倒叙，写往昔的回忆，"犹忆那回去路，暗浴双鸥催晚渡。"就是说，在她丈夫走时夜里送别的路上，遇见一对鸥鸟正在暗中沐浴，出没水面，惊乱了他们临别私语，好像要催促行人早去上路。这种情景，给送别丈夫的少妇留下了深刻的印象，至今难忘。接下，"天涯几度书回，又逢春暮"。就是说，远行的丈夫，仅是寄来几封书信，现在已到了暮春时节，仍不见回来。这里含有"别时容易见时难"的感叹之意。

接着写暮春景象，"流莺已为啼鹃妒，蝴蝶更禁丝雨误"。这两句含义较深，似有所喻。从字面上看，在说，流莺为啼鹃所忌妒，蝴蝶更为丝雨所禁而不能飞舞。也就是说，在这暮春时节，杜鹃的哀啼已代替了黄莺的歌声，黄梅天的到来已耽误了彩蝶的飞舞。黄莺百啭，彩蝶飞舞，乃是美好春光的象征，而杜鹃悲啼，丝雨绵绵，则说明春光已去，呈现在面前的则是一片凄戚阴霾的灰暗景象。这里已超出了夫妻不能团聚的一股伤春感受，似乎暗喻有家国沦亡、盛世已去的悲伤。从而引发出最后两句"十二时中，情怀无数"的哀叹，以结束此词。也就是说，剩下来的只有终日悲愁，无限感叹了！这首词所讲的暮春离愁，究竟是什么样的"离愁"，便值得深思玩味了。

（张　璋）

一剪梅

咏 柳

无限伤心夕照中，故国凄凉，剩粉余红。金沟御水自西东，昨岁陈宫，今岁隋宫。　　往事思量一晌空，飞絮无情，依旧烟笼。长条短叶翠蒙蒙，才过西风，又过东风。

夏完淳以一腔忠贞，把短短十七年的有限生命，完全投入抗清复国的大潮之中，所写的诗、文、赋、词，无不悲歌激烈，血泪交融。辞风师承陈子龙。近代况周颐《蕙风词话》称陈、夏及彭孙贻、王夫之等人的词："含婀娜于刚健，有风骚之遗则。"虽然豪情万丈却不剑拔弩张，往往借物言志，借景抒怀，使人从微风细雨中感受惊雷，于深

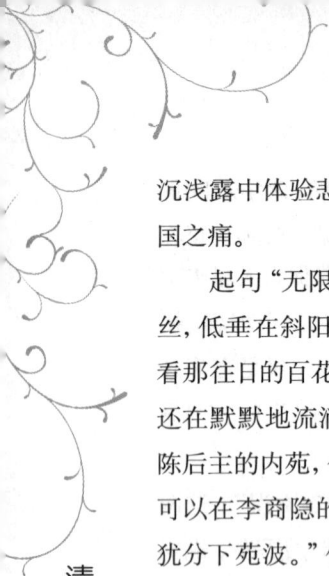

沉浅露中体验悲戚。此首《一剪梅》，也同样是借咏柳来抒发一腔亡国之痛。

起句"无限伤心夕照中"，即令人感到情景难分：默默无言的柳丝，低垂在斜阳的夕照中，仿佛在为凄凉的祖国感到无限的伤痛。你看那往日的百花园中，只剩下了点残花败叶，只有那御沟里的流水，还在默默地流淌！纷乱无比的世事啊，是如此地变化多端，去年还是陈后主的内苑，今年又成了隋炀帝的深宫！"金沟御水自西东"一句，可以在李商隐的《曲江》一诗中找到渊源："金舆不返倾城色，玉殿犹分下苑波。"作为处于唐王朝的覆灭已成必然趋势的晚唐时期的李商隐，同样也有着"世纪末的悲哀"，他的"夕阳无限好，只是近黄昏"（《乐游原》）的慨叹，到了夏完淳，就变成"无限伤心"的泪滴了。这"昨岁陈宫，今岁隋宫"一语，和李商隐一样，借古喻今，寄寓着作者难以言尽的兴亡之叹。

下片着重抒情。"往事思量一晌空"：想想那悠悠往事，片刻之间都化成了一片虚空！国破家亡，妻离子散，这是多么令人难以接受的事实啊。明亡后完淳父夏允彝，因抗清被执投水殉国，完淳因终日为复国大业奔走，年轻的妻子孤守空闺，白发的老母依门盼归。这国恨家仇，使年轻热血的词人已经无法自制了。然而，客观却是"飞絮无情，依旧烟笼。长条短叶翠蒙蒙"：无情的飞絮，并不理会词人彻骨的伤痛，依旧如烟如雾地笼罩着柳树的长条短叶，它们生机蓬勃，一片苍翠！这真教他无法不产生"落日楼头，断鸿声里，江南游子。把吴钩看了，栏杆拍遍，无人会，登临意"（辛弃疾《水龙吟》）的愤慨！然而，更令人伤心的是它们竟然"才过西风，又过东风"！对于西风东风，明朝清朝，似乎无动于衷啊！这结尾以极其质朴的语言，道出了如鲁迅先生所说的"出离愤怒了"的哀伤之情，和词首"无限伤心"正好相互呼应，完成了一个完整的思想回环。

整首词写得凄迷哀惋，寓家国之叹于写景咏物之中，情文相生，结处余慨不尽。

（王　冰）

柳梢青

感 事

何事沉吟?小窗斜日,立遍春阴。翠袖天寒,青衫人老,一样伤心。　　十年旧事重寻,回首处、山高水深。两点眉峰,半分腰带,憔悴而今。

这首《柳梢青》塑造了一个迟暮美人的形象。词中的女主人公是一位年华已逝的女子,词写得"绰然有生趣,而又耐人长想"(沈雄语)。

词的上片,前三句蓄势:"何事沉吟?小窗斜日,立遍春阴。"夕阳照耀着小小的窗户,女主人公在背阴处久久伫立,沉吟不语,所为何事?"翠袖天寒"句化用杜甫《佳人》"天寒翠袖薄,日暮倚修竹"句意,点明了女主人的身份;"青衫人老,一样伤心",则化用白居易《琵琶行》"座中泣下谁最多,江州司马青衫湿"句意,以琵琶女的遭遇作比,回答了前面"何事沉吟"的疑问。

下片"十年旧事重寻",则是对昔日幸福的追怀。但是,旧日的幸福,已是不可复得:"回首处、山高水深。"在忆往抚今的矛盾心态中,女主人公的精神支柱已被摧毁,"两点眉峰,半分腰带"形象地刻画出她"憔悴而今"的容颜。

作者在本词中捕捉人们生活中不易为人察觉的举动,通过外在形态描绘人物的心理活动,含蓄委婉,意境深远。严秋水云其小令"啼香怨粉,怯月凄花,不减南唐风格"(《清代词学概论》引),的

柳梢青〔何事沉吟〕

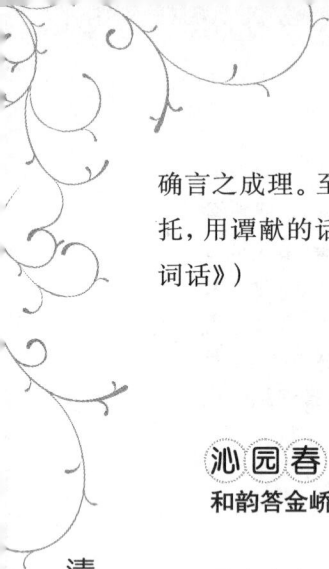

确言之成理。至于这首词是否通过美人迟暮之感而有更深的寄托，用谭献的话说，就是"作者未必然，读者何必不然？"（《复堂词话》）

（贺新辉）

沁园春
和韵答金峤庵

往古来今，如许英雄，钟鼎旗常。尽飘风冷雨，余声销灭，寒烟蔓草，陈迹苍茫。南顾昆明，东瞻闽越，二十年来一战场。到今日，喜丰年多黍，兵气销光。　　溪山老我何伤，且买醉时探肘后囊。须我歌若舞，乌乌击缶，倡予和汝，款款飞觞。仆射不如，尚书不顾，羯鼓催频不记行。才倾倒，早一轮红日，涌上扶桑。

彭词多纤艳之作，但在其长调词中，却并不乏激切之音。这首和韵答金峤庵的慢词，抒写其追古抚今，醉歌自得的情怀，语言明快，词气骏发，即是一例。

词从吊古下笔，描写历代英雄人物均曾建功受奖，风云一时，却都随着时光流逝而销声匿迹的情景，前后对比，境界苍凉。"如许"，犹言那么些。"钟鼎"，古铜器的总称，上面多有记事表功的铭刻文字。《旧唐书·长孙无忌传》载："自古帝王褒崇勋德，既勒铭于钟鼎，又图形于丹青。""旗常"，旗名，古代王用太常（画有日、月、北斗的旗），诸侯用旂（画上龙并有铃的旗），以作纪功授勋的仪制。开头三句，写古往今来有那么多英雄，或勒铭于钟鼎，或授勋以旗常，可谓盛极一时；接下四句，写他们身后全在旋风猛刮、寒雨细打之下，余留的名声逐渐消失磨灭，又在凄冷烟雾、蔓生荒草的覆盖之下，过去的事迹变得旷远迷茫，可谓悲凉之至。词人对于兴亡盛衰的慨叹，对于英雄速朽的哀感，已在"往古来今"的高度概括中表达无遗，至于当今"英雄"的命运也都概莫能外的寓意，也正暗含其中，从而为下片不着痕迹地打下了伏笔。其中以"飘风冷雨……"和"寒烟蔓草……"

前后对仗，并以"飘风"和"冷雨"、"寒烟"和"蔓草"句中自对，着意描写无限荒寂的景象，给人以气氛悲凉不尽，哀音回环不已的感受。然后由"往古来今"的英雄末运写到"二十年来"的大砍大杀，脉络贯通，蝉联而下。词人用"南顾昆明，东瞻闽越"的对仗句，表达对那时江南半个中国的环视；再用"一战场"展示清兵南下征服南国的厮杀景象。"二十年来"狼烟四起、民不聊生的内涵，自是不言而喻；"钟鼎旗常"的"英雄"也只能得意一时的含义，同样意在言外。因此接以"喜丰年多黍，兵气销光"，描写"到今日"的太平风光和喜悦情怀，就不仅在庆幸粮食丰收。民可安居和战争气象消失干净，而且包含对千古"英雄"、"二十年"、"战场"的终究消逝的强烈快感。这种哀叹"英雄"、忧见"战场"的弦外之音，完全被一个"喜"字泄露了出来。

上片以古今流变为线索，写追昔抚今的悲喜心境；下片以溪山老我为背景，写酣醉遣怀的不羁豪情。

"溪山老我何伤"，承上启下，过渡自然，既与"南顾昆明"以下三句紧密相扣，表述自己就在河山多年战乱中开始衰老的语意，又紧承"到今日"以下三句，显示国泰民安、老亦无妨的胸怀。这就水到渠成地开拓了下文买醉倾倒的场面描写。"且买醉时探肘后囊"，是"何伤"二字的直接生发，又是醉歌场面的总起。"且买醉"明写"老我何伤"的遣怀方式，暗寓对"英雄"作为的不屑态度；"时探肘后囊"既写不时从囊中探取钱物买醉的极易情势，又含"始悟肘后方（药方），不如杯中物"（白居易诗句）的微妙内涵。于是由此而下，描画买醉情景，一发而不可收。先以"须"字领起两两前后对仗的四句，极力渲染彼此欢呼歌舞、尽兴喝酒的醉饮场面；再以"仆射不如"等三句，形象刻画无视高官、不记班辈的醉酒狂态；终以"才倾倒"等三句，着意描写醉倒酣眠、逍遥度日的醉后景象。其中写醉饮场面，用"我歌若（你）舞"、"倡（唱）予和汝"照应题目，显示互相呼应、你唱我和的情态，"倡予和汝"更用《诗经·郑风·萚兮》中的成句，表露彼此契合无间的亲密感情；又用"乌乌（欢呼声）击缶"，暗借《汉书·杨恽传》所云"酒后耳热，仰天拊缶而呼乌乌"之典，写酒后耳热、欢呼雀跃而敲打瓦制酒器的情形，并用"款款（独乐儿）飞觞"，暗借《太玄乐》所云"独乐款款"之意，写旁若无人、自得其乐而飞快

举杯畅饮的场景。至于写醉酒狂态，先用"仆射（唐宋为宰相之职）不如（往），尚书（汉时为掌管群臣章奏的权臣）不顾"两个对仗句，明喻高官厚禄者不屑一顾他俩的醉歌场合，暗写他们更不屑高官厚禄者参与的自得自傲；后用"羯鼓（古羯族乐器，音声急促高烈）催频不记行"，喻写频行酒令、忘乎所以的狂态。"羯鼓催频"，本于唐玄宗于内庭击羯鼓而庭下柳杏时正发坼的故事（见唐人南卓《羯鼓录》），词人则以羯鼓催花来喻击鼓传花，频频行令饮酒的情景："不记行（排行，班辈）"，形容酒酣醉极、尊卑全忘，其不拘礼仪的狂态真是无以复加了。最后写其醉后景象，用"才倾倒"领起，不言醉倒之后究竟是怎样地沉酣大睡，烂醉如泥，而谓"早一轮红日，涌上扶桑（《说文》谓扶桑乃"神木，日所出也"）"，则不仅用"才"和"早"的紧密勾连，表明其作长夜饮的情形，而且用淋漓大醉后的壮丽朝景，烘托其"醉中天地大"的豁达情怀，从而成为情寓于景、以醉遣怀的结笔。

严秋水云："羡门（作者之号）惊才绝艳，长调数十阕，固堪独步江左。"（引自徐珂《清代词学概论》）从此词挥斥古今、醉歌溪山的豪宕才情来看，倒也是切近事实的评语。

（李德身）

南乡子

葵扇

万树绿撑天,多在黄云紫水边。谁结轻丝裁作月?团团。买得清风不用钱。　　声价顿能添,安石风流久不传。寂寞空斋谁是伴?翩翩。荷叶香来亦偶然。

别号独漉子的陈恭尹,是"岭南三家"之一,其父兄因抗清殉难,举家遭害,恭尹仅以身免,入清不仕,有《独漉堂诗余》。恭尹擅以小令咏物,其词风格朗练,色彩鲜亮,富于岭南情趣。这阕《南乡子》以蒲葵扇为吟咏对象,笔致清新,格调轻快,颇能反映陈恭尹词的一般风貌。

葵扇是以蒲葵叶制成的团扇,系蒲葵扇之省称。蒲葵形似棕榈,其叶光洁硕大,呈圆形,可以制蓑、笠及扇。小令的起首两句,先描绘了蒲葵的形状,并交待出它的生长习性:"万树绿撑天,多在黄云紫水边。"蒲葵性喜湿,多近水而生,一丛丛、一团团的绿叶,似无数只张开的巨掌伸向天空。两句词形象简练地概括出蒲葵的主要特点。接下去几句更加形象具体:"谁结轻丝裁作月?团团。买得清风不用钱。"蒲葵叶软滑似丝,团圆似月,以其制成团扇,"出入君怀袖,动摇微风发"(汉班婕妤《怨歌行》),给人以轻便舒适的享受。词人以提问的方式写出蒲葵叶的形象特征,使词句免于平板,"买得"句活脱中尤带几分诙谐。这几句承接词首,在摹状蒲葵叶的同时将词意暗

南乡子『万树绿撑天』

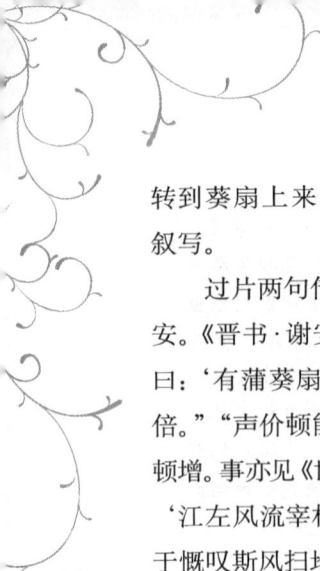

转到葵扇上来，既紧扣题旨，又自然引出下片对葵扇功能用途的叙写。

过片两句借用典实表达对葵扇的爱惜之情。安石即晋代宰相谢安。《晋书·谢安传》："乡人有罢中宿县者，还诣安，安问其归资，答曰：'有蒲葵扇五万。'安乃取其中者捉之，京师士庶竞市，价增数倍。""声价顿能添"即指昔日谢安用蒲葵扇，时人竞相效仿，使扇价顿增。事亦见《世说新语·轻诋》。又《南史·王俭传》："俭尝谓人曰：'江左风流宰相，惟有谢安。'"揣其"安石风流久不传"句意，词人于慨叹斯风扫地的同时，颇有因葵扇不为世人所重的惋惜之情，词的结末三句进而写葵扇的功用：空斋独处，寂寞无聊，然而"坐把蒲葵扇，闲吟两三声"（唐白居易《山池》），亦不失为儒雅清静。随着葵扇的翩然摇动，间或有淡淡的荷香袭来，亦足以消夏解暑。尽管"安石风流久不传"，"荷叶香来亦偶然"，但从"寂寞空斋谁是伴"一句，仍足见词人的爱物之心。

（李汉超　刘耀业）

董 俞 文学家。字苍水,号樗亭,江南金山卫(今上海市)人。顺治十七年(1660)举人。以"奏销案"除名。康熙十八年(1679),应博学鸿词试,罢归。卜居南村,灌园锄菜,啸歌自得。少有才名,与兄董含时称"二董"。工诗、词、文,尤善赋,所作清婉流丽,时人比之吴绮。著有《樗亭集》、《浮湘集》、《度岭集》,词有玉凫词(一名《盟鸥草阁词》)二卷。又与田茂遇编有《高言集》。

菩萨蛮
怀 友

去年元夕和君别,今年又见梅如雪。寒雁一声声,君从何处听? 　愁来浑似醉,千里同憔悴。烟艇暮江寒,谁怜行路难?

如题所示,董俞的这首《菩萨蛮》是抒写怀念友人之情的。

上片,点明离别经年,触景生情,更引起对友人的怀念。"去年元夕和君别",落笔先以倒叙之法忆及与友相别的时日。"元夕",即农历正月十五元宵节的晚上。大约作者是挽留朋友一道欢度春节,直至元宵赏灯之后,朋友不得不走时,方才送他上路的。与友共度年节,足见二人情谊非同一般;而那节日期间的畅饮欢叙,更是难以忘怀。而今呢?"今年又见梅如雪",如今又到了梅花盛开洁白如雪的初春,然而却不见朋友的身影,唯有独自一人。"寒雁一声声,君从何处听?"去年,我们曾共赏梅花、聆听雁鸣,而今面对这绽开的簇簇梅花,耳闻这声声寒雁的号鸣,却不知你漂泊何方,朋友啊,你能听到这雁鸣吗?这上片,用今昔对比之法,由"今年"又见梅如雪、又闻雁声声,而引发对"去年"友人相聚的回忆,突出"今年"不见友人的倍加思念。平常言语中已隐含着相聚的欢乐、思念的愁苦以及对漂泊友人的担忧。

下片,将这种思念和忧心更加推进一层,抒写出二人心心相印的挚友之情。"愁来浑似醉",先说自己因怀念友人而愁绪百结,简直像喝醉酒一般。此语看似平常,实则新颖传神。诗人用醉人之酒来喻思

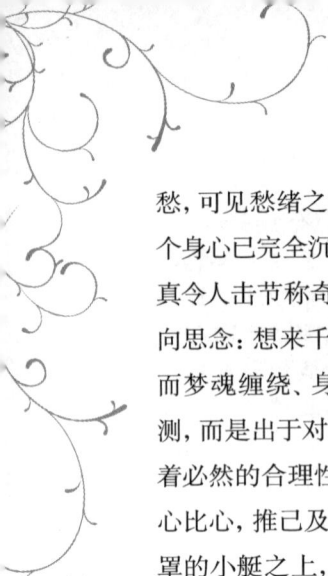

愁，可见愁绪之浓烈深厚；以如痴如醉来状写此时神态，足见他的整个身心已完全沉浸在念友的深情思绪之中。这比喻、状写，品味之下，真令人击节称奇。"千里同憔悴"，是由己及友，从对方设想，写出双向思念：想来千里之行的朋友也会如同自己一样，因思念我这个友人而梦魂缠绕、身形憔悴。这个"同"字，绝非作者自作多情的胡乱猜测，而是出于对志趣相同、交谊深厚之友人思想情态的准确估计，有着必然的合理性。"烟艇暮江寒，谁怜行路难？"这结末两句，更是将心比心，推己及人：如今又是初春的元夕之夜，我独自坐在这江烟笼罩的小艇之上，无友相伴，顿觉江水生寒；而朋友漂泊异乡，无我相伴，又有谁能给他关切和温暖，又有谁怜惜他的行路之艰难啊？下片，全用推己及人之法，写出与朋友心心相印的一片深情。

卢前《饮虹簃论清词百家》谓董俞词"造语出中诚"。本篇即是一个很好的例证。这首词，写的是千百年来习见的传统题材，又无华丽的词藻、艰深的典故，却传达出一片赤诚，一片挚情，令人品味不尽。

（赵江虹）

吴兴祚 (1631—1689) 文学家。字伯成,号留村,山阴(今浙江绍兴)人。满族,隶汉军正黄旗。贡生,知萍乡县,康熙间从耿精忠出征有功,累官两广总督,后徙古北口都统。有《留村词》一卷。

画堂春
春 日

轻烟漠漠柳丝长,条风吹断斜阳。杏花十里玉楼香,画里红妆。　　春梦才归巫峡,诗魂又入潇湘。纤纤玉笋理衣裳,独自思量。

这是一首闺情词。上片写春天景色。"轻烟漠漠"、"柳丝"、"斜阳"、十里"杏花",组成了一幅阳春的画面。画里的"红妆"即美女,闲愁千种,思绪万千,为下片的描绘,创造出浓郁的艺术氛围。

下片写春情。过片二句"春梦才归巫峡,诗魂又入潇湘。"由沉思入梦,但春梦难长,潇湘恨久。巫峡,长江三峡之一,在湖北巴东县西,与四川巫山县接界,因巫山得名。潇湘,湘水的别称,《水经注·湘水》:"潇者,水清深也。"又或指湘江与潇水会合后一段,即"三湘"之一。尾句"独自思量"一句,道尽了"纤纤玉笋理衣裳"者的无限寂寞忧伤。玉笋,形容女子的手指。韩偓《咏手》诗:"腕白肤红玉笋芽,调琴抽线露尖斜。"

纵观全篇,词意缠绵,词风婉丽,堪称词苑佳作。

(蒲 仁)

画堂春『轻烟漠漠柳丝长』

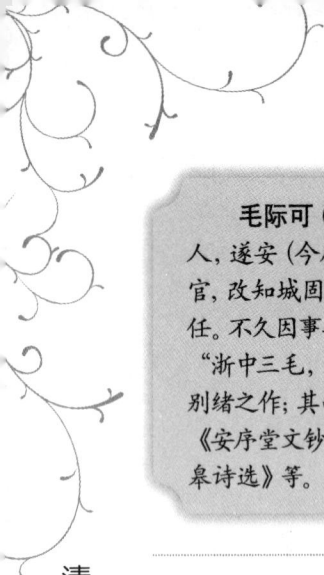

蝶恋花

桂魄清凉寒玉宇，顾影无聊，影也添凄楚。为月不眠情更苦，来宵愿下廉纤雨。　　待欲浇愁斟绿醑，酒尽愁生，毕竟春无主。天上寄愁愁可去，天孙正别银河渚。

毛际可生当明末清初，与同时的毛奇龄、毛先舒合称"浙中三毛"。"三毛"之中际可以词名世，存词180余首。其中有为应酬赠答而写的，如《蝶恋花·别王丹麓》："马迹车尘何日了？不分啼鹃，只解催归好。"另一类则在旅游、吊古之中有所寄托，如《水调歌头·过虞姬墓》："莫道拔山力尽，尚有闺中侠气，凛凛未消磨。"等等。而这首词却别有一番深蕴韵致。

词作描写七夕之夜词人对月饮酒、愁苦思念的情怀。上片写景，写月夜之景；下片抒怀，抒写愁思之苦。

"桂魄清凉寒玉宇，顾影无聊"。桂魄，即月亮，月亮的别称。王维《秋夜曲》诗："桂魄初生秋露微，轻罗已薄未更衣。"苏轼《念奴娇·中秋》："桂魄飞来光射处，冷浸一天秋碧。"清冷的月色，把天际洒得一片寒凉。主人公在月光下顾影自怜，颇觉无聊；由于天空一片凉寒，"影也添凄楚"。因为月色不得入眠，使"情更苦"，一个"苦"字，把主人公因思绪不绝，苦苦不能进入梦乡的愁苦情状描写得活灵活现。所以，主人公希望"来宵愿下廉纤雨。"廉纤雨，即细雨。此句化用韩愈《晚雨》诗"廉纤晚雨不能晴"句而来，说明主人公对"桂魄清凉寒玉宇"的厌烦，进一步衬托出主人公的"凄楚"。这便为下片的

"愁"绪，作了很好的铺垫。

下片抒"愁"。作者一连写了四个"愁"字，"待欲浇愁斟绿醑，酒尽愁生"，"天上寄愁愁可去"。绿醑，又叫绿蚁，泛着绿色泡沫的美酒，也作酒的代称。白居易《雪夜对酒招客》诗："帐小青毡暖，杯香绿蚁新。"李白《送别》诗："惜别倾壶醑，临分赠马鞭。"本来想用酒浇"愁"的，结果，酒尽"愁"又生。抬头看看天上："天孙正别银河渚。"天孙，织女星。织女为民间传说中巧于织造的仙女，为天帝之孙，故名。渚，水边，《国语·越》注："水边曰渚。"织女正在银河边上与牛郎话别。说明牛郎织女离别尚有相会之时，所以，"天上寄愁愁可去"，而我的愁何时了呢?其深愁幽怨尽在不言中。

这首小令，上片写"凉"，下片写"愁"，没有写一个"怀"字，而怀念之情却深蕴其中。词作把主人公孑然一身的孤独形象呈现在读者面前，诗人愁苦思念的心理也曲曲传出。沈偶僧评这首词说："曲折"，正是评得恰到好处。

（贺大龙）

蝶恋花『桂魄清凉寒玉宇』

望江南

代泉下人语二首

黄炉杳,寂寂恨难穷。荒草路迷寒食雨,白杨声乱纸钱风。掩泪拜残钟。　　繁华歇,金屋梦魂中。陌上人归翁仲语,林边火入宝衣空。土气蚀青铜。

呜咽水,肠断为谁流?磷火不随山雨暗,蛩声常伴故人愁。白骨怯清秋。　　千年事,零落委荒邱。青冢魂归环佩冷,珠襦香散土花留。无语泣长楸。

题目为"代泉下人语",即代死人说话,其实是两首追念亲朋故旧的哀悼词,借以抒发兴衰存亡、人生无常的思想。虽然词人掩去了"泉下人"之姓氏,但从用语的凄婉悲恻,感情的真挚深切,可以看出这两个是词人十分亲近的人。

第一首。词作的上片,侧重叙写词人对泉下人的祭奠情形。开首二句先为"泉下人"设想:"黄炉杳,寂寂恨难穷。"黄泉下昏暗、冷寂,绵长的幽恨难以穷尽。"黄炉",谓地下,犹黄泉。词作一开始就以幽昧的意象、哀伤的思绪,定下了全词基调。次三句写词人祭奠时的所见所感:"荒草路迷寒食雨,白杨声乱纸钱风。掩泪拜残钟。"坟墓周围一片荒凉:荒草遍地,道路迷离难辨,寒食节时的凄风冷雨吹打着,纸钱乱舞,白杨萧萧。最后,词人在稀疏的钟声里,含悲忍泪拜祭泉下之人。"寒食",即清明前一两天。南朝梁宗懔《荆楚岁时记》:

"去冬节一百五日，即有疾风甚雨，谓之寒食，禁火三日，造饧大麦粥。"词作上片以幽昧沉寂的黄泉、荒草、寒食雨、白杨声乱、残钟等意象，构成了一幅凄冷哀苦的画面，突出"泉下人"的孤寂、冷清，为下片作了很好的铺垫。

词作下片转而抒写词人的思绪。"繁华歇，金屋梦魂中"二句，写词人对"泉下人"的追忆。他曾经过着钟鸣鼎食的富贵生活，可如今这一切都消歇殆尽，有如梦魂般，杳无踪迹了。词语之中，暗含了词人人生无常的感叹。后三句叙写词人的想象："陌上人归翁仲语，林边火入宝衣空。土气蚀青铜。""翁仲"，此指墓前石人。传说原有秦时巨人名。《淮南子·汜论》："秦之时……铸金人。"汉高诱注曰："秦皇帝二十六年，初兼天下。有长人见于临洮，其高五丈，足迹六尺。放写其形，铸金人以象之，翁仲君何是也。"唐柳宗元《衡阳与梦得分路赠别》诗："伏波故道风烟在，翁仲遗墟草树平。"这三句进一步叙写"泉下人"的孤寂、冷清。墓外，陌上前来扫墓的人（指词人自己）归去后，只剩下墓前的石人似在窃窃私语。"翁仲语"，反衬出四周沉寂之甚。墓内，由于林火侵入，殓衣早已化为灰烬，荡然无存；至于那些青铜器，虽然林火烧不了，也被土气腐蚀得锈迹斑驳。"青铜"，即指铜镜。细品词意，词人似有意要把这位"泉下人"身前所享受的荣华富贵，与死后的凄凉境况形成强烈对比，表达出一种人生无常，"繁华"、"金屋"不过是过眼云烟而已。

第二首。词作的上片，词人用写实笔法叙写这位"泉下人"墓地的凄幽情形。首二句："呜咽水，肠断为谁流？"词人开始即用感情注入法，来叙写自己的感觉。由于心情悲恻抑郁，又置身于那种幽寂的环境，闻水声鸣响，故觉如发出呜咽之声，于是不禁问：到底为谁而断肠呢？发句突兀，感情深挚，词人悲凄情感跃然纸上。紧接三句，词人调动自己的视觉、听觉和想象功能，叙写墓地幽寂冷静的场面："磷火不随山雨暗，蛩声常伴故人愁。白骨怯清秋。"墓地的磷火并不因来势猛的山雨而息灭，像是在诉说着绵绵不尽的幽恨，发出幽昧的蓝光；蟋蟀似也在为泉下之故人而发出哀愁的鸣声。那根根白骨像是不胜清秋寒冷的侵袭。词作的上片，词人在写实的基础上，寓含着自己强烈的悲愁之感。

词作的下片，紧承上片的末句而来，词人继续展开自己的思绪：

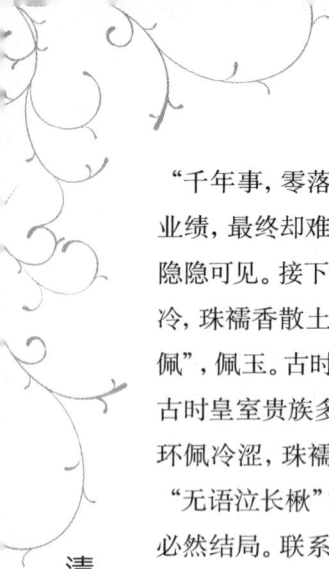

"千年事，零落委荒邱。"尽管这位泉下之人生前致力于彪柄千古的业绩，最终却难免"零落委荒邱"的结局。言语之间，叹惜、感慨之情隐隐可见。接下二句，词人描写"零落"的具体情形："青冢魂归环佩冷，珠襦香散土花留。""青冢"，原指王昭君墓，这里泛指坟墓。"环佩"，佩玉。古时达官贵人多佩带之。"珠襦"，用珠缀串而成的短衣。古时皇室贵族多用作殓服。"土花"，即青苔。肉体物化，魂归青冢，环佩冷涩，珠襦香散，青苔蔓延，一幅令人不堪目睹的景象。歇拍的"无语泣长楸"，既照应了词作的开首，也是词人思绪发展到这里的必然结局。联系词人的偃蹇生平，抑郁气质，以及家族亲朋的变故，他又能说些什么呢？

这两首词作，词人采用实事虚写的手法，实际上有两层含义：一是词人所写，是实有其人，此为实，但词人又借此而阐发出一种愁思与感伤情绪，此为虚；二是在具体写法上，采用实虚相生的技巧，感人颇深。此外，词人善于对环境进行渲染，达到情景相生的艺术效果；而词人的想象力之丰富多彩，也提高了词作的感染力。

（文潜　少鸣）

卖花声

秋　夜

风紧纸窗鸣，秋气凄清。淡云笼月未分明。雨点疏如残夜漏，滴到三更。　　无计破愁城，梦断魂惊。一天黄叶雁纵横。不待成霜霜满鬓，短发星星。

《卖花声》即《浪淘沙》。这是一首情景兼具、情景兼悲的抒情佳构。

上片写秋景，景中融情。"风紧纸窗鸣，秋气凄清。"起拍从听觉和感觉的角度，写秋声和秋气。一提到秋声，很容易联想起宋代欧阳修的名作《秋声赋》，欧阳修云"（秋）其为声也，凄凄切切，呼号愤发。……草拂之而色变，本遭之而叶落。"是作仅以"风鸣纸窗"便括尽秋声的内涵。试想，深夜无眠的哀哀游子，卧听一阵紧似一阵的北风，吹得纸窗作响，心中该是如何感受？怕是"怎一个愁字了得"吧。用"凄清"摹写"秋气"，准确而贴切，既表现出秋气的自然本质，又反映出秋气给人的主观感受。下一韵"淡云笼月未分明"，从视觉的角度写秋夜，进一步渲染秋夜的凄清，心境的凄凉。"雨点疏如残夜漏，滴到三更"，又从听觉的角度极写初秋夜雨之稀疏，本不具体的"疏"字，经"残夜漏"的喻写，变得十分具体。古时以漏记时，漏容有限，其滴也微，用以描写稀疏的初秋夜雨，虽略嫌夸张，却颇能再现初秋夜雨点点滴滴的特点。试想，这位本来深夜难眠的哀哀愁子，其凄凉的心境可哀可悯，再加上这"滴到三更"的初秋夜雨折磨，愁云能不密布他的心中？

下片写愁情，情中有景。"无计破愁城，梦断魂惊。"紧承上阙，纯为情语。所谓"愁城"指愁苦的境地。陆游云："狂吟烂醉君无笑，十丈愁城要解围。"（《山园》）作者的愁城究竟有几许丈，不得而知，但无计解围是肯定的，狂吟、烂醉、放歌，全无济于事，足见其愁城的坚牢。"梦断魂惊"，内涵更为丰富，但未明言具体内容，从而留下使人丰富想象的余地。"一天黄叶雁纵横"，这是一幅比秋风、秋雨更能骚扰愁怀的景象：由黄叶可引起人生苦短的悲愁，由归雁可引起思念故土的乡愁，叶落尚能归根，游子老来何时归故乡？这又是一团难解难分的浓愁，从而使作者"愁城"的内容得到更进一步的充实。"不待成霜霜满鬓，短发星星"，紧承前句，遥扣词题，点明时序虽已属秋，尚未到冬时，故有露无霜，但作者已经白发皤然了。句中两"霜"重现，甚妙。前霜为自然之霜；后"霜"为头上之霜。这后霜更有两重意思：头上染霜，心里也有霜；心上的霜，雪白了头发，心里的霜，凄凉了心情。"星星"，鬓发花白的样子。晋代左思《白发赋》："星星白发，生于鬓垂。"这煞尾表面看是为作者自己画像，实际上却是把不尽的愁情凝聚在作者日见衰老的形象上。

近时作小说有意识流者，根据构思，把一些看似无关而实际相关的景、事、人，东一榔头西一棒锤地编排，构成统一的艺术整体。这首词似乎也是意识流的产物，"风"、"云"、"月"、"雨"、"黄叶"和"雁"并不是按情节或时序安排的。而是根据写愁的需要，组成一个个愁情翻涌的场面，从而使人感知到作者浓重难解的愁情，如是而已。

（王成纲）

卖花声『风紧纸窗鸣』

满江红
德水道中

满目凄其，又早是、亭皋叶下。忆当日、披裘过此，六花飞洒。秋水一湾波写雁，青烟几点星分野。问长驱、下泽尔何人，悠悠者。　　荒林畔，寒鸦话。老柳上，渔罾挂。更浓烟衰草，迷离堪画。客路惊看沙似雪，奚奴惯使车如写。向玉河、冰底听流澌，归来也。

陈廷焯《白雨斋词话》："珂雪词（即曹贞吉词）在国初诸老中，最为大雅，才力不逮朱（彝尊）、陈（维崧），而取径较正。国朝不乏词家，四库独收珂雪，良有以也。"本篇以雅语抒发作者羁旅情怀。词题"德水道中"点明羁旅之处在黄河途中。"德水"，黄河，秦始皇时将黄河改名德水。上片写旧地重游，感慨万分。词一开头，就描绘出一种苍凉悲哀的意境。古老的黄河之畔，又是秋风扫落叶的季节，一片肃杀荒寒的景象，尽收眼底。"又"字，说明作者已不是第一次经过这里，旧地重游，感慨万端。"忆当日"两句，把词人带到回忆之中。前次过此，那时正是漫天雪花纷纷飞舞，自己身着皮裘，乘车赶路。光阴似箭，如今又到了"碧云天，黄叶地"的季节。此刻，眼前一湾秋水，微波粼粼，涟漪好似鸿雁齐飞。"波写雁"三字极形象生动，使你仿佛看到水波荡漾，映画出整齐的雁行。这波水写出的雁行，增加了行人心情上的秋冷。大雁南飞，人思故乡，"青烟几点星分野"写烟水迷茫，星光闪烁，进一步渲染思乡之情。"问长驱、下泽尔何人"二句，写词人自己。在这萧瑟的秋景中，那在泽畔驰驱不止的是谁呢？"悠悠者"是一个满怀忧伤的人。看来，词人对这次羁旅在外，久而不归，是颇为惆怅的。上片的"亭皋"指水边平地。"青烟"指水气袅袅上升。

下片，追写"当日披裘过此"时的情景。"荒林畔"六句，勾画出一幅非常真实生动的"荒郊冬景图"。在荒寒的林边，乌鸦呱呱地叫，在枯朽的柳树上挂着鱼网，浓雾缭绕，烟草迷离，真是一片荒芜、寂寥，令人感到寒冷、晦气。词人以惊人的才华，选择自然界许多鲜明的形象，精巧地组织在一起，赋予它们以生命和诗意，使那些孤立的形象，形成一个不能分割的整体美。其所创造的意境，令人想起马致远的《天净沙·秋思》："枯藤老树昏鸦，小桥流水人家，古道西风瘦马。夕阳西下，断肠人在天涯。""客路惊看沙似雪"二句，写归心似箭，行车疾速。赶车的奴仆技术娴熟，驾车如飞，自己惊坐在车上，越过一程又一程，只见眼前一片白茫茫的沙滩犹如大雪覆盖。"奚奴"，即仆役。"向玉河、冰底听流澌，归来也"，这是继续写归程的情况。说自己边行边听黄河冰下的流水声，不知不觉已经"归来也"。"玉河"形容黄河结冰，洁白如玉。上片写现时行旅在外的飘泊凄清的情怀，下片结句写归乡的欣慰之感，往日归乡的喜悦反衬今日羁旅的凄凉。

这首词着力写景，几乎句句有景，又景景寓情。在结构上跌宕有致，回环反复，今昔对比，喜忧反衬，造成强烈的艺术效果。王炜《珂雪词序》："珂雪词肮脏磊落，雄浑苍茫，是其本色。""至其珠圆玉润，迷离哀怨，于缠绵款至中自具潇洒出尘之致，绚烂极而平澹生，不事雕镂，俱成妙诣。"王炜所指"雄浑苍茫"、"迷离哀怨"的风格确是本词特色。

（赵慧文）

满庭芳

和人潼关

太华垂旒，黄河喷雪，咸秦百二重城。危楼千尺，刁斗静无声。落日红旗半卷，秋风急、牧马悲鸣。闲凭吊，兴亡满眼，衰草汉诸陵。　泥丸封未得，渔阳鼙鼓，响入华清。早平安烽火，不到西京。自古王公设险，终难恃、带砺之形。何年月，铲平斥堠，如掌看春耕？

潼关地处山西、陕西、河南三省交界处，城楼斜耸于山坡，下临黄河，地形险要，气势雄伟，自古为兵家必争之地。这首词通过对潼关形胜的描绘，抒发了作者企盼人民能过上安居乐业、不受战乱侵扰的生活的愿望。王炜在《珂雪词序》中说其词"语多奇气，惝恍傲肌，

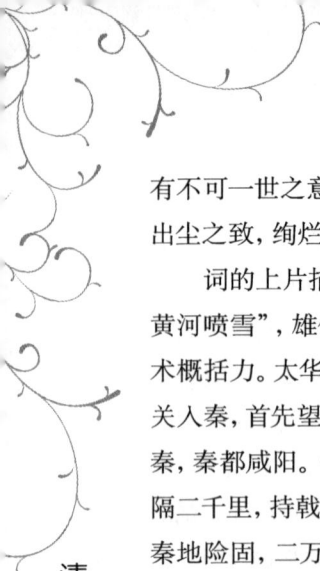

有不可一世之意。至其珠圆玉润，迷离哀怨，于缠绵款至中自具潇洒出尘之致，绚烂极而平澹生，不事雕镂，俱成妙诣"。

词的上片描绘潼关的开势与秋日风物。开头二句："太华垂旒，黄河喷雪"，雄伟壮观，显示出作者运用比喻手法的纯熟与高度的艺术概括力。太华，西岳华山，在潼关之西；垂旒，王冠前的垂玉。由潼关入秦，首先望见华山，犹如王冠前面的垂旒。"咸秦百二重城"，咸秦，秦都咸阳。《史记·高祖本纪》："秦形势之国，一带山河之险，悬隔二千里，持戟百万，秦得百二焉。"注："苏林曰：'得百中之二焉。秦地险固，二万人足当诸侯百万人也。'"重城，谓城多，不止一个。接着，写城楼："危楼千尺，刁斗静无声。"建筑在半山腰间的潼关城楼，刁斗没有发出响声。刁斗，古时行军用具，夜鸣之，以警众报时，犹如更鼓。站在城头眺望，在落日映照下红旗飘舞，秋风阵阵传送着牧马悲酸的嘶声；凭吊古人，满眼兴亡之感，一片蘘草遮盖着汉代帝王的长陵、安陵、阳陵、茂陵、平陵等陵墓。雄壮的气势之中蕴含着悲凉，为下片的吊古与议论，作了很好的铺垫。

下片以唐玄宗天宝年间的安史之乱为鉴戒，总结教训，认为依仗天险、凭借地利均无法保障国家的安全。"泥丸封未得"，据《东观汉记》载："隗嚣将王元曰：'请以一丸泥，为大王东封函谷关。'"此句谓函谷关未能守住。"渔阳鼙鼓"，指安禄山之乱。白居易《长恨歌》："渔阳鼙鼓动地来。""响入华清"，闯入华清宫。华清宫在西安城郊临潼骊山，为唐玄宗与杨贵妃游宴之所。白居易《长恨歌》："春寒赐浴华清池，温泉水滑洗凝脂。""早平安烽火，不到西京。"平安烽火，成廷珪《安庆大节堂》诗："当日雷霆归号令，至今烽火报平安。"西京，即长安，今西安市。这句是说，如果早有准备，有平安烽火，安禄山便不会进入京城。以至把唐玄宗、杨贵妃赶出华清宫。于是，作者指出，"自古王公设险，终难恃、带砺之形。"凭借天险、地势都不能保障国家的安全。带砺之形，《史记·高祖功臣侯者年表》："封爵之誓曰：'使河如带，泰山若砺，国以永宁，爰及苗裔。'"作者则认为"终难恃"，单靠地理形势是难保国泰民安的。最后，词人提出：什么时候才能铲平奸党，使百姓安居乐业，地耕得平如掌呢?斥堠：遍布在军事要塞的侦察所。这里作奸细、奸党讲。作者希望大地不再有干戈征战，百姓得以安居乐业。

这首词的艺术特色是，粗犷豪放，怀古喻今，颇为当时及后世所推崇。

（贺新辉）

留客住

鹧鸪

瘴云苦！遍五溪、沙明水碧，声声不断，只劝行人休去。行人今古如织，正复何事关卿，频寄语。空祠废驿，便征衫湿尽，马蹄难驻。　　风更雨，一发中原，杳无望处。万里炎荒，遮莫摧残毛羽。记否越王春殿，宫女如花，只今惟剩汝？子规声续，想江深月黑，低头臣甫。

这首《留客住》是清代词坛的一首名作。词中通过五溪鹧鸪的声声啼叫，和那"风更雨，一发中原，杳无望处"等句，寄托了作者深沉的"投荒念乱之感"（谭献语）。结语"低头臣甫"等句，则又透露作者的故国之思。

上片描绘五溪其地的蛮荒之苦。起首"瘴云苦"，开门见山，茫茫瘴气折磨得人好苦！接着一连七句写鹧鸪：在这沙明水碧的五溪之地，鹧鸪的啼声不断"行不得也哥哥"，只劝人休去。古往今来行人如穿梭般多，与你有何相干，何须你一声声将人劝说。五溪，《水经注》："武陵有五溪，谓雄溪、横溪、酉溪、无溪、辰溪，悉蛮夷所居。"东汉马援征五溪蛮，即此。旧时湖南之辰沅四府州，及永绥、凤凰、乾州、晃州、四厅，贵州之归思州、思南、镇远、铜仁、黎平五府，及松桃厅，皆古五溪地。过片三句"空祠废驿，便征衫湿尽，马蹄难驻。"进一步说明五溪之地的蛮荒不可驻足。

下片作者多次化用古人诗句。"一发中原，杳无望处"化用苏轼"杳杳天低鹘没处，青山一发是中原"诗句，谓蛮荒之地边远，遥望中原青山，如同一发。"万里炎荒，遮莫摧残毛羽"，深入一步描绘五溪之地自然条件的恶劣。"遮莫"，尽管，李白诗："遮莫亲姻连帝城，不如当身自簪缨。""越王春殿"三句，袭用李白《越中览古》诗

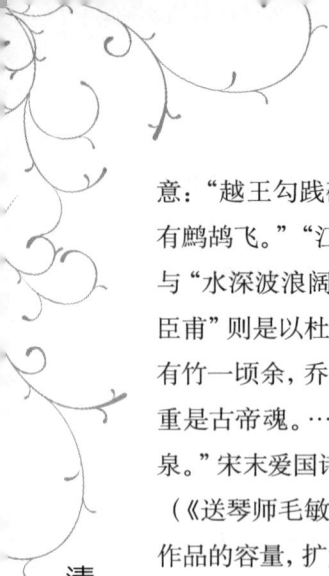

意："越王勾践破吴归，义士还家尽锦衣。宫女如花春满殿，只今惟有鹧鸪飞。""江深月黑"句，暗用杜甫《梦李白》诗中"魂返关塞里"与"水深波浪阔"的诗句，隐含有"逐客无消息"的沉思。末句"低头臣甫"则是以杜甫《杜鹃》诗为内容的："我昔游锦城，结庐锦水边。有竹一顷余，乔木上参天。杜鹃暮春至，哀哀叫其间。我见常再拜，重是古帝魂。……今忽暮春间，值我病经年；身病不能拜，泪下如迸泉。"宋末爱国诗人汪元量就有"南人堕泪北人笑，臣甫低头拜杜鹃"（《送琴师毛敏仲北行》）的诗句。由于较多地化用古人诗句，增加了作品的容量，扩大了词的意蕴。

朱孝臧在《彊村语业》中写道："《留客住》，绝调鹧鸪篇。脱尽词流芗泽习，相高秋气对南山，骎度衍波前。"确为肯綮之说。

（贺新辉）

水龙吟
白 莲

平湖烟水微茫，个人仿佛横塘住。碧云乍起，羽衣初试，靓妆楚楚。露下三更，月明千里，悄无寻处。想芦花蘋叶，冥濛一色，迷玉井，峰头路。　　莫是苎萝未嫁，曳明珰、若耶归去？游仙梦杳，瑶天笙鹤，凌波微步。宿鹭飞来，依稀难认，风吹一缕。泛木兰舟小，轻绡掩映，问谁家女？

这首词可说是曹贞吉咏物词的代表作之一。词人细心体会，深微刻画，以拟人的手法，把白莲在特定情景之下呈现出来的幽微的丰神，朦胧的美感，素雅净洁、超凡脱俗的韵致，传神地表现出来，达到了很高的艺术境地。它在当时就极负盛名，陈维崧曾评说："欲呼先生作曹白莲矣。"

词作的上片侧重写白莲之身世由来，下片则以想象之笔，描摹白莲之意态风姿。曹贞吉在清初词作家中以咏物擅名，尤以感慨深沉，寄托遥深见长。《四库全书》评曹词是"大抵风华掩映、寄托遥深"。而这首《水龙吟·白莲》则属单纯的咏物，若用朱彝尊对曹之咏物词评语中的"心摹手追"、"幽细绵丽"(《珂雪词·咏物词评》)品评之,则是十分恰切的,因为此词的确属于"风华掩映"这类风格的。

词作开首就为白莲的出场安置了一个幽微迷茫的境界:"平湖烟水微茫,个人仿佛横塘住。"词人纵目望去,薄暮时分,湖面上烟霭迷茫,透过"微茫"的烟霭,似乎有个人正隐约其间。"横塘",地名。在江苏吴县西南,以分流东出,故名。宋贺铸《青玉案》词:"凌波还过横塘路,但目送、芳尘去。"此为湖之代称,亦即首句之"平湖"。首二句关键在"仿佛"二字,它不仅承前文"微茫"之意境而来,且定下全词以"仿佛"之神思绘白莲幽微之神韵。"个人"二字,也点明词人所采用的是拟人手法。接着词人就以传神之笔,展开正面的描绘:"碧云乍起,羽衣初试,靓妆楚楚。""碧云"当是状荷叶的碧绿于"烟水微茫"之情态;"羽衣",此为"霓裳羽衣舞"之省略,借喻白莲色之素洁,摇曳翩舟之轻盈。宋王沂孙《水龙吟·白莲》词有"翠云遥拥环妃,夜深按彻霓裳舞"的词句,意境与此近似。这几句刻画的是白莲初展其意态的姿质。把白莲喻作初试靓妆的少女,貌似写形,实为写神。"露下三更,月明千里,悄无寻处。"这几句仍按"仿佛"的思路描写,三更露下时分,明月清辉普照,词人正要定睛仔细观赏这个靓妆楚楚的少女,却悄然无踪。词人用的是近似写实之笔,所起的作用则是进一步制造幽微迷茫、空灵缥缈的境界。上片末四句,词人再次展开其联想的思绪:"想芦花蘋叶,冥濛一色,迷玉井,峰头路。"句意承"悄无寻处"而来。唐韩愈《古意》诗:"太华峰头玉井莲,开花十丈藕如船。"陕西华山,又名太华山,西峰名莲花峰,传说以山顶有池,池生千叶莲花而名。"井",为宫室殿堂中央顶端的顶板,常刻绘作荷花张开倒盖之状。"玉井",即用玉之光莹、洁白以形容白莲之色调。宋王沂孙《水龙吟·白莲》有"薄露初匀,纤尘不染,移根玉井"之句。本词暗寓了这些美妙的传说故事,谓白莲原是从华山移来的,而今她可能又回去了。可眼前芦花蘋叶,冥濛一片,迷失了去华山之路,故而无法找到她。

下片开首仍紧承上片之脉理思路而来,继续展开其丰富而美丽的想象:"莫是苎萝未嫁,曳明珰、若耶归去?"词人在此又把白莲比作西施,意谓莫不是待字闺中、小姑独处的西施,在若耶溪浣纱后,飘然归去?"苎萝",山名。在今浙江诸暨县南五里,下临浣江,江中

水龙吟『平湖烟水微茫』

有浣纱石，相传西施曾浣纱于此。这里是指代西施。"明珰"，耳珠为珰。《古诗为焦仲卿妻作》："腰若流纨素，耳着明月珰。""若耶"，溪名，又名五云溪。在若耶山下。相传西施曾浣纱于此，故又名浣纱溪。将白莲比作西施，诗词中常见。王沂孙《水龙吟·白莲》："真妃解语，西施净洗，娉婷顾影。"清郑燮《芙蓉》诗："照影自惊还自惜，西施原住苎萝村。"这里西施是"归去"的形象，同样给人朦胧迷茫的印象。词人的思绪，有如天马行空，收束不住，又一幅飘飘欲仙的彩图呈现在他的脑际："游仙梦杳，瑶天笙鹤，凌波微步。"微芒迷蒙的白莲形象，有如脱离尘俗。漫游仙境的仙女，在笙声、白鹤陪伴下，迈着轻盈的步履。词人笔下的这些意象，是那么如梦般的杳远，如雾般的幽微，给人以水中之月、雾中之花的感觉。"凌波微步"，语出曹植《洛神赋》："凌波微步，罗袜生尘。""宿鹭飞来，依稀难认，风吹一缕。"至此笔锋陡转，词人的思绪回到现实，只见白鹭飞来，欲傍白莲而萌。然而因一片迷蒙，无法辨认，只是循着一缕幽香而来的。鹭喜傍莲而眠，这一优美的意境，是历代诗人所喜咏的。如李清照《如梦令》："误入藕花深处。争渡，争渡，惊起一滩鸥鹭。"宋张镃《乌夜啼》："飞去方知白鹭，在花（指莲花）旁。"张炎《水龙吟·白莲》："几度消凝，满湖烟月，一汀鸥鹭。"歇拍三句，堪称本词的点睛之笔："泛木兰舟小，轻绡掩映，问谁家女？"此时词人只见一采莲少女，泛一木兰小舟，身披轻柔的薄纱，在莲花之间掩映闪现。这情形与词人想象之中的"靓妆楚楚"美女形象何其相似，使得词人莫辨虚实，遂情不自禁地动问：到底是谁家女子？这一"问"是全词的结穴之处，它是词人思绪发展的自然之果，且照应篇首。以实起，以实结，以"仿佛"疑虑之情生，以动问探询之举止。

　　全词叙写白莲之幽姿丰神，然而不着一莲字，而其神韵毕现，真可谓达到"不着一字，尽得风流"、"羚羊挂角，无迹可寻"的艺术境地。词人以拟人手法写白莲姿质，其间又融以美妙的典故、传说，展开丰富的联想，使得咏物而又不粘滞于物，的确是一首很有特色的咏物词。

（文潜　少鸣）

摸鱼子
西直门外作

北邙边、高低邱陇，纵横无数羊虎。玉鱼金碗何时葬？又见断碑如础。魂自语。须认取文章、功业难凭据。白杨老树。战一片秋声，向人头上，飒飒作凉雨。　　　西州路，败笠青衫羁旅，缁尘扑面来去。黄芦苦竹千秋恨，都付纸钱飞处。天已暮，想入夜云旗、风马精灵度。荒凉三户。共冢上狐狸，山中木客，同结岁寒侣。

　　这首词作叙写作者于西直门外墓地所见秋日萧瑟之景，以及对其兄弟曹申吉的凭吊。由此可推测：当作者写这首词时，可能已得知申吉遇难的恶耗。

　　词作上片描述秋日墓地所见。开首二句直陈自己所目及："北邙边、高低邱陇，纵横无数羊虎。"在墓地高邱低陇间，安葬着许多死人。"北邙"，山名，在今河南洛阳市东北。汉魏以来，王侯贵族的葬地多在此。这里是代指西直门外墓地。"羊虎"，指墓中的死人。他们生前有的凶猛似虎，有的软弱如羊。言外之意，现在他们都同样躺在墓地里。作者打算了解这些死人的情况，可是："玉鱼金碗何时葬，又见断碑如础。"当年为死者立的石碑，早已残缺不全，只剩一块块石础，根本看不出死者是谁，死于何时，正如元马致远在《双调·夜行船·秋思》中所写"纵荒坟横断碑，不辨龙蛇"，不管生前是龙是蛇，死后都同样湮没无闻。"玉鱼金碗"，玉刻之鱼，金制之碗。古时用为殉葬之物。接下转写："魂自语。须认取文章、功业难凭据"。这几句是作者的想象之词，假作"魂自语"表达出来。他认为即使墓碑完好存在，上面的记载也不足为凭，因为认识一个人不能单靠其文章功业。这是作者从现实生活中得来的认识。言语之间，隐含愤激。作者想至此，突然感到"白杨老树。战一片秋声，向人头上，飒飒作凉雨"。秋风秋雨，白杨萧萧，冷气袭人，墓地一片荒凉阴惨。这凉意不仅是身体所感，更是内心所感，是作者在看透了人生不过如此之后，从内心生发出的一种对人生失望的凉意。

词作下片调转笔锋，抒发对其弟曹申吉的悼念。开首二句："西州路，败笠青衫羁旅"，以外形描摹，叙写其弟生前的不幸遭际。想象他头戴破斗笠，身着青布衫，羁旅在"西州路"不得而归。"西州路"，晋谢安所居之处。据《晋书·谢安传》载：谢安卒前扶病还都经西州门。其甥羊昙为安所爱重。安死，羊昙悲伤悼念，"行不由西州路"。"西州"，古城名。晋宋间扬州刺史治所，东晋时城在台城西，故名。故址在今南京朝天宫西。这里泛指其弟生前生活之地。其弟曹申吉任贵州巡抚，吴三桂起兵叛清，被俘，下落不明。"缁尘扑面来去。黄芦苦竹千秋恨，都付纸钱飞处"，以描写"西州路"一带环境的恶劣，来叙写吴三桂叛乱后，其弟所处的政治险恶局势及不幸遭遇。可是，现在只有以飘舞的纸钱来寄托哀思。"缁尘"，黑色灰尘。"黄芦苦竹"，用白居易《琵琶行》"黄芦苦竹绕宅生"句，用以形容当时恶劣的政治局势。作者在墓地徘徊、冥想，不觉天色已暗了下来，"天已暮，想入夜云旗、风马精灵度"，旧社会人们认为夜间是鬼神活动的时候，作者想象其弟之魂，正乘着挂有云旗的神车在空中度过。"云旗"，以云为旗。"风马"，神马、神车。《汉书·礼乐志·郊祀歌》："灵之下，若风马。"看来由于曹申吉下落不明，不知死于何时，葬于何地，作者只好到西直门外墓地来奠祭他。旧时迷信，认为祭祀时，亡魂会前来领祭。作者正是根据这种说法来展开想象的。结末，作者想象其弟亡魂在接受祭祀后，回到其死葬地："荒凉三户。共冢上狐狸，山中木客，同结岁寒侣。"那是个异常荒凉的地方，其弟之亡魂，只有与坟上狐狸、山中怪兽为伴。"木客"，传说为山中怪兽。形颇似人，手脚爪如钩。唐皮日休《寄琼州杨舍人》诗："行遇竹王因设奠，居逢木客又迁家。""岁寒侣"，一般指松、竹、梅为岁寒三友。这里是指亡魂孤寂，无人为伴，流露了作者对其弟惨死他乡的矜怜和哀伤。同时用"岁寒侣"词，亦写出其弟品德之高洁。"荒凉三户"以下词意冷峭，言外似含有无穷的遗恨。

全词由墓地所见，发出感慨，继而悼念其惨死于战乱中之兄弟，笔触深微，感情真切，耐人寻味。清嘉道年间孙尔准《泰云堂集》卷四《论词绝句》说："炊闻玉友二乡亭，山左才人未径庭。只有曹家珂雪句，白杨凉雨耐人听。"可见当时人的评价。

（文潜　少鸣）

菩萨蛮

咏《青溪遗事画册》同其年、程村、羡门乍遇

东风人柳三眠起,秋千小院重门里。对对浴红衣,鸳鸯塘
上飞。　　　个人花底见,惊喜回团扇。含笑指鸳鸯,花时日
日双。

王士禛作诗倡为神韵说,写作令词亦时近之。此词即是一例。他
为《青溪遗事画册》中的一幅画题咏,而自拟词题《乍遇》,不仅生动
再现了一对青年男女乍遇订情的美妙画境,而且具有象外之象,味外
之味,令人含咏不尽,心往神驰。同时题咏的,有陈维崧(字其年)、
邹祗谟(号程村)、彭孙遹(号羡门),他们都是当时驰名的词人。

上片描画中心画面的背景,展示南京青溪特有的迷人春色。首句
先写暮风拂柳起伏摇曳的景象。"东风"即春风,点明季节;"人柳"
即柽柳,叶小,密生如鳞,俗称观音柳,又叫西河柳。《三辅旧事》载:
"汉苑中有柳,状如人形,号曰人柳,一日三眠三起。""三眠起"即
据之描写观音柳在春风吹拂下时散时合、忽起忽落的动态,令人似见
一个体态轻盈、婆娑起舞的女郎。次句紧承而来,勾画人柳之旁有副
秋千架,就在一座小巧庭院的二道门内。"秋千"乃古代女子游戏之
具;"小院重门"暗示乃女主人公之家。未写女主人公何在,正为下片
作好铺垫。三、四两句,由院内写到院外,展示成双成对的鸳鸯在池

菩萨蛮『东风人柳三眠起』

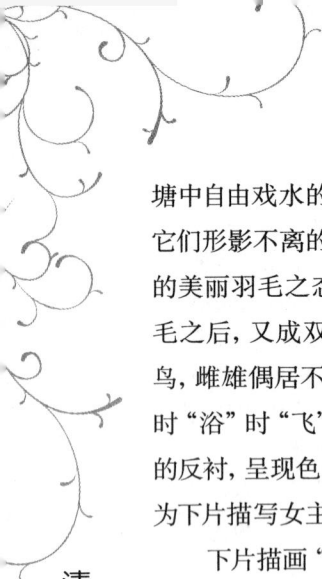

塘中自由戏水的美妙景色。"对对"没有主语，实与"鸳鸯"照应，写它们形影不离的恩爱之情；"浴红衣"，则写它们洗浴其有如"红衣"的美丽羽毛之态。而后突出"鸳鸯"二字，描画它们在池塘中洗浴羽毛之后，又成双成对地在池塘上紧贴着飞起。鸳鸯是人们习见的匹鸟，雌雄偶居不离，故用以比喻夫妇。词人着力描写"对对""鸳鸯"时"浴"时"飞"的院外特景，不仅与前两句院内特景形成动静相对的反衬，呈现色彩鲜明、情态生动的画面，而且以景托情，以物比兴，为下片描写女主人公触发春情打下不着痕迹的伏笔。

下片描画"乍遇"情景的中心画面，揭示全词歌颂女主人公纯真初恋的主题。"个人花底见"，描写女主人公在花下瞥见一个青年小伙子的"乍遇"场面。"个人"犹言此人，指这个小伙子；"花底"即花下，是姑娘所在的地方，显示出"花面交相映"的意趣；"见"字明写姑娘之所见，暗中亦写出小伙子对姑娘的盯视。这对青年男女在花下邂逅相遇的特写镜头，在整个上片春景烘托下，处于画面的中心位置，使得整个春景更加灵动起来。"惊喜回团扇"，则进一步描写姑娘触动春情的心理和表现。"惊喜"，流露出这位少女既初次接触青年灼灼目光而感到慌乱害怕，又为朦胧渴望的爱情突然到来而不禁欣喜异常的复杂心态。"回团扇"，则十分传神地描画出姑娘下意识地用扇遮脸、回转团扇的动作，表现出少女又想看人、又怕人看的无比娇羞和企盼。其中一个"回"字，将团扇不时地在姑娘手中转动的变化过程，以及时而含情脉脉地看一眼青年、时而又羞答答地回避对方凝视的微妙情态，淋漓尽致地表达出来，写出了原画无法达到的妙境。正因有这个"回"字，将小伙子与姑娘不断眉目传情的景象透露出来，所以"含笑指鸳鸯，花时日日双"，就自然而发了。"指鸳鸯"，不仅将姑娘手指的方向与"对对浴红衣，鸳鸯塘上飞"的景色勾连起来，组成一个完整动人的画面，而且把姑娘一见钟情、含蓄许诺的暗示表达得具体入微，十分巧妙。再加"含笑"二字，更将姑娘经过害怕、羞涩终至倾心默许的心理变化和音容笑貌，惟妙惟肖地刻画出来。她的表情和动作，似乎在默默地暗示小伙子：在这花开似锦的春天，鸳鸯天天成双成对在一起呢！言外之意无异于告诉小伙子：让我们也像鸳鸯一样，能在大好春光里永远相伴不离吧！邹祗谟称道王士禛词"艳思绮语，令人手推口维，而不能解"；沈履夏则谓"境会情真,写照欲绝"(均见《衍波词·序》)。从此词描写少女纯真、细腻的神态心理看,确实都非虚誉。

(李德身)

玉联环

个 侬

枇杷门巷樱桃树,个侬曾逼。画衣缥缈水沉薰,不辨香来何处。　　忽似惊鸿翔去,凌波微步。洛川伊水向东流,八斗才、情空赋。

王士禛是位写香艳词的能手,为其《衍波词》作序者多人,无不推崇其"艳思绮语","明俊清圆","流连极致","写照欲绝"。这首描写对"个侬"之美倾心迷恋的令词,正是一个典型的例证。

开头两句,描述抒情主人公(实即词人自己)曾与一个美女邂逅相遇的地点和标志。"枇杷门巷"乃妓女所居之地。唐代诗人胡曾《赠蜀妓薛涛》诗,有"万里桥边女校书,枇杷花下闭门居"之句,后人据之而称妓家为枇杷门巷。"个侬"即指这个烟花女子,"个"犹"此","侬"犹"人"(吴地人称"人"曰侬,乃人字之声转)。枇杷门巷的依红偎翠,樱桃树的红艳欲滴,不仅烘托出词人初遇此女的强烈印象,而且暗示了此女的烟花身份,更以"樱桃"唤起对此女口唇的想象。因此接下两句,刻意形容此女的艳服和香泽,就顺势而发。"画衣"谓其身穿画有文采、光色照人的衣服;"缥缈"形容其衣之轻薄透明,若有若无,隐隐约约,呈现出美女的天然的体态;"水沉薰"则描写其身上发散出沉香薰过的浓香("水沉"即沉香,又叫沉水香,是著名的薰香料)。这种令人色飞魂绝的香艳描写之后,再着"不辨香来何处"一句,更将词人与此女擦肩而过时那种为香陶醉、神思恍惚的感受和情态活画出来了。他直觉此女身上香气四溢,醉人心魄,却又分不清是衣香、粉香,还是青春少女的发香、体香,只好痴痴迷迷地嗅其馨香、满心赞赏了。

上片用赋体写法,正面描述与"个侬"擦肩相遇的情形和观感,

极力渲染此女的香艳动人；下片则赋中有比，设喻抒写看"个侬"飘然离去的美态而怅惘，强烈表达内心的爱慕衷情。

下片开头两句，紧承对此女衣着、香泽的描写，进一步生发此女轻盈而过时娇美的体态。词人以"忽似"二字领起，表达此女迎面而来、转眼而去的刹那间强烈感受，引出此女身材、步态有如洛神的比喻。曹植《洛神赋》描画洛神宓妃体态之动人，步履之轻盈，惊叹为"翩若惊鸿，婉若游龙"，"凌波细步，罗袜生尘"。词人借用《洛神赋》的词语和意境，将此女比为洛神宓妃，形容其瞬间走过时的腰肢灵动，曲线翻活，细步无声，轻快美妙，就像受惊的鸿雁飞翔而去，又像踏波的女神轻曼飘过。字里行间，充满了词人惊叹叫绝的赞美和爱慕。可以想象，词人的目光此时一定紧紧随着她，追逐她那逐渐远去的情影而迷恋不舍。"洛水伊水向东流"，正紧扣"凌波微步"而来，继续以洛神比此女，形容她犹如洛神凌洛水伊水之波向东流去，直至消失。这种连贯而下的生动比喻和用典，唤起读者丰富美妙的联想，使得此女的美艳绝伦而难以追求，词人的心往神驰和满腔怅惘，全部留给读者去体味，去想象。最后以"八斗才、情空赋"作结，再借曹植空写一篇《洛神赋》，终未得到宓妃之典，自喻徒然写词寄意的情怀。谢灵运说过："天下才共一石，曹子建独得八斗。"（《南史·谢灵运传》）作者倡为神韵之说，为海内宗尚，名盛一时，此以曹植"八斗才"自比，虽自负至极，却也近乎差肩。然而"情空赋"来一反跌，则将徒有才华和痴情、终于可望不可及的结局沉重点出，突出表达了写作此词以寄倾倒思念之情的主旨。

此词写一见倾心、空自爱慕之情，香艳旖旎，确可称之为"花间隽语"（《衍波词·唐允甲序》），而在词语俊爽、词境绵邈上实又过之。特别是下片，纯用曹植对洛神空自迷恋之典，自喻其对"个侬"徒然爱慕之情，真有借镜观形、发人遐想之妙，较之直书其事者，显见其构思之巧，这正是词人高明之处。

（李德身）

虞美人

本　意

拔山盖世重瞳目，眼底无秦鹿。阴陵一夜楚歌声，独有美人
骏马伴平生。　　　感王意气为王死，名字留青史。笑他亭
长太英雄，解令辟阳左相监官中。

　　这是一首赞誉项羽和他的妃子虞姬忠贞不渝的爱情的词。最
初，词的词牌与词意是关联的，以后二者逐渐分离。这首《虞美
人》标示"本意"作为词题，即表示此词所咏是楚霸王项羽的妃子
虞美人（姬）。

　　虞姬是西楚霸王项羽的爱妃，常随项羽出征。秦灭后，项羽和汉
王刘邦争夺天下，于公元202年被刘邦大军包围于垓下（今安徽省灵
壁县东南）。一天夜里，他在帐中饮酒，听到四面汉军皆唱楚歌，感到
大势已去，遂作《垓下歌》："力拔山兮气盖世，时不利兮骓不逝，骓
不逝兮可奈何，虞兮虞兮奈若何！"传说虞姬舞剑伴酒，并当场作《和
垓下歌》："汉兵已略地，四面楚歌声，大王意气尽，贱妾何聊生！"
歌毕，拔剑自刎，以断项羽的后顾之忧，这便是历史上有名的悲剧霸
王别姬。虞姬死后，项羽率八百骑连夜冲出垓下，在汉军追击下，退
至陵阴（今安徽定远县西北）的乌江边上，拔剑自刎。

　　项羽是楚汉相争中的失败者，但是历来在文人的笔下，对这位失
败的英雄常常给以更多的同情。李清照《绝句》这样称颂他："生当
作人杰，死亦为鬼雄。至今思项羽，不肯过江东。"这是以其宁折不屈
的英雄气概为出发点的。这首词以生死不渝的男女之情，称颂虞姬，
借以同情和赞美项羽，读来别有一番情味。上片写项羽。重瞳目，指
项羽，传说项羽眼中有两个瞳子；秦鹿，化用古人所谓"秦失其鹿，天
下共逐之"的说法，这里指秦政权。美人，指虞姬；骏马，项羽所骑之
乌骓马，这两样是项羽一生最心爱的。这里是说，项羽能力拔山岳，
气概举世无双，容不得暴君秦二世猖狂，可惜四面楚歌自刎阴陵，美
人、骏马伴你一世昂扬。用词的语言完整地塑造了项羽的英雄形象。
下片，前二句写虞姬："感王意气为王死，名字留青史。"结末二句则
以刘邦作比："笑他亭长太英雄，解令辟阳左相监官中。"亭长，指刘

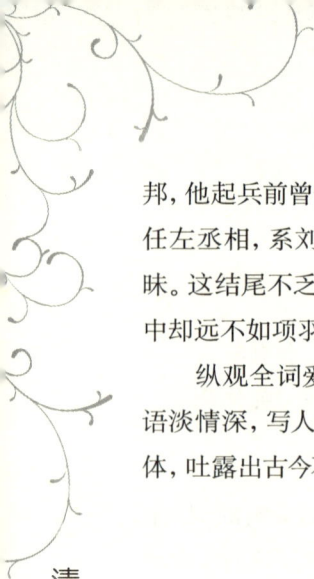

邦，他起兵前曾做过泗水亭长；辟阳左相，指审食其，曾作辟阳侯，后任左丞相，系刘邦之妻吕后的亲信，常留宫中，传说他与吕后关系暧昧。这结尾不乏谐趣。尽管刘邦是军事斗争中的胜利者，在爱情生活中却远不如项羽幸运！

纵观全词爱憎分明，写得宛转起伏，跌宕有致。语言明白如话，语淡情深，写人咏史，糅合一起，构成了一个玲珑剔透的立体艺术整体，吐露出古今不尽的幽情，是王士禛词作中别具一格的作品。

（贺新辉）

小重山
和湘真词二首（其二）

梦里秦淮清夜游，银罂檀板地，几经秋？青溪如带掌中流，三十曲，曲曲木兰舟。　　锦瑟伴鼍簇，春江花月里，不曾愁。折梅何日下西洲？音信断，愁上阅江楼。

唐允甲《衍波词·序》，称王士禛"作为花间隽语，极哀艳之深情，穷倩盼之逸趣。"这首描写秦淮歌伎生涯和情怀的和词，确可显示作者所作艳词的情趣和词风。

上片描写女主人公秦淮夜游、乘舟卖唱的常年生涯。首句概述其夜生活的情景。"秦淮"，写地点；"夜"，点时间；"游"，表实事。金陵秦淮河，乃历代著名的游览之地，唐杜牧《泊秦淮》诗就曾写过秦淮的"酒家"、"商女"。作者在此以"梦里"形容秦淮河风光的旖旎迷人，有如梦境，以"清"形容秦淮夜色的清和美好，更以"游"字点明女主人公漂泊游荡的身份和生涯，未言秦淮的繁华声色和歌伎的娇音妙技，其意已含其中。因此，接以"银罂檀板地，几经秋？"就自然而出。"银罂"，谓精致珍贵的酒器；"檀板"，谓檀木做成的拍板。紧承首句，作者描写女主人公在这秦淮佳地举杯劝酒、打板卖唱，不知经历几个春秋了。夜夜如此，忘却年月，极写其乐，愁已暗生。前三句粗线勾勒其多年于秦淮夜游卖唱的生涯；后三句则工笔描画其夜夜乘舟泛流、不断演唱的情景。"青溪"，发源于南京钟山西南，入秦淮,逶迤九曲。"如带",形容溪水宛转曲折,有如飘带;"掌中流",描写以手戏水的惬意情态。不言"九曲",而言"三十曲",不仅是适应词律的需要,而且是着意的夸张。女主人公就在这河湾极多的青溪之上,乘着质地美好的小船,连续不断地演唱美妙的乐曲。作者既用《述异记》中"鲁班刻木兰为舟"的传说,以舟之美好来衬女主人公的美好,又用"曲曲"之"曲"与"三十曲"之"曲"顶真相连,同字异义地形容其一曲接着一曲的演唱,造成音律回环、缠绵动人的艺术效果。

下片描写女主人公由不愁到生愁的过程和心态。过片"锦瑟伴箜篌",以绘文如锦之瑟和似瑟而小、备有七弦之琴相互伴奏,承上描写其演唱的配乐场面。唐李商隐有"锦瑟无端五十弦,一弦一柱思华年"之句,后人则以锦瑟华年喻青春时代,这里的"锦瑟"亦有暗代青春年华之意。再以"春江花月里",描写其在良宵美景中的夜生活。"春江"既照应"秦淮"、"青溪",又点明季节;"花月"则暗点"夜"字,又渲染花开似锦的气氛。在此青春漫歌、春花绚丽的江景夜色烘托下,直道"不曾愁",就将其陶醉在这种卖唱生涯的心境和盘托出,显示其该愁而不愁的春风得意的情态。然后用"折梅何日下西洲"一句兜转,写出愁已暗生的心理。南朝民歌《西洲曲》开头就说:"忆梅下西洲,折梅寄江北。"词人化用其意,表达女主人公忆念意中人而折梅相寄、想要前去看望的心愿,却用"何日"二字将这种心愿的实现打上一个大大的问号。为什么呢?只因"音信断"。意中人竟然毫无回音,书信断绝,这就使得女主人公由"不曾愁"而变得愁情横生,独上江楼遥望不已了。"阅江楼"在南京秦淮河畔,与"梦里秦淮"遥相呼应;"愁上"二字,则将《西洲曲》中"忆郎郎不至"、"望郎上青楼"、"楼高望不见,尽日阑干头"的诗意,委婉含蓄地概括其中。以此作结,令人不仅想见女主人公空白欢乐度日、心系情人的挚情和不得钟爱、终遭鄙弃的命运,而且为其如花年华、向往幸福却难得如意郎君的愁怀发一浩叹。往后究竟如何,留给读者以悠悠不尽的悬念。

(李德身)

·191·

小重山『梦里秦淮清夜游』

(1635—1687) 词人。字舜民，号子康，江南武进 (今属江苏) 人。顺治十七年 (1660) 举人。次年因"奏销案"被黜。遂西出秦关，东走粤峤，优游山水，寻访古迹，磊落之才、欹崎之遇悉寓于倚声。其词今存近七百首，刻画山水鸟兽与咏史怀古之作，手法新颖，气势雄沉豪迈；描写情爱之作，则风格清丽蕴藉。著有《苍梧词》十二卷。

浪淘沙
七 夕

新月一弓弯，乌鹊桥环。云轺缥纱度银湾。天上恐无莲漏滴，忘却更残。　　莫为见时难，锦泪潸潸，有人犹自独凭阑。若果一年真一度，还胜人间。

这是一首别具一格，以"代言体"形式咏七夕的词作。"七夕"是我国古典诗词中反复吟咏的题材，一般都是同情牛郎、织女爱情的不幸，会少别多，不得享受长期团圆的欢乐。这首词在构思上突破前人窠臼，以一位闺中女子七夕之夜独居闺阁所见所感，用天上牛、女一年一度相会与人间夫妻别离经年不见相反跌，写得新颖生动，十分感人。

这首词由于是"代言体"，所写景、情，都是独居女子所见、所感。上片写牛、女相会。首句写"七夕"之夜的空中景色，次句写鹊桥，三句写牛、女乘车欢会，一气相贯，自然而贴切。环，指鹊桥的形状像环一样，言其鹊儿之多，搭成了一座拱形桥。轺 (píng)，四周有帷幕的车。云轺，云中的轺车。银湾，即银河。织女驾着云轺，从鹊桥上渡过银河与牛郎聚会。这是闺中女子的想象，形象生动，大大丰富了原故事的情节。歇拍二句："天上恐无莲漏滴，忘却更残。"描写牛、女沉浸在柔情蜜意之中，百般恩爱，情真意切。莲漏，《翻译名义集》："远公之门，有僧慧要，患山中无刻漏，乃于水上立十二叶芙蓉，因波而轮，以定十二时，晷景无差，今日远公莲花漏是也。"这里代指计时器。这里用闺中独居女子的猜想，反衬牛、女难分难舍、柔情似水的情感。

　　下片，头二句写牛、女再度别离："莫为见时难，锦泪潸潸。"牛、女正为即将离别而伤心流泪，作者却说"莫为"，这是为什么呢?提领下句："有人犹自独凭栏。如果一年真一度，还胜人间。"通过反跌，反衬出闺中女子深沉的离情，悲伤的意绪。但是，这毕竟是对比中无可奈何的选择，隐含有对人世痛苦的悲伤。

　　龙愊曾说过："舜民（董元恺字）以名孝廉忽遭诖（guà连累之意）误，侘（chà）傺（chì）不自得，故激昂哀感，悉寓于词。"（见《清词综》卷三）。在这首词中，作者是否另有新意或寄托，他所追求的理想又是什么?词中没有表明，给读者留下了回味深思的余地。

（蒲　仁）

浪淘沙〔新月一弓弯〕

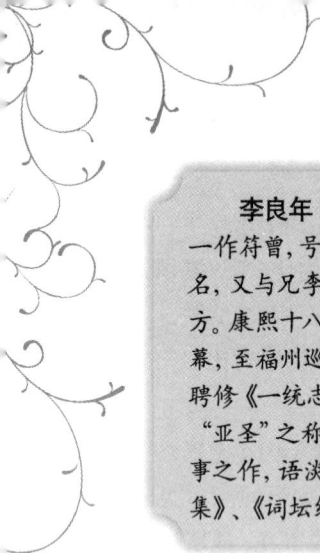

减字木兰花
重经白马渡

楚堤行遍，记得潇湘帘底见。棹倚枫根，客梦杨花共一村。　　鸥边再宿，前路分明烟水渌。门掩清溪，风起莲东月坠西。

这是一首记游词，写作者"重经白马渡"时的所忆和所见。白马渡在湖南省桃源县西南白马关下，作者数次乘船过此，以为"除了江南，此景总无寻处"（《绮罗香·桃源晓行同分虎 (李符) 赋》），故作此词。

词的上片写所忆。湖南古属楚地，作者多次行过桃源县，故曰"楚堤行遍"。不说楚地而说楚堤，见其为乘舟而行；"行"而曰"遍"，见其行经之多，虽未明言"重经白马渡"，事实上已暗含其中了。"记得"句承上启下，由于这次过白马渡是"重经"，眼前风物，往日印象，依稀相似，便以虚笔出之，故曰"记得"；"潇湘帘底见"五字，不仅点出"见"的地点，而且指明方位，又以"见"字引出下文，运笔极为轻灵、经济。"棹倚"二句，承"潇湘帘底见"，具体铺叙所见之景。沅江流经雪峰山下，山上枫林密布，泊舟岸边，无异泊舟枫林之下，故曰"棹倚枫根"。"棹"字以部分代全体，"倚"字使用拟人手法，把江水之高，枫林之密，停泊之舒适，完全表达出来了。作者客居湖南，思乡入梦，故曰"客梦"。苏轼《水龙吟·咏杨花》词说："细看来，不是杨花，点点是离人泪"，"客梦杨花共一村"，从苏词脱化而来，又不粘皮带骨，让人读后，觉得既写了杨花，又写了离情，空灵之至，亦巧妙之至。

下片写所见。"鸥边再宿"，实际是说宿于江村。而"再"又和"重"字相应，点出"重经"之意。因为宿于"鸥边"，江上景色便历历在目。"前路分明"，写望中所见，是远景；"烟水渌"写近景，意为烟水茫茫，清澈见底，一个"渌"字，把水之清突现了出来。"门掩"二句再由远及近，由大到小，写所宿之处。"门掩清溪"，意谓清清的江水从店门前流过。作者坐在门里，俯视清溪，只见一望无际的青莲，随风荡漾；仰望天空，星光熠耀，一轮明月渐渐向西沉去。这月色，这风荷，是那么迷人，以至让人难以入睡，白马渡景物之美可想而知。沈义父说："结句须要放开，含有余不尽之意，以景结情最好。"（《乐府指迷》）此词深得以景结情之妙。

这首词用白描手法，描写"重经白马渡"的所忆所见，虚实结合，情景相生，深婉含蓄，极清新之至。

（薛祥生）

减字木兰花『楚堤行遍』

念奴娇

亦山草堂哭仲兄半雪

家园重别，最萧条、满目都无故物。老屋东头深巷闭，一带冷窗荒壁。问讯山堂，春风颠剧，乱飐梨花雪。阿兄顿往，当年诗酒英杰。　　可叹八载燕关，人琴增恸，豪气凭谁发？旧墨数行经泪眼，半夜青灯明灭。蜡凤心情，骑羊年纪，往事多于发。绕廊吟罢，忧思难掇华月。

陈维岳，陈维崧、陈维嵋之弟，兄弟三人皆以诗文名于时。

词题"亦山草堂"，即其仲兄维嵋所居之堂号，"半雪"是维嵋之字，这首词就是在作者仲兄所居之室，哭挽其仲兄之作。通篇表达对故园家人的思念之情，故文笔显得凄切动人。

词一开头"家园"三句，就把读者带到一种萧瑟凄凉的故园中去。"家园重别"，突出再次离别。"最萧条、满目都无故物"，说最让人感觉着寂寞孤独的是，故家乔木，经动乱后，一切萧条，什么都没有了。接着"老屋"两句，进一步具体写家园萧条景色，那地方原是经常有人走的，现在老屋还是原来的老屋，深巷还是原来的深巷，妙就妙在一个"闭"字，带给人以一种死气沉沉的压抑情景，往日的勃勃生机便没有了；那一带的"窗"是"冷"的，冷冷清清，全无人了！"壁"也全杂草丛生，全无人整理。原来不应该是这样呀！所以，感觉着最萧条。"问讯"三句，说再看看这"亦山草堂"吧，春风也不是原来的春风，春风原来是和煦煦的呀，现在颠颠倒倒地成了狂风了，乱极了，舞着梨花雪,在风雪交加中春风呼啸着,似乎向人间弹唱着悲凉的音符。上阕结语"阿兄"两句,归到哭兄。"阿兄"是呼而语;"顿往",即逝去了,正是哭兄,"当年诗酒英杰",这是哭的原因。仲兄是诗酒好手,忆往昔家园相聚痛饮,对月赋诗,兄弟间笑谈阔论,而今仲兄顿往,兄弟情谊,亲密无间的场面却一去不复返了,今后再与何人共酒赋诗呢?只有痛哭而重别以去了。

词的下阕,重点在抒情。"可叹"三句,"燕关",原指燕国的关口,一直是汉族防备匈奴等北方游牧民族的天然屏障,这里具体指其仲兄所死地北京而言。这句说令人感叹八年多来燕关生活,强调兄弟别地遥远,无音信可通。"人琴",源于《晋书·王徽之传》,说晋王献之卒,徽之取其琴弹之,久不成调,遂有人琴俱亡之叹的故事。后人因用为睹物思人,悼念死者之辞。"恸",大哭,哀痛之至。"人琴增恸"这句,就是借用人琴俱亡的典故,来抒发其对仲兄的哀痛悼念之情。说人死了,琴也就不弹了,更增加了悲伤痛苦。所以说"豪气凭谁发",即许多思想不平之气,仲兄在世间还可抒发,现在向谁来发。"旧墨"二句,写作者看到仲兄旧日的遗稿才几行,伤痛的泪水便迷住了眼帘,看着一闪一闪的青灯,深夜不灭,自己沉思不语,痛苦到了极点。"蜡凤"三句,写作者回忆自己儿时生活,像蜡凤一般纯洁无瑕稚嫩的心,骑着羊儿满地跑的情形,一幕一幕地呈现在作者的脑海里。想起幼年时代,兄弟之间这些无忧无虑的绚丽生活,真比头发还多。词的末了"绕廊"二句,写作者在亦山草堂绕廊吟罢的心理活动。虽已过了许久,但仍未能忘怀。作者忧思心情难自已,忧愁的心思,像难以把月亮摘下来一样。把愁思难断形象化,写的非常动人。

(董冰竹)

念奴娇『家园重别』

谒金门

寄汉槎兄塞外

情恻恻，谁遣雁行南北？惨淡云迷关塞黑，那知春草色？　　细雨花飞绣陌，又是去年寒食。啼断子规无气力，欲归归未得。

根据词题，这首《谒金门》是女词人吴文柔怀念远戍宁古塔 (今黑龙江省宁安县) 的哥哥吴兆骞的作品。

吴兆骞因丁酉科场一案受到牵连，被遣戍到远离京师七八千里之外的宁古塔。据《三冈识略》载："宁古塔近鱼皮岛，无庐舍，掘地为屋以居……或曰：'此即昔之五国城也'。"所以，词的上片，一开头，便直抒胸中不平之气："情恻恻，谁遣雁行南北？"兄妹生别，恻恻伤情。在"雁行南北"前加上"谁遣"二字，女词人的指责矛头，直接对准清王朝的最高统治者。"恻恻"，伤痛，杜甫诗："死别已吞声，生别常恻恻。"雁行南北，比喻兄妹分离。过片二句，是作者想象中宁古塔地区的荒凉景象，"惨"、"淡"、"迷"、"黑"，"那知春草色"，构成了一幅古代的边塞荒凉图。哀怨中含蓄地加深了对当权者的愤懑情绪，读来意味深长。

下片，首二句："细雨花飞绣陌，又是去年寒食。"描写花飞草长，阡陌锦绣的江南故乡美景，与上片所写塞外景色，形成强烈鲜明的对比。于是，紧紧抓住人们心目中落叶归根、狐死首丘的故乡之情，发出了"啼断子规无气力，欲归归未得"的慨叹。

这首词的艺术特色是以景语写情，以南北地域不同的景色形成对比。王国维《人间词话》说："一切景语，皆情语也。"这首词就是这样以景抒情，情景交融，深挚地表达了妹妹切盼兄长早日返回故乡的纤细的思想感情。

（贺新辉）

钱芳标 词人。原名鼎瑞,字宝汾,一字荷飏,号菡鲈,江南华亭(今上海松江)人。康熙五年(1666)举人,官内阁中书。十八年(1679)荐举博学鸿词试。有《湘瑟词》四卷。

忆少年

小屏残烛,小窗残雨,小楼残梦。铢衣已烟散,只蘅芜香重。　　　锦瑟华年愁里送,便凄凉,也无人共。伤心白团扇,画秦娥箫凤。

《续修四库全书湘瑟词提要》云:"芳标词多艳绮,措语婉妙,可独步于当时。"《白雨斋词话》也说他"工为艳词,造语尤妙"。可见,钱芳标确是一位书写艳词的高手。

这首《忆少年》,便是钱氏之代表作。全词通过梦醒之后的感慨,抒写出思美人兮不见的寂寞伤心,煞是凄艳。词的上片,侧重描写,描绘出美梦成空的寂寞悲凉。

"小屏"三句,是写小楼梦醒。想来她是美梦正甜,忽被雨声、寒意弄醒的吧。所以,在梦醒之后,面对屋内的小小屏风、蜡泪残烛,望着小窗之外的细丝残雨,思绪仍沉浸在甜美的小楼残梦之中。这里,诗人采用结构相同、均含"小"、"残"字样的句式,来写屏、窗、楼、烛、雨、梦,使人顿生狭窄、残断、凄凉之意。

"铢衣"两句,是写美梦成空。"铢衣",极轻之衣。古以二十四分之一两为铢,传说中神仙即穿五铢衣,故李商隐《圣水祠》诗有:"无质易迷三里雾,不寒长著五铢衣。""蘅芜",香草名。《拾遗记》载:"(汉武)帝息于延凉室,卧梦李夫人授帝蘅芜之香。帝惊起,而香气犹著衣枕,历月不息。"词中这两句是说:多么想追回那美妙的梦境啊,可惜,梦中那身着铢衣、美若天仙的妙人儿已如轻烟逝去,仿佛只留下浓重的蘅芜香气。此语似梦似醒,似幻似真,既写出对意中人的追恋,又写出好梦难续的悲苦。至此,抒情主人公不仅处于狭小残断、凄凉之境,更增添失望、寂寞、悲苦之情。

词的下片,重在抒情,抒写出无人与共的凄苦和伤心。

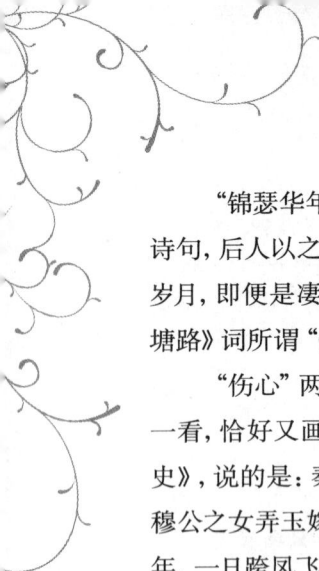

"锦瑟华年"，语出李商隐"锦瑟无端五十弦，一弦一柱思华年"诗句，后人以之喻青春时代。词中这两句是说：在愁苦中送走了青春岁月，即便是凄凉之时，也没有心上人前来安慰。其意似比贺铸《横塘路》词所谓"锦瑟年华谁与度"，更为消沉、苦楚。

"伤心"两句，更以睹物伤怀作结。寂寞无聊之际，拿起白团扇一看，恰好又画的是"秦楼箫凤"。"秦楼箫凤"，典出《列仙传·萧史》，说的是：秦穆公时，萧史善吹箫，能引得孔雀、白鹤集于中庭；穆公之女弄玉嫁给他，学吹箫，竟能引来凤凰；他们在凤台上住了数年，一日跨凤飞去。词中抒情之主人公正自悲伤无人与共，却看到这男女成仙、双双飞去的美妙画面，相比之下，岂能不倍添伤心！一种沉厚、浓重的孤独悲凉吞噬着他的心。

这首词，抒写思美人之艳情，全以雅语出之，给人一种浓重的幽凄之美，毫无粗俗之嫌。读来委曲婉转，意味隽永。

（赵江虹）

临江仙

中　秋

　　佳景中秋秋正好，溪山不用钱赊。谪仙今夜醉谁家？掉头明月里，无路访银槎。　　　　剩有平生骚句在，断纨零素天涯。四更牛斗又西斜。朗吟还到晓，露湿满庭花。

　　这首咏中秋的词写得洒脱、豪放，表现出诗人一种健康的审美心理和乐观、豁达的生活态度，在汗牛充栋的咏秋之诗词中比较少见。

　　上片写诗人醉中赏月的豪兴。劈头以质朴的语言写中秋佳景的美好与面对佳景的惬意。李太白有"清风明月不用一钱买"的吟唱，这里诗人化用前人的诗意，写出大自然对人类无代价的馈赠与赐予。"谪仙今夜醉谁家"既是诗人对平生仰慕的诗仙李白的追念，也是诗人酒后大言不惭的自况，他自信有太白之才，至少可以望其项背。他也想像苏东坡似的"我欲乘风归去"，但却不"恐琼楼玉宇，高处不胜寒！"诗人所咏"掉头明月里，无路访银槎"正是这种心绪的表现。"乘槎"是乘木排上天的我国古代的神话。《博物志》卷三中云："天河与海通，近世有人居海渚者……乘槎而去。"诗人仰望中秋皎洁的明月，想乘银槎而去，但慨叹无路访乘此物，只能望月兴叹……

　　下片写诗人在诗兴喷发中久望明月直到破晓的雅兴。首句紧承"无路访银槎"句，抒写自己虽不得乘银槎而飞升奔月，但却始终对明月保持着浓厚饱满的诗情，这有平生所写的辞章可作明证，它们该像月光般的纨素，寒星般地飘荡在天涯苍穹。今夜，诗人遥望中秋皎月，直至北斗星座西斜的四更。诗人一边赏月，一边朗吟轻哦，直至天

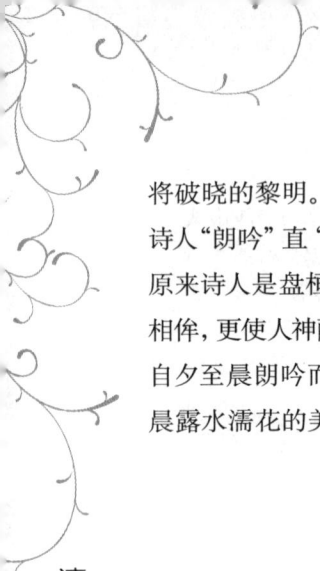

将破晓的黎明。结句"露湿满庭花"又是诗中妙笔,它一方面加浓了诗人"朗吟"直"到晓"的氛围,也增添了诗人"朗吟"时的美丽意境:原来诗人是盘桓在栽满鲜花的庭前赏月,月照群芳,群芳映月,花月相伴,更使人神醉心怡,流连忘返,怪不得诗人诗兴如此深浓、充沛,自夕至晨朗吟而不衰!"露湿满庭花",水灵灵、鲜茵茵地写出了清晨露水濡花的美景,它岂不是诗人彻底朗吟的美妙诗句的象征呢?

(张厚余)

徐　釚 (1636—1708) 著名词人。字电发，号虹亭，又号菊庄，吴江 (今属江苏) 人。康熙十八年 (1679) 召试博学鸿词，授翰林院检讨。与同官争史稿修改被外放，乞归。后以原官起用，辞不就。工诗、词、古文、擅画山水。其词多咏怀唱和之作，辞藻艳丽，风格绵密婉约。其词集《菊庄词》曾为朝鲜贡使以重金购去。所著《词苑丛谈》十二卷，收录自晚唐至清中叶词人的故实、词作及历代的评论，分为体制、音韵、品藻、纪事、辨证、谐谑、外编等七门，为我国第一部大型词学理论资料。著作尚有《南州草堂集》、《本事诗》等。

凤栖梧

春 草

帘纤丝雨春阴重。嫩草平铺，低把金鞍鞚。绿遍天涯无半缝，怜伊岁岁和愁种。　　　飞絮落花都不动。斗帐微寒，自做池塘梦。明日踏青谁与共？芳郊怕损鞋头凤。

这首写春草的词极有意境。作者把他所描写的对象，置于一个特定的环境氛围之中：春雨霏霏，春草萋萋，透过雨丝的纤帘表现平铺的嫩草，便具有一般同类作品所未具的特色。

"帘纤丝雨春阴重"，这句造语甚工、意象浓缩的诗行是全诗意境的概括，也是诗人观察描写对象的一个总体视角。"帘纤丝雨"者，雨丝如纤帘也。透过纤帘般的雨丝目骋大千，春阴自然便浓重了许多，再看一望无际的平铺的嫩草，自然也就增添了浓浓的绿意。当此际，诗人低挖金鞍志去远处驰骋，只见春草绿了天涯，漫山遍野略无阙缝。春草，这一古典诗词中特定的意象，从来就是春愁思远的象征，古诗云："春草兮萋萋，王孙兮不归。"又云："渐行渐远渐离愁，萋萋不断如春草"，因而我们的诗人得出了一个"怜伊岁岁和愁种"的形象的、蕴含着哲理意味的"结论"。

下阕依旧沿用雨中观察春草的视角，表现以春草为主体意象的意境：由于雨丝的浥润，飞絮落花都湿却了纷飞的翅翼，诗人斜倚在微寒的斗帐自做着诗的梦。"自做池塘梦"一语用的是晋宋诗人谢灵运"池塘生春草"的典故。钟嵘《诗品》"谢惠连"条引《谢氏家录》

凤栖梧『帘纤丝雨春阴重』

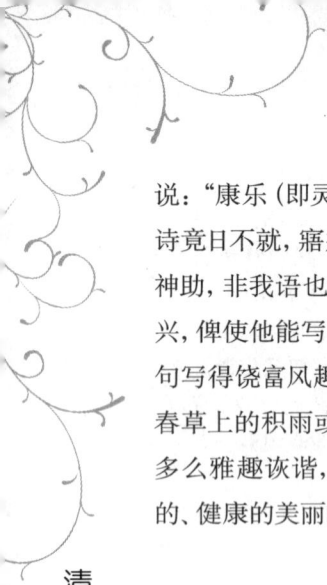

说："康乐（即灵运）每对惠连（其弟），辄得佳语。后在水嘉西堂，思诗竟日不就，寤寐间忽见惠连，即成'池塘生春草'，故尝云：'此语有神助，非我语也'。"这里诗人意在春草给自己以灵感，引动浓郁的诗兴，俾使他能写出"池塘生春草"那样语出天然的妙辞佳句。结尾二句写得饶富风趣，诗人待明日天晴之后，约女伴去踏青，而女伴却怕春草上的积雨或露水湿损了鞋头绣着的彩凤，多么富有生活情趣，多么雅趣诙谐，于此也可见我们的诗人多么热爱生活，有一个多好的、健康的美丽的心境！

（张厚余）

双双燕

本意用史梅溪韵

单衣小立,正秋雨槐花,鬓丝吹冷。镜函如水。长忆画眉人并。残叶暗飘金井。问燕子、归期未定。伤心社日辞巢,不是隔年双影!　　香径,芹泥犹润。只一缕红丝,误他娇俊。几多恩怨,絮彻杏梁烟暝。传语别来安稳。待二十四番风信。那时重试轻狂,肯放雕阑独凭?

《双双燕》乃史祖达(号梅溪)之自制曲,词咏双燕,即以为名。梅溪原词描摹双燕,极妍尽态,细腻传神,是宋词中咏物之名作。顾贞观此词,是有意要步梅溪原韵,且不离词牌本意。这样写来束缚颇多,大是不易。然而,词人却以完全不同的构思,借咏双燕来写闺情,故能独辟蹊径,与史梅溪着力描摹春燕双飞之词大不相同。

"单衣小立,正秋雨槐花,鬓丝吹冷。"首一韵,落笔即写闺中人孤凄而立的形象:正当秋雨飘洒、槐花零落的时候,她衣单影只,凭栏而立;稍待片刻,便觉得风掠鬓发,浑身发冷。仅此三句,便使一个孤寂的身影突出于凄寒的氛围之中。"镜函如水。长忆画眉人并。"次韵写她呆立中幸福的回忆。"镜函",本是镜匣,此处代指镜。"画眉人",指亲昵之夫婿,典出《汉书·张敞传》:"张敞无威仪……又为妇画眉,长安中传张京兆眉妩。有司奏敞,上问之,对曰:'臣闻闺房之内,夫妇之私,有过于画眉者。'"这两句是说:时时记起,清莹如水

双双燕「单衣小立」

的妆镜中，与夫婿相依相偎的情景。"残叶暗飘金井。"第三韵又写其小立所见：时已黄昏，残叶随风飘向水井（"金井"，即水井）。这是一个独立承转的关捩之句，秋风落叶，自然会想到燕子南归。故尔下一韵即写"问燕子、归期未定"。她问燕子，你们何时走、何时归来啊？燕子的回答却是"归期未定"。何以问燕子归期？是希望它们能尽快传递信息。而燕子的冷漠回答，却使她失望、伤心。"伤心社日辞巢，不是隔年双影。"这一韵说：最让人伤心的是，这对社日即将辞巢南归的双燕，并不是去年来居的那一对。"社日"，此指秋社，即立秋后的第五个戊日。今年将去之燕，并非去年所居之燕，它们自不知闺中人心意，来时未带回夫婿音讯，去时也好像对她的思夫之情不大关心，怎不令闺中人"伤心"！

　　换头三韵续上，追述双燕春上来此情形："香径，芹泥犹润。只一缕红丝，误他娇俊。""芹泥"，即燕子筑巢之泥。"一缕红丝"，是活用"燕足系诗"之典，典出《开元天宝遗事·传书燕》，说的是唐时任宗外出经商，其妻十分思念，便吟诗一首系于燕足，任宗见诗即回家中。"娇俊"，指娇美俊俏的闺中人。这三韵申足上片"伤心"之意，是说：当双燕在花香满径的春天飞来之时，筑巢之泥尚且湿润，她就曾急忙检视过燕足；可是那燕足上仅有一缕红丝，并无丈夫回音，以至耽误了这俊俏人儿的期盼之情。"几多恩怨，絮彻杏梁烟暝。"是描述双燕栖居的情景：它们好像有说不完的恩爱，在杏树为梁的燕巢中呢喃絮语，从清晨说到黄昏。如此情景，自使孤寂相思的闺中人艳羡、妒嫉，更惹起她的思夫之情。"传语"以下三韵，从回忆又回到现实，写她对燕子的叮嘱及自己的满怀希望。"传语别来安稳"，是叮嘱燕子，一定要把自己别来安康的话传给丈夫，请他放心。"待二十四番风信。那时重试轻狂，肯放雕阑独凭？"是写她的满怀希望。"风信"，即花信风，指江南一带应花期而来之风，小寒至谷雨五日一番风候，共二十四番。第二十四番为谷雨的楝花风，正是燕子归来时节。"轻狂"，放逸不羁，指春燕自由翻飞。"肯放"，难道使。她希望，待到明年第二十四番风信时，燕子能重来此地，自由翻飞。并坚信地反问：到那时，难道我还会独自凭栏赏燕吗？言下之意，是说丈夫定会回来的。

　　全词以闺中人为中心，处处关合双燕情事，将现实、回忆、预想交织在一起，曲折细腻地传达出闺中人之心理。写得情景交融，委婉曲折，煞是耐人品味。

（赵　明）

金缕曲 （二首）

寄吴汉槎宁古塔，以词代书，丙辰冬寓京师千佛寺冰雪中作

季子平安否？便归来、平生万事，那堪回首？行路悠悠谁慰藉？母老家贫子幼。记不起、从前杯酒。魑魅搏人应见惯，总输他覆雨翻云手。冰与雪，周旋久。　　泪痕莫滴牛衣透。数天涯、依然骨肉，几家能够？比似红颜多命薄，更不如今还有。只绝塞、苦寒难受。廿载包胥承一诺，盼乌头马角终相救。置此札，兄怀袖。

我亦飘零久。十年来、深恩负尽，死生师友。宿昔齐名非忝窃，试看杜陵消瘦。曾不减、夜郎僝僽。薄命长辞知己别，问人生到此凄凉否？千万恨，从兄剖。　　兄生辛未吾丁丑。共些时、冰霜摧折，早衰蒲柳。词赋从今须少作，留取心魂相守。但愿得、河清人寿。归日急翻行戍稿，把空名料理传身后。言不尽，观顿首。

　　汉槎，即清初著名的边塞诗人吴兆骞。因顺治十四年（1657）江南乡试作弊案，被人诬陷，谪戍宁古塔（今黑龙江省宁安县）。作者与吴齐名文坛，私交很深，情同手足。康熙十五年（1676）曾为营救吴向当朝太傅明珠之子纳兰性德（字容若）求援，未即获许。当年冬天作者寓居北京千佛寺，环顾四周冰雪，怀念远戍塞外的好友，遂以词代书，写下了这两首脍炙人口的《金缕曲》。作者在此词收入《弹指词》时自注曰："二词容若见之，为泣下数行，曰：'河梁生别之诗，山阳死友之传，得此而三。此事三千六百日中，弟当以身任之，不俟兄再嘱也。'余曰：'人寿几何，请以五载为期。'"遂容若请其父纳兰明珠等人援救，使吴汉槎终于在康熙二十年（1681）入塞归来。

　　这同题的《金缕曲》，二首联章，也可独立成篇。头一首写吴汉

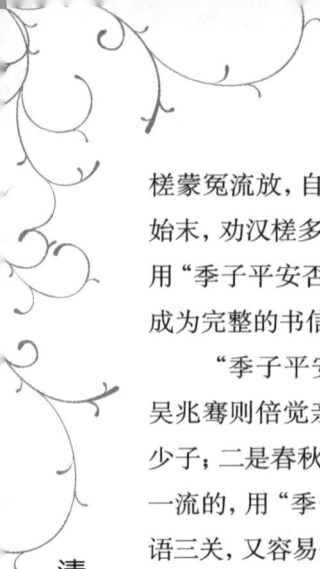

槎蒙冤流放，自己忠于友谊，一定要救他回来；第二首追叙二人交情始末，劝汉槎多加保重，等待归来。两首各有侧重，并不重复。第一首用"季子平安否"起头，第二首用"言不尽，观顿首"煞尾，合起来即成为完整的书信形式。二词写得情真意切，感人至深。

"季子平安否？"开头浅白如话，先问对方安好。用"季子"称吴兆骞则倍觉亲切，含三层意思：一是他有兄长兆宽、兆宫，为家中少子；二是春秋时吴国贤公子季札，人称延陵季子，道德学问都是第一流的，用"季子"二字切合吴兆骞姓氏；三是表明他是吴地人。一语三关，又容易使人联想到其才德。这样才德兼备之人却受了冤枉，岂不令人顿生同情之心？从而为全词奠定了感情的基调。接着作者写道："便归来、平生万事，那堪回首？"即便回来了，那二十年所受的折磨也无法补偿，更何况还没有回来呢？"平生万事"无法尽述，于是作者选择其中的典型，以见一斑："行路悠悠谁慰藉？"想那悠悠长路，有谁能给您安慰？"母老家贫子幼。记不起、从前杯酒。"家境是如此的困难！"魑魅搏人应见惯，总输他覆雨翻云手。"更何况又遭小人的暗算与诬陷。"魑魅"是古代传说中的山泽鬼怪，用以比喻陷害好人的小人。杜甫诗："纷纷轻薄何足数，翻手为云覆手雨。"作者化用句意，说汉槎吃了小人的亏。"冰与雪，周旋久。"这歇拍二句形象地描绘出汉槎在宁古塔的苦难生活。作者为好友所受苦难的倾诉，可谓淋漓尽致！

下片则一转对好友的安慰。"泪痕莫滴牛衣透"。牛衣，典出《汉书·王章传》，即用草编织成给牛御寒的蓑衣。这是说好友虽远居关外，但还能牛衣对泣、骨肉一处。而"数天涯、依然骨肉，几家能够？比似红颜多命薄，更不如今还有"。不如咱的人还有呢！宽慰之余，笔锋又一转："只绝塞、苦寒难受。"与前片"冰与雪，周旋久"相呼应。在倾诉、同情、抚慰之后，作者则向好友表示救助的决心："廿载包胥承一诺，盼乌头马角终相救。"这里借用了两个典故。包胥，即申包胥，春秋时楚国大夫。伍子胥为父报仇，立志要消灭楚国，申包胥说，如果伍灭了楚，自己一定要救活楚国。后来，伍子胥果然借吴国兵力攻破楚都，申包胥到秦国求救，不吃不喝哭了七天七夜，终于感动秦王，出兵救了楚国。乌头马角，指燕太子丹与秦王本为少年好友，后人质于秦，求归，秦王说："乌（乌鸦）头白，马生角，乃许耳！"作者用这两个典故是说，不论有多么困难，也要将吴汉槎救回关内，沉痛真挚，感人至深。"置此札，兄怀袖。"以词代札，请兄保存！

第二首则从自己写起："我亦飘零久。十年来、深恩负尽，死生师友。"写得深沉感人，唤起彼此感情交流。作者与汉槎诗词同好，情同手足，世称"二妙"。抚今思昔，作者想到历史上的李、杜二位诗人的交谊。李白因参加李磷军而长期流放夜郎，杜甫曾写诗怀念，其忧伤之情不下于李白本人。作者曾作有《蒙阴山中七歌》，分别怀念其双亲、兄、姊、子，第六首则怀念汉槎，足见其交谊之深！于是他写道："宿昔齐名非忝窃，试看杜陵消瘦。曾不减、夜郎僝僽。"以古人比自己，于是提出："薄命长辞知己别，问人生到此凄凉否？"惟其如此，一千愁万恨，只有向兄诉说了："千万恨，从兄剖。"过片又从二人年岁写起："兄生辛未吾丁丑。"辛未是明崇祯四年（1631），丁丑是崇祯十年（1637），正是明王朝覆亡的前夕，是大动荡的年代。说明二人年岁相近，早结兰契，又处于同一动乱年代，二人有共同的阅历，相知相交弥深，且都"蒲柳"早衰。于是劝慰友人："词赋从今须少作，留取心魂相守。"预示对方："但愿得、河清人寿。"希冀好友早日归老家园。"归日急翻行戍稿，把空名料理传身后。"显示了词人好像看到好友整装待归的喜悦心情。"空名"二字饱含着无限的辛辣酸楚！就这样，作者的笔触由怀念，到惋惜、到劝慰、到希冀、到好像看到友人将回归的欣喜，感情的波澜层层递进，读来感人肺腑！"言不尽，观顿首。"千言万语，也写不尽作者对挚友的深情厚谊！

对于这两首词，陈廷焯评说："只如家常说话，而痛快淋漓，宛转反复，两人心迹，一一如见，虽非心声，亦千秋绝调也！"又说："二词纯以性情结撰而成，悲之深，慰之至，叮咛告诫，无一字不从肺腑流出，可以泣鬼神矣！"（《白雨斋词话》卷三）真可谓肯綮之谈！

这种"以词代书"的形式的创变，是作者与吴汉槎生死之交和当时作者处境、心态的百结难解的产物。惟有如此，作者方能一吐块磊，倾倒肺腑。这是作者"浓挚交情，艰难身世，苍茫离思，愈转愈深，一字一泪"的凝聚，语语出自肺腑，所以，它是"极情之至"的产物，是至诚友谊的流露，是"如蜃气结成楼阁"的又一典范，遂使之成为词坛的千古绝调！

金缕曲『季子平安否』

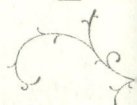

望 梅

题徐渭文《钟山梅花图》

真龙曾降。记千门灼烁，九重闳敞。种钟山、万树梅花，想旧日东风，一夜都放。宝马香车，争先出、乌衣门巷。更宸游十里，缀雪含珠，香浮仙仗。　　如今有谁吟赏：料当初花坞，尽成榛莽。忽凭君、几尺丹青，恍玉阙犹存，琼枝无恙。梦绕秦淮，又谁把、兴亡低唱。只一天明月，还照数峰江上。

曹亮武，字渭公，号南耕，原名璜。著有《南耕词》六卷，内含《岁寒词》一卷。《四库总目》卷二百"词曲类存目"有提要评曰："亮武以倚声擅名，与陈维崧为中表兄弟，当时名几相埒，其缠绵婉约之处，亦不减于维崧，而才气稍逊，故纵横跌宕，究不能与之匹敌也。"由此可知曹亮武之词直逼陈维崧，为阳羡词人中之佼佼者。

徐渭文所作图名《钟山梅花图》，又是从金陵归来后作。金陵是明初故都，明孝陵寝地即在钟山南麓，面对梅花山，无论徐渭文的作图或阳羡诸词人的题图，其意都在追怀孝陵，凭吊故国。这首词上阕开头就点破："真龙曾降"可谓开宗明义。在文网严酷的清初，这也是很大胆的、敢冒风险的笔墨。"千门灼烁，九重闳敞"，极言帝都的雄伟壮观，令遗民词人肃然起敬。接着，作者以细致的笔触铺叙金陵旧日繁华盛况：万树梅花，一夜都放，东风骀荡，清香四溢，疏影横斜，令人神往，况有"宝马香车，争先出、乌衣门巷"。金陵游春赏花，士女如云，昔日繁华，恍然如昨。再加上帝室有时也出来游春赏景，万树梅花，"香浮仙仗"，又是何等风光？作者通过往事的追怀，形象的描绘，主观感情外释，注射于想像中的客观景物，魂萦梦绕，宛转地寄托了自己的故国之思。

下片转到写现在景况，与昔日繁华，形成对照，风景虽佳，无人吟赏，昔日花坞，今成榛莽。抚今思昔，感慨万千。一片荒凉，百无聊赖。只有当他展开这幅梅花图时，才带来了一点生意，早已消逝的金陵旧景，幻梦一般地顿时浮现在眼前，恍若"玉阙犹存，琼枝无恙"。他的思想又被拉回到昔日金陵，他似乎进入了梦境。"梦绕秦淮"三句，措辞巧妙，在隐曲中有直露，他毕竟提到了"兴亡"；在直露中又很隐曲，点到即止，不再明言，恰到妙处。结句"只一天明月，还照数峰江上"。化用刘禹锡《石头城》诗意："淮水东边旧时月，夜深还过女墙来。"现在只剩下一天明月，不知兴亡之恨，她还像从前一样，把她的清辉洒向江上数峰，数峰如旧，明月如昔，风景依然，可惜江山易主，人事全非，暗暗补出了上文"兴亡"之意，以景结情，寓情于景，极宛转含蓄之致，情韵隽永，哀思深长，令人一唱三叹。

阳羡词人主张"敢拈大题目，出大意义"，题图是小题目却表现家国兴亡的大意义，句句题图，处处寄慨。"寻去疑无，看来似梦"。（陈维崧《题徐渭文钟山梅花图……》）含而不露，充分运用了词的艺术特点，"托为倚声顿节"以抒写"忧伤悱怨"。（蒋景祁《荆溪词初集》序）

（王俨思）

望梅「真龙曾降」

河满子

经阮司马故宅

惨澹君王去国,风流司马无家。歌扇舞衣行乐地,只余衰柳栖鸦。赢得名传乐部,《春灯》《燕子》《桃花》。

这是一首切近时事的政治讽喻词作。阮司马,即南明福王时的兵部尚书阮大铖。司马,是兵部尚书的异称。此人虽工诗文而人品低劣。1645年清兵南下入主江南,阮大铖与马士英等一伙奸佞,非但不鼓励福王励精图治,反而怂恿他选美女,终日歌舞升平,在宫中排演《燕子笺》传奇。结果南明覆亡,阮大铖曾欲降清,后落崖身亡。这首《河满子》即以这段历史为背景,用讽刺的笔调,调笑的口吻嘲弄了阮大铖一伙误国的奸臣,用笔简练,意味深长。

词的前四句写本事,君王"去国",丢掉了国家;司马"无家",家破人亡,无家可归。君王"惨澹",言其偏安一隅,司马"风流",叙其人格低下。当年的司马宅院原是"歌扇舞衣行乐地",如今"只余衰柳栖鸦"。对阮大铖的讽斥入骨三分。末句"《春灯》《燕子》《桃花》"。用三部传奇,就简洁生动地概括了后世人对阮大铖的评价,形象传神。阮大铖文笔工丽,曾创作有《春灯谜》、《燕子笺》两部传奇,但政治上他是一个卖国、误国的奸臣。孔尚任的《桃花扇》传奇,有《选优》一折,借李香君之口大骂了魏 (忠贤) 余孽马士英、阮大铖一伙。因此这末二句"赢得名传乐部,《春灯》《燕子》《桃花》",便成为流传后世的神笔佳句。

这首时事讽喻词作深寓时代之感，在调侃的笔调中不失冷峻的态度，是一首精致的小词。

（蒲　仁）

钓船笛
效朱希真渔父词十一首（其十）

曾去钓江湖，腥浪粘天无际。浅岸平沙自好，算无如乡里。　　从今只住鸭儿边，远或泛苕水。三十六陂秋到，宿万荷花里。

这首词是借吟咏"渔父"生活，抒写隐居渔樵的思想情趣的。陈廷焯谓其"于朱希真五篇外，自树一帜"。（《白雨斋词话》卷三）

作者标明本词是"效朱希真渔父词"的。朱希真即朱敦儒，是南北宋之交的词人，曾仿效张志和，写有《好事近》渔父词五首。陈廷焯所称赞的朱希真"渔父词"的"真乐"与"天机"，实际上是赞赏他在"潇洒"词境中所展现的"看破红尘"、"遗世独立"的"高雅"情趣以及"清旷"而又浑成的艺术风格。

李符这首"渔父词"则不同，陈廷焯所赞许的是他"别有感喟"。这是很有见地的。的确，李符在这首词中写了渔父今昔两种不同的生活，而又以今为主。词的开头写"钓江湖"之险，他说："曾去钓江湖，腥浪粘天无际。""曾去"点明这里说的是往事。"钓江湖"，即是说到三江五湖去垂钓。江湖水多风大浪高，有吞噬人生命的危险，所以说"腥浪粘天无际"。一个"腥"字，表现了作者对江湖极端厌恶的情绪。但作者厌恶的"江湖"之险，而不是垂钓，故接下去掉转笔锋，写垂钓故乡之乐。作者认为：故乡的山水，"浅岸平沙"，虽没有"江湖"之壮观，却富宁静之乐趣，对一个闯荡过"江湖"的人来说，"自"有其"好"处，因而他说"算无如乡里"。下片使用"从今"二字，把人的思绪从往昔引到现在与将来上，意思是说再也不远离家乡了。"鸭儿边"，不详所指，或许为嘉兴附近适于垂钓之处。苕水即苕溪，发源于天目山，经吴兴流入太湖。秋时两岸苕花，漂浮水面，其

· 213 ·

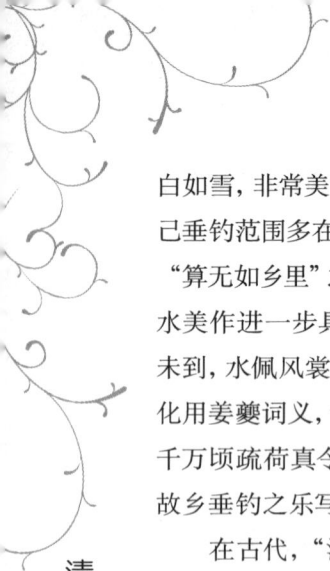

白如雪，非常美丽。"从今"二句使用"只住"和"远或"两词，说明自己垂钓范围多在嘉兴附近，有时到离家较远的苕溪去，进一步坐实了"算无如乡里"之意。"三十六陂"二句，上承"自好"二字，对家乡山水美作进一步具体描绘。姜夔《念奴娇·咏荷》词说："三十六陂人未到，水佩风裳无数。"（陂，池塘。三十六陂，极言陂塘之多。）作者化用姜夔词义，说明家乡山水不仅宁静而且美丽，当秋天到来时，那千万顷疏荷真令人陶醉，以至不愿离开而宿住在荷塘里。这两句把故乡垂钓之乐写得备足无余，圆满地结束了全词。

在古代，"江湖"二字除指三江五湖之外，也指世间各地。清初政治黑暗，知识分子备受压迫，而李符一生又仕途多蹇，故"曾去钓江湖，腥浪粘天无际"，容易使人联想起作者在赞美隐居之乐的同时，又有叹世之意。因而全词语似通脱，而意极凝重，具有较高的艺术价值和社会意义。

（薛祥生）

菩萨蛮

金铃送响秋风至，来鸿淡写长天字。字写不成书，空劳度碧虚。　　井梧飘断梗，素月横清影。照影可曾双？含羞掩绿窗。

冒丹书之父冒襄是明末"四公子"之一，文章气节彪炳一时。丹书的这首"菩萨蛮"小令造语浅淡自然，格调清新柔婉，别具一番情致，不类乃父词风的感慨深沉。

"金铃送响秋风至，来鸿淡写长天字。"起调平缓，似以不经意语出也。秋风送爽，长天雁过，檐间铁马叮咚作响，总不免引发人的无限情思。唐卢殷曾因"秋空雁度青天远，疏树蝉嘶白露寒"(《悲秋》)而生悲秋之感，刘禹锡则一翻悲秋成案，满怀激情地写道："自古逢秋悲寂寥，我言秋日胜春朝。晴空一鹤排云上，便引诗情到碧霄。"(《秋词》)然而，青若的这两句词却似纯写秋日清景，表达出一种极淡的情致。接下去两句紧承"雁字"，语意略有转折："字写不成书，空劳度碧虚。"书者，信也。自古即有鸿雁传书之说，今天却雁字空写，音信难凭，一种淡淡的忧伤暗暗袭上心头。两句用笔委婉，抒情含蓄自然。

过片两句仍以景语写情，衬托出孤寂落寞的秋日情怀。井梧梗断，素月影清，恬淡的景致中略带几分凄凉。词人选取最具代表性的事物，充分表现出秋天的节候特征，创造了一种富于感情色彩的清旷的意境。结尾更由景及人，顾念自身形单影只，再次流露出淡淡的忧伤。"照影可曾双"一句既是自伤孤独，也饱含了对所念之人的深切怀恋之情，难怪在上片中词人要抱怨鸿雁字不成书，碧虚空度呢。

填制令词贵在语短情长，给人以深长的回味。这首小令不假修

饰，不施浓彩，始终以淡淡的笔致纯写一种感受，一种意绪，一种情怀，语不求工而自工，意不求深而自深，具有一种隽永的韵味。这也许正是词人所要追求的吧。

（李汉超　刘耀业）

汪懋麟 (1640—1688) 文学家，字季甪，号蛟门，又号觉堂，江南江都 (今江苏扬州) 人。康熙六年 (1667) 进士。授秘书院中书舍人。后官刑部主事，入史馆授纂修官，参与修《明史》，补《崇祯实录》若干卷。旋被劾罢归，杜门著述，晚景凄凉。曾受业于王士禛，诗有捷才，韵响格清，古文峭拔豪宕，有《百尺梧桐阁集》。工于词，早年与王士禛、吴绮、宗元鼎等交游唱和，又曾参与康熙十年 (1671) 秋的"秋水轩唱和"。多温润缠绵之作，亦有豪迈壮阔之篇，有《锦瑟词》一卷。

桃源忆故人
野桥晚泊

轻帆落处斜阳快，夹岸柳条都败。雪厚板桥压坏，村酒停灯卖。　　寒星苦月长湖外，负却孤眠愁债。此夜寂寥情派，料得双鸥解。

汪懋麟善"以龙门笔意作草堂致语"，诚有"大奇"之处 (曹贞吉语，见《锦瑟词》篇首)。这首《桃源忆故人》小令，便属以史笔为词而呈凌厉之势的上乘之作。

"轻帆落处斜阳快，夹岸柳条都败。"小令一落笔，便将人带入萧条衰飒的冬日黄昏。降下轻帆，泊船于野桥之下，不觉已是白日西沉；岸柳尽枯，只有冻僵的枝条在寒风中瑟瑟发抖。句中之"快"，非"一帆风快"之快，更非"轻快"之快，而是指"惊风飘白日，光景驰西流"(魏曹植《箜篌引》)之快；"败"字前着一"都"字，极言两岸景色之荒凉。两句词，既写明泊船的季节和具体时间，又交待了所处环境的恶劣。接下去"雪厚板桥压坏，村酒停灯卖"两句，更将词义推进一层：厚厚的积雪，将久已无人行走的野桥压塌；岸上孤村灯火渐稀，一片岑寂，村酒停灯犹卖，足见天寒难耐，需饮酒以御寒也。在这里，词人用极其简括的笔触，勾画出一幅线条单一、画面空旷、格调苍凉的野桥晚泊图，生动地再现了羁旅之夜凄清的意境。置身于此时此境，船中之人将是怎样一种心情，也就不难想见了。

词的下片由写景转为直接抒情，展示词人芒角撑肠般郁悒的内

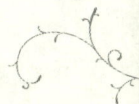

· 217 ·

桃源忆故人『轻帆落处斜阳快』

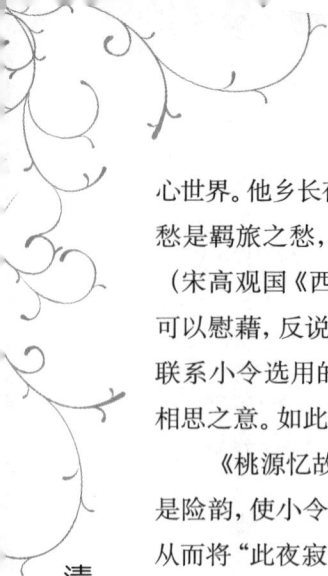

心世界。他乡长夜孤眠，寒星苦月相伴，到尔今，算欠下多少"愁债"：愁是羁旅之愁，债是相思之债。个中况味，只有"飞来鸥鹭是知音"（宋高观国《西江月》）。词人不直言此夜情怀无人能够理解，无处可以慰藉，反说"料得双鸥解"，越发显示出处境之孤单凄寂。如果联系小令选用的词牌及上文"孤眠愁债"等语，"双鸥"似暗寓男女相思之意。如此用笔，化直露为婉曲，平添了词的韵味。

《桃源忆故人》一调有诸格体，词人有意选用仄声韵，而且押的是险韵，使小令格调愈显抑郁，厚重如板桥夜雪，苍凉如夹岸败柳，从而将"此夜寂寥情派"有力地透现出来。

（李汉超　刘耀业）

百字令

泊铜陵感怀

晚江如镜，正木兰漂泊，山城如斗。十五年前游子路，那管罗裙消瘦。未识离情，初辞衮阁，爱醉斜阳酒。而今一梦，千条愁见杨柳。　　　　铁舟消息依然，町花畦草，冷落苔非旧。七里堤沙双展健，似此闲心谁又？几点渔灯，星稀月黑，芦荻涛声走。荒鸡清柝，泪痕寒进襟袖。

沈皥日，明末清初浙西词派著名词人。以拔贡选授广西来宾县知县，辰州同知。虽"一生足迹半天下"，但时乖运塞，落拓不偶，故尤工羁旅行役之词。

这首词是写羁情旅思的。上片写泊铜陵所感。词从舟泊铜陵写起。铜陵，县名，在贵池县东，长江东南岸，今属安徽省铜陵市。县城依山而建，地处天王山之阳，群山环抱之中，素有山城之称。作者乘船过此，傍晚到达，故云"晚江如镜，正木兰漂泊，山城如斗"。"晚"字点"泊铜陵"的时间，"如镜""如斗"，写铜陵给自己的初步印象。而"漂泊"二字写自己沦落天涯之感，暗含"感怀"之意。三句关合时、地和感受三个方面，干净利落，入手擒题。以下便围绕"感怀"二字展开铺叙。"十五年前"五句抚今忆昔，追述过去"泊铜陵"时的生活状况与思想风貌。"十五年前"，点上次泊铜陵的时间；"游子"，写自己当时的身份，说明也是宦游在外。但当时是"初辞衮阁"，一心追求功名富贵，而不管"罗裙消瘦"，一天到晚，在外边饮酒作乐。这几句词不仅写出了自己初次辞亲远游时那种意气风发的精神风貌，增

加了作品的深度，而且反衬出下文对离愁别绪的铺叙，使行文跌宕起伏，婉曲有致。"而今"二句，转写今，写十五年的宦海沉浮，犹如"一梦"，而今从梦中醒来，"千条愁见杨柳"，再也不忍为行人攀折送别了。语简意丰，深沉有力。下片写泊铜陵所见。据《嘉靖池州府志·古迹》"铁船头"条说：相传晋灵祐王乘舟至五松山左，见人遂溺于水，止露船头，浮于土面，若生铁然。明王守仁在诗中也说："船头出土尚仿佛，后岗有石云船梢。"故云"铁舟消息依然"，而町花、畦草、苍苔虽然稀疏冷落，与十五年前相比却大不相同。"非旧"二字，含有景物依旧，而人事已非之意，感慨是很深的。"七里堤沙"，不详所指，或许是铜陵附近之江堤。"七里"二句是说，虽然和过去一样，仍健步往来于七里沙堤之上，可谁还有那份闲心欣赏山城江景呢？说是没有那份"闲心"，但舟泊山城，难以入睡，还是来到"七里堤沙"之上，独立苍茫，眺望故乡。月黑星稀，芦荻遍地，看着那黑夜中的"几点渔灯"，听着那混杂在江涛声中的风吹芦荻声，荒鸡的报晓声和凄清的击柝声，不禁忧从中来，泪水迸发，湿透襟袖。在这里，作者使用了"几点"、"稀"、"黑"、"荒"、"清"、"寒"等字，描写铜陵夜泊的凄凉景色，寂寞而又清苦的感受以及作者彻夜难眠的情景，生动逼真，是很动人的。

　　总之，本词以晚泊铜陵为主线，采用由今而昔，由景及情，复由情及景，由昔而今的结构方式，铺叙舟泊铜陵的所见、所闻、所感，意脉清晰可见，形象鲜明具体，而又能融情入景，具有较高的艺术魅力。

（薛祥生）

忆余杭

庚申春日纪事

刮尽榆皮无可食,雀鼠都完人菜色。卖儿能得几文钱? 卖女更堪怜。　出门尽日风沙恶,柳叶才青春便落。野田惟剩火磷磷,鬼语夜相闻。

这是一首描写灾害年间民不聊生的词作。词写庚申即康熙十九年 (1680),由于大灾过后,春天青黄不接人民忍饥挨饿,卖儿卖女,无以为生的情形,写得事真情切,令人怵目惊心。

上片写人,下片写景。春天小麦尚未着实结穗,农民们先以榆钱为食,而后刮榆树皮充饥。"刮尽榆皮无可食",没有可以再吃的东西了;连麻雀、老鼠都饿死光了,人饿得脸如菜色,所以说"雀鼠都完人菜色"。作者抓住"刮尽榆皮"、"雀鼠都完"、"人菜色"几个典型事物,写人们嗷嗷待哺的饥饿生活。无法生活,只得卖儿、卖女。卖儿得不到几个钱,卖女则更可怜了! 下片描写大旱之年的景色。前两句写白天:整日风沙恶吹,柳叶才吐绿便干枯了,所以说"春便落"。黑夜,"野田"即荒芜的田间,没有树木,没有庄稼,只有鬼火磷磷,鬼哭狼嚎。作者用词的形式,为我们描绘出一幅活生生的农村大灾之年的生活画卷!

作者生逢明清易代之际的动乱年月,其父曾仕于清,但几经波折,及至锒铛入狱。由于他生活在社会的下层,比较接近劳动人民,对于世态人情比较了解,才能写出这样活生生的作品。

词作以赋的手法直叙真象，事实而情真，语淡而情深，感人的力度十分强烈！

（蒲　仁）

清词之美

蒲松龄 (1640—1715) 著名文学家。字留仙，一字剑臣，别号柳泉居士，世称聊斋先生，淄川 (今山东淄博) 人。出身书香门第，自父辈起家道衰落。十九岁初应童子试，以县、府、道三个第一名补博士弟子员，此后屡试不第。康熙九年 (1670)，应聘为江苏宝应知县孙惠幕僚，年余即归。后又至乡宦家做塾师。七十一岁始成贡生。通经史、哲理、天文、农桑、医药等，一生著作很多，文、诗、词、赋、戏曲、俚曲等均有佳作。作品从不同角度揭露社会的黑暗、人间的不平，很有现实意义。所作《聊斋志异》是继唐代传奇小说之后，我国文言短篇小说的又一高峰。其词今存九十二首，有《聊斋词》一卷。另著有《聊斋文集》、《聊斋诗集》等。今人编有《蒲松龄集》。

醉太平

风檐寒灯，谯楼短更。呻吟直到天明，伴倔强老兵。　　萧条无成，熬场半生。回头自笑蒙腾，将孩儿倒绷！

作为中国文言小说之巨擘、世界性"短篇小说之王"的蒲松龄，在瑰奇绮丽的小说之外，还有别具风致的其他艺术品。他也曾受制于时代社会，经历过"落拓名场五十秋，不成一事雪盈头"的悲剧。此词就是形象地反映时代社会弊端而耐人品评的又一佳作。

词人叙写自己作为年已半百的老书生于科考中寒夜苦熬的景况和心境：凄凉的寒风吹打着贡院 (考场) 外屋檐边的灯笼，闪烁的灯火照不透昏暗的夜幕；贡院内那居高临下、既监督又报时的谯 (qiáo) 楼上不时传来沉闷的打更声，使本来就烦躁的考生更感焦灼。为构思八股考题咬文嚼字而不停地哼哼，这哼哼的呻吟声从夜到明地伴随着"我"这个虽屡试不中却不甘失败仍在顽强拼搏的"文战"老兵。(科场如同战场啊！) 数十年多次赶考，被科场煎熬了大半生，却终究举业无成，岂不叹生世寂寞、境遇萧条？！回想起来倒也自感糊涂得好笑，果然如宋代那赶考的苗振，难免被宰相晏殊反嘲为"干了三十年接生婆却还把孩儿倒过来包裹了！"

词作生动地揭露并悲愤地控诉了反动的科举制度扼杀人才、摧残青春的罪孽。它通过词人的亲身体验和深切的人生反思，传示了

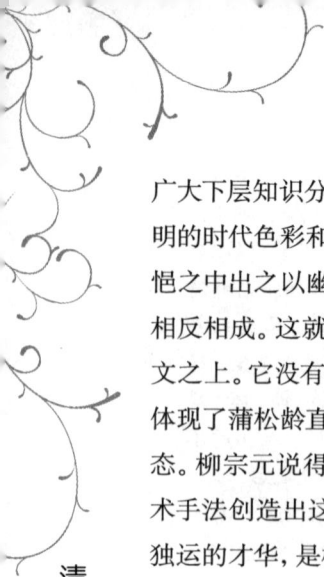

广大下层知识分子紧张、酸楚而又逐渐清醒的共同心声，因而具有鲜明的时代色彩和典型的审美价值。它最可贵的艺术特色是：于沉郁恺恺之中出之以幽默的调侃和轻俏的嬉笑；压抑的氛围和风趣的谈吐相反相成。这就远远地迥然超出于历来落魄文人叹老嗟贫的寒伧诗文之上。它没有温庭筠词作的纤柔气，也不见苏东坡式的出世感。它体现了蒲松龄直面惨淡人生乃至笑对悲剧命运的勇毅精神和豁达心态。柳宗元说得好："嬉笑之怒甚于裂眦"。能在词作中以高妙的艺术手法创造出这种高层次的审美意境，没有睥睨尘世的胆识和匠心独运的才华，是根本做不到的。

（朱　捷）

鹧鸪天

喜友人过访村斋

僻处门无剥啄声，故人何幸款柴荆？因山架屋苔常满，倒树成桥叶尚生。　　新笋进，午风平，飞花误入煮茶铛。翛然相对清如水，坐听林间春鸟鸣。

乔莱历经明末崇祯、清初顺治、康熙三朝，康熙时进士及第，授内阁中书后应博学鸿儒试，列一等，授翰林编修。再经大考，取一等四名，康熙甚嘉其学，颇重其文才。后因中流言而罢归。但他心境淡如，自甘清贫。晚治废圃，名"纵棹园"，于中研究经学，潜心读《易》。这首词当是词人退居林泉遇友人过访时填写的。从词题"喜"字可知词人此刻心情是愉悦的，作品格调是欢快的。

"僻处门无剥啄声，故人何幸款柴荆。"首起句点明村斋地处偏僻、远离尘嚣、无人叨扰的清幽环境。剥啄，象声词，这里指敲门声。正因如此，所以故人造访才感到无限惊喜和欣慰。款，敲，叩击；柴荆，用荆条树枝编织而成的简陋院门。此二句已擒题现旨，并以"何幸"二字突出一个"喜"字。以下两句进一步具体描述"村斋"的环境：他的斋居凭借山势而营造，因山林阴湿之故，所以屋上常年长满青苔。院门前涧溪上横卧着一棵尚且绿叶的树木，成了一座小桥。词人笔下的这一寓"小桥流水人家"的环境是多么地自然、纯朴、安静、幽谧！仿佛世外桃源。这客观的描写笔墨中，寄托着作者恬淡自足、隐遁超逸的情志。

过片继续写村斋环境，只是空间由外及内而已。"新笋进"，点明时在春天，新笋抽芽。另外，古谓"宁可食无肉，不可居无竹"，这里

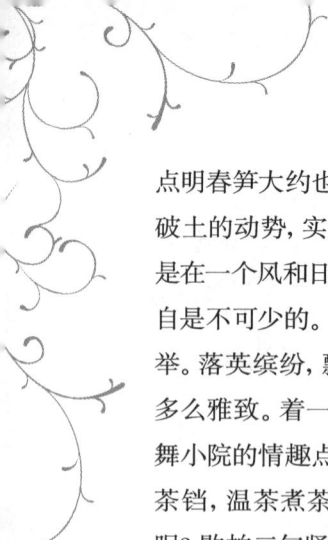

点明春笋大约也不无标榜主人雅洁清高之意吧。一个"迸"字状春笋破土的动势，实乃神来之笔："午风平"，更具体地交待友人过访时间是在一个风和日丽的中午时分。故人难得相聚，煮茶待客，促膝品茗，自是不可少的。"飞花误入煮茶铛"一句则从侧面交待了这一清雅之举。落英缤纷，飘堕茶具之中，可以想象这一对好友煮茶品茗的环境多么雅致。着一"误"字，使物拟人，把平和的午风中落花自由自在飞舞小院的情趣点缀得鲜活灵动，也更使这位隐士小斋显得高雅脱俗。茶铛，温茶煮茶的器具。那么，这对重逢的故人品茶时的情况如何呢？歇拍二句紧承上文作了交待："翛然相对清如水，坐听林间春鸟鸣。"翛然，无拘无束。由词题"喜"字可知，来访者定是词人知己，所以相对闲话自是无拘无束的。从词人陶然忘机的高雅情志来看，所交当非俗流，故"清如水"的神，心清静如水、超尘脱俗的雅情高志当指主客双方。既然这一对纯情好友皆脱却凡俗物累，而此刻又置身于幽清之境中，那么自然无须多话，相对而坐，倾听林间春鸟鸣啭当是最好的享受了。绾束二句把词人冰清玉洁的情志和盘托出。乔子静饱读诗书，满腹经纶，遭人谗毁而闲置乡里，但却心气平和，词中毫无惆怅失落之感，却能安贫守志，亦可称古之难得的儒雅高士了。

读此词有一种轻松的快感，其因全在于词行文用平常语言，无一字冷僻，绘景用白描手法，无一处黏涩，且意境清新，构景淡雅，人之情与物之趣两相融洽，相得益彰。

（沈立东）

惜秋花
咏牵牛花

能几番开，绕西风篱落，早来秋感。小字芳名，却爱星河为伴。浑疑未了佳期，又翠朵、忽横凉院。藤软，最难分、嫩姿碧深朱浅。　　黛峰画偏淡，莫吴娘妆罢，又疏筠齐卷。承露无多，输与晓程人看。漫写一段幽情，试问谁、含颦千点。曾见，小青花，竹山吟卷。

这是一首咏牵牛花的词。上片正面吟咏牵牛花。"能几番开，绕西风篱落，早来秋感"，已点出牵牛花是秋天开花，并缠绕于篱笆等物之上的一种缠绕草本花木。"绕西风篱落"一句，勾勒出缠绕于篱墙之上，在秋风中摇曳生姿的牵牛花的神态，其手法与北宋词人周邦彦咏荷花词"水面清圆，一一风荷举"类似。牵牛花其名，恰好同神话传说牵牛(牛郎)织女二星隔银河相望的爱情故事中牵牛星相同，词人运用此特点，笔锋一转："小字芳名，却爱星河为伴。浑疑未了佳期，又翠朵、忽横凉院"，由物而情，但仍然紧扣住牵牛花来写，看着院子里开着的花儿，而联想起牛郎和织女长期分离、一年只团圆一次的恋情。最后一句"藤软，最难分、嫩姿碧深朱浅"，又紧贴牵牛花的特点(枝条缠绕)，既写出牵牛花的情状，又蕴含着词人的感情。下片化用南宋末著名词人蒋捷《贺新郎·秋晓》上片："渺渺啼鸦了。亘鱼天，寒生峭屿，五湖秋晓。竹几一灯人做梦，嘶马谁行古道。起搔首，窥星多少。月有微黄篱无影，挂牵牛数朵青花小。秋太淡，添红枣。"这一片词描写秋日黎明时的景色，着重写了秋晨中的牵牛花"月有微黄篱无影，挂牵牛数朵青花小"，并且还写了早起上路的行人。

邵瑸此词题为《咏牵牛花》，上片已正面咏过，下片则由花及人，

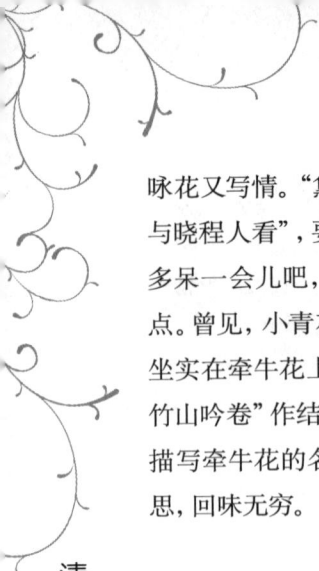

咏花又写情。"黛峰画偏淡,莫吴娘妆罢,已疏筠齐卷。承露无多,输与晓程人看",要上路了,吴娘(泛指美貌女子)梳妆毕,与"晓程人"多呆一会儿吧,马上就要别离了。"漫写一段幽情,试问谁、含颦千点。曾见,小青花,竹山吟卷",既写出女子眉带愁态,含情脉脉,又坐实在牵牛花上。人、花、情融为一体。下片最后以"曾见,小青花,竹山吟卷"作结,让读者联想到蒋捷(人称竹山先生,有《竹山词》)描写牵牛花的名句"月有微黄篱无影,挂牵牛数朵青花小",逗人情思,回味无穷。

(唐永德)

巫山一段云

次平望驿

水市新篘熟，维舟落照前。一行雁影白于烟，渔艇细粘天。

倦拭征人目，闲消壮士年。秋光似亦解相怜，故逗月光妍。

　　这首词，是书写作者远行途中止宿平望驿之所见所感的。"平望"，在江苏吴江县南。"驿"，即驿站。

　　上片，侧重写景。

　　"水市"两句，落笔先写来到平望驿。作者长途水浪颠簸，于夕阳落照之时来到平望，系舟岸边，准备歇息；水市之上，新酒酿出，正好来它几杯，一洗征尘。"篘（chou）"，篾编之漉酒器也，此处代指酒。

　　"一行"两句，写他远望所见。放眼望去，夕阳辉照，高空一行雁影胜似白色的细烟；远处那打鱼的船儿格外细瘦，仿佛与天际相连。这两句，极富江南水乡之特色，也颇合举首远望之情景。

　　这上片，描绘得如诗如画，简短几笔就将作者的行止、水乡的秋色展现在读者面前。画面疏朗开阔，真切如见。

　　下片，侧重抒情。

　　"倦拭"两句，一扬一抑，抒写出面对此景的感受。风景这边独好，它可为疲倦的征人拭目，顿使人轻松开朗；但如此闲疏，亦是在消遣壮士华年。言语中流露出对此景的赏识，以及对壮志难酬的感慨。作者的心情是矛盾的。

巫山一段云『水市新篘熟』

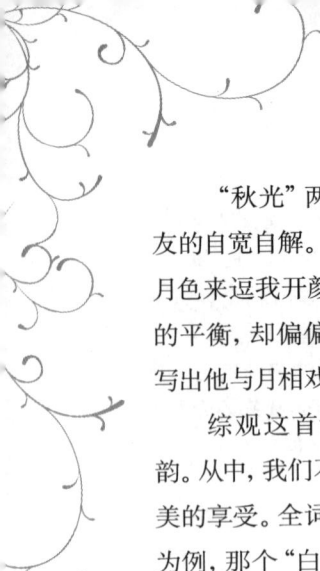

"秋光"两句，以风趣幽默的笔调，传达出他无可奈何、以月为友的自宽自解。这大好秋光也好像是懂得同情、爱怜，故意用皎妍的月色来逗我开颜。分明是沉醉自然之美，以求精神上的解脱和心理上的平衡，却偏偏赋秋光月色以人格，言其颇解相知相怜，这样，就既写出他与月相戏的欢乐，也使词句平添了几多情韵。

综观这首词，言语不多，却写得雅致精巧，跌宕有致，颇富情韵。从中，我们不难看出作者疏朗、恬淡的性格，也可以得到一种艺术美的享受。全词用字精微、贴切、自然。我们仅以"一行雁影白于烟"为例，那个"白"字确实是用得好。你想，那大雁虽为灰褐色，但其腹部皆白，由下观之，且于阳光辉映之中，岂不正是"白于烟"吗？可见诗人观察之细微，用字之考究。

（赵　明）

清词之美

高士奇 (1645—1704) 史学家、文学家。字澹人，号江村，又号瓶庐，赐号竹窗，钱塘 (今浙江杭州) 人。出身贫寒，以诸生就试不举，在京城鬻文为生。旋为康熙帝隆遇，旬日三试皆中第一，供奉内廷，官詹事府少詹事。后因事被劾罢官。复召入京，官至礼部侍郎。工书法，精鉴赏，工诗词，其词格调平和闲雅。著有《左传纪事本末》《春秋地名考略》、《江村消夏录》、《清吟堂集》等，词集有《蔬香词》、《竹窗词》、《独思词》各一卷，合称《清吟堂词》。

浣溪沙
文 石

一片蓝田种不成，浅沙点点密于星。就中最爱小螺青。　　摩诘细皴添画法，坡翁长供寄吟情。煮泉曾否入《茶经》？

这是一首咏物小令。咏物，就是以细致描摹自然物体形态的方法，使人产生某种联想，或生发感慨，得到美的享受。这首小令，就是词人通过对"文石"（生有纹理的石头）的细腻刻画，丰富的联想，给我们塑造出一件新颖别致的艺术品，读来韵味无穷，给人以含蓄深邃的美感。

上片描述文石的秀美、精巧，令人叹赏。"一片蓝田种不成"，将文石比喻成蓝田美玉，晶莹光洁，细润精妙，纹络奇异，不似田埂垄坎那样纵横交织的耕地。"蓝田"，在陕西省西安东南，蓝田县西三十里有玉山，于溪水中产一种名贵的碧玉，世称"蓝田碧"。然后，词人对碧玉似的文石作了细腻地描述："浅沙点点密于星，就中最爱小螺青。"石上的花纹，有奇妙的脉络纹理，那密如繁星的点点花色，如浅沙轻浮，如霰雪纷落，在晶莹透剔的文石上，显得那么娇柔纤巧，组成的图案又是那么朦胧迷离，亦真亦幻，似有还无，令人爱不释手。在这些奇巧秀美的纹络图案上，最引人注目的还是那"小螺青"，精巧怪异，形态自然。词人的描述，包含了丰富的情感色彩，他称道的不仅是文石本身，而且将意义拓展了开来，赞赏了所有精美奇巧的事物。他的用意是在于表明：无论什么事，或是什么人，不论目前的处境如何，只要其本身有别于他物的特点，就会被人赏识，不会明珠暗

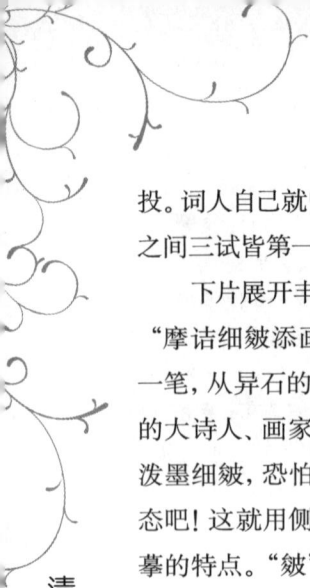

投。词人自己就曾京闱不利, 落魄到卖文为生, 偶以诗见知康熙, 旬日之间三试皆第一, 入内廷供奉的。由此可知, 他写"文石"或非闲笔。

下片展开丰富的联想, 给人以淡雅深邃的美感, 令人玩味无穷。"摩诘细皴添画法", 这过片并未直叙"文石"情况, 而是有意宕开一笔, 从异石的形色美入手, 描摹其纹彩的怪异奇妙, 就连唐代著名的大诗人、画家王维, 尽管他善写丹青, 见到这"文石"触动灵感, 泼墨细皴, 恐怕也要增添新的画法才能够逼真地描绘出这文石的形态吧! 这就用侧面烘托的方法, 表现出了文石的奇妙, 非常人所能描摹的特点。"皴", 是中国画的一种技法, 多用以描绘山、石、树木的形态和纹理, 王维颇精此道。"坡翁长供寄吟情", 又进一步从对文石的赏鉴意义描述其贵重。苏东坡有《北海十二石记》散文, 记叙其采"秀色粲色"的十二枚海滨怪石以归, "置所居岁寒堂下"之事, 可知坡翁爱奇石。词人想到: 这文石, 比海滨十二石要精美得多, 倘被坡翁识见, 定会欣喜有加, 将它携回家中, 长供于书案, 寄情咏志, 又会写多少诗篇文章! 结句"煮泉曾否入《茶经》", 巧妙地借用黄庭坚"锡谷寒泉橢石俱"(《谢黄从善业寄惠山泉》)的诗句, 以"橢石澄清泉水"的传说, 联系文石亦必有此用场, 用以帮助烹茶, 或许较橢石更为有利的遐思, 把文石的作用更加理想化了。(《茶经》, 唐代陆羽的论茶著作) 词人从文石的形象想到王维的画技, 从文石的奇妙想到苏轼的清供, 又从石水山泉联想到黄山谷的品茗, 心绪翩跹, 神思飞扬, 意趣盎然, 令人拍案叫绝。

这首词, 构思别致, 语言轻爽清幽, 色调淡雅, 思绪深广, 是一首不可多得的词作。

(张志英)

洪　昇 (1645–1704) 著名戏曲作家、诗人。字昉思,号稗畦,又号稗村、南屏樵者,钱塘 (今浙江杭州) 人。少时家道中落,后为国子监生。康熙十二年 (1673),再入京师,以卖文为生。康熙二十七年 (1688) 写成《长生殿》传奇,传唱甚盛。次年,因在佟太后丧期演出触忌,下刑部狱,被国子监除名。后漫游江南,酒醉落水而卒。所作《长生殿》与孔尚任的《桃花扇》为清代戏剧两座高峰,因有"南洪北孔"之称。工于诗,曾向王士禛、施闰章学习诗法,又与朱彝尊、毛奇龄、查慎行、赵执信结为诗友,往来唱和。诗风近唐人,于平淡处见工力。亦能词。诗集有《稗畦集》、《啸月楼集》等,传奇有《天涯泪》、《回文锦》、《闹高唐》等,已佚,今仅存杂剧《四婵娟》,词集有《昉思词》、《四婵娟填词》(一名《啸月词》)。

更漏子
渡瓜洲

暗潮生,斜日坠,瓜步晚云初霁。离别苦,客途难,江风吹暮寒。　　疏窗静,孤帏冷,旅梦还家才醒。年少日,客中多,好春能几何!

洪昇,是清代著名的戏曲家,同时也是颇具声名的诗词家。其诗词之作,感慨坎坷身世,抒发个人穷愁,大多格调凄凉。他的这首《更漏子》,也属这类作品。如题所示,此词是写他即将由瓜洲渡江返乡之所见所闻的。瓜洲,又称瓜埠洲,在江苏邗江县南大运河入江处,与镇江隔江斜对。

词的上片,写词人泊船瓜洲时的所见所感。"暗潮生"三句,先写所见之景。傍晚来到瓜洲,只见:江潮暗涨,落日西沉,新雨方罢,晚云初收。"离别苦"三句,继写面对此景之所感。面对落日残照,潮水涌涨,词人不禁想到客途的种种艰难、离家的种种苦楚,因而也就更觉得江面上吹来的晚风分外寒冷:是天寒呢,还是心寒?恐怕是二者皆有。作者正是用情景交融的手法,形象地突出了自己那种天寒心更寒的处境。

词的下片,写他晚宿瓜洲的情景和感慨。"疏窗静"三句,以极为

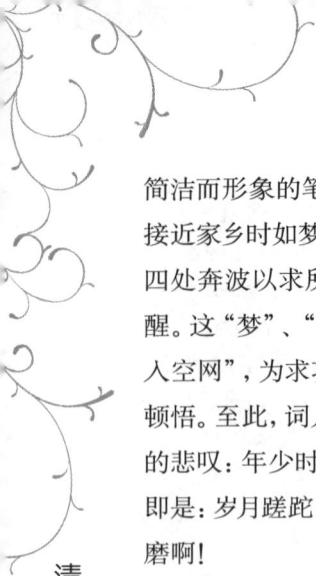

简洁而形象的笔墨，高度概括地书写他住宿途中的冷清、孤独，以及接近家乡时如梦初醒的感觉：疏窗外，万籁俱寂；客舍中，孤帐难眠；四处奔波以求所得的美梦，到此接近家乡的冷清之夜，方才如梦初醒。这"梦"、"醒"二字中，着一"才"字，极为含蓄地书写出他"误入空网"，为求功名苦苦奔波，但却一无所获，仅是徒受旅途之苦的顿悟。至此，词人不禁无限感慨。"年少日"三句，便是一种无可追悔的悲叹：年少时常于客中度过，可是美好的青春能有几何！言外之意即是：岁月蹉跎，年华渐逝，人生怎能经受得住这客中徒劳往返的折磨啊！

　　全词通过渡瓜洲时的客中感慨，抒写出自己的坎坷穷愁。一片真情实感，以凄凉的声调出之，绘景传神，使人如闻如见。词中，遣词造句毫无雕琢矫饰，尽是自然平淡之语，显示出一种清新秀逸的语言美，足见词人深厚的文字功力。

（赵　明）

西江月

平山怀阮亭

几度平山高会，词成人去堂空。风流司李管春风，又觉扬州一梦。　　杨柳千株剩绿，芙蕖十里残红。重来谁识旧诗翁？只有江山迎送。

平山，指平山堂。在扬州西北蜀岗的大明寺中。初建于宋，乃是唐宋八大家之一的欧阳修做扬州太守时建造。这是个非常秀美的去处。欧阳修曾描绘道："平山阑槛倚晴空，山色有无中。手种堂前垂柳，别来几度春风。"这位大诗人曾在此手植垂柳，可见非常欣赏此处秀丽的景色。因此平山堂便成为后世的游览胜地。

欧阳修死后七年，苏轼路经扬州时曾到平山堂凭吊欧公。有《西江月·平山堂》留世。人世沧桑，转瞬六百三十五年过去了。至康熙五十四年 (1714) 以《桃花扇》名世的清代大文学家孔尚任又写了一首《西江月》，并且也是怀念好友之作，这位好友就是王阮亭。

阮亭是清代著名文学家王士禛的号，另一号叫渔洋山人。他曾在扬州做过推官。后累官至刑部尚书等职。在清初，其诗名已很大，尤擅七律，亦工词。他在扬州任职期间，与江南名士过往甚密，曾聚游平山堂等胜地，多有诗词传世。孔尚任于康熙二十五年也在扬州督理过治河工程，在扬州滞留了三年多。当然也曾到平山堂与友人游览赋诗。此时距王士禛在扬州时已有二十多年了。其后不久，孔尚任迁北京任国子监博士，时阮亭也迁京官，两人结为好友。阮亭于康熙五十一年（1711）谢世，此时孔尚任已被罢官。三年后，尚任应朋友之邀又到扬州，和友人在红桥、平山一带重游旧地。想起当年的好友王阮亭也曾在此招饮赋诗，而现在已是词在人空，自己也成六十八岁的白发老人，不禁感慨万千，因有此作。

上片忆昔。起句便含万千怅然之情。"几度高会"既含五十年前阮亭在此招贤饮赋的豪举，又含尚任在此三年时登堂赋诗的雅兴（时有《补种平山堂杨柳》五律一首），两人都曾在此"高会"。那时孔尚任还不满四十岁，而现在却已近"古稀"了。抚昔思今不禁感慨万千，"词成人去堂空"其中"词成"二字既指阮亭游平山时留下的词作（时有《浣溪沙》："绿杨城郭是扬州"句已被传诵），又指此阕怀阮亭之词。老友纵有名句传世，自己虽成念友之词，然而，毕竟友已作古，物是人非了。想当年，"风流司李管春风"，是何等潇洒！那时阮亭还不满三十岁，正是风流偶傥的年华，对任扬州推官（"推官"古称"司理"，"理"通"李"），招贤聚饮，春风得意，可是转瞬间都已"灰飞烟灭"，"又觉扬州一梦"。"扬州梦"化用杜牧《遣怀》诗句："十年一觉扬州梦，赢得青楼薄幸名。"无非是说人生不过一场春梦而已。上片怀念亡友，但发的是人生如梦的慨叹，含着丝丝的怅惘，缕缕的哀思。

下片抚今。句句伤怀，是上片怀念亡友的深入。过片似是写景，但景中已露深情。"杨柳千株剩绿，芙蕖十里残红"。这次孔尚任重游平山业已近秋。弥望千株杨柳，绿意仍浓，然而红桥四面荷塘，十里芙蕖（即荷花）已剩残红。"剩绿""残红"虽皆为景语，但都透出几分伤感，令人想到故人已然辞世，自己也两鬓皆霜，即使景色依旧，也已物是人非。"残红"两字已把自己风烛残年的伤感隐隐露出了。下两句更是直抒胸臆，想到此次重游平山，谁还能记得我这个与扬州曾有深厚感情的"旧诗翁"呢？大概只有这美好的江山——扬州、平山堂来迎送我。结尾两句的伤感似乎已超出怀念亡友的悲痛，好像对世态的炎凉亦有针砭。联系诗人的身世可知，他以十余年心血写成不朽名著《桃花扇》，到头来只落得罢官归里，这其间人世的苍凉冷漠他必定多有体会。明乎此，也许这最后两句所表达出来的凄凉冷寂乃至内心的愤愤不平就不难理解了。

（杨燕昌）

西江月「几度平山高会」

风流子

癸亥五日舟阻汉阳寄内

死前惟有别,登程日、能不惜离群。念五载客游,归才四月;一生花事,负了三春。怜卿外、蓼茶甘独茹,岁月肯平分?别后重逢,只除魂梦,舟中憔悴,最是黄昏。　　芳时逢重五,楚江上,家家香泛蒲樽。只有征人,思乡不觉沾巾。问未办税粮,如何典鬻?新炊麦饭,可继瓮飧?他日归来,双鬓怕已如银。

这是一首离家后于行舟中寄怀妻子的词。首句极其沉痛,如杜鹃泣血,巫峡猿啼:"死前惟有别",看来此别或为生计所迫,或因名缰利锁,不得不别。登舟日为离群而惜别,更是由于"念五载客游,归才四月;一生花事,负了三春"。前两句说分离时间之长,相聚时间之短;后两句说,青年岁月,亦少与妻子相聚。"三春",指春季的第三个月,即阴历三月。《牡丹亭·游园》:"恰三春好处无人见"。班固《终南山赋》:"三春之季,孟夏之初。"这里用风光最美的暮春三月,比喻夫妻的青春年华。蒋士铨《水调歌头·舟次感成》:"十载楼中新妇,九载天涯夫婿……年光愁病里,心绪别离中。"与本词这四句相近,同为感叹聚少别多,青春即将逝去。接二句"怜卿"、"蓼茶"二字分开说,各为有苦味的水草或苦菜。《诗·周颂·小芯》:"予又集于蓼。"《集传》:"辛苦之物也。"或用"蓼"比喻陷入困境。《诗·邶风·谷风》:"谁谓荼苦,其甘如荠。"或作"荼蓼",谓处境艰苦。《后汉书》卷66《陈蕃传》:"今帝祚未立,政事日蹙,诸君奈何委荼蓼之苦,息偃在床?"这里是说虽家境艰苦,但她情愿独自忍受,却不愿"平分"一些美好的享用。"风月",原意清风明月,指美好的景色。《南史》卷28《褚裕之传》

附褚彦回："初秋凉夕, 风月甚美。"杜甫《日暮》："风月自清夜, 江山非故国。"再以"别时容易见时难"和黄昏时舟中的相思收束前结。

后阕以端午节而写对内人的思念和对家中诸事的关怀。"重五"本名"端午"。《太平御览》卷引用《风土纪》："仲夏端午, 端, 初也。"亦名"端阳"(见《月令广义》)、"重午"(见《宋史》卷262《刘温叟传》)。端阳日, 楚江两岸人家, 或门插菖蒲(旧俗以蒲叶为剑可避邪), 或饮樽酒,"每逢佳节倍思亲", 因此不觉泪沾衣襟。接"问"字领下四句, 一关心缴税纳粮后的典卖诸事; 一关心新麦旧谷能否相继。最后以相别日久, 归来后怕已都是两鬓如霜作结。

这首词叙写家事不厌其烦, 不厌其多, 但娓娓道来, 如相晤话语, 虽不在艺术技巧上下工夫, 但朴拙真实, 表现出对内人的纯真感情, 从而得见伉俪情深和作者因不得已而久别的幽怨之怀。

(艾治平)

风流子「死前惟有别」

相见欢

秋风吹到江村,正黄昏,寂寞梧桐夜雨不开门。　　一叶落,数声角,断羁魂。明日试看衣袂有啼痕。

顾彩与著名的戏曲家孔尚任曾合作《小忽雷》传奇。他的词作,风格隽逸,辞旨轻捷朗快,出语俏妙。这首《相见欢》为其代表作品。

这首词以传统的天涯游子之情为题,一扫镂虚凿空之习,摄眼前实景,道心中真意,委婉含蓄地流露出由明入清、江山易主时期的江南文人群所共有的感伤悒郁、悲哀怆凉的压抑情调。

词上片着重写羁旅他乡的游子所见之景,下片着重写夜宿江村触景所感之情。词的首起二句"秋风吹到江村,正黄昏"点明时间、地点。而秋风的萧瑟,黄昏的凄凉,皆是词人精心构选的触发游子离思之情的典型景物。第三句"寂寞梧桐夜雨不开门"所描述的连绵夜雨、点点滴滴洒落梧桐、江村人家闭门掩户的冷落则更令离人寂寞不堪。过片"一叶落"已非所见之景,因时在雨夜,连同下一句"数声角"皆诉诸听觉。空间上二句又是由近及远。近处传来一叶飘落之声,所谓"落一叶而知秋",此句和开头呼应。远处响起了几声号角悲鸣。诗歌有"鸟鸣山更幽"的审美佳趣,而这里雨夜一声落叶、数声角鸣,也正好反衬出梧桐秋雨夜的深沉、阒静和离人的寂寞无聊。这样也就水到渠成地引出第三句"断羁魂"的感慨。此三句即言那远近传来的落叶声和号角声足令羁旅行人失魂落魄。凡为词者大约皆知"一切景语皆情语"的审美常识。词人这里惨淡经营、苦心孤诣地罗列了一组令人凄骨生寒的悲凉之景，诸如萧瑟的秋风，难耐的黄昏，寂寞的梧桐夜雨，揪心的叶落声，蚀魂的号角声等等，其目的只是为了尾一句传情而蓄势。主人公究竟是否"断魂"，第二天请看衣袖上斑斑泪痕就知道了。"泪湿青衫"的结果通过"明日"二字时间上的限定，可见天涯游子感秋伤怀、思乡怀亲的悲啼以至通宵达旦。煞尾一句可谓奇崛而不露雕琢之痕，曲折而不显阻滞之病。全词悲怆凄凉的情韵有前六句的景物为基础，至此显得丰腴、深沉。

（沈立东）

相见欢『秋风吹到江村』

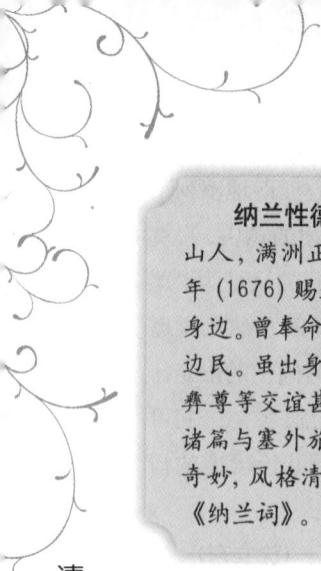

如梦令

正是辘轳金井, 满地落花红冷。蓦地一相逢, 心事眼波难定。　　谁省? 谁省? 从此簟纹灯影。

这首词描写了一对青年男女一见钟情, 相互爱恋的复杂情景。

第一句"正是辘轳金井", 交代出初见的地点。那是围着栏杆, 有一具提水辘轳的金井边, 这在古代庭院中本来是最平常的地方, 在诗人眼里, 却太不平常了, 这里, "正是"她和他蓦然相遇的地点, 句首"正是"两字郑重其辞, 点明了辘轳金井这块地方在诗人心中的分量。紧接"满地落花红冷"又把这相见的时间和作者惆怅的心绪形象地表达出来。李煜《浪淘沙》: "流水落花春去也。"这里是指明暮春时节, 花开花落, 流年易去, 对着这满地残红落花, 多愁善感的人在心头涌起了怅惘的情绪。他觉得躺在井阑阶畔的无数落花和他一样感到了暮春天气的冷寞凄清。落红本是无情物, 它不理会人间的冷暖和凄清, 说它"红冷"不过是诗人内心情感的反射和联系。就在这春意阑珊的时候, 她蓦然而现, 意外相逢, 其喜可知, 相互间惊鸿一瞥的情景, 他永远不能忘怀。第三句的一个"蓦"字, 用得极其巧妙, 把春寒料峭、落红成阵、心情索寞之际忽而相见她的喜悦之情一字带出, 使前面的"红冷"成了"蓦地一相逢"的蓄势。然而, 这相逢时的欢乐与喜悦转瞬即逝, 留给人们的依然是一层凄冷悲怨的气氛, 因为这相逢, 不是花好月圆之夜; 也没有莺啼鸟语衬托, 伴随着眉月波光的却是片片残红落花，悲戚之情始终映罩着，暗示出他们爱情之路的坎坷不顺，向人们透露出初恋者复杂细腻的心境。

"蓦地一相逢，心事眼波难定"两句，是整首词的关键之处。在"眼波心事暗相牵"的封建时代，青年男女不能有正常的交往，他们难以互通心曲，婚姻大事，听凭父母之命，媒妁之言。然而，长期被禁锢的青年男女，乍然相见，极易迸发出爱情的火花，初见的印象便会深深烙印在他们心中，词人抓住了这一刹那间的状态，着眼于男女初见的情景入手，确实高明，这与晏几道《临江仙》"记得小蘋初见，两重心字罗衣"，也以初见情景入手，抒发相思的艺术手法是相似的。在封建礼教束缚下男女授受不亲，无法接触，但禁不住他们在偶然的机会里眉目传情，暗送秋波。眼睛，是心灵的窗口，然而，流眄横波，毕竟不能道明彼此的心思，是喜？是爱？是羞？还是怕？初见面又相互钟情的男女，多么需要传达爱的信息，可是，他们只能用眼波相送，而眼波往往使人无从捉摸，忐忑难安。接下去的两字"难定"，一语道破为什么"红冷"不断，解出了诗人在搦笔着墨时强烈述说的"红冷"原因，又引出了"谁省？谁省？"的诘问，一下使整个词的立意深刻起来。

"谁省？谁省？"是说有谁知道她的心思呢？这口气既有疑问，又包藏着诘问。她和他蓦地相逢，一见钟情，不能有半句的话语，眼波又不能料定少女的心思，她的心事谁可知道？这里借对少女发出的疑问，隐隐鞭鞑了封建礼教在男女之间所制造的无形藩篱，揭露了包办婚姻制度的不合情理。诗人重复使用"谁省"，既做了如梦令的定格，也贴切地表达相思者苦恼怅惘的心境。

的确，少女的心事是难猜度的，何况他和她只是目光相遇，横亘在他们之间，又有无形的高墙，她的心思谁也说不清楚。然而，他对她的爱恋之情却是真挚的，"从此簟纹灯影"一句，"簟"字古汉语中指坐卧用的竹席，全句的意思是，从那次相见后，她的形象，就宛然出现在簟波席纹之中，出现在灯光烛影之下，她似乎无所不在。作者捕捉住这样奇特的感受再次表达了相思之情，同时又揭示了封建礼教下青年男女之间的爱情悲剧。艺术手法相当高明。

纳兰性德在这首《如梦令》词中，遣字不多，短短十几字，以初恋、初见的情景入手，明指暗喻，取意深刻，感情沉着，是较有深刻现

实意义的词作之一。陈维崧评他的词说："哀感顽艳，得南唐二主之遗。"顾贞观也评说："婉丽凄清，使读者哀乐不知所主。"的确名不虚传。

（次仁卓玛　公保扎西）

减字木兰花

相逢不语，一朵芙蓉着秋雨。小晕红潮，斜溜钗心只凤翘。　　待将低唤，直为凝情恐人见。欲诉幽情，转过回廊叩玉钗。

这首小令写的是一对有情人再次相遇时矛盾而又复杂的心理状态。写得婉约秾丽，缠绵哀怨。

第一句"相逢不语"，它劈头四字，便揪紧了人们的心弦，相互爱慕的有情人偶然遇到一起，彼此都盼望这样一个再相逢的机会，他和她都有许多的知心话向对方倾诉，然而，他们只是四目相投，谁也开不了口，启不了语，仅仅用了四个字，便道出这对有情人内心的矛盾和困苦，引出了为什么他们相逢不语的沉默原因。

第二句"一朵芙蓉着秋雨"，写的是女主人公的容貌和神态，她那美丽的脸庞犹如一朵带着雨滴的芙蓉。芙蓉即荷花。方岳《水调歌头》："秋雨一何碧，山色倚晴空。"秋雨过后，碧空如洗，青山滴翠，这里的意思是，原来纯洁可爱的女主人公，现在变得更妩媚了。

第三、四句也许是因为他投去的目光，忽然，她脸上泛起了微微的红晕，低头匆匆走开，接着"斜溜钗心只凤翘"，"钗"，古代妇女头饰，似翠鸟尾之长毛，常斜插头上。这里作者只写眼前玉钗的移动，而女主人公垂肩舞袖、步履含愁的形象，宛然在目，借"钗"言人，巧妙地刻画出女主人公低头匆匆而去的心态和动作。

词的下片第一、二句，"待将低唤，直为凝情恐人见"。乍一相逢，机会难再，准备悄声说话打招呼，可是声音还未出口，又咽了回去，"恐人见"三字，道出了相爱者无由相亲的原因。"欲诉幽情，转过回廊叩玉钗。"眼看这偶然相见的时刻就要溜走，瞬时间，她转过回廊，在不显眼的地方轻叩玉钗。这究竟是约他在这儿等待？还是要他转过身来多看一眼？作者没有点明，只让读者自己咀嚼其中意味。

　　纳兰性德写了许多以爱情为题材的词，他的爱情词格调，都比较成功地创造出一种低回幽怨的意境，近似宋代词人晏几道。不过，纳兰性德所写的爱情词，其取材又与晏几道大异其趣，晏几道流连于歌台舞榭，他的词，多是向歌姬侍妾表明心迹，像"舞低杨柳楼心月，歌尽桃花扇底风"，"琵琶弦上说相思"等词句，都是在苦情幽韵中萦绕着琴声舞态。纳兰性德较少涉足秦楼楚馆，所集中表现的，多是出身于贵族家庭的青年男女爱情生活的苦闷心态。因此，他所写的抒情主人公那种嗫嗫嗫嗫吞吞吐吐欲言又止的神态，别有一种深沉的美，把人物内心活动揭示得异常高明。为此，顾贞观曾有"吾友容若其门第才华，直越晏小山而上"之说，话虽有偏爱之嫌，但也不是全无道理。可以看出当时人们对性德的才华、品格和文学贡献的极大关注。就这首词来讲，写得便颇有特色，作者抓住了人物极其细微的举动和表情变化，含蓄地表现出年轻人的无法言传的心迹，为什么他们欲言又止、趑趄不前？是有人在场干涉阻隔吗？不，他们只是恐怕被人瞧见，讪笑议论。"人言可畏"，封建势力可怕之处，在于它能用舆论编成一条无形的绳索，紧紧捆住青年男女的身心，使他们都不敢去越过"礼教"的壕沟。也许这对恋人相遇的时刻，周遭没有一个人，只是他们过分胆怯，谨慎，白白放过了珍贵的互相倾吐情衷的机遇，他们彼此情意绵绵，渴望相互倾吐情思，但遇到机会后，却又为胆怯、谨慎、欲言又止的心理所阻碍，这正是封建势力的无形压力带给青年男女的爱情悲剧所在。爱意绵绵却又苦涩无比正是贵族青年爱情生活中酸甜苦辣的真实写照。此外栏干回廊相见的描写，在纳兰词中曾反复出现。如《虞美人》中"回廊一寸相思地"，《红窗月》"犹记回廊影里誓生生"等。纳兰性德多次叙述回廊上发生的情景，也许作者自己有深切的经历感受，以至回廊这一寸相思地，竟使他无法忘怀。作者选择回廊作为表达情意的地点，说明了他描写的抒情主人公，是生活在深深庭院中的贵族青年。他们虽然是餐金馔玉，征歌逐舞，诗琴书画，然而，正是他们受封建礼教影响最深，在爱情生活中受害更甚。这对今天人们认识封建时代落后的礼教观念有着积极的现实意义。

（次仁卓玛　公保扎西）

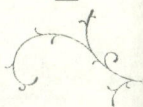

减字木兰花『相逢不语』

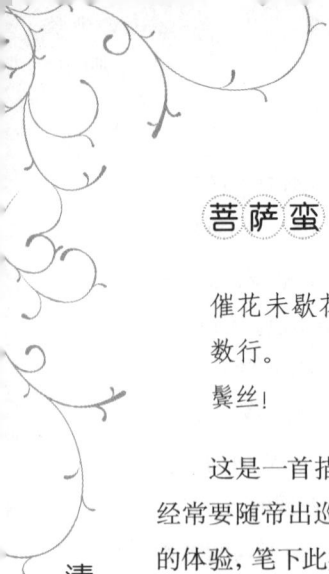

菩萨蛮

催花未歇花奴鼓，酒醒已见残红舞。不忍覆余觞，临风泪数行。　　粉香看欲别，空剩当时月。月也异当时，凄清照鬓丝！

这是一首描写夫妻离别情怀的词。纳兰性德曾是康熙的侍卫，经常要随帝出巡，与妻子处于分离之中。因此，对别离之情有着很深的体验，笔下此类词写得哀婉凄清，深沉挚诚，十分感人。

词的上片以"催花未歇花奴鼓"一句起，化用典故来交待别离的场景和时节。"花奴"据唐人南卓《羯鼓集》记载是宁王长子汝南王李琎的小名，因善羯鼓而得唐玄宗宠幸。"催花"一词出自于元马祖常《宫词》中"催花羯鼓变新声"一联，讲的是玄宗在宫中赏春光，高力士在旁用羯鼓奏《春光好》，曲罢，含苞的春花已尽开放，所以有"催花"一说。这里是讲别宴上的乐曲仍在持续，设定的地点是别宴。"未歇"二字又显出开宴已有不少时间了。这种场景、时间设定，使人极易进入别离的氛围之中，为下面词义展开起了很好的头。接着笔端承上句转入正面描写，"酒醒已见残红舞"，这是一幅残宴图。"酒醒"省却了别宴过程的繁复枝节描写，视点集中在这将别未别、最令人心酸、感喟的时刻，同时这二字也反映出想沉醉酒中，消除别离愁绪的心境。"残红舞"是写花儿凋零，照应前一句"催花"二字，花开花落易触动人的烦乱情怀，正与此时人物感受十分契合。景物的渲染，加深了沉郁的气氛。于是"不忍覆余觞，临风泪数行"，场面的选择正是最能表现欲别不忍情感的。酒尽宴散就意味着别离，故有"不忍"二字，然而离别时刻终将到来，所以只能迎风流泪相送。此语虽平平而出，但他们这种夫妻恩爱，难以割舍之情却跃然纸上。

上片只写临别情景而未点明离别，下片开始就交待清楚了："粉香看欲别，空剩当时月。""粉香"是女子的代称，这里指妻子。眼看即将与妻子离别，心中愁苦更与何人说，自此之后只有天上的月亮陪伴自己了。所谓"当时"，夫妻相聚欢乐之时也。月儿依旧，月下相偎相依的情景宛然在目，而人即将难觅，所以用"空剩"二字，借同一个月亮作聚散苦乐之对比。然后更翻进一层："月也异当时，凄清照鬓丝"，虽是同一个月亮，但看上去已非溶溶温柔，而显得阴冷凄清了，景随情移，客观事物已蒙上了一层主观色彩。离别已是黯然消魂，何况年华似水，彼此已到双鬓成丝的年纪了。人生禁得几回别？全词最后让月光照见鬓边的一缕白发（是自己的、妻子的，还是彼此的，这都一样），使夫妻离别之情突然变得无限深沉、厚重了。

词先写花，后写月，正面描写的虽是残红冷月，却能令人想见它的背面——往昔的花好月圆，夫妻情深，以此作为写离别之悲的渲染衬托，在艺术上犹有安排。

（蔡义江　蔡宛若）

菩萨蛮

新寒中酒敲窗雨，残香细袅秋情绪。端的是怀人，青衫有泪痕。　　相思不是醉，闷拥孤衾睡。记得别伊时，桃花柳万丝。

这首词写思念之苦。先由凄苦情绪写起。第一句，"新寒中酒敲窗雨"，"中酒"意思是喝醉酒，新寒是指寒冷冬季来临前时期，即深秋时节。"残香细袅秋情绪"，意思是说：悲秋的情绪，像一缕残香，细袅如丝，萦绕心头，窗外的秋雨，不断地敲打着窗门，也敲打着他的心扉，这两句把作者当时凄苦的心境，转达给读者。他在周围一片静寂中，望着香炉里的残烟，袅袅升起，满腹愁思，只能以酒浇愁。秋风秋雨，萧飒凄凉，搅得人愁怀似醉。

第三、四句，"端的是怀人，青衫有泪痕。"道出了作者为什么有如此凄苦惆怅的心情——正是因为思念心上人。诗人以"酒"、"雨"、"烟"几样景物，构成一幅凄残景象，把抒情主人公愁肠百结、泪洒衣衫的思念之苦，巧妙而又充分地表现了出来。

第五、六句，"相思不是醉，闷拥孤衾睡。"指的是尽管人已经因为酒醉，而卧躺床上，可是思念之心却清清醒醒，他依然还清楚地回忆着春天分手时的情景。什么情景呢？词人在这里却将笔锋一转：

"记得别伊时，桃花柳万丝。"主人公的眼睛一亮突然眼前出现一派春意融融、情意缠绵的幸福画面。这桃红柳绿的妩媚景色，这如此美好的幸福回忆，与前面的"新寒"、"窗雨"、"泪痕"的惨淡孤寂的情景，形成了强烈的对比。出人意外，令人回味。层层深入地揭示人物思想感情，又以反常的出人意外的感受表现感情的起伏变化，是纳兰性德最为熟悉，并且运用最多也最为成功的艺术手法。如："空有当时月，月也异当时"（《菩萨蛮》），"多情不是偏多别，别离只为多情设。"（《青云案》）等都是以同样的手法、曲折地传达出他特有的情感，刻画出复杂、纤细的人物心理，从而使读者也强烈地感受到作者情感的颤动。

（次仁卓玛　公保扎西）

浣溪沙

　　谁念西风独自凉? 萧萧黄叶闭疏窗, 沉思往事立残阳。　　　被酒莫惊春睡重, 赌书消得泼茶香, 当时只道是寻常。

　　这是一首悼念已故妻子的词作。据徐乾学《通议大夫一等侍卫进士纳君墓志铭》载："配卢氏，两广总督兵部尚书都察院右都御史兴祖之女，赠淑人，先君卒。"卢氏卒于康熙十六年 (1677) 五月三十日，时年二十一岁。卢氏十八岁结婚，与纳兰伉俪情笃，仅得三载。《志》谓："抗情陈表，则视若浮云；抚操闺中，则志存流水，于其殁也，悼亡之吟不少，知己之恨尤多。"足见作者与其亡妻深具的琴瑟音通的心谊。这首词形象地反映了作者与亡妻之间的夫妻情谊。

　　上片"谁念西风独自凉"三句，由北宋词人晏殊《蝶恋花》一词的意境化出。晏词的下片是："昨夜西风凋碧树，独上高楼、望尽天涯路。欲寄彩笺无尽素，山长水阔知何处？"描写词中为离愁所苦的主人公，因怀念情人而登高楼远望，所见只有满目凄凉的残败景象，因而感到失望。这首词，化用了这一意境，除了满目凄凉的残败景象与晏词相同之外，其伤感则更深更重，前者欲望情人而未望到，是失望；而后者则是爱妻已故去，欲望而无望。因为"往事"已如"残阳"，不得复归。于是，作者只得"闭疏窗"。这种欲望而无可望的心态，被作者表现得十分形象传神，读之令人非常凄婉感伤。

下片转入回忆。作者便追忆起昔日与妻子悠闲的有趣的生活。在这里作者运用了宋代女词人李清照与赵明诚夫妻二人的爱情故事。据李清照《金石录后序》记载，她经常与丈夫赵明诚在饭餐之后，比试记忆力，谁能准确地说出某事情在某书中的卷数与页数所在，即为胜者，可先饮茶。结果，胜者举杯在手，得意得常常倾翻茶杯，反而喝不着了。作者将这一有趣的故事用于词中："赌书消得泼茶香"，雅而不俗。末句"当时只道是寻常"，是这首小令的点睛之笔，看似轻易写出，却蕴含着无限的怅惘与追怀。作者与亡妻往日的情怀尽在不言之中了。

这首词的特点是语淡而情深，主要是赤诚淳厚，情切意挚，似乎将一颗哀恸追怀、无尽依恋的赤热之心，活脱脱地吐露到了纸上。因此，读来十分感人。诚如顾贞观所说：纳兰"所为乐府小令，婉丽清凄，使读者哀乐不知所主，如听中宵梵呗，先凄婉而后喜悦"。（《通志堂词序》）其实，是貌似喜悦而实则是哀伤，是寓哀伤凄婉于谈笑风生之中。

（贺新辉）

蝶恋花

辛苦最怜天上月，一昔如环，昔昔都成玦。若似月轮终皎洁，不辞冰雪为卿热。　　无那尘缘容易绝，燕子依然，软踏帘钩说。唱罢秋坟愁未歇，春丛认取双栖蝶。

这是一首悼念亡妻的词，表现出诗人对逝者无限依依之情，是作者爱情词的代表作品之一。

康熙十三年（1674）年方二十岁的作者，娶曾任两广总督的卢兴祖的女儿为妻，两人情笃意挚，恩爱缠绵。不料婚后三年卢氏死于难产。诗人伤心不已，悲痛万分，悼亡之情发而为词，不下二三十首。其悼亡词赤诚淳厚，情真意切，像这首词几乎将一颗哀恸追怀、无尽依

恋的心活脱脱地吐露到了纸上。

上片以月亮为喻深情地追怀与亡妻之间的甜蜜的爱情生活。在古典诗词中常以月的圆缺象征人的悲欢离合。作者在另一首《沁园春》词序中说："重阳前三日，梦亡妇淡妆素服，执手哽咽，语多不能复记，但临别有云：'衔恨愿为天上月，年年犹得向君圆'。"梦是心中想。这两句诗实际上是作者的存想精念托梦而发的。开头三句是说，人世间最美好的爱情，就像是天上的月亮，每月只能有一个晚上圆满，其余的晚上都缺损难全。昔，即夜；环，圆形玉璧，喻满月；玦，有缺口的圆玉，喻缺月。这一连串的比喻，出语天然，深挚哀切。下两句"若似月轮终皎洁，不辞冰雪为卿热"，紧承上句而来，好似对作者梦中卢氏所吟断句的直接回答。若将四句联对，则仿佛作者在与冥冥之界的亡妻对吟。真是情真语真，感人肺腑，与苏轼"但愿人长久，千里共婵娟"词句，有异曲同工之妙！

下片作者又用燕子和蝴蝶作比，进一步寄托缠绵不尽的哀思。过片"无那"二字转折有力，将作者由前片寻寻觅觅的幻梦境界跌回现实之中。"尘缘容易绝，燕子依然，软踏帘钩说"。作者慨叹与恋人尘缘已断绝，而帘间的燕子不知人亡，依然在呢喃诉说往事。睹物思人，情因物生，于是结拍二句作者的思绪又回到了阴间："唱罢秋坟愁未歇，春丛认取双栖蝶。"作者愿与死者的灵魂双双化作双蝶，生生世世相聚双飞，表达了作者对亡妻情根难断的一片痴心。"秋坟"句化用唐李贺《秋来》诗句"秋坟鬼唱鲍家诗，恨血千年土中碧"，抒情气氛变得更为凄厉。

综观全词，作者仅用生活中习见的明月、燕子、蝴蝶三种景物，就淋漓尽致地表达了自己对亡妻的怀念之情。其感情之真切，令人低徊欲绝。被称作是"势纵语咽，凄淡无聊"（谭献《箧中词》）的传世名篇。正如王国维《人间词话》所说："（作者）以自然之眼观物，以自然之舌言情，此由初入中原，未染汉人风气，故能真切如此。北宋以来，一人而已。"切中了纳兰词所以独擅胜场的真谛。

（贺新辉）

长相思

山一程，水一程。身向榆关那畔行。夜深千帐灯。 风一更，雪一更。聒碎乡心梦不成，故园无此声！

这首描绘塞外风光的词作，是作者随康熙皇帝出巡时的作品。清康熙二十一年（1682）二月，康熙皇帝东巡盛京（今辽宁省沈阳市），作者随行。这首词作于东巡途中。作者的另一首《如梦令》也是作于这次东巡途中，二者都是反映边塞生活的佳作，可称之为姐妹篇。

在这首小令中作者用质朴无华的语言，精练的手笔，描绘出壮美的北国风光和清初满清皇帝出巡的盛况。全诗三十六字，上片记述行程与驻地。"山一程，水一程"，以两个"一"字概括了行经的万水千山；"身向榆关那畔行"，点明去向是山海关之外。歇拍"夜深千帐灯"一语，大气包举，写出了皇家巡行的气魄和阵势，展示出空间的辽阔，令人油然顿生茫茫之思。这最后一句，被王国维称之为"千古壮语"（《人间词话》）。

下片描绘夜中景象。作者从时间入手，"风一更，雪一更"，写出了风雪交加、长夜待晓的情势。"聒碎乡心梦不成，故园无此声！"前句写风雪声扰，使心碎而归梦难成；后句则直叙故乡是没有这样的风雪之声的。聒（guō），喧扰，指风雪的喧嚣。两句前后对照，作者的爱乡、思乡之情尽在不言中。

"夜深千帐行"是壮丽的，但是千帐灯下照耀着无眠的万颗乡心，又是怎样的情味？作者面对飞飏的雪花，触目惆怅；耳听雪夜风声，更是怨不成眠。这一扬一抑，一暖一寒，写尽了自己厌于扈从的情怀。

这首词语淡情深，铺叙眼前所见，心中所想，直言以道，宛如行云流水，自然成文，虽用墨不多，却将祖国的边塞风光与军旅之情栩栩如生地刻画了出来。读者在观赏塞上的辽阔与寒冷之余，不知不觉心头便产生一股淡淡的思乡之绪。难怪周之琦赞许地说：纳兰性德"小令则格高韵远，极缠绵婉约之致，能使残唐坠绪，绝而复续，第

及品格,殆叔原、方回之亚乎?"(《箧中词》引)

（贺新辉）

如梦令

万帐穹庐人醉,星影摇摇欲坠。归梦隔狼河,又被河声搅
碎。　　还睡,还睡,解道醒来无味。

这是一首脍炙人口的名篇,写于辽东,是作者随清康熙皇帝东
巡盛京(今辽宁省沈阳市)时写的,与另一首小令《长相思》写于同
时,可以称作是姐妹篇。小令《长相思》描写东巡行程与驻地,后半
段写夜景。这一首直接描绘行军途中穹庐夜宿的情景,清晰地显现出
清初满族生活的特异风貌。开头两句:"万帐穹庐人醉,星影摇摇欲
坠。"生动地描绘出塞上露营的画面。穹庐,古代游牧民族居住的毡
帐。万帐穹庐中的人都已熟睡,进入梦乡;空中星光万点,闪闪烁烁,
好像星星要从天空坠落下来。这是壮阔场面的特写,勾勒景观可算得
十分生动。接着二句:"归梦隔狼河,又被河声搅碎。"狼河,古称白
狼河,即今辽宁省的大凌河。作者于边塞旷漠之中夜宿,仍念念不忘
的是自己的故乡,所以是"归梦隔狼河",却"又被河声搅碎"。但是,
作者又不甘于"被搅",于是,"还睡,还睡",因为醒来没有意思,即
"解道(知道)醒来无味"。看似诙谐,实则是发自作者内心的意蕴,
是发自心底的"羁栖良苦"的郁闷。

这是一首苍凉清怨的边塞行吟。我国的边塞词自北宋范仲淹守
边思乡几首之后,代不多见。清人词中颇有佳句,而纳兰尤为可观,他
的塞外行吟词既不同于遭戍关外的流人凄楚哀苦的呻吟,又不是守
边士卒万里怀乡之浩叹,他是以御驾亲卫的贵介公子身份扈从边地
而厌弃仕宦生涯,他面对荒寒苍莽的塞外景色,思绪无端,夜不成
眠。本篇正是这样一首寥廓清苍之调,塞外旅愁之作。作者确乎无
愧于"满清第一大词人"之称号。

（贺新辉）

清词之美

·252·

菩萨蛮

朔风吹散三更雪，倩魂犹恋桃花月。梦好莫相催，由他好处行。　　无端听画角，枕畔红冰薄。塞马一声嘶，残星照大旗。

这首词作于1682年秋作者奉旨执行军事侦察的途中。是一首以纪梦的艺术手法，表达离情别恨的词。作者有不少关于梦的词作，其中以这首词写得最为出色。据韩菼说："纳兰性德于康熙二十一年秋奉使觇梭龙，羌道险远，君间行疾抵其界，劳苦万状。"作者在《梭龙与经嵩叔夜话》一诗中亦提到："生不赴边庭，苦寒宁识此"。这首《菩萨蛮》写的就是作者在经历"劳苦万状"生活中的心情。

第一句"朔风"指北方的寒风，古乐府《木兰诗》："朔气传金柝，寒光照铁衣。"朔气即指北方寒气。说呼啸的朔风吹起了满地的落雪，雪虽然停住了，但继之而来的狂风卷起了满地雪花，这风如刀似割，它比下雪更冷十倍，它的来临使寒冬落雪的气温更加凄冷；"三更雪"点明是在夜里下的雪，塞外苦寒，风雪之夜，思念故乡的军旅之人这时还不能入睡。

第二句"倩魂犹恋桃花月"，"倩魂"意思是带着笑意的梦魂。这一句写军旅征夫进入梦境，外面呼啸的寒风还在凄紧地吹着，一直思念故乡的人终于带着微笑进入了梦境；他仿佛看到，窗下月色溶溶，窗外桃花耀眼，闺中旖旎温馨的氛围与风光叫人无限依恋。梦境与现实是如此悬殊，作者以"三更雪"与"桃花月"对举，把风雪交加的塞外寒夜与闺中的温情作了鲜明的对比。"犹恋"两字承接上句的"朔风吹"，表明尽管强劲的朔风吹散了满地的雪花，但吹不散军旅征夫的思乡之念，在寒风刺骨的深夜，思念之情更加强烈。

下片，第三、四句，以"梦好"承"桃花月"而发，诉说了远离故乡的思家之人，每天鞍马劳顿，巡边守地，只有在深夜里才能静静地思念故乡的亲人，但寒夜中的梦，有恶梦，也有好梦，今夜正做着好梦，就让他做下去吧！让他在梦中多得到一些欢聚的幸福和快乐吧！诗人在这里用了两句非常流畅易懂的句子，但投入的感情却如此真切深

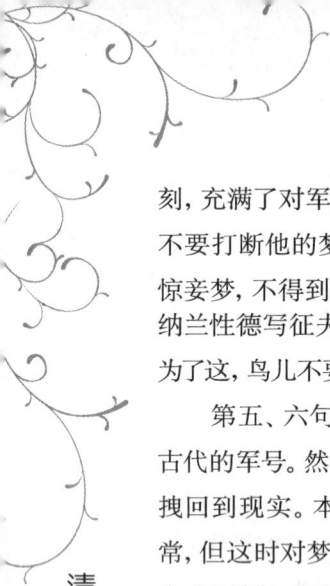

刻，充满了对军旅征夫的无限同情。希望他多享受好梦的幸福，谁也不要打断他的梦，这与唐代金昌绪"打起黄莺儿，莫教枝上啼。啼时惊妾梦，不得到辽西"的写法十分相近。金昌绪写了思妇梦往边地，纳兰性德写征夫梦回故里，他们难相见，就让他们在梦中多相会吧！为了这，鸟儿不要啼叫，更不要去相催。

第五、六句，又接出了"无端听画角，枕畔红冰薄"，"画角"指古代的军号。然而，好梦不长，画角一声把征夫从欢聚团圆的梦境中拽回到现实。本来，卫戍边地的军人，对军旅中的画角声声习以为常，但这时对梦回故里，沉醉入幸福欢乐的梦中人来说，这画角吹得太"无端"，"无端"两字透出了征夫对这画角的恼恨，对军营生活的恼恨，也隐隐谴责了制造这悲欢离合的封建统治阶级。一声画角断送了他一场幸福梦，他长久地盼望着回到故乡与亲人团聚，但却很难实现。终于，在梦中他回到了故里和亲人中间，征夫禁不住流淌下幸福的泪水，待到画角一声梦醒回时，欢聚时的幸福泪水已在枕边凝结成为一层薄薄的冰。方千里诗曾道："情泪滴如冰"。"枕畔红冰薄"中的"红冰"两字，这里指凝成为冰。诗人以"梦好"，"画角"入手，点出最后的一个"冰"字，把梦境中幸福缠绵情景与现实中的塞外苦寒生活做了鲜明的对比，强烈地抒发出这无声之恸。

最后的两句词，"塞马一声嘶，残星照大旗"，继之画角，这塞马一声嘶，又一次打破了周遭的沉寂，把仍然沉浸于梦境的征夫梦彻底打碎了，从迷惘中醒来的征夫，虽然还留恋着刚才的梦境，但睁眼抬头时，残星欲曙，晓风吹拂着军旗，迎来了塞外冰冷的空旷的黎明，使征夫完全回到冰冷的现实生活里。

这首词中诗人以自己的亲身体验，把边地军旅生活的劳苦艰辛和征夫们对妻室故园的魂牵梦绕的思念之情表达得淋漓尽致，强烈地抒发出对卫戍边地的征夫们无限同情。在写梦醒时，连同画角、塞马、残星、大旗，把塞外寒夜中军旅生活描绘得格外悲凉寂寞，与词的上片写梦回故里时的缠绵格调形成鲜明的对比。作者在《梭龙与经岩叔夜话》一诗中曾有"生不赴边庭，苦寒宁识此"的真实体验，由此才能写出这样一首悲凉深刻的好词。

（次仁卓玛　公保扎西）

木兰花令
拟古决绝词

> 人生若只初如见，何事秋风悲画扇。等闲变却故人心，却道故心人易变。　　骊山语罢清宵半，泪雨零铃终不怨。何如薄幸锦衣郎，比翼连枝当日愿。

这首词反映的是"痴心女子负心汉"的主题。相传汉代的司马相如欲纳妾，他的夫人卓文君就作了一首《白头吟》诗，中有"闻君有两意，故来相绝决"二句，以后唐代元稹作有《古决绝词》三首，所以，这首《木兰花》题名"拟古决绝词"。全词用汉代班婕妤秋扇见捐的故事与唐代杨玉环和玄宗的爱情故事，抒发了作者的感慨。

起句"人生若只初如见"是对男女之情经不住时间考验的叹息。接着叙述班婕妤的故事。据《汉书》载，班婕妤，左曹越骑校尉况之女。少有才学，成帝时选入后宫，为婕妤。后赵飞燕姊妹得宠，谮害婕妤，婕妤恐久见危，求供养太后于长信宫，乃作怨诗，托辞纨扇云："新裂齐纨素，鲜洁如霜雪。裁为合欢扇，团团似明月。出入君怀袖，动摇微风发。常恐秋节至，凉飚夺炎热。弃捐箧笥中，恩情中道绝。"诗中纨扇被人遗弃的命运，恰是班婕妤身世的生动写照。这是一首著名的托扇写怨的宫怨诗。所以作者写"何事秋风悲画扇"。在以男性为中心的封建社会中，女子必须完全依附于男子，难以掌握自己的命运。于是词人发出了"等闲变却故人心，却道故心人易变"的慨叹。前句"故人心"的"故人"是指男子，后句"故心人"是指女子，仅一字之倒，便将男女双方的形象刻画出来，意味深长。

下片借用唐玄宗与杨玉环的爱情故事，抒发感慨。"骊山语罢清宵半，泪雨零铃终不怨"。骊山，在今西安市郊临潼县东南，是唐玄宗皇帝与杨贵妃的游宴之地，二人卿卿我我，缠绵悱恻，所以作者写"语罢清宵半"；安史之乱，唐玄宗在逃往巴蜀的路上，被迫于马嵬坡处死了杨贵妃，当时连日下雨，车马铃声相应，玄宗思念贵妃，写下了一首《雨霖铃》悼念。据《太真外传》载，杨贵妃被处死时曾说："妾诚负国恩，死无怨矣。"这便是："泪雨零铃终不怨。"据说，唐玄宗与杨贵妃在七月七日曾发誓愿，表示愿世世作夫妻。因此，词作以

"何如薄幸锦衣郎，比翼连枝当日愿"作结。写得十分凄婉动人，尤其"泪雨零铃终不怨"一句，于感伤之中不露怨恨之情，这就更增加了这首词作凄楚动人的情感。

综观这首词当是一首借古托今的伤逝词。这正是它在艺术上的一大特色。作者正值仕途春风得意而名满天下之际，爱妻溘然逝去，严重创伤他的心灵。心境之剧变，"侧帽"风流顿成"如鱼饮水，冷暖自知"的凄咽，其词风随之播迁，使他成为历来词人悼亡词最多的一位，是继苏轼之后在这一题材词作中最称卓特的一家。其悼亡、追思亡妇、忆念旧情的词作多达三四十篇。这首词托故寄情，明写帝王弃情而实则寄托着爱妻先我而去的幽怨，其哀惋更加悽切，当是这类题材的一篇佳制。顾贞观在《通志堂词序》中说："容若词一种凄婉处，令人不能卒读，人言愁，我始欲愁。"陈维崧也说："饮水词哀感顽艳，得南唐二主之贵。"(《词评》)

(贺新辉)

南乡子
为亡妇题照

泪咽却无声，只向从前悔薄情。凭仗丹青重省识，盈盈。一片伤心画不成！　　别语忒分明，午夜鹣鹣梦早醒。卿自早醒侬自梦，更更。泣尽风檐夜雨铃。

这是一首怀恋亡妻的悼亡词，写得情真意切，读来十分凄婉动人。

上片写事，写作者为亡妇题照。"泪咽却无声"，一开始便凄切感人，无声的抽泣比嚎啕大哭更令人悲伤。作者后悔当初没有更好地履行丈夫对妻子的爱抚，未能尽到丈夫的职责。如今想凭借写词悼念亡妻，为亡妻描绘一幅肖像画，但也由于伤心太重无法提笔。"一片伤心画不成"，借用元代大诗人元好问的诗句入词。元好问身处金元易代之际，因国破家亡，兄死妻丧，本人又被蒙古军羁管，所以，在诗词中曾多次用这一诗句，如："卷中正有家山在，一片伤心画不成。"

（《家山归梦图》）又如："十年旧隐何处归，一片伤心画不成。"（《怀州城晚望少室》）再如："重阳拟作登高赋，一片伤心画不成。"（《九重后一日作》）等等，极写了元氏对于国破家亡的仇恨。作者借用这一成句入词，足见爱妻的亡故，使他伤心到了极点！

　　下片抒情，抒写作者对亡妇的一片深情。"别语忒分明"，我们诀别时的话语仍然十分清楚地回响在耳际。"午夜鹣鹣梦早醒"，比翼双飞的美梦早已成为过去。鹣鹣（jiān），比翼鸟，这里比喻作者与他的爱妻。下面，"卿自早醒侬自梦"，这是作者对"人间无味"是否醒悟的表述。词人设想，爱妻"早醒"（逝去），也即是早离尘海，弃去无味之人间，自己却仍然在梦中痴迷独处其间，了无生趣。怨苦、怨怼转生出离世超尘的幻念，是古代文人通常谋求心态平衡、自我解脱的药剂。作者在这里写出这种人生如梦的消极态度，是作者痛不欲生的心态写照，读来使人反而感到更加凄楚，倍觉情真意切。词末二句"更更。泣尽风檐夜雨铃"，作者运用了唐玄宗皇帝与杨贵妃的故事。安史之乱，唐玄宗在由京都长安逃往巴蜀的路上，被迫于马嵬坡处死杨贵妃。当时淫雨连绵数日不绝，雨声叮咚，与车马铃声相应，玄宗思念她，就写了一首《雨霖铃》悼念。作者借用来表现岁月洗不尽自己泪水的苦痛，寄寓着"天长地久有时尽，此恨绵绵无绝期"的悲哀心情。

　　况周颐评词曰："真字是词骨，情真、景真，所作必佳。纳兰所为词，纯任性灵，纤尘不染，甘受和，白受采，进于沉着浑至何难矣。"（《蕙风词话》）词人与亡妻情深意笃，因此，这首词将作者对亡妻的一片深情描摹得感人至深。

（贺新辉）

南乡子

孤　舟

　　风暖雨初收，燕子归时小院幽。摘得一双红豆子，低头，说着分携泪暗流。　　人去似春休，卮酒曾将酹石尤。别自有人桃叶渡，扁舟，一种烟波各自愁。

这是一首咏唱离情的悲歌。词题"孤舟"指爱人离去所乘之船。全词记叙分别之际的情景，抒写恋恋不舍的深情。

起拍两句为景语："风暖雨初收，燕子归时小院幽。"春雨过后，暖风吹拂，燕子已经归来，小院十分幽静。在这个幽静的小院里，惟一具有动态的，只是暖风。虽说句中出现了"燕子归"，但却被用以表明时序，抑或用来反衬爱人即将离去。这一来，小院的氛围就不只是幽静了，而是寂寞，难堪的寂寞。须知按情节来说，此时爱人尚在身边，分别在即竟双双无言，此可谓"此时无声胜有声"。这一层意思深隐在景语里头，非仔细把玩不得发见。所谓蕴藉深长者，此是谓也。

下一个片断情韵十足，动人心魄："摘得一双红豆子，低头，说着分携泪暗流。""红豆"，相思木的果实，从来就是爱情或相思的载体。王维《相思》诗云："红豆生南国，春来发几枝。愿君多采撷，此物最相思。"女主人公摘取红豆，而且是一双，其用情用意是很明显的。她没有像时下女郎一样，把红豆交给爱人，说："亲爱的，带上它。看到它就会想起我的。"而是"低头"，千种情思，万般情爱，全融进了"低头"这个极简单而又极不简单的动作之中。"低头"绝不仅仅是描画她的动态，而且为下句"说着分携泪暗流"垫底。一双红豆，各自一颗，这是她的安排，但此话刚一出口便"泪暗流"了。好个"泪暗流"！把一个分离在即，强忍悲情，为了使那将离去的爱人不因为自己悲痛涌泪而增加感情负担的女主人公的情怀、心态和举动、模样，活生生地画了出来！所谓妙笔生花者，此是谓也。

"人去似春休，卮酒曾将酹石尤。"倒叙一笔，以矛盾笔法刻画女主人公的矛盾心情。爱人离去之时，已是春意阑珊，用以喻写"人去"，适时而且切情。分离是少不得钱行的。回想为爱人钱行时，曾经举杯祈祷舟行遇上顶头风。传说石氏之女嫁尤郎，尤为商远行。妻阻之，不从。尤久不归，妻思念致病，临亡叹曰："吾恨不能阻其行，以至于此。今凡有商旅远行，吾当作大风为天下妇人阻之。"（见宋代洪迈《容斋诗话》）。女主人公希冀仿效石氏，祭风以阻爱人远行，其真情深怨，极为感人。所谓至爱如恨者，此是谓也。

"别自有人桃叶渡，扁舟，一种烟波各自愁。"苍天难遂人愿，逆风不起，爱人终于乘舟离去。"别自"，犹独自。所谓"有人"，当指远行爱人无疑。"桃叶渡"泛指送行之所。晋代王献之曾送其妾桃叶于此渡江而名渡口为桃叶。爱人舍我离去，是心肠硬化，还是实不得已，无须深究。望着那烟波浩渺之中的远去孤舟，"怎一个愁字了得"！

"一种烟波各自愁"脱胎于唐代崔颢和李商隐的诗句。崔诗云："烟波江上使人愁"（《黄鹤楼》），但只是诗人自家的离愁，这里却是送者与行者的两处离愁。李商隐有诗云："芭蕉不展丁香结，同向春风各自愁。"（《代赠》）便是写人在两处共同担承一种离愁的。这煞尾孤舟烟景里蕴蓄着无限的愁苦，不尽的离情，而且这愁苦和离情属于送行的双方。所谓"一对相思鸟，两个可怜虫"者，此是谓也。

全词景语幽深，叙语精简，或景或叙，均见真情。

（王成纲）

南乡子『风暖雨初收』

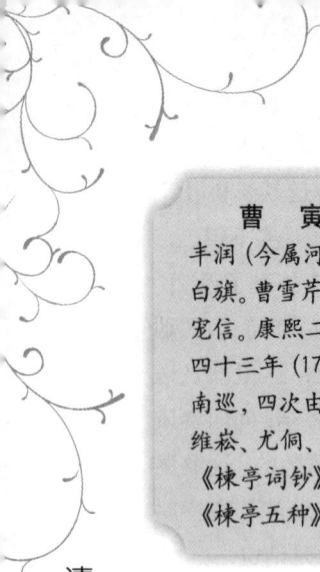

浣溪沙

曲曲蚕池数里香，玉梭纤手度流黄。天孙无暇管凄凉。　　一自昭阳新纳锦，边衣常碎九秋霜。夕阳冷落出高墙。

曹寅，《红楼梦》作者曹霑之祖父。官至通政使，久任江宁织造，巡视两淮盐政。身为统治阶级的上层人物、康熙皇帝的亲信，词人能写出这种揭露批判封建社会的作品，的确是极不容易的。

词以写古开篇，"曲曲蚕池数里香。"曲曲，深隐之处。蚕池，明时宫人纳锦之所。幽蔽邃密的蚕池何来弥漫数里的香气？无从考证，姑妄解之：词人是以夸张与通感相结合的手法，极言此地纳锦的人多、贮存的绢多。越姝吴女，绫罗绸缎，汇聚拢来，交相辉映，自然光彩照人，馨香四溢。写过纳锦地，笔触很自然地转向织锦人。"玉梭纤手度流黄。"以"玉"饰"梭"，以"纤"写手，溢美之情见于言表。其目的，在于烘托纨绮的华丽。加之"流黄"二字，虽系绢绸之名，却颇具流光溢彩之态，见之可想到那"异彩奇文相隐映，转侧看花花不定"的缭绫。更有一个"度"字，暗化"度若飞"之典，其意含多层：写纤手之灵巧，写动作之敏捷，写劳作之紧张。既如此，织工该是穿得好、穿得美、起码是穿得暖吧？岂料，"天孙无暇管凄凉。"天孙，织女星的别名，借指织锦女工。原来她们终日织纺，到头来竟顾不上解决自己的穿衣问题。二三句的内容，可概括为两句话，"窗下投梭女，手织身无衣。"这种推理式对比，逼使人不得不问：织者寒女衣者谁？

　　词人并不直接回答这个问题，而是于下片开始时设置了另一组对比："一自昭阳新纳锦，边衣常碎九秋霜。"昭阳殿，后妃居所。白居易有诗云："昭阳舞人恩正深，春衣一对值千金。汗沾粉污不再着，曳土踏泥无惜心"——原来如此！似这等糟践，似这等靡费，得要多少人的劳动才供得起！难怪织锦女工无暇自顾，难怪边塞士兵在降霜的九月还穿着破碎的衣裳。如果说织者与衣者的对比只是揭露了封建统治者骄奢"殃民"的话，那美人与士兵的对比则在批判他们荒淫"祸国"了。试想，一个沉缅于声色歌舞，置士兵、军队、边防于不顾的朝廷，其国运能昌盛、能长久吗？大概正是基于这种想法，词人用结句描绘了一幅颇有深意的图画："夕阳冷落出高墙"。夕阳本是回光返照之物，用"冷落"饰之，更见其气息奄奄。再加上高墙的遮挡，其光与热自然所剩无几了。所以，词作留给读者的，是一个凄凉的境界，一个萧索的氛围。这对于作品主题的开掘，是不无积极意义的。

（许建辉）

浣溪沙『曲曲蚕池数里香』

好事近

沂水道中

极目总悲秋，衰草似粘天末。多少无情烟树，送年年行客。　　乱山高下没斜阳，夜景更清绝。几点寒鸦风里，趁一梳凉月。

这是一首羁旅词，描写作者沂水道中所见，是较有空灵风致而又不空泛的佳作。

沂水，又称沂河，源出山东沂源县鲁山，南流经沂水县入江苏省境内，部分河水流入大运河和骆马湖。作者在"浙西六家"中，是以贵公子而成名御史的。康熙二十年 (1681) 副贡，补兵部主事，累官至陕西道监察御史，历掌浙江、山西、陕西、京畿、河南诸道事。一生无大波折、大坎坷，致仕退居后也得以优游林下。这首词当作于词人往返仕任的道途之中。

这首词上、下片，分别描绘了两幅秋天的图画。上片写白昼，下片写夜晚。写白日，用"衰草"、"烟树"两样景物；写黑夜，用"寒鸦"、"凉月"，也是两样景物。而写"草"，是"衰"草；写"树"是"烟"（乱、杂）树；写"鸦"是"寒"鸦；写"月"，又是"凉"月。作者用"衰"、"烟"、"寒"、"凉"四字，突出了秋天的景色，绘制出一派"极目总悲秋"的氛围。在描绘秋色之中，写衰草遍野，无边无际，一直到天的尽头，作者用了一个"粘"字；写"乱山高下"，斜日下落，作者用了一个"没"字。粘，点染，元杨维桢《杨妃袜》诗："尘玷翠盘思乱滚，香粘金靶忆微兜。"一"粘"、一"没"，两个动词，给这萧疏的秋天增添了一分活气。就是这样一派秋色，年复一年送走了作者这位"行客"。整首词着墨不多，但画意盎然，诗情浓重，行羁他乡的思家之情，尽在不言中。

谢章铤评作者的词说："比诸家较浅，绵丽不及竹垞，淡远不及武曾。"（《赌棋山庄·词话》）而这首词尚起伏蹭蹬，平实清淡，较有风致，当是作者的隽致之作。

（贺新辉）

好事近『极目总悲秋』

朝玉阶
秋月有感

惆怅凄凄秋暮天，萧条离别后，已经年。乌丝旧咏细生怜。
梦魂飞故国，不能前。　　　无穷幽怨类啼鹃，总教多血泪，
亦徒然。枝分连理绝姻缘。独窥天上月，几回圆。

沈宛，是纳兰性德侍妾。从其《菩萨蛮·忆旧》词和本词所述内
容来看，似乎是未侍纳兰容若 (纳兰性德的字) 之前已有意中人，而
且两情相依，往来有时，"记得画楼东，归骢系月中"(《菩萨蛮·忆
旧》)，但时乖运蹇，父母把她配给了一等侍卫纳兰容若，拆散了她和
情人的鸳盟，这痛苦"心事和谁说"？只能在夜深人静时"偷沾泪两
行"。这首《朝玉阶·秋月有感》，就是忆情哀怨的具体写照。

上片忆旧情，思往日，悲切心伤；下片血泪尽，姻缘绝，幽怨
难诉。

"惆怅凄凄秋暮天，萧条离别后，已经年。"追忆一年前匆匆别
离的悲戚心态，描述当前愁思难忘的痛苦。又是凄凄惨惨、悲凉伤
痛、令人心碎的暮秋了。想当初别家时，两情缱绻，四目依依，欲哭无
泪，欲诉难言，在萧条冷寞的寒夜里，暗暗别离到如今整整一年了，
我在京都遥望家乡，惆怅凄凉悲从中来，苦何堪言！开篇三句，词人
没有接触本题，只写出了暮秋的惆怅，别离时的萧条，奠定了全词悲
伤忧愁的基调。眼前的惆怅，与经年的离别一脉相承，"别时茫茫江
浸月"(白居易《琵琶行》)，因而见秋月就必然会触发心头的伤痛，
"惆怅凄凄"四字，概括了女词人的全部生活状况。生活愈痛苦，就
愈使其时时思念那往日的一切，思念旧日的情人、逝去的年华。

"乌丝旧咏细生怜。"女词人在痛苦中唯一可以自慰的是"旧
咏"，往日和情人的唱和诗词。从中重温心心相印两相知的旧梦，在

"梦"中追忆逝去的幸福。细细展读那往日的酬唱，悲凉的心头就会涌现出丝丝温馨、缕缕恋情，聊慰枯萎的魂，暂伴孤寂的影。"乌丝"，是乌丝格的省称，指书写时在绢上轻轻画出的界格。

由于旧情难忘，旧咏难释，因而词人常常是"梦魂飞故国"，梦中飞还故乡去寻觅旧日的情人，然而，往事如烟，旧梦难回，"不能前"。正如唐婉《钗头凤》词中所述："人成各，今非昨。"词人再也追不回那往昔的欢娱了，能不惆怅悲凉么？

过片，词人按捺不住心头的"幽怨"，直抒胸臆，把压抑在心头的痛苦呈现了出来。"无穷幽怨类啼鹃，总教多血泪，亦徒然。"借用杜鹃啼血的传说，表现词人幽怨之深，悲痛之烈，然而在封建社会里，一个弱女子的挣扎和反抗，力量微乎其微，就算是拼死呼号，双眼滴泪成血，"亦徒然"，既打不开封建观念的牢笼枷锁，也改变不了被蹂躏、被践踏的现状，损伤不了封建秩序的一发一毛，这是何等的不幸！这是何等的悲哀！词人的"幽怨"远远超越了个人的不幸，而是表达了全社会妇女的共同心声，这不正是对封建制度的抗议，对压迫者、统治者、传统观念的抗争！

"枝分连理绝姻缘。"词人愤怒了，她怒斥封建传统，怒斥门阀观念，怒斥拆散美好姻缘的包办婚姻，更痛恨纳妾制度的黑暗。正是这黑暗的制度，割断了她的心上人，摧毁了她美好的幸福生活，破坏了他们信誓旦旦的鸳盟。这里，词人借用白居易《长恨歌》中"在天愿作比翼鸟，在地愿为连理枝"的诗意，描述本来是好端端的一对情侣，却被活生生拆散，不能成为"连理枝"了，这是何等的残酷！本来是两情相依的美姻缘，硬被割断，绝了希望，怎不使人血泪流淌，怀"此恨绵绵无绝期"之伤痛！但是，伤痛悲哀，改变不了残酷的现实，魂系梦绕，只能是镜中之花。词人痛苦不堪，深夜难寐，伫立窗前，遥思远望，"独窥天上月，几回圆"。几回，是指多次，就是说，词人在痛苦的生活中，一次次见到静夜的圆月，然而月圆人不圆，物换星移，又是一年深秋了，孤独中勾起别离的前情，怎不令人怅惘愁思！

这首词，细腻地刻画了主人公的心理，大胆地袒露了情丝难断的执著追求，手法独具，旨意清新。词为女诗人之心声，饱含血泪之控诉，非常人所能及。

（张志英）

清词之美

踏莎行
和莱臣

酿雪尖风,洗霜纤雨,黄花红叶寒无主。归期道是近重阳,重阳已远犹难据。　　醉遣怀知,病和灯语,离情似海宽多许?夜深魂梦只南飞,征鸿过尽谁将去?

赵执信官至右赞善,因"国恤"时宴饮并观《长生殿》剧违制,被劾去官。大约这首《踏莎行》中所道的正是借游子离思以抒愤怨的遣怀之作。

词首三句借深秋季节寒风细雨中的黄花、红叶孤苦无依、凋残零落的形象以起兴,为游子孤寂凄凉、缠绵悱恻的情思渲染氛围。黄花、红叶皆赖凌寒傲霜而得风流,广为文人墨客所赞颂。但是连绵的细雨洗尽了秋霜,而代之以酝酿冬雪的阵阵寒风 (即"尖风"),使它们失去了凭恃。词人一反黄花、枫叶孤傲的形象,使其变得凄婉可怜。而那摧残黄花、红叶的无情风雨无疑地象征着主人公所处的恶劣处境。"归期道是近重阳",因词律需要而颠倒语序,应是"道是归斯近重阳",即是说归期就在重阳之前,但是"重阳已远犹难据"。重阳早已逝去很远了,归期仍然没有定准。主人公究竟因何事羁留他乡,又因何事而延误归期,词中皆未明言,但由前三句景语所铺设情境来看,至少可以断言,这是主人公正跋涉在蹭蹬失意的人生旅途上的感喟。阅读下一阕这种情感更加昭然了。换头"醉遣怀知"以下三句写游子无法排除的离愁别绪。主人公在思归无计的百无聊赖中举杯浇愁，对灯自语，但是这一切对于一位"离情似海"的天涯游子来说，又能宽慰多少呢？既然归期一再延宕，病愁无法开释，那么一年一度按时南归的候鸟——大雁，自然会更加牵逗离人的归思之情。歇拍二句词人将主人公浓得化不开的离情进一步作了生发，写主人公夜夜梦魂悠悠，只是向着南方故土飘然而去，但是大雁已经过尽，有谁将能离开这个地方呢？大雁春去秋回，"征鸿过尽"暗指秋冬代序，时光推移，时间和上阕"重阳已远"一句遥相呼应。

全词行文洒脱，意境悠远，用词深刻凝练。"醉遣怀知，病和灯语"的"遣"、"和"等，皆天工鬼斧之笔。

（沈立东）

踏莎行『酿雪尖风』

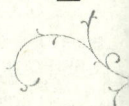

浪淘沙
钱塘观潮

遥望海门开，匹练初来，须臾万马蹴飞埃。白雪洒空红日暗，疾走风雷。　　乘醉上高台，俯仰徘徊。眼前陵谷总堪哀。安得钱王张万弩，重射潮回。

　　这首词是描写钱江观潮的一首佳作。钱江之潮乃天下伟观。海潮是由于月亮、太阳对地球各处引力不同所造成的海水周期涨落现象。杭州南面的钱塘江口，因呈喇叭形状，海潮涌入时受地形约束，所以最为壮观，以每年农历八月十八日的潮头最大，高度可达七尺。清代吟咏钱江潮的词很多，著名的有吴伟业的《沁园春》（八月奔涛）、曹溶的《满江红》（浪涌蓬莱）等，这首《浪淘沙》由于用词简练，造语通畅，命意积极，给人以耳目一新之感。

　　上片写景。据《钱塘候潮图》载："常潮远观数百里，若练横江；稍近，见潮头高数丈，卷云涌雪，混混沌沌，声如雷鼓。"作者采取特定手法，运用变焦镜头，将远景拉近，既描写了大潮的壮观气势，又点明大潮的速度之快。由近及远，由色而声，一气呵成，立体、全面地描绘出一幅钱江大潮图。作者把钱江潮比作"匹练""万马"、"白雪"和"风雷"，虽非独创，却搭配巧妙，前三句是视觉形象，后一句"疾走风雷"则是从听觉写钱江潮，绘色绘声，交相辉映。

　　下片抒情言志，与上片绘景有机地结合，造就浑然一体、苍茫豪壮的意境。登临望海能净化人的心胸，放眼宏伟壮观的自然景物更能呼唤出久郁心底的凌云壮志。"俯仰徘徊。眼前陵谷总堪哀。"作者在这千古江山面前徘徊思索。陵谷，陵变为谷，谷变为陵，比喻事物在不断地变化。大阜曰陵，两山间陷落之地曰谷。《诗经》："高岸为谷，深谷为陵。"眼前的波峰浪谷，使人联想到沧海桑田，几经变易，令人产生哀感。"安得钱王张万弩。重射潮回。"如何能像当年钱王那样，用弓箭再将大潮射退呢? 据《北梦琐言》载，五代时，"杭州连岁潮头直打罗刹石，吴越钱尚父 (即钱镠) 俾张弓弩，候潮至，逆而射之，由是潮退，罗刹石化而为陆地，遂列廛庚焉。"根据眼前景抒发壮志，表现出作者奋飞向上和变沧海为桑田，造福人民的开阔气魄，以及他涤荡万物的内心世界，颇有气势。从而，使读者得到激励，受到鼓舞!

（贺新辉）

浪淘沙『遥望海门开』

贺易简 词人。字位成，丹阳（今属江苏）人。贺对达之兄。工于词，与弟对达合刊有《皱水轩词同怀稿》。

南乡子
夜　况

小雨过阑干，几点征鸿下碧湍。隔岁离情都入梦，多般，也自供人一晌欢。　　梦破了无缘，明灭孤灯散影圆。起坐凝思都不是，无端，消受西风一夜寒。

这首词抒写闺情，写得细腻、含蓄、深沉。

《夜况》写夜里况味，孤苦凄凉。上片写寻梦。先从傍晚凭栏伫立，若有所待写起。开头两句："小雨过阑干，几点征鸿下碧湍。"是记事。斜风细雨，飘过栏干，远处有几只高飞的大雁，停落在碧波荡漾的江流里。"征鸿"飞来，但词人心中的人在何处呢？景中有情，人物未出现而自在画图中。三四五句："隔岁离情都入梦，多般，也自供人一晌欢。"写夜梦。等待无着，转而去向梦中寻求，追回失去的恋情。"隔岁离情"，本来是凄苦的，但进入梦中，千种万般的柔情，一一显现在心底，眼前，给人一时的欢乐和安慰。这样描写内心的感受，更加凄苦，更加深沉，更加热烈。这真是借酒浇愁愁更愁了。"多般"，多种多样。"一晌"，一时。

下片承上片，写梦破。在现实中得不到的温情，想通过梦中去得到，但梦总是要醒的，一旦醒来，现实仍然如此，失去的永远追不回来，那时的痛苦就更甚于前了。开头"梦破了无缘，明灭孤灯散影圆"两句，就写梦醒后的凄苦情景。深夜，好梦醒了，"一晌欢"也结束了，她清醒地意识到"多般"的"离情"是"无缘"的，是现实所不允许的，四周寂寂，孤灯明灭，灯影散乱。"这次第，怎一个愁字了得"？（李清照《声声慢》）最后三句："起坐凝思都不是，无端，消受西风一夜寒。"写通宵不眠，凝神深思，独坐等待，但全落空了。这样，她受尽了一夜西风的寒冷。"无端"，无缘无故。"消受"，享受，多指否定。"消受西风一夜寒",意为一夜不眠受尽痛苦的煎熬。

　　这首词表现了词人的追求和理想,反映了现实的冷寞和无情。全词不见一个"苦"字而其苦难言;不见一个"愁"字而其愁甚深。此词在"闺怨"词中,写得特别含蓄不露,耐人寻味,独具风格。

(余　文　任菊芬)

南乡子『小雨过阑干』

杏花天

落 花

花须着蒂无情绪，弹碎却、春痕几缕。退红泼点阑干雨，风里吹来吹去。　　有一片、蛛丝兜住，有一片、燕儿衔取。香魂似与东风语，为我重吹上树。

这首词，如词题所述，写的是落花。作者将自身与落花融化为一体，借落花抒发自己的感慨，读来颇有情趣。

同是写落花，由于不同的感情和心境，在诗人眼中会出现不同的形象。"纵被东风吹作雪，绝胜南陌碾成尘。"（王安石《北陂杏花》）托物言志，表现了自己洁身自爱、宁毁不污的性格；"落花辞树虽无语，别倩黄鹂告诉春。"（杨万里《落花》）作者以惜花人自喻，以落花寓寄自己忧国心事，无处陈诉的心境；"谁知艳性终相负，乱向春风笑不休。"（薛能《杏花》）写她艳性轻薄，向春风卖笑，不堪托付。而本词的作者黄之隽，康熙六十年 (1721) 进士，授翰林院编修，雍正元年 (1723) 任福建学使，五年 (1727) 以官闽旧案被劾落职，还里。词的结拍二句："香魂似与东风语，为我重吹上树。"抒写出自己不甘心落魄的自强心态，其感情寄托的方式则别具一格。

词的结束二句是全词的眼目所在，其他皆为眼目而生发。"我"正是抒情作者的化身。作者以"我"观物，所写之物，如"着蒂"、"弹碎"、"春痕"、"退红"等，皆着"我"之色彩。"有一片、蛛丝兜住"；

"有一片、燕儿衔取"。皆为"我"眼中之景。字字、句句写落花，字字、句句倾注着"我"深挚的感情。

　　这首小令，出语天然，情厚而笔奇，句势在倩隽中见跳荡，呈现出俊丽流转的美感。正可谓景无情不发，情无景不生，"情景交融而莫分"，不失为清中期词坛的一篇小令佳作。

（贺新辉）

杏花天 『花须着蒂无情绪』

沈叔培　字御冷，钱塘（今浙江杭州）人。著有《东苑词》。

山花子

自　慰

碧柳千条露未干，金衣百啭晚风寒。还道后园花未落，强心宽。　　孤枕只余魂缕缕，小衫谁见泪斑斑。旧日锦书偏惹恨，莫重看。

这是一首悼亡词作。词题"自慰"先用理智的闸门提高了感情潮流的水位，然后使感情流宕起伏，从理智与感情的相互变化中抒写悼念之情，收到极佳的艺术效果。

词的上片写景，下片写情。从时间上说，上片写白天，下片写夜晚。从空间上看，上片写屋外，下片写室内。这就使感情的激流在漫长的时间和宽阔的空间流宕，得到充分的展现。

"碧柳千条露未干，金衣百啭晚风寒。"开头一个工整的对句，写出了季节，"碧柳"千条而不是嫩柳丝飘，"金衣"百啭而不是雏莺初唱，即已是暮春时候了；写出了时间，从露珠晶莹的清晨，到晚风吹拂的黄昏；一"露"、一"寒"写出凄凉的感情氛围。下面，笔锋一转，按节气本应是落红遍地，而词作者将自己的意识向后流转："还道后园花未落。"然而事实上已是香凋花谢，人故楼空。为什么会出现感情与实际的反效果呢？"强心宽"。一个"强"字戛然卡住了感情的闸门，可见作者怀亡妻的感情之深！

下片，又是一个工整的对句："孤枕只余魂缕缕，小衫谁见泪斑斑。"一个深夜"孤枕"无眠，泪湿小衫的词人形象展现在读者面前。为什么词人对白日的"强宽心"到夜晚会感情如此跌宕呢？"旧日锦书偏惹恨"，作了回答。物在人亡，悲不忍睹，悲痛之深感人肺腑。最后以"莫重看"，收住悲痛，照应词题，收束全篇。

"千古有同一题目，无同一文章。"（廖燕《山居杂谈》）在古典诗词中悼亡妻的作品不计其数, 而似这样结构奇特曲折, 感情跌宕起伏, 语言朴实而情真意挚的佳作, 实属少见。

（蒲　仁）

山花子『碧柳千条露未干』

临江仙

次汉舒韵

一段旅情无处著,闲眠中酒平分。燕归窗里又黄昏,灯微屏背影,暗泪枕留痕。　　梦入怨花伤柳地,分明有个人人。压帘香气倚轻裙,小园春雨过,扶病问残春。

这是一首抒写羁旅之思的词作。

作者在词中描绘了两幅图画:一幅是作者旅居之所,燕子回归,天已黄昏,灯光微弱,屏风上影射着他的背影,由于"旅情"无着,无心"闲眠",所以"暗泪枕留痕";另一幅是梦境,在"怨花伤柳"之地,"分明有个人人"。这个"人人"是谁? 是什么人? 作者说不清楚,只见她"压帘香气倚轻裙",只得"扶病问残春"。这便是这首词上、下片所描写的内容。

前一幅画,作者用"黄昏"、"燕归"、"灯微"、"闲眠"和"泪枕留痕",来表现环境的寂寞、心情的暗淡,为"梦"作了很充分的铺垫。后一幅画,用小园"春雨"渲染离情别绪,园中人语,雨中诉说,自有一番依依惜别之意。这自然要引人忆念,牵人梦魂。梦是心中想。作者所写的"梦",实际是梦想、梦忆、梦寻,是对于家乡和"压帘香气依轻裙"者的深切怀念。作者所要表达的思想感情虽然非常含蓄,但仍然从他所描写的景象中透了出来。"人人"一词,用词绝妙,既模糊、含蓄,又恰切合乎梦境。

整首词风流蕴藉,语言平易自然,情致婉约依微,虽着墨不多,而诗情浓郁,含蓄深幽,不失为精美之作。

(贺梅龙)

王 懋 词人。字存素，镇洋（今江苏太仓）人。诸生。雍正、乾隆间，与王时翔等共结词社，推崇晏几道、秦观等北宋词人。所作语言绮丽，词风婉约。有《林屋诗余》二卷。

清平乐

雨浓烟暝，又是清明近。零落杏花浑欲尽。时节绿窗人困。　　含情独上西楼，珠帘半卷银钩。纵有千丝杨柳，能藏几许春愁？

这是一首写春愁的词。上片写景及人，下片则专门写人。

"雨浓烟暝，又是清明近。零落杏花浑欲尽。"描画出一幅江南暮春图。远处细雨濛濛，眼前杏花零落，在这一派令人伤愁的艺术氛围之中，绿纱窗内坐着一个愁闷困乏的女子："时节绿窗人困。"

下片，则具体描写这个困乏的"人"。"含情独上西楼"，由李煜《乌夜啼》"无言独上西楼"句化出。一个"独"字，透示出年轻女子伤愁的缘由。她用银钩半卷起珠帘，即"珠帘半卷银钩"，凝神远眺，由于她的"春愁"太多太重了，所以，凄婉地慨叹："纵有千丝杨柳，能藏几许春愁？"与李煜的"问君能有几多愁，恰似一江春水向东流？"有异曲同工之妙。

谭献评这首词说："森竦。"（《复堂词话》）可供读者品味。

（蒲　仁）

清平乐〔雨浓烟暝〕

木兰花慢

秋钟

傍僧楼绝笔，发高响，沉寥天。逐树杪微云，雨余湿翠，流出空山。悠然。数来百八，递西风、迟疾总清圆。敲碎枫桥落月，叩残松岭朝咽。　　幽闲。不扰定中禅。客里警宵眠。正孤雁嘹嘹，乱蛩唧唧，借洗悲酸。当年。忆催醉后，对南屏，人在雨凉船。不似景阳远隔，星星直到吟边。

这是一首咏物词，所咏为寺庙里的钟，由于季节在秋季，因此叫秋钟。上片着重写钟，下片着重写秋色，写得传神见情，时有幽吟之韵趣。

"傍僧楼绝笔，发高响，沉寥天。"开头扣题，描绘寺钟的位置——在寺庙的旁边；作用——发出高响；四周围环境——空阔清朗。僧楼，即佛寺。沉寥，空旷清朗貌。《楚辞·九辩》："沉寥兮天高而气清。"王逸注："寥，旷荡空虚也。或曰，沉寥犹萧条。萧条，无方貌。"下面，即紧扣"发高响"逐层描绘，生发开去。先写响声之高："逐树杪微云，雨余湿翠，流出空山"；次写响声传布之远，"数来百八，递西风、迟疾总清圆"；再写钟声遍布之辽阔："敲碎枫桥落月，叩残松岭朝咽。"枫桥，旧作"封桥"，在江苏苏州市阊门外三公里枫桥镇。清乾隆三十五年（1770）修，同治六年（1867）重建，临近有寒山寺。因唐诗人《枫桥夜泊》诗而著名。松岭，在辽宁省西南部，义县与山海关之间，绵长400余公里左右。枫桥、松岭，一在江南，一在东北，足见寺钟分布之广。"悠然"二字点题，写出了佛教寺钟的超凡脱俗。

下片"幽闲"二字，照应前片，与"沉寥"呼应，开启下片，为秋色中的寺钟，增添了一层萧条的色彩。接着作者用"孤雁"、"乱蛩"（蟋蟀），造绘出一幅幽闲的秋天的画图。南屏，即南岭，长江、珠江分水岭，即南方；景阳，即景阳冈，在陕西华山，即北方。作者借用这两个地方，将秋钟的范围放到整个中国，放到无限之大。

总之，这首词气韵条贯，不碎不繁，典故叠出，情致清淡，是"浙派"词中典型的作品。

（贺新辉）

木兰花慢『傍僧楼绝笔』

厉　鹗 (1692—1752) 著名文学家。字太鸿，又字雄飞，号樊榭，又号花隐，钱塘 (今浙江杭州) 人。幼孤，家贫。康熙五十九年 (1720) 举人。乾隆元年 (1736) 应博学鸿词科试，落选。从此无意仕进，留意著述，以歌咏自娱。厉鹗个性孤介，毕生以设馆授徒为业。擅诗文，为清代最有成就的"宋诗派"诗人之一，与查慎行齐名。尤工于词，是继朱彝尊之后浙西派领袖。作词宗南宋姜夔、史达祖、张炎，字句工炼，审音叶律，笔致清疏细巧，风格幽隽清绮。但有意境不大，堆砌典故之弊。著有《樊榭山房集》，其中包括《樊榭山房词》二卷，另著有《宋诗民事》、《辽史拾遗》、《南宋院画录》等。

百字令

丁酉清明

春光老去，恨年年心事，春能拘管？永日空园双燕语，折尽柳条长短。白眼看天，青袍似草，最觉当歌懒。惝惝门巷，落花早又吹满。　　凝想烟月当时，饧箫旧市，惯逐嬉春伴。一自笑桃人去后，几叶碧云深处。乱掷榆钱，细垂桐乳，尚惹游丝转。望中何处，那堪天远山远。

词题"丁酉清明"，丁酉是康熙五十六年 (1717)，作者生于康熙三十一年，是年二十六岁。词中作者抒写了春暮怀念恋人的幽情别绪。这位恋人当年曾与词人一起春游嬉戏，情绵绵，意切切，留下许多美好甜蜜的回忆。大概由于封建礼教的阻挠，他们未能幸福结合。后来这位恋人飘然远去，杳无音信。因此每当春光烂漫之时，词人倍感孤凄惆怅，怀恋之情萦绕于心，不能自已。

词的上片从暮春睹物思人写起。开头三句，叹恨春光逝去，年复一年的离情别绪无人理会。秦观《虞美人》词云："轻寒细雨情何限，不道春难管。"朱淑真《谒金门》词云："春已半，触目此情无限。十二阑干倚遍，愁来天不管。"看来开头"春光老去，恨年年心事，春能拘管"三句，是从前人这些词句化出的。"永日"二句借叙眼前之景，引出怀人愁思。苏轼《永遇乐》(彭城夜宿燕子楼，梦盼盼，因作此词)

云："燕子楼空，佳人何在？空锁燕子楼。"抒写人去楼空的伤感情怀，是历来传诵的名句。这里的"永日空园双燕语"，意思与之相近。隋代无名氏《送别诗》云："杨柳青青着地垂，杨花漫漫搅天飞。柳条折尽花飞尽，借问行人归不归？"词中"折尽柳条长短"之句，也许借鉴于此，表现了急切盼望恋人归来的心情。"白眼"三句，写因无缘与恋人会面而产生的孤寂无聊的心绪。《晋书·阮籍传》载，阮籍"能为青白眼，见礼俗之士，以白眼视之"。词中所谓"白眼看天"，表现了词人对礼俗的轻蔑。大概由于礼俗的阻梗，词人与他的恋人终于分手。因此词人对礼俗表示轻蔑与愤慨。古诗《穆穆清风至》云："穆穆清风至，吹我罗衣裙。青袍似春草，草长东风至。"以春草比青袍，新颖别致，后人常常借鉴。五代牛希济《生查子》词云："记得绿罗裙，处处怜芳草。"宋代高观国《少年游》词云："萋萋多少江南恨，翻忆翠罗裙。"都是借眼前春草，联想心中恋人的妙句。这里"青袍似草"一句，也当作如是观。"惛惛"二句，感慨春老人去，燕子楼空，不禁惆怅不已。

　　下片回忆当初与恋人欢聚情景，抚今思昔，伤感之情倍增。过片三句，由"凝想"二字带出。想当年，春和景明，与恋人相偕，或留连于闹市，或漫步于月夜，情语绵绵，嬉戏追逐。但这一切已成美好的回忆，难以寻找回来了。往事越是甜美，今日越觉凄楚。以乐景衬托，倍增其哀苦。"饧箫旧市"，"饧"一作"糖"。"饧箫"是卖糖人为招徕顾客而吹的箫声。宋代宋祁《寒食假中作》有"箫声催暖卖饧天"之句，可见春天吹箫卖糖的风习由来已久。"一自笑桃人去后，几叶碧云深处"二句，慨叹恋人离去，犹如彩云飘到了天际。"桃人"典出刘义庆《幽明录》。据载，刘晨、阮肇共入天台山，遥望山上有一棵桃树，溪边有两个女子，姿色艳丽，于是一见倾心，便在一起共同生活。半年后，刘、阮二人离开天台山，回到家乡，此时亲友早已故世，乡里没有认识的人。后来寻访到第七代孙子，孙子告诉他们，上世入山未曾归来。这真是山中半年事，世上几代人。这个故事常被文人用来比况离合悲欢或人世沧桑。"一自笑桃人去后"，"桃人"指代恋人。词人用"桃人"这个典故，不仅暗示了恋人的天生丽质、绰约风情，而且也以桃人的扑朔迷离，比况恋人的无可追寻，写出了词人依恋怅恨的心情。"乱掷"三句，描写暮春物色。此时榆钱飘洒，桐花低垂，柳絮飘拂，空气中摇漾着

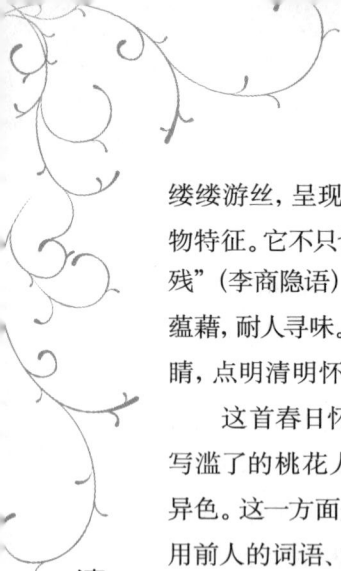

缕缕游丝，呈现出一派暮春景象。这幅物色图，显示了清明时节的景物特征。它不只切合"丁酉清明"的词题，同时借助这"东风无力百花残"（李商隐语）的凄迷景色，使春残人去的迷惘怅恨情怀表达得更为蕴藉，耐人寻味。结末二句，"望中何处，那堪天远山远"，是画龙点睛，点明清明怀人的题旨。

　　这首春日怀人词，辞采雅丽清新，格调幽香冷艳。被文人词客写滥了的桃花人面的老题材，词人却写得态浓意远，另有一番生香异色。这一方面是因为词人抒写了自己的真情实感，另一方面大量化用前人的词语、意象和典故，经过冶炼熔铸，创造出了意蕴丰富的词境。如"永日空园双燕语"二句，使人产生"燕子楼空，佳人何在"的联想；又如"一自笑桃人去后"二句，不仅使人想起刘晨、阮肇遇仙女的艳情故事，还使人联想起"人面不知何处去，桃花依旧笑春风"的诗境。陈廷焯说厉鹗词"措辞最雅"，又说厉鹗词"幽香冷艳"（《白雨斋词话》卷四），应当说评论得很中肯。

（李春芳）

谒金门

七月既望，湖上雨后作

　　凭画栏，雨洗秋浓人淡。隔水残霞明冉冉，小山三四点。　　艇子几时同泛？待折荷花临鉴。日日绿盘疏粉艳，西风无处减。

　　陈廷焯在《白雨斋词话》中说："余最爱樊榭《谒金门·七月既望，湖上雨后作》"，"中有怨情，意味便厚，否则无病呻吟，亦可不必。"这首词以雨后湖上的景物来表现词人对美好事物的向往和向往幻灭后的悲哀，运笔含蓄凝练，意境清淡疏阔。写景与言情水乳交融，不露斧凿之迹。

　　从词题可知，这首词写于雍正六年（1728）农历七月十六日西湖雨后。农历每月十五叫"望"，既望即十六日。

　　词的上片重在写景。"凭画栏，雨洗秋浓人淡。"两句总摄全词，前句点明地点在湖上，后句点明时间在夏末秋初。词人凭栏眺望，看到的是整个西湖的景色。一个"洗"字形象生动地将西湖苍翠明净、了无纤尘的景色呈现在读者面前。经过雨洗，秋色更浓了，人心则更淡了。岑参《秋夕》诗："心淡水木会，兴幽鱼鸟通。"这里的意境却更深了一层，即一场秋雨加重了秋天的色调，而人心亦随着秋日的寥廓变得更加淡恬。这便为全词定下了感情的基调。接着，三四句写远景，放眼望去，天边一抹云霞，将雨后的江山装点得更加苍翠明媚。"小山三四点"，描写得极为生动传神。

下片由景入情，情从景生。词人由上片描绘的西湖景色，想到所思念之人。"艇子几时同泛？"是对所思念之人的殷切期待。"荷花临鉴"生动地描绘出西湖夏日的风韵，比之欧阳修"无风水面琉璃滑"（《采桑子》）、柳永"十里荷花"（《望海潮》）的名句，则略胜一筹。它将水之清、花之艳、人之乐融为一体，一并写出！末二句是说荷花在秋天里已稀疏凋残，西风想让它再减已无处可减。这里"绿盘"代荷叶，"粉艳"指荷花。雨打走了美好的时光，带走了与所思念的人相聚的期望，词人的遗憾、失望，一腔幽怨均隐含其间。

厉鹗的词以"幽隽"著称，其特点是思致幽微，于婉委绵密、醇雅秀洁等风格之外，别具一种审美情趣。这首词可视为这方面的代表。词人在词中的寄托，使读者难以了然于心。正是这种捉摸不定的表现手法，增加了词的艺术情趣，赢得人们的喜爱。

（贺新辉）

谒金门『凭画栏』

郑燮(1693—1765) 著名书画家、文学家。字克柔,号板桥,兴化(今属江苏)人。雍正十年(1732)举人。乾隆元年(1736)进士。曾任山东范县知县,又调任潍县知县。初到潍县,遇大饥荒,即开仓赈贫。乾隆十八年(1753),因请赈忤忏大吏而辞官。后寓居扬州,以卖画为生。与李鱼单、金农、高翔、汪士慎、黄慎、李方膺、罗聘合称"扬州八怪"。擅画竹、兰、石,秀劲潇洒。善书法,用隶体参入行楷,自成一格。又工诗词,其词、书、画号称"三绝"。早年曾从陆震学词,其词今存约八十首,咏物、吊古、抒怀、书写民俗诸作,题材较广,语言辛辣,寓庄于谐,情思饱满,风格豪迈,别有意趣。著有《郑板桥集》,其中《词钞》为一卷。

贺新郎
赠王一姐

竹马相过日。还记汝、云鬟覆颈,胭脂点额。阿母扶携翁负背,幻作儿郎妆饰。小则小、寸心怜惜。放学归来犹未晚,向红楼存问春消息。问我索,画眉笔。　　廿年湖海长为客,都付与、风吹梦杳,雨荒云隔。今日重逢深院里,一种温存犹昔。添多少、周旋形迹?回首当年娇小态,但片言、微忤容颜赤。只此意,最难得。

以诗书画三绝闻名于世的郑燮,词也妙绝一时。郑词别具意趣,既有《沁园春·书怀》、《贺新郎·徐青藤草书一卷》等词章锋锐辛辣,寓庄于谐的特色,又有《贺新郎·西村感旧》、《满江红·田家四时苦乐歌》等展示放笔快言,语浅情深的一面。《贺新郎·赠王一姐》属于后者。

郑燮青少年时代有过一段爱情经历。由于封建礼教、曲折生活道路及其他原因,有情人终未成眷属,然早年的感情萦绕却使他终生难忘,不时在他的诗词中发出回声。这首词就是赠给少年时青梅竹马的伴侣王一姐的。他以浅近平易的语言,着意刻画其幼年的种种情态和细节,且借"今日重逢"时的情景绘写抒发感慨,表现了真诚深挚的情思。

上片亲切回忆童稚时期与王一姐的交往友情。首句从李白"郎骑竹马来，绕床弄青梅"（《长干行》）诗句化出，以天真烂漫情状的描绘，见"两小无嫌猜"之意。他至今还清晰记得王一姐的容貌修饰。云状环形发髻遮掩香颈，额头搽点胭脂，恍若可见活泼可爱光艳照人的容颜。慈母搀扶，父负背上，变作男，儿装束，足见她年虽幼，但得到双亲怜惜钟爱。"小则小"句亦隐指两位小伙伴情窦初开，萌生相惜爱慕之心。红楼，泛指华丽楼房，多富贵家妇女所居，代谓王一姐闺房。存问，此处为探问。每当散学归来天色尚未晚，他就急切来到她处，探听闺楼外亭园里春天到否的信息。她却向他索取画眉笔描饰双眉，似在问，我该比百花盛开的春天还美丽吧？这一细节如特写镜头充满纯真稚趣，毫无矫揉造作之感，含蓄展现了少女春情涌动，对青春之美的渴求和憧憬。

　　下片侧重写两人在家乡久别重逢时的情景及词人感慨，与上阕内容形成鲜明对照。郑燮从雍正十年（1732）中举，到乾隆十八年（1753）潍县令任上因开仓赈贫忤上司意被罢官归乡，正二十载。故他视己为官场宦海中的匆匆过客，济世理想报国壮志俱被"风吹"，"云""雨"弃隔，成为杳然无寻不能实现的梦想。他对王一姐的眷恋之情也只有深埋心底。迭经宦海浮沉，词人郁结的愤激、哀痛语是婉曲幽远的。当他落拓回乡与王一姐重逢时，昔日伴侣一种温柔体贴之情犹在，这使他略感宽慰。然高楼深院毕竟产生了心理上的深幽抑制之感，何况今非昔比，二十年后一对成年男女之间为世事阻隔，难以进行情感上的直接交流。在封建纲常礼教束缚下，男女大防，授受不亲，她不得不以理性控制、压抑感情，应酬遮掩，谨守妇规，"添多少、周旋形迹"，而内心则深受微妙情感的熬煎。面对这不愿看到又只有默认的现实，词人在慨叹同时，不由得回顾当年一块玩耍时娇小的她，无所顾忌，仅片言只语稍触犯心意，就会面红耳赤，这种表里一致率直纯真的性情，正是作者从心底呼唤的，亦愈显示真挚友情的最为可贵、难得。词末两句是全词点睛之笔，它与上阕相呼应，"卒章显其志"。郑燮倍加珍惜的儿时两心相映两小无猜的真情，与他"直攄血性"，独抒性情，反对官场矫饰、情伪的主张是完全一致的。

　　"感人心者，莫先乎情"。（自居易《与元九书》）郑燮是笃于情的文学艺术家。大胆而真实抒写爱情，构成了板桥词一个鲜明特色。

贺新郎『竹马相过日』

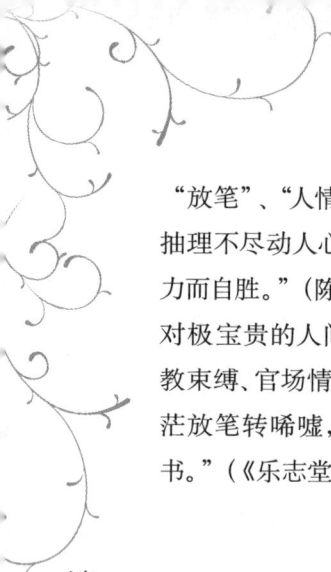

"放笔"、"人情"是此词最显著的特点。全词运笔纯系白描，而自有抽理不尽动人心魄的深挚情思。"惟其情真，故言之亲切有味，不着力而自胜。"（陈廷焯《词则·闲情集》）在亲切和风趣中，体现了作者对极宝贵的人间真情的追求，并交织着真情被压抑和人世沧桑、礼教束缚、官场情伪污浊险恶等诸多喟叹。如谭莹《论词绝句》云："苍茫放笔转唏嘘，诗画书名却未如。文到人情端不朽，直将词集当家书。"（《乐志堂诗集》卷六）

（王伟康）

陶元藻 文学家。字龙溪，号篁村，又号凫亭，会稽（今绍兴）人。曾客两淮盐运使卢见曾所。归里后，筑泊鸥庄，以撰述自娱。诗文负重誉，工于词，以山水游记词见长。著有《泊鸥山房集》、《全浙诗话》、《凫亭诗话》、《越谚遗编考》、《越画见闻》等。词集名《香影词》，一名《泊鸥山房词》。

采桑子
桐庐舟中

浮家不畏风兼浪，才罢炊烟，又袅茶烟，闲对沙鸥枕手眠。　晚来人静禽鱼聚，月上江边，缆系岩边，山影松声共一船。

这是一首写得风趣、优美的记游词。

上片记白日行舟江上。"浮家不畏风兼浪"，首句统摄全片。"浮家"即在水上汎行之人。《诗经·菁菁者莪》："汎汎杨舟，载沉载浮。"这里是指作者自己。含有漫游、逍遥、轻泛、潇洒之意。由于"不畏"风浪，所以，"才罢炊烟，又袅茶烟。"才"闲对沙鸥枕手眠"。在"风兼浪"中见"闲"情，足见其"不畏"了。江上风急浪涌，船上烟雾袅袅，鸥鸟随船飞行，诗人悠闲地躺在船头，枕手而眠，沉入忘情之境……这岂不是一幅美妙的江上舟行图吗？

下片写晚间泊舟江边。"晚来人静禽鱼聚"，总领全片。"月上"承"晚来"，"缆系"接"人静"。明月、大江、山岩、小舟，共存于一轴画幅之中，作者陶醉其间，与"山影松声共一船"。这里，作者又展现出一片朦胧的美境，如幻如梦，山影、松声反衬出夜晚的静谧，增添了不少情趣，使人陶醉其中。

这首小令，语言明白自然，着墨不多，却将景物描绘得有声有色，诗人激赏之情也深深传出。

（蒲　仁）

采桑子〔浮家不畏风兼浪〕

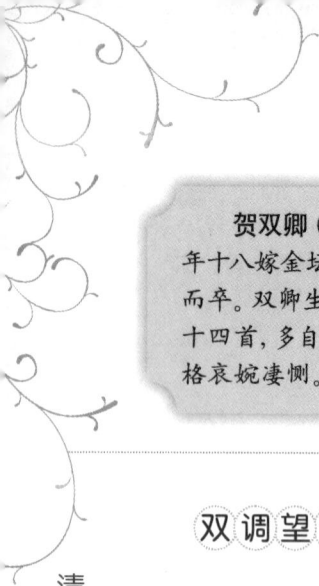

双调望江南

春不见，寻过野桥西。染梦淡红欺粉蝶，锁愁浓绿骗黄鹂。幽恨莫重提。　　人不见，相见是还非。拜月有香空惹袖，惜花无泪可沾衣。山远夕阳低。

根据史震林《西青散记》记载，贺双卿生长农家，端庄秀丽，性情温和，擅长诗词，丈夫是农家子，长她十余岁，没有文化。她在家务农作之余，常用粉笔写词于树叶之上，抒发平生哀怨。这首词便是用粉笔写在树叶上的一篇，显示了作者对理想境界的执著追求。当理想破灭之余，她的一腔幽怨无处倾泻，只能面对山外的斜阳惆怅叹息。于是，全词笼罩着一种若即若离，迷惘凄清的气氛，如泣如诉，十分感人。

词的上片重在写景寻春。暮春时节，词人为寻春而西过野桥，只见原野上："染梦淡红欺粉蝶，锁愁浓绿骗黄鹂。"百花盛开过后对对粉蝶飞舞花间，浓密的绿叶中藏着宛啭啼鸣的黄鹂。这本来很美的景致，冠之以"染梦"、"锁愁"，便成为凄凉心境的反衬。末句"幽恨莫重提"，绾结上片，又很自然地引发了下片；寻春不见，顿生幽恨；那往事已不堪回首，幽恨则不必重提了吧。

但是，那幽恨又实在无法不重提，于是下片寻人、抒怀。"人不见，相见是还非。"为什么呢？"拜月有香空惹袖，惜花无泪可沾衣。"焚香拜月的缕缕暗香空惹袖袂，那美好的祝愿，早成泡影；有心惜花而无泪沾衣，泪已流尽，心也已碎！写得何其凄婉悲凉。结尾"山远夕阳低"。以景结情，余味无穷。

这首小令，描写幽怨凄情，细致入微，造景用语，不落俗套。

显示出一位贫贱才女所特有的幽情与苦衷，不失为这位有别于名门闺秀的另一类型女词人的代表性作品。

（贺新辉）

双调望江南『春不见』

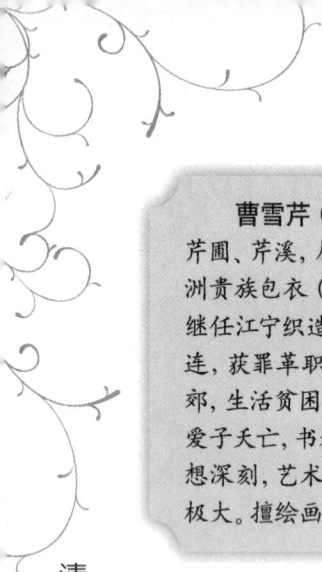

曹雪芹 (1715-1763) 杰出小说家。名霑，字梦阮，号雪芹，又号芹圃、芹溪，原籍丰润 (今属河北)，先世为汉人，后祖父曹寅为满洲贵族包衣 (奴仆)，录属正白旗，极受康熙宠信，父辈曹颙、曹頫继任江宁织造，显赫一时。雍正初年，曹頫因诸皇子谋嗣之争受牵连，获罪革职，家产抄没，全家迁回北京。晚年，曹雪芹移居北京西郊，生活贫困。以十年心血创作《红楼梦》(初名《石头记》)，后因爱子夭亡，书未成即悲伤贫病而卒。其小说《红楼梦》内容丰富，思想深刻，艺术精湛，把中国古典小说创作推向最高峰，对后世影响极大。擅绘画，工诗词，其诗立意新奇，风格近于唐代李贺。

西江月 (二首)

无故寻愁觅恨，有时似傻如狂。纵然生得好皮囊，腹内原来草莽。　　潦倒不通世务，愚顽怕读文章。行为偏僻性乖张，那管世人诽谤！

富贵不知乐业，贫穷难耐凄凉。可怜辜负好韶光，于国于家无望。　　天下无能第一，古今不肖无双。寄言纨袴与膏粱：莫效此儿形状！

这两首词出现在作者的不朽巨著《红楼梦》的第三回"林黛玉抛父进京都"中。她初入贾府，同贾母、王夫人、凤姐、迎春姐妹先后相见之后，接着要见的，就是那个将带给她无限欢乐与痛苦，兴奋和悲哀的贾宝玉。宝玉一出场，小说就黛玉的眼见，将他那美好的外貌描绘了一番，而后写道："看其外貌，最是极好，却难知其底细。后人有《西江月》二词，批宝玉极恰。"于是，便引出这两首词来。这是作者拟"后人"的语气，对贾宝玉的性格所作的概括和评价，在书中有着特别重要的地位与作用。

这两首精心制作的词，不仅使读者看到了贾宝玉这个人物的缩影，而且知微见著地揭示了全书主要矛盾的某些方面。词用寓褒于贬、似抑实扬、若嘲实赞的写法，显示出贾宝玉这个出身于钟鸣鼎食之家的所谓败家子，独立不羁、不谐流俗的独特性格和对封建道德规范的叛逆精神。从而，造成一种独特的艺术效果，给人以正面文章反面读的暗示。

从词的内容看，前一首着重揭示贾宝玉性情的"乖张"和行为的"偏僻"。上片就性情而言，归结为徒有一个"好皮囊"，中看不中用。"愁"、"恨"本是现实存在，本不应去"寻"、"觅"，更非"无故"；"傻"、"狂"却"似"、"如"。作者正话反说，寓同情于不觉中。下片是就行为而言。由于"潦倒不通世务，愚顽怕读文章"，因而遭世人"诽谤"，不容于世。这样，就从整体上全面艺术地概括了宝玉的性格特征。后一首词则转入命运的揭示。上片主要就个人命运而言，由"富贵"而"贫穷"，预示出贾宝玉所走的道路。下片由个人而及于家国，夸张地强调宝玉的"无能"与"不肖"，深切地表达出像这样一个封建地主阶级的叛逆，对于封建阶级的统治，对于贾府这个"钟鸣鼎食"之家，都是"无望"的。最后，提出警戒，收束全词。两首词，由个体到全体，浅出而深入，思路清晰、脉络自然，是一个完整的整体。

须知，词中所谓"草莽"、"愚顽"、"偏僻"、"乖张"、"无能"、"不肖"以至"莫效"等，都是从"后人"即封建卫道者的眼光来看的。所以，字面似嘲，其实是赞。"假语"联翩，令人深思，发人深省！

（蒲　仁）

唐多令
柳　絮

粉堕百花洲，香残燕子楼。一团团逐对成毬。飘泊亦如人命薄，空缱绻，说风流。　　草木也知愁，韶华竟白头！叹今生谁舍谁收？嫁与东风春不管，凭尔去，忍淹留。

这是作者为《红楼梦》中的女主人公林黛玉拟写的柳絮词。词作借物抒情，以柳絮自况，寓林黛玉的思想感情于柳絮的形象之中。

词的上片："粉堕百花洲，香残燕子楼"，哀婉凄绝，起调令人触目惊心。"粉堕"、"香残"明写残花零落，暗喻女子命运悲凉。"百花洲"、"燕子楼"分别化用两个典故：百花洲，在林黛玉故乡苏州城内，据说是吴王夫差携西施泛舟游乐之所，明代高启有《百花洲》诗：

唐多令『粉堕百花洲』

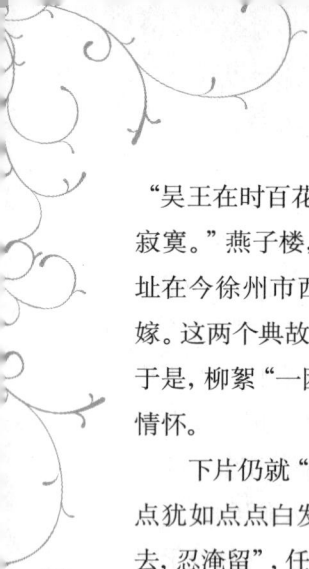

"吴王在时百花开，画船载乐洲边来；吴王去后百花落，歌吹无闻洲寂寞。"燕子楼，是唐贞观年间尚书张情为爱妓关盼盼所建之楼，故址在今徐州市西北，张情死后，盼盼感念旧情，居此空楼十余年不嫁。这两个典故的化入，进一步深化了人去楼空、春逝境寂的伤愁。于是，柳絮"一团团逐对成毬"，随风飘泊，亦如人命浅薄，徒有缱绻情怀。

下片仍就"命薄"之"人"，生发开去，将"草木"拟人化。杨花点点犹如点点白发，空具风流灵巧，无人收拾，只好自伤自叹，"凭尔去，忍淹留"，任其飘零了。

这首柳絮词，以物喻人，将人比物，物我一体，水乳交融。一幅零落飘泊、惨淡孤凄的动人情景，正是林黛玉借物抒怀，倾吐胸中沉哀积怨、伤感内心悲疾忧思的自我写照！

（贺新辉）

临江仙
柳　絮

白玉堂前春解舞，东风卷得均匀。蜂团蝶阵乱纷纷。几曾随逝水，岂必委芳尘。　　万缕千丝终不改，任他随聚随分。韶华休笑本无根，好风频借力，送我上青云！

这是作者在《红楼梦》中为薛宝钗拟写的一首词作。在众多柳絮词中算得上是夺魁之作，也是书中借诗词来塑造人物形象、表现人物内心世界，写得较为成功的词篇。词作用第一人称的手法，自诩为柳絮，物我同一，实则是薛宝钗的自我写照。

上片直抒"我"的所谓高洁情操和凌云凤志，是薛宝钗的"夫子自道"。前三句是柳絮形态的赞美。同是一物，在林黛玉眼里是"粉堕"、"香残"，一派凄凉；而在薛宝钗笔下，却是玉堂载舞，优雅而适度，因而引来蜂蝶纷舞，一派明媚热烈的气象。结拍二句则是对"柳絮"去处的申说，如此美妙的飞花，不仅不随波逐流，更不会委身于泥土之中。薛宝钗这个一向"豁达大度，随分从时"的少女，在贾府这个勾心斗角的环境里，左右逢迎，既讨得了贾母、王夫人的喜欢，又大得"下人之心"，所以在她的笔下残落飘飞的柳絮，也显现出翩翩起舞、轻盈优美的欢态娇姿，在"蜂团蝶阵"的纷乱情境中，自得其乐。

下片，则直抒自己的胸臆：尽管春风杨柳，"万缕千丝"，"随聚随分"，我终不改自己的品性；任凭谁笑我"无根"，我却"好风频借力，送我上青云"！结尾二句，顿作奇语，与开头遥相呼应，使全篇充满活力，读之令人精神为之一振。而且写得直截了当。"我"将"任他随聚随分"，要借助风力青云直上了！正是这个宝钗，置宝玉、黛玉于不顾，凭借贾母、王夫人的势力，终于成就金玉良缘，登上了宝二奶奶的宝座。

从词的立意看，这首词是存心要翻常人所谓柳絮"轻薄无根"的案的。全词由此着笔谋篇。上篇翻"轻薄"，写其"高贵"；下片则翻"无根"，写其"得志"。这里的"我"，是柳絮，也是宝钗，是她以柳絮自拟，来表达自己的思想感情、处世哲学与人生理想的。

（贺新辉）

临江仙『白玉堂前春解舞』

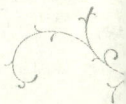

采桑子

晚泊龙阳

晚就龙阳洲畔宿，放下疏帘，叠起诗笺。烛影炉香伴独眠。橘村云压孤舟暝，微雨绵绵，暗水溅溅，何处湘灵十五弦？

这是一首表现湘西旅情的词作。

龙阳，地名，三国吴分汉寿县置龙阳县，历代至清均设置县，公元1912年改名汉寿，在湖南省。作者乾隆十年 (1745) 进士，官湖南沪溪知县，乾隆二十九年改知桑植县，卒于任上。这首词描写他一次旅途孤舟夜泊龙阳的情形。

词的上片写事，下片抒情。写事平实自然，按时间顺序记载事情：天黑了就将舟靠在龙阳洲的岸边过夜，先放下窗帘，再叠好诗笺，在烛影、炉香的陪伴下，便独自一人入睡了。下片寓情于景，先写天明后眼前所见，四周橘林一片，黑云压顶，细雨连绵不断，滴滴雨点，滴在水中溅起片片水花。一个"压"字、一个"暗"字突现阴沉的环境氛围。面对这样的环境，作者孤身一人客居异乡，将抒发一种什么样的感情呢？是像元好问那样"眼中了了见归途"（《客意》），抒写恋家思归的心绪吗？不是；是如纳兰性德那样"聒碎乡心梦不成"（《长相思》），是想在睡梦中返回故乡吗？不是；是如杨锐似的"衡阳雁断无乡信，岭徼猿啼独客愁"（《题家书后》），希望继续接到家书吗？也不是。他用"何处湘灵十五弦"，抒发了自己的感慨，同一般羁旅诗词相比，则略高一筹。

湘灵，即湘君、湘神，湘水之神。屈原《九歌》中有《湘君》、《湘夫人》，是姊妹篇。湘君是湘水男神、湘夫人是湘水女神。唐司马贞《史记索隐》以湘君为舜，其二妃娥皇、女英为湘夫人。这里指舜。十五弦，即舜弦。《孔子家语·辩乐解》："昔者舜弹五弦之琴，造《南风》之诗。其诗曰：'南风之薰兮，可以解吾民之愠兮；南风之时兮，可以阜吾民之财兮'。"舜弹五弦琴，歌咏南风诗，希望百姓无忧无虑，生活富裕，天下被治理成太平盛世。后遂用舜弦、五弦、十五弦等称扬惠政，歌颂帝王为政圣明。李益《古琴怨》："破瑟悲秋已减弦，湘灵沈怨不知年。"元稹《题翰林东阁前小松》："惟余入琴韵，终持舜弦张。"作者虽身处乾隆时期，一方面国势强盛，经济繁荣，人才辈出；另一方面却法网严酷，钳制思想，士才被压抑，"江山惨淡埋骚客"（黄仲则诗句），对一代才情富赡的知识分子来说，实为昏闷窒息之极的年代。"云压"、"舟暝"，"微雨绵绵"、"暗水溅溅"，正是这一政治情势的生动写照。于是，作者在词的末尾，发出了"何处湘灵十五弦"的呼喊。如天昏地暗处的闪电雷鸣，令读者心灵为之震颤！

　　一般羁旅诗词多为思乡、怀人，而这首词却于孤寂之中呼唤舜帝一样爱民抚民、治国为民的政治人物。这正是这首词所闪烁的进步光茫！从艺术上讲，词作背景色彩鲜明，笔致清婉，叠字用得恰到好处，不滞不涩，有清新感，不失为一首羁旅词佳作。

（蒲　仁）

史承谦（?—1756）词人。字位存，号兰浦，荆溪（今江苏宜兴）人。诸生。才高不遇，落魄终生。工于词，或描写男女情爱，或抒发下层知识分子之苦寒情怀，出语自然，辞采清丽雅洁，风格凄婉幽郁，别具特色。有《小眠斋词》四卷。

一萼红

桃花夫人庙

楚江边。旧苔痕玉座，灵迹自何年？香冷虚坛，尘生宝靥，千秋难释烦冤。指芳丛、飘残清泪，为一生、颜色误婵娟。恩怨前期，兴亡闲梦，回首凄然。　　似此伤心能几？叹诗人一例，轻薄流传。雨飒云昏，无言有恨，凭阑罢鼓神弦。更休提、章台何处，伴湘波、花木暗啼鹃。惆怅明珰翠羽，断础荒烟。

这首咏史词是作者最负盛名的代表作，词作借红颜薄命的历史人物，表述身不由己、任人摆布的愤懑。

桃花夫人，即息夫人，息妫，春秋时息国君主的夫人。楚文王灭了息国以后，把她掳作自己的妾，并且生下两个孩子。但息夫人从来不与楚文王说话，问她是什么原因，她回答说："吾一夫人而事二夫，纵弗能死，其又奚言？"事见《左传·庄公十四年》。又，据汉刘向《列女传》载，楚文王灭息，掳息君主命守门。楚王出游时，息夫人出宫见息君主，并说："生离于地上，岂如死于地下哉！"遂即自杀，息君主亦自杀。楚文王贤其夫人守节有义，乃以诸侯之礼合而葬之。息夫人又称桃花夫人，后人为息夫人立庙，又称桃花夫人庙。庙在湖北省黄陂县东。历代文人多有题咏。但是，后世诗人多讽息夫人不贞，屈辱事二夫。其中最有名的是杜牧的《题桃花夫人庙》诗："细腰宫里露桃新，脉脉无言几度春。至竟息亡缘底事，可怜金谷堕楼人。"用绿珠来作反衬，将息国之亡归咎于妫，并责其不如晋代石崇爱妾绿珠能坠楼而死。本词则认为，这是"轻薄"之见，作者寄深深的同情于息夫人。在对息夫人的同情与评价上，远比杜牧诗客观而公允。

词的上片描写桃花夫人庙所见。玉座"苔痕","灵迹"有年,虚坛"香冷",宝厴"尘生",芳丛"飘残",一派凄残景象,所以,作者说:"千狄难释烦冤","颜色误婵娟",女人因为长得美丽而获冤。抒眼前所见,作者又写道:"恩怨前期,兴亡闲梦,回首凄然。"以低沉曲婉的笔调,抒写凄楚情怀。

"似此伤心能几?"总结前片,开启后片,批评诗家词人"叹诗人一例,轻薄流传"。着重揭示息夫人"无言有恨","伴湘波、花木暗啼鹃","惆怅明珰翠羽"的内心苦痛。从而,不只是从深层政治背景上为息夫人释洗"烦冤",而且也是作者从自己生活的深切感受出发,抒叹在强大的统治高压前,弱者无力抗争的凄苦之怨。

作者由于高才不遇,坎坷一生,所以,他的词作多抒写盘结在心底深层的凄凉情思。其艺术表现手法,则是低沉曲婉地抒发心头的凄楚情态。这首词便是这方面的代表词作。

(贺新辉)

一尊红『楚江边』

催雪

长沙小除夜有寄

石炭凝红，银尊湛绿，又是小除时节。看屐齿春泥，墙腰霁雪，不似燕山风景。谁伴取、寒窗嗟轻别。匆匆灯火，凄凄弦管，旅怀难说。　　愁绝。最萧屑，记咏絮传柑，博山同爇。怅憔悴天涯，丁香空结。雁过潇湘断也，更难忘、京华云千叠。须盼到，堤柳微黄，小苍才停征辙。

这是一首羁旅抒情词。

作者系江苏青浦 (今属上海市) 人，乾隆十九年 (1754) 进士，官累进至礼部江西司郎中，旋坐案革职，从阿桂赴云南军营效力，于革职从军途中，在长沙小除之夜写下了这首词。

小除，即除夕前一天，是小除夕的简称，又称小尽。清顾禄《清嘉录·小年夜大年夜》："或有用除夕前一夕者，谓之小年夜，又曰小除夕。……按韩鄂《岁华纪丽》云：'三十日为大尽，二十九日为小尽。'吴人谓之大除小除。"在小除之夜，作者于长沙旅舍写下了这首羁旅词。因仕途失意，思京念归，写得十分悲愁。过片"愁绝"二字是这首词的核心和诗眼。围绕这二字，上片写事，写小除之夜的所见所闻所忆；下片写情，抒写作者的情怀。

"石炭凝红，银尊湛绿，又是小除时节。"石炭，即煤，唐贯休《寄怀楚和尚》诗："铁盂汤雪早，石炭煮茶迟。"银尊，银制酒器。

煤是黑的,火是红的,酒器是白的,酒是绿的,作者用黑、红、白、绿,描写小除夜的旅舍,写得颇有特色。这是描写屋内。"屐齿春泥","墙腰雪霁"写屋外,已是冰消雪霁,一派春天的气息。屐齿,木屐有二齿,以行泥地。但是,"不似燕山风景",思京念归之情溢于言表。屋内屋外,一片小除氛围,但是,独居"寒"舍,无人作"伴",灯火"匆匆",乐声"凄凄",真是"旅怀难说"。弦管,丝竹乐器,李白《九日》诗:"地远松石古,风扬弦管清。"

下片,"最萧屑,记咏絮传柑,博山同爇。"继续描写旅况,萧屑,寂寞,韦庄《抚盈歌》:"銮舆去兮萧屑,七丝断兮沉寥。"柳絮是春天的景物,柑熟则在秋季;博山,县名,清雍正十二年分山东省的益都、淄川、莱芜三县地置博山县,今并入淄博市。爇,焚烧。一个"记"字领起,说明这些当是作者旅途所见、所历。这几句补足前片,启起后片,为下片的抒情,作了很好的铺垫。"恁憔悴天涯,丁香空结。雁过潇湘断也,更难忘、京华云千叠。"抒述旅情。结拍"须盼到,堤柳微黄,小苍才停征辙。"辙,车轮的行迹,征辙,即上路出行的车子。意思是说,一直捱到开春之后,才再启程南行。

作者属"浙派"词人,与王鸣盛、吴泰来、钱大昕、赵文哲、曹仁虎、黄文莲合称"吴中七子"。但是,他的词作,援入诗坛格调派倾向,变"浙派"通常表现的幽淡为雍容尔雅,鼓吹"盛世"元音。即如描述农家生涯的《行香子·西陵道中》、《渔家傲·莎村观刈》等,也是"江村处处垂香稻"、"山农笑,红莲今岁收成早"或"几番微雨湿征衣,喜见青青麦"之类,一派升平丰收景象。因此,即使本词所述"愁绝"的旅情抒怀,也表现得温柔敦厚。可以说,这首词是作者创作风格的代表。

(贺新辉)

催雪『石炭凝红』

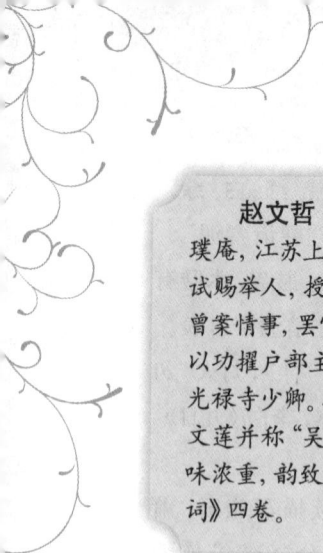

凄凉犯

芦花

沧江望远。微波外、芙蓉落尽秋片。野桥古渡，轻筠袅袅，露华零乱。西风乍卷，便鸥鹭、飞来不见。似当时、杨花满眼，人别灞桥岸。　　几度思持赠，回首天涯，白云空剪。夕阳自颤。叹丝丝、鬓边难辨。独立苍茫，问何事、频吹塞管。正凄凉、冷月宿处起断雁。

这是一首思念朋友的词作。词的上片写沧江望远所见的景致，想起与朋友分别时的情景。"沧江望远"一句总起全文。朋友分手，相思苦深，词人临江远眺，怀想朋友。沧江之水，微波澜澜，水中荷花片片谢落，野桥古渡边，芦塘里芦苇摇曳生姿，银白色的芦花随风飘举。秋风又起，把芦花吹得纷纷扬扬，搅扰在天宇间，即便是江水之上飞来鸥鹭也看不见。这一节是对临江远眺景色的描写，突出了芦花纷扬之貌，为下文写词人的内心情态作铺垫。"似当时"一句总承前面的景物描写，后启词人之联想。眼前纷飞的芦花，不由词人想起当年送别友人时杨花纷纷的情景，何其相似乃尔。由"芦花"而"杨花"，词的客观物象转移，词人由眼前之景想到天涯之人，勾起无限情思。前有"轻筠"之纷飞，后有"杨花满眼"之勾想；前有"野桥古渡"之景，后有"人别灞桥岸"之叹，不仅结构严谨，更可见词人并未于别致秋景中忘忧，反而引起了无限愁绪。

词的下片写相思愁苦。"几度思持赠"承接上片。由写景转入写情。几度相思，持物怀人，不觉远眺天涯。无限相思深情俱在无言之中。相思苦深，不觉眼前景物都有孤苦，孤云朵朵，夕阳忧叹。词人在这里以白云、夕阳自喻心境的孤苦，所以就自然叹惋黑发染霜、相聚何年。接下去，"独立苍茫"回应前文"沧江望远"，看似对词人相思情态作静态的描绘，实是"于无声处听惊雷"。词人独立江边，持物思友，内心孤苦已不待言，可偏偏愁管频吹，无端惹起词人无限愁苦。这里对词人相思孤苦的描写更深一层。"正凄凉、冷月宿处起断雁"是全文点睛之笔。而"冷月宿处起断雁"有画面之美。冷月冰辉，孤雁哀鸣，词人心境如何不"凄凉"。全词结构严谨，巧用"芦花"与"杨花"相似，手法极为巧妙。写相思之苦，不直露，而借客观之景相托，有无穷玩味。

（张学海）

城头月

中秋雨夜书家信后（三首其一）

他乡见月能凄楚，天气偏如许。一院虫音，一声更鼓，一阵黄昏雨。　　孤灯照影无人语，默把中秋数。荏苒华年，更番离别，九载天涯度。

中秋之夜，赏月为习。词人也多借明月的咏叹以怀乡怀人。然而，此词题中标明的不仅是无月的"中秋雨夜"，而且是在书完"家信"之后，其时其境，其情其词，就都显得特别。

作者正是以月明中秋作为比照的前提。所以开头即言："他乡见月能凄楚，天气偏如许。"前一句假设月明中秋、客居他乡时的情境，慨叹在那种情境里，人怎能不"凄楚"；后一句提示眼下这一次中秋时的天气，偏偏是"如许"一个秋雨淋漓的夜里。好像是说：中秋明月最能触动离人的情怀，而今夜偏无明月，不至于有"凄楚"情绪。其实，"能凄楚"已使感情突兀而起，"偏如许"又将"凄楚"之情趋缓于含蓄，含蓄着比月明千里时更"凄楚"、更沉郁、更无法开解的

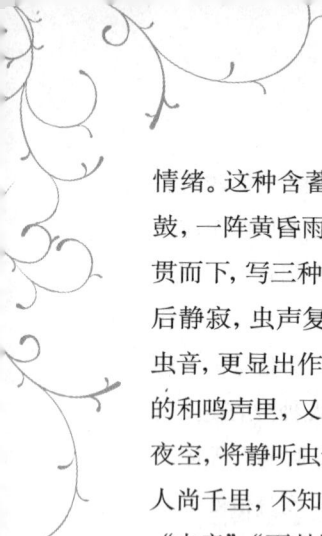

情绪。这种含蓄而深郁的情绪又转注于以下三句"一院虫音,一声更鼓,一阵黄昏雨"的具象化描写里。这里,作者连用三个"一"字,连贯而下,写三种不同之景,表现的却是同一种感情。"一院虫音"是雨后静寂,虫声复起,满院悠悠,四壁唧唧的意境。弥漫于整个时空的虫音,更显出作者孑然静听的孤寂;"一声更鼓",是在"一院虫音"的和鸣声里,又猛然听到鼓打一更的声音,这声音回荡在空旷寂寥的夜空,将静听虫音而陷入沉思的作者惊醒,却使他意识到时方一更,人尚千里,不知这漫漫长夜如何煎熬得过去;而"一阵黄昏雨"本在"虫音""更鼓"之前,却变成更鼓惊醒后的回忆。他回想起黄昏时分那一阵淋漓的秋雨,打湿了本已极沉郁的客居之情,到现在还是阴云不开,还只有"虫音"相伴,"更鼓"摇魂,这中秋雨夜书完家信也未了的思乡情,便胜于许多明白的言语。

下片的"孤灯照影无人语"承接上片三个"一"所含的一种情,把含蓄抒情转为直接叙意。写"照影"不写"照人",与后半句的"无人语"相应,正是形影相吊的情形。而"无人语"的静景又自然与上片虫音唧唧、更鼓悠远的有声之景相对相应,继续揭示处境的孤寂和内心的孤寂。此时此刻,远游的客子只有"默把中秋数",默默地在心中把泪与血融合在一起,"数"着自己在异乡误过了多少花好月圆本该与亲人团聚的日子。"数"字再与以下三句相连,写出"数"的结果,那就是"华年"的流逝,那就是一遍又一遍的"离别",那就是"九载天涯度"这个包含了多少人生辛酸的数字和经历。这里,不仅写得气韵畅达,而且以连贯紧密的语气给人回肠荡气的感觉。

如此来看,此词立意别致,上下相贯,有含蓄的意境,有真切的叙写,语句浅近,词情真切,不失为一篇别具一格的中秋怀乡的好词。

(裴亚莉)

任曾贻　词人。字淡存，荆溪（今江苏宜兴）人。诸生，高宗乾隆年间在世。工于词，与史承谦齐名。其词造语隽妙，词风密丽，能得宋人神髓。著有《矜秋阁词》一卷。

临江仙
暨阳道中

断雁西风古驿，暮烟落日荒城。乍来江馆驻宵程，砧声今夜月，灯影昔年情。　　拂晓片帆欲去，一川流水泠泠。蜻蜓如叶划波轻。客愁高下树，飞梦短长亭。

这是一首有名的羁旅词。

上片写日暮，描写游人旅居之夜。词人捕捉了"断雁"、"西风"、"古驿"、"暮烟"、"落日"、"荒城"、"江馆"、"砧声"、"夜月"、"灯影"等富有特征的景物，编织出一幅凄凉的秋日暮色图：日落月出，西风萧瑟，北雁南飞，炊烟袅袅，砧声阵阵，坐落在荒城的古驿站里的江馆，便是旅人的居所。这一派凄凉悲怆的氛围，衬托出旅人的情怀。一片愁绪，尽在不言中。

下片写朝景。"片帆"、"川流"、"蜻蜓"组织出一幅凄冷的秋日拂晓图。面对如此清凉的情景，旅人站在大树下，仿佛还在睡梦之中。"客愁"二字点出词的主旨，把读者引入他描绘的意境，去仔细体味他的羁旅愁思。

作者属阳羡词派，与同派的史承谦齐名。史词疏朗，任词密丽，措语隽妙。储国钧评他的词"删削靡曼，独抒性灵，……一语之工，令人寻味无穷"（见《词苑萃编》卷八）。这首词正体现了他的词作的艺术风格，是其词作中的名篇。

（蒲　仁）

临江仙「断雁西风古驿」

姚　鼐(1732-1815) 著名文学家。字姬传，一字梦谷，室名惜抱轩。人称惜抱先生。桐城（今属安徽）人。乾隆二十八年 (1763) 进士。选翰林院庶吉士，三年后改礼部主事。历任山东、湖南乡试副考官、会试同考官，擢刑部郎中。乾隆三十七年，为四库馆纂修，《四库全书》修成，辞官而归。主梅花、紫阳、敬敷等书院讲席四十年。论文强调义理、考据、文章三者兼备，继承同乡方苞、刘大櫆等的古文之学，成为桐城派散文的集大成者。诗词亦工，有《惜抱轩词》。著有《惜抱轩全集》八十八卷，又有《法贴题跋》、《老子章义》等，编有《古文辞类纂》等。

台城路
秋　蝶

粉墙翅底寻芳处，栩栩梦回情老。冷露垂干，微阳烘暖，一径西园重到。寒枝自抱，恍穿入深深，压帘春晓。甚又惊飘，却和青叶坠烟草。　　流年偷换漫道。双飞经几度？而今黄了。砌暗兰衰，篱荒菊瘦，故侣相逢应少。楼阴静悄，正欲向东家，又依残照。倚槛谁看，满庭风袅袅。

此词咏蝶，咏的却是秋日之蝶。春已远，夏也去，一切风光的日子都已杳杳，在令人悲伤的秋的氛围里，那蝶竟是作者人生情感的一种寓托。

所以，词的开头就用了庄周化蝶的故事。《庄子·齐物论》云：“昔者庄周梦为蝴蝶，栩栩然胡蝶也。自喻适志与！不知周也。俄然觉，则蘧蘧然周也。”这是讲所谓的“物化”，所谓“万物齐同”的哲学观。然而，意识的深层是人生如梦的生命体验。词中写到秋蝶再次越过“粉墙”，寻找昔日的芳华，却如一梦方醒，顿感人情已老，自然也是作者对华年流逝、芳景已去的深深叹息。而这里的“寻芳处”，既暗示出对往事流年的追忆，又关联以下再寻旧景的具体描写和人生情感的含蓄表达。

下边三句，“一径西园重到”承接首句的“寻”字，写秋蝶一直地来到当时芳花烂漫的“西园”，看到的却是“冷露垂干，微阳烘暖”的景象。秋日的阳光送来一些暖意，夜露已经渐渐干去。然而，"露"是"冷露"，"阳"是"微阳"，正是一种连最具生命威力的太阳都已渐渐衰微的时节，寄寓了生命流逝的深层忧伤。

再接着，"寒枝自抱"一句，取苏轼《卜算子》词中"拣尽寒枝不肯栖"句意反用之，表面是说，秋蝶重到西园，已无花可寻，只有栖于寒枝之上。其实，也是作者晚来清寒处境和高洁人品的写照。亦蝶亦人，蝶与人进入一种"栩栩然"同化的境界。就在这种境界里，出现了梦幻与现实相交错的两种情形。"恍穿入深深，压帘春晓"，一个"恍"字，写出梦幻一般的感觉，是说恍然如同在"春晓"花影层叠"压帘"的时候，"穿入深深"庭院之间；"甚又惊飘，却和青叶坠烟草"，一个"甚"字，又是面对现实清醒的发问，惊问为什么却与残留的"青叶"一起飘坠入秋日的"烟草"之中。"春晓"暗对秋景，"青叶"、"烟草"则是秋景的直接描写，再加上"惊"字、"飘"字、"坠"字，都表现了好景已去、流年暗换、自坠衰境的人生惊叹。

这种痛苦的情感，在眼下被"秋蝶"寻芳的物象唤起，作者已难以从情绪的沉溺中开解，却在下片开头用了一句"流年偷换漫道"。"漫道"是枉然说道，是不想再说道，把浓浓的情感抒写强制为一种表面轻松的抛开，而强制本身又说明痛苦得难以言喻。难以言喻的痛苦是"流年偷换"，但更深一层的却是"流年偷换"中知音已逝，"故侣应少"。于是，作者又诉说着："双飞经几度？而今黄了。"表面是代蝶自叹，才有过"几度"双双而飞的经历，就倏然到了这秋叶飘黄的时节，眼前只见"砌暗兰衰，篱荒菊瘦"，却再也难以见到那曾经比翼双飞的"故侣"，其实是借蝶抒发自己生命的失落感，人世的孤独感，也引起人对这种失落、孤独的深层原因的延伸思考。

到了下片的后几句，"楼阴静悄"，更是借蝶写自身处境。我们可以从中想到，此刻的作者正孤独地看着傍晚时楼房的阴影渐渐布满庭院之间，一只秋蝶在寂寞中欲飞欲坠的情形。那"静悄"是一种很有审美意味的境界，却渗入了太深太深的孤独寂寞情绪。而这时的那只秋蝶，"正欲向东家，又依残照"，要飞向邻家去寻觅那残余的阳光，作者的悲哀就更难自抑了。作者留恋秋蝶与自己共度了一段寂寞时光，叹息秋蝶一去，连这惟一可视为知己的小动物都将消失。"倚

台城路『粉墙翅底寻芳处』

槛谁看，满庭风袅袅"，形只影单，惟有萧瑟秋风为伴的情形，便蕴涵了无尽的凄凉之意。全词借蝶抒情，亦蝶亦人，精彩的艺术表现深深打动着读者。

（苏　涵）

生查子

君家住那边，妾住清溪曲。一自送君归，春水年年绿。　　上滩复下滩，目断双蛾蹙。毕竟几时来？泪洒江边竹！

这首小令，以清新自然的民歌格调，描写了一个多情女子对其心上人的眷恋和焦盼，读来令人如衔橄榄，清香满口。

上片全以抒情女主人公的口吻来写，显得亲切动人。开头两句，以"君"尊称情郎，以"妾"谦称自己，并以"住那边"和"清溪曲"相对，点明彼此是一溪相隔的青年男女，暗示"君"曾由"那边"来到这边而邂逅相悦，并自道自己就住在这清溪的河弯头。"清溪"，水名，在安徽省含山县西南，这里泛指清澈的溪水。这两句貌看平铺直叙，其实委婉含蓄，为发展词义作了十分必要的铺垫。"一自送君归"，紧承开头两句而来，不仅概括了送别情郎回到清溪"那边"的情景，而且用"一自"两字，表达了缠绵相爱、忍痛分别之后的朝思暮想，从而带出了"春水年年绿"的空自期待的怅惘。"春水"之"绿"，既写"清溪"的美好景象，又暗示彼此邂逅于绿波荡漾的春季和相约春季再见的含义；加上与"一自"紧扣的"年年"二字，则将年复一年春水自绿、望穿春水"君"却不来的悠悠相思，表达得深远无尽。女主人公的一腔柔情，"君"的轻率负情，在这"春水年年绿"的美好景象衬托下，被写得不露痕迹，而又淋漓尽致。女主人公"年年"空对春水绿波等待心上人复来聚会的神态，满怀希望却总是失望的心情，全都包含其中。

上片以自道口吻，概写邂逅相爱、送别难聚的空等情景，从"年年"的长期相思落笔；下片以客观描述，细写上下寻觅、执著盼望的忧愁心态，从每年的具体盼"君"着眼。

下片开头两句，由"春水年年绿"一气而下，描写"年年"空见春水绿，却不见人来的殷勤寻觅的活动和神情。"上滩复下滩"，极写女主人公沿溪上下去迎情郎的不辞风波，情深意切；"目断双蛾蹙"，刻画女主人公望穿春水不见伊人而紧皱蛾眉深感失望的传神形象，简约动人。她是否因此而绝望了呢？词人接以"毕竟几时来"，深层刻画她陷于复杂矛盾的心理活动。相约春"来"，却总未"来"，年复一年，岁月蹉跎，到底是什么时候才真的能"来"呢？这里有对情郎年年违约的失望和埋怨，又有对情郎终究会来的希冀和渴盼，其中交织着希望的急切和渺茫。然而，今年终究又是空等了，因此不禁悲从中来，"泪洒江边竹"。以泪洒竹，竹尽斑，乃湘夫人哭舜的神话（见《博物志》）；这里只是用来表现女主人公思君不见的哀伤，其对情郎相思之深切，对爱情的渴望和追求，尽在不言中。以此景语结尾，使人想见其境，富有言有尽而意无穷的神韵。

作者此词，似乎与宋人李之仪《卜算子》（我住长江头）的内容和格调有些神似，甚至都不避叠字重语，大有民歌之风。不过，李词从"长江头"、"长江尾"的大处取材，此词却从溪"那边"、"清溪曲"的小处构思；而且李词纯以"我"的口吻直抒胸臆，十分明快，此词却杂以客观描写，以景托情，情景交融，显得委婉含蓄，缠绵悱恻。这正是作者独到之处，让一个忠于爱情、饱尝相思苦果的初恋少女的纯美形象永远站立在读者的面前。

（李德身）

黄景仁 (1749-1783) 著名诗人、词人。字汉镛，一字仲则，号鹿菲子，武进 (今属江苏) 人。四岁丧父，十六岁应童子试，于三千人中拔第一，十七岁补博士弟子员，从此屡应乡试不中。后浪游浙江、安徽、江西、湖南等地。曾在湖南按察使王太岳、太平知府沈业富、安徽学政朱筠幕中为客。乾隆四十年 (1775) 入京，次年应乾隆帝东巡召试取二等，授武英殿书签官。三十三岁时，客陕西巡抚毕沅幕。次年回京，为候补县丞。终为债家所迫，抱病再赴西安，卒于山西解州。黄景仁一生困顿，英才早逝。其诗不为格调所拘，以真性情、真才气卓绝一世。其词多抒写悲凉感伤之情怀，语言晓畅，词风豪宕恣骋与俊逸隽秀并存。著有《两当轩集》，词集有《竹眠词》，亦名《悔存词钞》、《两当轩诗余》。

卖花声

立 春

独饮对辛盘，愁上眉弯。楼窗今夜且休关。前度落红流到海，燕子衔还。　　书贴更簪欢，旧例都删。到时风雪满千山。年去年来常不老，春比人顽！

这首词写立春时节作者自酌独饮时的感受。立春一般都在春节前后，天气虽然仍较寒冷，但已透露出春归大地的气息。俗话说："一年之计在于春。"春天是万象更新的开始，是一年中最美好的季节。"最是一年春好处，绝胜烟柳满皇都。"(韩愈《早春呈水部张十八员外郎》) 就是对春天的赞歌。作者在立春日孤独地饮酒，一想到春天即将降临人间，便暂时忘却了心中的忧愁。词人在词作中抒发了他穷愁不遇、寂寞悲怆的情怀。

"独饮对辛盘，愁上眉弯。"开篇描绘词人立春独饮、愁闷孤寂的形象。辛盘，据《风土记》载："元旦 (即春节) 以葱、蒜、韭、蓼蒿、芥杂和而食之，名五辛盘，取迎新之意也。"立春日乃新春伊始，故食以辛盘。"每逢佳节倍思亲。"作者孤身一人，"独在异乡为异客"，面对辛盘独饮，因而愁上眉头。而这时作者想到的是"楼窗今夜且休关"。为什么呢？因为"前度落红流到海，燕子衔还。"他不仅把燕子看作故交，而且希望燕子衔回去年流逝的落红，由此可见词人的念旧深情和丰富的联想。

　　"书贴更簪欢，旧例都删。"过片承上片独饮而出。书贴，据《荆楚岁时记》载："立春日，悉剪彩为燕以戴之，贴'宜春'二字。"簪欢，当指立春日簪幡胜为欢。据《梦华录》载："立春日，……士大夫家剪彩为小幡，谓之春幡，或悬于家人之头，或缀于花枝之下，或剪为春蝶、春钱、春胜以为戏。东坡立春日亦簪幡胜过子由，诸子侄笑指云：'伯伯老人亦簪幡胜耶。'"由于作者一人独处"独饮"，所以书贴、簪欢这些"旧例"就都省去了。加之，"到时风雪满千山"，虽已是立春时节，天气尚冷，尚有风雪。这是春天乍暖还寒气候的描写，也是作者孤寂、凄楚心情的写照。结句"年去年来常不老，春比人顽"，是全词警句，也是哲理名言，显示了春天的永恒与个人在大自然中的渺小，二者形成强烈对比，同宋人舒《一落索》词中"只应花好似年年，花不似人憔悴"句，用意相通。

　　黄景仁的词以真性情、真才气卓绝一世，"乾隆六十年间，论诗者推为第一"。(包世臣《齐民四术》) 其词嘉禾秀出，新警不凡，清奇傲，不落俗径。这首小令即显示了这些特色，立意清新，耐人寻味。

（贺新辉）

清词之美

· 310 ·

凌廷堪 (1755—1809) 著名学者、词人。字次仲，号仲子，歙县（今属安徽）人。幼孤，及冠之年始读书。与洪亮吉学出同门，并以宏博见称于时。乾隆五十五年 (1790) 进士。官宁国府（今安徽宣城一带）教授。贯通群经，尤深于《礼》。精研音律，故填词颇重律吕。其词音韵谐美，极少用典，或情文细密，或意境清俊，气势开阔。所著《礼经释例》为清代考礼之重要著作，《燕乐考原》为关于词乐之重要著作。另著有《校礼堂文集》、《元遗山年谱》等，词集有《梅边吹笛谱》二卷。

八声甘州

滕王阁

瞰空江、杰阁与云平，秋风送微波。想图中双蝶，霞边孤骛，古意良多。指点西山山色，依旧翠于螺。苔藓残碑蚀，谁与摩挲？　健笔昌黎作记，附三王名后，此语非阿。笑儿曹轻薄，何苦废江河？挂高帆、乘槎万里，尚未知风信竟如何？凭栏望，击珊瑚玦，酾酒高歌。

此词写景抒情，是一篇既议论风生，又充满遄飞逸兴的登临之作。

滕王阁，故址在江西南昌新建县西，下临大江。贞观十三年(639)，唐高祖的儿子李元婴受封滕王，后官洪州都督，建此楼于章江门上。高宗咸亨二年，洪州牧阎伯屿大宴宾客于此阁，当时，王勃与会，作名篇《秋日登洪府滕王阁饯别序》，使楼阁名声大彰。

上片，从滕王阁所处地势和高耸入云入笔，铺陈阁中所见风光。“瞰空江、杰阁与云平，秋风送微波”。起笔居高临下，摄住滕王阁高耸入云与下临大江之势，正是王勃诗中“滕王高阁临江渚”的境界。一个“空”字，让人们不禁想起王诗中“槛外长江空自流”的名句来。“杰阁”是词人的赞许。“秋风”句，写词人登临之时，迎风伫立的感受。

“想图中双蝶，霞边孤骛，古意良多。”“图中双蝶”，用滕王李元婴事，《宣和画谱》载："李元婴善绘，所作蜂蝶尤有名。"词人登临高阁，面对无限风光，不禁想起风采出众的楼阁缔造者来，含有仰慕之情。"霞边孤鹜"，从王勃《滕王阁序》名句"落霞与孤鹜齐飞，秋水共长天一色"翻出。当年，王勃作序写到这两句时，都督阎伯屿蘧然而起，曰："此真天才，当垂不朽矣。"词人今日亲临其境，用"古意良多"加以赞叹。

"指点西山山色，依旧翠于螺。"西山，一名南昌山，又名厌原山，在新建县西，连属三百余里。王勃诗称"画栋朝飞南浦云，朱帘暮卷西山雨"。放眼望去，西山翠碧，如髻螺并起，江山顿增美感，文增情趣。

"苔藓残碑蚀，谁与摩挲？"摩挲，即抚摸，韩愈《石鼓歌》："牧童敲火牛砺角，谁复著手为摩挲？"词中言滕王阁前，刻有前人诗文的碑碣，经长年风吹雨打，已经残蚀，被满藓苔。"谁与"句，反诘语气，惋惜文物之荒废，为下文设下悬念，收束上片。

下片，承接"残碑"与"谁与摩挲"，正面平章前人有关制作，加以发挥。"健笔昌黎作记，附三王名后，此语非阿。"昌黎，唐代大散文家韩愈，人称昌黎先生，作《新修滕王阁记》云："窃喜载名其上，词列三王之次。""三王"，指《滕王阁序》作者王勃、《滕王阁赋》作者王绪和《修阁记》作者王仲舒。"健笔"二字，称道韩文。"此语非阿"，指昌黎自称附三王名后，不是阿谀之词。既表明了对韩愈的推尊，又表明了对"三王"的仰慕。

"笑儿曹轻薄，何苦废江河？"抒发对三王的称颂，平章历史上对他们曾有过的毁誉。"三王"之中，列初唐四杰之首的王勃成就最高，其诗文开有唐一代新风，传说，作《滕王阁序》时，年仅十四，而极负盛名。有轻率浅薄之徒嘲笑他，诋毁四杰对文风变革的贡献。伟大诗人杜甫有《戏作六绝句》，对这些轻薄之徒进行严厉的驳斥。诗云："王杨卢骆当时体，轻薄为文哂未休。尔曹身与名俱灭，不废江河万古流。"捍卫四杰，对王勃等人作了高度颂扬。以上，词人借文豪诗圣之笔，表达对与滕王阁密切相关的前贤的向往。一个"笑"字，是对当年哂笑者的嘲笑。"何苦"句，反诘语表肯定意，有举重若轻之力。

"挂高帆、乘槎万里，尚未知风信竟如何？""槎"，竹、木筏，晋人张华《博物志》载古代传说云："天河与海相通，有海边居民，见年年八月浮槎去来，不失期。因备足干粮，乘槎而去，茫茫不辨昼夜，到达天河，见牛郎织女，屋宇城廓。"杜诗《秋兴》有"奉使虚随八月槎"句。"挂高帆"二句，写的是长风万里的高怀，也是游仙畅想。亦可理解为词人寓有发扬前人优秀文化传统之豪情。"尚未知"句，折回现实。词笔开合自如，有如春波皱縠，起伏动荡。

"凭栏望，击珊瑚玦，酾酒高歌。"交代词人立足在滕王阁中，收束有关登临的铺陈，完成抒情主人公自我形象的塑造。珊瑚，海中动物，古人视若珍宝。玦，玉环。词人登临高阁，凭栏远眺，古往今来，物换星移，文人才杰们赞誉过的大好风光尽收眼底。禁不住横生感慨，逸兴遄飞。临风把酒，击节高歌。这首八声甘州词就是这样在此情此景中诞生。酾酒，斟酒，东坡《前赤壁赋》云："酾酒临江，横槊赋诗。"

全词，铺陈景物，如春波皱縠，层次细密。语言明白晓畅。有超迈旷逸的情致，有别一般学人之词。《梅边吹笛》之作，格尊姜夔，此作却有似东坡。

（陶先淮）

八声甘州 『瞰空江』

王芑孙（1755—1812）文学家。字念丰，号惕甫，一号铁夫，又号楞伽山人，长洲（今江苏苏州）人。乾隆五十三年（1788）召试举人。官华亭教谕。与张问陶、杨芳灿等友善，为时望所推。故虽未挂朝籍而朝廷有大典礼，文章之事，多出其手。工诗、词、古文，尤以书法著名。著有《碑版广例》、《渊雅堂集》，词集有《瑶想词》。

三字令

花隐现，月微茫。是山塘。莺百掠，燕三商。卖茶馆，散花场，玉兰房。　　才宿露，罩垂阳。争雨隙，就烟当。阊门估，荡湖娘。共风凉。

这是一首别具一格的小令。全词全部用三字句，上片八句、下片七句，滚滚滔滔，遒炼而简短，奔腾而抗坠，将音乐节奏，充溢于字里行间。

上片，开头三句："花隐现，月微茫。是山塘。"写形势、氛围和地点，即月夜花丛中的山塘。接二句，描写山塘之中的自然风光："莺百掠，燕三商。"这里莺燕歌舞，是一个令人向往的好地方。掠，拂过，苏轼《后赤壁赋》："掠予舟而西也。"飞舞貌。商，五音之一，我国古代音乐分宫、商、角、徵、羽五个音阶，这里代指歌唱。这样一个美好的去处，像什么地方呢？作者一连作出三个比喻：似"卖茶馆"，如"散花场"，是"玉兰房"。真乃是美妙绝伦，无与伦比！

上片写景，下片则抒情。"才宿露，罩垂阳。"作者由早上到晚间，整日徜徉在美好的山塘间，生活在"雨隙"、"烟"雾弥漫的环境氛围之中。像是天门中的商客，又似是荡漾在湖泊上的船娘。何等逍遥啊！阊，阊阖，传说中的天门。屈原《离骚》："吾令帝阍开关兮，依阊阖而望予。"也泛指门。《说文·门部》："楚人名门皆曰阊阖。"估，客，商贩。《北史·邢峦传》："商估交入。"最后，用"共风凉"三字作结，可谓逍遥矣！

这首短词，语言风趣，明白如话，活用和改造了历来"安民告示"一类应用文的大众文艺形式，寓深邃于浅出之中，融顺口溜与古典诗词为一体，创造出一种新的词牌。作者系清代文章的大手笔，工诗古文，为南北时望所推，馆阁巨公均延致其家，虽未挂朝籍，而朝廷有大典礼，文章之事，多出其手。惟其如此，才能独创出这一新的词体。

（贺新辉）

三字令 『花隐现』

水 调 歌 头
春日赋示杨生子掞五首（其一）

东风无一事,装出万重花。闲来阅遍花影,惟有月钩斜。我有江南铁笛,要倚一枝香雪,吹彻玉城霞。清影渺难即,飞絮满天涯。　　飘然去,吾与汝,泛云槎。东皇一笑相语:芳意在谁家?难道春花开落,更是春风来去,便了却韶华?花外春来路,芳草不曾遮。

张惠言是大学问家,古文为阳湖派创始人之一,词为常州派开山祖师,然仕途蹭蹬,至嘉庆四年(1799)三十八岁时才经八试礼部中了进士。张氏一生无诗,存词集《茗柯词》,凡四十六首。他认为"意内而言外谓之词",写词须"低徊要眇以喻其致","《诗》之比兴,变风之义,骚人之歌"(以上见《词选序》),应是词的典范。从而一反"诗庄词媚"的传统观念,树起了"尊词"的大旗,并以他的创作,实践了他的词学主张。故《茗柯词》大多微言大义,蕴藉颇深。《水调歌头(五首)》便是他的代表作。

小序里头的杨子掞是张氏弟子,是一位"可与适道"的后生。这五首词寓教化于韵语,是写给杨子掞读的。五首词像是"春天交响曲"的五个乐章;一曰"寻春",二曰"留春",三曰"伤春",四曰"惜春",五曰"酿春"。

这里是《水调歌头》的第一首。

"东风无一事，装出万重花。"开头便绘出春回大地、万紫千红的图画。说"无一事"，又说"装出"，词人笔下的东风似故作殷勤。是否暗刺清室韶光将逝的繁荣景象，容徐言之。第二句词脉直下："闲来阅遍花影，惟有月钩斜。"分明是"东风"吹绽"万重花"，词人却放着花不看，而硬是"阅""花影"，其中隐含着对"万重花"的芥蒂。不说看，偏说"阅"，二者虽属同义，但"阅"要比看认真许多。"阅"的结果如何？"惟有月钩斜。""月钩"，无论是新月，还是残月，均不称人意，从而与"万重花"构成对比，给人以花好而月不圆的遗憾。

"我有江南铁笛，要倚一枝香雪，吹彻玉城霞。"词人用极含蓄的手法表明创造理想春天的非凡抱负。宋代朱熹《铁笛亭诗序》记，武夷山有个隐者，善吹铁笛，有穿云裂石之声。侍郎胡寅与游，作诗云："更烦横铁笛，吹与众仙听。"（《游武夷赠刘生》）"香雪"和"玉城霞"都指花。这三句写得意气风发，神采飞扬，不惟显示词人自己的信心，而且不无对杨子掞的激励。"清影渺难即，飞絮满天涯。""清影"紧承"雪"和"霞"。说："渺难即"，犹言倚"雪"吹"霞"不过理想而已，如今正是"天涯""飞絮"，春光即将逝去。

纵观上片，虽然词人眼中有"万重花"，而心中却无一枝花。沉重的失落感溢于言表，从而为下片叙写寻春张本作势。

既然人间没有理想的春天，那就到天上去寻找："飘然去，吾与汝，泛云槎。"师徒二人乘着"云槎"飘然巡天。这换头，笔触轻灵而神奇，极富浪漫主义色彩。乘槎巡天遇见了司春之神东皇。"东皇一笑相语"以下，词人便借东皇之口，对杨子掞谆谆教诲。这教诲内容分三个层次。一曰询问："芳意在谁家？"作为司春之神的东皇，提出此问好无道理。实际上是用来印证词人在上片里所含蓄吐露的"春在心中"的观点；二曰否定："难道春花开落，更是春风来去，便了却韶华？"否定春花开落，春风驰荡的物候并不表明是真正的春天。以反问句式出现，其意越重。三曰指迷："花外春来路，芳草不曾遮。"指出在春花芳草之外，还有一条通向春天——心里的春天——的道路，去勇敢地求索吧。

这首词意象朦胧，而意趣高远。

（王成纲）

临江仙

嘲杨花

和雨和烟飞不定，送迎常在邮亭。何缘看得别离轻？人间多此恨，花里最无情。　　一阵楝花风起处，曝衣人最心惊。问伊何苦化浮萍？几多轻薄意，飘泊到来生。

这首词，如词题所叙，是一首《嘲杨花》词。

一提到写杨花，人们会很自然地想到宋词中章楶与苏轼的两首杨花词——《水龙吟·杨花》和《水龙吟·次韵章质夫杨花词》。这两首杨花词，前者以深入捕捉，刻画物象夺人，后者则以感情注入物象引入，因而脍炙人口，流传千古。英国湖畔诗人华兹华斯说过："是情感给予动作与情节以重要性，而不是动作和情节给予情感以重要性。"作者的这首《嘲杨花》词，采用拟人化的手法，将杨花作为嘲讽的对象，赋杨花以有血有肉的形象，作到了情感与物象相融合，则别有一番新意。

词的上片，头两句写物象，即杨花的行为动作："和雨和烟飞不定，送迎常在邮亭。"接着，对杨花提出诘问："何缘看得别离轻？"一个"轻"字，将杨花的特点，描画得入木三分。常言说："人生自古伤别离。"所以，作者评论说："人间多此恨，花里最无情。"杨花是花里"轻"别离的最无情的了。

下片，"一阵楝花风起处，曝衣人最心惊"。因为"柳絮入水化为萍"，因此，作者又提出诘问："问伊何苦化浮萍？"最后便又嘲讽地："几多轻薄意，飘泊到来生。"与前片的"何缘看得别离轻"相呼应，再次突出一个"轻"字，收束了全篇。

章楶的词结尾是："望章台路杳，金鞍游荡，有盈盈泪。"苏轼的词结尾也是："细看来，不是杨花，点点是离人泪。"都是"伤"别离，而本词却别出新意，嘲讽杨花"轻"别离。三者角度不同，却异曲而同工。

（蒲　仁）

临江仙『和雨和烟飞不定』

陆　珊　女词人。字佩珛，一字珊珊，元和（今江苏吴县）人。钱塘（今浙江杭州）张应昌之妻。工于词，著有《闻妙香室词》一卷。

忆秦娥
题大漠行旅图

明驼疾，咸阳古道西风急。西风急，连天衰草，四无人迹。　　解鞍下骑聊休息，拥裘闲话家山隔。家山隔，天涯梦见，翠楼春色。

这是一首题画词。以生动形象的语言再现了一幅大漠行旅图。上片描绘大漠的景色：西风凛冽，连天衰草，四无人迹。在这一片荒寒、冷落而又广阔无垠的天地中，却有一队明驼疾走，为这冷落的画面增添了活力，使整个画面有一种宏大开阔的意境。"明驼"，善行的骆驼，出自《木兰辞》"明驼千里足"，因此给人一种悠久的历史感。"咸阳古道"是用李白《忆秦娥》"咸阳古道音尘绝"的词义，不仅极力渲染大漠古道的杳无人迹；同时，使人们联想到秦代赫赫王朝及其音尘杳然，给人以历史消亡感，从而使画面上的大漠添上了历史深远的色彩，创造了宏大浑厚的意境。"连天衰草，四无人迹"二句，将悠久古道写足，既表现了古道的荒寒，又突出了大漠的浩瀚开阔。

下片着笔于"行旅"。"解鞍下骑聊休息"，写大漠上、古道边，旅客们解鞍下座骑，略略休息的情况，他们闲话家常，家乡已远隔重山。这里有人物的动作、情态，甚至可让人听到谈话内容，描绘细致入微，"拥裘"二字，写出围裹皮衣而坐的神态。"聊"，姑且、略微意。

结句"天涯梦见，翠楼春色"，词人以想像的艺术手法，描绘羁旅在外的游子的悠悠乡情。想像他们在睡梦中梦见了家乡，梦见了伊人：她在满园春色中登楼远望天涯客。这二句不是画图中所见的，而是女词人面对"大漠行旅图"运用了"寂然凝虑，思接千载；悄焉动容，视通万里"（刘勰《文心雕龙·神思》）的联想、想像，而进行艺术构思后的虚构画面。"翠楼春色"这形象写画面的广漠、荒寒,增添了春天的气息,欢愉的气氛。

这首词作风格雄浑豪放,绝非一般闺阁词人所能相比。

（赵慧文　叶　英）

忆秦娥『明驼疾』

南乡子

春事已阑珊,一两青鞋倦往还。记得故园风景好,凭阑,荠菜花儿单布衫。　　兀自掩柴关,芳草无多忍再删? 却借一鞭楼上指,君看,绿遍江南岸岸山。

南乡子一词写的是旅愁乡思。作者家在江南,而旅居江北。首句指明时间。春事即春意、春色。阑珊即稀少,将尽。这该是暮春时节了。"暮春三月,江南草长,杂花生树,群莺乱飞",正是为客江北的人最易怀念江南故土的时候。

第二句紧接第一句,说明游子已倦于艰难的飘泊、奔波。"一两"即一双。"青鞋",说明词人清苦。陶渊明说:"鸟倦飞而知还。"作者由倦飞而写到自己对故乡的怀念。

他清楚地记得,故乡这个时候,到处开遍了荠菜花,春服既成,身上感到特别轻快。荠菜俗称"三月三",到暮春三月,白花盛开。自古以来,每逢上巳节日,人们拔荠煮蛋,以作食疗,所谓踏青挑菜,就是指这种活动。"单布衫",一则说明春寒已退,天气转暖;一则说明自己是清贫家计,非富贵人家。当年凭栏远眺,风景清佳。把春恋故园之情寓于追忆畴昔之中。

从荠菜花、单布衫进一步点明是暮春时节,有照应第一句的作用,也有为下片作铺垫的作用。平常景物用平常口语道来,却富灵秀之气。

在这春意阑珊的日子里,诗人客居异地,意绪寥落,只有闭门不出了。兀自即独自，可见其孤寂。柴关即柴门，以见其非朱门大户。第二句说明自己不忍心再去剪除修理那些零落凋残，所余无几的花草，再次照应"春事阑珊"一句，并荡开一笔，扩大了词的内涵。以反诘语出之，比平叙句法的感情色彩要浓重得多。屈原有句"恐鹈鴂之有声，使百草为之不芳。"又云："何昔日之芳草兮，今直为此萧艾也？"芳草在中国的古典文学中常用以喻指青春、贤人、美人。有时也用以喻指奸佞小人，如白居易"远芳侵古道"。刘词所用当是前义，可能另有深远的寄托。究竟何所指，无法定诂，给读者留下思索的余地。随读者气质、修养、境遇、心情之不同，各类读者可能产生各不相同的联想，从而特别玩味喜爱。

上片说在故乡凭栏，下片则说在异乡登楼。楼上所见则非荠菜花开风景好，而是芳草无多的寂历萧疏之感。远望故乡所在的江南，却山色如黛，还是故乡好。暗用王安石名句"春风又绿江南岸，明月何时照我还"之意。两相对照，情在景中。但乡思之切，点到为止，不多着墨。意在言外，耐人咀嚼。

有的评论家认为此系作者少年之作，"奇秀逼人"（见《清词菁华》）。仁者见仁，自非汗漫语。然"芳草无多"，"绿遍江南"诸句于清发之中见苍凉之意，迥异少年明艳者，似宜视作中年所制。质之读者，以为如何？

（陶俊新）

南乡子『春事已阑珊』

张　琦 (1764—1833) 学者、词人。初名翊,字翰风,一字翰丰,号宛邻,又号默成居士,武进 (今属江苏) 人。张惠言之弟。嘉庆十八年 (1813) 举人。历任山东章丘、邹平等县知县。因长子误药死,遂潜心医学,并著《素问释义》。尤精舆地之学。工诗词、古文及隶书,其词多题图、咏物之作,宛转绵密。有《立山词》一卷,又与兄张惠言合编有《词选》。另著有《战国策释地》、《宛邻诗文集》等。

摸鱼儿

渐黄昏、楚魂愁断,啼鹃早又相唤。芳心欲寄天涯路,无奈水遥山远。春过半,看丝影花痕,胃尽青苔院。好春一片,只付与轻狂,蜂儿蝶子,吹送舞尘暗。　　关山客,漫说归期易算。知他多少凄怨?不曾真个东风妒,已是燕残莺懒。春晼晚,怕花雨朝来,一霎方塘满。嫣红谁伴?尽倚遍回阑,暮云过尽,空有泪如霰。

这是作者的一首有名的思妇词,在思妇伤春怀人的深层,蕴含着对世道黑暗的不满。

上片描写思妇对春景残落的感伤。开头两句,通过"楚魂"、"啼鹃"的鸣叫,绘制出凄楚、寂寞的艺术氛围。楚魂,鸟名,相传为战国时期被秦国囚禁的楚怀王灵魂所化。下面一层深入一层地揭示思妇的心绪。"芳心"二句,写思妇怀念远在天涯海角的情人,但无奈受千山万水阻隔。"春过半"三句,写丝为影、花留痕,春色将近,思妇睹物感怀,倍感失望。一个"胃"(挂)字,形象地勾勒出柳絮飘落之状。最后,思妇由失望进而发展为怨恨:"好春一片,只付与轻狂,蜂儿蝶子,吹送舞尘暗。"大好春光让轻狂的蜜蜂、蝴蝶搅得天昏地暗。

下片,作者意在抒写思妇顾影自怜的失落感。头三句思妇之怨恨由景及人:"关山客,漫说归期易算。知他多少凄怨?"关山客,是思妇心目中思念的情人。不要说归期屈指可数,可知他 (思妇自己) 为了等待这归期,经受了多少凄楚和心酸?这里作者无法控制自己的忿怨，直接发开议论了。下面两句："不曾真个东风妒，已是燕残莺懒。"化用"妒花女"一典，将东风拟人化为妒花女。据《太平御览》载，古代有武阳女，因妒嫉丈夫赞美桃花，砍倒桃花树。作者进一步发出疑问，难道是东风妒嫉春色，摧得春色逝去而使燕去、莺不鸣吗？接着"春晼晚，怕花雨朝来，一霎方塘满。嫣红谁伴？""春晼晚"句化用《楚辞》"白日晼晚其将入兮，哀余寿之弗将"句而来，指太阳将落，即人已暮年。以花喻人，以思妇对于落花无伴的敏感，抒写顾影自怜的感慨。最后三句收束全篇。这时思妇在茫茫夜幕中倚栏伫望，泪如雨下，可谓伤心到了极点。霰，雨雪交加，这里形容思妇之泪。至此，词人所抒写的感情，达到了高峰。

　　这首词写得宛转、绵密、曲细，情调缠绵、感人，借思妇之怨，隐刺当时的社会的昏暗，透示出老来凄凉的失落心情。谭献评这首词"风刺隐然"（《箧中词》），可谓击中了要害。

（贺新辉）

摸鱼儿〔渐黄昏〕

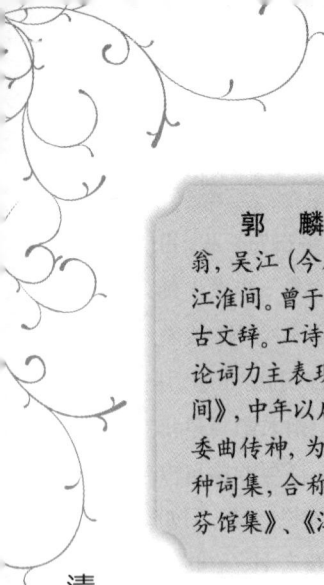

郭　麟(1767—1831) 词人、诗人。字祥伯，号频伽居士，晚号复翁，吴江 (今属江苏) 人，后迁浙江嘉善。诸生，怀才不遇，客游于江淮间。曾于江苏高邮坐馆为塾师多年。少有神童之称。曾从姚鼐学古文辞。工诗词，诗以白描抒性灵，为乾、嘉之际性灵派重要诗人。论词力主表现性情，维护艺术个性的独立存在。早期词作出入《花间》，中年以后羁旅寥落，多抒发愤闷抑郁之感。笔调清灵流转而又委曲传神，为浙西词派后起之秀。有《蘅梦词》、《浮眉楼词》等四种词集，合称《灵芬馆词》。又著有《词品》、《灵芬馆词话》、《灵芬馆集》、《江行日记》等。

卖花声

秋水淡盈盈，秋雨初晴。月华洗出太分明。照见旧时人立处，曲曲围屏。　　风露浩无声，衣薄凉生。与谁人说此时情？帘幕几重窗几扇，说也零星。

这是一首忆旧时恋情之作。淡远色调，清冷气息中，映带一腔纯真热情，可见旧情非歌舞征逐之逢场作戏。词笔似中年以后的回忆，往往滓秽汰尽，如杯中杭菊，色香别具。几许忏悔，一丝惋惜，人生哲理的感喟，也尽在其中了。

湖畔的某处楼台，诗人在秋雨初晴的月夜独自登临。这显然并非无目的之漫游，而是选此清寂幽悄时来寻旧时踪迹，让旧时的炽热，开启拨响三径就荒的心窗情弦，重现昔日的温馨。词人之情，可谓深矣。

"月华洗出太分明"句，妙以雨洗月华的洁净分明，"照见旧时人立处"，此是正衬；然"曲曲围屏"处并未有昔日伊人，只有迷离恍惚之伤心词人，是月华变为反衬矣。月光照出旧时踪迹，本为实景；而缠绵固结、情思萦逗，记忆和想像中出现多少场景？实景又化为许多变幻中的虚景，正所谓虚处藏神。明暗虚实衬托对比，使小词平添清空神韵。

下片继续渲染和深化这种迷离神秘的气氛。风露浩荡，寒生两腋，已独自逗留到深夜了，还不忍离去。"帘幕几重窗几扇"，承上片

"曲曲围屏"而来，然非重复。原因何在？煞尾有"说也零星"一句，熟变为生，极热忽然成了极冷。已经逼近的伊人形象忽地被推远了。

俄国形式主义派批评家施克洛夫斯基曾说："艺术之所以存在，就是为使人恢复对生活的感觉……艺术的技巧就是使对象陌生，使形式变得困难，增加感觉的难度和时间长度，因为感觉本身就是审美目的，必须设法延长。"这首《卖花声》处处在增加感觉难度，月华分明照见人立处，而又"曲曲围屏"；留连深夜，"帘幕几重窗几扇"，伊人似呼之欲出了，忽然"说也零星"，拂袖而去，变得陌生。

施克洛夫斯基的话也许有些费解，但这首烟云迷漫的小词确是处处在逆向思维中宛转曲达，增加艺术魅力。淡——浓、晴——阴、分明——迷离、凉——热、近——远、昔——今、倾诉——凝咽、情侣——陌生、追寻——抛弃……缠绵悱恻低回不已的一腔情愫，在这曲曲折折中，似淋漓尽致地得到表现了。

郭麟为乾道间贫士，少负才名有神童称，一生落拓无所遇合。此词也象征性地表现了怀才不遇、曲高和寡、知音难求的深沉苦闷。

（李文钟）

陈文述 (1771—1843) 诗人。初名文杰，字退庵，号云伯，钱塘（今浙江杭州）人。嘉庆五年 (1800) 举人。历官安徽全椒知县、江苏江都知县等，多惠政。曾游京师，与杨芳灿齐名，时称"杨陈"。与郭麐等交谊笃深，往来唱和。有诗名，早年学"西昆体"，后长于歌行，多指陈时政得失和表彰忠孝之作。工于词，有《紫鸾笙谱》四卷。另著有《颐道堂集》、《碧城仙馆诗钞》、《西泠怀古集》等。

减字木兰花

吴门元夕

月明华屋，夜深犹绕栏杆曲。何处清游，一树梅花拥画楼。　　参差雁柱，欲筝弦上关山路。四壁宫花，红烛春寒小玉家。

这是一首别具特色的咏元夕词。

吴门，即苏州。苏州别称吴县，为春秋时吴国的都城，因称之吴门。唐张继《阊门即事》诗："试上吴门看郡郭，清明几处有新烟。"元夕，即旧历正月十五日夜，又称元夜、元宵。宋朱淑真《生查子》："去年元夜时，花市灯如昼。"历来以诗词描写元夕的不少，如，唐崔液《上元夜》诗："谁见明月能闲坐，何处闻灯上盲来？"描写赏月观灯的热闹景象；苏味道《正月十五夜》诗："火树银花合，星桥铁锁开。"描写京城长安的灯火辉煌；宋辛弃疾《青玉案·元夕》词："东风夜放花千树，更吹落、星如雨。"描写燃放的焰火在空中闪闪烁烁；元张可久《沉醉东风·元夜》曲："明月无心紫箫，夕阳何处蓝桥。"描写人们沉浸在欢乐之中连月升日落都无从知晓等等。而这首词却从缅怀故都的角度描写元夕的感受。

上片描写主人公的寂寞。明月照进屋内，使屋子光彩照人，所以，夜深了仍绕着栏杆漫步，但是哪里又是可游之处呢？只见一树梅花已包围着楼屋，渲染出一个幽晦、凄清的环境，孤独冷落之情，时光易逝之感，人已迟暮之叹，尽在不言之中。

下片则抒写故都风物之叹。"参差雁柱，欲筝弦上关山路。"雁柱，乐器筝的柱。筝柱斜列，如雁行，故名。宋张子野《生查子·咏筝》："雁柱十三弦，一一春莺语。"主人公的思绪，仿佛回到千余年之前的吴宫，看见宫中琴师弹过的筝。"四壁宫花，红烛春寒小玉家。"宫花，宫苑中的花木，唐王建《故行宫》诗："寥落故行宫，宫花寂寞红。"小玉，又叫紫玉，吴王夫差女，传说玉爱慕韩重，不得成婚，气结而死。重游学归，往玉墓哀吊，玉现形，赠重明珠，并作歌。重欲抱之，玉如烟而没。主人在寂寥中，仿佛看到当年伴奏的筝和小玉的家。这一寓意当是有所寄托。

这首小令，写得幽晦而含蓄，言尽而意似无穷，值得细细玩味。

（蒲　仁）

减字木兰花『月明华屋』

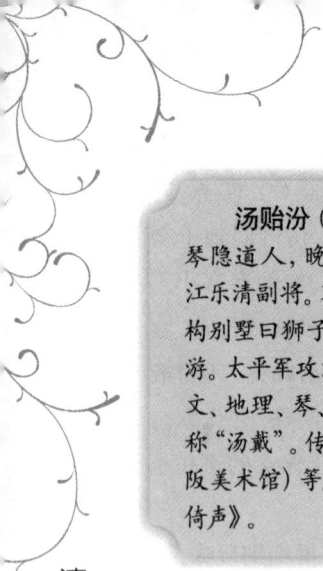

贺圣朝

宿松军中

暮云一片随营落，看旗翻日脚。朝朝闲却绿雕弓，向霜林弹雀。　　将军白发，征夫血泪，进三更霜角。狂歌痛饮曷如吾？早枕戈眠着。

这是一首描写清兵军营生活的词作。作者为江苏武进人，以荫袭云骑尉，积官至浙江清协副将。词作于作者出任安徽宿松地方军事长官之时。

上片描写军营的日常生活。"暮云一片随营落，看旗翻日脚。"一天过后军营中空空荡荡，只有旌旗在夕阳照射下飘落。三四句写"弓"，实际是写人、写军人，本应作战或习武，却"朝朝闲却"，只能"向霜林弹雀"。下片写情。过片化用范仲淹《渔家傲》词"将军白发征夫泪"句写"将军白发，征夫血泪"，"进三更霜角"，抒发将士壮志难酬、年华虚度的苦闷心情。下面进一步抒写："狂歌痛饮曷如吾？"谁能如我？结句"早枕戈眠着"，意含讥讽，耐人寻味。

这首词写于鸦片战争之后，国家、民族灾难日深，而清王朝的军队却闲置无聊，无所事事。所以，词虽平淡，语不惊人，却于平淡中寄寓着嘲讽，其深意不言自明。

(蒲　仁)

转应曲
蔷 薇

春雨、春雨,染出春花无数。蔷薇开殿东风,满架花光艳浓。　　浓艳、浓艳,疏密浅深相间。

这是一首别具一格的咏蔷薇词作。

本词作者字维㦚,号小庚,著《小庚词》一卷,冯登府在为他的词集写的《跋》中,评价他的词"能唱晓风残月"。作者善以词咏花草,咏花词占到他词作的四分之一以上。其中有"素魄笼烟,丰肤腻雪"的白芍药(《凤凰台上忆吹箫》);有"双心千瓣斗鲜奇,出水不沾泥"的盆莲(《荷叶杯》);有"冰逊洁,麝输芳"的茉莉花(《南乡子》);有"道是桃花竹倚,道是竹枝桃媚"的夹竹桃(《如梦令》);有"荠白芸黄魏紫,锦成堆"的菜花(《春光好》);还有"松向中秋开待夏,秾艳谁能画?"的罂粟花(《醉花阴》)等等。而这首咏蔷薇的《转应曲》词,则写得别有韵致。

"春雨、春雨,染出春花无数。"一个"染"字,写活了百花迎着春风、春雨争奇斗艳的春天。在百花盛开的大好春光之中,"蔷薇开殿东风"。描写出了蔷薇后百花而开的特色。尔后,又用"满架花光艳浓","疏密浅深相间"描绘出蔷薇的独特风貌。词中一连用了"春雨"、"浓艳"两组重叠词句,对所写景物作了强调。前者是纵的强调,一场又一场春雨,才"染"出无数的春花开放,是一层加深一层;而后者,则是横的渲染,"浓艳",又是"浓艳",方开出了"满架花光"!纵的强调,是为蔷薇的开放作铺垫;横的渲染,则是让蔷薇在百花之中更加"花光"照人,引人注目,从两个不同的方面衬托、描绘出蔷薇的美丽。

转应曲『春雨』

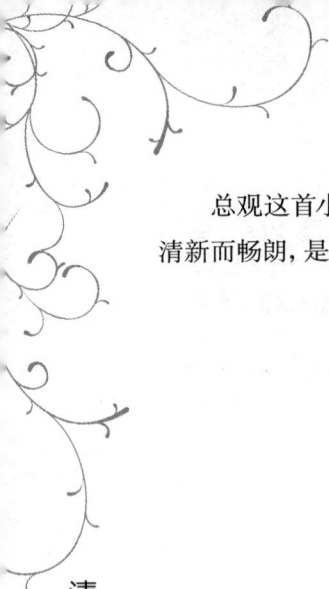

总观这首小词，语言明畅、自然，语淡而情浓；格调昂扬、奔放，清新而畅朗，是一首不多见的咏蔷薇好词。

（蒲　仁）

渡江云

杨　花

春风真解事，等闲吹遍，无数短长亭。一星星是恨，直送春归，替了落花声。凭阑极目，荡春波、万种春情。应笑人、春粮几许？便要数征程。　　冥冥，车轮落日，散绮余霞，渐都迷幻景。问收向、红窗画箧，可算飘零？相逢只有浮萍好，奈蓬莱东指，弱水盈盈。休更惜，秋风吹老莼羹。

　　这是一首咏物词，咏的是杨花。前人咏杨花，大多可怜它的飘零际遇，而为之一掬同情之泪。如苏轼《水龙吟》把它形容成万里寻情郎的思妇；章楶则将它描写得宛如情窦初开的少女。这首《渡江云》却翻出新意，以豪壮语出之。作者从杨花飘扬的特征入手，赞扬了大丈夫四海为家的凌云壮志。杨花在作者笔下，不仅有替落花送春归的自我牺牲精神，而且是执著追求理想境界，努力把握自身命运的英雄。她虽送春归去，却留下"万种春情"；她毫不留恋那迷人的幻景，也不屑于他人温柔的怜悯，却愿随浮云远走高飞，寻求生命的真谛。全词通过充分人格化的杨花，铺写作者自己心中的豪爽之气。

　　上片描写杨花漫天飞舞。由"春风"入笔，继用"春归"、"春

渡江云『春风真解事』

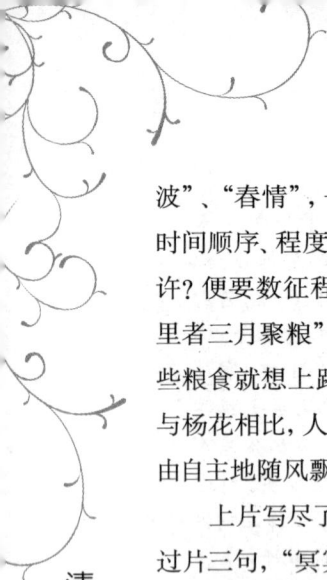

波"、"春情",一字四度重复,写出杨花初飞、继飞、正飞、盛飞,依时间顺序、程度轻重,分层次层层递进。歇拍三句:"应笑人、春粮几许? 便要数征程。"化用《庄子·逍遥游》中"适百里者宿春粮,适千里者三月聚粮"的语意,说明人打算出门就要春粮做准备,准备了一些粮食就想上路;而杨花飘荡万里,随风而行,却不必做任何准备。与杨花相比,人显得可笑;与人相比,杨花感到自豪。从而,将杨花不由自主地随风飘荡,形容成随心所欲、为所欲为的乐事。

上片写尽了杨花的姿态、心情,下片作者则要为她的归宿操心。过片三句,"冥冥"、"落日"、"余霞",具体描绘暮景。承前启后,提出了杨花的三种归宿:一是"收向红窗画箧",即飞入红窗,被美人收入画箧,写入丹青;二是随"浮云"飞往天外,进入"蓬莱"仙山,羽化登仙。作者对前者表示疑问,对后者则望洋兴叹,于是结语用张翰思莼羹的故事,为杨花指点迷津,劝其早日归隐:"休更惜,秋风吹老莼羹。"据《晋书》载,张翰见秋风起,乃思吴中菰菜莼羹鲈鱼脍,曰:"人生贵适意,何能羁宦数千里,以要名爵乎?"遂命驾而归。作者借此咏杨花,实则是咏人,当是有所寄托,读者当善自领会。

这首词由上片写杨花四处漫游,到下片归于隐逸,情绪起伏变化。谭献评这首词说:"怨断之中,豪宕不减。"(《箧中词》卷三)可谓一语中的。

(贺新辉)

满江红
栈道纪游

一线阳光，何处望、天彭井络？只仰见、盘空峻栈，虹腰斜束。瘦马浑如鸡上埘，劳人尽比猱升木。有白云笑客十分忙，岩头宿。　　晴漏滴，声冰玉；流水响，声丝竹。更千条涧并，一条飞瀑。横跨石梁龙露骨，直冲沙觜虹生角。喜筒车旋转疾如风，如轮速。

顾翰的词集中以题图词为最多，次为其他抒情词。专写山水记游的词不算多，但却写得精湛洗练，描摹毕肖。这组词共四首，是顾翰从咸阳经剑阁到成都途经栈道时写的。这是四首之三。

首先从仰视角度写景。"阳光"而说"一线"，可见高峰夹峙，障日蔽天。"何处望、天彭井络？"穷目力之所极，也看不到"天彭井络"。天彭，即天彭阙，亦名天彭山，在四川彭县。"井络"，星名。左思《蜀都赋》："岷山之精，上为井络。"《河图括地象》："岷山之地，上为井络。"此处借指高接星空的四川高山。"天彭井络"看不到，仰视只见"盘空峻栈，虹腰斜束"。栈道沿着山峰回环，盘转曲折，如彩虹斜束山腰。描摹了栈道之高和险。下文进一步从距离来写栈道之峻，马如鸡，人如猱，以体积大小显示距离远近。"劳人尽比猱升木"，正是"人从木末行"。栈道险峻，已极具体，形成了惊险氛围，接着用拟人法写"白云笑客十分忙，岩头宿。"白云似乎在嘲笑这些"尽比猱升木"的"劳人"们："你们整天忙些什么？为名乎？为利乎？不如我悠然自在，闲宿岩头。"这是作者主体意识的外释，借白云笑客，亦以自嘲。客，也包括作者在内。

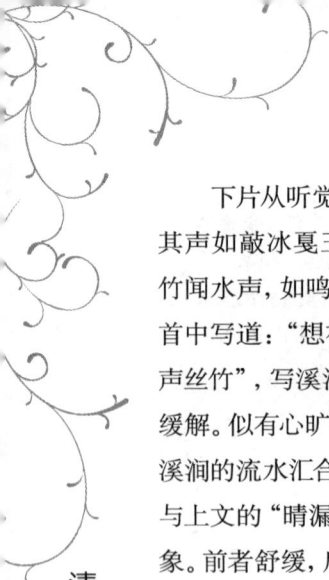

下片从听觉来写。"晴漏滴，声冰玉"，写栈道石隙，涓泉下滴，其声如敲冰戛玉，清脆悦耳。柳宗元《小石潭记》写水声云："隔篁竹闻水声，如鸣珮环。"也是形容水声如玉佩相击。顾翰在同题第一首中写道："想补天有隙，丝丝犹漏。"也是写石隙滴泉。"流水响，声丝竹"，写溪涧流泉，声如奏乐。至此，上片的惊险氛围，得以稍微缓解。似有心旷神怡之感。"更"字领起下文四句，写栈道飞瀑，千条溪涧的流水汇合成一条飞瀑，"横跨石梁"、"直冲沙碛"，势不可挡。与上文的"晴漏滴"、"流水响"相较，又另是一种气氛，另是一番景象。前者舒缓，后者急骤；前者心旷神怡，后者惊心动魄。笔势夭矫，错落有致。"筒车"句写自高处俯瞰所见，筒车是一种水车，在一大轮圆周上按等距离系上若干竹筒，利用水力推动大轮，使竹筒从水中转过时舀水，随轮转到顶端时水即倒入高处灌田。川、湘、黔等省多有之。

顾翰是清中晚期之间重要词人之一，其词风清逸、雄放兼具，丁绍仪《听秋声馆词话》（卷六）谓其"能兼竹垞（朱彝尊）迦陵（陈维崧）二家之长"，以此词观之，信非虚语。

（王伢思）

林则徐 (1785—1850) 著名政治家、文学家。字元抚，又字少穆、石磷，晚号俟村老人、俟村退叟，侯官 (今福建闽侯) 人。嘉庆十六年 (1811) 进士。历任翰林院编修、江苏巡抚、湖广总督等职。为官清廉正直，关心民疾，为民众所称颂。道光十八年 (1838) 底，受命为钦差大臣，节制广东水师，赴广州查禁鸦片。次年收缴鸦片，于虎门销烟，名震中外。同时，大力整顿海防，准备战守。二十年 (1840) 任两广总督。鸦片战争爆发，多次击退来犯之英军。旋被诬革职，遣戍伊犁。道光二十五年赦归。后任陕西巡抚、云贵总督。三十年 (1850) 受命为钦差大臣，赴广西镇压太平军，于途中病故。曾主持译辑《四洲志》，开创了近代研究西文之风气。擅诗文，所作多触及国事民生，气势高壮，颇见工力。工于词，大都关系时事，词风慷慨激越，与邓廷桢词堪称清词史上"大臣词"之双璧。著有《林文忠公政书》、《云左山房诗钞》、《云左山房文钞》、《云左山房词钞》、《林则徐集》等。

月华清
和邓嶰筠尚书沙角眺月原韵

穴底龙眠，沙头鸥静，镜奁开出云际。万里晴同，独喜素娥来此。认前身，金粟飘香；拼今夕，羽衣扶醉。无事。更凭栏想望，谁家秋思？　　忆逐承明队里，正烛撤玉堂，月明珠市，鞚掌星驰，争比软尘风细。问烟楼，撞破何时？怪灯影、照他无睡。宵霁。念高寒玉宇，在长安里。

林则徐在有清一代可算得上一位指点江山、激扬文字的台阁重臣。在道光十九年 (1839) 旧历八月中秋佳节，邓廷桢 (嶰筠) 邀林则徐、关天培同登沙角炮台赏月，视察防务。邓豪情满怀，诗兴顿来，当即写《月华清》一首，林则徐也在十天之后写了这首《月华清和邓嶰筠尚书沙角眺月原韵》的词。

"穴底龙眠，沙头鸥静，镜奁开出云际。"往日在南海的万顷波涛中翻滚的巨龙如今在海底龙穴睡眠歇息了，往日这里炮声隆隆，浓烟滚滚，沙鸥悲鸣，响彻天空，如今这里的沙鸥也悄无声息了。举头远望，但见一轮明月透过淡淡的白云高高升起，普照海面，沙角炮台四周显得那样宁静。这三句写中秋赏月的情境。龙穴,在沙角炮台附近的南海洋面,1939年6月,林、邓、关密切配合,广东军民大力支持,在龙穴一带收缴英美鸦片一万九千多箱又两千多袋,总计二百三十七万斤,并在虎门销毁,大长了中国人民的志气,大灭了帝国主义的威风,当时是何等的惊心动魄啊!如今海面平静了。使人读此,深感这将是更大的一场恶战前的短暂的沉寂。作者突出一个"静"字,表现出斗争赢得平静的大无畏英雄气概。

"万里晴同,独喜素娥来此。"赤县神州,千家万户,同在晴月之下共度良辰;作者也无限欢喜能和邓尚书、关将军在此赏月。"素娥"指嫦娥,此代月亮。"认前身,金粟飘香;拼今夕,羽衣扶醉。""金粟",指桂花树。桂树八月开花,香飘万里。司空图《诗品》中有"明月前身"之句。这两句是赞颂邓廷桢品格高洁如明月朗照,如桂花馨香。"拼今夕、羽衣扶醉"是劝邓、关二人,难得良辰、美景、赏心、乐事,邀来嫦娥一起开怀畅饮,拼着喝醉吧,连接下句"无事"是说:没什么问题,我们已做好了一切准备。这是对海防事务、抗拒来犯之敌充满胜利信心的一句话,表现了对强敌的极大蔑视。"更凭栏想望,谁家秋思?"由眼前赏月勾起秋思情怀,借用前人"不知秋思在谁家"之意,很自然转入下片。

"忆逐承明队里,正烛撤玉堂,月明珠市。""承明",汉宫殿名,此指朝廷。"玉堂",指翰林院。作者曾为翰林院庶吉士。他由眼前景回忆起在京中之时,翰林院里红烛已撤,同僚们一起上街,见星汉灿烂,明月高悬,华光四射,照耀着热闹繁华、市列珠矶的都市。"鞅掌星驰,争比软尘风细。"词人由对往事回忆又回到眼前:如今公务忙碌整天如流星奔驰,怎比得上在京都时风土的香软细腻呢?这里将海防前线的繁忙与京华的安定平稳形成对比,也隐隐暗示时局紧张,形势严峻,不可掉以轻心。"问烟楼,撞破何时?""撞破烟楼"之典出自苏轼《答陈季常书》:"庶以发后生妙想,著鞭一跃,当撞破烟楼也。"作者以此希望后辈超过前辈。此句又妙语双关,"烟楼"之烟,喻鸦片烟,作者希望子孙后代能彻底砸毁"烟楼",振兴中华。用一反问句,表现了殷忧在心,心情急切。"怪灯影、照他无睡",作者夜不能寐,沉思百感,表现出对国家大事的先天下之忧而忧。"宵霁。念高寒玉宇,在长安里。"长安,这里指京城。"高寒玉宇"用苏轼《水调歌头·明月几时有》："又恐琼楼玉宇，高处不胜寒"句意。他把禁烟大业的成败寄希望于"高处不胜寒"的"琼楼玉宇"中的皇帝。在当时，他当然不可能想到依靠人民群众的力量。从结句里，一方面表现他对满清王室的忠贞不渝，无限信任，一方面也流露出对前途和命运的隐忧。

（王昆岭　贾灿琳）

龚自珍 (1792—1841) 著名思想家、文学家。字尔玉，又字璱人；更名易简，字伯定；又更名巩祚，号定庵，又号羽琌山民。仁和 (今浙江杭州) 人。嘉庆二十三年 (1818) 举人。后为内阁中书。道光九年 (1829) 进士。历任宗人府主事、礼部主事、祠祭司行走等。十九年 (1839)，辞官南归。暴卒于丹阳云阳书院。因目睹清朝统治之腐朽，力主实行政治、经济改革，要求维护国家主权，抵抗外国资本主义侵略，为近代资产阶级改良主义的启蒙思想家。开创了近代诗、文的新风气，为近代文学之疏凿开山手。工于词，多言情之作，有抨击现实政治，抒写抱负之作，笔致瑰丽奇肆，词风飞扬豪放。著有《龚自珍全集》，词集有《定庵词》。

鹊踏枝
过人家废园作

漠漠春芜春不住，藤刺牵衣，碍却行人路。偏是无情偏解舞，蒙蒙扑面皆飞絮。　　绣院深沉谁是主？一朵孤花，墙角明如许！莫怨无人来折取，花开不合阳春暮。

龚自珍不仅是晚清著名的思想家、近代维新思想的先驱者，也是著名的诗人。南社诗人柳亚子推崇他的诗是"三百年间第一流"。作为思想家的龚自珍，早在鸦片战争之前即以惊人的洞察力敏感觉察到：由于鸦片输入、白银外流、吏治腐败、农村凋敝、农民起义……人们竭力吹嘘的"天朝盛世"已一去不返。他以犀利笔锋抨击弊政、倡导改革维新，因而受到官僚大地主及其豢养的"貌儒"的打击、迫害，于1839年辞官返家，沿途写下了有名的《己亥杂诗》。这首《鹊踏枝》词，选自他的《庚子雅词》，作于1840年，在时序上与《己亥杂诗》紧接。他的词也和其诗一样，宣泄忧国悼世的心情，抒发"怨去吹箫，狂来说剑，两样销魂味"的情怀。郁勃激荡而又凄绝灵动，在晚清词坛别树一帜。

这首词以经过人家的废园为题，采取象征寄托的手法，寓情于景，在思想性和艺术性的结合上开辟了一个新境界。起句"漠漠春芜春不住"，广漠的园地上一片荒芜萧索，春日的芳华已消逝褪尽的景象，不正是当时"天朝盛世"已春去了无踪的缩影吗！"藤刺牵衣，碍却行人路。"而那些"藤蔓"——昏庸的王公大臣及其帮闲帮凶的文人们，却处处牵制，阻碍着维新改革者的道路。"偏是无情偏解舞"。那些国事蜩螗浑不管的官僚们偏解粉饰太平，酣歌漫舞；那些"藤蔓"随风摇摆，偏解作阻碍行人之"舞"；那满朝的群魔乱舞，对改革维新者作张牙舞爪之"舞"。词人已是悲愤填膺，以纵横驰骋的笔势，怒斥群丑了。联想到词人辞官离京之前，某权贵使用流言蜚语的阴险手段，对他进行的陷害，真似"蒙蒙扑面皆飞絮"。而词人此时的情怀，亦正如贺铸《青玉案》词中所写："试问闲愁都几许？一川烟草，满城风絮，梅子黄时雨。"

　　下半片的"绣院深沉谁是主？一朵孤花，墙角明如许！"与放翁咏梅词的"驿外断桥边，寂寞开无主"意蕴相同。一朵明丽的孤花在荒芜的废园中寂寞地开放，无人培护，无人欣赏。突出了它独立荒园、孤芳高洁的品格。花与词人的心境融合无间，灵犀相通。结尾"莫怨无人来折取，花开不合阳春暮。"是安慰孤花，亦强作自解。这是时代、社会和志士仁人之间的矛盾，不合时序就枉有痴情。在词人"花开不合阳春暮"的深沉感喟中，我们犹听到他一往情深的吟哦："落红不是无情物，化作春泥更护花"；更听到他激越的呼吁："我劝天公重抖擞，不拘一格降人才。"龚自珍词在艺术手段上多用微言大义的议论和象征寄托之法。这首《鹊踏枝》词中，花即是人，人即是花，命运共通，象征比喻色彩强烈。寄托畅朗而不晦隐，是龚词的代表作之一。然而龚自珍的诗词之所以具有震撼人心的力量，还在他的诗词中闪烁的批判腐朽、呼唤光明的革新破旧精神的内容与形式完美地结合。

（谷　冰）

· 341 ·

鹊踏枝『漠漠春芜春不住』

人月圆

绿珠不爱珊瑚树，情愿故侯家。青门何有？几堆竹素，二顷梅花。　　急须料理，成都贳酒，阳羡栽茶。甘心费尽，三生慧业，万古才华。

这是一首情词，作于道光二十年（1840），是写给淮浦女郎灵箫的。自珍晚年得遇灵箫，纳之为妾，十分动情，写了大量诗词，这是有代表性的一篇。上片写灵箫对自己的倾心。绿珠为西晋富豪石崇的爱妾，以美艳贞烈著称。这里借指灵箫。"故侯"，秦东陵侯召平。秦亡，种瓜于长安城东青门附近，人称故侯瓜。这里用以自比。这时自珍已辞官南归，故自比召平。"竹素"，竹简与帛书。"几堆竹素，二顷梅花"，此言家境清寒，与击碎珊瑚之豪门相对，以赞美灵箫为不羡权贵的斯文知己。

下片则表述了自己对灵箫的至爱深情，富有浓郁的浪漫式的旋律与激情。"急须"三句表示了双双偕隐湖山的急切愿望：或效司马相如与卓文君之临邛卖酒，或同去宜兴（即阳羡，作者有别业在此）种茶度日。结拍三句，愈唱愈高，极为亢奋。他决心将自己的一切——包括累世修来的慧性与辉映万古的才情，一古脑儿地献给自己的爱人。这种炽烈地追求与奉献的精神，使它区别于一般才人与艺伎的那种随缘听命的"理性"思考。作为一个进步的思想家，他在爱情问题上似乎也泛出了启蒙主义的曙光。

从词艺上讲，此章除前后两结，纤悉入对而外，凡四字可对者，莫不成对。它是以工整的对仗，表现狂飙突进式的思想与情感。非大手笔，何能至此。

（周笃文　张　晔）

清词之美

· 342 ·

湘月

壬申夏泛舟西湖，述怀有赋。时予别杭州盖十年矣

天风吹我，堕湖山一角，果然清丽。曾是东华生小客，回首苍茫无际。屠狗功名，雕龙文卷，岂是平生意？乡亲苏小，定应笑我非计。　　才见一抹斜阳，半堤香草，顿惹清愁起。罗袜香尘何处觅，渺渺予怀孤寄。怨去吹箫，狂来说剑，两样销魂味。这般春梦，橹声荡入云水。

这首"箫心剑胆"的词作，是定庵词的代表作。小序表明写于壬申，即嘉庆十七年（1812），是年定庵二十岁。

全词抒怨说狂，上阕写无意功名文卷；下阕写对美人的缅怀。

这一韵如狂飙天落，且落差极大。从九重起笔，直堕湖山，以"果然清丽"暂收。其中的"我"字，极普通又极富个性，给人以"无梦不西湖"的感觉。"果然"二字甚妙，可料定西子湖那"接天莲叶无穷碧，映日荷花分外红"的景象早已铭刻在定庵心中。"曾是东华生小客，回首苍茫无际。"其中蕴蓄着强烈的失落感。"东华"即京师东华门一带。"生小"，犹言幼时。"昔作女儿时，生小出野里"（《古诗为焦仲卿妻作》）可证。"苍茫无际"概叙东华十年生活，不难体味个中蹉跎岁月、虚掷年华的喟叹。"屠狗功名，雕龙文卷，岂是平生意？"用樊哙、驺奭的典故。据《史记·樊哙传》："舞阳侯樊哙者，沛人也，以屠狗为业。"后来，樊哙辅佐刘邦平定天下创立汉朝。樊哙典用来喻指武功。又，《史记·孟子荀卿列传》裴骃集解引刘向《别录》："驺奭修（驺）衍之文，饰若镂雕龙文，故曰'雕龙'。"驺奭典用来喻指文事。在定庵看来，无论是武功还是文事，皆不足取。"岂是平生意？"以反问语调出之，极大地增强了否定传统观念的意志。令人叫绝的是，定庵更从西子湖畔的墓窟中拉出千古艳鬼南齐名妓苏小小，道是"乡亲苏小，定应笑我非计"。意思是说，我的乡亲苏小，也一定嘲笑我这种处世态度。"乡亲苏小"取意于唐代韩翃诗"吴郡陆机称地主，钱塘苏小是乡亲"（《送王少府归杭州》）。俗话说，"亲不亲，故乡人"。如今连老乡亲苏小小都"笑我非计"，可见我已"不群"到何等地步！今无知音，古无知音，定庵何其寂孤也。

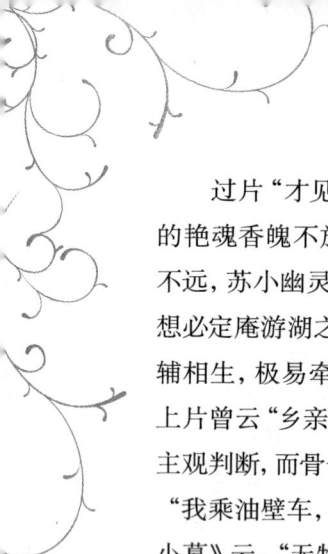

过片"才见一抹斜阳，半堤香草，顿惹清愁起"，仍粘着苏小小的艳魂香魄不放。"一抹"与"半堤"，景物轻微。但"斜阳"去黑夜不远，苏小幽灵翘首可待，"香草"又正是苏小小坟茔的特色景物。想必定庵游湖之舟去西泠桥不远，桥畔墓中艳鬼，心中郁抑块垒，相辅相生，极易牵起作者怀古伤今的情愫，故曰"顿惹清愁起"。尽管上片曾云"乡亲苏小，定应笑我非计"，但那不过是定庵对苏小小的主观判断，而骨子里却是视苏小小为知己的。古乐府《苏小小歌》云："我乘油壁车，郎骑青骢马。何处结同心？西陵松柏下。"李贺《苏小小墓》云："无物结同心，烟花不堪剪。"可见苏小小生得悲酸，死得寂寞，举世没有知心，这一点定庵和她是相通的。然而，苏小小毕竟是隔世的幽灵，定庵对她的苦恋，无助于小小的再现，但心中却委实放她不下，"罗袜香尘何处觅"，说的就是这个意思。苏小小的靓容丽貌早已玉殒香销，无法亲聆他的愁怀，于是不禁发出"渺渺予怀孤寄"的慨叹。

"怨去吹箫，狂来说剑，两样销魂味。"这是令人最为激赏的警句。吹箫和说剑，是定庵用以抒写情怀的手段，刚柔兼济，可谓空前。他在《漫感》诗中写道："一箫一剑平生意，负尽狂名十五年。"他把柔情脉脉的箫和威风凛凛的剑，看作张弛之道：吹箫以排忧解愁，舞剑以励志张胆。但是，严酷的现实使他空怀壮志、难展雄才，只能悲凉和辛酸地吟道："这般春梦，橹声荡入云水。"

这煞尾缥缈迷茫，空灵蕴藉，使人仿佛望到暮色苍茫的西子湖上，一只载着"苍茫"的灵魂的小船，轻轻摇动，渐行渐远，消失在蒙蒙的云水里……谭献《箧中词》云：定庵词"绵丽飞扬，意欲合周辛而一之，奇作也"。以此作验之，周邦彦词绝无这般飞扬，而辛弃疾词也绝少这般绵丽。

（王成纲）

苏幕遮

柳 絮

早垂丝，迟作絮。不见花开，只见花飞处。绕砌萦帘刚欲住。打个回旋，又被风扶去。　　野棠村，芳草渡。南北东西，总是伤心路。待趁残春春不顾。堕向清池，恨结萍无数。

词之为体，要眇宜修。以江南才女庄盘珠秀婉阴柔妍媚丰姿之秉赋性灵为之，自是当行出色。即以这词而论，浅近口语流利天然，一气呵成略无滞稳，词笔真如春风中的丽絮，"自在飞花轻似梦"（秦观词），刚读一韵，词笔早轻灵远举不知何处去。飘逸绵邈中，充满沉抑芳洁之情，对人生的深沉感悟忧思十分动人。细品词义，有整个封建社会中妇女的命运在，启人沉思。

全词柳絮拟人，写柳絮实是写风絮。柳絮是柳树种子上所带白色长毛，其特点就是轻飘无定，所以写风絮是抓住了柳絮的典型特征。垂柳早春先叶后花，"早垂丝"，状嫩叶，"迟作絮"，长叶后不见花卉已飘絮矣。王国维用枣坡韵咏杨花云："开时不与人看，如何一霎濛濛坠"，（《水龙吟》）正与庄盘珠"不见花开，只见花飞处"同一机抒，凄怆悲愤哀艳欲绝。在封建伦理道德的束缚下，不知多少妇女与才智之士的玲珑自我被无声扼杀！　"不见花开，只见花飞处。"可为同声一哭。此为总写。

"绕砌萦帘刚欲住。打个回旋，又被风扶去。"是特写镜头，总写后的分写，景象十分凄楚。不仅此也，下阕又一总写和分写，此画家三皴法也，章法反复而非重重，逐层深入，给读者深刻印象。"南北东西，总是伤心路。"是第二次总写，"柳絮"无路可走。想跟残春而去春也不顾。"堕向清池，恨结萍无数。"是第二次分写的特写镜头，

· 345 ·

苏幕遮 『早垂丝』

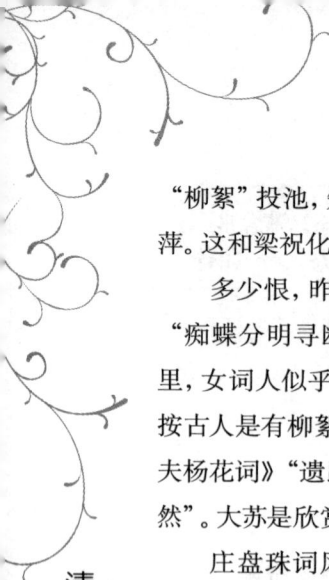

"柳絮"投池，短暂怨苦的一生终了，心中的长恨幻化成水面无数浮萍。这和梁祝化蝶之类同为浪漫主义的奇笔。

多少恨，昨夜梦魂中。清冷神秀哀感顽艳的一个"柳絮"之梦。"痴蝶分明寻断梦，浮萍容易悟前因。"（庄盘珠词《浣溪沙》）这里，女词人似乎特意再次拈出柳絮化萍的意境，重抒怨苦的心情。按古人是有柳絮落水化萍这一传说的，苏轼自注《水戈吟·次韵章质夫杨花词》"遗踪何在？一池萍碎"句道，"杨花落水为浮萍，验之信然"。大苏是欣赏传说神话般凄丽的意境，而小弄狡狯的吧？

庄盘珠词风近李清照，这不在"……才待展双蛾，又被晚风吹皱。吹皱。吹皱。人与影儿共瘦。"（《如梦令》）"……高台就圮曲池荒。花还比我瘦，草竟比人长。"（《临江仙》）之类词句的形似。这首咏柳絮的《苏幕遮》和《踏莎行·春柳》，以真切的生命独创深广动人之境，语言平易浅近而极耐咀嚼，这些，才是学易安神似之处。

庄盘珠在世时诗词就为人传诵。嘉庆间年仅二十五岁而卒。这首小词如其短促一生写照，凄怆令人不忍卒读。

（李文钟）

浣溪沙

一卷离骚一卷经,十年心事十年灯。芭蕉叶上几秋声? 欲哭不成还强笑,讳愁无奈学忘情。误人犹是说聪明。

这是一首沉痛的自述词,概述了女词人一生的经历与感悟。上片叙述生活历程,下片感慨凄苦薄命。

"一卷离骚一卷经",这起句精确无比,词人的生活与诗人屈原的遭际大有类似之状,"劳苦倦极"、"疾痛惨怛",事夫虽尽职,却因聪慧敏捷而见疑,克己奉姑,终因强颜欢笑而被谤。词人读《离骚》,却有如自身的写照,能不痛心疾首!因而皈依禅门,以经书一卷相伴,与青灯古佛为邻,了却残生。这起句的概述,囊括半生,表露了凄凉惨悲、痛苦的生活历程。

"十年心事十年灯",女词人的十年"心事"重重,凄惨不堪,战战兢兢,度日如年,非人的生活迫使她断绝了尘缘,"独卧青灯古佛旁"。但是,"十年灯"的凄凉依然不能摆脱痛苦,反而使词人更添烦恼。

"芭蕉叶上几秋声?"的反问,更进一步映衬出词人忧愁悲苦的凄凉心境。雨打芭蕉,秋声凄厉,不仅突出了环境、气氛的悲凉,而且"几秋声"几字,道出了年年如此,岁岁依旧的忧愁苦恨,真实地再现了词人生活痛苦的状况。

"欲哭不成还强笑,讳愁无奈学忘情。"既是生活的"无奈",又是词人"痛定思痛"时的情感表现。本是非常悲苦,令人涕泪交流的

浣溪沙「一卷离骚一卷经」

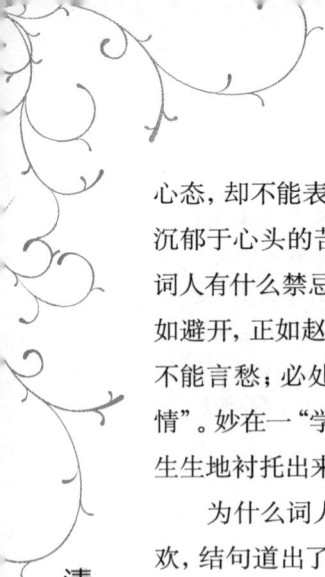

心态，却不能表露，反而要强颜欢笑，装傻卖呆，这是何等的悲痛！沉郁于心头的苦水不准外溢，又是何等的悲凉！"讳愁"二字，并非词人有什么禁忌，而是在"识尽愁滋味"之后，反倒说"愁"无义，不如避开，正如赵庆禧所说："花帘主人之词善写愁者也。不处愁境，不能言愁；必处愁境，何暇言愁？"（《香雪庐词》序），因而"学忘情"。妙在一"学"字，这就把词人强颜欢笑，假装无愁的痛苦心态活生生地衬托出来了。

为什么词人的生活一生与"愁"为伴？为什么词人终生郁郁寡欢，结句道出了其中的奥秘："误人犹是说聪明"。正因为词人才华横溢，聪明过人，违背了封建伦理中"女子无才便是德"的训教，也就是说，聪明才智使之成为了封建伦理的叛逆，所以，处处受压抑，时时被斥责，怎么能不是身处愁境，郁郁无欢呢！聪明反而成为了"误人"的罪愆，怎么能不令人生"疾痛惨怛"之悲，"薄命凄凉"之慨呢！

这首词，不仅细致地表现了女词人压抑的心态，而且反映出其思绪开阔，轻巧纤细的写作特点，是一首不可多得的佳作。

（吴承芳）

乳燕飞
读红楼梦

欲补天何用？尽销魂、红楼深处，翠闱香拥。骁女痴儿愁不醒，日日苦将情种。问谁个、是真情种？顽石有灵仙有恨，只蚕丝烛泪三生共。勾却了，太虚梦。　　喁喁话向苍苔空。似依依、玉钗头上，桐花小凤。黄土茜纱成语谶，消得美人心痛。何处吊、埋香故冢？花落花开人不见，哭春风、有泪和花恸。花不语，泪如涌。

伟大的不朽名著《红楼梦》自问世起，便打动了成千上万个读者。吴藻这首读红楼梦词，大约距《红楼梦》（一百二十回本）成书后不到30年，也许是最早一批评论《红楼梦》的作品。在词中作者为宝黛二人的爱情悲剧所感动，尤其是对黛玉的惨苦结局，挥洒一掬清泪，实则是自伤"薄命"，读来凄婉伤绝。

上片词人感叹宝黛之间"木石姻缘"的破灭，表现对真挚爱情的向往和追求。在《红楼梦》中，曹雪芹借女娲补天的神话，虚构女娲曾弃一顽石于大荒山青埂峰下。这块顽石因"无材补天"，遂"幻形人世"，在"诗礼簪缨之家，温柔富贵之乡"历经悲欢离合的故事。"欲补天何用？尽销魂，红楼深处，翠闱香拥"，说的就是贾宝玉的来历和他在贾府的生活环境。"翠闱"，绿色的闱幔，这里指富贵人家千金小姐的"闺阁"；"香拥"，指宝玉在红楼深处被一群年轻女子簇拥着。"销魂"，本指心灵深处受到强烈震动的感觉，这里指贾宝玉为他周围一些女子的品貌所折服，自愧"须眉不及裙钗"。"骇女痴儿愁不醒，日日苦将情种"。转至描写宝黛二人之间的爱情，他们爱得如痴如骇，但在封建礼法的束缚下，又爱得很苦。然而，惟其苦，又见他们相爱之深。在小说中，宝黛二人从相见倾心到真挚相爱，经历了复杂而微妙的过程。他们时而互相试探，时而相互猜疑，时而互证心曲，举手投足，心头眉上，无不是将情播种。因此词人称他们"日日苦将情种"。然而，他们并不知道他们爱情的结局是"水中月"、"镜中花"，依然在爱的长河里痴迷不醒。"愁不醒"三字寄寓了作者对宝黛二人爱情悲剧的无限同情。"问谁个、是真情种？"是词人的发问。在小说中，警幻仙子曾领贾宝玉在太虚幻境聆听《红楼梦》套曲，其中第一首第一句便是"开辟鸿蒙，谁为情种？"曹雪芹借警幻仙子之口赞扬宝黛等人是开天辟地以来，真正不受礼法和世俗约束、执著追求爱情的人。词人重复这一赞叹，除了肯定宝黛等人对爱情的大胆追求外，还感叹这种不顾一切、情有独钟的"情种"在现实生活中太少了，或者说，现实生活是不允许这样"情种"存在的，即使有，封建礼法也必然会将他们吞噬掉。"顽石有灵仙有恨，只蚕丝烛泪三生共"，便是这种感叹的具体发挥。在小说中贾宝玉是衔着一块通灵宝玉而生的。黛玉的前身是西方灵河岸上三生石畔一株绛珠仙草，因受贾宝玉的前身神瑛侍者的甘露灌溉之恩，甘愿在幻形人世后将"一生的眼泪还给他"。也就是说，宝黛之间的如痴如呆的相恋是为了报前世相遇之恩。"蚕丝烛泪"化用李商隐的名句"春蚕到死丝方尽，蜡炬成灰泪始干"，用以形容黛玉的还泪之说。"三生"，佛家谓

乳燕飞『欲补天何用』

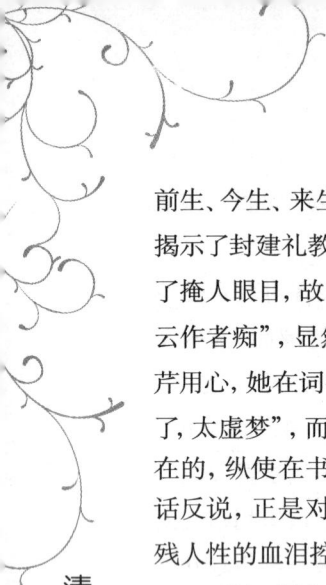

前生、今生、来生为三生。在《红楼梦》中，曹雪芹以宝黛爱情的悲剧揭示了封建礼教对青年人的迫害和摧残，具有尖锐的批判意义。但为了掩人眼目，故意设计了"姻缘前定"的幌子，所谓"满纸荒唐言，谁云作者痴"，显然有深苦的用心。同样，吴藻读《红楼梦》也深知曹雪芹用心，她在词中反复引述"姻缘前定"，并非是相信宝黛相恋"勾却了，太虚梦"，而是说明了像宝黛这样的"情种"在现实中是不允许存在的，纵使在书中也不过是一场因果报应的"太虚梦"罢了。作者正话反说，正是对宝黛二人执著追求爱情的肯定，也是对封建礼教摧残人性的血泪控诉。

下片，词人将视线集中在林黛玉身上，为这位红颜薄命的叛逆女性一洒同情之泪。"喁喁话向苍苔空"，《红楼梦》第二十六回描写林黛玉到怡红院叫门不开，误以为宝玉冷淡自己，心中十分伤感。"也不顾苍苔露冷，花径风寒，独立墙角边花阴之下，悲悲戚戚呜咽起来"。附近柳枝花朵上的宿鸟栖鸦听到黛玉的哭声，都"飞起远避，不忍再听"。这一句，即主要浓缩上述情节，但又非情节的简单重复，是词人读了《红楼梦》后对林黛玉的总体印象，孤苦伶仃，寄人篱下，生性孤傲，对宝玉一往情深而得不到别人理解，笼罩在黛玉身上的是一种哀惋悲凉的气氛。"似依依、玉钗头上，桐花小凤"，表述了黛玉对纯真爱情的向往和追求。清人王士禛《蝶恋花·和漱玉词》云："郎似桐花，妾似桐花凤"。据讲，"成都夹岷江矶岸，多植紫桐。每到春暮，有灵禽五色，来集桐花，以饮朝露，谓之桐花凤"。"黄土茜纱成语谶，消得美人心痛"，写黛玉虽然孤傲不屈，但仍逃脱不了"薄命"的命运。《红楼梦》第七十八回写贾宝玉悼晴雯的《芙蓉女儿诔》中有"自为红绡帐里，公子情深；始信黄土垄中，女儿命薄"之句，黛玉听罢建议修改，贾遂改为："茜纱窗下，我本乖缘；黄土垄中，卿何薄命。"黛玉听了"忡然变色"，心中有"无限的狐疑"。在《红楼梦》中，晴雯是作为林黛玉的映衬写的。晴雯的"薄命"预示着黛玉的薄命。因而"黄土茜纱"也暗示着宝黛无缘和黛玉的早夭，这样一种暗示性的语谶，怎能不使生性聪慧的林黛玉听后心痛狐疑呢？接下来词人因袭黛玉的《葬花词》来痛惜黛玉的悲惨命运。黛玉在《葬花词》中感叹"侬今葬花人笑痴，他年葬侬知是谁？"词人读了《红楼梦》后，居然痴心地想到黛玉的坟上凭吊一番，但黛玉毕竟是小说中的人物，又何处去寻吊她的埋香故冢呢？如今，桃花依然一年一度花落花开，当年的葬花人又在何处呢？词人迎着春风，对着遍地落花，情不自禁大哭起来。她泪眼问花，打听黛玉的下落，但落红遍地，花自不语，眼前一片寂静孤独，词人又禁不住泪如泉涌……

吴藻的这首词写得哀婉凄恻，这与她自身不幸的婚姻生活有关。《红楼梦》中宝黛的爱情悲剧，尤其是林黛玉渴望追求真诚爱情而又不能主宰自己命运的悲惨经历与自己的遭遇竟有相似之处，更是悲不自胜。词人以如泣如诉之笔，抒发了内心痛苦而忧伤的感受，表现了对冷酷社会现实的愤慨和抗争。

（马学鸿）

乳燕飞「欲补天何用」

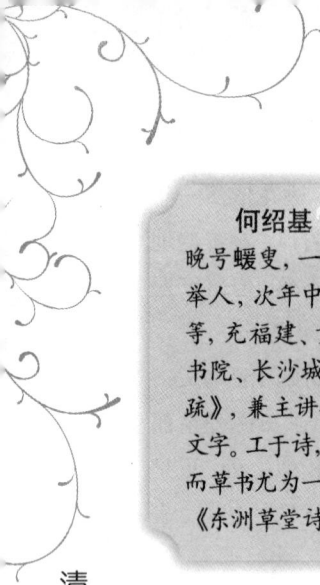

调笑令

即事，用东坡韵二首

渔父，渔父，破笠冲风冒雨。雪花飞满蓑衣，无计得鱼暮归。

归暮，归暮，灯火上元何处？

孤雁，孤雁，飞向潇湘远岸。家书倩汝携还，道我今宵苦寒。

寒苦，寒苦，三日娄门外住。

这两首《调笑令》分别用东坡词原韵，情感、内容前后贯通，盖系一时一地之作。前一首写欲求未得的人生失意。渔父头顶破笠，顶风冒雨，出没于烟波江上，终日以捕鱼为业。然而自朝至暮，寒江独钓，归来时却两手空空。"破笠冲风冒雨"一句，生动形象地表现了渔父生活的辛苦，反映出渔父境遇之窘困。东坡《调笑令》原词道："渔父，渔父，江上微风细雨。青蓑黄蒻裳衣，红酒白鱼暮归。"与苏词的恬淡自适相比，作者此调显然反用其意，抒述一种无可奈何的伤感。而"渔父"一词则更具自况之意。结尾"归暮，归暮，灯火上元何处"三句，进而倾诉平生踪迹难定、不知何处是归宿的苦闷。

后一首小令写淹滞他乡、孤独思归的痛楚。"孤雁，孤雁，飞向潇湘远岸。"暗示出家乡关山阻隔，相距遥远。鸿雁孤飞，怎能不动客子之情；孑然飘泊，岂异孤飞鸿雁？一个"孤"字，一个"远"字，流露出词人内心的凄寂之感。接下去两句毫不掩饰，直言快语："家书倩汝携还，道我今宵苦寒。"这是发自心灵深处的痛苦的声音，是一位天涯孤旅的无助的呼喊! 结尾"寒苦, 寒苦, 三日娄门外住"三句, 遥与上首词结尾相呼应, 揭示出痛苦与孤独的因由, 语调沉闷, 情感真挚, 尤其"寒苦"一语重叠使用, 更增添了凄婉的气氛。

两首词用语浅近, 朴实无华, 比赋兼用, 相得益彰。作为步韵之作, 稍感不足的是字句上与东坡原词重复显多, 但何词的感情色彩更强, 更具有直抒胸臆的特点, 因而也就更能感人肺腑。

(李汉超　刘耀业)

调笑令「渔父」

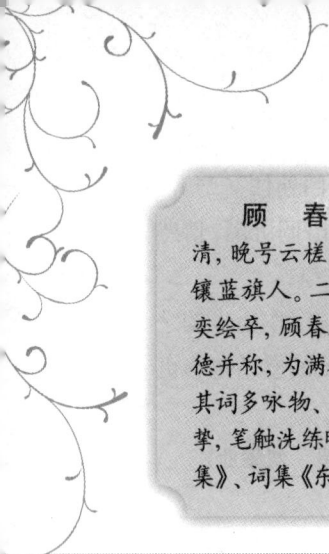

南乡子

惜花词

一夜妒花风，吹过栏干第几重？何事封姨情太薄，匆匆。零落深丛与浅丛。　　春冷逼房栊，晓起开帘扫落红。风势未停天又雨，濛濛。乱卷飞花小院中。

王鹏运论满族词人，"男有成容若，女有太清春"。

"一夜妒花风，吹过栏干第几重？"开篇从风说起，她说一夜间，狂风大作，吹个不停，究竟吹过了多少层栏干呢？"妒花风"，指凶恶的狂风，见周邦彦《水龙吟》梨花词："传火楼台，妒花风雨。"风吹落花，本是暮春的自然现象，这里用一个"妒"字拟人化，使风与花都具有灵感，好像狂风心存忌妒的恶意，通过重重栏干的阻拦，仍将百花吹得凋残。接下去，"何事封姨情太薄，匆匆。零落深丛与浅丛。""封姨"，相传为风神。据《情异志》载："唐天宝中，处士崔元徽与杨氏、李氏、陶氏、石氏及封家十八姨共饮。石氏忤姨，皆起去。明夜诸女复来，云诸女皆住苑中，每岁多被恶风所挠，居止不安，常求十八姨相庇；昨石氏忤姨，故不能应难取力，求元徽岁旦作朱幡，图日月星辰之文，立于苑东，则可免。至期，元徽依言立幡。时东风震地，折树飞沙，而苑中繁花不动。乃知封十八姨，风神也。杨、李、陶、石诸女，乃杨柳、李花、桃花、石榴也。"这里女主人公指责"封姨"为何这样无情，顷刻间把繁华似锦的百花吹得零零落落，纷纷坠入深浅的花丛之中，这岂不太残酷了吗？

下片，"春冷逼房栊，晓起开帘扫落红。""栊"，指窗户或栅栏。这里写春寒逼人，房内一片清冷。由于昨夜狂风劲吹，百花凋零，早晨起来，不得不打开门帘，到院子里去打扫那些飞落的残花。本来这种景象已经够凄惨了，但是"风势未停天又雨，濛濛。乱卷飞花小院中"。即是说：风未停，雨又作，春风劲吹，春雨濛濛，在这风雨交加之中，凄冷的小院，由于乱花飞坠，一片狼藉。

顾太清明写"惜花"，实则写她丈夫死后，所遭遇的凄凉境况的感叹。太清早年与奕绘结为伉俪，情投意合，亲密无间，吟诗赋词，抚琴作画，并辔郊游，相互唱和，过了多年幸福美满的夫妇生活。自从四十岁夫亡之后，由于与婆母不合，被迫离居家门，携带少儿幼女去过孤寂的贫寒生活。家有非亲生长子作梗，外有流言蜚语说她与龚自珍关系暧昧，内外交迫，处于极其困扰之中，心情惨淡，不可终日。所以借"惜花"来倾诉她那在风雨交迫之中，青春瞬息已逝，落红无人怜惜的悲惨境遇。这就是本词含义之所在。

（张　璋）

江城子

记　梦

烟笼寒水月笼沙。泛灵槎，访仙家。一路清溪，双桨破烟划。才过小桥风景变，明月下，见梅花。　　梅花万树影交加。山之涯，水之涯。影宕湖天，韶秀总堪夸。我欲遍游香雪海，惊梦醒，怨啼鸦。

这首记梦词，以秀丽隽永的格调引人入胜，是女词人的代表作之一。作者身居北地，心驰南国，通过梦幻得以神游江南胜境。

词一开头就不同凡响。"烟笼寒水月笼沙"，化用杜牧《泊秦淮》诗的首句，使梦中吴地景物不标自现。迷蒙的色调，构成了描摹飘移入梦过程的神来之笔，可谓极妙！接下来，作者如导游一般，引领着读者一步一步层层深入地游览了她的梦中所见："泛灵槎"、"破烟划"、"清溪"、"小桥"、"明月"、"梅花"、"影宕湖天"、"梅花万

树"的"香雪海"，如烟雾一样朦胧，像仙境一样秀美。面对如此美景，正当"我欲遍游香雪海"的当儿，啼鸦将她的梦惊醒了！好梦不长。一个"欲"字、一个"惊"字、一个"怨"字，寄托了作者多么深沉的遗憾！

同前人诸多的梦幻诗词相比，这的确是一首不可多得的梦幻词。前人说顾春词"得力于周清真，旁参白石之清隽，深稳沉着，不琢不率，极合倚声消息"（况周颐语）。用这段话来评价这首词，则恰到好处。

（贺新辉）

风光好

春　日

好时光，恁天长。正月游蜂出蜜房，为人忙。　　探春最是
沿河好，烟丝袅。谁把柔丝染嫩黄，大文章。

这首词，如题目所写《春日》，纯系常见题材，但作者融自身感受于绘景，以常语造新意，深入浅出，写得浑朴自然，却异彩纷呈。

这首小令的特点是，融叙事、议论为一体，而且描写、刻画得细致入微。上片写春光，开门见山："好时光，恁天长。"春光明媚，无限美好。面对大好春光，诗人有的写春风和煦，如："一夜好风吹，新花一万枝"（令狐楚《游春词》）；有的写日灿水绿，如："日出江花红胜火，春来江水绿如蓝"（白居易《忆江南》）；有的写繁花盛开，如："万紫千红总是春"（朱熹《春日》）；有的则写莺歌燕舞，如："啼莺舞燕，小桥流水飞红"（白朴《天净沙》）。而女词人却突发奇想，写"正月游蜂出蜜房"。一语点染，画出了春暖花开、蜂飞蝶舞的早春景象。接着，又点出"为人忙"三字，设想超奇，出人意外却言中人意。

下片写"探春"。作者"沿河"漫游，"烟丝袅"言简意赅，概括了沿岸柳丝飘垂的春色。历来以写柳描绘春光也是常见于诗词的，如："烟柳轻飞絮"（张仲素《春游曲》），"杨柳不遮春色断"（陆游《马

上作》），“杨柳青青沟水流”（元好问《杨柳》）等等，而作者写柳却不见“柳”字，则风韵独到。同时，由此生发开去，提出“谁把柔丝染嫩黄”？自问自答：“大文章。”以“黄”、“丝”描绘柳枝，也是古已有之，如白居易《杨柳枝词》：“一柳春风千万枝，嫩于金色软于丝。”而作者却出人意外地突现出“大文章”三个大字，则别出心裁，别有用意。原来，写蜜蜂正是写作家，写女词人自己；写柳丝是写作者自己的作品。所以，后世便有用“柔丝”、“嫩黄”的“大文章”，来品评女词人词作的风格。

王国维《人间词话》说得好：“大家之作，其言情必沁人心脾，其写景也必豁人耳目，其辞脱口而出，无矫揉装束之态。”可以说，顾春的词就是这样的“大文章”、“大家之作”。

（贺梅龙）

江城梅花引
雨中接云姜信

故人千里寄书来，快些开，慢些开，不知书中安否费疑猜。别后炎凉时序改，江南北，动离愁，自徘徊。　　徘徊、徘徊、渺予怀。天一涯，水一涯，梦也，梦也、梦不见，当日裙钗。谁念西风翘首寸心灰。明岁君归重见我，应不似，别离时，旧形骸。

· 357 ·

《江城梅花引》，系由《江城子》和《梅花引》两调结合组成。字句参差，跌宕起伏，抑扬顿挫，极富有节奏感。太清运用此调，辞情谐和，韵律跳荡，达到了炉火纯青的地步。

云姜姓许，宰相阮元子阮福之妻，与妹云林，俱为顾春挚友。云姜因染病，回原籍仪征（今属江苏）疗治，寄信给顾春，因有此词。

开篇四句：“故人千里寄书来，快些开，慢些开，不知书中安否费疑猜。”首句即点出词的主题以扣标题“雨中接云姜信”。接着是“快些开”、“慢些开”以一快一慢的犹豫心情，来描写举止不定的动作，形象生动，表情细腻，显得新颖奇特，情趣横生。为什么这样犹豫不

江城梅花引『故人千里寄书来』

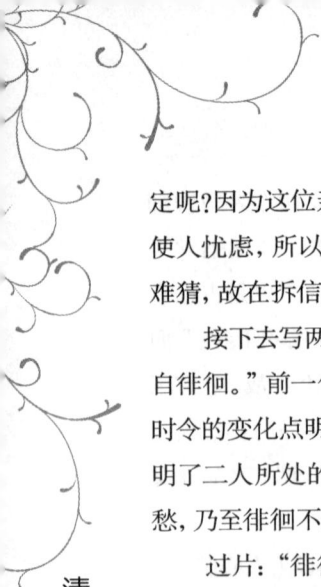

定呢?因为这位亲密的至交好友,回老家去治病,现在病情发展如何?使人忧虑,所以接到千里来信,究竟是好消息还是坏消息,实在费力难猜,故在拆信的片刻,产生了犹疑不决的心态。

接下去写两人别后的情景:"别后炎凉时序改,江南北,动离愁,自徘徊。"前一句"别后炎凉",指云姜夏日离去,现在已是秋天了,以时令的变化点明时间;"江南北",指一人病在江南,一人仍居北国,点明了二人所处的地点。正由于两地相处,不得相见,才动了思念的离愁,乃至徘徊不安,从而表达了至交好友之间的真挚感情。

过片:"徘徊、徘徊、渺予怀。"这里连用两个"徘徊"叠句,并与上阕末尾的"自徘徊"连接回环,不仅没有感到用辞重复之弊,反而更觉奇特,更能把南北相隔、愁绪万千的不安之状形之于外;接着缀以"渺予怀"三字,更为绝妙。苏轼《前赤壁赋》有:"渺渺兮余怀,望美人兮天一方"之句,说明天隔一方,望而不见,使心怀感到渺茫,难以忍受,只有在多次徘徊之中来寄托这种思念之情。"天一涯,水一涯,梦也、梦也、梦不见,当日裙钗。"也就是说,一重天,一重水,水天相隔,难以相见;既然不能相见,哪怕做个梦,在梦中相会也好呀!可是,做了那么多的梦,也不曾梦见。这里连用对句与叠句,加强了企求梦中相会的气氛与愿望,借以重温往日诸女友欢聚之情。此处"裙钗",代指女友。

接着发出"谁念西风翘首寸心灰"的感叹。"西风",指萧瑟的秋风。"翘首",抬起头来,面对天空。"寸心灰",即心灰意乱。也就是说,作者在无限忧念、连梦乡都不能相见的情况下,很有感慨地说:现在有谁知道,我为了想念挚友而在萧瑟秋风面前,心灰意乱地昂首对天发出嘘声长叹呢?!借此以表达她那忧伤已极的心情。

最后,用"明岁君归重见我,应不似,别离时,旧形骸"作结。此处"骸"指骸骨,借指身体。她联想到:明年你回来相见的时候,都已不是旧日离别时的容貌了,因为一个人经过了长时间的病魔折磨,一个人又在思念之中折腾着自己,还能不使人憔悴吗?恐怕大家都变了!

总之,作者以通俗的语言,白描的手法,重叠往复、曲折回环的词藻,又运用声律流动、节奏感很强的词调,形象生动地写出两位女子之间的深厚友情。显得"情文相生,自然合拍"(况周颐语),不愧为清代满族女词人中之佼佼者。

（张 璋）

金缕曲
题《花帘词》寄吴蘋香女士用本集中韵

何幸闻名早。爱春蚕、缠绵作茧，丝丝萦绕。织就七襄天孙锦，彩线金针都扫。隔千里、系人怀抱。欲见无由缘分浅，况卿乎与我年将老。莫辜负，好才调。　　落花流水难猜料，正无妨、冰弦写怨，云笺起草。有美人兮倚修竹，何日轻舟来到？叹空谷、知音偏少。只有莺花堪适兴，对湖光山色舒长啸。愿寄我，近来稿。

这是顾春这位满族女词人为汉族女词人吴藻的词集写的题词，记录了二人之间的友谊，写得婉丽凄切，十分感人。

吴藻，字蘋香，仁和（今浙江杭州市）人。自幼好学，后嫁于同里一黄姓商人为妻，终生郁郁寡欢。晚年移居南湖，与古城野水为伴，皈依禅门以终。著有《花帘词》和《香南雪北词》，合称《香雪庐词》。是嘉、道间最有影响的女词人。她以身为女子而抱恨，所作杂剧《乔影》，传唱大江南北。顾春则是满族最有成就的女词人。为乾隆玄孙贝勒奕绘侧室，著有《东海渔歌》。她历经嘉、道、咸、同四朝，直到光绪之初才以耄耋之寿谢世。她与嘉道以来不少著名词人均有交往，吴藻是她深交的同道之一。这首词便真实地记录了两人之间的情谊。

词的上片，写作者对蘋香女士的仰慕。"何幸闻名早。"开门见山，说明作者久仰蘋香女士大名，"何幸"二字洋溢着无限深情。以下五句系由此展开。作者将蘋香比作"春蚕"，写出了她"春蚕到死丝方尽"的美德；"织就七襄天孙锦"，七襄，自卯至酉为昼，共七辰，每辰更移一次，因称七襄。襄，驾，指移动。《诗经·小雅·大东》："跂彼织女，终日七襄。"天孙，星官名，指织女星。织女为民间神话中巧手织造的仙女，为天帝之孙，故名。唐彦谦《七夕》诗："而予愿乞天孙

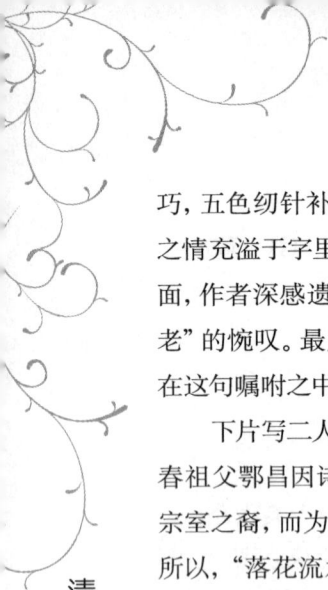

巧，五色纫针补衮衣。"作者用织女织锦比喻吴蘋香女士填词。钦羡之情充溢于字里行间。因此，"隔千里、系人怀抱。"二人终生未曾谋面，作者深感遗憾。于是发出了"欲见无由缘分浅，况卿乎与我年将老"的惋叹。最后，只好鼓励词友："莫辜负，好才调。"千言万语，尽在这句嘱咐之中。

下片写二人心灵的沟通。吴藻晚年因与夫婿不和而皈依佛门；顾春祖父鄂昌因诗案被赐自尽，她一出生便为"罪人之后"，虽嫁天潢宗室之裔，而为人侧室且晚岁守寡孤苦伶仃，二人有着共同的遭际。所以，"落花流水难猜料"，只得"冰弦写怨，云笺起草"。冰弦，筝的美称，洪昇《长生殿·舞盘》："冰弦玉柱声嘹亮，鸾笙众管音飘荡"。云笺，即云肪纸。米芾《寄薛郎中绍彭》诗："象管细轴映瑞锦，玉麟枲几铺云肪。""有美人兮倚修竹，何日轻舟来到？"与上片"欲见无由缘分浅"句相呼应，进一步发出知音无从会面的惋叹。只得惋惜"叹空谷、知音偏少"。词友所在、作者久已向往的西湖，只有莺儿能对着那美丽的"湖光山色"歌舞。最后，用"愿寄我，近来稿"结束全词，惋叹之情，余音未了。作者对词友的情谊，脉脉不尽。

总之，这首词记载了汉、满两位女词人之间的深厚情谊，是清词史上的一段佳话，以词存史，带有史诗的意味。词的语言朴实传情，清隽自然，情真意切，具真淳本色。

（贺梅龙）

李佩金 女词人。字纫兰,一字晨兰,长洲(今江苏苏州)人。李虎观女。山阴(今浙江绍兴)何仙帆之妻。工于词,著有《生香馆词》一卷。

金缕曲

癸亥暮春,初九夜见月,怀林风畹
兰于吴中,时予赴中州,感赋此解。

月照梨花白。背银屏、疏檠黯淡,薄寒犹怯。烟暝星摇青欲堕,几树香桃红湿。恰正是、销魂时节。梦影迷离归路远,听啼鹃、染遍春山碧。飞不渡,沧江阔。　　柔肠细缀丁香结。想于今、去原有恨,住还无益。两地相思终不见,何以翻然轻别。怕此后、更无消息。一点墨痕千点泪,看蛮笺、都渍殷红色。数虬箭,四更彻。

这是一首感叹别离的词作,慨叹离别、思念友人写得情真意切。

"月照梨花白。"起首点明时间:春天的一个夜晚。小序言明词人将赴中州,思念密友,有感而赋。因此,在作者的眼里,眼前景物如同她的心情一样沉重凄清。"背银屏、疏檠黯淡,薄寒犹怯。"檠,灯。灯光暗,乍暖还寒。"烟暝星摇青欲堕,几树香桃红湿。"寒星闪烁的夜空仿佛要压向人间,院中的几树桃花香露欲滴。两句绘造出一派压抑、沉闷的艺术氛围,因为"恰正是、销魂时节"。在朦胧中,作者的思绪已经漂流到中州:"梦影迷离归路远,听啼鹃、染遍春山碧。飞不渡,沧江阔"。回来的路途是那样的遥远,只听那杜鹃啼血染遍了春山,也飞不过那宽阔的江面。作者由眼前景物写到想像中的远方景色,步步深入,显示了与友人之间情谊的深厚。

上片绘景,下片则深入一层抒情。"柔肠细缀丁香结。想于今、去原有恨,住还无益。"作者直抒胸臆,心里实在愁绪难解,走吧,与友人远别,于心不忍;不走吧,好友终归是见不着,留着也没什么好处。走呢,"两地相思终不见,何以翻然轻别。怕此后、更无消息。"真是愁肠百结,不得其解。于是,"一点墨痕千滴泪,看蛮笺、都渍殷红

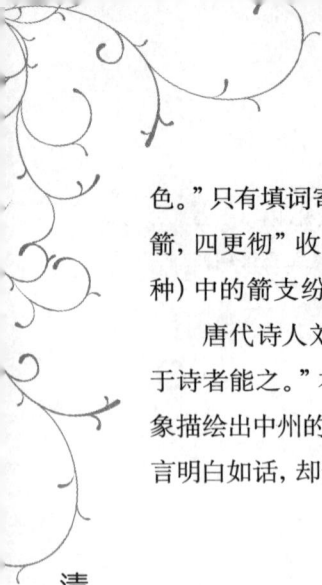

色。"只有填词寄恨,滴滴泪水,渍红了彩色的信笺。最后,以"数虬箭,四更彻"收束全篇。不知不觉,漏壶(即虬箭,古代计时器的一种)中的箭支纷纷掉出,已是四更时分。

　　唐代诗人刘禹锡说过:"片言可以明百意,坐驰可以移万景,工于诗者能之。"本词作者正是这样的女词人,她身形不动可以通过想象描绘出中州的风景,且能借景物抒发对友人深挚的情感;她的词语言明白如话,却含蕴曲婉,深挚自然。

(贺新辉)

清
词
之
美

满江红

清凉山晚眺

　　如此长江，叹滚滚、几曾休歇。猛记我，孤舟千里，晚行时节。帆影半连云影暗，雁声刚过潮声接。竟归来，安坐看风波，真奇绝。　　疏林外，飞枯叶。荒草里，埋残碣。问六朝楼阁，都归澌灭。天子惜多才子气，美人同受女人劫。算犹余、何物到而今，山头月。

　　这是一首气势宏伟、别具一格的怀古词作。

　　清凉山，又名石城山，石头山，在江苏省南京市西。战国时楚成王灭越，于此置金陵邑。三国吴于此筑石头城。山上有清凉寺及扫叶楼、翠微亭和六朝、南唐遗井等古迹。登山眺望长江，千里碧涛尽收眼底。于是作者由长江整体立意下笔，叹赏长江的壮伟奇绝；下片由江边遗迹触发，凭吊历史。

　　"如此长江，叹滚滚、几曾休歇。"开门见山，以唱叹之句振起，叹赏长江之长之大，雄伟壮阔；又叹其历史之久远。一开始即引人入胜，令读者为之一振。"猛记我，孤舟千里，晚行时节。"追溯往昔，独舟夜航，奇险自不待言，进一步引人注意。下面两个对句，具体描绘长江的险奇："帆影半连云影暗，雁声刚过潮声接。"前句写形，"帆影"与"云影"浑茫相连接，足见长江之旷远即如"黄河远上白云间"，水天一色，天水相连，后句写声，"雁声"与"潮声"相接，可见涛高浪猛，潮声连天。这两句极写长江的壮伟雄丽，已成千古名句。"竟归来"，骤然又转折到眼前："安坐看风波，真奇绝。"对千里大江的壮丽景色，作了极生动、精练的概括。

　　下片抒情，抒写眺望大江风光及历史遗迹所触发的感慨。通过"疏林"、"枯叶"、"荒草"、"残碣"这些典型的景物，绘制出"六

满江红『如此长江』

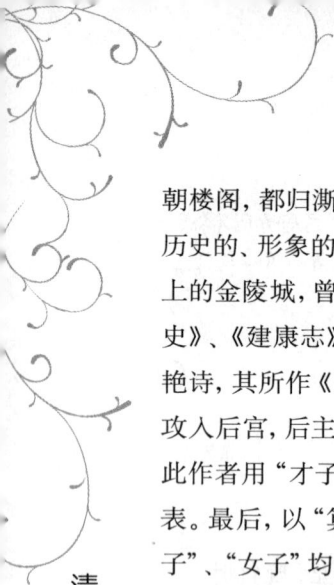

朝楼阁，都归澌灭"的氛围，一个"问"字，提领全篇，下面二句即是历史的、形象的回答："天子惜多才子气，美人同受女人劫。"清凉山上的金陵城，曾是孙吴、东晋、宋、齐、梁、陈等六朝的古都。据《南史》、《建康志》载，后主陈叔宝时，不理朝政，整日游宴后庭，多为艳诗，其所作《玉树后庭花》乐曲滛靡哀伤，被称为亡国之音。隋军攻入后宫，后主与张丽华、孔贵嫔入景阳宫井中避难，一齐被俘。因此作者用"才子气"、"女人劫"作了形象的讽喻，悯惜之情溢于言表。最后，以"算犹余、何物到而今，山头月"作结，六朝盛迹、"才子"、"女子"均已灰飞烟灭，唯有这"山头月"万古长存，永不泯灭！

在古典诗词中，歌吟六朝遗迹史实的咏史诗有许多，其中也不乏名句名篇。如刘禹锡《金陵五题》中的《石头城》："山围故国周遭在，潮打空城寂寞回。淮水东边旧时月，夜深还过女墙来。"《乌衣巷》："朱雀桥边野草花，乌衣巷口夕阳斜。旧时王谢堂前燕，飞入寻常百姓家。"杜牧的《泊秦淮》："烟笼寒水月笼沙，夜泊秦淮近酒家。商女不知亡国恨，隔江犹唱后庭花。"都已是千古流传的名作。而作者的这首《满江红》却别具特色，由滚滚长江的"几曾休歇"，写到六朝繁华的"都归澌灭"，写得浑宏大度，气概非凡。姜夔曾说过："大凡诗有气象、体面、血脉、气度。气象欲其浑厚，其失也俗；体面欲其宏大，其失也狂；血脉欲其贯穿，其失也露；韵度欲其飘逸，其失也轻。"这首词正可谓是一首浑厚宏大，血脉贯穿，韵度不凡的好词。

（贺新辉）

姚 燮 (1805-1864) 著名文学家、戏曲家。字梅伯，号复庄，又号野桥、东海生、大梅山民、疏影词史等。镇海（今属浙江）人。道光十四年（1834）举人。后三次入京会试不第遂绝意进取。以著述、授徒为业。晚年生活困顿以卖文自给。善诗、词、曲、骈文，并擅绘画，尤工于墨梅。著有《今乐考证》，汇载宋、元至清代咸丰以前的杂剧、传奇作家和作品，以及道光、咸丰时流行的地方剧目，为研究戏曲史的重要资料。其诗情韵婉转，气骨雄健。其前期词多酬赠、游宴、咏物之作，词风委婉；晚年涉世寄感之作，笔调清苍老辣，有《疏影楼词》、《疏影楼词续》。另著有《复庄诗问》、《复庄骈丽文榷》，戏曲有《褪红衫》等。

清平乐

更无佳鸟，但有鸣蛬扰。莫怨秋风催鬓早，心已春风催老。　　楼前淡月疏星，楼中淡月疏檠。要睡不能多睡，隔墙送过鸡声。

此词表现词人寂寞凄怆、夜不能寐的境况。姚燮是个多才多艺而仕途失意者，他的诗文卓然超群，戏曲创作和考索均有相当造诣，所著《今乐考证》历来受曲坛瞩目，其小说论著《读〈红楼梦〉纲领》，为小说研究者所重视。他的画也很有自己的风格，尤以写梅著称。填词宗"浙派"，当时被认为是厉鹗词风的踵武者。所著词辑为《疏影楼词》，乃其二十九岁时所编。后十年，大病一场，思想"大晓悟"，乃取生平所为绮语摧烧之，因取号复庄。《今乐考证》马裕藻序中转述，姚自称"仆之废此者殆十年，偶迫于朋从之索，动辄以结檷摧心，否则进角流角，飙厉风制，益畏避而不敢"。则其《疏影楼词续集》当作于三十九岁（1843）之后。他经历了帝国主义侵略者给中国人民带来沉重灾难的鸦片战争，和朝廷对太平天国起义的大规模镇压，环境对他的刺激是极其深刻的。本词起首两句劈空而来，"更无佳鸟，但有鸣蛬扰。""更"，甚辞，义同李后主《清平乐》中的"离恨恰如春草，更行更远还生"，柳永"更归去，遍历崙坡风沼，此景也难忘"的"更"字。"蛬"，秋天的蟋蟀。夜晚蟋蟀凄鸣的骚扰，惹得词人

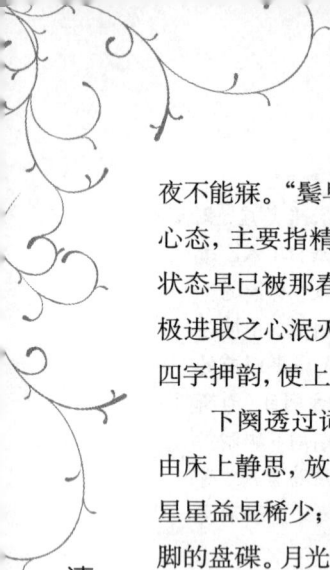

夜不能寐。"鬓早",鬓毛提早衰白,指人的早衰、显老。"心",心情、心态,主要指精神状态。不必埋怨秋风把鬓毛吹白,其实,我的精神状态早已被那春风吹老,显得老气横秋,不再有青春的活力,把那积极进取之心泯灭无余。《清平乐》上阕四句四韵,故"鸟、扰、早、老"四字押韵,使上阕呼成一气,似断实联。

　　下阕透过词人对夜景的观察,透露出词人不平静的心态。词人由床上静思,放眼于床前景物。楼前是"淡月疏星",淡淡的月光下,星星益显稀少;楼中,月光映照进来,"淡月疏檠"。"檠",灯架或有脚的盘碟。月光由远而近,那淡月恰如灯笼般挂照楼内。把昨晚残留桌上的有脚盘碟、影影绰绰地显映出它们的轮廓。此时,词人或躺卧或倚枕而坐,眼前景物层次分明,不免使人思绪翻滚。其意境与李白《静夜思》诗何其相似。但两人的心态各异,姚燮并没有李白《静夜思》那种对故乡深深的眷恋之幽情,而是一种淡淡如月光的忧愁,恰似词人眼前景色一般,似明非明,在模糊影形之中,费人惴度。结尾两句,词人有些疲倦,睡意已浓,正想美美睡一觉。可是,隔壁那报晓公鸡送来声声啼鸣,使人无法安眠。"想睡不能多睡,隔墙送过鸡声。"秋夜蟋蟀的凄鸣,拂晓的公鸡啼唱,骚扰得词人"想睡"的生理要求无法实现。推而广之,又何尝不是词人生活境况的曲折反映呢?

　　《清平乐》,双调,四十六字。上阕四句四韵,下阕四句三韵。姚燮写来得心应手。全词明白如话,而不失其别有意境。尤其是用字不避重出,甚至在重字上见功力。由文字的细小变化,制造不同意境的凸现。如上阕第三四两句中"风"与"催"字显为故意重出;下阕之"楼"、"月"、"疏"和"睡"也是如此。全词四十六字中竟有六个字重出,却抒写了不同景物与不同的心绪,使人不觉其重。反而感受到词人观察的细致深刻,遣词造句的良苦用心。显示出词人笔力之老到,别具一格,给欣赏者留下了较深印象。

(袁震宇)

浪淘沙

秋意入芭蕉，不雨潇潇。闲庭如此好凉宵。月自缠绵花自媚，人自无聊。　　别恨几时销，认取红绡，风筝音苦雁书遥。醒着欲眠眠着醒，灯也心焦。

这是一首描述别绪的词作。未明说是离井背乡远别亲人，故与《苏幕遮》的明确描述游子思乡略有小异，而在某些方面，这两词是颇多相似之处的。

首句首字即点出了节令，这倒不足为奇，很多诗词都如此，而这首句云"秋意入芭蕉"，倒是有些别致的。不言秋色，更不言秋风或秋雨，而只著一空灵的字眼"意"，貌似虚写，却十分地质实，它既概括了诸般秋景，还将之升华了，成为一种综合了的更高层次的东西，但还是能感觉到的，不是抽象的，不但有形象，而且还会动，它已沁入了芭蕉之内。这一"入"，便把芭蕉的形象也交代了，它已绝不是嫩叶，虽不一定已枯黄，至少亦已成老叶，开始发硬，甚至已发脆，要不它怎么就会"不雨潇潇"呢？芭蕉一般是栽植在庭院之中的，一入夜刻，秋灭的凉气自然加重，而不雨潇潇的芭蕉所增添的天籁声响，给人的感受自然是偏向于哀愁方面的。此时被芭蕉声导引，觉得世间很多东西都是在那里自生自息，本不与人有关。进一步想到人，不也是自然界的产物之一，也在那里自生自息吗？！由此不免伤感起来，觉得人生也本是极为无聊的啊！这上半阕末两句，连用了三个"自"字，用

浪淘沙『秋意入芭蕉』

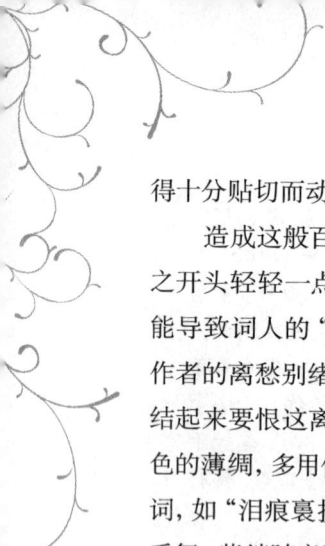

得十分贴切而动人，还省却了许多笔墨，非高手，莫能也。

　　造成这般百无聊赖的主观方面原因，在上片并没交代，而在下片之开头轻轻一点，即将主客观两方面沟通了起来。所以诸般景物都能导致词人的"人自无聊"，原因非他，就在这个"别恨"上。正因为作者的离愁别绪，眼里看的，耳朵听的，便都成了令人怅惘的，因此归结起来要恨这离别，称之为别恨。但别恨何时才能结束呢？红绡是红色的薄绸，多用作手帕、头巾等，并多为妇人所用。白居易诗中常用此词，如"泪痕裛损燕支脸，剪刀裁破红绡中"（《山石榴》），"红绡信手舞，紫绡随意歌"（《小庭亦有月》），等等，当然最著名的自然还是《琵琶行》中的"五陵年少争缠头，一曲红绡不知数"。可见红绡还每作馈赠女子的礼品。这句"认取红绡"或还兼有《昆仑奴》中崔生恋爱歌舞妓红绡，昆仑奴磨勒为之促成因缘这一层含义在内，犹言即使在离别亲友时有声色之娱，亦难销别恨也。"风筝音苦雁书遥"，犹言听到风筝之声也是苦的，联想到书信也像大雁、风筝一般，越飞越遥远。"醒着欲眠眠着醒"一句中，重复用了两个醒字两个眠字，说的又都是大白话，却把别绪写得生动而贴切。百无聊赖的境况就是如此，醒着无所事事，只能坐等犯困；一旦躺下，倒又真的睡不着了。此时词人的心情会是怎样的呢？只能是心焦如焚，犹如灯心之燃烧，正焦在心里。

（王湜华）

江开 词人,字龙门,庐江(今属安徽)人。道光十五年(1835)举人。历官陕西富平知县、紫阳知县等,建东来书院,以振兴文教为任。官陕西咸阳知县时,渭河久淤,捐廉为倡疏浚,河复故道,民赖其利,立去思碑。官至知府。工于词,有《浩然堂词稿》,一名《双忠砚斋诗余》。

渡江云

题董啸庵孝廉《焦山望海图》,时英夷犯顺,镇江失守

海门空阔处,浮青一点,关锁六朝秋。大江淘日夜,烟飞云敛,砥柱在中流。芳树里楼台金碧,列圣旧曾游。　　新愁。云颓铁瓮,月涌戈船,竟扬帆直走。最苦是,中泠泉水,浪饮夷酋。当年瘗鹤今如在,恐仙禽、哀唳难收。东望去,高歌与子同仇。

这首词,如小序所言,是一首题画词,写于1840年第一次鸦片战争镇江失守之后。词作抒写了作者抗英救国的凌云壮志。

上片题写画中内容。焦山,在镇江附近海门的"空阔处"。远远望去,"浮青一点",屹立于长江之中,是"中流砥柱"。山头"楼台金碧",山外"烟飞云敛"。焦山不仅风景秀美,而且地势重要:"关锁六朝秋",又是一处圣境:"列圣旧曾游"。但是,如今竟沦入英夷之手,不能不令人悲愤。于是,遂转入下片抒情。

"新愁",换头二字,凝聚着词人的无限感慨。"云颓铁瓮,月涌戈船,竟扬帆直走。"铁瓮,镇江子城,这里代指镇江。镇江失陷,敌舰在中国的大江中肆无忌惮地"扬帆直走"。一个"竟"字迸发出诗人心中的愤怒。以下三层各句,均围绕这一"竟"字生开去:一是泠泉为夷酋浪饮。泠泉,在长江之中,冬季枯水期,可汲竿取水,有"天下第一泉"之称。如今宝泉为英军所饮,岂不令人痛心?所以说"最苦是"。二是《瘗鹤铭》落入敌手。这一碑刻原在焦山崖石上,曾陷落江中,康熙时陈鹏年募工打捞出来,共存五石。如今这一千年古迹落入敌手,那仙鹤望见岂能不"哀唳难收"?三是直接抒情,高声

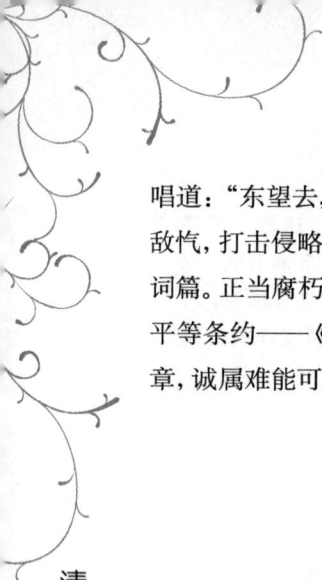

唱道："东望去,高歌与子同仇。"词人誓与一切抗英志士一道,同仇敌忾,打击侵略者。这是一首较早地反映我国人民反帝反侵略的爱国词篇。正当腐朽的清王朝加紧准备投降,同英国签订可耻的第一个不平等条约——《中英南京条约》时,词人却写出了充满爱国激情的词章,诚属难能可贵!

（贺新辉）

满江红

北固山题多景楼壁

第一江山，吊千古、英雄陈迹。凭栏处、秣陵秋远，广陵涛碧。杯酒尚关天下事，笑谈早定风云策。想当年、高会此孙刘，都人杰。　　瓜步垒，京口驿。天堑险，分南北。倚危楼一角，下临绝壁。木叶横飞风雨至，剑花起舞鱼龙出。听大江东去唱坡仙，铜琵裂！

　　蒋敦复的这首《满江红》(北固山题多景楼壁)，是怀古之作。在中国文学史上，几乎没有一位诗人是不作怀古诗的。所谓怀古诗，一般不外乎两种作法。一是班固式的，就史论史；一是庾信式的，借史事抒发某种感慨。后者居多，在艺术上往往以联想为主要表现手段。这首《满江红》也是属于后者。

　　这首词的联想，更是十分特殊。副题注明，"北固山题多景楼壁"。北固山在京口，今江苏丹徒境内，而想到的却是三国时远在今湖北嘉鱼县的赤壁之战人物孙刘。当然，孙权和刘备与京口都有关系，特别是孙权，在迁建业之前曾以丹徒为"京城"。因此，登北固山而联想到孙权、刘备和赤壁之战也是很自然的。从赤壁之战，又联想到宋代大文学家苏轼和他的赤壁怀古《念奴娇》。总之，全词的联想，既腾越跳跃，又自然流畅，把读者也带到这东南形胜之地，一起在沉思、遐想。

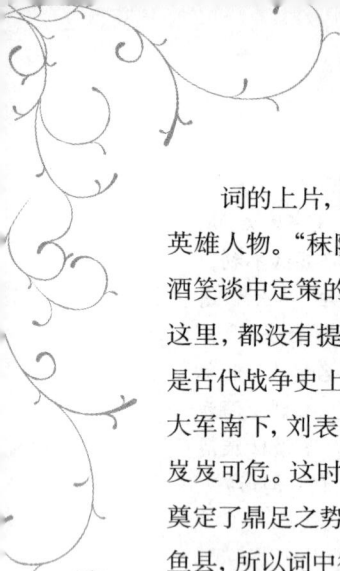

词的上片，以登临远眺开始，因江山而想到曾活动在这里的古代英雄人物。"秣陵秋远，广陵涛碧"，以自然景物过渡，落到三国时杯酒笑谈中定策的孙权、刘备等人，然后说，这些人都是一代英杰。到这里，都没有提到赤壁这场战事，但读者自然而然想到赤壁之战。这是古代战争史上一场以弱胜强的突出战例。当时曹操统一北方后，率大军南下，刘表子刘琮以荆襄之地投降，刘备又新败于当阳，江东已岌岌可危。这时孙、刘结成联盟，赤壁之战几使曹操全军覆没，从而奠定了鼎足之势。然而，赤壁之战的战场毕竟是远离北固山的湖北嘉鱼县，所以词中很有分寸地让孙、刘在此杯酒高会定策，而不直接说这里就是当年赤壁之战的战场。

词的下片，过拍讲独步京口这些险要之处为南北的天堑。继而由多景楼"下临绝壁"的自然形势，推进到"木叶横飞"、"剑花起舞"的战争场景描写。这一联诗，虽然只有十四个字，但却写得有声有色，气势不凡。结拍，最后点出苏轼的《念奴娇》"赤壁怀古"。这个结拍："听大江东去唱坡仙，铜琶裂"，用的是个倒装句，即听坡仙唱"大江东去"。这在构思上又是一个跳跃，因为苏轼词"赤壁怀古"，与北固山关系更远，但前面的登临联想，又把二者联系起来。于是说，这首怀古之作，慷慨悲壮，使得铜琵琶伴奏时也为之震裂。这里用了一个典故，用得十分灵活不拘。据俞文豹《吹剑录》载：

东坡在玉堂日，有幕士善歌，因问："我词何如柳七？"对曰："柳郎中词，只合十七八女郎执红牙板唱'杨柳岸晓风残月'。学士词，须关西大汉，铜琵琶，铁绰板，唱'大江东去'。"东坡为之绝倒。

这本来是苏轼的门客开的一个小玩笑，含有嘲笑苏词不大正规的意思，但也确能概括"豪苏腻柳"的词风差异。所以常被后人引用。蒋氏在词中活用旧典，也是别有意味。

（林冠夫）

甘州

十八滩舟中夜雨

惠州朝云墓，每岁清明，倾城士女，酹酒罗拜。坡公诗云："月成逐我三山去，不作巫阳云雨仙。"余谓朝云，倘随坡公仙去。转不如死葬丰湖耳。

渐斜阳、淡淡下平堤，塔影浸微澜。问秋坟何处？荒亭瘦叶，废碣苔斑。一片零钟碎梵，飘出旧禅关。杳杳松林外，添作霜寒。　　须信竹根长卧，胜丹成远去，海上三山。只一抔香冢、占断小林峦。似家乡、水仙祠庙，有西湖为镜照华鬟。体肠断，玉妃烟雨，谪堕人间。

苏轼在《朝云墓志铭》中写道：

东坡先生侍妾曰朝云，字子霞，姓王氏，钱塘人。敏而好义，事先生二十有三年，忠敬若一。绍圣三年 (1096年) 七月壬辰，卒于惠州，年三十四。八月庚申，葬之丰湖之上、栖禅山寺之东南。

苏轼宦海浮沉，屡遭贬谪，仕途失意，朝云能始终如一地忠敬不渝，并随他千里迢迢、历尽艰难远赴广东惠州，并死于此，受到士女们的祭奠。作者这首词写了朝云墓地的美好景物，表达了对朝云的悼惜和称颂。

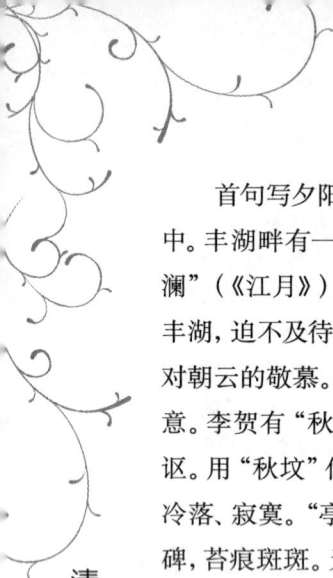

首句写夕阳残照，微光淡淡，缓缓移下湖堤，塔影倒映于水波之中。丰湖畔有一座建于唐时的大圣塔。苏轼来此游曾有"玉塔卧微澜"(《江月》)的佳句。首句以景语起，写得幽静、肃穆。词人来到丰湖，迫不及待"问秋坟何处?"急于想看到朝云墓以凭吊，表现作者对朝云的敬慕。"秋坟"二字给人以凄寒悲怆的感觉，以表达悼惜之意。李贺有"秋坟鬼唱鲍家诗"(《秋来》)之句，朝云歌女出身，善讴。用"秋坟"代朝云墓，这里"荒亭瘦叶，废碣苔斑"，显得萧索、冷落、寂寞。"亭"指六如亭，是栖禅寺僧人建在朝云墓上的。断碣残碑，苔痕斑斑。无情的岁月似乎想遗忘掉秋坟中这位懂情懂义，对先生忠敬如一的女子，然而倾城士女依然还惦念着她。作者也被那些醑酒罗拜的人所感动。时光匆匆，不知不觉天色已晚。"一片零钟碎梵，飘出旧禅关。杳杳松林外，添作霜寒。"寺内僧人开始坐禅，断断续续的钟声和着梵语悠悠飘出，和那些杳杳松声交织，更增加了严霜之酷寒。

词的上片抓住了朝云墓这个典型的环境里的代表景物，渐次铺写，由远而近，由高到低，有动有静，有声有色。一个个景点，一幅幅画面如电影的镜头映入读者眼中，给人以凄清之美感。

"须信"句是从苏轼"归卧竹根无远近"和"丹成逐我三山去"二句生发开去，说朝云托身此地，胜过学佛功成随苏轼到海上三山（蓬莱、方丈、瀛州）那仙境。为什么呢?因为这里"一抔香冢"可"占断小林峦"。不仅山美，而且水秀，"似家乡水仙祠庙，有西湖为镜照华鬘。"像家乡西湖水晶莹澄澈，波光可鉴，朝云如天仙谪降人间。山美、水美、人美，此地胜过仙境，芳魂久驻佳境也就不必难过伤心了，正所谓"休肠断，玉妃烟雨，谪堕人间"。

上片是通过具体描写展现丰湖之美的，下片则用作者和仙逝的朝云谈论永久的归宿的浪漫主义手法以显示丰湖之美胜过仙境。这种现实主义和浪漫主义相结合的表现方法即王国维《人间词话》中"写境"与"造境"的结合。

（王昆岭　贾灿琳）

吴 苣 女词人。字佩缠,号纫之,吴县(今江苏苏州)人、汪桐于之妻。工于词,著有《佩缠阁词》一卷。

露华

题听秋读骚图

西风瑟瑟,正满院商声,独坐愁绝。一卷荃荪,对影钉花明灭。忆到玉簟凉生,况是候虫吟壁。闲阶悄,蟾蜍挂空,冷露珠白。　　梧桐叶落遥夕,讶几许幽怀,横竹吹彻。更和清砧敲遍,寒耸诗骨。剩与楚些招魂,聊伴海天岑寂。空怅望,潇湘暮云凝碧。

《露华》一词,诗人以丰富的想象,生动的笔墨,为读者描绘了一幅"听秋读骚"图。开头四句,入手擒题,"西风瑟瑟,正满院商声",从"听秋"二字展开笔墨。"独坐愁绝。一卷荃荪",写"读骚"。"荃荪",香草名,《离骚》有"荃不察余之中情兮"句,此指"离骚"。画面上描绘了一位独坐之人,在满院瑟瑟秋风之中,手捧《离骚》诵读,他被屈原的爱国而不得的感情所激发、感染、震撼。"独坐愁绝"四字,既写瑟瑟秋声,如泣如诉,独坐人听之而"愁绝",更写屈子爱国而不得报国之愤,使独坐人读之而"愁绝"。"对影钉花明灭"六句,继续描绘画中人"听秋读骚"的情况。秋夜,他在室内读"骚",灯光明灭,人影幢幢,此时竹席凉生,秋意颇深。室外一轮明月高悬,蟋蟀鸣壁,霜白露冷,寂静无人。词人对画面既有形象的勾勒,又将画外物以丰富的想象勾入其中,如"瑟瑟"之声,"愁绝"之情,"凉生"之感,"冷露"之觉,这些词语为画面增添了声音、质感,注入了情感,使全词颇蕴情韵。

过片不变,继续描绘"听秋读骚图"。"梧桐叶落遥夕"仍是画面中的室外之景。月夜、西风、更兼梧桐叶落,把秋声点染得更浓了。"横竹吹彻"二句,不是画面上显现的景物,而是词人运用驰骋的想象,对"听秋"二字加以形象的勾勒。词人想象画中人听到了洞箫鸣

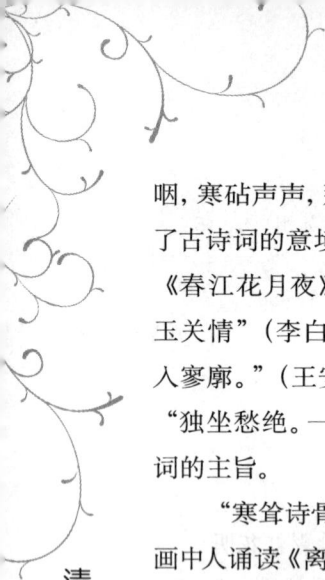

咽，寒砧声声，那么秋声更染上了一些凄凉的色彩，这里，词人融入了古诗词的意境——"玉户帘中卷不去，捣衣砧上拂还来"（张若虚《春江花月夜》），"长安一片月，万户捣衣声，秋风吹不尽，总是玉关情"（李白《子夜吴歌》），"别馆寒砧，孤城画角，一派秋声入寥廓。"（王安石《千秋岁引》）如此凄凉萧瑟的秋声，与上片的"独坐愁绝。一卷荃荪"的画面和谐地交织在一起，很好地表达了词的主旨。

"寒耸诗骨"五句，继续描绘"读骚"的情况：在瑟瑟的秋风中，画中人诵读《离骚》，他似乎看到了铮铮硬骨的屈子，听到了他那慷慨激昂的"离骚"之音，然而这些又何济于事呢？只有寂寞的海天聊以为伴，他只能怅望那湘江暮云凝于碧天。

全词构思新颖，词人不仅以隽笔描绘图画中的人与景，更运用驰骋丰富的想象，勾画图外形象，浓化诗的意境，将屈子的悲歌慷慨与西风瑟瑟、商声如泣、冷露珠白、梧桐叶落、玉笛横吹、寒砧敲遍融为一体，创造了一个"壮士拂剑，浩然弥哀，萧萧落叶，漏雨苍苔"（《诗品》）的悲慨境界。

（赵慧文）

菩萨蛮

回肠日夜车轮转，天涯不抵屏山远。留得去年书，一双红鲤鱼。　　中央周四角，密字真珠络。轧轧九张机，春蚕多少丝。

这是一首恋人真挚的相思之作，通过隔年书信怀念久别的恋人，构思新颖奇特。

上片由日月的迅忽联想到恋人隔年的书信。"回肠日夜车轮转，天涯不抵屏山远。"前句以"回肠"比喻日月的旋转流失，后句则以屏山比喻天涯的遥远，以小喻大、以近喻远，别具情味。由时间车轮的飞转之快，天涯如屏山之远，联系到前一年书信也倍觉亲近。因此，"留得去年书，一双红鲤鱼。"古乐府有蔡邕诗《饮马长城窟行》："客从远方来，遗我双鲤鱼。呼儿烹鲤鱼，中有尺素书。"运用借代手法，委婉地表示了思妇的心境，后人因以"鲤鱼"、"双鲤"代指书信。唐代温庭筠《水仙谣》："水客夜骑红鲤鱼，赤鸾双鹤蓬瀛书。"

下片则具体描绘隔年书。先描写书信的样子："中央周四角，密字真珠络。"满纸写得密密麻麻的字，像穿在丝线上的珍珠。再写书信的内容："轧轧九张机。"《九张机》是词调名，用同词调组成九首词的联章合为一篇完整的作品，大多用以抒发对恋人的思念之情。这里是说隔年书的内容是写信人对思妇的思念。因这一词调多用织锦工作表达心迹，所以在九张机前用了"轧轧"两个象声词，为本词增添了情趣。最后，是书信中表达了对思妇的一片忠贞不渝的感情："春蚕多少丝。"这句由李商隐《无题》诗"春蚕到死丝方尽"句化用而来。丝，谐"思"音，意为思恋之情至死方休。

这首词构思的巧妙之处在于：本来写思妇在思念外出远行的恋

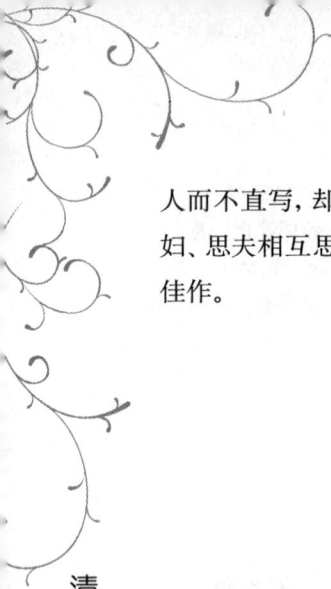

人而不直写，却描写对方在书信中如何思念自己。作者曲折地将思妇、思夫相互思念的双重内容汇于一篇。实为词苑书写怀人的一篇佳作。

（蒲　仁）

勒方锜 (1816—1880) 书法家、词人。字悟九,号少仲,新建(今属江西)人。清道光二十三年(1843)举人。曾官河东河道总督、福建巡抚。洞达玄理,谙于政事。善书法。工于词,每一篇成,辄为同人所叹赏。又强于记忆,宋、元名家之词,背讽如流者不下千余首。而于万树所著《词律》一书,致力尤深,故其词婉约窈深,辞美律谐。然清丽有余,新警不足。有《太素斋集》。词集单行者曰《太素斋词钞》,又名《榑州词》。

眼儿媚

观 织

三寸灵梭万千丝,熨贴费心机。低头记忆,南乡露冷,北塞霜凄。　　春罗花色盘鸳凤,织就是双飞。是谁忍得,两边分破,裁作征衣。

这是一首描写农家织编丝绸的词作。

词的上片写事,下片抒情。然而,写事中有抒情,抒情中又有写事,情景交融,绵密而不可分。"三寸灵梭万千丝,熨贴费心机。"描写织妇织编丝罗的情形。明写灵梭,实是写人,写织妇。灵梭在千万缕丝条中飞来飞去,正说明织妇的心灵手巧;织出丝罗平整熨贴,是织妇费尽心血的结晶。下面转写织妇的心理活动:"低头记忆,南乡露冷,北塞霜凄。"织罗是为征夫作衣服的,那么他身在何方?是"露冷"的"南乡",还是"霜凄"的"北塞"?在写事中抒写出织妇思念征夫的情怀。

下片抒情。"春罗花色盘鸳凤,织就是双飞。"先写事,描写作者看到织妇织就的丝罗,图案都是鸳鸯、凤凰。其寓意双关,一是说织妇心灵手巧;一是说织妇在织物中寄托着纯真的爱情,结晶着她对征夫忠贞不渝的感情。于是,作者进一步抒写:"是谁忍得,两边分破,裁作征衣。"用象征手法,希望裁制衣物时小心剪裁,且不可把丝罗上的鸳凤裁开,意味着不可以破坏辛苦编织的美好爱情。写得朴实自然,又情真意切。

这首词写得直白，口语化，有民歌韵味，看似平淡，却寓有深情幽致，耐人品味。俞樾评勒方锜的词"婉媚深窈"，"有清新闲婉之妙"（《〈太素斋词钞〉序》）。这首词可视为其代表。

（贺新辉）

蒋春霖 (1818—1868) 著名词人。字鹿潭，江阴 (今属江苏) 人。寄籍大兴 (今属北京)。幼随父至荆门知州任所，父死后，家业中落，奉母归京师，屡试不中。咸丰二年 (1852)，暑理两淮盐场富安场大使。七年，母死去职，移家东台。后曾入乔松年、金安清幕府。同治七年 (1868) 往衢州，途卒于吴江。早岁工诗，风格沉郁苍健。中年，将诗稿悉行焚毁，专力填词。今存词一百七十余首，多抒写仕途坎坷、穷愁潦倒的身世之感，悲恻抑郁。在艺术上，讲究律度，工于造境，善于锤炼字句，不囿于浙派和常州派的樊篱，在清末颇受称誉。著有《水云楼词》、《水云楼剩稿》。

鹧鸪天

杨柳东塘细水流，红窗睡起唤晴鸠。屏间山压眉心翠，镜里波生鬓角秋。　　临玉管，试琼瓯，醒时题恨醉时休。明朝花落归鸿尽，细雨春寒闭小楼。

咸丰二年 (1852)，鹿潭三十五岁，仍为东台盐官。是年正月游扬州慈慧寺及其他名胜古迹，歌楼饮肆。此词度亦为扬州欢场上所作。"杨柳"两句写门前的水阁楼台，啼鸟声声，把人惊起。"屏句"两句写人的妆饰，对仗工整浓艳，不减《《花间》温韦。温词云："小山重叠金明灭，鬓云欲度香腮雪。"韦词云："眼如秋水鬓如云。"都是写人的眉眼之美。

下片头两句写宴会上歌伎吹笛、斟酒，"醒时题恨"一句写与友人在宴会上唱和诗词，尽情欢乐，以至沉醉，当时已有微雨，故匆匆散会。末两句是设想，今晚已有微雨潇潇，明天定是花落纷纷，鸿飞冥冥，春寒料峭，唯有独处小楼，叹息人生离合悲欢的无常。两句名隽高华，一往情深。放翁诗"小楼一夜听春雨，深巷明朝卖杏花"，为历来脍炙人口的名句，鹿潭此词亦有放翁诗情韵。全词浓淡配合，诚能合唐宋为一手。

（唐圭璋）

浪淘沙

云气压虚阑,青失遥山。雨丝风絮一番番。上巳清明都过了,
只是春寒。　　　花发已无端,何况花残?飞来蝴蝶又成团。
明日朱楼人睡起,莫卷帘看。

这是一首言近旨远,兴寄遥深之词,借春意阑珊、花事凋残以喻
国事之危,以抒国运将衰之叹。

天色阴沉,云气弥漫,似千钧之重压在阑干之上,远处的青山
也从眼中消失了。这便是上片首二句写的景象,和李贺写的"黑云压
城城欲摧"的险象近之。"压"字写出了浓云滚滚、咄咄逼人之势,
落笔气象廓大。接下去写雨落阵阵如丝,风吹绵绵柳絮。这正是春
天的写照。"丝"写雨之细,"絮"状风之轻。按节令已是"上巳清明
都过了"的时候,天气却仍是寒冷。"上巳"是古代修禊之日,在农
历三月上旬之巳日,魏晋以后定为三月三日,和清明节很近。王羲之
《兰亭集序》谈到修禊事是在"暮春之初"。然而词人凭阑远眺,看
到的不是"江南草长、杂花生树、群莺乱飞"的芳菲竞艳之景;而是
阴云弥天,风雨如磐压春山的沉闷景象;感受到的不是天朗气清、
惠风和畅春天的光明和温暖,而是料峭春寒。这正是作者所处时代
的象征。

下片惜春悼花,其情黯然。"花发"三句是说:花开已无可奈何,
更何况花残呢?更何况蝴蝶团团翩翩起舞于残花败朵之间呢?这和辛
弃疾《摸鱼儿》中:"更能消几番风雨,匆匆春又归去,惜春长怕花开
早,何况落红无数"所表达的思想感情是相似的,正是为国家的前途
和命运而感慨系之。作者最后告诫朱楼之人明日睡起之时,"莫卷帘
看",为什么呢,言犹未尽,但内蕴是:当你们卷帘看到雨横风狂之中
的狼藉残红时,你们于心能忍,无动于衷,不感到羞愧吗? 这里所说
的"朱楼人"显然不是一般所谓闺阁秀女,而是指那些当国之人。从
这里可以看出作者对那些把国家搞得春将不春,国将不国的统治者
的不满。

蒋春霖少负隽才，屡不得志。国事日非，无可奈何，写此词以寄之，看来句句写春，实乃寄寓心曲。

（王昆岭　贾灿琳）

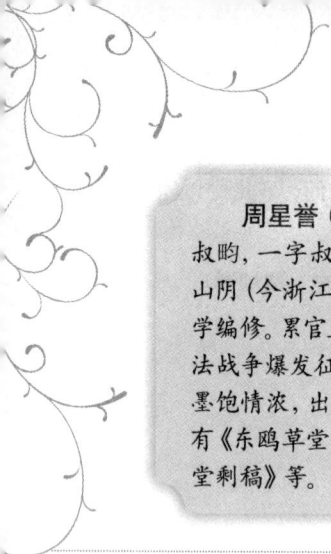

周星誉 (1826—1884) 画家、文学家，原名普润，榜名誉芬，字叔畇，一字叔云，号鸥公，又号芝艻，祥符 (今河南开封) 人，寓居山阴 (今浙江绍兴)。道光三十年 (1850) 进士。改庶吉士，授翰林学编修。累官至两广盐运使，兼署广东按察使。光绪九年 (1883) 中法战争爆发征兵筹饷尤力。工诗词、骈体文，尤擅长绘画。词作多墨饱情浓，出语警新清丽，词风兼具刚柔，秀婉与豪放并见。词集有《东鸥草堂词》二卷，另著有《鸥堂日记》、《传忠堂古文》、《鸥堂剩稿》等。

永遇乐
登丹凤楼望黄浦，怀陈忠愍公，同梦西素生兄。楼在沪城东

　　放眼东南，苍茫万感，奔赴栏底。斗大孤城，当年曾此，笳鼓屯千骑。劫灰飞尽，怒潮如雪，犹卷三军痛泪。满江头，陈云团黑，蛟龙敢啮残垒。　　登临狂客，高歌散发，唤得英魂都起。天意倘教，欲平此虏，肯令将军死？只今回首，笙歌依旧，一片残山剩水。伤心处、青天无语，夕阳千里。

　　陈忠愍公即陈化成，清代福建同安人，号莲峰，道光间由行伍出身，官水师守备，连续升迁五次，直升至金门镇总兵。1840年鸦片战争爆发后调任江南提督，在两江总督裕谦支持下，铸铜炮、制火药、修炮台，积极练兵，为吴淞设防备战。1842年6月英军入侵定海、镇海、乍浦后，直逼至吴淞，陈化成坚决反对两江总督牛鉴向英求和，曾击伤英舰多艘。后因牛鉴从宝山逃跑，英军从宝山登陆后包抄炮台后路，化成孤军被围，仍力起奋战，直至英勇牺牲。清政府为此赠他谥号曰忠愍。这首词就是登丹凤楼时为怀念他而作的。同游人中梦西即许楳，字太眉，一字梦西，自号三橿翁，咸丰初举孝廉方正，不赴，主讲道南书院，有《三橿老屋填词》行世。素生姓氏身世不详。

　　作者登上丹凤楼放眼东南望黄浦，感慨是很多的，但自然要集中到一点，即怀念为国牺牲的陈化成。上海城虽小，却在此演出了威武雄壮、可歌可泣的一幕。有这样好的将领及其率领下的三军勇士，都因上司乃至清廷的昏聩而白白地牺牲了，还无补于救国。这"劫灰飞尽，怒潮如雪，犹卷三军痛泪"三句，真是写尽了作者痛惜之情，也写尽了广大百姓的怨恨与愤怒。遂致下文所描述的"满江头、陈云团黑，蛟龙敢啮残垒"的局面终于来临了。

　　下片真是充满了叫天天不应叫地地不灵的无奈。再歌哭、再哀叹，正如词人所说的："唤得魂都起"，可谓痛彻骨髓，而牺牲之将士是永远不会起死回生了。此时只能进一步怨天，所以说："天意倘教，欲平此虏，肯令将军死?！"可见老天无眼，要不怎么会让这样好的将领白白去送死!?现在所剩下的又有什么呢?只是商女不知亡国恨，隔江犹唱后庭花的翻版，表面看来，可以做到笙歌依旧，甚至还可以有过之而无不及，但山河已破，金瓯残碎，已成"一片残山剩水"了。结尾貌似空灵，而实际上点得清楚明白。青天无语，似是废话，实际是在骂至尊穷其凶而极其恶，眼睁睁只能看着山河一步步沦丧下去而不采取积极有效行动。这夕阳千里也一样，好像是写景，实际是状情，祖国山河日下，人自空叹黄昏而已。所以这伤心处，已不单纯是指城头上的丹凤楼，而是处处皆为伤心处矣。

（王湜华）

永遇乐『放眼东南』

摸鱼子

寄谭仲修孝廉献

最沉吟、觅歌赊醉，笺灯题扇相许。文章不用西风哭，判送画眉人去，鸳梦阻。怎十载南冠、应点兰台鼓。从头记取。怪雨听潇潇，花飞缓缓，独在异乡住湖堤畔，冷落垂杨几树。　　孤山梅鹤哀诉。开天恨事凭谁道，筝雁一行低语。秋已暮。怕小小门边、宝马无寻处。归家更苦。料著破征衫，烧残短烛，又写断肠句。

这是作者写给著名词学家谭献的一首词。

谭献，字仲修，浙江杭州人。同治六年 (1867) 举人，历署歙县、全椒、合肥知县。归隐后，锐意著述，为一刚众望所归。选《箧中词》，历时"二十余年，而后写定"。其正集六卷收词五百余首，自吴伟业到庄棫共二百零九个作家；续集四卷收词三百七十首，录入自边浴礼到许增共一百九十余家。这是清人选清词的一部很权威的选本，在晚清词坛流传甚广，影响大而久远。叶恭绰在《箧中词》中评价说："仲修先生承常州派之绪，力尊词体，上溯风骚，词之门庭，缘是益廓，遂开近三十年之风尚，论清词者，当在不祧之列。"作者的这首词，对谭献作了全面的评价与赞颂。

词的上片写他隐居之前，写他的为人。写他"十载南冠"、"点兰台鼓"。南冠，本指春秋时被俘的楚人钟仪所戴的冠。后即用作凶犯的代称，也用作表现羁旅之思。唐赵嘏《长安秋望》诗："鲈鱼正美不归去，空戴南冠学楚囚。"或作钟仪楚奏，也作在困苦中不忘乡国。兰鼓，又作兰陔，典出《诗经》的《南陔》篇，该诗写孝友，词已亡佚，后人遂用以比喻孝子养亲的意思。谭献在外为官十年，鸳鸯阻隔，在动乱中"独在异乡住"，仍不忘怀乡和孝敬老人。他"觅歌赊醉"、"笼灯题扇"不忘创作。庄棫在《复堂词序》中说："仲修年近三十，大江以南，甲兵束息，仲修不一见其所长，而家国身世之感，未能或释，触物有怀，盖风人之旨也。"可作这上片词的注脚。

下片写谭献归隐之后，赞颂他对于词学的贡献。说他"归家更苦"，居家西湖"堤畔"，与"垂杨"、"孤山"、"梅鹤"、"筝雁"为伴，"门边"无"马"，"著破征衫"，"烧残短烛"，却锐意著述与创作，"写断肠句"。难怪他的词论被奉为圭臬。一个词学大师的形象，栩栩如生地呈现在读者面前。

作者系浙江江山县人，与谭献同乡。任嘉定知县时，县民有为台宪捕杀者，知冤而不能救，因大恸自刎死。这种为民牺牲的精神在当时是难能可贵的。后人评论他的词"渊雅雄厚"。他的为人与词风，在这首词作中都有所体现。

（蒲　仁）

摸鱼子〔最沉吟〕

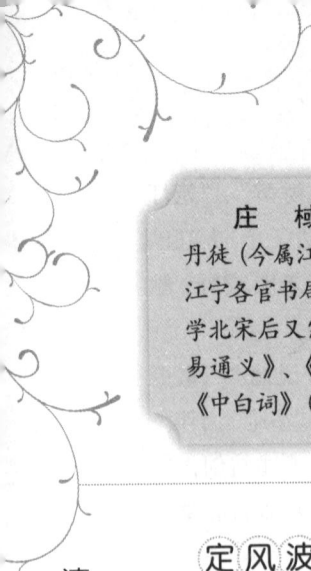

定风波

为有书来与我期，便从兰杜惹相思。昨夜蝶衣刚入梦，珍重，东风要到送春时。　　三月正当三十日，占得，春光毕竟共春归。只有成阴并结子，都是，而今但愿著花迟。

晚清的著名词评家陈廷焯自称，庄棫是他的姨表叔。陈在《白雨斋词话》中说："蒿庵词 (庄棫词集) 有看似平常，而寄兴深远，耐人十日思者，如《定风波》云云，暗合情事，非细味不见。"但这首词如何"暗合情事"，陈氏语焉不详。想必此种情事，非但不足为外人道，而且也难与近人道。所以这首词尽管语言平常，而词趣却颇为朦胧。

上阕写春情的躁动。开头两句"为有书来与我期，便从兰杜惹相思"，点明春情的缘由：由于情人的情书，掀起心底相思的波澜。"兰杜"，兰草与杜若，皆为香草，用以喻指情人。"昨夜蝶衣刚入梦，珍重，东风要到送春时。"常言道，日有所思，夜有所梦。白日里的相思，到夜晚便化作了蝶梦。这里并没有取用庄周梦为蝴蝶之典的实义，而只是以蝶衣来喻写梦境的美丽多彩。"珍重"，既表明对情人的一片深清，又表自家应好自为之，为的是一起等待所约时辰，即"送春时"的到来。

"三月正当三十日"，是说三月已到最后一天，所约时日——送春时——在即，而芬芳如兰杜的情人并没有如约到来，从而在词语中透出了无限的怅惘和悲愁。"占得"，此乃协律嵌韵之必须，实际上是"春光毕竟共春归"的述语。这个述宾短语的意思是我所拥有的荡漾着春情的春光，到底和春天一块儿结束了。怅惘和悲愁又加深一层。"只有成阴并结子"，用杜牧伤心之典。据传说，杜牧早年游湖州，遇一少女，约定十年后娶。牧十四年后守湖州，此女已嫁三年并生二子。杜牧有《叹花》诗记此事："自是寻春去较迟，不须惆怅怨芳时。狂风落尽深红色，绿叶成阴子满枝。"后人便据此以成阴结子比喻女人结婚生子。由于情人没有践约，词人便推测她或是成阴，更或是结子，也可能"都是"。然而，词人"如今但愿著花迟"，他把与绝望无异的希望寄托在彼花迟一些开放。这"但愿"里头蕴蓄的难堪痛苦，是很感人的。

庄棫一生从未入仕，沦落穷愁，潦倒不堪。伴随他的除清贫以外，往往还有恋爱和婚姻的不幸。这首词便是这种不幸的记录，可惜无法明了其具体内容，许是不可明言或不能明言的缘故吧。

（王成纲）

定风波『为有书来与我期』

清词之美

青门引

　　人去阑干静。杨柳晓风初定。芳春此后莫重来,一分春少,减却一分病。　　离亭薄酒终须醒。落日罗衣冷。绕楼几曲流水,不曾留得桃花影。

　　"杨柳岸,晓风残月",乃柳永《雨霖铃》中千古传诵的名句。本为实写之虚景,写的是离别后一夜舟行,醒来时之孤独处境。这首词在起首"人去阑干静"之后,紧接着来一句"杨柳晓风初定",所描绘的是送人远行之后,倍感人去楼空之凄凉,又兼想象远行人之孤寂。晓风已停,是否要又一次地"兰舟催发",行旅将一程远似一程了呢?为此种种联想,逼得词人对春到人间也惧怕起来了,因伤春而添病,所以反而希望春意少来为好。陈廷焯在《白雨斋词话》中评论本词云:"透一层说更深。即'相见争如不见'意。"评得是十分精当的。下面还有这类透一层说,说得更深的妙句。

　　离亭实即长亭,乃送客远行之饯别分手处。杨炯《送丰城王少府》诗云:"愁结乱如麻,长天照落霞。离亭隐乔树,淘水浸乎沙……"宋之问《送沙门弘景道俊委庆还荆州应制》诗云:"就日离亭近,弥天别路长。"等等,都是咏叹离愁别绪的。这里写离亭痛饮,想要借刹时酒,来浇离后愁,当然也是无济于事的,酒醒后之惆怅,岂不更难以忍受吗?下文还又加深了一层,"落日罗衣冷。"客已远行,醒来时瞧见落日余晖,而且是因夜渐凉而被冻醒,那滋味自然就不必再多说什么别的了。此时仅闻曲水绕楼而流,本为桃柳争发之节令,却连桃花之影子亦不曾留得,诚如江淹《别赋》所言:"黯然销魂者,惟别而已矣!"

　　这首词在字面上是淡之已极,而所抒之情实感人至深,它活用了典故,让读者自己在联想诸多故实之余,又被词人之妙笔进一步牵引,步步进逼,步步导向深层。难怪陈廷焯在《白雨斋词话》中评这首词时还说:"此词凄婉而深厚,纯乎骚雅。"可谓味之深矣。

(王湜华)

青门引『人去阑干静』

南乡子

　　春恨压屏山, 细雨欺花困牡丹。雨若再晴花再艳, 应难。唤起双鬟摘下看。　　凭软曲阑干, 晓逗微光似不寒。忽地玉阶风过觉, 衣单。重入罗帏又懒眠。

　　词中有《惜花春起早慢》的牌名, 即是赋 "惜花春起早" 这一内容并以之为题的。首见《高丽史乐志》, 作者为无名氏。词分上下片, 上半八句四仄韵, 下半九句四仄韵, 共一百字。这首词虽没用这一词牌, 但所赋也是这个内容, 所以即题之为 "赋得惜花春起早"。

　　自古惜花、怜花、护花、爱花, 每成为众多善良人的共性, 并有诸多的表示与举动, 成为生活中重要内容之一。常衮《登栖霞寺》诗则云: "待月水流急, 惜花风起频。" 讲的是天不随人意, 偏偏与花作对。白居易的《日长》诗则云: "爱水多棹舟, 惜花不扫地。" 爱花爱得真是如痴如狂。本词则是描写在早春日为怜爱花而起早, 充满了唯恐春日迟暮的一片伤感之情。"屏山" 是指屏风上所绘之山, 亦即以之称屏风。《琵琶记·宦邸忧思》: "归梦杳, 绕屏山烟树, 何处是家乡?" 屏风是旧时房中常用之物, 因惜花而转为春日之帐恨, 感觉屏山也在那里向人施加压力, 阻碍人去赏花, 令人心烦。雨露滋润本是万物生长之所需, 而在花期, 若细雨缠绵不断, 这可对花大大不利,势必暗催花瓣之早凋，尤其华贵浓艳的牡丹，雨水一淋，每有难以支撑之叹，所以说细雨对花泛泛而言，用一"欺"字十分形象，而对牡丹这样硕大的花朵来说，则不只是一个"欺"字可以了得，加上一个"闲"字，使之更进一层。此等处，足见词人推敲炼字方面功力之深。雨过了天是会晴的，而花之艳丽则难以再度重返了。"雨若再晴花再艳，应难。"这两句的句法结构不落俗套，永存清新之气。《南乡子》中的两个二字句若作得好，每可起到耳目一新之感，这"应难"二字看来是淡淡的，但越琢磨越有味，十分隽永。"双鬟"即代指仕女。惜花者怕雨过花即脱落，所以起早冒雨赶去把花摘下，取回房中插瓶观赏。

　　"凭软曲阑干"这一句非常之活，可任人从各方面去玩索。既可侧重于人的方面，亦可侧重于物的方面，皆能尽其神妙。"晓逗"一句把拂晓前后的些些明亮写得十分有生气，用一"逗"字来形象化，进一步人格化，为的是让闺中人对拂晓之微光倍感亲切，遂致忘却了五更之寒。"忽地"句不论从句型、结构、排列，还是从它的承上启下作用，各方面来看，它都十分新颖、奇丽。"忽地"二字十分口语化，"玉阶风过"也十分平常，最后着一个"觉"字，整个句子都活了。原来因有微光而早起，为贪看鲜花，连冷也忘了，本是多么平静的气氛啊！而偶有微风从玉阶飘过，不免一阵寒噤，人也似乎顿时清醒了许多，这一"觉"字，从句逗来分，当然属上，是因风过而觉；而从意思上讲，又势必直连下句，"觉"的不仅是"风"，而在觉衣单。不但句型活了，语气也活了，一顿挫，朗诵起来也自然而然地倍增情趣。最后的结尾又切到题上来。既觉冷，觉衣单，那么赶紧再回房睡吧，不，却又懒得睡了，为什么？还不正是"惜花春起早"的缘故吗！

（王湜华）

・393・

南乡子『春恨压屏山』

　　于晓霞　女词人。字绮如，金坛（今属江苏）人。浙江金文渊之妻。工于词，有《小琼华仙馆词》。

水 调 歌 头

　　山色淡何处？都在渺茫中。白云千缕万缕，忽现又还封。如此风光休误，只合焚香煮茗，相对抚丝桐。古寺隐林杪，依约度疏钟。　　倚危阑，舒远目，意无穷。乱鸦阵阵归去，鸟道暗相通。岭畔丹枫落去，陌上绿杨凋尽，晚节羡苍松。抚景一长啸，幽思付归鸿。

　　这首词是以写切莫蹉跎大好时光入手的，到结尾时则抒发了思忿之情与鸿鹄之志，从头至尾虽未具体地写过一个实际的所在，但依然有亲切宜人之感。是一首较为清新喜人之作。

　　首句即较空灵，只说山之色是淡淡的，到底是什么色？又是如何的淡，都不交代了，却提出了问号，这些淡淡的，都是些什么所在呢？其淡，总是因远而淡吧，又远到什么程度呢？这些悬念并不去吊读者的胃口，第二句就正面回答了："都在渺茫中。"词人既无兴去登临，连追问它们是什么山，有多远，有多高等等都毫无兴趣。紧接着视线抬到了更高处，但见白云层层密密，全封蔽了青天晴空，偶一行云使青天暂露，却很快又把青天封了起来。词人面对这些景物之变幻，不免怡然自得，觉得这类风光值得留连，应好好抓住它，莫辜负了良辰美景，应点上支香，沏上壶清茶，对景弹琴才是。旧有深山埋古寺之说，相传宋徽宗考他藏院里的画师，都来画"深山埋古寺"之景，最后评上冠军的就只画了茫茫一片大山，全无古寺之踪影，仅画一老极了的和尚挑着一挑水，可见寺之不远，但寺在画面上竟然还出现不了，足证埋藏之深。此时词人亦仅见茫茫一片，什么也没有，何以见得有古寺隐藏于附近呢？原来她隐隐约约听到了钟声，所以她断定：在丛林之梢，准有古寺隐埋着。这样的幽雅意境，是要有一颗静而且细的心才能体会得到的啊！

焚香品茗之余，对景独自抚琴，一片恬淡静适的气氛，而今被钟声所动，不免起身，走到楼台之廊檐下，扶栏远目。本来似乎无意去弄它个究竟的远山，现在倒产生了进一层去看个究竟、欣赏个够的念头，竟觉得这般美景，乃有无尽藏的寓意在。正在极目远望时，却闻鸟啼之声，阵阵乱鸦穿林而过。人们看来密不可通的丛林，对鸟类来说，不但是个好归宿，还是它们畅通无阻的要路津呢！直写到此处，词人才点明节令：已是秋风扫落叶的时节，枫叶红了，并已在片片飘落，称之为陌上绿杨的杨树，其实早已没有绿叶了，杨树叶是各种树中凋谢最早的，而今已被秋风扫尽。对此情景，势必会联想到词人自己，要悲秋，要哀叹人生易老，面对丹枫落与绿杨凋的动景，惕励自己的晚节应像苍松翠柏一样，四季常青才对啊！然而人生终归就是要老去的，苍松毕竟是可羡而不可及的，所以最后只能"抚景一长啸，幽思付归鸿"了。雅雀自是不可羡，而鸿鹄之志永远都不可无啊。

（王湜华）

水调歌头『山色淡淡何处』

王鹏运（1848—1904）著名词人。字佑遐，一字幼霞，号半塘老人，晚年又号鹜翁、半塘僧鹜。原籍山阴（今浙江绍兴），生于临桂（今广西桂林）。同治九年（1870）举人。历任内阁中书、内阁侍读、江西道监察御史、礼科掌印给事中。支持并参与康有为的改良主义运动。康有为未受知于光绪帝时，奏折多由王鹏运代上。屡次抗疏言事，几罹杀身祸，光绪二十八年（1902）南归，主扬州仪董学堂。早年嗜金石，二十岁后专力于词。著名词人文廷式、朱孝臧、况周颐等均曾受其教益，在词坛颇有声望，被尊为"晚清四大家"之冠。王鹏运力尊词体，尚体格，提倡"重、拙、大"等观点，使常州词派理论得以发扬光大。早年多写身世之感，词风与南宋王沂孙相近；后期颇多伤时感事之作，情思饱满，笔锋动健，词风苍凉悲壮，与辛弃疾为近。一些词作用典过多，流于晦涩。曾汇刻自《花间集》以迄宋、元诸家词为《四印斋所刻词》，校勘精审。著有《味梨集》、《虫秋集》、《庚子秋词》等词集，后删定为《半塘定稿》二卷、《剩稿》一卷。

祝英台近

次韵道希感春

倦寻芳，慵对镜，人倚画阑暮。燕妒莺猜，相向甚情绪？落英依旧缤纷，轻阴难乞，枉多事、愁风愁雨。　　小园路，试问能几销凝？流光又轻误。联袂留春，春去竟如许。可怜有限芳菲，无边风月，怎都付、等闲花絮。

在中国词史上，自辛稼轩以咏"春"词寄寓家国内容以后，历代词家纷纷追随其后，以"香草美人"为题材寄托政治意念的作品，不胜枚举。作者王鹏运生活在一个国事、国势多变，动荡不定的时代，因此他的词作中有不少作品是在抒情中运用"寄托"，把自己的真实思想隐藏到所描写的物象或景象的后面。这首《祝英台近·次韵道希感春》，就是其中最为典型的一例。

词作于中日甲午战争爆发后不久，大约与《木兰花慢·送道希学士乞假南还》一词同一时期。"道希"即文廷式。"次韵"，即步"道希感春"词的原韵。"次"，即步，依照之意。词中的"春"是一种象征，结合作者生活的时代和经历看，"春"是国事、国势的象征。以对"春"的感慨寄托对国家安危的感慨。

上片"倦寻芳，慵对镜，人倚画阑暮"，乍看是写一个女子一天到晚疲倦时寻找芳草，慵懒时对镜理妆，凭依画阑。实际上，作者是把寻芳对镜的女子形象作为一个关心国事大政的忠心之士的化身来写的。"燕妒莺猜，相向甚情绪？""燕"、"莺"是指势力小人，他们是一伙善妒的破坏势力，与他们在一起还有什么"情绪"呢！"落英依旧缤纷，轻阴难乞，枉多事、愁风愁雨"。写时光已逝，落花依旧，但"风"、"雨"——旧势力、恶势还在，就一事无成。表达作者胸怀壮志不得施展的愤懑心情。

下片"小园路，试问能几销凝？流光又轻误"。紧接上片末句，写大好光阴流逝，什么时候才能出现转机呢？"联袂留春，春去竟如许。"想把"春"光留住，但是"春"光竟是如此不堪留。"可怜有限芳菲，无边风月。怎都付、等闲飞絮。"即是写大好时光、有限生命，都被有权势的"飞絮"葬送了。"飞絮"，比拟旧势力、小人、恶人。这里作者用"芳菲"、"风月"比拟时光、生命，也借指国家政事，大好河山。词中透露了作者对"飞絮"误国的痛恨，也表达了不能报国的惋惜之情。

这首词表面写"春感"，实际上是以词干涉时政。作者以写景咏物寓寄感情，同辛稼轩的一些词作，如《祝英台近》（"宝钗，桃叶渡"）等所用手法相同，表现了作者在词的艺术功力上的积累和造诣。

（胡文彬）

点绛唇

饯　春

抛尽榆钱，依然难买春光驻。饯春无语，肠断春归路。

春去能来，人去能来否？长亭暮，乱山无数，只有鹃声苦。

诗文词曲，自古以来贵"新"。所谓"新"，包括立意新，用语新

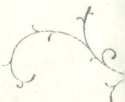

等。李渔在《闲情偶记》中说："人惟求旧，物惟求新。新也者，天下事物之美称也。而文章一道，较之他物，尤加倍焉。"元好问《论诗》中，赞颂谢灵运的"池塘生春草"诗句是"万古千秋五字新"。这都充分肯定了"新"的重要作用。鹏运这首词，一起句便新意昂然，捉目牵心。"抛尽榆钱，依然难买春光驻。"用植物之榆钱，比作货币的银钱，并渴望穷其所有，买下春光驻，不让春光再流走。实在是意新、语巧、真情感人。

"榆钱"，即榆荚，民间又叫做榆圈儿。榆树未生叶前，枝条间先生榆荚，形状似钱而小，为白色，顺条成串，可食。北方各地均有此树。初春，银白色榆钱与桃花相映；春末，榆钱随风飘落。古时不少文人墨客吟咏它。庚信曾有"桃花颜色好如马，榆荚新开巧似钱"（《燕歌行》）。岑参曾有"道旁榆叶青似钱，摘来沽酒君肯否？"（《戏问花门酒家翁》）。僧道潜有"儿童赌罢榆钱去，狼藉春风漫不收。"但前人诗文仅仅描摹了榆钱的外在特征和生长季节，而没有鹏运词这样新颖，意蕴深远。可见鹏运词之"独往独来之慨"。深恐春光流逝，不惜抛尽所有的钱买春光驻。但是，尽管词人这么慷慨、痴心，这么深情，却"依然难买春光驻"，此时此刻，词人是怎样的心情是不难想象的。"依然"二字，又留有想象的余地，似乎作者不仅只是抛钱买春，也并非是第一次抛钱买春，而是年年买春，年年失望。愁苦凄凉之境跃然纸上。

买春无望，只好为春钱行。然而万般愁思离忧难以言语，只能怀着断肠之痛的深情送春归去。至此，"钱春无语，肠断春归路"，题目自然跃出，词人的情感予以展现，思绪的浪潮似乎推到了顶点。然而笔锋一转，下片又突现奇峰。"春去能来，人去能来否？"春光那么可贵、短暂、难留，但春光逝去，毕竟来年又春光。可是人呢？人岂不是比春光更可贵吗！人离去了是否还能再来呢？而人逝去了又有什么办法能让他再回还呢！这一大转折别有洞天，给该词又添一层新意，离愁别绪更为凝重，实是此词的重心所在，离愁之主题得以显现，将意境递进了一大步。

上片极抒春光可贵，伏笔是人更可贵；极写春光难驻，蓄势铺垫人去难于再来。环环相扣，层层递进，把晚清词人处在清统治者腐败无能、敌国匪寇凶残入侵、祖国大好河山支离破碎的社会背景下的悲

愁凄壮之情铸进字里行间。在这种背景下，词人对自己的生活道路
和归宿不得不进行痛苦的思索和选择。但只是思索，而不是求索，
他苦思冥想，却找不到出路所在。在茫然中怅望，但见"长亭暮，乱
山无数"。一幅泼墨大写意的画面映入眼帘。日落了，长亭孤立在晚
暮中；远望，山峰朦胧，影影重重，难于计数，远淡近浓。在一派凄
凉暮色中，词人不禁为国运感伤，为自己归宿思索。国运如同日落，
自己也无可奈何地进入暮年。词人思绪繁乱无章，矛盾重重，正如
"乱山无数"。这时，山林里传来阵阵杜鹃的悲鸣声："不如归去"。
杜鹃，又名子规、催归，鸣声沉闷哀苦，似若"不如归去"。因此，鹃
鸣成为哀苦、催归的象征。杜鹃似乎替词人倾诉其内心的哀愁，同
时又提醒词人别苦思冥想了，还不如归去。也许，归去只能是词人无
可奈何的选择。这幅长亭暮色饯春图有声有色，有视觉的审美，有
听觉的音律，更烘托出离愁的凄婉悲壮境界，更显示出全词句句沉
重，回肠荡气。

　　这首小令，词语不多，但起伏跌宕，开阖自如，曲折含蓄，感情沉
郁真挚，离愁凝重凄切。起势与结尾俱佳，确有"凤头豹尾"之功。语
言平淡浅显，自然清丽，但又蕴情深厚，可谓"豪华落尽见真淳"（元
好问《论诗》）。此词不愧为清代词苑中之上品佳作。

（王守明）

南乡子

　　斜月半胧明，冻雨晴时泪未晴。倦倚香篝温别语，愁听。鹦
鹉催人说四更。　　　此恨拚今生，红豆无根种不成。数遍
屏山多少路，青青。一片烟芜是去程。

　　这是一首思妇词，曲折委婉地抒发了一个女子对远行在外的丈
夫的深切思念，描述出离别的凄切愁苦。

　　词的上片以景托情，由物开篇，又由景物烘托出思妇的悲愁情
思。"斜月半胧明，冻雨晴时泪未晴。"凄迷朦胧的月亮斜挂在天边，
表明已是深夜了。冻雨，晚秋雨加雪的景象，湿寒忧人。残月秋雨，衬

托出痴情少妇的愁思。月儿为何朦胧，或许是天气方晴但阴云未散；或许是思妇泪眼朦胧，看月亮自然也就看不清楚了。夜已经深了，她还无睡意；阴冷的雨加雪天气已晴，但她仍然泪雨不断。可见女主人对远行夫君的思念之切。她哭累了，"倦倚香篝"（用竹子编的薰笼）上，思绪却不停地飞旋，蕴情痴迷地"温别语"。想当年新婚燕尔，小夫妻情深意浓，亲亲密密，为了功名，夫君即将远行，在那依依惜别之夜，夫妻千种柔情，万般蜜语，温馨连绵，难舍难分。这美好甜蜜的回忆，使思妇如醉如痴，似幻似梦，如入仙境。突然，"愁听鹦鹉催人说四更"。一声四更的叫声将她从甜蜜的回忆中惊醒，从幻境又跌入现实。温馨的回忆与凄凉的现实形成强烈的对比更使思妇断尽愁肠。鹦鹉不解人意，多嘴饶舌，乱学更夫叫声，惊忧主人，连那唯有的美好的回忆也被生生打断，怎不令思妇烦恼愁听。这还不算，那四更的叫声，引起思妇又想到当年夫君四更起床上路的断肠时刻，真是冰上加霜，使思妇愁上加愁。

下片情感进一步生发抒展，达到更深的层次。"此恨拚今生，红豆无根种不成。"恨，遗憾、不满意。拚（pàn），舍弃、不顾惜。红豆：又称相思子，是相思木结的子，一半鲜红，一半墨黑。传说古代有一女子，因丈夫死在边地，哭于树下而死，化为红豆。古代常用红豆比喻爱情或相思。盛唐王维曾作五言绝句《相思》："红豆生南国，春来发几枝？愿君多采撷，此物最相思。"尽管思妇日夜思念夫君而不得相见，尽管她的相思可能像无根的红豆一样不能开花结果，但她坚贞不移。她誓愿不顾惜长年不得与夫君团圆的遗憾，要像关于红豆传说中女子那样将贞操、爱情全部献给自己的夫君。可谓天长地久心不变，海枯石烂志不移，情感的波澜被推向高潮。思妇激动之后深沉的目光落在床前的屏风上。凝视屏风上山水图，幻觉奇想突发："数遍屏山多少路，青青。一片烟芜是去程。"屏风上山峰如簇，重重叠叠，近景青翠如碧，远景如烟似雾。思妇细心数着一道道山梁，默默计算着路程，心想这座座青山就是夫君走过的路吧？那烟雾朦朦的遥远无际就是夫君所去的地方吧？她一时心血来潮，想去寻夫，但千山万水，上哪里寻找呢！她不禁感叹"多少路"的遥远，"去程"的"烟芜"。愁思苦恨又涌上心头。

全词虚实结合，委婉含蓄。幻觉与现实相交融，虚景与实情相契合。无论是鹦鹉催人，还是屏山路程，感情起伏跌宕，多姿多彩，蕴情绵长。人物形象鲜明。"泪未晴"、"倦倚香篝"、"拚今生"、"数遍屏山"这些惟妙惟肖的情态动作与细节的描述，充分展示了女主人多情而坚贞的个性特点。词语清丽隽永，韵味深长。

（王守明）

南乡子『斜月半胧明』

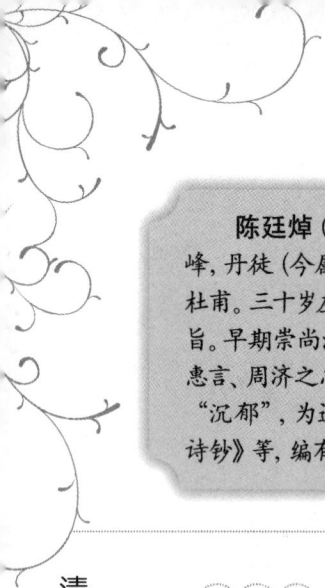

蝶恋花

细雨黄昏人病久，不分伤心，都在春前后。独上高楼风满袖，春山总被鹃啼瘦。　　昨夜重门人静候，料得灯昏，一点悬红豆。梦里容颜还似旧，南来消息君知否？

这是一首闺怨词。"细雨黄昏人病久"，开门见山，点出时间——黄昏；人物——病人；环境——外面下着蒙蒙细雨。愁云惨雾笼罩着卧床的病人。下面紧扣着"病久"二字，以时间的脉绪，展开情节。"不分伤心，都在春前后。"从春前病到春后，足见时间之久！"独上高楼风满袖。"病人拖着久病的身子，走出门外，登楼远眺。她看到了什么呢？不是"独上高楼，望尽天涯路"（晏殊《蝶恋花》）；也不是"忽见陌头杨柳色，悔教夫婿觅封侯"。（王昌龄《闺怨》）而是"春山总被鹃啼瘦"。杜鹃啼声不断，春山也为之愁容不展，显得消瘦了许多。整个画面为"愁"绪笼罩，却不着一"愁"字，闺中病人的一腔愁思郁想，尽在不言之中！

下片，词人将画面转换到前一天的深夜："昨夜重门人静候，料得灯昏，一点悬红豆。"深深庭院，夜阑人静，仅有如豆之灯，陪伴着病人在静静地等待着所怀念之人。久候不归，只有在梦里相逢："梦里容颜还似旧，南来消息君知否？"这末一句暗含雁足传书的典故：传说汉代苏武被匈奴拘留于北海，托大雁向汉地传递书信。后人遂以雁足、雁书、南雁代指书信。李白《送友人游梅湖》诗："莫惜一雁书，音尘坐胡越。"结句这轻声一问，意味深长。写闺妇对于爱情的忠贞，虽音讯杳茫，仍一如既往！

　　作者写的《蝶恋花》词共有四首，此为其三。他认为，自"元曲阑干"（冯延巳《蝶恋花》词语）之后，几成绝唱，只有其师庄棫的《蝶恋花》四首、谭献的《蝶恋花》六首，可以嗣响，此外就数他的四首《蝶恋花》了。他在《白雨斋词话》中评谭献词说："相思刻骨，瘟瘵潜通，顿挫沉郁，可以泣鬼神。"若将此话移作对本词的评价，亦无不可。

（贺新辉）

蝶恋花「细雨黄昏人病久」

文廷式 (1856—1904) 著名词人，字道希，亦作道义、道溪，号云阁，一作芸阁，又号芗德、罗霄山人，晚号纯常子。萍乡（今属江西）人。光绪十六年 (1890) 进士，授翰林院编修。二十年，擢翰林院侍读学士，兼日讲起居注官。曾屡次上书，反对慈禧干预朝政。甲午战争爆发后竭力主战，奏劾李鸿章丧心误国，反对签订《马关条约》。光绪二十一年 (1895)，与康有为等在京倡立强学会。次年，遭李鸿章姻亲御史杨崇伊参劾被革职。戊戌政变后，避祸东渡日本，回国后益加潦倒，病逝于萍乡。早年与王懿荣、张謇、曾之撰号称"四大公书"，又与盛昱、黄绍箕等名列"清流"，长于史学，工诗、骈文，词尤超拔，其词今存一百五十余首，多感时忧世之作，借景抒情，托物言志，或慷慨激越、抑郁出愤，或神思飘逸、清远旷明，兼有豪放俊迈、婉约深微的特点，在近代词坛上自成一家。著有《云起轩词钞》、《纯常子枝语》、《文道希先生遗诗》、《闻尘偶记》等。

蝶恋花

　　九十韶光如梦里，寸寸关河，寸寸销魂地。落日野田黄蝶起，古槐丛荻摇深翠。　　惆怅玉箫催别意，蕙些兰骚，未是伤心事。重叠泪痕缄锦字，人生只有情难死。

　　这是一首触景抒怀、表述爱国思君之情的词作。文廷式是清末名士，在光绪皇帝与西太后的斗争中，是著名的帝党人物，有辅国的壮志和抱负。光绪十二年 (1886) 四月，文廷式因事离京南归，向友人辞行，相会叙旧，触动情怀，写了这首词。这首词因为是写在其入仕之前，有感而发，所以借用"蕙兰"、"锦字"自比。

　　词的上片写景，描述出词人对充满了苦难的祖国河山的挚爱深情。"九十韶光如梦里，寸寸关河，寸寸销魂地。""九十"，指春三月的时光，词人在京都居住，三月未出城郭，大好春光倏忽而过，犹如梦里一般，现在离京行至郊外，才感到岁月易失，辜负了美好的春光。"关河"，即关山江河，泛指祖国的山河土地。词人面对广袤的原野，开阔的土地，不禁展开了联想：这寸寸山河，令人销魂；这大好的疆土，令人欣慰，作为中国男儿，岂能容他人指染、玷辱这美好的山河！

然而从鸦片战争以来，这大好河山正在遭受列强的瓜分宰割，怎不令人伤痛！"落日野田黄蝶起，古槐丛荻摇深翠。"词人看着那落日霞光中田野上纷纷飞舞的黄蝶，对大地充满着依依不舍的眷恋之情；路旁村口的古槐，河边池沼的芦苇，一簇簇一丛丛在微风中摇曳，依然碧绿，显出了春的生机。这深深地表现了词人对祖国的热爱，细致地映衬出一颗爱国志士的忧国之心。

正因为词人热爱祖国，深深地为国事担忧，才在下片的抒情中进一步表达了他的报国情怀。"惆怅玉箫催别意，蕙些兰骚，未是伤心事"。玉箫催别，即将远离故都与友人，自然令人惆怅，但与"蕙些兰骚"之事相比，还算不得是什么伤心事，个人情感毕竟不及国事政事重啊！显然，词人是用楚大夫屈原不被重用之事喻写朝廷用人不当，忠贞之士报国之志难酬，李鸿章之流的卖国臣僚与西太后沆瀣一气把持朝政的情况。"蕙些兰骚"（些，读suò，是古代楚地方言，句末语气词），曲出《楚辞·离骚》，《离骚》以兰、蕙等香草喻德美行芳之君子，以薋菉之类的恶草喻邪佞谄谀的小人。词人在这里用楚典，自然流露出他的报国夙志难伸，情怀抑郁的心态，因而才有进一步的"多情自荐"的勇气。"重叠泪痕缄锦字，人生只有情难死。"使思君爱国之情溢于言表，忠贞不渝之志呈于天地。一个"缄"字，默然不语，把满腔惆怅尽皆遮掩，对君王毫无怨怒之意，只求其理解词人的一片爱国之情。"锦字"，典出《晋书·列女传》，十六国时，前秦女诗人苏蕙织锦为《回文旋玑图诗》寄赠丈夫窦滔。词人把自己的忠君爱国之心，比作苏蕙和泪织成的回文诗，以两性情爱喻君臣之义，可谓情挚深沉。"人生只有情难死"，这"情"，既有思君报国之喻，又有壮志慷慨之义，形象地表现出词人的拳拳爱国心。冒广生评曰："云起轩词浑脱浏漓，有出尘之志"（《二三小吾亭词话》卷一）；胡先骕亦云："其风骨遒上，并世罕睹"（《评云起轩词钞》），可谓精当。

（张志英）

蝶恋花『九十韶光如梦里』

水龙吟

落花飞絮茫茫，古来多少愁人意。游丝窗隙，惊飙树底，暗移人世。一梦醒来，起看明镜，二毛生矣！有葡萄美酒，芙蓉宝剑，都未称，平生志。　　我是长安倦客，二十年，软红尘里。无言独对，青灯一点，神游天际。海水浮空，空中楼阁，万重苍翠。待骖鸾归去，层霜回首，又西风起。

这是一首直抒胸臆之作，诗人面对落花飘零、飞絮漫天的暮春景色，勾起时光荏苒、年华易逝的人生感喟，进而引发半生虚度、壮志未酬的命运慨叹。在这种内心纷扰的情境中，诗人试图求得一种感情的平衡和精神的解脱，但当他从"神游天际"的片刻再回到现实的大地上来时，又感到人世的冷落和萧瑟。

这首词打破了古典诗词那种由景入情或情景交融的一般程式。"景"，只作为一个引发情感抒发的媒介，只剩了一个淡淡的背景："落花飞絮茫茫"，这只是一个抽象的具象，它没有特定的时空，没有具体的描画，它只是一个触发诗人情怀的"由头"，是引出"古来多少愁人意"这一理性的感性经验的形象方式。以下三句和上述二句的表现方式相同，"游丝窗隙"与"惊飙树底"同样是两个抽象的景象，它的作用也在于引出"暗移人世"这个理性的感性经验，使这种"经验"获得一种形象的规范和表征。

诗贵含蓄，这诚然是一个正确的审美判断，但这仅仅是诗歌的一种表现方式。直抒胸臆的诗歌创作同样也是一种美，只要它所抒之情具有真实的感人的力量，只要它不脱离文字的形象本体特征。前者是一种含蓄美，后者是一种袒露美，这两种美完全可以并行不悖，从而还使诗坛多彩多姿、异彩纷呈。即如本词，自"一梦醒来"以下直至下阕，完全是情感的直接抒发，它抒发得真挚酣畅、痛快淋漓，而且具有形象性，因而便具有感人的艺术魅力。"一梦醒来……二毛生矣"这纯然是一种超越时空的象征；"葡萄美酒，芙蓉宝剑，都未称，平生志"，这又是一种具有个性特征的性格展露；"我是长安倦客，二十年，软红尘里"。一个"软"字又极其深刻、形象、独特地道尽了时间、世俗对人的销蚀力。凡此种种都淋漓尽致、曲折细腻地倾吐出诗人的特定情怀，因而具有了诗的袒露美。

　　说到底，形象性总归是文学（包括诗歌在内）作品的本体特征，离开形象性就没有文学。文廷式的这首直抒胸臆之作如果只是单纯的理性、观念的直白，那将摒弃于我们所选之列。由于它直抒而不脱离形象方堪称佳制。特别是下阕后半部分，诗人写独对青灯时神游天际的幻象："海水浮空……万重苍翠"；以及"待骖鸾归去"时片刻解脱的幻灭："层霜回首，又西风起"——诗人把一种空幻的思绪写得这般意象突出，更使其直抒胸臆之作与直白浅露之作划清了界限！

（张厚余）

水龙吟「落花飞絮茫茫」

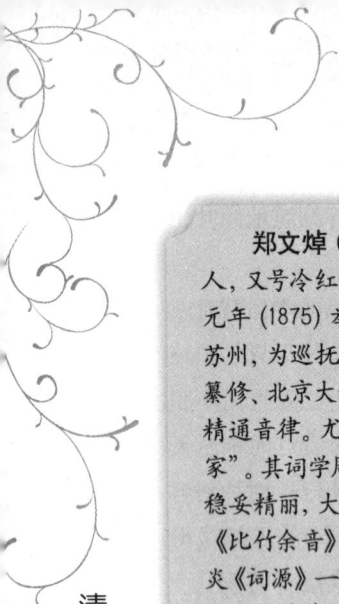

月下笛

戊戌八月十三日宿王御史宅，夜雨闻邻笛感音而作，和石帚

月满层城，秋声变了，乱山飞雨。哀鸿怨语，自书空、背人去。危阑不为伤高倚，但肠断、衰杨几缕。怪玉梯露冷，瑶台霜悄，错认仙路。　　延伫。销魂处。早漏泄幽盟，隔帘鹦鹉。残花过影，镜中情事如许。西风一夜惊庭绿，问天上、人间见否。漏谯断、又梦闻孤管，暗向谁度。

戊戌 (1898) 八月十三日，是康广仁、谭嗣同、刘光第、杨深秀、杨锐、林旭等六君子殒命变法维新的日子。当日，词人正在王鹏运家做客。噩耗传来，词人以"闻笛感音"为题，抒写了对六君子的深沉悼念。

"月满层城，秋声变了，乱山飞雨。"这起调中的"月满"与词序中的"夜雨"相悖，由此可知，前者无疑是造境。造境的目的，一是为了组织凄伤的意象，二是便于抒发凄伤的怀抱。"哀鸿怨语，自书空、背人去。"仍是造境，"书空"用殷浩之典。《世说新语·黜免》："殷中军 (殷浩) 被废在信安，终日恒书空作字……窃视，惟作'咄咄怪事'四字而已。"此典一针见血地点出了慈禧杀害六君子的卑劣、凶残的本性。下一韵以"衰杨几缕"为意象，抒写闻听六君子遇害时的至悲至痛的断肠滋味。暂歇一韵先用"怪"字带出"玉梯露冷，瑶台霜悄"，用以哀惋光绪有尊无权，再用"错认仙路"，影射维新派误信袁世凯从而酿成惨剧的史实。

下阕起首"延伫。销魂处"暂作情语，即顺"错认仙路"再垫一笔："早漏泄幽盟，隔帘鹦鹉"，直刺袁世凯背盟泄密的丑行。"鹦鹉"虽为曲笔，但"漏泄"却不留情面，非愤极怒极不能如此。"残花过影，镜中情事如许。"花已"残"且为"过影"，再加上"镜中"，维新变法到头原是一场空的意思便显而易见了。"西风一夜惊庭绿，问天上、人间见否。"以"庭绿"反衬花残，以"一夜"描述突变，句中的"惊"字，极写诧异不解的心态。"问天上"犹言此举非人所为。

至此，词人的愤怒达到了顶点，煞尾描写叙述结合，以似乎平静的语调吟道："漏谯断、又梦闻孤管，暗向谁度。"仔细玩味会发现，词人的平静中蕴蓄着更大的愤怒：更鼓声已经终止，表明天已破晓——词人在悲愤中度过了整整一夜。说是"梦闻"，实际上没睡，否则何"闻"之有？"孤管"即笛，在蒙蒙的秋夜的雨色里，又传来邻家凄凉的笛声，这笛声更飞向何处呢？

这煞尾，余韵悠长，蕴藉深沉，隐含着词人难以抑制的悲愤。

全词以悲景为环境，以悲情为脉络，谱写出一曲伤悼忠魂的哀歌。

（杨进成　王成纲）

鹧鸪天

余与半塘老人有西崦卜邻之约。人事好乖，高言在昔，款然良对，感述前游，时复凄绝。

谏草焚余老更狂，西台痛哭恨茫茫。秋江波冷容鸥迹，故国天空到雁行。　　诗梦短，酒悲长，青山白发又殊乡。江南自古伤心地，未信多才累庾郎。

这首词写于清光绪三十年（1904），作者借悼念亡友以抒发忧时

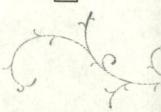

伤世的家国之痛。小序中的"半塘老人"是作者的挚友清代词人王鹏运。"卜邻",语出《左传》:"非宅是卜,惟邻是卜。"是选择好邻居之意。据郑文焯词《念奴娇·小山丛楼》小序所记:"甲辰仲夏,半塘老人过江访旧,重会吴皋,感遇成歌……"但乐极生悲,人事难料,王鹏运不幸亡于姑苏。作者忆及前游之情谊,回想"西崦卜邻"的旧约,悲情难已,长歌当哭,一连写下三首《鹧鸪天》来痛悼亡友,这首词即其中之一。

"谏草焚余老更狂",起句先从怀友着笔,赞美亡友愤世疾俗,老而弥坚的性情。"谏草"即劝谏的奏章,"狂"是一种激情的表现。王鹏运曾任监察御史,以敢于上疏直谏,针砭时弊,弹劾权贵而声震内外。这句说王鹏运虽去"言官"之任,谏草已焚,但至老仍然豪情不减,刚正倔强,我行我素。这正是一位正直官吏的可贵品格。"西台痛哭恨茫茫",次句点明悼亡有两层含义。一是续写友人空怀遗恨的悲哀,"西台"是御史台的别称,尽管友人当年恪尽职守,为国运日蹙而扼腕痛惜,但于事无补,只能空怀茫茫的遗恨与世长辞。二是表现作者对英才早逝的无限痛惜之情,他欲效法元初谢翱登西台恸哭文天祥,去长歌号恸,对故友表示沉痛的哀悼。"恨茫茫"道出了以郑、王为代表的"故国野遗"无力回天的共同心态和强烈的幽忧哀愤。"秋江波冷容容鸥迹,故国天空到雁行"。这两句以景写情,委婉地表现出失掉挚友的哀伤,并引起了自己的故国之思。茫茫秋江,寒波荡漾,不时有鸥影掠过;漫漫长空,大雁北归,向故国的方向飞去。但天地无情,既能容得下白鸥,却容不得身在江湖的故友,多么可痛!大雁尚得北飞故国,而心怀帝阙的自己却不能为朝廷效力,又多么可悲!一个"容"字含有无比沉痛之意,作者的心情也从伤友而转向自伤。

下片承前,自伤身世。既然"补天"无力,就只能以诗酒自娱,但去日苦多,人生如梦一般短暂,写诗并不能排遣人世之悲哀。故友的诗梦已尽,自己的诗梦还能做多久呢?所以说"诗梦短"。同样,美酒也消除不了心中的忧愁,反而"举杯消愁愁更愁",所以说"酒悲长"。更何况"青山白发又殊乡",作者漂泊异乡,寄食吴门,纵然有江南的青山绿水,又怎能平复内心的家国之痛?怎能不愁生白发呢?"梦短"、"悲长"、"青山"、"白发"造成了鲜明而强烈的对比,层层深入地写出了作者心中的悲苦。

"江南自古伤心地,未信多才累庾郎。"结句与上片的"恨茫茫"照应,进一步抒发"殊乡"异客之悲。自古以来,因离乱而流离江南者,每忆乡关,常凄恻伤心,故汉末的王粲曾发出过江南"虽信美丽非吾土"的哀叹;东晋的过江诸人时而对泣新亭;唐代的韦庄也为"游人只合江南老"而断肠。作者身处江南这"自古伤心地",岂能例外?他自然想起了那"多才"的"庾郎"。"庾郎"即庾信,梁元帝时出使西魏,梁亡后被强留北方,虽高官厚禄,但难平"乡国之思",写下了被视为"亡国士大夫血泪"的《哀江南赋》以抒发"去国之悲"。作者以庾信自比,并认为庾信的羁滞绝非"多才"所连累,实乃社会动乱使然。在这一点上,他与庾信可谓异代同悲,忧时伤世的家国之痛也就更为明显。

全词哀情满纸,沉痛至极,真可谓以"伤心"之人,于"伤心"之地,写"伤心"之事,留给读者的自然是一片"伤心"而已。

(马建新)

浪淘沙

别枕雨声残,罗被秋单。昨宵故国梦重还,想见水心宫殿影,斜月空寒。　　仙境已尘寰,蓬海虚澜。后庭谁唱《念家山》?不信浮云能蔽日,试望长安。

这是一首沉痛的哀惋词,有感于两宫西逃而作。1900年八国联军践踏北京,西太后挟光绪皇帝逃至西安,京城陷入了水深火热的灾难之中,当时词人在苏州巡抚幕僚为客。

词的上片通过梦境曲折表现两宫西逃后京都的凄凉,下片通过联想抒发词人对国事日非的感慨。

"别枕"两句,把别离的痛苦,别后的凄凉,话别时枕边的缠绵,送别归来的自身孤寂形象地展露在"雨声残"、"罗被单"的意境中,这自然令人联想到"帘外雨潺潺,春意阑珊。罗衾不耐五更寒"(李煜《浪淘沙》)的悲伤情感,这伤痛"怎一个愁字了得"(李清照《声声

慢》）。不料梦中回到"故国"，又见"水心宫殿影，斜月空寒"，京城变成一片死寂，清清冷冷、凄凄惨惨，斜月宫墙空荡无人，亡国败家之象，颓唐衰落之感令人更加伤怀！

恶梦醒来，词人嗟伤不已，感慨万端。想到"仙境已尘寰，蓬海虚澜"的情景，怎不令人忧虑伤痛！仙境沦为尘世，仙岛再无觅处，哪里还有安静的极乐世界啊！这当然是词人的暗喻，说明国破家亡的惨痛和人民在灾难中受磨难的史实。"后庭谁唱《念家山》？"一句，借典抒情，对朝廷的腐败，当政者的贪生怕死表现出极大的悲愤。《念家山》本为南唐后主所做词曲名，据《南唐书》载："其声焦杀，其名不祥，乃败征也。"这里借用来说明两宫出逃，大臣各作鸟兽散，无人顾及国家的丑态令人痛恨、令人伤悲。

结句"不信浮云能蔽日，试望长安"。借用陆贾"邪臣之蔽贤，犹浮云之障日月也"（《新语·慎微篇》）词义，表明词人对国事的关注，尽管目下世事令人伤悲，但阴云不能长期遮挡住太阳，总有阴霾散去、红日高照的时候。词人使用"不信"二字，是对祖国充满着信心，他相信两宫不久就会回京，误国之臣会被贬斥，大清王朝不会败亡，这就是"试望长安"的良苦用心。应该说，词人相信困难终会解脱、对未来抱有希望的思想是积极的态度，然而对腐败的清王朝寄予"中兴"的幻想，却是他世胄子弟的忠君特色。

这首词，从个人悲痛念及国家残破的凄苦，由伤怀到对未来的希望，脉络清晰，情感真切，是一首难得的抒怀叙史佳作。

（张志英）

朱孝臧（1857—1931）著名词人。一名祖谋，字古微，一字藿生，号沤尹，又号彊村，归安（今浙江湖州）人。光绪八年（1882）中举。次年中进士，改庶吉士，散馆授编修。历充国史馆协修、会典馆总纂、侍讲学士，擢为礼部侍郎，光绪三十年（1904），出为广东学政。后因病辞官。辛亥革命后，以遗老自居。精通格律，早年以诗名，后专力于词，与王鹏运、郑文焯、况周颐等并称"晚清四大家"。其词取径吴文英，上窥周邦彦，旁及宋词各大家，音律和谐，词风高简苍劲，自成一家。晚年校刻《彊村丛书》，计收唐、五代、宋、元人词总集五种，别集一百七十四种，校勘精审，为研究词学之重要资料。著有词集《彊村语业》三卷，诗集《彊村弃稿》一卷。另辑有《湖州词徵》、《国朝湖州词徵》、《沧海遗音集》等。

鹧鸪天

九日，丰宜门外过裴村别业

野水斜桥又一时，愁心空诉故鸥知。凄迷南郭垂鞭过，清苦西峰侧帽窥。　　新雪涕，旧弦诗，情情门馆蝶来稀。红萸白菊浑无恙，只是风前有所思。

题序中的"九日"即农历九月九日重阳节。重阳有登高插萸之俗，故词中有"西峰"、"红萸"之语。"裴村别业"为戊戌六君子之一刘光第的宅邸，在北京丰宜门（即永定门）外。

彊村与刘光第有旧。光第死难后十五日，即"九日"，彊村经过裴村别业而制此词。由于时势的缘故，彊村的哀思写得至为含蓄。

"野水斜桥又一时，愁心空诉故鸥知。"开头写路途所见及心情哀愁。"又一时"，可知彊村行此并非自今日始。光第在世之时，他是来过此处的。如今光第下世，彊村又访其故宅，自然哀愁系心。"野水斜桥"，其景依旧；物是人非，心境迥异从前。往日的裴村别业定然是"群鸥日日来"，如今主人已殁，鸥来如故，彊村的满怀哀愁只能说给"故鸥"听了。但是，打眼的"空诉"，下笔极沉痛，有"弦断有谁听"之趣。

"凄迷南郭垂鞭过，清苦西峰侧帽窥。"表象为动态描写，内涵

是心境刻画。"凄迷"与"清苦",不释自明。"垂鞭"写坐马似知人意,过彊村别业,束步缓行,而主人却不忍着鞭。"侧帽",斜戴帽子,多用以描写装束洒脱,而此处则表明彊村哀愁填膺,无心正冠。从韵脚上的"窥"字,还可以想见光第罹难后其宅或有大兵监护的情形。

"新雪涕,旧弦诗,惛惛门馆蝶来稀。"新与旧对举,前者自表哀痛,后者追忆故交,于中可见光第在世时抚弦吟诗的形象,还可推知,彼时彊村定在一旁。"惛惛"句写光第"门前冷落鞍马稀"的情景。想当初,裴村别业门外流水,门内鲜花。如今主人遇害,流水依旧而花无人管,以至凋零,故有"蝶来稀"之笔。其悼念的悲情渗在字缝里头。

煞尾向光第致以深沉的悼忱:"红萸白菊浑无恙,只是风前有所思。""红萸白菊"遥唤题序中的"九日",而"浑无恙"大有物犹如此,人何以堪之慨。最后头的"有所思",思什么?没说——前边已说得甚透,何须赘言。

全词写得情景融谐,愁浓语淡,含蓄委婉,蕴藉深沉。陈三立说彊村词"沉抑绵邈,莫可端倪"(《墓志铭》),其是。

(王成纲　邹继正)

鹧鸪天
庚子岁除

似水清尊照鬓华,尊前人易老天涯。酒肠芒角森如戟,吟笔冰霜惨不花。　　抛枕坐,卷书嗟,莫嫌啼煞后栖鸦。烛花红换人间世,山色青回梦里家。

"庚子"年是清光绪二十六年(1900)。这年七月十三日,八国联军进攻天津,清兵溃不成军,只有义和团凭其神勇和大刀长矛保卫天津;十四日晨,天津失守,继而联军攻陷北京。十五日晨,西太后挟光绪帝及亲信大臣仓皇出逃,逃亡途中竟下令对义和团斩杀不留,还无耻地请求八国联军"助剿"义和团。联军自津入京,沿途烧杀掠抢,无恶不作,给中国人民带来深重灾难,腐败无能的清政府派李鸿章为议和大臣，向帝国主义屈膝投降。最后竟签订了丧权辱国的《辛丑条约》，赔款白银四亿五千万两。这对于中国人民来说真是奇耻大辱。斯时作者辞官隐居友人王鹏运家，国事日非，身世飘零，旧岁将除，新春伊始，作为一个有良心的中国人是不会漠然置之，若无其事的。

"似水清尊照鬓华，尊前人易老天涯。"岁除饮酒乃中国习俗，此时饮酒，词人想到国事、家事，是不会开怀畅饮的。对酒自照，已是两鬓华发，对酒当歌，人生易老，禁不住无限感叹，他已明显感到自己已衰老了。作者写此词时四十三岁。苏轼在《念奴娇》中曾自叹"多情应笑我，早生华发"。那是功业未立，韶光已逝的叹惜，而此词作者何尝不是感慨系之呢?三句写胸中的郁郁不平。"芒角"一词出自苏轼诗："空肠得酒芒角出，肝肺槎牙生竹石。""森如戟"出自杜甫诗句："快剑长戟森相向。"这是词人停杯不饮的复杂心情的写照，这正是揭示了他易老天涯、衰鬓先斑的内在原因。在这种忧愁幽思、百无聊赖的心境下，当然不会诗思敏捷，珠喷玉吐，如李白那样妙笔生花的；所以词人写道"吟笔冰霜惨不花"。天寒地冻，吟笔结冰，苦思冥想，无以下笔，更谈不上笔生花了。

上阕写借酒浇愁愁更愁的郁闷心情，下阕写梦醒之后的嗟叹。"抛枕坐，卷书嗟"，写恍惊起而长嗟的情景。"抛枕"的动作极形象地写出恶梦中惊醒的恐惧之态。"卷"写出无限烦恼的无可奈何，截然不同于杜甫的"漫卷诗书喜欲狂"。他知道自己的心烦意乱完全是社会、人事而引起，所以他说"莫嫌啼煞后栖鸦"，不能因为自己心绪不好而嫌弃啼叫的栖鸦。"烛花"二句写漫漫长夜在烛火燃烧中渐渐消失，时光暗换，不知不觉变换了人间世界。作者异乡羁旅，京都沦落，而故乡的青山绿水常常出现于自己的梦中。这里将千里冰封、万里雪飘的北国酷寒与故乡的树木苍翠、郁郁葱葱的南国情调形成鲜明对比，更反衬出梦中惊起抛枕卷书、无法排遣的心中烦恼和忧愁。

前人评朱孝臧的慢词"融合东坡、梦窗之长，而运以精思果力"，"自成一种风格"。其实他的这首《鹧鸪天》词也是如此。这首词中流露的"人生如梦"华发早生的嗟叹，"乱鸦斜日"，"华发奈山青"的惆怅，正是苏轼、吴文英词中所有的。

（王金定　贾灿琳）

声声慢
辛丑十一月十九日，味聃赋《落叶词》见示，感和

鸣螀颓槭，吹蝶空枝，飘蓬人意相怜。一片离魂，斜阳摇梦成烟。香沟旧题红处，拌禁花、憔悴年年。寒信急，又神官凄奏，分付哀蝉。　　终古巢鸾无分，正飞霜金井，抛断缠绵。起舞回风，才知恩怨无端。天际洞庭波阔，夜沉沉、流恨湘弦。摇落事，向空山、休问杜鹃。

这首词题面是咏落叶，而题旨则是"为德宗（光绪皇帝）还宫后恤珍妃作"（龙榆生《彊村本事词》），是为孝臧词之代表作。

小序中的"味聃"是彊村之友洪汝冲的字。辛丑，1901年，珍妃殒井的第二年。

伤悼珍妃被害，清末多有所作，不泛名篇，而惟彊村之作能传唱不衰，哀音阵阵，声情动人，自有其艺术上的成功之处。陈廷焯在谈词的特点时说："若隐若见，欲露不露，反复缠绵"（《白雨斋词话》），借用来概括此篇，也是很合适的。

从通首词看，上下片情景浑融，意象腾挪闪烁，意旨隐晦迷离，乍看来不易捕捉，而细玩之又丰实厚重，蕴丰层深，耐人咀嚼。词一发端便凄清感人。"鸣螀"三句，点时点地摹景，铸成了凄厉的氛围。时届深秋，地在深宫（颓蝉即已暗点之），景为鸣螀（蝉）落叶，飘蓬飞转，一派萧疏颓败气象，令人伤情。下边"一片"二句则是进一步渲染这落叶凄情之景，并暗透人事。"离魂"与前之"飘蓬"绾合，既是状写落叶飘零，又是隐喻珍妃冤魂，是说在斜阳脉脉里，落叶飘蓬摇摇曳曳，若烟若梦，凄凄惨惨。至此，伤悼之意已见。接下来"香沟"一句顿起一折，用唐人卢渥落叶题诗旧事喻帝妃恩爱，但"拌禁花"二句又折回前意，是说年年岁岁落叶宫花相伴两相憔悴，如此景况，则正是帝妃长期遭受太后那拉氏迫害的象征。最后三句再次转折，仍用典事表达，是说珍妃被害，帝妃永绝，如此残酷的现实，令德宗饮恨绵绵，暗自伤悼了。"寒信急"三字与下片之"回风"遥映，使词情迭出波澜，耐人寻味。

过片承上片煞尾，意脉不断。"终古"句意蕴双关，兼含慰叹。

"巢鸾无分"本是古来如此，但偏逢不测，更何况"正飞霜金井，抛断缠绵"，表层咏宫禁落叶，实则明点庚子帝后仓皇"西幸"，珍妃堕井之事。"抛断缠绵"是为点睛之笔，最为警悚，哀帝妃之旨清晰可见，刺太后淫威残暴之情亦昭然若揭。接下去"起舞"二句则将上意延伸，层转层深。落叶在回风（旋风）中起舞，犹人事之猛遭摧残。"恩怨无端"，则直刺太后暴虐无道，痛悼帝妃遭际不幸，作者之哀怨既深，伤情更烈，命意全出。又"天际"三句再折转，宕出一笔，借孟郊"湘弦少知音，孤响空踟蹰"（《湘弦怨》）之典映衬，是谓宫闱之恨已充斥宇内，在无限时空里遗恨无边。这里有德宗之恨，亦有作者之恨，交织浑融，令人回肠荡气，不忍卒读。最后的三句收煞，仍以典出之，是说人世间落叶飘零，珍妃之死，国祚倾颓已是怅恨难堪，因而，对杜鹃啼语则更会添愁增恨，殊难排遣了。如此宕逸之笔，更加远韵高致，令人玩味不尽了。

此篇哀思深婉，含吐不露。咏物而不粘不脱，不即不离，使人物合一。"隶事处以意贯串，浑化无痕"（周济《宋四家词选目录叙论》），所以夏敬观《忍寒词序》谓孝臧词"含味醇厚，藻采芬溢"。这首词可视为典型。

（张秉戌）

声声慢『鸣螀颓械』

踏莎行

京口舟行作

铁瓮楼船，银山戍鼓，江南江北愁来路。断霞鱼尾画金焦，残阳愁背分吴楚。　　三十功名，万千词赋，英雄才子俱尘土。佛狸祠下听潮回，垂虹桥上呼秋去。

易顺鼎是湖南人，光绪元年 (1875年) 举人，是个早慧的才子型的人物，在晚清诗坛是以才情横溢著称的。这首词是他途经京口时舟中所作，抒发了他对国事的关心和个人的感慨。

京口即今江苏省镇江市，依山临江，形势险要，是长江下游的军事重镇，也是六朝首都建康 (今南京市) 的门户。三国两晋南北朝时期，这里是南朝的前哨阵地。南宋也是如此，辛弃疾就曾写过《南乡子》、《永遇乐》等登京口北固亭怀古的词，对南宋小朝廷的屈辱处境感慨万千。易顺鼎所处晚清末年虽不同于南北朝，但清政府在西方列强欺凌之下的屈辱处境，较之南朝有过之无不及。易顺鼎这个才子型的人物又要以英雄自命，船过京口时引发了与岳飞、辛弃疾等古人相似的感慨，是很自然的。

铁瓮城，在镇江，为孙权所筑；楼船即战舰。银山，即蒜山，在丹徒县，离镇江很近；戍鼓，守卫部队军营中的鼓声。江南江北，能看战船，听见军鼓，到处弥漫着一种不平静的紧张气氛，所以说是愁来之路，是能引起自己愁思的水路。"微风万顷靴文细，断霞半空鱼尾赤"，是苏轼《游金山寺》诗中的名句，"鸦背夕阳多"是温庭筠诗。"金焦"，金山、焦山，都在镇江附近。这里也已是古代吴楚两国的分界地。天空中断裂的晚霞发出暗赤如鱼尾的光芒，衬托着金山、焦山，美丽得有如画境。在这古国吴楚的分界线上，目送着残阳里的归鸦、大好江山，而楼船戍鼓，一片战乱景象，又怎能不引起一个以英雄自命的才子型人物的满腔愁思呢？

上片全是写景，但写景中即包含着抒情。所以换头以后，发出"三十功名，万千词赋"的感叹，就不显得突兀了。"三十功名尘与土"是岳飞《满江红》词中的名句，这里借来自比。"万千词赋"，则更加是夫子自道，但反过来也可以指古代的才子。这两句是说，像岳飞这样三十余年为祖国、为民族奋战的英雄也好，辛弃疾、姜夔这些留下千万首知名词赋的才子也好，而今都化作尘土了。言外之意，像我易顺鼎这样的失意英雄，落拓才子，面对着国土日蹙，列强交侵的局面，又能有什么办法呢？佛狸，后魏太武帝拓跋焘的小字，他击败南朝王玄谟的北伐军后，曾率兵退至长江北岸的瓜步山下，在山上建立了行宫，他去世后即改为太武庙，南朝人呼之为佛狸祠。辛弃疾的《永遇乐》中即有"佛狸祠下，一片神鸦社鼓"之句。垂虹桥，在江苏吴江县松陵镇，创建于北宋庆历八年（1048），俗称长桥，姜夔曾写有雪夜《过垂虹》的有名的绝句。"长桥寂寞春寒夜，只有诗人一舸归"，千古传颂。结尾两句分就英雄、才子着笔，前句关合英雄，后句关合才子，而统一于诗人自己。易顺鼎处于清末年，是个才子型而又以英雄自命的人物，自号哭庵，可见他也是个有心人，并非醉生梦死之徒。此词的结尾，正是诗人宣泄无限感慨的自宽自醉之词。我们流行的文学史上对易顺鼎这样的词人往往评价过低，大有一笔抹杀之势。

（宋谋玚）

· 419 ·

踏莎行『铁瓮楼船』

蝶恋花

记得珠帘初卷处，人倚阑干，被酒刚微醉。翠叶飘零秋自语，晓风吹坠横塘路。　　词客看花心意苦。坠粉零香，果是谁相误？三十六陂飞细雨，明朝颜色难如故。

这是一首咏怀之作。作者借咏荷塘之叶落花残，抒发了凄苦难堪的心境。全篇由"心意苦"三字辐射开去，上片侧重摹景，下片侧重抒情，虚实相映，含蓄婉转，读之令人凄然不欢。

词由描述入手，其景中已见凄苦之状。"记得珠帘初卷处，人倚阑干，被酒刚微醉。"珠帘初卷，中酒微醉之人倚阑凭眺。"记得"二字表明情景已往而今犹记。"初卷"与下文"晓风"暗合，点明时间。人则是微醉依阑之态。这里时地空、人景情俱到，极概括，又极蕴致。开篇既已露出了伤感，接下去又继之以纯乎写景之句："翠叶飘零秋自语，晓风吹坠横塘路。"此景由"人倚阑干"而来，是为目之所见，而所见则是一片残荷败叶，那荷叶飘零了，被晓风吹坠塘边路上，沙沙作响，仿佛是在诉说着秋天的飘零之苦。"横塘路"，用事而不露痕迹，寓含了失欢失意等难以名状的苦情。因为那里撒满了落叶，美人难以重到，则失落、孤寂、幽独之感便自然含在景中了。

过片"词客看花心意苦"，承上启下，直写情怀。"词客"回应上片之倚阑人。"心意苦"是为点睛处，说明全篇皆在抒此难言之苦情，而此情已于上片言落叶中隐约可见，但意犹未尽，情犹未了，故此句明点，并转入深层刻画。"坠粉零香，果是谁相误"？这里由落叶写到残花。词客面对残花败绩，生出"谁相误"之联想，是人误花期，抑或是花期误人，终究是谁误谁呢？如此惊人之谜，不了之思，便将词客心意之苦和盘托出了。接下去更转进一层，以虚笔出之："三十六陂飞细雨，明朝颜色难如故。"再借典映托，由此及彼，推想明朝处处荷塘，处处细雨，处处凋零，那将是怎样一种情景呢？"颜色难如故"，道出了惜花怜花怨花等百般凄苦之情。这是推出一笔去写，借虚拟之景收煞，将"苦"字续足，极富悠然不尽的情味，发人联想，启人美感。

美人香草用以托寄，这是古典诗词里的常法。此篇托咏之意惟一"苦"字，至于所苦者何，作者并未明指，但其所勾画之苦况苦境苦情，则是充满了感人的艺术魅力，极含蓄，极朦胧，耐人寻味，读者可自行联想与补足。

与作者同时的梁鼎芬也步韵填了此题一词，仿佛是回答了康作，不妨录于此，一并读之：

> 又是阑干惆怅处，酒醉初醒，醒后还重醉。此意问花娇不语，日斜肠断横塘路。　　多感词人心意苦。侬自催残，岂被西风误？昨夜月明夸夜雨，浮生那得长如故。

（张秉戍）

蝶恋花『记得珠帘初卷处』

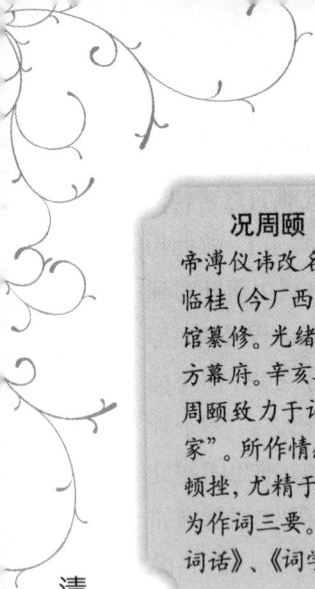

唐多令
甲午生日感赋

已误百年期，韶华能几时？揽青铜、谩惜须眉。试看江潭杨柳色，都不忍，更依依。　　　东望阵云迷，边城鼓角悲。我生初、弧矢何为。豪竹哀思聊复尔，尘海阔，几男儿。

这是一首伤时感事的词作。如词题所述，写于甲午 (1894) 年作者三十五岁生日之时。这一年中日之间爆发了战争，其后签订了丧权辱国的《马关条约》，将祖国的宝岛台湾割给了日本。于是，作者伤时感事写下了这首声情激越的词篇。

这首词全篇抒怀，抒写胸中不平之气。"已误百年期，韶华能几时？"百年期，即百年身，人的一生，鲍照《行京至东城桥》诗："争先万里途，各试百年身。"韶华，美好的年华，指人的青春。李贺《嘲少年》诗："莫道韶华镇长在，发白面皱专相待。"秦观《江城子》词："韶华不为少年留，恨悠悠，几时休。"开门见山，为终身已误、青春已逝而感慨。作者感慨自己老了，于是对镜照照自己的面庞，叹惜自己一生妄为男儿："揽青铜、谩惜须眉。"青铜，古代的镜子，罗隐《伤华发》诗："青铜不自见，只拟老他人。"须眉，古时以为男子之美在须眉，故以须眉称男子。《红楼梦》："我堂堂须眉，诚不若披裙钗。"作者为自己身为男儿，不能为国家担当重任而喟叹。接着，由心境转而联想到野外的景物，且看那江河湖边的杨柳，也不愿春光逝去："都不忍，更依依。"更何况我这个男子汉呢。

下片继续抒写感慨，不过写得具体多了："东望阵云迷，边城鼓角悲。"日本侵略者在东海侵犯我国海域，战斗的号角与鼓声仍在悲鸣。指出作者慨叹的原因，使抒情又深入了一层。下面则更明确地责问："我生初、弧矢何为。"为什么要挑起战乱？弧矢，星名，共有九星，位于天狼星东南。因形似弓箭，故名。《史记·天官书》："厕下一星曰天矢。……其东有大星曰狼。……下有四星曰弧，直狼。"《正义》："弧九星，在狼东南，天之弓也。以伐叛怀远，又主备贼盗之知奸邪者。"后来诗文中因此比喻战乱。杜甫《铁堂峡》诗："生涯抵弧矢，盗贼殊未灭。"这是作者发自内心的义愤之词。结拍："豪竹哀思聊复尔，尘海阔，几男儿。"笙笛之哀音不绝于耳，而这么阔大的人世间，有几个真正的男子汉。豪，大、长；竹，竹制的管乐器如笙、笛等，《礼·乐记》："金、石、丝、竹，乐之器也。"下片三层，头两句写时事，写作者所闻；中两句质问敌人；末三句则写我们国家自己。作者徒有一腔爱国之心，却报国无门，救国无望，因而发出了深沉的慨叹。情感真挚，读之令人感动。

叶恭绰在《广箧中词》卷二中评论说："夔笙（况周颐号）先生与幼遐（王鹏运）翁崛起天南，各树旗鼓。半塘（王鹏运）气势宏阔，笼罩一切，蔚为词宗；蕙风则寄兴渊微，沉思独往，是称巨匠。各有真价，固无庸为之轩轾也。"如果用叶氏对况周颐词的评论来评价这首词也是十分精当的。

（贺新辉）

水龙吟
二月十八日大雪中作

雪中过了花朝，凭谁问讯春来未？斜阳敛尽，层阴惨结，暮笳声里。九十韶光，无端轻付，玉龙游戏。向危栏独立，绨袍冰透，休道是、伤春泪。　　闻说东皇瘦损，算春人，也应憔悴。冻云休卷，晚来怕见，槐枪东指。嘶骑还骄，栖鸦

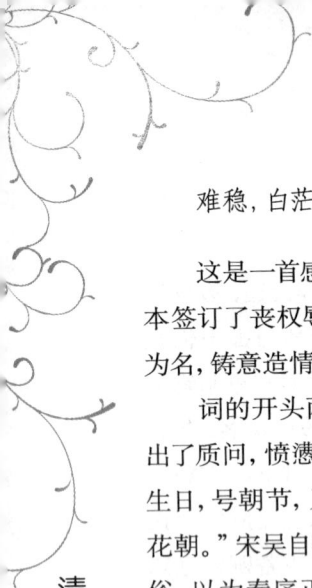

难稳，白茫茫地。正酒香羔熟，玉关消息，说将军醉。

这是一首感事抒情词。作于甲午中日战争之后，当时清政府与日本签订了丧权辱国的《马关条约》。作者采用拟人化的手法，以写雪为名，铸意造情，在委婉的情韵中寄托着深意，读来令人颇觉悲凉。

词的开头两句："雪中过了花朝，凭谁问讯春来未？"即对雪提出了质问，愤懑之情溢于言表。花朝，旧时以农历二月十五日为百花生日，号朝节，又称花朝。司空图《早春》诗："伤怀同客处，病眼即花朝。"宋吴自牧《梦粱录·二月望》："仲春十五日为花朝节，浙间风俗，以为春序正中，百花争望之时，最堪游赏。"本词作于旧历二月十八日，已经过了花朝节春却未到，我问谁去呢？历来诗词中描写雪的不少，但似这样劈头盖脸提出质问的尚未见到过。透示出作者胸中的不平之气。以下两个三句四字句，具体描写"春未来"的情景：一是"斜阳敛尽，层阴惨结，暮笳声里"，一派惨淡的冬天景象；二是"九十韶光，无端轻付，玉龙游戏。"九十，即十九。旧历每年从冬至日起数，每九天为一九，第九个九天为九九，九九过后即为艳阳天，俗话说："九九加一九，犁牛遍地走。"韶光，美好时光，也作春光。唐太宗《春日玄武门宴群臣》诗："韶光开令节，淑气动芳年。"玉龙，即飞雪，唐吕岩《剑画此诗于襄阳雪中》："岘山一夜玉龙寒，凤林千树梨花老。"宋张元《雪》诗："战死玉龙三十万，败鳞风卷满空飞。"十九的春光，让大雪无缘无故地付之东流，由它在那里游戏。愤懑、轻蔑之情充溢于字里行间。最后，词的主人公，只得独立危栏，冰透绨袍，为伤春掸泪。绨袍，典出《史记·范睢传》，战国时范睢事魏中大夫须贾，为贾毁谤，笞辱几死。逃至秦国，更名张禄，仕秦为相。后须贾出使入秦，范睢故着敝衣往见。贾怜其寒，取一绨袍为赠，旋知睢为秦相，大惊请罪。睢因贾曾赠绨袍，有眷恋故人之意，故释之。唐高适《咏史》诗："尚有绨袍赠，应怜范叔寒。不知天下士，犹作布衣看。"作者用此典，当另更有深意。

下片，则深入一层："闻说东皇瘦损，算春人，也应憔悴。"东皇，司春之神，杜甫《幽人》诗："风帆倚翠盖，暮把东皇衣。"春人，游春之人。庾信《望美人山铭》："禁苑斜通，春人常聚。"司春之神受损，连游春之人也感到憔悴。下面三句再深入一层，冻云遮天，连彗星也

清词之美

·424·

难得看到。欃枪，即彗星，取除旧更新之意。这是写天空，再下三句写大地："嘶骑还骄，栖鸦难稳，白茫茫地。"这是写雪地，也正是旧中国的社会现实的生动写照。结拍则写皇宫："正酒香羔熟，玉关消息，说将军醉。"玉关，即玉门，犹言宫阙。作者含蓄地指出了雪凝大地即国政衰败的根由。

在清末四大家中，况词呈现的是名士气，隽秀而不乏清狂。这首词于抒情中感时伤事，特别表现了愁者自愁，乐者自乐，宫中人麻木不仁，处于国势危难之际却无动于衷，有极为深刻的讽喻意味。

（蒲　仁）

江南好

咏　梅

娉婷甚，不受点尘侵。随意横斜都入画，自然香好不须寻。
人在绮窗深。

这是一首新颖别致又寄托着深意的小令：

词的内容，如题目所示是咏梅。古典诗词中咏梅的作品车载斗量，作者尽可以从各个不同的角度突出梅花的某一特征，从而表达作者的思想感情。唐僧齐己《早梅》诗："万木冻欲折，孤根暖独回。前村深雪里，昨夜一枝开。"写梅花早发傲霜斗雪的特点，抒发他傲世嫉俗的情操；宋王安石《梅花》诗："墙角数枝梅，凌寒独自开。遥知不是雪，为有暗香来。"突出梅花素淡隐微的暗香，显示自己兀傲的处世精神与品格；宋林逋《山园小梅》诗："众芳摇落独暄妍，占尽风情向小园。疏影横斜水清浅，暗香浮动月黄昏。"用疏影、暗香写梅花，并且用水和月做陪衬，展露出自己闲适、恬淡的人生。陆游的《卜算子·咏梅》词，则通过梅花虽"寂寞"、"独自愁"而仍"香如故"的身世，表达自己遗世独立，不随波逐流的情操，等等。而这首《咏梅》小令，以梅花的神态与香气，突出其"不受点尘染"的特征，体现了作者的情趣与追求。

"娉婷甚，不受点尘侵。"姿态美丽得很，清洁明丽得一尘不

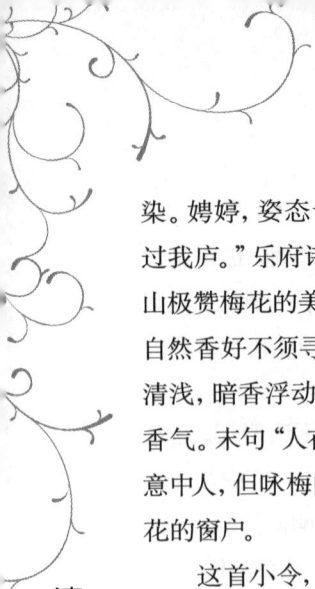

染。娉婷，姿态十分美好。辛延年《羽林郎》诗："不意金吾子，娉婷过我庐。"乐府诗《春歌》："娉婷扬袖舞，阿那曲身轻。"作者开门见山极赞梅花的美丽与高洁，钦羡之情，溢于言表。"随意横斜都入画，自然香好不须寻"二句脱胎于林逋《山园小梅》诗名句"疏影横斜水清浅，暗香浮动月黄昏"的诗意，进一步深入地赞美了梅花的身姿与香气。末句"人在绮窗深"，这个"人"，或许是作者本人，或许是他的意中人，但咏梅的落脚点，还是为了咏人，这是毋庸置疑的。绮窗，镂花的窗户。

　　这首小令，仅有短短五句，却写得清新婉约，含蓄别致，词的意丰，堪称佳品。作者曾说过："词贵有寄托，所贵者流露于不自知。"（《蕙风词话》卷五）这首词正是这样一首寄托遥深的咏梅小令。

（贺新辉）

谭嗣同 (1865—1898) 著名政治家、思想家、诗人。字复生，号壮飞，别署华相众生、东海褰冥氏、通眉生。浏阳 (今属湖南) 人。早年入新疆为巡抚刘锦棠幕客，后曾遍游西北、东南诸省，考察民情、结交名士。光绪二十一年 (1895) 在浏阳倡立算学馆。二十三年，协助湖南巡抚陈宝箴等设立时务学堂，筹办内河小轮船、开矿、修铁路等新政。次年，又与唐才常等在长沙组织南学会，创办《湘报》，宣传变法。后入京，任四品卿衔军机章，参预新政。戊戌政变时，拒绝出奔，遂被捕牺牲，为"戊戌六君子"之一。所撰《仁学》热情宣扬民主与科学，猛烈抨击封建专制、纲常名教和民族压迫，表现了激进的民主思想。工于诗，所作多抒写其对人民疾苦的关注及济世报国的壮志，风格幽邃沉雄、苍郁激越。有《谭嗣同全集》。

望海潮

自题小影

曾经沧海，又来沙漠，四千里外关河。骨相空谈，肠转自轮，回头十八年过。春梦醒来么？对春帆细雨，独自吟哦。惟有瓶花，数枝相伴不须多。　　寒江才脱渔蓑。剩风尘面貌，自看如何？鉴不因人，形还问影，岂缘醉后颜酡？拔剑欲高歌。有几根侠骨，禁得揉搓。忽说此人是我，睁眼细瞧科。

光绪八年 (1882) 春，作者自浏阳动身，秋抵兰州父亲任所，遂填此词以抒怀寄慨，表达了壮志未酬又刚强不屈的情怀。

从题面及所写内容来看，大约是作者揽镜对影，起兴写怀，吟哦抒慨。词之笔势腾挪跳跃，亦虚亦实，镜中之影与现实之形浑融交织，于闪烁迷离中，跳荡着这十八岁青年的激情。起始三句先述行踪。"沧海"、"沙漠"，用"曾经"、"又来"之语穿连，写出行动之爽健迅捷，地域之辽远广阔，显示出作者的豪俊英姿。作者从少年时代起便东西奔走，南北驱驰，攻文习武，以求一逞才智，所以，这起句便对自己多年来的行状作了概括，极雄浑壮阔，激昂慷慨。接下去一转，"骨相"三句写失意之怀，点出十八年来空劳岁月，不胜感慨。"空谈"、"自转"是自我的评价与身体感受，抒发了他高远的追求，

望海潮「曾经沧海」

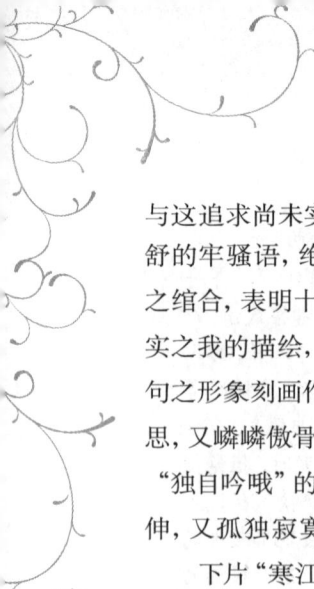

与这追求尚未实现的苦闷。"空谈"二字并非真的否定，而是抑塞难舒的牢骚语，绝无悔恨之意。故下文"春梦"句的自问，既是前几句之绾合，表明十八年若梦若幻地度过了；同时又是折宕之笔，转入现实之我的描绘，与"肠轮自转"相勾连。现实之我如何？"对春帆"二句之形象刻画作了回答。"独自吟哦"，不光有形象，且表现出躬自反思，又嶙嶙傲骨的况味。结穴处出以景语，"惟有"二句的瓶花形象与"独自吟哦"的形象相映衬，进一步勾画出作者起伏不平，有志难伸，又孤独寂寞、刚毅不屈的情怀。

下片"寒江"三句与上片开端照应，"风尘面貌"，语隽而味长，是承上片写"形"意而继续刻画现实之我，接以"自看"之反问，就更突出了自我的形象，且蕴蓄苍凉之意，慷慨之情。接下去的三句，又转为现实之我与镜中之我的对比。意思是说"形"为"风尘面貌"，"影"却如"醉后颜酡"，风仪绰绰。仍借反问之句法，实中有虚，虚中有实，隐隐露出风流自赏的情态，显得峭拔有力，耐人寻味。下边的"拔剑"一句又振一笔，使前边勾画的形象顿起飞动之势，活画出英雄少年发扬蹈厉，侠骨风流的神采。紧接之二句则是进一步渲染，语虽直白，但气骨铮铮，其刚健挺拔，坚韧难屈的豪侠性格和盘而出了。值得注意的是，这里的亦实亦虚的笔法，将形、影浑融，生动地刻画出饱满的艺术形象。至此，可以说全篇意旨已尽，形神俱出。如何煞尾呢？作者突接了一笔，陡然一转，宕出远神。二句之收束真是精妙，大有泉流归海之势，点睛结穴，回振全篇。其侠骨自芳，风流自赏之趣，令人称绝了。

谭嗣同"性不喜词，以其靡也。忆其十八岁作《望海潮》词，自题小照，而觉微有气骨"。(《石菊影庐笔识·思篇》）这里说"微有气骨"，其实何止"微有"，作为十八岁青年的自抒怀抱，能如此纵横坦荡，豪迈不羁，在众多的词林之士中，当算是少有的英杰了。

（张秉戍）

风流子

城西见杨柳

　　西风添旅感，寻秋去、信步出胥关。看夹道垂杨，悄无生意，丝多仍扰，絮去无还。空移得、章台千万树，毕竟托根难。暗蘸飞尘，乱牵衰草，不知摇落，尚赌眉弯。　　凉蝉凄如语，道金销翠减，愁绪难删。从此流莺情薄，系马游阑。只瘦蝶怜伊，奈何频唤，离筵送客，攀折更番。莫把当初眉样，做与人看。

　　这是词人寄寓客地，睹物伤怀之作。

　　上阕状摹秋日杨柳之意象，抒写挣扎异地的伤情。

　　"西风添旅感"，劈头便写乡情。这里头有许多不易察觉的曲折，不可放过。首先是"西风"。西风即秋风，北雁乘此风南翔。其次是"旅感"。旅感即乡愁。但句中的"添"字更表明"旅感"由来已久，"西风"所添只是火上浇油而已。这一句是全词的底基，接下来的状物抒情全由此而生发。"寻秋去、信步出胥关"，词人几乎是下意识地步行西去。句中"胥关"为苏州城西门之一，暗扣词题。词人此行的目的大约是想看看所到之处的景物与家乡常熟有什么异同没有。这一句是词脉的桥梁，接下来的状物抒情是从这里流过去的。

　　词人着墨杨柳："看夹道垂杨，悄无生意，丝多仍扰，絮去无还。"杨柳春日飞花，谓曰柳絮。而时已属凉秋，故曰"絮去无还"，从而在字缝里藏进了游子难归的意蕴。词人西行所见的"夹道垂

风流子『西风添旅感』

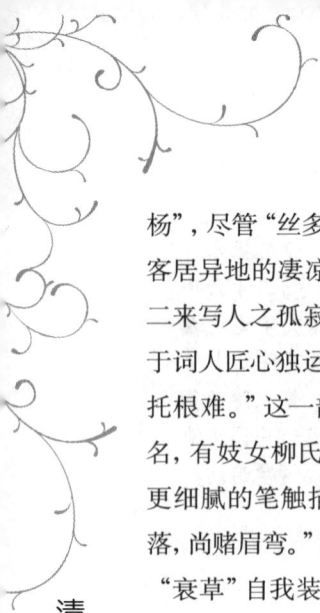

杨"，尽管"丝多仍扰"，却"悄无生意"，应该是词人苦心经营的自家客居异地的凄凉的表象。"悄"字很有意思，一来写柳之黯然夹道；二来写人之孤寂处境。这种状物抒情的手法，虽是古人所惯用，但由于词人匠心独运，使人读来也颇觉新鲜。"空移得、章台千万树，毕竟托根难。"这一韵是说，词人客居异地，难以立足。"章台"本长安街名，有妓女柳氏居此，韩翊曾作诗赠柳。然此处与艳情无涉。暂歇以更细腻的笔触描摹衰柳，以柳自况："暗蘸飞尘，乱牵衰草，不知摇落，尚赌眉弯。"衰柳已经枝衰叶萎，却硬是"不知摇落"，用"飞尘"、"衰草"自我装扮。内中蕴蓄着词人孤苦无依，虽老犹作，佯装闲适的凄凄苦衷。

下阕从多方面状写衰柳的冷落萧条，继续渲染衰飒的氛围，抒写凄凉的怀抱。

先以蝉写柳："凉蝉凄如语，道金销翠减，愁绪难删。"旧诗文中蝉和蝉吟从来就是愁的载体。这一韵表面上是说凉蝉因为看到杨柳衰飒也难耐愁怀，实际上是词人愁怀借凉蝉宣泄。深情曲笔，颇有韵致。"从此流莺情薄，系马游阑。"是说入秋以后流莺与杨柳疏远，游客也没有多少在杨柳上系马游赏的兴致。流莺恋柳，系马垂杨，向为春日常景。这一韵暗用春景反衬凉秋，愈见秋日杨柳的寂寞。"只瘦蝶怜伊，奈何频唤，离筵送客，攀折更番。"从唤莺和折柳的角度，再现秋日杨柳的悲苦：瘦蝶纵然堪怜，却任凭频唤也不近杨柳；而离别的饯席之后，送行者却轮番地折取柳枝。于是带出了煞尾，"莫把当初眉样，做与人看"。出语极悲惋，怀抱极沉痛。"眉样"，指春日杨柳嫩叶妩媚如眉的样子。其中颇有"青春已逝，人何以堪"的况味。

张鸿说《摩西词》："如游丝袅于长空，不知所往，而亦无所不往。"（《〈摩西词〉序》）以此作考之，甚有道理。

（连弘辉　王成纲）

桂念祖(1869-1915) 一名赤，字伯华，德化 (今江西九江) 人。光绪二十三年 (1897) 举人。追随康有为、梁启超，积极参与改良主义运动。戊戌变法失败后，辗转去日本，直至去世。《全清词钞》收其词一首。

临江仙

落尽红英万点，愁攀绿树千条。云英消息隔蓝桥。袖间今古泪，心上往来潮。　　懊恼寻芳期误，更番怀远诗敲。灵风梦雨自朝朝。酒醒春色暮，歌罢客魂消。

桂念祖，追随康有为、梁启超，积极参与资产阶级改良主义运动，戊戌变法失败后，辗转去日本留学十多年，至死。这首词从内容来看，可能是作者流寓日本时所作，表露他不忘故土，怀念亲人的心情。上片开首两句点出暮春景象："落尽红英万点，愁攀绿树千条"，红英绿树虽美，然已是落花时节。北宋词人秦观有词云："春去也，飞红万点愁如海"，这景象，足以撩起词人由惜春而引发出的种种情思。"愁攀"二字在描述中已透露出词人此时的心境。"云英消息隔蓝桥"，运用了唐代裴航和云英蓝桥相会、人神恋爱的故事 (见《太平广记》卷50)。裴航为得到仙人云英的爱情，几经周折、考验，终因他的忠诚、执著而如愿以偿，最后亦修为神仙。词人用这一典故，表达自己对故土、亲人的向往、眷念和追求。最后两句"袖间今古泪，心上往来潮"，可以说是由"云英消息隔蓝桥"而引发出的情绪，心潮澎湃而涕泗交流。"今古泪"、"往来潮"，古往今来多少事，百感交集于心头。透过这两句，我们似乎能见到词人彼时彼地激动的神态。"今古往来"四字，平易浅俗，然放在"袖间今古泪"、"心上往来潮"上下句对称的位置上，吟哦之际，别有一种千头万绪、感慨良多的滋味。下片紧扣住上片末句"心上往来潮"来写，"懊恼寻芳期误，更番怀远诗敲"，"往事"越是在"心上"来回翻腾，则越感"寻芳期"为己所误。"懊恼"、悔恨、烦闷之情必然随之产生。何以解愁?吟诗作歌，聊以抒发"怀远"之情，暂时消释积于胸中之"懊恼"。"懊恼寻芳期误"写

临江仙『落尽红英万点』

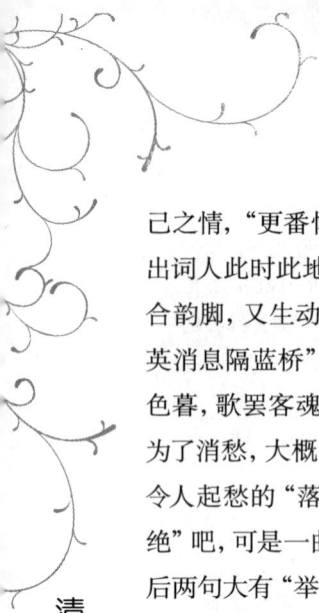

己之情，"更番怀远诗敲"写己如何排遣之情。"更番"二字活脱地画出词人此时此地因"懊恼"而惆怅不宁的神态。"敲"字用得好，既正合韵脚，又生动形象。"灵风梦雨自朝朝"，总写一句自己眼下因"云英消息隔蓝桥"而"心上往来潮"的处境和心境。最后两句"酒醒春色暮，歌罢客魂消"，进一层描述词人怀念故土、想念亲人的感情。为了消愁，大概词人饮酒了吧，可酒醒之后呢？呈现在眼前的仍然是令人起愁的"落尽红英万点"的暮春景象。酒不能浇愁，"放歌破愁绝"吧，可是一曲歌罢，情感反而更加浓郁，都为之消魂落魄了。这最后两句大有"举杯消愁愁更愁"之意，写得深沉而有余味。

这首词朴质无华而不失蓄蕴藉，语言流畅，不乏韵味。据记载，桂念祖客居日本，临终，自撰挽联云："无限惭惶，试回思曩日壮心，祇余一恸。有何建白？惟收拾此番残局，准备重来。"（转引自龙榆生《近三百年名家词选》）可作阅读此词之参考。

（唐永德）

采桑子

沈沈一枕扶头睡，直到黄昏，犹掩门。门外梨花有湿痕。　　薰篝萧瑟炉烟少，不道衣单，却道春寒。丝雨蒙蒙独倚阑。

情感状态的描述，原是最吃力的。读这首《采桑子》词，春怨溶溶，凄凉惆怅，便自然而然地从心中升起，扩大。"沈沈一枕扶头睡，直到黄昏，犹掩门。"句"沈沈"即"沉沉"，深沉貌。语出令狐楚《宫中乐》诗："银台门已闭，仙漏夜沈沈。"这时作者大半生的岁月已经过去，梁启超早年在《少年中国说》中"美哉我少年中国，与天不老，壮哉我中国少年，与国无疆"的激情壮志，经过戊戌变法的失败已荡然无存。句中的"直"字是时间的说明，空庭独卧，并非短暂、片刻的小憩，在长久的梦寐中，透过文字的形象表达，将个人生命里绵绵无尽的愁思苦意，化为浩荡低回的倾诉。于是笔锋挪转，再衍生一境。"门外梨花有湿痕。"作者采取比兴手法，借物抒情，间接展现自我的心境。春本是浪漫娇慵、温馨旖旎的，何尝有愁？不正是词人由希望的落空，反省到自我的不足与空虚才引得泪痕满面，细微曲折地表现吗？揭开作者眼中春的面纱，看到的是萧瑟的薰篝，"薰篝"，泛指花草的芳香。稀少的炊烟，词中春景的萧瑟和衰飒，读之仿佛伫立在

采桑子『沈沈一枕扶头睡』

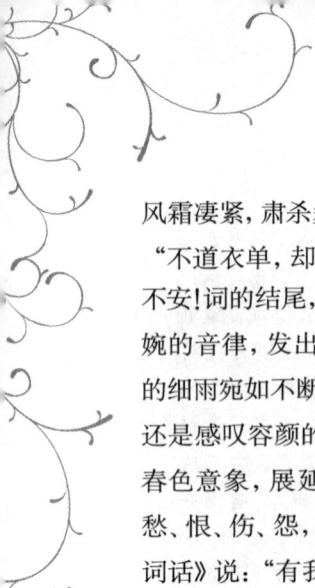

风霜凄紧，肃杀多悲的秋季里。因此，作者用接近口语的形式，直呼出"不道衣单，却道春寒"。轻寒料峭的春季，作者感受的却是慌惕与不安！词的结尾，运用淡雅的语言，幽冷的形象，凄凉的气氛，通过谐婉的音律，发出无可奈何的悲叹："丝雨蒙蒙独倚阑。"这无边无际的细雨宛如不断的愁思，充满着浓厚的感伤情绪。作者是惜春伤逝，还是感叹容颜的衰老，我想他是对人生无奈的洞观。"丝雨蒙蒙"的春色意象，展延向无限的过去，把充塞宇宙的抑郁不平之气，所有愁、恨、伤、怨，"潜气内转"地蟠屈在短短的词句中。王国维《人间词话》说："有我之境：以我观物，故物皆著我之色彩。"《采桑子》一词正是透过作者主观的心灵视察外物，而每一物都附着作者自我的形影与感情。

（何西虹）

清词之美

秋　瑾(1875—1907) 资产阶级革命家、著名女诗人。字璇卿，号竞雄，别署鉴湖女侠、汉侠女儿，山阴（今浙江绍光）人。光绪二十二年（1896），依父母之命嫁湘潭富绅子弟王廷钧。二十八年（1902），随王廷钧入京。光绪三十年（1904），冲破家庭束缚，留学日本，创办《白话》杂志。次年先后加入光复会和同盟会，被推为总部评议员、浙江省主盟人。三十二年（1906）回国，在浙江浔溪女学任教，后到上海创办《中国女报》。次年春回绍兴主持大通学堂，联络会党，组织光复军，自任协领，与徐锡麟分头准备浙皖起义。事泄，徐锡麟先期起义，失败牺牲。秋瑾在绍兴被捕，从容就义。其早期诗词作品多写个人幽怨，颇见才情。投身革命后，谋求民族解放与妇女解放成为其作品的主基调，感情浓郁深沉，文辞明丽，音节浏亮，风格豪迈悲壮。秋瑾还写过白话文、歌词，谱过曲，写有弹词《精卫石》。有《秋瑾集》。

满江红

小住京华，早又是中秋佳节。为篱下、黄花开遍，秋容如拭。
四面歌残终破楚，八年风味徒思浙。苦将侬、强派作蛾眉，
殊未屑！　　　　身不得，男儿列；心却比，男儿烈。算平生肝
胆，因人常热。俗子胸襟谁识我？英雄末路当磨折。莽红尘、
何处觅知音？青衫湿！

这首词写于1903年，赴日本留学前一年。词中通过抒写个人情怀，表达了炽热的爱国情感。

作者随夫迁至京都是1901年，故写此词时云"小住京华"，即到京不久。"早又是"五句，进一步交代写作时间与心情。时值中秋后，看到篱下秋菊开遍，颇有些萧瑟景象，不觉凄然伤神，满面愁容。这里的"秋容如拭"，有的选本注为"秋光明媚如拭"，但贯连上下文似指人的愁容满面为妥，而且"秋容如拭"绝不是一般的悲秋、伤秋因而拭泪，而是联想到祖国日益危殆的感时伤事之情。"四面歌残终破楚"两句，进一步具体地写自己"秋容如拭"的原由，这里引用《史记·项羽本纪》中的项羽兵败，四面楚歌，自刎乌江的典故，比喻当时

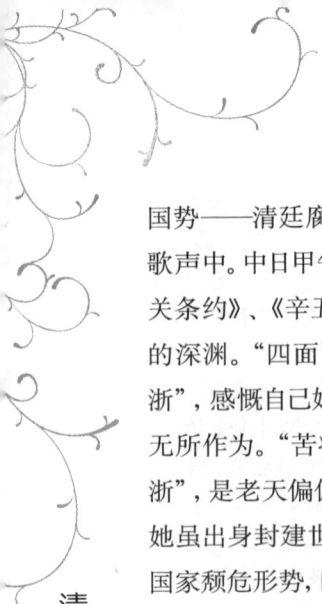

国势——清廷腐败，国势日颓，帝国主义不断入侵，祖国陷于一片楚歌声中。中日甲午战争、八国联军入侵，帝国主义"利益均沾"，《马关条约》、《辛丑条约》的签订，这一切使中国进一步陷入半殖民地的深渊。"四面"句深刻地提示了中国形势的严重。"八年风味徒思浙"，感慨自己婚后八年，虽然思念故乡，忧国忧民，但虚度了年华而无所作为。"苦将侬、强派作蛾眉，殊未屑"，交代自己为什么"徒思浙"，是老天偏偏将自己强派作女儿身，以至不能为国为民有所作为！她虽出身封建世家，又嫁于官宦，但并不甘心过贵夫人的生活。面对国家颓危形势，时时忧虑，总想"只手报祖国"，然而封建礼法又绝不允许，"强派作蛾眉"一句，侧面写出她愿当"终把乾坤力挽回"的好男儿的心愿。

上片之后，继续抒写自己爱国情感。"身不得"两句，说自己虽是女子不在男儿行列，但是"心却比，男儿烈"。这个"烈"字，指自己爱国之心比男儿还要强烈，时时牵念祖国，不忍见江山易色。"算平生肝胆，因人常热"，写自己平生赤胆忠心为国家为民众而忧虑，常常热血沸腾。"人"，指民众。"俗子胸襟谁识我"，言作者的爱国之心如火如荼，然而她的丈夫王廷钧却是个极不关心国事的凡夫俗子，对她的爱国思想、行为毫不理解，并予以责难。"俗子"不仅仅指丈夫，还包括不关心国难的一些上层官宦。词人在这样的环境中，怎不发出"英雄末路当磨折"的感慨呢！"莽红尘"三句写自己在这莽莽无际的人世间，找不到知音，于是潸然泪下。"知音"指关心国事，以拯救祖国、民族危亡为己任的同志。这种热烈寻求革命同志的思想，她在《咏琴志感》与《秋月独坐》中都反复叹道："人谁是赏音"，"地僻知音少"。词人写此词后的第二年即东赴日本，参加了资产阶级革命组织——光复会、同盟会等，找到了众多的知音，并与他们一起进行了如火如荼的革命斗争。这首词可以说是向往参加革命心声的自白。

这首词表达了作者以国家民族兴亡为重的崇高精神，强烈的爱国情感跃于纸上。以议论、抒情、化典之法为词，风格豪迈而沉郁，不加雕饰而感人至深。

（赵慧文　叶　英）

望海潮

送陈彦安、孙多琨二姊回国

惜别多思，伤时有泪，内绌外侮交讧。世局堪惊，前车可惧，
同胞何事懵懵？感此独心忡，羡中流先我，破浪乘风。半月
比肩，一时分手叹匆匆。　　　从今劳燕西东，算此行归国，
立起疲癃。智欲萌芽，权犹未复，期君立挽颓风。化痼学应
隆，仗繁花莲舌，启聩振聋。响起大千姊妹，一听五更钟！

这是一首赠别词。作于清光绪三十年 (1904) 作者抵日本"半月"
之后。当时，陈、孙二位即将归国，"一时分手叹匆匆"，秋瑾便写下
了这首《望海潮》词相赠，抒发了共同携手唤起民众创造新世界的伟
大胸怀。

词的上片描述国内形势，下片则写对陈、孙二位女友的勉励。
"惜别多思，伤时有泪，内绌外侮交讧。"绌，屈、忧。内绌，即内忧。
讧，乱。交讧，即交错。三句是说，同学好友要离别了，伤心流泪，想
想国内时事，内忧外侮交错。有什么内忧外侮的事呢？"世局堪惊，前
车可惧，同胞何事懵懵？"1894年中日爆发战争，1900年又发生了庚
子事变，中国同日本订立了丧权辱国的《马关条约》和《辛丑条约》。
前车，《荀子·成相》："前车已覆，后未知更何觉时。"前车之鉴，
这样应当引为戒鉴的大事，国内同胞何以还懵懵懂懂，糊里湖涂呢？
所以，作者"感此独心忡"。面对如此内忧外患的局势，作者又写道：
"羡中流先我，破浪乘风。"中流，即中流击楫。据《晋书·刘琨传》
载，晋时刘琨和祖逖二人友好，互相期许，祖逖首先被用，刘琨给亲
友写信说："吾枕戈待旦，志枭逆虏，常恐祖生先吾着鞭。"又据《晋
书·祖逖传》载，祖逖帅兵伐苻秦，渡江于中流，敲打着船桨发下誓
言："祖逖不能清中原而复济者，有如大江！"南朝宋刘义庆《世说新
语》亦载此事，说祖逖"有豪才，常慷慨以中原为己任"。后遂用中流
击楫、击楫中流等称扬收复失地、报效国家的激烈壮怀和慷慨志节。
文乃翁《贺新郎·西湖》词："簇乐红妆摇画舫，问中流击楫谁人是？"
《宋史·宗悫传》："悫少时，炳问其志，悫答曰：'愿乘长风，破万里
浪，'"作者用中流击楫、乘风破浪两个典故，既是对陈、孙二人的评

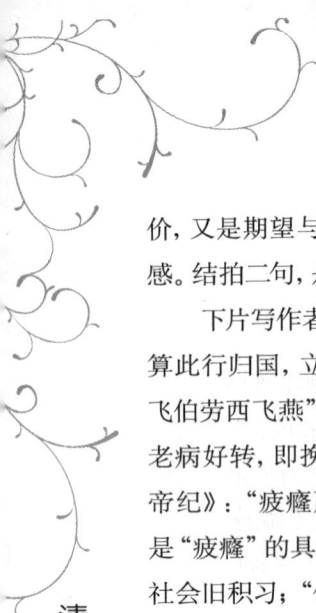

价，又是期望与勉励，前面加一"羡"字，洋溢着作者多么炽热的情感。结拍二句，是对上片的归结，也是对下片的启承。

下片写作者对二位友人的进一步勉励与期望。"从今劳燕西东，算此行归国，立起疲癃。"劳燕西东化用古乐府《东飞伯劳歌》"东飞伯劳西飞燕"句，比喻离别，相信二人归国之后可"立起疲癃"，使老病好转，即挽救危亡的祖国和振兴女界。疲癃，典出《后汉书·殇帝纪》："疲癃羸老，皆上其名。"意为立即使老病好转。以下名句则是"疲癃"的具体化："期君立挽颓风"；"化痼学应隆"，除去顽固的社会旧积习；"仗粲花莲舌"，用典雅隽妙的言论开展宣传；"启聩振聋"，启迪振奋女界同胞姐妹；"唤起大千姊妹"，唤起大千世界即全中国的妇女；"一听五更钟"，我期待着听到启迪人们觉悟的声音！读这些词句，一颗"唤起大千姊妹，一听五更钟"的爱国的巾帼英雄的赤子之心跃然纸上。粲花莲舌，典出王仁裕《开元天宝遗事·粲花之说》："李白有天才俊逸之誉，每与人谈论，皆成句读，如春葩丽藻，粲于齿牙之下，时人号曰李白粲花之论。"五更钟，晨钟，报晓的钟。杜甫《游龙门奉先寺》诗："欲觉闻晨钟，令人发深省。"这首词，气势恢宏，用典贴切，作者引吭长啸般的呐喊，道出了中国亿万国民郁积心底的呼声，豪迈之气，喷薄笔底纸端。

秋瑾女士的革命品格与诗词历来为人们所称颂。邓元冲说得好："鉴湖女侠成仁取义，大义炳然，不必以文词鸣而自足以不朽。然即以文词而论，朗丽高亢，亦有渐离击筑之风；而一往三叹，音节浏亮，又若公孙大娘舞剑，光芒灿然，不可迫视。"（《秋瑾女侠遗集序》）如果用"朗丽高亢"、"音节浏亮"、"光芒灿然"来评价这首词，岂不亦十分恰如其分吗？

（贺新辉）

满 江 红

感怀，用岳鄂王韵，作于秋瑾就义后

岁月如流，秋又去，壮心未歇。难收拾，这般危局，风潮猛烈。把酒痛谈身后事，举杯试问当头月。奈吴侬、身世太悲凉，伤心切！　　亡国恨，终当雪，奴隶性，行看灭。叹江山、已是金瓯碎缺。蒿目苍生挥热泪，感怀时事喷心血。愿吾侪，炼石效娲皇，补天阙。

徐自华是秋瑾盟姐妹，志同道合，感情深笃。这首词作于秋瑾牺牲之后，表达了继承烈士遗志，实现旧民主主义革命的雄心壮志，情激词烈，感人至深。词题所云"用岳鄂王韵"南宋岳飞死后被封为鄂王，生前有《满江红·怒发冲冠》词。徐自华步其韵，填词以寄慨。

"岁月如流，秋又去，壮心未歇。"前两句叹岁月如流水，韶华易逝。秋去暗比秋瑾就义而去，词隐意显，蕴悼情于其间。第三句情转激烈，既指烈士虽死，而浩气长存，又指后继有人，革命不息。令人读来是悲壮而不是悲怆！"难收拾，这般危局"，指清政府在搞"预备仿行立宪"对付革命之后，又赶忙颁布了《钦定宪法大纲》，确定"君上大权"，自感统治岌岌可危，惶惶不可终日。革命者在秋瑾牺牲之后，并没有偃旗息鼓，1908年安徽新军炮营队官 (连长) 熊成基策动了安庆新军起义。1910年，同盟会依靠新军发动了广州起义，革命势力风起云涌，"风潮猛烈"正是当时革命形势真实的写照。"风潮猛烈"照应"壮心未歇"，使其落到实处。"把酒痛谈身后事，举杯试问当头

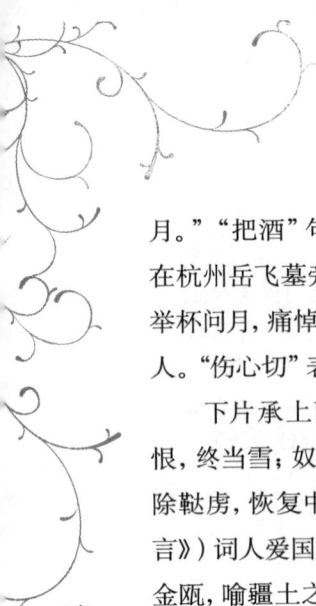

月。""把酒"句是回忆秋瑾生前曾嘱一旦为革命牺牲,要把自己葬在杭州岳飞墓旁。"举杯"句则是有感于眼前风物依旧而斯人已杳,举杯问月,痛悼不已!"奈吴侬"三句,秋瑾是浙江人,古属吴地,侬即人。"伤心切"表达了词人对秋瑾深深的悼念之情。

下片承上而来,由对秋瑾的追悼,进而虑及国危民难。"亡国恨,终当雪;奴隶性,行看灭。"既是励己,也是励人。唤起民众"驱除鞑虏,恢复中华"。"凡为国民皆平等以有参政权。"(《军政府宣言》)词人爱国之情激昂慷慨,励人心志。"叹江山、已是金瓯碎缺。"金瓯,喻疆土之完固,而现在已"碎缺",紧承"亡国恨",忧国之心可鉴。"蒿目苍生挥热泪,感怀时事喷心血。"蒿目,语出《庄子·骈指》:"今世之仁人,蒿目而忧世之患。"词中蒿目指远望。词人由虑及疆土破碎,又忧及百姓之多难,而"感怀时事喷心血",爱国之心,忧民之意,充溢词间。"愿吾侪"三句,引古代神话《女娲补天》"往古之时,四极废,九州裂;天不兼覆,地不周载"。"女娲炼五色石以补苍天,断鳌足以立四极。"以此号召全民拯国家于危难之际,救黎庶于火热之中。激情昂扬,撼人心扉。

这首词出自女性之手,全无纤弱婉媚之弊,笔力遒劲刚毅,不让须眉。情激处,泱泱正气充乎其间。深沉处,悲壮慷慨,感人肺腑。

(连弘辉)

王国维 (1877—1927) 著名学者、词人。字静安，一字伯隅，号观堂，亦号永观。海宁 (今属浙江) 人。秀才。早年入罗振玉主办的上海东文学社学习。光绪二十七年 (1901) 留学日本。回国后，历任南州、苏州师范学堂教习。三十二年 (1906) 入京，专力治词曲，历任学部总务司行走、学部图书馆编辑等。辛亥革命爆发，避居日本。后从事考订中国古代史料、古文物、古文字学、音韵学，尤其致力于甲骨文、金文、汉晋简牍和历代石经的考释。1916年回国，历任仓圣明智大学教授、北京大学通讯导师。1923年任溥仪南书房行走。1925年任清华大学文学研究院教授。1927年自沉于颐和园昆明湖。王国维在哲学、教育、文学、史学、文字学和考古学等多方面，都取得了卓越成就。工于词，撰有《人间词话》，提出"境界"说，并主张"自然"。所作多抒写其厌世情绪，讲究意境，锤字炼句，词风清远凄幽，著有《观堂长短句》（又名《苕华词》《人间词》）。另著有《宋元戏曲史》、《观堂集林》、《红楼梦评论》等。生平著作共六十二种，其中四十三种刊入《海宁王静安先生遗书》。

蝶恋花

窗外绿荫添几许，剩有朱樱，尚系残红住。老尽莺雏无一语。飞来衔得樱桃去。　　坐看画梁双燕乳，燕语呢喃，似惜人迟暮。自是思量渠不与，人间总被思量误。

王国维是一代学术大师，其词作大抵为三十五岁以前所作，编为《人间词话》。辛亥以后，弃而不为。《人间词话》"大抵意深于欧（阳修）而境次于秦（观）"，追求"意境两忘，物我一体"的境界。词作以抒写"人间苦"为多。这首《蝶恋花》堪称其代表作。

这首词的趣旨是"人间苦"。从思想方面来说，这种心态无足称道；但从艺术方面来说，却颇能实践词人的词学理论。

第一层"窗外绿荫添几许，剩有朱樱，尚系残红住。"这是一幅绿肥红瘦的图画。"添"字表明树荫渐浓，再著以"剩"字，则可知序属夏初无疑。而"尚"字更传达出对方逝的春色的留恋心情。

第二层"老尽莺雏无一语，飞来衔得樱桃去。"一个生灵——长成的黄莺——进入了画面，似乎带来了活泼的生气，但是它把绿荫中

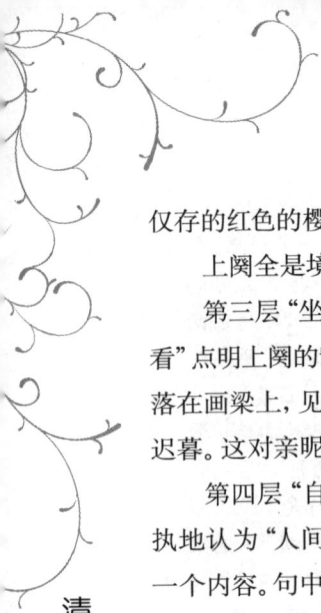

仅存的红色的樱桃衔去了，从而使词人失去了仅存的安慰和希望。

上阕全是境语，词意在境外：抒写春光已逝的淡淡的哀愁。

第三层"坐看画梁双燕乳，燕语呢喃，似惜人迟暮。"句首的"坐看"点明上阕的静景和动景，都是词人在室内所见。此处，视线移近，落在画梁上，见到画梁上一对呢喃并语的乳燕，它们好像在怜悯人的迟暮。这对亲昵的乳燕反衬出词人的凄冷和孤寂。

第四层"自是思量渠不与，人间总被思量误。"煞尾。王国维固执地认为"人间苦"。在他看来，禽鸟不同他一起思量，也是"苦"的一个内容。句中的"总"字，表明思量之久、频率之高，从而可见其苦之深。

下阕叙语结合情语，抒写"人间""思量"之苦。

王国维以"人间"名其词集，可见他对"人间"二字的厚爱。《人间词》中"人间"使用频繁，如"几度烛花开又落，人间须信思量错"（《蝶恋花》）；"人间何苦又悲秋？正是伤春罢"（《好事近》）……此等出现"人间"的词作不下三十例，但全不见一丝欢情，可视为他自沉昆明湖的先兆。

（杨进成　王成纲）

蝶恋花

独向沧浪亭外路，六曲阑干，曲曲垂杨树。展尽鹅黄千万缕，月中并作蒙蒙雾。　　一片流云无觅处，云里疏星，不共云流去。闭置小窗真自误，人间夜色还如许！

此词载于王国维早期作品《苕华词》里，是清光绪末年作者任教于苏州师范学堂时所作。前半写作者在沧浪亭外独步时所见地上夜景，后半写回到居室后天空的夜色。前后联成一个整体，表示夜色之美的可爱。

上片一开始呈现在读者眼前的，是一个独来独往的词人形象，他在那园林胜地徘徊着。沧浪亭是北宋诗人苏舜钦的遗迹，它与苏州师范学堂，只隔着一条护龙街（今人民路），地相邻近。曲折的回廊石阑，在层层的杨柳浓阴包裹之中。那千丝万缕像幼鹅黄嫩颜色的新柳都已展现开来，在微微月光的笼罩下，交凝成一片朦胧的雾气。词境，并不需一切都剔透鲜明才美，朦胧也是一种美。这里描绘的是浓郁的夜色。

下片写自己回到师范学堂室内。时光在流逝，天上的流云已寻不到了，掩映在如纱之薄云中的稀稀落落的星点，却不曾随着流云的逐渐消失而消失。夜空是多么的宁静而澄澈！作者不得不责怪自己闭置小窗之中，白白误了对夜色的欣赏。进一步唤醒自己：人间的夜色还是这样的美妙啊！词人对夜色的留恋，对美景的观察，一并表现于词作之中。作者在《红楼梦评论》中说："天才者出，以其所观于自然人生中者复现于美术中"，"而艺术之美，所以优于自然之美，全存于使人易忘物我之关系也"。知此，可以欣赏此词。

（钱仲联）

蝶恋花『独向沧浪亭外路』

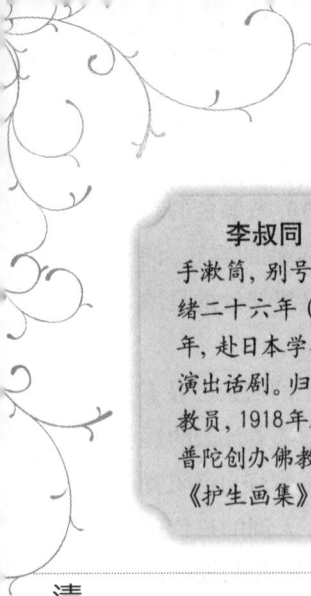

金缕曲

东渡留别祖国

披发佯狂走。莽天涯，暮鸦啼彻，几株衰柳。破碎山河谁收拾？零落西风依旧。更惹得、离人消瘦。行矣临流重太息，说相思、刻骨双红豆。愁黯黯，浓于酒。　　漾情不断淞波溜。恨年年、絮飘萍泊，遮难回首。二十文章惊海内，毕竟空谈何有？听匣底、苍龙狂吼。长夜凄风眠不得，度群生、哪惜心肝剖！是祖国，忍辜负！

这是一首摹写离情别绪与表述报国之志的抒情词，作于1905年词人赴日留学的时候。其时，祖国经受了多年的战乱，帝国主义的野蛮入侵与疯狂掠夺，清廷的腐败与残暴，使人民陷于水深火热之中，国家处于风雨飘摇的危难之秋。作为一个具有爱国心的热血男儿，怎能不对苦难的中华悲歌涕泪！词人愿拯民于水火，救国离灾难，因而在出国前写下了这首悲歌慷慨的词作。

"披发佯狂走。"词起句引典，表达了词人的东渡是迫于形势，不得已而为之。"披发佯狂"，典出《史记·殷记》：商纣暴虐无道，箕子苦谏不听，乃披发佯狂为奴，被纣囚禁。周武王灭纣之后，始释箕子之囚。词人所处的清末时代，慈禧太后专权误国，又不听臣下之言，杀戮变法之士，对内镇压人民，对外丧权辱国，其残暴乖戾之状，与纣王无二。胸怀报国之志的词人，在这种情况下自然是壮志难酬，因而，只得东渡，以寻求救国方术。

"莽天涯，暮鸦啼彻，几株衰柳。破碎山河谁收拾?零落西风依旧。更惹得、离人消瘦。"这里化用了元人马致远《天净沙·秋思》的曲意，却又不单纯表现"暮鸦"、"衰柳"、"西风"、"天涯"的自然景色，这悲凉的气氛，这凄惨的环境，与其说是在描绘残秋，不如说是在伤痛社会现实，"破碎山河谁收拾?"确是词人从心底发出的呼声。正因为国破家残，无人能够挽狂澜于既倒，拯山河之倾颓，才使人"消瘦"，才不得不去国东渡，寻求救国之策。

"行矣临流重太息，说相思、刻骨双红豆。愁黯黯，浓于酒。"词人面对江水叹息的状况，不能不令读者联想到屈原《涉江》的情景，这眷眷之情，赤子之心，何其相似乃尔!化用王维《相思》诗意，"红豆生南国，春来发几枝。劝君多采撷，此物最相思。"形象地表达了词人对祖国的眷恋，而且进一步将离愁别绪以"酒味"的浓重比喻，更深深地披露了爱国心情的强烈、报国心情的急切和东渡的原委。

"漾情不断淞波溜"。紧接上片所写离别之苦，下片写出了登船去国的地点——吴淞口，并且再次表述词人"漾情不断"，愁绪万端，心潮起伏，依依难舍却又不得不去国离乡的矛盾心理，进而转入报国壮志情怀的抒发。

"恨年年、絮飘萍泊，遮难回首。二十文章惊海内，毕竟空谈何有?听匣底、苍龙狂吼。"一年年时光虚度，报国壮志难酬，岂能忍心看祖国在风雨飘摇之中苦苦挣扎!"絮飘萍泊"，语出文天祥诗《过零丁洋》："山河破碎风飘絮，身世浮沉雨打萍。"词人时刻不忘报国，然而早年的文章救国之路是行不通的，儒冠误身，"宁为百夫长，胜作一书生"（杨炯《从军行》）。你看，"二十文章惊海内"，词人1898年迁居上海后，加入了许幻园、袁希濂组织的城南文社，曾经三次荣登该社征文的文章魁首，声名大噪，但是，既不能救民于水火，又不能为国立寸功，毕竟是空谈，于国于家皆无补。"听匣底、苍龙狂吼"，因而，词人借李贺《吕将军歌》"剑龙夜叫将军闲"句的诗意，表示英雄无用武之地，故而由神龙化成的宝剑在剑匣之中发出怒吼。

词人不甘心虚度年华，要实现自己救中国、济苍生的大志，才唱出"长夜凄风眠不得，度群生、哪惜心肝剖!是祖国，忍辜负!"的慷慨悲歌。在"长夜难明赤县天，百年魔怪舞翩跹"（毛泽东《浣溪沙》）的日子里，词人思绪纷繁，夜不能寐，想的是为报效祖国，

拯救黎民，收拾破碎的山河，就是粉身碎骨、断剖心肝也在所不惜，怎能够辜负祖国的养育之恩呢！

全词情感激昂，深沉坦荡；引典撷句，轻巧自然，是清末词作中不可多得的精品。

（张志英）

马素蕊　女词人。兰封（今河南兰考）人。清末、民国时在世，生平事迹不详。

鹧鸪天

暮雨潺潺客枕凉，洛阳秋尽遍啼螀。千重云树连中岳，万古王侯上北邙。　　才几日，又重阳。黄花红叶感流光。人间不少兴亡恨，女儿峰高木有霜。

这是一首吊古伤今、感怀愤世之词。这位生活在清末、民国初年的女词人，亲历了国家、民族灾难深重的时代，有感而发，写下了这首幽怨悲愤、气势雄浑的词作。

词从悲秋入手，将祖国的伤痛、词人的愤慨包容在了上片的写景抒情之中。

"暮雨潺潺客枕凉，洛阳秋尽遍啼螀。"词人从原籍兰封（今河南兰考县）客居洛阳，适逢"潇潇暮雨洒江天"（柳永《八声甘州》）的清秋时节，细雨潺潺，冷风飕飕，遍地"寒蝉凄切"（柳永《雨霖铃》），鸿雁哀鸣，怎不让词人有"枕凉"之感？悲秋，是历来诗词常见的题材，女诗人的悲秋之作就更多，这不仅仅是"望秋先陨"令人生哀，更多的是使人联想到日月易得，人生短暂，功业未成，鬓发如霜。因而这"枕凉"之感，乃是"心凉"之意，词人因秋而心伤，实为"暮雨"、"啼螀"之故。这暮雨潇潇的凄凉状态，寒蝉哀鸣的悲伤景象，不就是当时祖国饱受欺凌、任帝国主义宰割蹂躏、军阀争夺践踏、百姓流离失所，饿殍遍地、哀鸿遍野的真实写照吗？"螀"（jiang），古书上说的"蝉"。"千重云树连中岳，万古王侯上北邙。"前句写景，后句吊古，这是在悲秋伤怀的基础上进一步的拓展。中岳嵩山，是中原地区的名山，位居河南登封县境内。远观山景，只见山峰高耸云端，四周白云缭绕，联峰峻崖、突兀峭壁，满山郁郁葱葱的松柏，在秋风中依然虬枝苍翠，健壮挺拔，似乎在向人们诉说它千年阅历的坎坷辛酸。近看洛阳北郊的邙山，荒冢累累，东汉、魏晋以

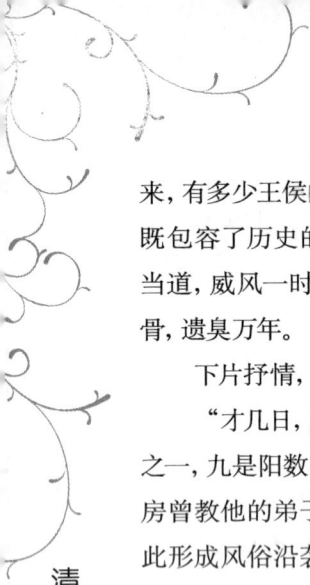

来，有多少王侯的白骨湮没于此!这"万古"句，气势阔大，涵概深远，既包容了历史的必然，又表达了词人的义愤。这里是说：任你奸人当道，威风一时，也逃脱不了历史的无情惩罚，总不免要成为冢中朽骨，遗臭万年。

下片抒情，以伤时感事为主，表现出词人的兴亡悲怨。

"才几日，又重阳。黄花红叶感流光。""重阳"是我国传统节日之一，九是阳数，九月九日是两个阳数相重，故名重阳。传说东汉费长房曾教他的弟子恒景在重阳日肩插茱萸、登高饮菊花酒以避祸，从此形成风俗沿袭下来。词人在这里引用此典，不仅是点明节令，更主要的是影射当时社会多灾多难，却无人能指出避祸的方法，致使生灵遭涂炭、民众受灾殃。在秋高气爽的季节里，到处黄花遍地，菊香浓郁，经霜红叶，艳丽芬芳，这万紫千红的奇光异彩并非缺乏迷人的美景，然而流光易逝，人生苦短，不能不让词人感伤悲凄。

接着，词人从个人的伤感，联系到社会的悲痛，直呼出"人间不少兴亡恨，女儿峰高木有霜"这情感凄厉的结句，揭示兴亡之恨，发出沧桑巨变、今为何世的感叹。对于世之兴亡，前人评述各异，而元人张养浩"兴，百姓苦；亡，百姓苦"（《山坡羊·潼关怀古》）的结论，最能发人深思，词人的"人间多少兴亡恨"，正与张养浩之曲有同工之妙。尾声，词人用高峰上的经霜树木，落满白色霜雪，变成枯叶凋零的惨状，喻比当时中国社会的疮痍满目、百孔千疮的悲凉景象，给读者留下深深的思索和难以磨灭的印象，增强了词的象征意义。

这首词委婉蕴藉，有一唱三叹之妙，语言悱恻苍凉、悲楚劲健，是一首不可多得的佳作。

（张志英）

吴　梅 (1884–1939) 著名戏曲理论家、文学家。字瞿安,一字灵鹑,号霜厓,长洲(今江苏苏州)人。早年屡试不中。光绪三十三年(1907),与陈去病等在上海愚园成立神交社,后入南社。辛亥革命后,先后任东吴大学、北京大学、中山大学、中央大学等校教授。在诗、文、词、曲的研究与创作上,均有很深造诣。戏曲方面尤为突出,兼擅制曲、谱曲、度曲、埋曲以及校定曲本、审定音律等,被誉为近代"曲家泰斗"。著有《顾曲尘谈》、《中国戏曲概论》、《南北九宫简谱》、《霜厓诗录》、《霜厓文录》等,杂剧传奇《轩亭秋》、《湘真阁》、《风洞山》等,另有《霜厓词录》二卷,《词学通论》一卷。

临江仙

短衣羸马边尘紧,五年三渡桑乾。漫天晴雪扑归鞍。邮亭呼酒,黄月大如盘。　　苦对南云思旧雨,杏花消息阑珊。新词琢就付双鬟。紫箫声里,但看六朝山。

这是霜厓晚年的思乡之作。

战云密布、硝烟弥漫的氛围里,霜厓来了:"短衣羸马边尘紧,五年三渡桑乾。"霜厓身着短衣,可见生计艰难;跨下羸马,愈显旅途坎坷;而"边尘紧"则形象地描绘出遍地烽烟、国难当头的情景。日寇贪心不已、侵蚀日剧的危机,从"紧"字里全透了出来。"桑乾"隐含着难堪的乡思。使人很容易想起唐人贾岛的名诗:"客舍并州已十霜,归心日夜忆咸阳。无端更渡桑乾水,却望并州是故乡。"(《旅次朔方》)吴词与贾诗立意相同,而霜厓"桑乾""五年三渡",贾岛只是"更渡"。论思乡之沉痛,贾岛不及霜厓。

"漫天晴雪扑归鞍",更加形象地描画了"短衣羸马"的霜厓的仆仆风尘。"漫天晴雪",透过翻舞的雪花,可见灿烂的阳光,这意境开阔而壮丽,颇有昂扬之趣,但立即被"扑归鞍"扫荡得无影无踪。透过这个"扑"字,可以见到挣扎在飞舞的冬雪中的"短衣羸马"的霜厓形象,可以品味到他忧国伤时的拳拳心情。由"归鞍"轻巧带出了第三韵:"邮亭呼酒,黄月大如盘。""邮亭",即驿馆,此处指旅人下榻之处。"呼酒"暗含着旅途的饥渴,并显示出霜厓的豪爽。然后

临江仙『短衣羸马边尘紧』

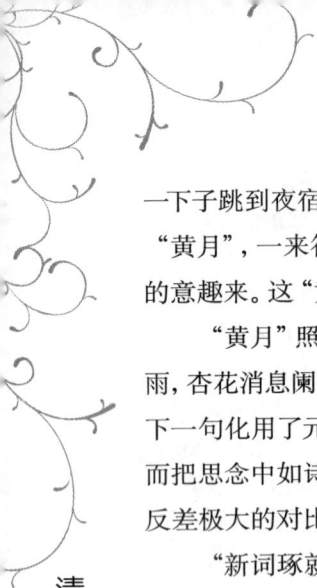

一下子跳到夜宿邮亭所见的情景："黄月大如盘。"不说"明月"而说"黄月"，一来符合黄土高原的环境特色；二来可以生出浑厚、凝重的意趣来。这"黄月"分明寄托着霜厓忧国伤时的沉重心情。

"黄月"照得霜厓夜不能眠，于是便想到家乡："苦对南云思旧雨，杏花消息阑珊。"领头的"苦"字，凝聚着对家乡的深深的思念。下一句化用了元代虞集的名句："杏花春雨江南"（《朝中措》），从而把思念中如诗如画的江南美景同身处的山穷水瘦的黄土高原构成反差极大的对比，深化了悠远而绵长的乡情。

"新词琢就付双鬟"，应该是对家乡旧俗的追怀。想当初在家乡时，如果写好一首新词，就要交给侍女歌唱。这一句颇有几分香艳之气。然而，笔锋陡转："紫箫声里，但看六朝山。"从而使词脉生出许多波澜来。吟箫从来是文人抒怨的手段。国难当头，霜厓作为大学教授，徒有报国之心，恨无拯国之力，只能用箫声宣泄心中的悲愤。"六朝山"指霜厓家乡的山。霜厓籍隶长洲（今吴县，即江苏苏州市），位于太湖西岸。此地本六朝腹地，句首"但"字，尽抒对家乡风光的挚爱之情。

这首小令描画了一种充满忧伤的意境，其中跳动着作者热爱家乡、热爱祖国的赤子之心。

（陈骥龙　王成纲）